DOMINIQUE AURY
ANGIE DAVID

藏在《O 的故事》中的女人
多米尼克·奥利

(法)安吉·大卫 著 袁筱一 译

秘密、谨慎能够让人得到自由。

目录

[第一部分]
波利娜·雷阿热 *Pauline Réage*

[2] O的故事
……出版前后 [2]……《O 的故事》事件 [6]……事件的结局 [10]……
……写作风格 [12]……两个结局 [17]……一个通俗的文本 [21]……
……写作上的合作伙伴 [26]……思想与政治环境 [30]……社会背景 [35]……
……女性色情文学 [42]……色情与神圣 [45]……
……"德·迈尔特伊夫人的反抗" [50]……

[58] 战后
……与让·波朗相遇 [58]……《法国女人》与《方舟》[63]……清算 [69]……
……让·波朗的双重性 [74]……诗集 [78]……
……与阿拉贡及法国作家协会之间的冲突 [83]……《七星丛刊》[86]……
……《方舟》结束 [90]……伽利玛出版社审读委员会 [93]……
……伽利玛出版社 [97]……与让·波朗的关系 [101]……洛桑书业行会 [105]……

[113] 公众生活
……子夜出版社 [113]……让·波朗与埃迪特·托马斯的冲突 [117]……
……芙洛朗丝·古尔德 [126]……《新新法兰西》杂志 [136]……
……文学奖项 [142]……翻译家和批评家 [146]……
……波朗退休 [151]……波朗的私人生活 [155]……波朗之后 [160]

[第二部分]
安娜·德克洛 Anne Desclos

[168] 安娜·德克洛
……童年 [168]……年轻女人 [173]……梯也里·穆尔尼埃 [177]……

……思想革命 [182]……关系 [186]……地下爱情 [190]……离婚 [195]……

……《战斗》[201]……《起义者》[207]……多米尼克·奥利的文章 [213]……

……危机 [219]……《法国诗歌导读》[223]

[230] 战争
……入伍 [230]……杂志 [235]……《法国思想与作品》[241]……逃亡 [247]……

……《十七世纪巴洛克才子诗选》[253]……分手 [258]……

……抵抗组织 [265]……巴黎解放 [270]……地下情 [276]……地下文学 [282]

[288] 莫里斯·布朗肖
……成长 [288]……《战斗》与《起义者》[294]……分裂 [300]……

……政治暧昧 [305]……杰弗里·梅尔曼，《〈战斗〉上的布朗肖》[311]……

……战后的杂志 [317]……友谊 [323]……政治介入 [329]……

……与《新法兰西》杂志的冲突 [334]

[第三部分]
多米尼克 Dominique

[342] 埃迪特·托马斯
……小传 [342]……战争 [348]……相遇 [354]……爱情关系 [359]……
……忠诚 [365]……《法国文学》[371]……让·波朗 [377]……
……安娜-玛丽 [382]……著名女性 [388]……失败的游戏 [393]……
……消失 [399]

[406] 雅尼娜·埃普雷
……让·弗特里埃 [406]……肖像 [412]……相遇 [419]……
……与波朗的关系 [425]……好几个人的生活 [431]……
……最初的小说创作 [437]……与多米尼克的爱 [443]……多角恋爱 [450]……
……分手 [457]……让的色情之夜 [465]……《零度厄洛斯》[470]

[477] 结论
……四重奏的尾声 [477]……与《O 的故事》相对照 [483]……
……神秘的通信 [490]

[499]
译后记 Avis du Traducteur

第一部分
波利娜·雷阿热
Pauline Réage

O的故事
出版前后

《O的故事》的出版是二十世纪五十年代法国文学界的一件大事。这件大事分成两个阶段。一九五四年六月,这本书的出版还是秘密进行的。一千册不到的印数,在一年里销售一空。当然,口口相传起到了相当的作用,但仍局限在文人的小圈子里。直到一九五五年一月这本书得了双偶文学奖,才算挑起轩然大波。

尽管这本书带有精英文学的一切特征:色情的内容,豪华的装帧,不菲的价格,可新闻界兴致勃勃地谈论着,于是负责审核的当局不得不采取行动。作者用的是笔名:波利娜·雷阿热。两位名人公开介入了书的出版:让·波朗为该书作序,让-雅克·博韦尔则是该书的出版执行人。让·波朗是当时法国出版界数一数二的人物,伽利玛出版社审稿委员会委员,《新法兰西》杂志历史领域的负责人。让-雅克·博韦尔也被看作是颠覆性的出版商,其中一个重要原因在于,就在不久前,他重新出版了萨德的全集。

《O的故事》从主题而言就很有惊世骇俗的味道,它描述的是施虐与被虐的色情行为;从作者的角度来说也是如此:一个女人竟然为奴役中的爱情而辩护;造成这个惊人事件的当然还有环境的因素:法国政府当时的道德政治自有其准则。然而,在色情文学史上,《O的故事》的故事还是有它的独特之处。书中的女主人公并非纯真少女,而是一个主动将酷刑看作爱的证明的女人。叙述是借O的视角进行的,叙事者是O,而不是刽子手。她不是在"遭受"痛苦,而是"谋求"痛苦。

O被她的情人勒内带走，带到一座奇怪的城堡，那里的统治者是一群男人，而女人都是男人的性奴隶。有人向O解释说，只要她爱她的情人，就必须接受强奸、折磨和侮辱，因为她的情人希望她这么做。O没做任何反抗，在她看来，这种爱的条件似乎非常自然，无可厚非。这个团体的每个男性成员都可以随意占有O，和她发生性行为或是对她进行性虐待。

两个星期之后，O离开了城堡，勒内告诉她，她并没有因此而获得自由。因为她将戒指戴上手就意味着接受了规则，只要戴有相同戒指的团体成员愿意，她就必须奉献出自己。并且，在委身之时有一系列关于着装和行为方式的规矩要遵守。O重操旧业，做回她的时装摄影师，只是更加沉默、更加憔悴。她被时装模特雅克琳娜深深吸引了。O喜欢顺从男人和征服女人。就在O和雅克琳娜发生关系的时候，勒内把O带到了另一个男人家。这个叫斯蒂芬爵士的男人应该是个英国人，有一定年龄，一副高高在上的样子。勒内太欣赏他，以至于将O奉献给他。斯蒂芬爵士成了O的新主人。

被情人抛弃的忧伤很快在斯蒂芬爵士的残忍和绝对中消失得无影无踪。O爱上了斯蒂芬爵士，开始蔑视勒内。而勒内堕入了雅克琳娜的情网，雅克琳娜完全控制住了他。斯蒂芬爵士是一个非常具有力量的人。他也爱O，舍不得抛弃她。O越来越听话，任主人大发兽性，家常便饭的鞭笞，还有通过嘴、生殖器和腰实施的性暴力。斯蒂芬爵士决定把O带到安娜-玛丽家，一个套着很多环的女人。在安娜家，他在O的腰间用烙铁烫上自己名字的首字母，又在O的阴唇上穿了两个硕大而沉重的金属环。这是她作为性奴隶的标记，昭然若揭，无可争议。O骄傲地看着自己的身体因为疼痛而日渐消瘦。她属于斯蒂芬爵士，并为此感谢他。随后，他们决定一起去斯蒂芬爵士在法国南部的度假别墅，和勒内、雅克琳娜以及雅克琳娜的妹妹纳塔莉一起，纳塔莉很快便迷恋上了O。

性暴力和性折磨一如既往，无休无止。直到有一天，斯蒂芬爵士将一个陌生人——德国人或者是弗拉芒人——介绍给O，他称呼这个男人为司令。他要O满足司令的欲求。第二天，他为O带来了一个猫头鹰的面具。他们一起去了另一个城堡，O赤身裸体，只戴着这个面具，脖颈间拴着链子，由纳塔莉牵着。人们好奇而恐惧地看着她。深夜，斯蒂芬爵士和司令把她按在桌上，轮番占有她。最后一幕是整部小说最为梦幻的场景。就好像一场梦，高悬在空中。小说最后的两句话分别揭示出小说两种可能的结局：抛弃或者死亡。但小说并没有确定结局。

让·波朗将《O的故事》的手稿带给了让-雅克·博韦尔。自一九五二年起他就经常向博韦尔讲起这部稿子，说"他现在的心思都放在一部神秘的手稿上"，但从来没给他看过。一九五三年至一九五四年的这个冬天，他们在雅各布街见面，波朗正好带着手稿。在波朗的一再坚持下，让-雅克·博韦尔同意读一下手稿。回到家之后，他打开信封，开始阅读手稿。一口气读完之后，他叫道："这是我的书。波朗说得对。这是我这几年来一直在寻找的东西。"

第二天一大早，博韦尔便打电话给波朗，提出要立即和作者签约。波朗似乎有点尴尬，说还有点小麻烦。作者已经和另一个出版商签订了合同，安德烈·德菲，一个很好很有教养的人，执掌着一家小出版社——两岸出版社。这家出版社出过一套有趣的丛书——"他们如何生活"，讲述的是作家赖以为生的手段。他也出版过雷内·德布西描写印度支那战争的《皮阿斯特交易》，并因此被判了刑。《O的故事》的合同已经签了，但他最终不愿意再冒被判刑的风险，因为那样将会导致他破产。因此，他也拒绝收回付给原本打算在他这里出版的波利娜·雷阿热的订金，于是让·波朗才想到了让-雅克·博韦尔。

让-雅克·博韦尔对这部书尤其看重。他跑到安德烈·德菲家，毫不犹豫地买下了《O的故事》的合同。他付了旧币十万法郎（大约一千五百欧元），和德菲所付的订金大致相当。作者版税定的是百分之十二，序言作者可以拿到百分之三的版税。谈判完全由波朗一个人出面，波利娜·雷阿热没有出现。这本身是作者用笔名的意义所在，波朗是序言《奴役中的幸福》的作者，是这本书的唯一代表。

博韦尔是他最后的希望。波朗先是将手稿交给了伽利玛出版社的审读委员会，在一九五一年十月十八日的一封信里，加斯东·伽利玛对让·波朗说，可以把《O的故事》的手稿带来。这就说明书早完成了，却拖了很久才出版。尽管审读意见上签的是"一类文稿"，让·杜图尔还是对加斯东·伽利玛谏言道："加斯东，你不能出版这类的书。"伽利玛也觉得自己不合适出版它，他拒绝一切丑闻（但是，就在差不多的时期，他却出版了让·热内的小说）。主题的不合时宜是显而易见的，更要命的是，书的作者是位女性。阿尔贝·加缪赞同出版这部小说，因为他反对一切审核制度，只是他也不能够相信女性能写出这样的书："女人写的？不可能！这绝不可能是女人写的！"开始无人知晓这个秘密，因为波利娜·雷阿热就在伽利玛出版社工作,却没有人知道她的真实身份。

《O的故事》的出版非常谨慎,少数好奇者和爱好者可以在巴黎的书店买到这本书,还有些人打发他们的仆人来买这本不太道德的书。书的主题和神秘的作者使得一切迷雾重重。角色分配的游戏:猜出藏在书后的那个人。《O的故事》在书店有售,但还是被列在禁书之列。所有人都在私底下谈论它,而新闻界对此保持沉默。"新闻界不知道这部小说的存在,他们不感兴趣。他们不知道这部书的文学手法。除了《星期日晨报》的克洛德·艾尔森在一九五四年八月二十九日发过文章以外,没有一个记者谈论它。"

只有作家在当时影响较大的杂志上描述过这本书的独特之处。两篇关于《O的故事》的主要评论都是作家写的,一篇是安德烈·皮埃尔·德·芒迪亚戈在《评论》杂志上的文章①,一篇是乔治·巴塔耶在《新新法兰西》杂志上的文章②,两位作家都谈到了书和色情的关系。他们是把书当成文学来谈论的,神秘文学,只是从表面上划分的一种类型的文学。乔治·巴塔耶写道:"这本书可以和科洛索夫斯基的《罗贝尔》相提并论(《罗贝尔》更具误导性,因而也许从这个角度上更令人赞赏),这是一部绝无仅有的书。"这类文学"造就了自己的作品,它终结了承载它的语言的可能性"。安德烈·皮埃尔·德·芒迪亚戈说,"这部书的文风如《克莱夫王妃》的语言一般纯净,炽热得难以形容,有一种简单的力度之美,支撑或者说引起怦怦不停的心跳","波利娜·雷阿热和葡萄牙修女或阿维拉的圣·泰蕾丝一样可以免除道德的评判"。芒迪亚戈一定知道谁是该书的作者,因为他在提到十七世纪宗教和古典诗歌时已经有所影射。

莫里斯·纳铎在《新文学》中也对《O的故事》有所评论,但仅限于对文

---

① 安德烈·皮埃尔·德·芒迪亚戈,《O的故事》,《评论》杂志,一九五五年六月:"一些书,包括一些最近才出的书,其写作目的毋庸置疑,因为无论是情节还是语言,都是为了达到感官上的刺激,而与它们相比,《O的故事》不应该算是真正意义上我们所谓的色情小说。的确,就小说建构所依存的两个层面来看,精神层面(或者说得更精确一些:灵魂的层面)显然凌驾于肉体层面之上。小说的四个章节都很长(据说最后第五章被取消了),它不像通常意义上的色情小说所做的那样,因为它描绘的并非一个肉体欲火构成的世界的图像。在这种情况下,这的确是一本真正的小说(自普鲁斯特以来,在法国文学界,这样的东西实在太少了,我们简直应该将波利娜·雷阿热列入我们所知道的为数不多的小说家的名单),而且我们还可以说这是一部神秘的小说。"
② 乔治·巴塔耶,《色情的悖论》,《新新法兰西》杂志,第二十九期,一九五五年五月一日:"《O的故事》的色情也同时说明了色情的不可能性。关于色情的协定实际上是一种关于不可能性的协定,我该怎么说呢,它挑起了对于不可能性的欲望。O的悖论是一个幻想者的悖论,这个幻想者因无法死去而正在死去,这是一种殉道,在殉道中,刽子手和受害者是同谋。这部书超越了自身的话语,它自我分裂,它在对于不可能性的更大的迷醉中终结了对于色情的迷醉。"

风的感觉。他指责波利娜·雷阿热没有像萨德那样，无所节制直至"谵妄"："最为'大胆'的描写用的是沙龙语言。"这是文学评论性的文章，而非作家的文章。他没有看到小说的奇特之处。然而，他揭示了一部分谜团："据说，藏在这个笔名之下的是一个女文人。"并且猜测到了问题的某个方面："更严重的是她倾向于让我们认为，她将色情与某个世界的荒淫混为一谈。读了这部书的前八十页，我们很难可以松上一口气。"事情过去很久之后，在波利娜·雷阿热与密友雷吉娜·德芙日的一次谈话中，她承认："……我开始时只是想讲述一些说给自己听，让自己入睡的故事……于是，前六十页都是这样的。之后，我才试着构建一个故事，但是前六十页就是这样，很单纯地来到这部小说里。"其他的记者和评论家都在犹豫，没有明确表态，或出于无知，或出于谨慎。有些观点性的专栏则热衷于身份猜测的游戏——究竟谁是波利娜·雷阿热？"让·波朗、安德烈·皮埃尔·德·芒迪亚戈、马尔罗、蒙泰朗或雷蒙·格诺……"还有说是几个年轻的作家（他们表示过自己要写这样一部书），当然，也有人猜是多米尼克·奥利。

《O的故事》事件

让·波朗想把书做成豪华的珍本。他认为《O的故事》只属于识货的一小群人。一九五八年七月二十七日在给弗朗索瓦·莫里亚克的一封信中，他说他只会喜欢"五法郎一本或六千法郎一本的书，并且是不公开销售的"。

但让-雅克·博韦尔拒绝将这本书进行边缘化操作，他觉得这本书可以获得成功。他在报纸上宣称道："我就是要做一本惊世骇俗的书，我本来要用报纸纸张印刷，卖六百法郎一本。然而因为没有这样做，现在只卖了四千五百本。"第一次印刷的印数应该是两千册，书的价格是二十四点六三法郎。此外还印了六百本的编号典藏版，卷首插画是汉斯·拜勒迈尔德一幅石印红粉笔画。典藏版第一年只卖出很少一点，新闻界仍然对此置若罔闻。开始时这的确不是一本大众阅读的书，无论从主题和形式上来说都不能是。小说的风格冷峻、忧郁，表达非常非常现代。材料却很古典，旁征博引。一直到一九五五年一月二十一日，小说在出版六个月后得了双偶文学奖，它才真正地浮出水面。

自此之后它在博韦尔的出版标签下一版再版,直至一九七二年。

让·波朗的态度似乎很矛盾。他希望把书做成秘密出版物,再加上伽利玛把它当成淫书,他更是下定了决心这么做。但是他也想要炮制丑闻,他想尽一切办法让这本书成为记者的话题。一种个性化的新闻服务,网络的游戏。在《快报》杂志所进行的一次关于当代最引人瞩目的书的调查中,他推荐了《O的故事》。但他的推荐被取消了,一定是弗朗索瓦兹·吉鲁干的。书并没有公开销售,可也没有完全被禁。有些书店老板秘密租借这本书。有需求的客人主要是法国《新法兰西》杂志的读者。

一九五五年,在马克西姆饭店颁发双偶文学奖,这本书获奖令不少人大跌眼镜。对于某些人来说简直是种亵渎:一本"半地下"的书竟然能得奖。波利娜·雷阿热得到了绝大多数的六票,雅克·布雷纳(《摄影师工作室》)得了一票,席尔瓦尼(《雇佣兵的皮肤》)得了一票,罗杰·里法尔(《大斜坡》)得了一票,安德烈·塞尔南(《哲学学徒》)得了一票。评委会主要由记者组成,其中有一个记者,让·弗兰,他是波朗的朋友,还有一个书店老板,几个文学圈子之外的人,一位法官,一位公务员,一位医生。那个时代的双偶文学奖是很大的荣誉。一张照片在各大报纸杂志争相转载:波利娜·雷阿热脸上蒙着一块毛巾,双手戴着手套,举着她的书,旁边是雷蒙·格诺(伽利玛出版社审读委员会委员)和阿尔贝·西默农,两个人都是双偶奖的得主。有点奇形怪状的波利娜·雷阿热——或者这只是个陪衬?二十年来,这个奖第二次颁发给一个女人。并且是颁给一部色情小说,要知道这种文学类型里很少见到女作家。报纸杂志的文章里开始提到多米尼克·奥利的名字,但是仍然比较含糊,不乏犹豫。其他的名字也有。还有人认为这是一部集体创作的作品。可能是让·波朗与多米尼克·奥利合作的产物,但两人以前都没有写过小说。

在牵涉到表达和创作的自由的问题时,报纸杂志从来都是这类司法事件美妙的阵地。这是一个永远的双重游戏:一方面揭发真相,使之大白于天下;另一方面提出警告。早就有传闻说很可能要查禁《O的故事》。从一九五五年二月开始,在《战斗报》上,达尼埃尔·德勒伊就引用了让·波朗的观点说:"的确存在一些危险的书,对之加以查禁,这是很正常的事情",他预言《O的故事》"很可能会被查禁"。查禁调查被刊登在报纸上,第一次调查涉及到了书的序言作者让·波朗、让-雅克·博韦尔以及查禁案始作俑者、议员贝尔诺的各项声明。但是波利娜·雷阿热从来没曾被传唤和询问过。波朗和博韦尔拒绝揭开作者的真实身份,他们说自己要坚守职业道德。让·波朗控制着整个局势,并且用一些受到大家尊敬的女性的名字来吓唬调查人员。

自出版之日起,就已经有人将《O的故事》告到书委会。"这部由让-雅克·博韦尔出版的书讲述了一个年轻女性的遭遇,为了取悦自己的情人,她屈从于各种色情的怪癖和色情服务。这部书在意识上极端不道德,充斥着两个人甚至几个人的淫秽场景与性暴力的场景,包含令人厌恶和理应受到谴责的因素,实在有伤风化。"作为审核当局,书委会一向反映时代的道德,而当时法国出版界因为二战通敌的缘故名声受到了相当影响,正一门心思地洗心革面。组成书委会的法官、高级官员、教育机构、媒体一致对这部小说予以否定,不管他们是保守派、基督教还是共产党,他们认为《O的故事》是一部不道德的小说。波利娜·雷阿热也承认小说"从社会的角度来看"很不道德,"从本质上来说应当被判入图书馆的地狱"。但她并不认为小说比薄伽丘或小克雷比永的书更应受到谴责。报纸每天都在讲述的日常生活也同样是一种对人的侮辱:酷刑、原子弹或集中营。

一切都源于议员贝尔诺的起诉,这是一位代表"家庭"利益的议员,是共和国顾问委员会法律部主席。在《战斗报》上,他这样回答达尼埃尔·德勒伊的问题:"不,我还没有读过这本书(我希望不久以后就能读到)。我的一位朋友告诉我说这是一本非常危险的书。我于是写信给掌玺大臣,问他在司法部里有哪一个民间组织可以出面,让检察机关得以介入。十五天前,我以私人名义提起这一请求。"《被缚的鸭子》杂志的"漂流瓶信"提醒读者注意,贝尔诺议员是家庭联盟的主席。时代道德与表达自由对簿公堂,这应该没什么让人惊讶的地方。

有伤风化的调查在一九五五年七月开庭。执行该调查的是负责教育案件的法官蒙赞先生,他试图揭示出作者的真实身份。让·波朗必须到场听证,这是自然的,但真正接受调查的对象似乎是让-雅克·博韦尔和双偶文学奖的评委,自然,作者也是少不了的,哪怕是缺席审判。自萨德事件之后,出版界的大律师、加斯东·伽利玛的私人律师莫里斯·加尔松一直在为让-雅克·博韦尔辩护。作为为自由表达辩护的专家、著名律师、法兰西语文学院的院士,加尔松律师出于个人趣味和职业野心,站在了反出版审查的阵营里。他从七月份开始就接了这个案子,一旦上轻罪法庭,他便会出面辩护。当时可以用来审查作品道德问题的法律依据是一九三九年七月颁布的《达拉第法令》，旨在"保护法国种族与国籍"，此外还有各个家庭与法国人口出生咨询委员会的支持。

克洛德·埃尔森是唯一一个从一开始就为这本书辩护的记者。他写道："这项调查依据的是一九三九年的一条法令，由当时的公共卫生部颁布，旨在维护'法国家庭和人口出生'，以'保护法国种族'为由，历经达拉第、贝当元帅、泰特根和比约的核准。调查依据的另一条法令是一九四九年关于出版的法令，针对'从性质、方式和目的来说特别关乎儿童和少年'的作品。由此可以看出《O的故事》应该是一本青少年读物，并且，从另一方面来说，损害了家庭和人口出生，置法国种族于危险之中。我们应该为此忏悔，因为我们原本还从未曾想到这点——又一次，现实超越了虚构……"

一九五五年八月五日，让·波朗在缉捕大队首席拍卖估价员弗雷德里希面前作了这样的陈述："大约三年前，波利娜·雷阿热（此为化名）来我负责的新法兰西杂志丛书办公室找我，将一部大部头的手稿交给我，手稿的名字是《O的故事》。我当时每天要收到八至十份稿件，但是这部手稿立刻吸引了我，因为其文学质量，怎么说呢，小说的主题是淫秽的，但它的文学价值正在于此，在淫秽的主题中，它显得节制而稳重……加斯东·伽利玛犹豫了两年，最后拒绝出版这部书……于是我把书介绍给让-雅克·博韦尔，他充满激情地接受并立刻予以出版……我不清楚小说的印数究竟是多少。我要补充说明的是雷阿热夫人出身于一个学者家庭，她害怕因此使自己的家庭蒙羞，因此直至今日，她仍然拒绝透露她的真实姓名……我还要补充的是我并非这部小说的作者，我从来未曾改动过手稿……和我对您说的一样，雷阿热夫人不愿意别人知道她的真名。我向她保证过，以前对于一些不愿意透露真实姓名的作者，我也做过同样的保证。"

查禁一直处在威胁状态，并没有最后实施。但这一直是件让人担心的事情。在几个月，甚至几年的时间里，询问、陈述从来没有断过，一直到一九五七年才了结。让·波朗列过一张辩护证人的名单，其中有阿尔贝·加缪、亨利·莫诺、让·杜图尔、纪尧姆·德·塔尔德。这张名单没起到作用。最终诉讼没有发生。书委会最后针对该书宣布了三项即时生效的禁令：禁止出售给未成年人，禁止做书的招贴和广告宣传。这只是对书的销售所做出的限制，并没有禁止书本身的存在，也没有禁止书的销售。然而书还是处于某种秘密的状态,尽管其声名在与日俱增。书被牢牢贴上了有伤风化的标签。直至一九七五年书才完全解禁。至于中断查禁调查的原因应该与作者的真实身份有关。

事件的结局

上述三项禁令是在一九五五年四月十八日内务部颁布的决议所宣告的,决议刊登在一九五五年四月二十七日的官方日报上。该决议所涉及到的书基本上都是淫秽书籍,而且并没有《O的故事》所具备的文学追求。"第一条:根据一九四九年七月十六日颁布的法令的第七条,禁止向未成年人销售上述这些书籍。违者将被处以该决议第一段所提到的各项处罚。第二条:禁止通过公共渠道销售这些书籍,禁止在商店或书报亭内外销售这些书籍,禁止在上述地方进行广告宣传。违者可被处以同样处罚。第三条:巴黎及各省的警察署负责执行上述法令。"一九五八年一月十日,塞纳第一轻罪法庭让让·波朗到庭,因为让-雅克·博韦尔因出版该书遭到起诉:"一九五八年一月十日,让-雅克·博韦尔被指控因出版、销售、赠送、传播或为达到其传播目的重印《O的故事》一书而犯有有伤风化罪,指控让·波朗犯有有伤风化罪的同谋罪,对于该书,一九五五年三月四日,特别咨询委员会曾签署法令予以追究。让·波朗在知情的情况下帮助、参与让-雅克·博韦尔实施该犯罪行为,他们一起准备并促成该事件。该行为已经触犯了一九三九年七月二十九日颁布的法令的第一一九条、一二一条、一二五条、一二六条、一二七条和《刑法法典》的第五十九条至第六十条。"不过起诉基本到此为止,也许是因为该事件本身实在荒诞,而莫里斯·加尔松大律师的介入也颇为引人瞩目,但更为关键的原因则在于波利娜·雷阿热本人的介入。她既没有出现在报纸杂志上,也没上轻罪法庭,但是她却秘密地、以私人的方式解决了这起事件。一切看起来颇为矛盾:充分利用私人关系(知识分子圈、文学圈和政治圈里的各种关系),同时仍然深藏不露。

波利娜·雷阿热就是多米尼克·奥利,一位受人尊敬的文人,《新法兰西》杂志的秘书及编辑,让·波朗的同事,并且几年来一直是让·波朗的情人。表面上看来她实在不像是这部有伤风化的小说的作者,因为这是位谨慎而高贵的女性。但这也是一位聪明、现代的女性。有些人从一开始就知道她是这部作品的作者，但一直为她保守秘密，一些是猜到的，通过逻辑演绎的方法，从她与让·波朗私密的关系，或者从她写的一些文章中（笔记或序言）猜出来的。

多米尼克·奥利在《先睹为快》中选择的作家与《O的故事》中所提到的作家的确存在着某种一致性。介于费奈隆主教投身上帝与诗人维尼绝对的顺从之间。"《O的故事》出版的时候，《萨德侯爵的一生》的作者吉贝尔·雷利给我写了信。他将我对费奈隆主教的分析与小说的某些片断作了比较，得出结论说：'不管别人说什么，一定是您写了这部小说。'"他抽取其中的三页，对写作风格、使用的语汇以及使用的方式作了非常详尽的分析。

多米尼克·奥利在写《O的故事》的时候，只有非常非常亲密的朋友，比如说埃迪特·托马斯或伊丽莎白·波克罗尔知道。然而，一些平常还算交往比较多的朋友都不知道，包括阿尔贝·加缪或新法兰西杂志丛书的第三号人物马塞尔·阿尔朗在内，事后，马塞尔·阿尔朗一直为此指责让·波朗。书出版后，如果说有时秘密似乎有所暴露，多米尼克却继续在否认她是作者。她非常善于玩地下游戏。真实被置于如此之后的地方，她甚至觉得自己并没有在撒谎。一九五五年的一天，在和让·波朗以及于勒·苏佩维尔一起吃饭前，在圣·热纳维耶夫图书馆的走廊上，苏佩维尔对多米尼克转过身，问："似乎您写了一本非常美妙的书？"她答道："我？不，我不写小说。"苏佩维尔一定是从芒迪亚戈那里得知的，让·波朗曾经将书稿给芒迪亚戈看过。

猜出谁是波利娜·雷阿热真的是一件很难的事吗？文学圈子如此之小，事情很快就传开了。再说，在查禁调查的时候，多米尼克·奥利得知警察已经知道了她的名字和地址。"不过事情从来未曾发生。我从中自然能看出那种类似于大革命前的优雅态度，对待女人的一种贵族气，这个陌生的女人无足轻重，仅仅因为她是个女人。"《O的故事》是一个女人的故事，这是优势，可同时也是劣势。这使得整个事件更加惊世骇俗，但遭到跟踪的危险就此减弱了。

多米尼克·奥利很迟才介入"事件"，因为让·波朗和让-雅克·博韦尔于危险的境地令她感到十分罪恶。不是真正的入狱的危险，而是被列入黑名单，禁止出版、破产和罚款的危险。她决定行动，尽管她喜欢秘密，尽管秘密是她身份的主要方面，是她生活、行动和思想的主要原则。

有位和她差不多年龄的妇科医生和她非常要好，叫奥黛特·布兰。而奥黛特当时和飞行员爱德华·科尼格里翁-莫里尼埃在一起生活。后者是安德烈·马尔罗非常亲密的朋友，一九三四年，他们俩曾经一道驾驶飞机寻找过萨巴女王的王国。科尼格里翁-莫里尼埃先曾任中央高原省议员，在一九五八年，他被戴高乐政府任命为掌玺大臣。让·波朗一直希望多米尼克能够通过奥黛特认识科尼格里翁-莫里尼埃。

"我于是和奥黛特说见个面。'怎么了，多米尼克？'——'不，不，我很好，但是我想和您说点事情。'——'那今天晚上到我家来。'我带去了小说。'没必要的，我已经买了。'她说。而我向她解释了这件事情的来龙去脉。"两天之后，奥黛特给她打了电话，请她与科尼格里翁一起在科洛瓦西共进午餐。那是一座非常美丽的老房子，花园的深处有一座小教堂，拿破仑和约瑟芬妮就是在那里举行的婚礼。午餐时，多米尼克坐在法兰西银行总裁的身边，她所遇到的"最为清教徒式的人物"。科尼格里翁在场时，他们没有说话。而她起身准备离开时，总裁却坚持陪她走到车前。路上，他只是对她说"夫人，我很高兴能够认识您"，并吻了她的手，第二天，下达了取消关于《O的故事》的一切禁令。法律是这样的，一旦最高司法机关下达法令禁止查禁，那么，无论以何种理由查禁都不可能再重新发起。"我觉得这一切非常神奇，简直像是完美的十八世纪的风格。他只是想看看那个写了一本这样的书的女人长着一颗怎样的脑袋，她究竟是什么样子。他一直在看我，但是他什么也没有说。他既没有让我感到尴尬，也没有想让我感谢他。"一九五九年十月二十九日，莫里斯·加尔松宣布诉讼无效，查禁就此结束。

写作风格

就算表面上看来，对于认识多米尼克·奥利的人来说，很难相信她就是波利娜·雷阿热，但是，仍然有一些指证和细节能够有所解释。比如说，《O的故事》的写作状况。

多米尼克·奥利从来没有解释过她究竟为什么要写这样一部奇怪的小说，一部充斥着施虐与被虐情节的色情小说，一个奇怪而令人不齿的故事。或者说，她所给出的原因过于简单，也比较合适于她。不过，她说过自己如何写了这样一部小说，这是小说阅读的关键之所在，当然也十分神秘。两篇署名波利娜·雷阿热的文章涉及到了这些问题：一篇是《一个坠入情网的女孩》——《O的故事》的续篇《回到卢瓦西》的序言，另一篇是《O对我说》，和雷吉娜·德芙日的系列对谈也由让-雅克·博韦尔出版。唯一一篇署名为多米尼克·奥利，并揭示了一些真正的答案的文章是《使命：地下使命》，那是和尼古拉·格雷尼埃（罗杰·格雷尼埃的夫人）在一九八八年所进行的系列对谈，多米尼克不允许在她活着的时候发表。因此她从来没有用自己真实的名字发表过任何谈话。她喜欢神秘。让·波朗曾经对她说："多米尼克，等你到九十岁的时候，你会说出一切。"她却从来没有承认过："但我不想，这一切要等我不在了才会发生，就让那些人自娱自乐去吧！"一九九四年的时候，她上了一位记者兼色情书作者约翰·德·圣-约尔的当，首次公开承认自己是《O的故事》的作者。但是她并没有揭开任何有关小说的谜底。文章有很多脱漏之处，没有揭示出任何真相。

因为无从知道多米尼克·奥利为什么要写《O的故事》，我只是收集了一些关于她写作方式的细节。我剔除了这些细节中的一些解释——因为通常情况下它们并不真实，这是一些虚幻的、彼此矛盾的、出自各个不同版本的答案。我不认识多米尼克，只是在她死后发现了这个世界。阐释或许更为自由，而我力求在她的字里行间找寻动机。不是要寻找她的写作意图，而是要寻找这部小说发生的开端。这些表面的能够给我们以一定信息的因素存在于她的作品中，她独立撰写的作品或者她和其他人合作的作品之中。至于其余的，我们只能在慢慢了解了她的生活之后才能有所理解。写作的状况和前面那些因素有关，这仿佛是个猜谜游戏，又像是一封无法投递的死信，只能从字里行间找到某种意思、某种含义。它基本不属于客观的传记范围，而是属于作为女性的自然流露。多米尼克·奥利最深层的本性的反应，以及她在其他女性心里所激起的反响。在七十年代，多米尼克的视野曾经被认为是反女权的，然而自七十年代之后，她看待问题的视角却得到了一定的发展。如今，女性的问题已经不再是女性的政治地位的问题，而是个人状况，是职业状况、社会状况、情感状况和经济状况的综合。或者说是女性在其良好的行为方式和分寸背后的真性情。多米尼克·奥利是这方面的偶像人物，舞蹈在社会限制和精神自由之间。

《O的故事》是一部分成两部分的小说。莫里斯·纳铎猜到了这一点，他指责作者，因为作者说"前六十页来自于幻觉……我不能说是一种听写，因为这样说很可笑，但的确是一种对幻觉的记录"，而场景和人物一旦安排好，就必须写下去，建构一部小说。在忠实记录下梦幻之后，小说的风格得以形成，故事展开。"的确，小说存在两个部分，原始的，自然得来的部分，和编撰的，经过思考、建构的部分。"然而，开始的时候，小说有若干种展开的方式，最终某些方式被作者弃之不用。传统小说构建的基本程序如此。

在《一个坠入情网的女孩》——只能给《O的故事》一点点微弱的解释里——波利娜·雷阿热将时间进行了切分。写作的时间和回忆的时间："女孩写作，就像在黑夜里和爱人说话，那些爱的词语被抑制了太久，终于流淌出来。平生第一次她毫不犹豫地写着，不曾中断，不曾喘息，没有拒绝，写作，仿若呼吸一般，仿若做梦。"梦的方式是小说故事的主要方式。在卢瓦西城堡那种滞重的氛围里，O毫不犹豫地投身于酷刑折磨之中，并且渐渐地开始对自己讲述这个故事。时态是过去时，但仿佛梦的投射一般，我们总以为自己身处其中，是这个极端私密的场面的观众。波利娜·雷阿热解释说，她和她的情人"没有共同度过的夜晚"："他在自己的卧室里，而且不是一个人。而她则一个人待在自己的房间里。"《O的故事》是一本夜里写成的小说。夜里，作者孤身一人，城市处于寂静之中。多米尼克听凭幻觉的到来，白天她牢牢藏起的幻觉。"朦朦胧胧的时刻，清晨，她也在写。也许就像梦游者一般过了这样的一夜，第一夜，从她那里掠夺过去的一夜，谁知道呢？也许又以某种方式还给了她。"

《O的故事》的写作是个秘密。在和父母、儿子一起生活的房子里，多米尼克躲起来写作。白天，她去《新法兰西》杂志上班，在伽利玛出版社，塞巴斯蒂安-波旦街五号。她的生活是一个严肃甚至可以说一丝不苟的女人的生活。"现在必须起床，梳洗，穿衣，梳头，重新套上一丝不苟的行头，每天的微笑，习惯性的温和的沉默。"《O的故事》中的梦的气氛，幻觉的气氛，那种秘密的语调也来自于写作的物质条件。多米尼克夜里写，躺在床上。她喜欢在床上工作，读稿件或者写作。这是一种躲避，也是一种限制。她很久以来都为偏头痛所折磨，经常不得不卧床休息。因此有一晚，"在入睡前，（她）没有拿起一本书，而是像中枪的狗一样侧卧着，右手拿着一支很黑的铅笔，开始写一个她曾经说过要写的故事。"多米尼克独自一人写了这部小说，但不是写给自己的。

《O的故事》的写作持续了大约三个月。开始于暑假中期，一直延续到"夏天结束以及整个秋天"。与书出版时很多人的猜测正相反，多米尼克一人写了《O的故事》。让·波朗对于整个的写作过程有所介入，但只是作为第一个读者介入而已，并且，他也是写作的目的之所在。但是他对小说本身没有做过一丝改动。他只划掉了一个词——"祭献的"，他觉得太强烈了，而且是从别的地方借来的词。

第二天，她把第一本簿子给他，第一夜的成果。多米尼克很害怕，她不知道他会有怎样的反应。她相信他，但这毕竟还是一样让人一惊的东西。如果她的幻觉"激怒了她的情人，或者更糟，让他感到厌烦，感到可笑"，那怎么办呢？或者，"改变了这个男人对她的看法，改变了他对她的爱"，怎么办呢？不过这样的事情没有发生。她所得到的是狂喜。这一方为之心醉。他总是急着问她要下文。波朗是色情小说的爱好者，而这部小说叙事的大胆和独特令他感到惊讶。比惊讶更好，是让他觉得有趣。波朗知道这将在文学界掀起丑闻。多米尼克建议他玩两个人一直以来颇为热衷的游戏：躲猫猫，双重身份的游戏，秘密的游戏。两个人的游戏。别人谈论这本书，却不知道正在和书的作者谈论这本书，这是多么好笑的事情。

波朗知道《O的故事》是一本非常重要的书。在战后文学中将占有非常奇特的地位。如果说多米尼克冒险把这本书给他看了，波朗觉得自己应该将之公之于众。多米尼克只管写，至于出版的事情，她完全交给波朗决定。她不能独自一人决定，因为她不能取回自己已经交付出去的东西。她开始写的时候，一直到六十页，她都不知道自己究竟会走到哪一步。她只是在慢慢地创造，发现，并且拿去给波朗看。

多米尼克和波朗之间是一种半地下的关系。几乎所有人都知道，但是这种关系并不是一种完全公开合法的关系。波朗的配偶是日尔曼娜，日尔曼娜嫁给波朗前姓多普旦，多普旦嫁给帕斯卡后有了日尔曼娜。日尔曼娜和波朗于一九三三年十二月二十一日结婚。在一九二〇年，日尔曼娜成为《新法兰西》杂志的秘书时，她叫日尔曼娜·帕斯卡。波朗希望妻子在自己身边继续工作。他不太区分工作关系和爱情关系，或者说他需要和他一起工作的女人的爱。

波朗一直没有离开过日尔曼娜。一九一六年他们相遇时的故事颇不平静，因为那时让·波朗已有婚姻在身，妻子叫萨拉，而且他们之间已经有了儿子皮埃尔。萨拉非常嫉妒，不能忍受波朗的这种双重生活，和波朗大闹了一场，非常可怕。波朗最后摆脱了萨拉，可也很难过，不无苦涩。二十年代初，他开始为《新法兰西》杂志工作，在雅克·里维埃尔的身边。日尔曼娜同一时期成为伽利玛的秘书。波朗离开了萨拉，但是萨拉拒绝离婚。十年之后，萨拉被一辆车撞倒——企图自杀还是单纯的事故？——萨拉被锯掉了一条腿。离婚直到一九三三年才达成。

波朗娶日尔曼娜的时候，日尔曼娜已经疾病缠身了。一九三○年，医生诊断为风湿。其实她患的病要更为严重，只是一直到战争爆发才确诊，她得的是帕金森病。四十年代末之后，日尔曼娜便瘫痪在床，根本无法离开卧室。让·波朗于是又过起了双重生活，他有好几个情人，有的是长期保持关系，有的是带有爱情性质的友谊，比如战后和爱迪特·布瓦索纳斯之间的关系。多米尼克是自由的，离婚之后她便没有再婚。她唯一的家庭义务是她的父母和儿子，她和他们生活在一起。为了不违背社会准则，不给日尔曼娜带来太多痛苦，同时也是出于对地下情的喜好，多米尼克和波朗一直在玩躲猫猫的游戏。他们一起工作，天天见面，但他们还秘密约会。正是在一次秘密约会的时候，多米尼克将《O的故事》的头两章带给了她的情人。

"他一进汽车，她就把稿子给了他，她等在离十字路口几米远的地方，在一条小街上，靠近一个地铁站和一个市场（别去找，有很多相似的地方，其实也无所谓是哪个）。他立刻开始阅读，没有问题。再说这次约会本来是要取消的，只是因为太晚，无法通知对方才没能取消。他能逃出来已经是很美好的事情。否则她就必须在那个地方等上一个小时，不能离开，这是地下情自古以来就必须遵循的规矩。他总是说逃出来，因为两个人用的都是并不厌恶囚牢的囚犯的语汇，也许他们都意识到，如果他们不能忍受囚牢，他们自己也不会过好，而当他们得到释放的时候，他们会觉得很罪恶。"《一个坠入情网的女孩》也是一部叙事小说，目的在于对《O的故事》作出相应的说明。这份关系的地下意味在这里得到了充分的强调。在成为波利娜·雷阿热的时候，多米尼克从来不从公开的角度谈论他们的关系。她不想给出一点点引导性的东西，不想请求原谅，原谅她这么长时间以来一直保守秘密。在别人面前，在朋友，亲人，最亲的亲人面前。

"突然，事先约定好的时刻到来了——手表从来不曾离开过手腕——必须走。必须回到各自的街道，家里，卧室里，每天都睡的床上，回到用另一种不能补偿的方式爱着你，和你息息相关的人的身边，也许是出于偶然，也许是因为年轻，也许是因为自己的缘故，你对这些人一旦付出便必须倾其所有，不能离开他们，不能伤害他们，只要你还处在生活的中心。"《O的故事》是匆匆写成的故事，时间仿佛梦幻一般地流淌着。在将最初的手稿交付出去以后，剩下的部分都是以片断的方式放在信封里，寄往保留信箱。《O的故事》的手稿写在几本小学生练习簿上，当然有的地方非常明智地涂黑了。《O的故事》的开头，多米尼克是在父母家写的，在巴黎，但她很快就离开出去度假了。

这是一九五一年的夏末。在家里位于洛诺瓦的乡间别墅，别墅在布雷恩，靠近乌勒和莫莱，在塞纳马恩省，靠近约拿省的边界。很多年以来，多米尼克一直会去位于如安-勒朋的芙洛朗丝·古尔德家，让·波朗会到这里来和她见面（让·波朗的假期一分为三，与日尔曼娜、家人和多米尼克分享）。"从阴沉的水城炽热的海滩上回到一片橙红的、炙热的巴黎。"多米尼克没有备份，也没有草稿。"但是邮局相当忠实"。手稿几乎已经完成，波朗迫不及待地让多米尼克将后面的部分高声念给他听。这是一种考验，"因为也许能够在静谧之中想像最糟糕的、最炽热的细节，想像，并且写出来，但是高声念出在无尽的长夜里所做的梦，这几乎是不可能的。"多米尼克是顺从的，何况她无法阻止自己挑起的色情游戏。

两个结局

小说最后一个场面是犯罪性的强奸场面，轮番由斯蒂芬爵士和司令实施，而O觉得自己沦为妓女卖身的第一个男人是司令。这个场面结束了名为《猫头鹰》的最后一章。在文艺复兴时期所建的隐修院内院里，O浑身赤裸，腰间用烙铁烫了标记，阴部因为穿了金属的铁环和铁片而肿胀着。她出现在一对对穿着晚装的男男女女中。她却什么也没穿，只戴了一只猫头鹰的面具，颈间拴着锁链，小纳塔莉牵着她。没有人敢碰她，也没有人敢和她说话，但是人们都在看她，仿佛在看从另一个世界来的动物。"直到天亮，跳舞的人走光了，斯蒂芬爵士和司令才叫醒了在O脚边睡着的纳塔莉，然后他们抬起O，将她带到院子中央，解开她的锁链，揭去她的面具，让她躺倒在桌子上，轮番地占有她。"

故事发展到这个时候,斯蒂芬爵士已经抛弃了O。对于O来说,被弃是唯一无法接受的事情。她完全将自己献给了主人,甚至让人在她身上烙下了他名字的首字母。她接受一切,承受一切,酷刑和侮辱,这一切都是出于爱。斯蒂芬爵士爱她,对于这一点她能够肯定。主人能够要求奴隶做一切,但是作为条件,主人必须让奴隶留在身边。斯蒂芬爵士打破了他们之间的条约,将她沦为妓女。他把她给了另一个男人,并且是在他在场的情况下,和另一个男人分享她。这是斯蒂芬爵士以前从未做过的事情。尤其是,在将她奉献出去之后,他没有惩罚她。O很明白这两个男人之间是一场交易。她作为某种货币被交付出去,用于偿还司令曾经为斯蒂芬所做的一件奇怪的事情。斯蒂芬爵士不仅仅是出于自己高兴让O沦为妓女的。

在一九五四年的第一版里,小说的结局就是隐修院内院里的这一幕。可在后面一页,有一行斜体的简单注释:"O的故事还有第二个结局。这个结局是,看到斯蒂芬爵士准备离开她,她情愿去死。而他也表示默许。"这条注释是小说的另一个结局,还是另一种叙述的方式?《O的故事》的结局和它的开始一样具有双重性。小说的开始,O和她的第一个情人勒内登上一辆出租车去卢瓦西。在车里,勒内引导O做"准备":他脱去她的长筒袜,吊袜带,短裤,割断了她胸罩的背带,并且让她戴上手套。车子到了城堡前,他让她一个人下车:"你只是我奉献出去的一个女孩。"在后面一段:"另一个版本的开始更为直接简单。"描写的是同样的情况,但是方式不同。然而,两个不同版本的结局讲述的却不是同样的内容。并且,在再版和再次印刷中,又加了这样一句话:"在被取消的最后一章里,O回到了卢瓦西,那里是斯蒂芬爵士抛弃她的地方。"这句话揭示了《O的故事》的真正结局——取消。原版中那行斜体的注释也许只是结局的另一个版本,没有保留的一个版本。

一九五五年八月五日,在警察局因为《O的故事》事件做口供的时候,让·波朗宣称说:"序言强调了作品哲学与神秘的一面,在某种程度上也许没有摆正位置,博韦尔先生与雷阿热女士达成一致取消了小说的第三部分,他们没有及时告诉我,正是在这第三部分中,女主人公面临自己被废黜的命运。"小说的最后一章的确被取消了。然而,让-雅克·博韦尔在做口供的时候说的却完全是另一码事:"这一部分是我们,波利娜·雷阿热,我和波朗的分歧之所在。我记得很清楚,波利娜·雷阿热也一样,让·波朗和我都同意将书的第三部分截去。

我们都觉得很长的一章,名字是《回到卢瓦西》。"多米尼克·奥利对于出版的态度总是很节制的。全是让·波朗一个人做的决定。截去文本的某个部分是出版商的行为——为了让书更好卖,更容易为读者所接受。多米尼克不会出版自己所写的作品。而《O的故事》几乎是一种发自内心的,喷涌一般的写作,很难让人相信作为作者还会有什么退缩和追悔。"并不是我要求出版的,我根本没有想过这本书还能出版……出版是因为他想要出版,对于我来说根本无所谓……不,如果什么东西已经给了别人,那就是别人的了,不能再拿回一部分来,再纠缠不清。这在我看来是很简单的事情。"让·波朗为了替自己辩护,在警察局撒了谎。他想从这本书的出版中脱出身来。之后他也是不停地弄乱线索。

让·波朗喜欢撒谎,因为他喜欢游戏,喜欢诱惑。多米尼克·奥利说:"波朗身上具有一种知识分子的正直,这也是非常迷人的,但是撒谎对于他来说并不是很严重的事情。我记得后来,有一次,在谈话中,我对他说:'您撒谎了。'而他回答说:'是的,那又怎么样呢?'"这一章真的无耻到这个程度,必须取消吗?波朗、多米尼克和博韦尔之间的分歧关系到决定的价值取向。取消最后一章是一项非常重要的决定,因为它改变了叙事的意义和性质。O的被弃、沉沦和死亡具有不同的含义。沦为妓女和成为祭品也不是一类的事情。色情小说所特有的神秘氛围都有所保留,但是,根据不同的结局,一则是通向某种世俗的、更为原始的崇拜,而另一则是通向基督教的礼拜仪式。

没有保留的最后一章是多米尼克·奥利后来一直不断提到的结局——仿佛另一个结局并不存在似的——也是最早的版本斜体注释中所说的结局:O之死。多米尼克选择了这个结局,但是波朗拒绝了。O的沉沦,直至死亡。从自我中释放出来,离开天天如此的艰难生活。被鞭笞对于O来说"是迈向毁灭,迈向虚无的欲望的一步……有一天,有人给我寄来了关于O的人物分析,他得出的结论是我原本就很清楚的,O是一个奔向灭亡的人物。拉辛笔下的人物也都是在奔向灭亡……O试图将自己释放出来。我们只能在死亡中找到绝对,有时,在折磨之中或许能找到安宁。"对于多米尼克来说,她的人物应该在故事最后死去。"一种摆脱存在的方式,是对于存在一种悲剧性的,悲观的看法的表现……O最终作出了这个选择,她喜欢这个选择。感谢上帝,她最后被杀死了……必须这样,否则将是难以承受的,否则小说将跌入最为低俗的色情小说的套路,沦为最为平庸的罪恶的故事。我是故意写了这么一个结局,可没有人能够理解，也不愿意接受，这样的结局是为了摧毁某种梦幻。如果你沉浸在——就像在大部分的梦中——具体而微小的事实里，你就会写一部普通意义的侦探小说，带有某种蓄意的不堪入目，并且也必须不堪入目。"然而最终，这个结局却没有能够存在，或许，只在手稿中存在过。

最终是另一个结局赢得了胜利，就是再版时所宣称的那个结局："在被取消的最后一章里，O回到了卢瓦西，那里是斯蒂芬爵士抛弃她的地方。"因为博韦尔在取得多米尼克·奥利的同意后，过了若干年，于一九六九年出版了取消掉的最后一章：《回到卢瓦西》。O没有撒谎。博韦尔请多米尼克为姗姗来迟的最后一章写了一篇短文，让她对此作出一定的解释，给予某种导读。这就是《一个坠入情网的女孩》。这篇文章是一九六八年，她在诺伊的一家美国医院照顾让·波朗时写的。一部感情非常纯粹的小说。对于她来说，《回到卢瓦西》却并不是真正的结局。在卢瓦西，斯蒂芬爵士抛弃了O，O沦为一个普通的妓女，愿意卖身就卖身，愿意离开就离开。她不再是情人特有的享乐品。卷入某宗交易后，斯蒂芬爵士彻底消失了。O有了选择，这也是故事最后的几句话，"安娜-玛丽对O说：'O，你现在自由了。我们可以去除你的镣铐、项链、镯子，抹去你身上的印记。你有钻石，你可以回家。'O没有哭，她也没有怨言。她没有回答安娜-玛丽。'但是如果你愿意，'安娜-玛丽又说，'你也可以留下来。'"《回到卢瓦西》因此并非多米尼克所谈论的结局，也不符合卷首的注释，这条注释里，多米尼克写道："这里是《O的故事》的续集。经过思考后，接下来的这些页提供了一种沉沦的可能，但是也许永远也不能够达到真正的沉沦。"沉沦不是被弃，而是死亡。

波朗曾经两次介入。开始，他请多米尼克不要让O死去，他觉得这样的结局过于强烈，过于现实。接着，他取消了最后一章，在最后一章里，O被抛弃在卢瓦西。他反对任何形式的沉沦，这种结局在他看来不合适：因为它去除了小说的神秘性，将小说带回到某种类型的文本——对于奴隶命运的不堪入目的诠释。波朗的忧虑是知识分子的忧虑，但也是作为一个出版商的忧虑。如果这样，文本不会太"危险"，而且会为大众所接受（避免了将其归为犯罪小说——卖淫或是谋杀）。这也是一种躲猫猫游戏。在序言《奴役中的幸福》中，他已经影射到《O的故事》的结局，"对于我也一样，结局令我感到惊讶。你也许会认为这并不是真正的结局。觉得在现实中（我们姑且使用这个词吧），你的女主人公可以想方设法让斯蒂芬置她于死地。等她死了，他就除去她的镣铐。但是很显然，这一切都没有写出来，这只小蜜蜂——我是在说波利娜·雷阿热为自己留下了一部分蜂蜜。谁知道呢，也许这一回是出自作家的考虑：O在一系列遭遇后的几天，到此为止。再说既然这个结局如此明显，或许无需讲述了。"

小说介于经典文学与色情文学之间。结局是怎样的，就能够决定它究竟应该被归为前者还是后者。波朗宣布出版续集的时候，他参考的是真正的结局，那个谁也不曾读到过的结局："O之死"呢？还是最后得以出版的那个？对于多米尼克来说，《回到卢瓦西》不是被取消掉的最后一章，而是出版商要求写的，她自己觉得毫无意义。多米尼克也许也不是唯一回到这本书的写作上的人。她对此持否定态度。真正的结局是她自己承认的结局：O之死。O和生活的关系与多米尼克和生活的关系非常相似。生活的力量"每天都在，如同某种奇迹一般，但是我基本无法感觉到。每天，我都要努力让我上路，我需要把自己踹出去"。在折磨、服从和死亡中，我们才能找到最终的宽恕。在色情故事中，死亡一直与快感比邻而居，这是淫秽的谨慎表现。

一个通俗的文本

《O的故事》的文学价值是显而易见的。多米尼克钟情于伟大的经典作家，莎士比亚，圣-阿芒，拉辛，费奈隆，莫里斯·塞弗，约翰·唐。她所接受的第一次文学培训是巴洛克风格的诗歌，十七世纪的诗歌。第二次：英国文学，莎士比亚，吉普林，康拉德。多米尼克首先是个英国文学爱好者。直到后来她才发现了现代文学，等她读大学的时候，并且作为出版人，终其一生她都沉浸在对现代文学的挚爱中。开始时还有所谓的纵情文学。薄伽丘，小克雷比永，最早是在父亲的书架上找到的，在三十年代，她成为一个年轻女人时又重新阅读了一遍。在钟爱于十七世纪的宗教诗歌的同时，她也喜欢"十八世纪的色情小诗"，在她看来，这些小诗"在表达上非常善于把握分寸。比如说克雷比永的《篝火一角的偶然》，这首诗非常精致，非常端庄，相比之下，马莱布的色情诗歌所用的语汇真是令人作呕。他的《普里阿波颂歌》真是可怕"。而拉克洛则介于经典和色情文学之间。多米尼克还是少女的时候，母亲就发现她在读《危险关系》，于是母亲把这件事告诉了父亲。父亲却说女儿应当进行自学。她读到的很多色情文学都是来自父亲的藏书，父亲是个自由主义者，她想读什么就让她读什么。

分寸的确是《O的故事》的独到之处，也正是这一点将这部小说排除在所有平庸的色情小说之外。很多人都强调这部小说令人赞叹的风格。多米尼克是一个非常有教养的、有自己独到研究的人，驾驭自己的情感对于她来说是非常自然，并且是首要的事情。在十七世纪与十八世纪的色情文学之间，"分寸的概念欣然而至。什么都可以说，但是必须注意分寸地将这一切说出来。否则就会令人尴尬，就是粗鲁的、庸俗的。您瞧，我也会用粗鲁而庸俗的词，它们有一定的价值、分量和效用……但是我，我用那些注意分寸的词却更加得心应手一些。"斯蒂芬爵士用赤裸裸的语言来谈论O的时候，仅仅是为了侮辱她。"O想要被摧毁，而最为彻底的摧毁就是侮辱。我们可以杀死一个人，却不该侮辱他。"

让·波朗是第一个谈到分寸的人。他在序言中所提到的三点①是正确的，尽管他希望序言具有一种滑稽的风格，并且，像多米尼克·奥利所说的那样，带有某种"挑衅的意味"，并不完全"与书相符"。序言的第二部分题为"毫不通融的分寸"。两个矛盾的词，在波朗看来，这正是《O的故事》的独到之所在。"可怕的事情"用节制的方式说出来。"我本不想用分寸这个词，因为这个词有些平淡和造作，似乎只满足于隐藏……存在着另一种分寸，无法消除的，并且非常精确；这种分寸以非常强烈的方式侮辱了肉体，让肉体回到其原初的整体性，并且将它置于光天化日之下，而此时，欲望还未曾表达，岩石还未曾被歌唱。坠入这样的分寸是一件危险的事情。"波朗将这部小说定性为危险的小说，而他的序言更是炮制了小说的轰动效应。

在波利娜·雷阿热看来，分寸对于色情小说有百利而无一害，而分寸之说与多米尼克·奥利的本性十分吻合。从行为举止而言，多米尼克从来都是无可指摘的，但她是一个个性很强的人。一种似乎掩藏在层层壁垒之后的性感。"对于往往不能够控制自己的人来说，做自己的主人是件非常令人兴奋的事

---

① 题为《奴役中的幸福》的序言，分三部分：一，如同信件一般坚决；二，毫不通融的分寸；三，一封奇怪的情书。——原注

情；否则它就不会那么珍贵了……这就是萨德所说的冰冷的目光。'他向我投来真正的肉欲至上者的冰冷的目光。'"她的矛盾之所在让她得以保全秘密。每当有人对她说，她是《O的故事》的作者时，她便会走开去，她真的觉得这事和她毫无关系，以至于她总是能够非常坚定地予以否定。这仿佛是一种双重性格。"很多年来，每当别人问起我这个问题，我总是回答说：'这个问题我从来不予回答。'作为回答，这是个不坏的回答，对于这样的回答，您能予以怎样的反驳呢？没有什么再可坚持的东西，别人于是也就不再坚持。"

我却觉得这本书与她十分相像。她与波利娜·雷阿热没有什么不同。她一直在词语之间游戏，介于幻觉和现实之间。"当然，它与我的生活没有任何相似之处。……人的幻想有时与他的存在完全不同。"一方面，她满足了自己对于梦幻风格的趣味，而另一方面，她也遵循了色情叙事对于效果的特别考虑。文学以及人身上魔鬼的一面所表现出来的自由主义特性。"在我看来，文学在很大程度上的意义就在于此，将文学所释放出来可恶的一面昭示天下。"色情小说遵循的是同样的准则，"它给孤独的人以满足，而不是服务于可以互相安慰的情人……色情文学或淫秽文学在我看来没有一丁点儿重要的意义……随人们去读好了，只要他们愿意读，即便有些粗俗，又有什么关系呢？犯罪的不是这些人，不是的，同样，不是读萨德的人建造了集中营。而是那些从来不读萨德的人……在人类的身上都有这样一种特性，让别人承受痛苦能给自己带来快乐，于是他们等待的，就只是实现这种快乐的机会。"

《O的故事》从表面上看来是一部矛盾的小说，它正好与波利娜·雷阿热或多米尼克·奥利的双重性是吻合的：这是一种精练正确的写作风格，非常文学化，但是也很符合通俗小说的规则。"《O的故事》中的酷刑与暴力和侦探小说中的打斗完全属于同一种性质……都属于梦幻的范畴……这是通俗小说的某种约定俗成，并非我要屈从于通俗小说，而是从表面而言，它几乎是非常自然的事情，我可以说，根本未经考虑就成了这样。"酷刑用于描写O的被弃，用于表现绝对的爱。在色情之中加入放弃自我的圣事仪式的因素在战后文学中是非常经典的表达手段。通常，在某些哲学与神学的文本中，我们能看到这一类的手法。或者是象征文学，比如说芒迪亚戈的小说。但是在古典的色情文学中比较少见，我们很少看见在古典的色情文学中，色情的每一个细节，每一个场景都是通过某种宗教性的行为来表现的。但是所谓的宗教性，在《O的故事》中，它更是精神范畴的，而不是具体在故事里得到体现。

多米尼克·奥利用上了色情叙事惯有的所有细节。O在到达卢瓦西时有了一番准备。化妆是这样的：扑上粉，画上很重的眼影，嘴唇涂得很红，粉红色的乳晕，腹部留下的红色的唇印，腋下和阴毛上都洒了香水，还有两瓣屁股之间，双乳之间，掌心之间。衣服是这样的：受刑的时候，脚上穿的是红拖鞋，光着身子穿一件红外套，平日在城堡里，里面是鲸骨收腰紧身衣，白色亚麻的衬裙，外面是条水绿色带花边的长裙，胸部敞开。这种日常装束让人想起十七世纪放荡的衣装。男人都穿着紫色长袍，紧身长裤，性器露在外面，腰间拴着鞭子，戴着黑手套，戴着黑色的面具，仅仅露出眼睛和嘴巴。城堡内的布置是这样的：红色的墙，黑色的地毯，床和软座上覆盖着黑色的皮毛。性虐待的配件：皮质的项链和手链，无论颈部的项链还是手腕上的手链都非常紧，结合处有搭扣控制，而且带有一个金属环，似乎是为了拴在什么东西上，马鞭，皮鞭（用六股皮带做成，尾端有个结），细的绳鞭，金属的小链条，棍子；墙上钉着钩子。行为准则是这样的：无论是在城堡内还是城堡外，作为一种"暗号"，她"不能并拢双腿，也不能将一只腿跷到另一只腿上"，不能紧闭双唇。在城堡内执勤，O必须张开双腿和嘴巴，因为她"真正的服务……就是将自己献给卢瓦西的成员，只要他欲求，并且要让他有所欲求。"她永远都不能看到无论是任何一个男人的脸。在城堡外，她必须在无名指上戴一个铁环，这就让她必须献身于戴有同样标记的男人。她唯一能穿的衣服是可以从前面打开的裙子和连衣裤。并且不能穿任何内衣。她必须光着身子穿裙子。

O不再拥有自由，即便出了城堡也无济于事。只要她还爱她的情人，她就不再自由。唯一的自由就是离开他，如果有一天她不再爱他。多米尼克·奥利并不是一个驯服的女人，但是她非常热衷于军队的纪律。她也以自己的方式穿着制服。灰色的、棕色的，或是黑色的套装，严谨，笔挺。"这可以让生活变得简单"。她穿得如此正经，与O的打扮似乎是矛盾的，但这只是表面的矛盾而已，实际上并非没有一致之处：方便，可以把自己交付给他人。如果说她认为所有的服装都可以具有色情的意味，应该说她也趋向于觉得"经典的甲胄"很有意思，"（紧身衣或紧身带、吊袜腰带、黑色的长统袜）穿起来非常撩人……在色情的盛装里，在我看来还有十七世纪的长裙，带有长长的裙撑。如果说我能够如此细致地描写O的穿着，那是因为有一段时间我在研究服装史……我非常为那种鲸骨一直撑到胸部的长裙所着迷"。色情的服装和修女的裙子也有一定的关系，多米尼克的母亲就在修道院长大，她们穿着"长长的裙子，里面是宽大的衬裙，再里面便什么都不穿，上楼的时候，她们教的小学生都埋伏在台阶下，就是为了看她们白白的光屁股，偷偷地笑她们。我母亲一直为此感到羞辱。'撩起'这个动词就是专门为这类的裙子发明的"。色情服饰的宗教性之所在。但是制服还有另一层含义，"承认的象征"。这是秘密团体的一种特性，多米尼克总是为之着迷。第二次世界大战期间，她终于能够幸福地成为秘密团体的一员。

如果说，小说的一部分灵感来自于自己的梦幻——童年的梦想，晚上，她编造着秘密的囚牢，戴着枷锁的女人，房子里，花园下，地下的迷宫，那么，另一部分灵感则来自阅读。在多米尼克十五岁的时候，这些场景已经开始出现。这些场景并非来自真正意义上的色情文学的阅读。而是来自于其他书籍，描写黑暗的地下世界的书籍。色情文学的阅读是后来才进行的，应该说色情文学对于她写作的建构有所帮助，但并没有给予她想像。薄伽丘、克雷比永都是她少女时代阅读的作家。——萨德呢？"不，我读过萨德的东西，在我三十岁的时候，二十岁时我没有读萨德。我和所有人一样读《彼利蒂斯之歌》……《阿芙罗狄特》和《彼利蒂斯之歌》令我震惊……但我的梦幻并非来自于此，我的梦幻自成系统。关于地下世界的梦幻，一群女囚住在里面，这里面有中世纪的遗迹，有怀特·司各特的那种味道，英国恐怖小说的味道，我读英国恐怖小说的时候，甚至傻得都还没有意识到这是恐怖小说，也不知道这就是人们所谓的恐怖小说。我想，在我的想像中，有安·拉德克利夫的某些影响。"一种受到经典文学影响的通俗文学。《O的故事》的原初世界正是这样一个恐怖的、带有梦幻意味的世界。"我在这个地下的故事当中所体验到的，正是我在自己住的房子和花园里所安置的那个世界。花园带有平台，悬于路的上方，挡土墙外爬满了常青藤，我发觉，藏在常青藤下，我们可以开很多扇窗子，而别人却看不见这些窗子，但是里面的人却可以透过窗子望见外面。在花园下方，就像现在人们建造停车场一样，我们也可以造很多的房间，很多的居所。在我最初的幻想中，我就让我的女主人公住在这样的地方。"梦幻位于里面的世界，下方的世界。它带有让人放心的形式，完全不同于通常外面的世界所可能带来的恐惧。多米尼克喜欢躲起来，躲在一个秘密的地方。

写作上的合作伙伴

要将最为私密的、最不愿意承认的梦幻写下来出版，并且不揭开自己的面纱，这就要求必须有个合作伙伴，一个"同谋"。一个人躲在幕后执行，而另一个竭力促成、公之于众。如果没有让·波朗，多米尼克·奥利就不可能写作出版《O的故事》。即便在这个事件发生的时候，新闻界从来没有抖露过她的真实身份，文学史上也没有留下过她的名字。只有她的合作伙伴被卷入了这本书的出版中，成为这本书的代言人。从所有意义而言，他都应该是这本书的保管人。书是为他写的，和他一起写的，并且多亏了他才写成的。《O的故事》既是爱情的证明，也是多米尼克·奥利和让·波朗之间的一个游戏，是对于他们爱情关系和职业关系的一种表达。

所有人都看到，在这个事件发生之时，波朗的序言承诺了他对于这本书所担负的责任，甚至有些人因此而认为他就是波利娜·雷阿热。波朗描述过这种为地下工作者所熟悉的"同谋"行为——地下爱情，地下文学，地下出版，地下的政治斗争。多米尼克完全是地下的。波朗的行动方式有两种，一种是官方的，另一种则是在掩护身份之下。多米尼克的个性使她总是退在幕后，她的权威性并不显露在表面，是间接的，甚至是看不见的。波朗则一方面有自己的职业定位、社会定位，另一方面又对并行的、有组织的网络具有相当的爱好，他一直在有意模糊两者之间的界限。第二次世界大战期间，他扮演了双重的出版角色：一面是与德国人正面接触、协商，以保证出版社的继续运营，另一面是知识分子的抵抗运动，秘密帮助被禁止出版的作者，秘密出版禁书。战后，他又开始了新的地下出版事业，对色情文学发生了兴趣，为此他没少被罚款、查禁。

"也许《O的故事》是一个男人所收到的最为粗暴的情书。"波朗还补充指出，有爱情就没有自由。多米尼克写了情书，因为有他。"写这封情书的愿望，我曾经有过。但是没有遇到想读的人之前，我是不会写的。没有写这封书的必要，我永远也不会写。这是一封情书。"要让她写成这封情书，情人必须已经在那里，他才是书写欲望之所在。在多米尼克看来，让·波朗作为文学负责人的天赋就在于激发每个人写属于自己的书。每个人身上都有书可写，即便他不是作家，每个人身上至少都有一本书，一部作品。因此是他引领她写了这本书，而她一直是拒绝写小说的。多亏了他，她才写了这部小说，但同时，这部小说也是为他而写。"一个坠入情网的女孩有一天对那个男人说，她爱他：我也可以写这些个您喜欢读的故事……'您这样认为吗？'他回答说。"罗杰·格雷尼埃说这是"精通文学的修女"向她的情人表达炽热的爱情。多米尼克从来没有从私人的角度解释过写作的必要性，但是她给出了一个冠冕堂皇的理由。

一个女人为情人写一本色情小说，其中的种种折磨因而是合乎道德的，只是"为了吸引他……因为我们总是害怕爱情不能长久！我们总是在找寻继续下去的办法。这有些《天方夜谭》的意味。"这是一种挑战。对自己所爱的男人和对自己的挑战。多米尼克认为自己正在老去，不再那么美丽。她希望能够延续欲望，继续为情人带来惊喜，并且这位情人同时一定还有别的情妇。这是能够保护自己的功利主义的原因，将他也卷入这洞穴之中。多米尼克总是想为别人做些什么，而不是为自己。小说采取了情书的形式，因为情人并不生活在一起。"他们每周见两到三次面，从不在一起度假，从不在一起度周末。他们在一起度过的时间都是从家里和工作中偷来的。"

然而，他们天天见面，在新法兰西杂志社，在芙洛朗丝·古尔德家的文学午餐会上，他们还一起和作者见面。他们之间的关系众所周知。他们很小心，像很多合法或不合法的情人一样，但他们并非完全的地下关系。至少在那个时期，在一九五○年到一九五四年间，日尔曼娜·波朗不知道。我在想，这是多米尼克和波朗之间的一种游戏，具有罪恶感的情人们通常所玩的一种游戏，或者说，《O的故事》叙述的并不是她与波朗之间的关系，而是另一种关系。再说，多米尼克·奥利在给让·波朗的情书中一向非常注意措词。雷吉娜·德芙日强调是一个男人促成了这本书的写作，促成"这些梦幻的展现"时，多米尼克回答她说："这份爱原本可能是另一种爱，当然也是爱。但是要促成这本书的写作，必须有一个同谋，就像对于这一类的行为往往需要一个同谋……没有一个男性的同谋，一个女人可能永远也玩不了这个游戏，一个爱她的男性的同谋，因为除了对自己所爱的男人，我们不可能倾吐一丁点儿这类的事情。"因此这封情书并不完全是针对让·波朗的，而是针对一个被爱的男人，一个爱着的男人，一个被女人爱着的男人。也可以是另一个男人。无论如何波朗首先是同谋，从文学意义而言或是从情感意义而言都是同谋。他帮助她完成了小说的创作，帮助出版了小说。因为他是男人，并且是那个时代最为光彩照人的出版人，他是最杰出的同谋。多米尼克一直很善于选择同谋。

色情文学是在战后体验地下生活的方式。像多米尼克·奥利和让·波朗这样喜欢冒险，喜欢双重游戏，喜欢矛盾的人（在战争期间，波朗和德国人、德奸的关系很好，同时和抵抗组织成员、共产党员的关系也很好）来说，重建地下生活的条件是很必要的。"都说这是一件危险的事情，而我一直都是那种喜欢危险的人，这是真的……肉体上的冒险我很喜欢，但是社会性的冒险我就不那么喜欢了；那种要以家庭关系为代价的冒险对我来说毫无意义。"男性的同谋可以起到自我保护的作用，不是减少肉体上的冒险，而是减少社会意味的冒险，一个女人写了一本色情书，这件事本身所带来的社会意味的冒险。另外一个矛盾就在于：写作出版一本闹得沸沸扬扬的小说，可同时却惧怕因此带来的社会意味的危险。她将自己置于社会性的危险之中，但是化了妆，戴了面具。多米尼克不以反抗性的介入为行动方式，她喜欢冒险，她一直以游戏的方式在行动。只是为了个人的趣味。

"爱一个人意味着生活在危险与不安定之中。"为自己的情人写一部色情小说并不比爱他本身来得更为危险。梦幻始终处于梦幻的状态，是"心血来潮"，不会威胁到爱情，而爱情本身早已是不确定的，随时都可能被摧毁。"一切让人不安的东西，都停留在梦幻的状态，只是念头而已。"她的情人拒绝和其他男人分享她，可这也许是多米尼克喜欢的事情；她不能够接受肉体上的暴力，但或许她的情人很欣赏这类事情。实现梦幻是一种企图，但需要两个人，需要合作伙伴。而这个合作伙伴需要成为梦幻的反方。在性虐待与性被虐行为中，一个是性虐狂，另一个是被虐狂，当然关系有时可能颠倒过来。多米尼克的梦幻不可能得到实现，因为在这上面波朗无法与她达成一致。卖身以及多元的爱情关系对于波朗来说是无法容忍的，因为他非常容易嫉妒。

但是他却是她在社会意义上的同谋，面对法律时的同谋。名誉受损和遭到惩罚的危险，他和她并肩承担。波朗是她地下行动的同谋。"秘密社会的故事适用于所有人。孩提时代，同学之间的友谊就带有秘密的味道；长大了，爱情，规范之外的爱情也带有秘密的味道；战争期间的抵抗运动是秘密的。也就是说，要有举行会议的地点，并且只是让你去赴会的地点。"多米尼克具有地下的性质，这是她唯一一直保留的身份特点。

孩提时代可以在世界之外拥有属于自己的世界，成人之后则是在这个世界之中拥有自己的世界。或者说，拥有两个人的世界："如果不能与人分享，这个世界毫无意义。"多米尼克只喜欢两个人的世界——两个人相爱，两个人的工作，男人和女人，无论是爱情还是友谊。在这个世界上，她无论是出现在一群人中，还是出现在公众面前时，都是在别人的陪伴之下。多米尼克从来不曾独自一人，或者说，很少独自一人。与另一个人分享秘密。在地下情中，"有一种略带苦涩的甜美，几乎令人心醉，看着那个男人出现在招待宴会的人群中，他不敢看你，你也不敢看他。而你对自己说：就在刚才，他还把我抱在怀里，只有他知道，只有我知道。"某些东西要付出非常昂贵的代价。爱就是这样的东西。O受尽折磨，是她要求的，因为爱。也因为她的简单，这是个简单的女孩，斯蒂芬爵士觉得她是个简单的女孩，但必须使这一切停留在秘密状态。

秘密赋予事物以价值。匿名也是一种秘密。多米尼克拒绝，至少是拒绝公开地说出自己的真实姓名，她不愿意让她的家庭，她的职业交往感到难堪。只要她不承认，别人就没有办法向她提问。"我母亲最终明白了，我想，但是我一直以来都戴着面具，这点对于她来说已是足够，否则，如果所有人都上前对她说：'那么……'她一定受不了。"如果说，像波朗所预言的那样，在她将近九十岁的时候，她几乎承认自己是这本书的作者，她却没有给出任何解释。不是因为她拒绝给出解释，而是她不愿对记者重复二十遍。

署上另一个名字对于多米尼克来说是再自然不过的事情，她一直都使用笔名。她并没有改变身份，她只是藏起来，或是将自己的另一面呈现出来，她在《一个坠入情网的女孩》中所谈到的"完全相反的那一面"。家庭并不完全是她这样做的理由。书出来的时候，她的父母的态度是平静的。多米尼克的父亲是个在精神和道德上都相当自由的人，他对她说，她写了这么一本不太道德的书并且大获成功，他没觉得有什么不合适的。《O的故事》出版了四年之后，母亲一位朋友的儿子到她家来。他转向多米尼克说："别人说是您写了《O的故事》。"多米尼克做出一副茫然无知的表情说："是吗？"朋友儿子走了之后，多米尼克的母亲问她要不要喝茶。她当然不是真的相信女儿毫不知情，但她根本不想谈论这件事。多米尼克喜欢家庭一向采取的这种态度，不谈论，不让任何人感到尴尬，假装不知道。可以被看作是不在乎的态度其实给人以很大的自由。这种态度更接近于新教教徒的态度，而不是天主教教徒，她的家庭是源自英国的布列塔尼家庭。

多米尼克没有承认自己是这本书的作者，但在别人说她是作者时，也没有予以否认。这是非常行之有效的技巧。O的遭遇与她的生活没有任何相似之处，但是波利娜·雷阿热这个名字，还有事件展开的地点——卢瓦西——却是她非常熟悉的、亲密的。她家用来度周末和度假的别墅一直位于塞纳-马恩省，法兰西岛①，洛诺瓦。多米尼克非常钟爱这个地区，后来她还在塞纳-马恩省的布瓦西斯-拉贝尔特朗买了一座房子。"我在土地册上找寻地名，我的目光落在了雷阿热上，我喜欢这个名字。"波利娜是在向历史上最伟大的荡妇表示敬意，波利娜·博尔盖斯或波利娜·洛朗，多米尼克的朋友埃迪特·托马斯就写过一本波利娜·洛朗的传记。卢瓦西，这仍然没有出法兰西岛的范围（一个村庄的名字，后来成了机场的名字）。"有一天我开车经过，看到一幢幢很大的石头房子……法兰西岛的卢瓦西，真是美啊。"

多米尼克只写了一部小说，不仅仅是因为"懒惰，缺少想法，不知道为什么要写，怎么写"，同时也是为了继续躲藏。在她的小说里，多米尼克讲述的是极为私人的、秘密的事情，但是笔名使她得以避免谈论自己的日常生活和家庭生活。"对于我来说，使用笔名不仅仅是简单的习惯的问题，也不完全是一种迫不得已的保留，它的意义远远超出这些，它揭示了我身上最基本的矛盾，将它展现出来。"

思想与政治环境

多米尼克·奥利非常奇怪，她将社会危险与道德危险截然分开。她是一个在道德习俗上极为自由的女性，离婚，一个已婚男人的情妇，充满诱惑力的女性。她写了《O的故事》，没有半途而废，事后也并不后悔。她之所以选择笔名并非因为自己感到尴尬——她不知羞耻为何物——而是有所保留。是出于对自己社会生活和家庭生活的保护，为了躲开道德上的冒险，她戴上面具。然而，出版一本淫秽小说是挑战道德在淫秽上的界限的最佳方式。至于写作的理由，应该在她对冒险的热爱与表达自己独特之处的愿望中去找寻。而她所处的

---

① Ile de France，法国行政大区，下辖八个省，首府巴黎。——译注

思想与政治的环境让她更加钟爱冒险，也更加热衷于表达自己的独特之处。

战后的法国陷于一系列的不名誉之中：通敌，维希政府，以及维希政府一直在位的行政人员。然而，道德品质问题在解放之后已经成为一切阵营的主题词。不论是戴高乐为首的右派，还是激进的社会主义左派，更包括在战后主导知识界、文学界和哲学界的共产主义者。在家庭以及社会关系的范围内，贝当的某种观念仍在继续。然而已经被颠覆的政治领域正待重建。所有的政党希望自己能够执掌政权，这种情况一直到一九五八年，戴高乐赢得大选为止，他成为法国重新统一的临时象征。右派和左派的政党都企图依靠法国社会的主导阶级：小资产阶级，以及它狭隘、保守的价值观。夫妻，孩子，在这样的生活里，通奸、同性恋是十恶不赦的罪行，家庭妇女和政治代表人物一样，以道德的名义捍卫各种非革命性的价值观念。法国共产党要求追回国家政党的地位，它也支持同样的价值观，支持成为小资产阶级的工人、雇员和底层的公务员。战后法国从政治的角度而言有两个十分突出的特点，一是在思想和道德上视野变得极为狭隘，二是呈现出一种完整倾向，一直到一九六八年爆发为止。思想界有两种行为方式：根据政治的完整倾向，分成"纯文学"（以波朗以及前期的《新法兰西》杂志为代表）与"介入文学"（以萨特和他的新杂志《现代》为代表）；而鉴于此时的道德价值，色情行为（具体的、文学的）自然也就转入地下。

多米尼克·奥利正是在这样的环境中写成《O的故事》的。她既属于"纯文学"的阵营——别人一直指责她站在反政治的立场，站在波朗一边，也属于地下色情的、不道德的一边。保守关于自己真实身份的秘密是一种谨慎的社会态度。在第四共和国，丑闻首先是性的领域的，而且，第四共和国就毁在一桩性丑闻上①。紧闭窗门的性，身体不得自由，受到暴力和习俗的约束。《O的故事》就是这样一种矛盾的小说，而多米尼克的个性也是这种矛盾的产物。这是另一位作家埃梅·帕尔迪在一篇文章中所给出的解释，他的解释与巴塔耶和芒迪亚戈不同："《O的故事》究竟是什么？是一部萨德侯爵式的黑色色情小说，但是从文学的角度而言更为灵巧，并且没有萨德侯爵那么歇斯底里。这至高无上的灵巧就在于能够用一种冷冰冰的语调描述最糟糕的恐怖，仿佛是在描

---

① "粉红芭蕾"事件，第四共和国的若干部长和议员都被牵扯在这桩恋童癖丑闻内。——原注

写某种性质有些特别的贵族礼仪。"这是对小说最为中肯的评价。也许他知道是多米尼克·奥利写的,因为在一九四六年到一九四七年间,有很长一段时间他们在《方舟》杂志共事。

与这种说教性的氛围相对应的是作家和出版家对于色情文学的迷恋。当时他们普遍钟情于十八世纪的纵情文学,并且重新发现了萨德,后来,博韦尔出版了萨德的全集。还有类似于罗贝尔·夏泰的书商,"蒙玛特神秘的书商罗贝尔·夏泰,……他躲在一套专门的房子里专门从事这活动,非常非常小心。只有在对了暗号之后他才会开门。他是色情文学的专家,一九四一年,他出版印刷了巴塔耶的《爱德华达夫人》的首版(当时署名为皮埃尔·昂热里克),弗特里埃画的插图。"一九五四年前后,博韦尔秘密出版了好几部色情文学:芒迪亚戈的《封闭城堡中的英国人》、阿拉贡的《伊莱娜的阴户》和巴塔耶的《眼睛的历史》(已经由吉尔布朗特出版社、桅楼书店和K出版社秘密出版,署名为洛德·奥赫,贝尔梅尔插图)。版税的问题通过作者和出版商友好协商解决;一本从司法角度上来说不追究权利所属的书以笔名的方式呈现在公共的视野中,没有任何保护出版商正当竞争利益的东西。接着博韦尔在被判付相当大一笔的罚款之后,出版了《萨德事件》,讲述的就是自一九五六年以来开始的出版萨德所引起的一系列轰动效应。皮埃尔·科洛索夫斯基在子夜出版社出版了《今夜的罗贝尔》。莫里斯·基罗迪亚斯执掌的英国色情文学出版社奥林匹亚出版社也在巴黎落户,因为当时英美文学中禁止色情文学。一九五五年,这家出版社率先出版了《洛丽塔》。纳博科夫的小说被译成法文之后,多米尼克·奥利曾经撰写专栏文章对小说所引起的轰动效应加以描述。在文章中,她问道:"哪种文学能是危险的呢?……一般说来,似乎有两种类型的文学通常是被认为很不健康的……色情小说和侦探小说。这两类小说企图欺骗他人,而实际上并没有欺骗任何人:它们只是大人的童话,为成人而写的丁丁的故事……事实上,文学从来不可能与不幸挂钩,文学与丑闻……丑闻每天都有,它与文学无关,而文学只能以奇迹的形式出现。"

在政治斗争之间,在共产党与戴高乐主义者之间,在对待阿尔及利亚战争的不同态度之间,法国思想界投入了对纵情声色的热爱之中。不仅仅限于想像,文本和小说,甚至在性行为的实践上也是如此。艺术家、作家都喜欢举行狂欢派对。弗特里埃家的狂欢很具有神秘的意味,尽管谁也没有能够真正弄清楚他家狂欢的性质。弗特里埃的妻子是雅尼娜·埃普雷，雅尼娜也是色情小说家，她在法国墨丘利出版社出版了《零度厄洛斯——一个待嫁的女孩》。弗特里埃是波朗非常亲密的朋友，而雅尼娜·埃普雷则是多米尼克最好的朋友之一。

波朗出版了《萨德侯爵和他的同谋》，最早是在一九四五年，登在《座谈会》杂志上，一九五一年，由利拉克出版社出版。同谋的意思在这里被颠覆了，这一回波朗不是同谋，多米尼克成了同谋。很长时间以来波朗一直在写萨德。在《新法兰西》杂志一九三〇年的九月号上，他发表了《萨德侯爵为我们留下的美德》。在以博韦尔为起诉对象的萨德起诉案中，波朗做了一次史无前例的证词，一九五七年一月四日，该证词在《快报》上发表，题为《萨德、波朗与总统》，同年波朗自己出版的《萨德事件》也收录了这篇证词。作为文学遗产，《无头的人》和巴塔耶的文章的意义当然是不言而喻的，它们远远不止是即将到来的道德解放的一种信号，而是说明了这个时代思想界对于秘密社会的一种趣味。

色情出版具有双重意义：有些文本是秘密出版的，而另一些则是正式出版，视其所属的色情文学的种类而定，尽管谈论的都是性的问题。让·热内是伽利玛出版社出版的，巴塔耶根据自己所写的东西的内容，有时在伽利玛出版社出版，有时在博韦尔出版——博韦尔出版社也有两种性质的出版活动，一种是公开的，另一种是秘密的。这里没有任何既定的道德程度的标准，只是每一次根据情况进行自由判断而已。划分也并非根据体裁，比如说在文学性的和散文性的、虚构性的与实录性的文本之间加以区分。唯一真实的标准或许是政治视野的缺失与否。让·热内是在政治论战的范畴里谈论性、同性恋、犯罪、自由。《O的故事》与这些问题无涉。这是一本讲述顺从的女性的小说，表面的退缩掩盖了它超乎寻常的勇气。但是一部女人写的色情小说，这件事本身就是女权的行为，是女性对于自己的意愿的一种表达。

五十年代兴起的色情与当时思想界对于地下行为的钟爱是相符的。当时的知识分子都喜欢组织秘密团体，比如第二次世界大战期间的抵抗组织。而这种行为所具有的精英主义的意味更加加剧了思想界与市民生活和政治生活之间的分歧。于是这也进一步造成了思想界与大众在职业、友情与家庭问题上的分歧。多米尼克·奥利在出版《O的故事》之后并没有和其家人发生冲突，因为她的家人在这件事上表现出容忍的态度，并不过多地打听。而她则采用匿名的方式保护了他们，她一直拒绝承认自己就是波利娜·雷阿热。这种小心的态度对其家人而言已经足够。而她职业交往的圈子里也是同样的反应。在伽利玛出版社，从来没有人影射过多米尼克就是这部小说的作者。而有人提出问题时，多米尼克也从来不正面回答，只是反问道："是吗？"那些有可能会因此感到不快的人宁愿不相信这个事实。对于阿尔贝·加缪来说，根本无法想像这部小说是女人写的。埃迪特·托马斯作为清教徒式的共产党员，她的思想非常正统，她非常不赞同好朋友写的这部小说，但是她很少对她提及此事，甚至她还为她有可能承担处罚而感到焦虑。最为激烈的反应主要来自于愤怒的读者——因为将他们自己的梦幻昭示天下——或厚古的作家。

弗朗索瓦·莫里亚克对于《O的故事》的立场是众所周知的。"弗朗索瓦·莫里亚克曾经这样定义《O的故事》：'一个美人的回忆录'。我不是美人，而且这也不是回忆录。差得远了，他根本没有读懂。"关于《O的故事》，弗朗索瓦·莫里亚克与让·波朗之间的通信也说明了小说在出版时所能激起的强烈反应。一九五四年十一月（在双偶文学奖颁发之前），弗朗索瓦·莫里亚克在《快报》上说《O的故事》所宣扬的文学风尚属于那类典型的"令我作呕的文学风尚"。他发表了这样的批评之后，让·波朗于一九五五年三月给他写了信，指责莫里亚克在"面对色情时所故意表现出来的一种自满。但是很显然，您并没有读过这本书。您希望收到吗？"弗朗索瓦·莫里亚克回复道："不，亲爱的朋友，说实话，我不想读这本书。"他承认自己没有读过，尽管他进行了评论。《O的故事》是不道德的，他拒绝在自己这样的年龄读这种类型的小说——他对"淫秽老头"的形象非常反感。

如果说两个人还继续友好地通信，继续谈论当时大家都关注的话题（阿尔及利亚的独立），他们俩在这本书上的分歧在一九五八年的通信中又重新出现了。《O的故事》事件还没有结束，《快报》上的文章又被莫里亚克收录进一九五八年六月在弗拉芒里翁出版社出版的文集《拍纸簿》中。波朗立刻写信给莫里亚克："我很惊讶，您在书里又收录了这篇我已经在《快报》上读到过的恶意中伤的文章。您认为这很严肃吗？您真的认为您这样做是正直的？对一本您并没有读过的书说三道四——而且用那么强烈的口吻！……有位多明我会的神父写信（我不会告诉您他的名字）给我说：'这是一部神秘的小说，用的却是西耶那的卡特琳娜修女的语汇。我走出了自己，还不想回去。'但是，埃梅·帕尔迪的研究（在《考验》杂志上）、皮埃尔·芒迪亚戈的研究（在《评论》杂志上）和乔治·巴塔耶的研究（在《新法兰西》杂志上）已经很好地揭示了小说的神秘意义，非常神秘的意义。"就像通信集的编者所指出的那样，波朗并没有否认自己是这部小说的作者。莫里亚克的回复是这样的："我很遗憾，没能将使您不快的文章抽掉。但是我可以向您保证，至少在此时，所有《O的故事》的读者都是蠢货。而在《拍纸簿》里，我终于可以表达文学中性的优先地位，老年人在这方面的秘密在我内心所引起的反感和愤怒……我也许蠢得不可救药，我觉得萨德也是无法读的。我禁不住想要对这一代赋予萨德的地位表示异议。"

莫里亚克的想法很是奇怪。《O的故事》对于他来说是一部老年人的小说，因为他认为波朗是作者，并且认为波朗和他一样都进入了"老年人"的行列。但是他真正反对的是作家（这一代）对于色情文学共同的激情。他这一代或许是以巴塔耶和芒迪亚戈为代表的新一代，或许也是多米尼克·奥利所属的一代？

直到波朗写信给莫里亚克，建议他读一读自己所写的序，说这将有助于他理解这本书，同时也有助于他理解自己的立场，关于这部小说的通信才告结束。波朗所说的证明莫里亚克在这之后明白过来，他并非这部书的作者（但是他也没说作者是多米尼克·奥利）。在自己的解释中，波朗甚至想要故意降低自己的参与程度，他这样解释他写序言的动机：《O的故事》，我的序言只是非常简短的研究，在弗朗兹·海伦和索列尔的《绿色飞碟》杂志第二期上发表过，我对色情与对奴役的趣味之间的关系作了一定阐述。当让-雅克·博韦尔要求我为这本书（这是一个可怕的、令人震惊的爱情故事）写序时，我当时觉得——现在仍然觉得——如果拒绝，那是胆小鬼的行径。我可以把这篇序言寄给您，如果您愿意。我是不是应该告诉您，这序言是非常端庄的。其实登出这篇序言的是《绿色飞碟》的第五期，一九五四年一月出版，在书出来之前。

社会背景

在多米尼克周围，她的家人，伽利玛出版社没有任何直接的强烈反应，强烈反应来自于匿名的读者或是作家以及其他文学圈里的人。多米尼克·奥利

（波利娜·雷阿热）收到了很多信——书广为传播，大家都读了——通常是对她的谩骂，也有是对她进行热情颂扬的。信也同样寄给了小说的序言作者波朗，在查禁的时候，还有很多人写信表示支持，有的非常夸张，有的很是讲究，还有的充满了激情。一九五八年十一月，让·格罗聚森对波朗说他很喜欢这本书，但是对小说的色情部分表示不敢苟同："小说中，O的面具过于面具化了，在各种场面的空间中，无法想像（对于我来说如此）的几何学在各种场面的时间和空间是应该通过某种技巧得以展现的。但我很欣赏小说中一年四季的慢慢流逝……O想要找寻一种无法不属于任何人的爱。正是这种'卖身'让我感到尴尬。" 乔治·朗布里希写道："阅读《O的故事》令我感到心醉；这是一种比迷乱更美的感觉。"

而读者的信都充满了激情，不是谩骂，就是欣赏。一些人为《O的故事》中的神秘主义所陶醉，将斯蒂芬爵士比成上帝，而另一些人则发现了多米尼克·奥利是作者，还有一些人对在卢瓦西城堡里具体实施的性虐待行为的真实性表示疑义（铁环，烙铁烫出的印记，仆从鞭打奴隶的可能性），因为他们是虐待狂与被虐狂俱乐部里的行家。据其中的一个业余爱好者说，在卢瓦西的确存在着类似的地方，但是那里的性奴隶都是男人。对于多米尼克·奥利来说，《O的故事》所展现的世界里，男人爱的是女人，而不是男人，尽管其中也隐隐约约提到卢瓦西城堡里男性成员之间的同性恋。"书出版之后，我收到的最有趣的一封信是一个男人写来的，他说我描写的世界真实存在，不过据他所知，这样的故事发生在男人和男孩之间。因为，他说，让男孩沦丧，远比让女孩沦丧要容易得多，痛快得多。很奇怪的想法。"

在众多的信件中，有一个问题是很多人都提的，只不过有的明问，有的暗问，那就是关于这本书的自传性的问题。波利娜不可能完全编造这个故事，这不可能完全是她的梦幻、幻觉，她应该真实经历过。作者承认小说中使用的某些细节是真实的，这是为了加强小说的真实性，但是她否认自己曾经经历过类似的事件："要知道，在最为异想天开的书中，总存在着无数小小的真实情节，使得整个情节像是真实的一样，因为你在讲某件事情的时候，只有在细节是真实的前提下，你才会觉得这一切是真实的。整个的事件可能是假的，但是细节必须真实。比如说科幻小说的准则……就是细节的真实性，它足以说服读者，使得不可能的幻觉具有真实的意味。"

别人不管说什么，多米尼克都没有觉得自己受到了冒犯，她理解他们的反应，通常她觉得这一切很有趣，因为他们有时就在她面前谈论这本书，却不知道她就是波利娜·雷阿热："我已经习惯了别人把我当成中间人，和我谈论我：您写的是垃圾，很下流，很邪恶，您侮辱了女性，您侮辱了您自己，再说写得也很糟糕，结构很糟糕，想法也很糟糕，总之说什么的都有。我甚至收到过一个女人的信，她诅咒把我带到这个世界来的肚子，非常美妙的圣经式的谩骂。我希望是这样，人们有权利表达自己的看法。我不会说：请收回这个词，它让人感觉很不舒服。有人说我是下流女人，就只是为了挣钱……这不是真的，不是为了挣钱。我没有料到这能挣钱。再说钱也不是立刻就拿到了的。"对于小说被看成是下流的东西，多米尼克表示接受——除非牵连到她的母亲，因为她母亲是不可冒犯的，而且不是一个可恶的人，但她又不能在不背叛自己的情况下捍卫自己的母亲。对于某些人来说，《O的故事》损害了"男人的羞耻心和男人的荣誉，而且我可以说是在不知不觉当中伤害到的，并没有故意而为之，甚至自己都没有想到过，可这才使得情况更加严重"。多米尼克读了所有谩骂的信，然后付之一炬。所有的信都没有署真实的姓名。她只是觉得奇怪，对于这样简单的一本书，一个编造出来的故事，人们能愤怒到这个程度。如果你不喜欢一本书，扔掉也就行了。《O的故事》的出版之所以会引起这么大的反响，因为这是"第一本"，如果搁到现在也许不会这样惹眼。

一九七四年，小说出版了口袋本，世界上有上百万的读者读了这部小说。多米尼克·奥利曾经对让·波朗说："要么我们进监狱，要么它成为口袋本发行。""在做梦！"波朗回答说，"我们没有进监狱，曾经离监狱不太远了……而现在，它已经成了一本几乎可以称得上合乎道德的书。"小说在全世界发行数超过百万，被译成二十种语言。英文的版权先是给了英国的莫里斯·吉罗迪亚斯，后来美国的英文版权给了巴尔内·罗塞，而格罗斯出版社又要求重译。围绕第三个英文版本又产生了新的秘密，译者署名为萨比娜·戴斯特雷，同样也是个笔名。真的译者也许是理查德·西维尔，格罗斯出版社的编辑。他于五十年代在巴黎定居之后，曾经与出版萨缪埃尔·贝克特作品的《莫尔兰》文学杂志合作过。

《O的故事》的作者声名显赫，然而没有人知道她究竟是谁。一九九四年她在《纽约客》上的自白几乎没有说出什么内容。《纽约客》是外国的杂志，揭示的内容自然很简短。出名的不是多米尼克·奥利，而是"某种形象，某个渐渐兴起的传奇，我也不知道是怎么兴起的，为什么会兴起。它只属于我吗？O是纯净之爱的代表，尽管身处荒淫之中，仍然是纯净之爱的代表。这份绝对的爱，我们每个人都在找寻，而这份找寻，在某个时刻，突然被一本偶然写就的书网住了……这本偶然写就的书为我带来了深刻的友谊、谩骂、嘲弄、会心的微笑、讽刺。为什么我写了这样一本书？也许这是一种表达童年或少女时代梦幻的方式，这梦幻存在了那么多年……因为这些梦幻是那么深沉，那么重要，我想，我们必须要让这一切昭示天下，而偶然性起了很重要的作用"。

多米尼克等了很长时间才写成这部小说，因为在这之前她做了别的事情，生活，爱。要过一些年她才觉得自己能够写，能够自如地运用她作为编辑和译者所学到的东西。《O的故事》是她唯一的小说作品，这份绝对不能单纯从偶然的角度来解释。书的奇特之处，它所面临的危险和存在背景可以让我们从必然的角度来理解它。要将梦幻诠释出来，为人所知的需求，仿佛是揭开一张面具的同时在梦想着另一张面具。借助匿名而成名的需求，在保守秘密的同时揭示真相的需求，在幕后的位置自我表达的需求。小说延续着多米尼克本人的一切矛盾。

一九七五年她和雷吉娜·德芙日的对谈，《O对我说》实现了双重身份的交会：作为公众身份的多米尼克·奥利，这是一个隐藏起来的身份，置于其情人让·波朗的庇护之下；作为秘密身份的波利娜·雷阿热，所有人都知道，暴露在光天化日之下的身份。在这篇对谈中多米尼克坦陈一切，但是一切仅限于字里行间的范围内。其中有些细节可以帮助我们认出她的公众身份。重要的是将这些东西高声朗读出来，即便是在面纱的遮挡下："女人沉默了几千年，因为谨慎，因为利益，可她们在自己的脑中都有一个爱的世界，这个世界不一定是O的世界，肯定不是——甚至O的世界会让她们感到害怕，但是她们都有一个爱的世界。但她们一直不说。好吧，这一切结束了，她们要开口言说，她们在说。""终于有一个女人承认了！"波朗在序言里说。

波利娜·雷阿热是一个对于所有女人而言都极具价值的女性形象，她承认女人的性欲——由服从、痛苦、双性恋和爱构成的性欲。O被嘲弄，被侮辱，对于七十年代的某些女权浪潮来说，她代表的是女性的堕落。但是，多米尼克·奥利第一次公开地表达了一种有关女性的真实。色情是一种厌恶女性的文学种类：女人的堕落以及对女性的贬损，似乎女性只是男人快感的工具——萨福式的色情也没能回避这条规律，因为萨福的诗歌也是给男人看的。但是当一个女人选择用色情的方式表达自我，这种色情便从其目的上发生了根本的转变。它直接表达了女人的性欲，和男人在一起的性欲，和女人在一起的性欲，并不带有任何古老的、习惯上的偏见。表达女性的性欲是一种自由主义的行为，因为强加在女人身上的资产阶级的道德规范是其封锁起来的最后一道城墙。

在《O的故事》出版之际所引起的关于女性的争论是道德、宗教范畴的，不带有太多的政治意味。女权运动当时尚未兴起。而《O对我说》的发表又引起了轩然大波，那正是六十年代兴起的女权斗争轰轰烈烈的时期，一九七五年本身也是堕胎合法化的一年。同年，《O对我说》发表，而《O的故事》也被于斯特·杰克金改编成电影。多米尼克·奥利对于《O的故事》上映一事感到非常恼火，因为电影非常粗俗淫秽。可惜的是另一个电影改编计划没能实现：凯纳什·安吉尔的片子。一九六〇年，凯纳什·安吉尔说："我没能结束电影的拍摄，因为女主角是法国财政部长的女儿演的。当时她出于反叛精神接受了O的角色。由她出演O的确非常完美：她一头棕发，很美，目光明亮……她的男朋友叫罗兰·德·波伏尔，一个非常吸引人的小伙子，但他是个骗子，是个赌徒，他倒是很大方，差一点成了我的制片人。但是有一天，我们发现他卷入了埃里克·标致的绑架案……他的钱其实是赎金……电影的胶片一直放在巴黎，但是我答应了那姑娘，不能拿出来……"

一九七五年九月一日，《快报》的头版宣称选载发表《O对我说》的一部分和《O的故事》的节选。妇女解放运动的战士立刻向报社所在地发起了进攻，叫道："不要用我们的身体赚钱！"他们在墙上用口红涂上标语口号，对让-雅克·塞尔万-史莱伯进行谩骂。这支对小说发起攻击的队伍鱼龙混杂，令人担忧：女权主义者受到巴黎红衣主教马戈·马尔蒂和米歇尔·德洛瓦的支持，米歇尔·德洛瓦为此起草了战斗檄文《酒杯满了》，女权主义者还得到了弗朗索瓦·夏莱的支持，他在《给淫秽作者的公开信》里不加以任何区分地指责所有的色情和淫秽作品，说《O的故事》是"贵妇小客厅里的盖世太保"。继保守的右派之后，共产党员与女权运动接上了头。乔治·马歇和乔治·塞吉对资本主义无聊的道德观念进行指责。他们要求政府采取制裁措施。立法机构紧接着投票同意将电影归为X级淫秽片,并征收特殊的百分之三十三的税。从此后所有的电影在发行前都必须贴上文化部的准发证,这也成为出版审查制度最主要的替代措施。

保守派,共产党员,戴高乐派,工会会员,女权主义者聚集到了一起,这不能不让人想起对于《O的故事》进行审查查禁时的背景。而《快报》在整个时间里所起的作用也颇为相似:一九五四年弗朗索瓦·莫里亚克的文章,一九五五年弗朗索瓦兹·吉鲁将《O的故事》摒除在畅销排行榜之外,一九七五年让-雅克·塞尔万-史莱伯做了这期专刊后,弗朗索瓦兹·吉鲁宣布退出刊头的编辑名单。她一直非常仇恨这部小说。作为清教徒权利的维护者,她一直很讨厌女性,很具嫉妒心理,她在利用女权主义这个标签。她不同意任何其他女性宣告自己的独立,想要以此来征服公众。

多米尼克·奥利就其本质而言是个女权主义者,但她不是团体意义上的女权主义者。在文学圈子里,男人决定和代表一切,而女人一向受到蔑视,为人所讨厌。多米尼克把男人当成权利工具来用,让他们替自己说话,她在他们的庇护下行动,很少采取直接、公开的立场。她的个人与职业生涯是一个自由女性和自主女性的生涯。她很年轻便离了婚,拒绝再婚,一直过着独身生活。这样她便能把自己的职业和思想的发展放在第一位。她从记者变成一名编辑、作者。在文学圈子里,女人为数很少,杂志的领导权、组稿权一直是男人霸占着。女人可以成为作者,这也是她们最常见的介入文学的方法,但是她们的作品和男人的作品相比较起来也一向不被看重。这在今天也是一样,编辑们仍然很喜欢用"女性文学"这一类的词。

有一个文学负责人的情人是在文学界占据一席之地的最好方法。多米尼克很早就成为杂志编辑部的秘书,参与过《方舟》、《七星丛刊》和《新法兰西》杂志的编辑,她也是第一个进入伽利玛出版社审稿委员会的女性,她在一九五一年得到正式任命,但是应该早在一九四七年她就已经开始审读稿件了。在加斯东和克洛德·伽利玛身边,在路易-达尼埃尔·伊尔什、马塞尔·阿尔朗、雅克·勒马尚、布里塞·帕兰、雷蒙·格诺、让·波朗身边,在阿尔贝·加缪、罗杰·卡约、让·布朗匝身边,在长达二十五年的时间里,她是唯一的女性……她经常说,我们忘记了女性一直在工作,作为普通大众的女性,女农民,女工人。只有资产阶级和贵族不工作,而这些女性在五十年代成为某种典范：理想的家庭女性。然而，作为独立和自主的女性，她却并不接受女权主义运动的政治纲领。她认为自己是一个女权主义者，但是她不接受一切争论和请愿的方法，她不参加任何政治运动组织。她和男人的关系自然是平等的，她并不觉得自己低于他们或是附属于他们："只有一类男人是我欣赏的，如今已经过时了，甚至在别人看来是可笑的，这类男人身上具有某些必不可少的特质：勇气、说话算话、彬彬有礼，可并不把事情太当真……在日常的生活中，我发现只有很少的男人是成人。男人和孩子一样不负责任，通常也和孩子一样难以忍受。女人却更为理性，理性的人往往是女性。"

她的话题已经有些过时，但很符合她所处的时代：对于男人和女人的关系的看法，男性和女性的关系简表。多米尼克在这些问题上的思考不是智性的，而是实际的，和她所经历的有关。为了更为有效，女人听从男人的操纵："她们对付最紧急的事情，最简单的事情。推动她们运转更为便捷。这的确不太体面，但这很实际。"面对女权斗争，她觉得自己更接近英国争取投票权的女性，而不是法国的女权主义运动。她最为含糊的态度是在独立的方法问题上："再说，您不见得会说，在工作的同时还要管丈夫、孩子、做家务、下厨房，这是一种理想生活吧？这不是真的。分娩已经是不可挽回的魔咒，而这样说就是在此魔咒之上再加一条魔咒，工作的魔咒。"然而多米尼克自己却选择了这双重奴役。孩子或许是出于偶然，出于社会准则才有的，这已经是她的一项负担，是她自由的障碍。如果说她完全承担起孩子的教育，为他，为他的未来担忧和操心，她在很大程度上可能是出于一种罪恶感，因为她剥夺了他享有传统家庭模式的权利。她没有再生孩子，生完这个孩子后就结扎了输卵管。

面对必须成为母亲的魔咒，她毫不犹豫地选择工作作为自由的途径。一种奴役，但无论如何可以"争取自由，因为工作可以有点钱，花钱不需要再向丈夫汇报"。工作可以保证独立的形式，并且将人从烦恼中释放出来。家庭和工作的双重奴役帮助人们生活，限制与自由的混合可以减轻生存的重量。"每天必须有一些必须要做的事情。不能坠入空茫。"而同样带有限制意义的爱解释了O为什么会为爱承受折磨。没有什么东西是从天上掉下来的，要得到必须斗争，正是这些东西才能够使您感到幸福。这是新教教徒的价值观。珍贵的东西，我们总是要为之付出代价。"我们视为珍贵的东西，我们必须要为之付出代价。通过沉默、耐心、黑暗。"工作是一种美德，它是我们的激情所在时，它可以让我们忘却自我，投身于他人，放弃自我，正如对于多米尼克来说，"如果工作仅仅是谋生的手段，如果我们并不对自己的工作感兴趣，这就非常可怕了，会让人精疲力竭"。多米尼克一直像个男人一样地工作，她还是一本色情小说的作者，色情是很少有女人出现的领域。

女性色情文学

《O的故事》的独特之处就在于它是一部女性写的小说，呈现的是女性的梦幻——一部非常个性化的小说。它的文学价值，注意分寸的表达使它有别于其他平庸的淫秽作品。而这份奇特之处也解释了它为什么会激起如此大的反应。

色情作品的女性作家实在太少，几乎无法对此进行分类。以前几乎完全没有，在五十年代也只有一点。最接近多米尼克·奥利的是维奥莱特·勒杜克，雅妮娜·埃普雷——也是多米尼克最好的朋友之一，艾玛纽埃尔·阿尔森，科萨维埃尔。有些人署真名，有些人则署笔名。女人写作基本上离不开性，但是始终从爱情的角度。不愿"承认"在"爱情之外寻找快感"。女人更有淫荡的天赋，而男人一方面挑起了女人的淫荡，一方面又指责她们的淫荡。女人写色情小说的困难之处在于对于色情对象的定义。女人本身就是色情的对象，她不能够"让男人成为色情的对象"，是的，如果她这样做了，男人就会觉得自己被冒犯。多米尼克在《O的故事》中玩了一个游戏，但这个游戏建立在这些偏见之上，因为她让O成为她情人的色情对象。但这是她要求的，男人只是她快感的工具。并且小说中非常重要的一部分是讲述女性的性欲的，在O与雅克琳娜的同性恋关系之中。

因此，女性的色情文学开始于五十年代初期。一九五四年，就在《O的故事》出版的那一年，加斯东·伽利玛因为害怕自己受到查禁的制裁，删除了维奥莱特·勒杜克小说中的很多章节，小说名字叫做《泰蕾丝和伊莎贝尔》，讲述的是外省两个寄宿女中学生之间的爱情。寄宿学校，卢瓦西的城堡。未删节版直到二〇〇〇年才在伽利玛出版社首次出版。维奥莱特·勒杜克和多米尼克·奥利应该算是女性色情文学的先锋。多米尼克一开始就对维奥莱特说过，她非常欣赏她，对她有种同道的感觉，在一九四六年十二月号的《方舟》杂志上，多米尼克发表了对维奥莱特第一部小说《窒息》的评论，她在评论中也充分表达了她对维奥莱特的欣赏。这是一个独立女性知识分子和艺术家的新团体，其代表人物是科莱特。女人和作家。对于年轻女性的性欲节制而炫目的描写，被情人供养的女人，半贵族化的生活，"在情感与物质生活的圈子里"。

但是到了六十年代和七十年代，女性的色情文学真正兴起了。伴随着女性的解放运动和道德解放运动——这两种运动是不可分离的，因为对于男人来说，女人掌握道德的方向、教育、道德和社会价值的传承。新的女作家在她们的色情叙事中增添了女权主义思考，非常具有战斗性的思考，将女性的性欲描写成具有主导地位的、独立的、显而易见的。这是介入文学，是政治哲学在文学上留下的印迹。与多米尼克和《O的故事》正相反，这些作品得到了女权主义运动的支持。在当时那个时代，对于《O的故事》的攻击正是围绕女性奴隶的形象展开的。但这是对O的主题的误解。仅仅是从表面判断事情。O的性欲是自主的，她所遭受的折磨超出了选择：它是O的要求。斯蒂芬爵士和勒内是O欢娱的工具，从任何意义上都没有能够统治她。"O怎么见得没有利用勒内和斯蒂芬爵士呢？没有利用这座庄严、压抑的城堡——监狱组织，这加诸她身的荒淫，这铁镣来达到一种梦幻的最终完成，梦幻，也就是说摧毁、死亡？难道从另一个角度来说，暗地里，不是她在要求，是属于她自己的要求在限制他们，她的情人们？"多米尼克·奥利是第一个写这类小说的人，这也证明了她的勇气和自由。"以前，有爱情女诗人：路易·拉贝，马瑟琳娜·德波尔德-瓦勒莫尔。也有劳拉的《随笔集》，劳拉是乔治·巴塔耶的朋友。但是这些作品在当时——一九三〇年——只是在很小的圈子里流传。在此之前，由一个女人写的一部色情小说，我还没有看到过。"

色情作者的处境对于一个女性来说是暧昧的。公开谈论女性的性欲是自由主义的行为，但是色情作品的公式本身是落后的：权威，雄性的力量，顺从的女性的性欲高潮。如果说女性的性本质没有得到解放，无论如何，女性写并且出版谈论女性性欲的行为是一个非常强有力的举动，是对女性享有欢娱的要求。更接近女权论战的色情作者有：克萨维埃尔和雅妮·阿普雷。备受争议的有：艾玛纽埃尔·阿尔森和雷吉娜·德芙日。艾玛纽埃尔也许不是自己这些小说的真正作者，真正作者有可能是她的丈夫，只是受到她的启发写了这些小说。雷吉娜·德芙日一直为男性的强大力量所着迷，她的论战更多是围绕色情出版进行的。她不是女权主义者，尽管她对于女性有很大的激情。

雷吉娜·德芙日与多米尼克·奥利的相遇对这两个女人来说都非常重要。她们俩的对谈《O对我说》也是这方面史无前例的作品。多米尼克从来没有谈论过《O的故事》，尽管她仍然戴着面具——躲藏在波利娜·雷阿热的笔名之下，她给出了很多暗示，并且用一种神秘的方式谈论自己：她的家庭，她的工作，她的激情——文学，她的情人。雷吉娜·德芙日很久以来一直非常欣赏多米尼克·奥利，对于这个在六十年代就开始色情出版生涯的年轻女人来说，多米尼克是个典范。文学的典范：多米尼克·奥利；色情的典范：波利娜·雷阿热。

《O的故事》一出版，雷吉娜·德芙日就读了，那时她还不到二十岁，这部小说让她找到了自己。多亏了让-雅克·博韦尔，她间接告诉多米尼克·奥利，希望能够认识她。多米尼克接受了。她们第一次见面，是在路易十三饭店一起共进午餐。她们的友谊开始了。让-雅克·博韦尔产生了让她们做一次对谈的念头，这是他的又一次企图，想让多米尼克解释一下她写《O的故事》的动机。第一次的企图催生出《一个坠入情网的女孩》，而多米尼克仍然是非常谨慎、非常虚幻的。这次两个女人将对谈录了下来——非常自由的对谈，想说什么就说什么，想怎么说就怎么说。书出版之后，她们也一直是很好的朋友，雷吉娜经常去看多米尼克。一直到多米尼克去世。她们一起在多米尼克位于马拉科夫街的公寓吃中饭，多米尼克非常友好地下厨做饭，但饭实在做得不怎么样。她每次都会为雷吉娜开一瓶葡萄酒，不过她自己从来不喝。周末总是在布瓦西斯-拉贝尔特朗。雷吉娜第一次到布瓦西斯的时候，多米尼克让她睡在让·波朗的房间里。他工作和休息的房间。自从让·波朗死了之后，房间一直保留着原来的面貌。桌子上全是纸张，信件，他写作的草稿，地上到处都是书，他的东西也都散落在房间各处。什么都没有动，什么都没有扔掉。雷吉娜拒绝在这座坟墓一样的卧室睡觉，她开始扔波朗的东西。多米尼克什么也没说，她只是看着雷吉娜，随她做自己永远也做不了的事情。雷吉娜一点也不觉得后悔，她不太喜欢让·波朗，觉得他太喜欢发号施令，太自信。

这个异乎寻常的事件对于多米尼克来说标志着埋葬让·波朗的开始。她终于接受了他不在的事实。他再也不在了，永远不会回来。她却并没有能够因此重新开始生活，尽管她每天都能收到年轻人写来的激情洋溢的信，但是她始终只是活在对波朗的记忆里，波朗，她曾经如此倾心爱着的男人。两个女人的谈话没有什么私密性，多米尼克讲述自己，雷吉娜并不提问。但她们的友谊是非常稳固、持久的,她们共同的激情是对书的激情。正是在多米尼克的要求之下,雷吉娜于一九八四年进入费米娜奖的评审委员会。

雷吉娜在多米尼克的女权主义中看到了自己。多米尼克是女权主义者,仅仅因为她是个女人。她并没有刻意地要求什么,宣告什么,但是她很自然地捍卫着女人的团结,捍卫女性地位的提高。她同样为自己的职业感到非常骄傲。两个好朋友之间有一点分歧,那就是笔名的使用。雷吉娜认为应该承担并且肯定自己做的事情。而多米尼克则喜欢秘密,承认自己不够勇敢,做不到这一点:"我非常欣赏您身上的这一点勇气,而我没有,公开出版色情作品,迎接嘲笑、辱骂和警察的追踪。这个美丽的姑娘(我曾经见到过照片)是一个战士,傲然挺立于火焰之上,毫不退缩。真值得我们为之喝彩。然后有一天,在一次展览上,透过门洞,我看见了您……在拥挤的人群中,我听见身边一个年轻的女孩指着您对另一个女孩说'你看,那个就是波利娜·雷阿热'。她应该是对的,因为波利娜·雷阿热就该是这样一个充满野性的温柔的小动物。我不是您,这是我的错。自此之后,和您说话变得容易起来。"雷吉娜把她们之间的友谊描写成伟大的爱情,并且说多米尼克是一位"伟大的女性"。

色情与神圣

《O的故事》的主题既有其色情的一面,亦有其宗教的一面。它阐述了与神圣关系的二元对立:厌恶(神圣是可怕而危险的,比世俗的东西更具力量)与吸引(在有益于世俗的事物时,神圣是一种帮助,一种保护)。这种二元对立既古老又具现实性。古罗马神圣的卖身,皮埃尔·科洛索夫斯基的《罗马的夫人们》,乔治·巴塔耶的作品《色情,我的母亲》,皮埃尔·安吉里克的人物都说明了这一点。

作为主题,《O的故事》论述的是对自我的放弃,将自己交付给他人,释放,默许之下的折磨,封闭,顺从,侮辱,痛苦中的欢娱,对神与情人的不忠。这一切都具有一种宗教规则的高贵。多米尼克·奥利感兴趣的是宗教的理想,而不是宗教的实践。因此才有对宗教仪式的细节描写:制服,回廊,身体上的惩戒,身体意义上的限制,空间意义上两性的分离,高高在上的母亲(安娜-玛丽），斯蒂芬爵士的形象，就像《圣经》里的上帝，斯蒂芬爵士代表的是权威而绝对的上帝。O听命于斯蒂芬爵士，忠实于他，因为只有在他要求的前提下她才会和别的男人做爱——尽管在此之后他会因为她的随便而惩罚她。她对于他的爱是不可替代的。忠诚是她对于一个坠入情网的女人的定义。

多米尼克的忠诚是出于荣誉感的忠诚，而不是出于信仰的忠诚。坚守诺言是一种至高无上的准则："对于我所爱的人，我一直是忠诚的，当我爱着某一个人的时候，我从来没有和这个人之外的人睡过觉。可悲的是，有时我很想和这个人之外的某个人睡觉，我经常产生这样的愿望，但是从来没有这样做过，因为我承诺过我不会这样做。"对于顺从和忠诚的允诺是非常荒唐的。在欢娱、欲望上的节制不具有任何道德的意味，而是出于对所爱之人的责任。这也不是顺从，尽管顺从是多米尼克非常欣赏的美德，但是她并没有实践这一美德。她可能会在别的前提之下有所实践，比如说战争时期的部队："一件非常可笑的事情，您可能看不到，您看不到是非常有趣的，因为对于我来说，这非常明显，那就是我有从军的志愿，尽管我有所克制。我喜欢纪律约束，作息时间，命令。如果战争时期，我接到部队的命令，有什么事情要我去做，组织里的人对我说要我做某件事情，我一定会严格遵照命令去做的。"

在爱情上，因为顺从而背叛是件非常奇妙的事情。欺骗一个人，因为他要你这么做。"很多女人都梦想过这样的事情，只要她们愿意就能够和别人睡觉，不管是谁，而且完全无罪。在爱情方面，自由还可能是别的东西吗？爱您的那个人成了您的同谋，您也是他的同谋。内心的忠诚，身体的自由，这就是奇迹，是矛盾的分解。多么美妙的梦想啊！"O在斯蒂芬爵士的拳打脚踢中得到了赦免。这是他们之间的游戏。顺从和忠诚也可以找到绝对的形式，这在O的眼里是最重要的：自我的释放，自我的放弃。

两个方面的极端：完全将自己交付于他人作为对于自己这份存在的最完美的揭示，而反过来，被别人抛弃成为真正的沦丧。"投身于他人的怀抱，是将自己交付于他。您不再属于您自己，您从您自身脱出来得到休息，您被投身于其中的喧闹和火焰带离。但是如果您爱的那个人不再爱您，不再注视您，他的生活——哪怕只是一部分——不再建立在您的存在之上，像您那样，您的生活完全建立在他的存在之上，如果他抛弃了您，您便坠入了外界的黑暗之中，换句话说，您坠入了地狱。"在分离是地狱这一点上，多米尼克一直坚持说：

"……离开我们所爱的人，我们就进了地狱。我不知道有没有天堂，但是我知道有地狱，那就是分离。"反过来，坠入情网却能为您带来幸福的气息，迷醉和恩宠。但是多米尼克更加迷恋对于自我的放弃，为了展现这种自我放弃，她选择了爱的宗教形式。能够达到自我放弃的最好方法——考虑到它的有效性——是折磨。她思考性地、文学性地在《O的故事》里描写种种折磨："我一点也不认为自己长于折磨，对此我有一种非常害怕的感觉。但是我自童年时代开始就一直为之萦绕，也许是因为那些宗教性的书。没有再比宗教书更能告诉你什么是折磨的了。插图版的《雅克·德·沃拉吉娜圣徒传》……在讲述殉道和圣人的书里有各种酷刑。"理想爱情的形式，自我的放弃与多米尼克的个性彼此呼应，与她的人，与她所展现的一面彼此呼应。

自我放弃需要证明，忠实的信徒要向上帝证明他的爱。如果说将斯蒂芬爵士与上帝相类比有些过度，O对于斯蒂芬爵士的爱却与信徒的狂热并无分别。"对于O来说，接受种种折磨证明了她对于自我的放弃。酷刑，为了证明意义所在，为了让不可能、不可想像和绝对的一切聚集在一起。"对于多米尼克·奥利来说，虔诚是一种非常重要的价值，对一个男人——让·波朗虔诚，对一份职业——编辑事业虔诚，对一个王国——文学虔诚。一种道德上的品质，但并不摒除某种思想上的自由，这一点非常到位地解释了多米尼克和他人之间的关系。不好的地方在于将虔诚建立在他人身上的人总是会要求一种专有的权利。多米尼克更趋向于忘记自我，因为她觉得完完全全地作为自己而存在是件非常让她厌烦的事情。而且她觉得自己挺无聊的，有点忧郁，不具任何消遣性。她对人相当感兴趣，超过一切。"有位我很欣赏的作家有一天对我说：'您不喜欢文学。'我回答说：'什么？您说我不喜欢文学吗？'他说：'当然不，您更喜欢人。'他说得非常有道理。我在文学中所热爱的也是人。是通过文学看到的人。"将自己交付于他人是最好的自我放弃的方式。宗教意义上的爱就是将自己捐赠给上帝和他人——善心。在具体的行为上，多米尼克将放弃自我与控制自我完美地结合在一起。什么都可以做，但不是怎样做都可以。必须有所克制，这样才能有所防御。这是将自我置于危险之境的唯一界限。

这条"教义"的另一个方面是与肉体的关系。多米尼克在对待肉体的态度上是暧昧的，对待自己的身体，对待女性的身体。O将自己的身体展示出来，奉献出来，她的身体是开放的，但这是一种自我摧毁的方式。一种对于身体的愤怒的表达，身体"有时会在半途将您放开不管您，对此我们不能完全信任"。身体可以用于别的事情：将之奉献给他人，向他证明自己是属于他的。"O其实对自己的情人一直在说（虽然她没有说出口）的是信徒不停重复的一句话：in manus tuas——统治我。"他人对于自己身体的占有是对自我一种彻底的放弃，使得自我的摧毁成为可能。别人有决定您生死的权力，"被某个自己所爱的人杀死在我看来是迷狂的最高境界"。而在荒淫和苦行之间有所界定似乎是更为不名誉的事情，虽然这个命题自古就有。都是通过对身体的限定来实现的。所有的这些语汇都来自于宗教：救赎，惩戒，放弃，虔诚，这些语汇将人与人之间的爱等同于人对上帝的爱。

多米尼克在少女时代接受过宗教教育，但是这种对于神圣的定义在很大程度上更得益于她喜欢的作家。比如说费奈隆。宗教信仰是一种理想，了解自己生活的意义，根据确切的、严格的规则来组织自己的生活。O每天的生活是非常有秩序的，就像在修道院一样。多米尼克觉得她原本可以造就一个完美的修女，至少从表面上看来如此，但她不是信徒。她甚至指责信徒，认为他们有让人不能忍受的地方——相信自己占有真理，为了将之加诸他人而杀人："最为可怕的战争不是为了征服领土而进行的战争，而是为了将观念强加于他人所进行的战争。如果想到基督教的真理曾经带来多少大屠杀，我想，基督教的真理都无法容忍这些灾难。"但是这份残忍不仅仅关系到教徒。多米尼克觉得在俗世里，在平民百姓中也同样存在，因此她为之忧惧。相较于死亡，她更害怕暴力、折磨和痛苦。再说，O一直将死亡当作解脱来等待。侮辱才更加不堪忍受。在战争中，结束一个人的生命是可以接受的，但不能侮辱他。宗教之死的平庸化，尘世的生活不值一提。但是，多米尼克摒弃了死亡的神圣化和仪式化。她的宗教性更具原始的意味而与基督教无涉。"……所有曾经存在过的最终都要消失……萨德在他的遗言里宣称，让人们就把他这样埋葬了，葬在树林里，就埋在地下，上面种上灌木，让他的一切就这样消失。我不知道他的心愿有没有得到满足，但是我理解他。"她从不相信人死后还会有来世。

对于她来说，奉行教规是一种态度。多米尼克并非虔诚的教徒，宗教性只是给她某种启发，能够让她对自己的天性有所描绘，对自己喜欢的事物有所描绘。对仪式性的东西的审美趣味。她所接受的宗教教育使她对于"宗教仪式总是非常欣赏，甚至很有激情。有一些圣歌，我每次听了都禁不住热泪盈眶……

是的,这是对仪式的趣味,而不是对准则的趣味。准则,您知道的,每个人都有自己的准则。"认识多米尼克的人都会从她对宗教的趣味的角度解释《O的故事》。对于这一点有很多可解释的角度:从她的行为上说,她的朴素和严谨与修女的行为并无太大的差别,她那种永远的、过分的忘我的态度,她对于顺从和牺牲的趣味。

另外,很久以来,她对于宗教诗歌始终怀有激情。一九四三年,多亏了让·波朗,她在伽利玛出版社出版了她第一本独立署名的书《法国宗教诗歌选》。尽管在德占期间,出版非常困难——缺少纸张,斯塔菲尔宣传机构的政治控制,波朗还是决定立刻出版此书。对于德国当局来说,主题不具有任何危险性,虽然任何一部强调法国某项文化遗产重要性的作品都可以被视作爱国作品。波朗觉得出版一部几乎已经被人遗忘的诗歌选非常有意思,并且他应当对作者已经相当感兴趣了,因为他开始要求她为出版社做些零碎的工作:审读稿件,写稿件的审读报告。他甚至向当时《新法兰西》杂志的总编德里厄·拉罗歇尔推荐,让她做杂志的秘书,说她做事非常有方法——不过就这一点来说,她与波朗的看法并不相同。

在宗教诗歌中,多米尼克欣赏的是狂热而绝对的爱。但是她对此尤其感兴趣的原因还在于很长时间以来她一直致力于十六和十七世纪的诗歌研究。一九三九年,她已经和梯也里·穆尔尼埃合作出版了一本十七世纪巴洛克风格的诗歌选,她发现还剩下"一堆材料,而且非常奇怪的是,这些材料都围绕着宗教诗歌"。她在兵工厂的图书馆待了好几年,找到了很多不为人所知的东西,继瓦莱里·拉尔博之类的作家之后,她又对莫里斯·塞弗和里昂流派诗歌等产生了莫大的兴趣。

她的《法国宗教诗歌选》的编选范围从鲁特波夫开始一直到二十世纪(夏尔·佩吉),其中她还选了克雷芒·马洛、路易·德·马绪尔的圣诗,龙沙、让·德·斯蓬德、让·德·拉塞佩德的十四行诗,阿格里帕·多比涅、安托万·戈多、阿尔封斯·德·拉马丁、保尔·魏尔伦或弗朗西斯·詹姆斯的诗歌。排在弗朗索瓦·维庸之后的是一个女诗人,玛格丽特·德·纳瓦尔。在绪论里,多米尼克重述了这类诗歌的历史,解释了这类诗歌的各种流派,彼此之间的相同之处和断裂之处,以及不同流派的代表人物。她说自己并非完全是研究意义上的编选,她只是选择了自己喜欢的,并且她认为会停留在法国诗歌史上的诗人。"但是不管是被遗忘的诗人，还是著名的诗人，不管是神秘的，还是过时的。对于要扎花束的人来说，必须在花朵之间进行选择。这也意味着不仅要建立某种等级、某种价值意义上的顺序，某种标尺，还要竖起隔栅，进行是与非的判断。要显得公平、抽象，有时甚至要表现出某种粗暴。"除了这些诗人无一例外都不在世之外，唯一客观的标准在于这些诗歌"都服从于某种准则。不是形式上的准则。宗教诗歌没有特别的形式……比形式上的准则更为狭隘的和更为不可侵犯的准则在于强加给诗人的唯一的主题，相同的灵感来源，相同的话语方式，还有必须服从的意象，因为这些意象对于他们而言就是真理和永恒。这些意象，这些话语，这些主题，是最为普遍、最为常人所理解的宗教信仰。"因此，神秘主义诗歌、自然神论诗歌以及哲学诗歌不在她的编选范围之内。

多米尼克·奥利对宗教诗人与神秘主义诗人进行了区分，宗教诗人是那些："如此得到神的惠顾的诗人，他们具有某种力量和恩宠，能够将照亮他们的这抹光明留在手上，而且他们懂得如何使用合适的语言来总结这种强大的结合，他们能够让诗歌不在这电闪雷鸣的一瞬间消散。"而预言家、通灵者也"深得惠顾，他们也感到心醉神迷，但是他们终其一生都在恐惧，带着一种揪心裂肺的痛苦，什么也无法帮助他们战胜这份恐惧。而他们得到的信息不仅仅关乎他们，这信息只要出现在这个世界上，就是针对这个那个人类的，而且更甚于此，是针对所有被建立的一切的；这信息宣告了整个宇宙的命运。"这种区分也是另一种区分的基础，是将现代诗人和过去的诗人进行区分的基础，对于现代诗人而言，"诗歌是一种通向上帝的途径，它本身就是一种神奇的力量，是能够产生宗教激情的具体化的东西"，就审美而言她更为接近过去的诗人。"对于过去的诗人而言，上帝是出发点，他们的希望，他们在真理前的颤抖，他们投身于最为强大的严格的教义之中，投身于宗教仪式的辉煌之中，这一切都以诗歌的形式绽放出来。"

"德·迈尔特伊夫人的反抗"

多米尼克·奥利写《O的故事》的最重要的参照就是十七世纪和十八世纪的诗歌，享乐主义的诗歌，古典的诗歌，宗教诗歌，同时还有宗教书，十八世纪英国的黑色小说。作为背景，作为意象主题，作为场景，作为令人焦灼的、冰冷的气氛出现在《O的故事》中。但是这些参照都是独立于作者个性之外的，并不能完全解释多米尼克·奥利和《O的故事》之间的矛盾，不能够完全解释像她这样的一个女人为什么会写这样一本小说。另外一方面，萨德也不是多米尼克本人的参照，他只是多米尼克周围很多人研究的对象：同一时期，让·波朗正在写《萨德侯爵和他的同谋》，还有离她稍远一点的莫里斯·莫尼埃，一九四七年，他为《美德的不幸》写了序言。

就在写《O的故事》的同时，多米尼克·奥利发表了一篇关于拉克洛的《危险关系》的评论，《德·迈尔特伊夫人的反抗》。这是对小说的历史背景，对德·迈尔特伊夫人这个人物由来已久的思考的产物。她颇费周折才完成这篇文章，因为这是一篇言简意赅，也非常个性化的文章，读了这篇文章或许我们能够对拉克洛的小说，同时也对《O的故事》有所了解。两篇小说之间、两个人物之间——德·迈尔特伊夫人和多米尼克·奥利——互相映照的游戏。解释O这个人物没什么意义，因为这是一个匿名人物，没有姓氏，没有脸，没有历史。O或许是德·迈尔特伊夫人和多米尼克共同的梦幻。

文章是从一九五〇年开始写的，波朗非常焦急地敦促她写，想早一点读到。一九五〇年七月，多米尼克在如安雷班的芙洛朗丝·古尔德家。波朗和日尔曼娜在布兰维尔的马塞尔·阿尔朗和雅妮·阿尔朗家。多米尼克对自己所写的东西不是很满意。"关于拉克洛的这篇文章我不是很满意……我只是对德·迈尔特伊夫人感兴趣，我一直在重写，我似乎把所有的东西都混在了一块儿，也许因为我说的东西都是自相矛盾的。因为不够逻辑，我想要尽量地清晰一点。上帝知道这有多困难。但只要您对我说要，我就能有勇气。"八月底，多米尼克仍然迟迟没有结束这篇文章。让·波朗想要帮助她，他知道她的困难所在，知道这是她最初的供词。"好好享受这太阳。它在这里散布着阴森森的声音：洋葱可能有十三到十四层皮，而燕子们已经进行过伟大的对谈。您瞧，这并不是将整晚整晚花在舞会或纸牌游戏上的时候，晚上跳舞打牌，早晨十一点钟起床。不，应该八点钟就坐在桌边，不要让德·迈尔特伊夫人离开自己的视线。（对了，您知道吗，马塞尔·阿尔朗替《危险关系》写过序？我尽量找找这篇序言。但是他和梯也里·穆尔尼埃一样坏，他把他的《于斯蒂娜》借给了我。）"多米尼克回复道："我每天都在工作，早晨，下午。可很不顺利，非常困难。我很想读读马塞尔·阿尔朗写的东西。"波朗找到了马塞尔·阿尔朗的文章，但没有多大意义。"马塞尔·阿尔朗所写的有关拉克洛的文字太短了（而且过于乖巧），不过瘾，也不能给您任何帮助。"

一直到一九五〇年八月底，多米尼克已经开始在如安雷班芙洛朗丝·古尔德家构思《O的故事》时，她也还没能够结束她的文章。她尚未在自己的信件中谈及，但是小说的一个意象主题已经出现了：猫头鹰。让·波朗和她闲扯时谈到了猫头鹰："这里的天气总是有点奇怪，闷热，多云。猫头鹰整夜地叫唤，每过一夜，这叫声就似乎离家里又近了一点。这里没有麻雀！所有的雀巢都被猫头鹰洗劫一空。"多米尼克谈到猫头鹰的时候，是作为童年记忆谈及的："我还是小孩子的时候，夏天的夜晚，在拉布特的花园里，我双手合拢，呼唤着猫头鹰……它们都来了，停在同一株松树上。但是我已经记不太清是哪株了。"猫头鹰是O在小说的最后戴上的面具，这赋予O动物性的一面，是她永远也回不去的梦幻。对于童年的追忆：出生后不久，多米尼克便待在拉布特，由祖母照顾，那是位于阿弗朗什的一个小村庄，在布列塔尼。猫头鹰也是雷奥诺尔·菲尼一幅绘画作品的主题。后来，《O的故事》的插图版正是雷奥诺尔·菲尼作画的。除此之外，多米尼克本人也很像猫头鹰，灰色的大眼睛，尖尖的脸。波朗也经常被人比作猫头鹰。布瓦西斯家底层的小卧室是多米尼克读书、工作和休息的地方，那里的书架上有好几件猫头鹰的小摆设。

在分析《危险关系》时，多米尼克问的是"时代的道德风俗"。更为特别的是，她询问的是小说内部所表达的"爱情行为所暗含的准则"，这些准则更接近于一种技巧教材。多米尼克喜欢准则，遵循准则是必要的，不论是在爱情上，还是在战争中。

德·迈尔特伊夫人和瓦尔蒙的道德有违时代，在老好人的历史上也颇为奇特。他们有一个共同的行为，就是在离开旧情人另寻新欢的时候，要把旧情人的情书寄给新情人。作为和"旧情人一刀两断的证明"和对"新情人表达敬意"。于是德·迈尔特伊夫人为了重新接纳瓦尔蒙，让他把图尔维尔夫人的情书寄给她。在这个时代——十八世纪末，法国大革命前几年，多米尼克喜欢的是这样一种"侮辱性的，残忍的对照"，这样一种"粗鲁无礼"和"精致的骑士风度"。泄露情书会冒名誉受损的危险——已经结婚的女性有情人导致的不名誉以及她被甩掉的不名誉。但这通常是情人的战绩——不名誉的危险只是针对女性的。她们会有"失去情人，丈夫，朋友，被这个世界彻底抹去"的危险。多米尼克·奥利对社会危险非常敏感，她之所以秘密地生活，在某种程度上也是藏起为这个世界所不容的爱情故事的一种办法。"爱情和欢娱"要付出很大的代价。对于爱情，她觉得，倘若被抛弃，那是一种漠然的、被放逐的痛苦。

被所爱之人抛弃是最不堪忍受的痛苦：《危险关系》里的羞愧，《O的故事》里的肉体伤痛根本无法和被弃相提并论。"因为在爱情沉默的灾难之中，痛苦来自于我们所爱的那个人，如果被那个人抛弃了，我们就可能被世界抛弃；一切都成了监狱，成了放逐，监狱，再加上放逐，还有什么所谓呢？"一个爱过的女人的浪漫情怀和经验型的思考。相反，欢娱、任性和虚荣不能够为这样一种危险进行辩护。在这个"优雅而开化"的世界，大家却都接受了游戏规则。道德的评判对于"已经确实的纵情者"持宽容态度。年轻而无辜的塞西尔的母亲，德·沃朗日夫人同意和瓦尔蒙见面，而元帅夫人也接待了普雷万。"在爱情中如同在战争中一样，一切皆被许可"。

《O的故事》的另一个主题，"受害者是最先默许的"：她们认为情人"有权侮辱她们，有权将她们置于不幸的境地"。出于对情人的爱，就像O对斯蒂芬爵士那样，或是因为情人对她们很具诱惑力，就像O和勒内的情况。女性不扮演"被害者"，既不羞愧也不后悔的唯一可能就是她们确信情人对自己的爱，或是她们不爱他的时候。塞西尔一点也不后悔委身于瓦尔蒙，因为她不爱他。出于爱，或是出于任性，委身于人的幸福，"不再属于自己的幸福"都是无与伦比的。有一个主人，置身于他的股掌之间。"不再属于自己是多么幸福啊，当我们爱的时候，将身体、灵魂和生命交付在所爱之人的手中，太好了。但如果仅仅是出于任性而爱，或者以为自己在爱而实际并不爱，再或不再爱了呢？结果又将如何？活该倒霉，如果仅仅出于情绪，或者出于冒失，这个人就可能失去你，那原本就不该视他为你的主人，他的成功已经消除了他的一切义务（非常矛盾的地方）和责任。"被逮住的危险，遭到"公众"谴责的危险——亲近的人，"您生活的证人"也是委身于人的女人的错误所在。唯一的原则就是"不被看见，不被逮住"，不要与名誉、道德发生任何关系。多米尼克一直有丰富的爱情生活，有种种的爱情关系，但都是秘密的，不为人所知的。她一直很清白，因为没有人知道她的爱情。

秘密，谨慎也能够让人得到自由。女人总是"暂时处于自由之中"，面对男人，她们形成了"奴隶集团"，随时都有可能彼此背叛，借以"踏入征服者的行列"。多米尼克总是和一个男人在一起，一个掌握权力的男人，这样她就能够领导，能够决定，尽管是站在那个男人的影子里。但是，如果不是配偶，作为男人的情妇，她会和独处的女性一样，要对自己的生活负责。如果说别的女人接受了这样的情境，"德·迈尔特伊夫人却表示反抗"。这是一种"私人的，不具有普遍意义的反抗，一种个性上的、脾性上的反抗，而不是理性的反抗"。没有任何要求，也没有任何宣言——这正是女权主义者后来指责多米尼克·奥利之所——自由是一个普遍存在却极为特别的问题。每个人都有权利享有自由，但是他应该依靠自己取得自由，并且只为自己取得自由。拒绝政治性论战，拒绝集体性介入。德·迈尔特伊夫人为自己行动，而不是为天下的女人行动，但是她是作为一个女人而行动的，她的行为是自我解放的行为，是别人的楷模。这是一个"冒险家"，一个"战略家"。她并不想改变既定的秩序，但是她要避开一切危险，为了自己的利益绕开这些危险。实际的策略。在一个由男人统治的世界里，女人可以成为他们的情人，但是不能说，不能表露。

德·迈尔特伊夫人觉得强加给女性的命运是不公平的，因为她觉得自己也是女人，认为自己应该享有更好的命运。她不想成为男人。"做一个女人是极为光荣的事情"。她对瓦尔蒙说："我生来就是为女性复仇的，生来就是为了掌控男性。""她认为，她和其他女性一致的地方就在于（她并不认为自己和男性具有任何一致之处）身处危险之中，但具有战胜这危险的能力：自然所赋予的细腻和谨慎。"她承认自己"对女性的美非常敏感"："如果我不够道德的话。"。多米尼克也说过自己为女性之美以及女性所具有的勇气所诱惑。"我对她们充满赞叹。在一个女人身上我很容易找到她的美，我非常容易为女性之美所打动"。美对于女人来说是一种力量。"美貌的女人是幸运的。但是她们并不是都能够意识到自己的幸运。"多米尼克和德·迈尔特伊夫人看来，美是一种工具，除此之外，美吸引她们的方式也是一样的。"再说，她并不像自己所说的那么道德，根据那些非常可疑的，她却数次听之任之的甜言蜜语来判断，我们可以这样说。她完完全全听任塞西尔诱惑她，而且几乎要迷恋上她……也许某一瞬间，在塞西尔身上她看到了自己孩提时代的形象，那么新鲜的，却突然被摧毁了的形象，那么珍贵的、那么狡猾的形象，没有人猜到，甚至包括她自己在内，而命运分配给她的丈夫更是没能猜到。"多米尼克似乎在解释她自己对于女人的兴趣。但是德·迈尔特伊夫人没有听任自己被打动，她如此具有自控能力，她不会背离自己的目标，征服男人，征服世界。

她是个战略家，"制定原则的同时也创造技巧"。原则出自她的理性，技巧出自她的直觉。"她对普雷万采取行动，因为他已经决定对她采取行动了。"非常有效的程序，"总是采取攻势，总是先做出在表面上已经被征服了的样子"。表面上怎样根本无所谓，似乎表面上已经赢了，然而重要的是真正的胜利。一种对于"术语上的价值"的颠覆："将别人称之为溃败的东西（命名）为胜利，最终将这种天赋演变成美德。"就像O一样，她似乎屈服于某种东西，而这种东西恰恰是她自己要求的——斯蒂芬爵士其实只是O自我毁灭的欲望的工具，而德·迈尔特伊夫人也让她的情人们相信，他们可以"绝对地拥有她"。别人会因为自认为拥有你而洋洋自得，晕头转向。"她很清楚，没有比自认为对他人拥有某种权利而更让人迷恋和陶醉的东西了，没有比看到在自己的目光之下，别人变得苍白，并为之颤栗而更让人苍白和为之颤栗的了。"他人如果看到你如此投入，如此服从，他自己也会投入而服从。德·迈尔特伊夫人是个女王，她如此富有权威性以至于她根本不在乎表面上的胜利。"她不觉得自己有必要战胜什么，因为她已经是这样的一个胜利女王。"

"精神上的自由"非常罕见，并且高于"道德上的自由"。多米尼克很清楚自己是自由的，有工作的自由，不再结婚的自由，拥有情人的自由，写色情小说的自由，她不再认为自己有必要签上自己的名字。在没有人知道的情况下对道德予以嘲笑，这是一种乐趣。事实超越于表面之上，而她掌握事实，不管别人怎么想，都是事实更为重要。德·迈尔特伊夫人和多米尼克因为她们的"沉默和秘密"而彼此心心相通，因为她们"很有在暗处得到发展的潜力"，这样要好得多。这种技巧建立在对自己的掌控之上，建立在对于自我这个个体的控制之上。多米尼克想像的是一种"卖身的技巧，但这是一种天才式的卖身"。她非常欣赏风尘女子，原本可能也希望过自己成为这样的一个女人："我想这会很好，但是如此一来我必须认真地投入，但我很怀疑我是否能够这样……我最终在想这对于我来说是一项错过的事业，它属于那种必须完全自由，并且得尽早投入的事业。"但是地下卖身，在卢瓦西那样封闭的圈子里，或者有同谋存在。让·波朗就是多米尼克的同谋，斯蒂芬爵士是O的同谋，而瓦尔蒙就是德·迈尔特伊夫人的同谋。如果说她在"整个世界面前都戴着面具"，她在瓦尔蒙面前却是脱下了面具往前走的。这是她爱瓦尔蒙的证明，而她也因此失去了自由。

多米尼克对于这段爱情进行评述，这原本有可能成为《O的故事》或《一个坠入情网的女孩》的一段："和她所戴的锁链相比，黑色小说让年轻的受害者所戴的锁链和情人们所戴的无形的手铐和脚镣都显得轻了很多。"对瓦尔蒙说出真相之后，"每一天她都陷入了更深的深渊"。如果说因为他们的性格，他们对于自由和游戏的热爱使得他们无法组成夫妻，但是他们之间有一种"比他人之间更为牢固"的关系将他们结合在一起，这是"面对这个世界的同谋关系"。只有在面对危险的时候同谋关系才存在，因为要一起躲藏，一起捍卫。波朗和多米尼克没有结成夫妻，他们只是情人关系，但是面对多米尼克建构《O的故事》所带来的危险，他们是同谋。他们分享同一个秘密，就像瓦尔蒙和德·迈尔特伊夫人一样，他们是"自由和真实"的。

因此，《德·迈尔特伊夫人的反抗》预告了《O的故事》的存在，也同样预告了这部小说的作者，多米尼克·奥利，波利娜·雷阿热。《危险关系》中的女性人物从很多方面来看都与多米尼克相当接近，而瓦尔蒙与波朗也不无相似之处，尤其是他的魅力和他的骄傲。德·迈尔特伊夫人和多米尼克都是双面女人，表面上看来是这样的，而实际上有更为真实的一面。多米尼克以一种非常个人的方式对德·迈尔特伊夫人这个人物进行了分析，赋予她自己的个性，对秘密和自由的热爱。一种相同的策略，表现出与本质相反的一面，为了更好地躲藏起来。在多米尼克的身上，这是一种很模糊的策略：她究竟是在扮演多米尼克·奥利这个角色的时候掩藏起了自己呢，还是在披上波利娜·雷阿热的外衣时掩藏起了自己？作为多米尼克·奥利时她所表现出的这份高贵和审慎让她得以掩藏起她性格的另一面，坠入情网的、性感而自由的一面。波利娜·雷阿热却是一层完全不同的面纱，这面纱能够让我们得以辨认出她的这一面。具有两张面孔、两种人格不可或缺的条件是对自我的控制。德·迈尔特伊夫人和多米尼克非常接近，只是在爱的能力这一点上有所不同。多米尼克服从于情人，权力人物，在某种程度上只是为了更好地拴住他们，而不仅仅是为了控制他们。这也是因为爱，为了不失去他们，为了他们不抛弃自己。在这一点上——但仅仅在这一点上——比较起德·迈尔特伊夫人，她或许更接近德·图尔维尔夫人。德·图尔维尔夫人在瓦尔蒙离她而去时香消玉殒。而O这个人物也是一样，看到"自己就要被斯蒂芬爵士抛弃……宁可去死"。

多米尼克在让·波朗死后也失去了生命的光华。她继续活了三十年，但是没有心，没有灵魂，尽管每天都能收到无数年轻人的情书，都是读了《O的故事》后给她写的。多米尼克渐渐丧失了记忆，并且不再为自己的记忆输送养分。曾几何时她拥有过那么多的记忆，而她任由自己这样失却记忆，任由自己的记忆日渐贫瘠，这也是她超脱尘世的信号。让·波朗死的时候她六十岁，而她作为女人的存在从此终止。如果她再年轻一点，也许她不会听凭自己这样，她已经经历过突然的抛弃，但她总能够重新打理好自己的生活。她唯一真正的遗憾应该是没能够尽情地和让·波朗在一起。杂志、出版社、作者、艺术家一直包围着让·波朗，多米尼克一直在等他退休。但他却在能够抽出时间陪伴她之前就去世了。

战后
与让·波朗相遇

一九四三年三月，让·波朗出版了多米尼克·奥利的《法国宗教诗歌选》。当时正值战争最为艰难的时期，法国在德国的占领之下。德里厄辞去在《新法兰西》杂志的职务，他明白，杂志和出版社的实权已经在波朗手中。七月，杂志出了最后一期。

伽利玛出版社当然可以出版多米尼克的手稿，不论是从主题还是作者的角度而言，通过审查应该毫无问题。只是当时纸张短缺，而且出版社的政治形势很不明了。然而波朗没有犹豫，因为他清楚这本诗选会取得成功，而且他已经很喜欢多米尼克了。的确，后来这本诗选进了颇为传奇的"波奈-普拉西诺精装丛书"①。一九四二年年末，多米尼克完成了诗选的编撰，把稿子交给让·波朗。在这之前他们一定已经共同讨论过这个选题。一九四一年，多米尼克曾经要求过波朗的约见。她想让波朗接受她的想法，一九三九年，她与梯也里·穆尔尼埃合作在伽利玛出版社出版《法国诗歌导论》时，还有很多材料尚未使用，所以她认为可以在此基础上做一本诗选。他们有可能是在这前后见的面，因为波朗是梯也里·穆尔尼埃的出版人。以宗教为主题将这些诗歌汇集成册可能会是两个人共同的主张。

---

① 波奈-普拉西诺精装丛书（collection des cartonnages Bonet & Prassinos）是伽利玛出版社在一九四一年至一九六七年间推出的一套丛书，这套丛书的封面一改以往的封面装帧材料，用硬纸板或亚麻做封面，颇具现代感。选入丛书的书以再版书或译作为主。——译注

但是他们的相遇很可能更早。一九三五年，波朗接替加斯东·伽利玛正式执掌《新法兰西》杂志时，他在法国国家教育事务所负责与远东国家教育学术界的联系。他在马达加斯加的经历，他在东方语言学院开设的马达加斯加语课程，以及他在教育界的位置，使得他经常扮演一个外交官的角色。一次世界大战之后，多米尼克的父亲——资深的英语老师奥古斯特·德克洛被派遣到法国国家教育事务所担任负责人。"他频繁出行，到英国、美国以及所有英语国家，去那里巡视法国学校和法语中学。"波朗与多米尼克的父亲彼此相识，有时还在一起工作。教育事务所的办公室设在拉斯帕伊大街，波朗会将赠送给法语联盟下属学校的书籍和杂志带到那里。在英国、德国、捷克或俄罗斯文化的代表面前，波朗会极尽其宣传之能事。后来，奥古斯特·德克洛曾将一部分书籍杂志带给多米尼克，例如后来多米尼克颇为喜欢的《方法》杂志。父亲对她说："你知道，这是一本非常精英文化的杂志，在我看来过于复杂。你也许能从中读懂一点什么，我不确定，但无论如何应该试试。"在相当长的时间里，多米尼克一直如饥似渴地读着这本杂志。

多米尼克与波朗应当会时不时地在事务所的走廊里交错而过。彼时他们应当不会交谈或很少交谈。而当战争期间，多米尼克请求他的约见时，波朗自然也无法拒绝，一九四一年末，他非常热情地接待了她。他同意出版她所建议的诗集，甚至帮助她补充完善。一九四一年十月二十三日，多米尼克给他写信道："亲爱的先生，我没有能够将您之前借给我的文章带回来。为此我感到非常抱歉。我在其中找到了非常美的一些东西，又重新读了一遍……对于您先前给我的启发，我一直很小心地保留着。我希望能够很快用上这些，希望能够在不久的将来给您一些东西。对于这一切，我万分感激，同时也非常感谢您的接待。请相信，亲爱的先生，我对您所怀有的所有美好记忆。"

在出版之前相当长的一段时间里，在让·波朗的帮助下，多米尼克投入到诗选的工作之中；事实并不是她给波朗带去了定稿，然后波朗同意出版。两个人之间很快就产生了友情与信任，而波朗从一开始就试图将多米尼克介绍进出版社工作。一九四〇年十月，德里厄受到奥托·阿贝兹的任命，就任《新法兰西》杂志的主编。加斯东·伽利玛以接受其任职为条件，要求出版社重新开门，并具有一定的自主权。波朗拒绝与德里厄共同执掌《新法兰西》杂志，他推荐由雅克·勒马尚接替自己的职位，但后者拒绝了，于是实际上他仍然在行使《新法兰西》杂志的主编权。同年十二月,德里厄任主编的第一期杂志正式出版。波朗很清楚多米尼克在战前经常接触的圈子,也本能地感觉到她在出版及文学杂志方面的天赋,于是向德里厄推荐,由她来做《新法兰西》杂志的秘书。德里厄回答道:"一个女人?永远不可能。"并且他认为多米尼克没有这个能力。

就在得到德里厄回复的第二天,多米尼克给波朗写信道:"亲爱的先生,昨天晚上因为羞怯我没能对您说,对此我觉得很是羞愧,我原本想要对您表示感谢的,因为您提出由我来做杂志的秘书。如果我再去找您,也许我会打搅您,并且,我可能还是说不出口。因而,请允许我给您写这封信,对于我来说这样容易得多。我非常感动,别人没有记住我的名字,而您却提到我,这对我而言是极大的安慰。一直以来您对我所表现出的这份友善不啻为一种鼓励,如此珍贵,我简直受宠若惊,内心充满了讶异和混乱,到了说不出话来的程度。但是我还是希望您能知道,我对此深深感怀。而且我真是十二万分地想要做些什么,表明我能够不辜负您对我的信任……请向波朗夫人转达我诚挚的敬意,也请原谅我的笨拙,亲爱的先生,再一次致以感谢。"后来多米尼克到《新法兰西》杂志的办公室去找他的时候,他便会给她稿子和文章看,就在走廊里,他的办公室前面。德里厄就在旁边的一间。她"在小窗下读稿,那是唯一的光源",几分钟后,她把稿子送还给他。她害怕自己说蠢话,明明不好,自己却说好,或者恰恰相反。波朗测试她,而她也乐此不疲。"但是我总是想什么就说什么,他从不提问,通常情况下都很顺利。波朗总是说:'啊!您说对了!啊!真奇怪!'或者他也会这么说:'啊,是的,的确,在这点上我同意您的看法。'于是,我对自己说:'这次押对了。'"波朗会给她布下陷阱,但这也是游戏的一部分。

关于多米尼克·奥利和让·波朗最初的交往,大家几乎都会提到一个插曲。他们很可能彼此都不知道对方参与了抵抗组织的活动。一九四二年初的一天,多米尼克去《新法兰西》杂志的办公室看他——那是一间现在已经不复存在的迷你办公室,在大楼重新装修之前,曾经是让·布朗的办公室,她在信封里装了几份《法国文学》杂志给他,还叮嘱他不要给其他任何人看。他什么也没说,彬彬有礼地谢了她。直到后来多米尼克才发现她是把"《法国文学》带给了杂志的创立者,可我那时对此一无所知,可见得保密工作的确卓有成效"。但是他们应该共同参与过一些抵抗活动。巴黎解放的时候,多米尼克到子夜出版社任职，做审稿人和改稿人。战争期间，她已经在传播子夜出版社的地下出版物了。也许正是受波朗之命。一九四二年二月，波朗和威尔克斯、皮埃尔·德·勒居尔一起参与了子夜出版社的创建。但是类似的活动应该在《法国文学》插曲之后。

他们之间的关系还停留在友谊的阶段，当然已经带有职业交往的性质。但爱情尚未产生。日尔曼娜还很活跃，尽管一九四〇年三月，她已经被诊断出患有帕金森病，深受折磨。她参加波朗主持的抵抗运动会议，就在波朗与她及格罗聚森[①]分享的那间小办公室里。一九四一年三月，日尔曼娜还与雅克·德古尔一起参与了《法国文学》的创建，一九四一年九月，法国作家协会（CNE）的成立也有她的一份功劳。多米尼克·奥利给波朗的第一封信是在一九四一年十月。日尔曼娜与多米尼克一定已经打过招呼了，因为多米尼克在信中总是不无敬意地请波朗"代为向波朗夫人致以敬意"。多米尼克没有出席抵抗组织会议。她只是传播《法国文学》杂志，可没有加入委员会，也不参加法国作家协会。而她和两个文学抵抗组织核心人物埃迪特·托马斯之间的友谊是后来才产生的。

自战争一开始，波朗就和埃迪特·托马斯有所接触，后者是一位历史学家、档案学家、古文字学家、知识分子、作家，也是一位共产主义斗士。一九四二年六月，知识分子抵抗组织成立，埃迪特·托马斯与克洛德·摩根一起重建了自雅克·德古尔被德国人杀害之后就处于瘫痪状态的法国作家协会，她和摩根共同领导《法国文学》杂志。是她将波朗介绍给克洛德·摩根和雅克·德布-布里戴尔。自一九四三年二月开始，法国作家协会的会议从波朗在《新法兰西》杂志的办公室转至埃迪特·托马斯在第五区皮埃尔-尼古拉大道十五号的家中召开。她家很安全，因为那里没有看门人监视来来往往的人。

一九四三年七月，《新法兰西》杂志停刊。德里厄辞职，加斯东·伽利玛拒绝了德国当局试图强加给他、替代德里厄的拉蒙·费尔南德兹。波朗于是扮演双重身份。一方面，他是成立于一九四〇年六月的法国知识分子抵抗组织的创建者；另一方面，他与德占当局一直保持着往来。他开始频繁出入芙洛朗丝·古尔德的沙龙，这位美国女富豪是法国作家与出版家的资助者，保守派，

[①] Bernard Groethuysen（1880-1946），德裔法国作家，哲学家。——译注

有反犹倾向。在她家，波朗能遇见很多德国人，例如在斯塔菲尔宣传机构[①]负责书籍审查的热拉尔·海勒中尉，德国学院院长卡尔·埃普金以及德国作家恩斯特·荣格[②]——当时由亨利·托马斯翻译，伽利玛出版社出了不少这位当红作家的书。古尔德家也还聚集了不少亲德的法国作家，比如马塞尔·茹昂多、保罗·莫朗等。就这样，波朗一边在伽利玛出版社从事相对合法的编辑工作，一边秘密出版斯塔菲尔宣传机构查禁的书。"由于地下子夜出版社的存在，我们可以出版两种文学：大众文学和抵抗组织文学。"

一九四四年八月，巴黎解放。德里厄试图自杀。九月，召开了法国作家协会的第一次公开大会。波朗对建立亲德作家黑名单提出了质疑，不过黑名单还是在第一期公开出版的《法国文学》上登了出来。自此，法国作家协会，共产主义新闻阵营与波朗之间的论战揭开了序幕，论战一直持续到一九五五年。由法国作家协会成员组成的出版清算委员会成立。逮捕、诉讼、业内清算运动、论战，这一切围绕着有可能与占领当局合作的所有人布下了天罗地网。尽管自战争一开始，新闻出版抵抗组织就向出版商和书店发出了不得与德国当局妥协的命令，波朗却非常反对所谓的清算运动。他的出发点与其说是政治的，还不如说是职业性的：他觉得必须保护作家，因为文学在政治之上。

多米尼克·奥利曾经提到过，波朗不无幽默地说："好吧，如果这些人都进了监狱，他们都去完成不朽之作去了，那我们的人还有什么可做的呢？"在波朗与知识分子共产党员的对峙中，多米尼克支持波朗，当然，是在幕后。她未以个人身份卷入政治纷争之中，而是小心翼翼但卓有成效地开始了自己的文学生涯。由于她在战争期间一直秘密传播《法国文学》，待到杂志见了天日，自然也就继续为之工作。她在那里所做的也就是个记者的工作：她在英美报纸中找新闻，也做采访，采访抵抗组织成员以及从集中营回来的大人物。她还做"获奖作家"的报道。多米尼克为《法国文学》工作了三四年的时间，一直到一九四七年。就这样，多米尼克进入了这个以抵抗组织为前身的文学圈子，伴随她进入的是波朗的复杂身份。那时，即便他们之间还不曾深切地相爱，可至少，波朗已经很喜欢多米尼克了。

[①] 斯塔菲尔宣传机构（Propaganda Staffel），第二次世界大战期间德国当局设置的一个文化机构，专门负责审查法国的新闻和出版。——译注
[②] Ernst Jünger（1895-1998），德国作家。——译注

《法国女人》与《方舟》

一九四四年十一月，法国作家协会下令禁止出版《新法兰西》杂志，理由是该杂志有与敌人合作的历史。加斯东·伽利玛牺牲了杂志，借以与附敌撇清关系，那时候法国作家协会已经成了官方机构。他让波朗负责杂志的结束工作。作为委员会及其杂志《法国文学》的创建者，波朗受惠于他的抵抗组织成员身份。他尽量保护受到附敌怀疑的作家，为他们辩护。与此同时，《法国文学》登出了第一张亲德作家的黑名单。对于这张名单，波朗也投了赞成票，但随后他就公开收回了自己这张赞成票。他认为，一个源于抵抗组织的机构自己也玩起了揭发与判决这一套，着实是种耻辱。由于处于孤立的状态，波朗陷入了神经性忧郁，但直到一九四六年才辞职，加斯东·伽利玛还需要他留在委员会里。

在一九四七年著名的《致法国作家协会成员的公开信》之前，法国作家协会内部的矛盾并不是共产党员与波朗之间的矛盾，不过波朗与共产党员的矛盾爆发以后，便导致了一系列针对波朗的新闻攻势，一直持续到一九五二年。实际上波朗与抵抗组织的成员关系甚好，这些人大部分都是共产党员，最著名的自然是雅克·德布-布里戴尔、路易·马丁-夏飞埃和埃迪特·托马斯。埃迪特·托马斯在第一时间加入了抵抗组织，这是一个丝毫不事通融的、激进的斗士。她支持法国作家协会的行动和出版界的清算委员会。在加入抵抗组织与共产党的同时，她还献身于女权事业。德占期间，抵抗组织女成员缔结了一个"法国女人联盟"，一九四四年，埃迪特·托马斯开始领导该组织会刊《法国女人》的编辑工作。这一年，法国也通过了妇女的选举权。这是一份政治性、社会性的会刊，所有的记者都是女人。埃迪特·托马斯是总编，安托万奈特·米多尔负责行政工作。会刊总部位于巴黎第九区圣-乔治街十九号。这是一份周刊，星期四出版。一九四四年九十月间，《法国女人》改变了版式，封面也重新设计过，更像是《法国文学》的女性增刊。《法国女人》开设了关于抵抗组织女成员、女共产党员、集中营回来的女囚犯、英勇的女战士以及类似达尼埃尔·卡萨诺娃的现代女英雄的人物采访专栏。文章的主题主要是政治性或历史性的，同时它也刊登"女权立场"的各种文章，涉及生活实用指南、教育、烹调方法等。

埃迪特·托马斯在找合适的记者，为其各类文化专栏撰稿。她请波朗帮忙，看看有没有能帮她一把。在一九四四年九月的一封信中，波朗向她推荐了多米尼克·奥利："您知道吗，如果我处在您的位置，我会请谁帮忙？我会去找多米尼克·奥利，她的地址是雷恩街一三四号（第十四区）。这是一个非常勇敢的人。她已经以自己的实际行动表明了这点。这也是一位非常罕见的女性。我觉得您的《罗曼》堪称完美。这不容易。亲爱的埃迪特，请允许我们表达诚挚的友情。""勇敢"这个形容词当然是对多米尼克在战争期间的抵抗活动有所影射。埃迪特·托马斯聘用了多米尼克，她为《法国女人》写的第一篇稿子登在一九四四年十月号上。多米尼克写信感谢波朗的好意："我有没有告诉过您，埃迪特·托马斯让我和克拉拉·马尔罗一起负责《法国女人》的文学专栏？我对此感到十分高兴，非常感谢您。"

但是，多米尼克并没有从小说专栏"书屋一角"开始，那是她自十一月起与克拉拉·马尔罗一起负责的栏目，在这之前，多米尼克先是写了一组关于法国与欧洲的女性选举权发展历程的文章，题为《为女性争取选举权而斗争》。多米尼克与安德烈·马尔罗的前妻克拉拉·马尔罗是老相识，战争时期，她与安德烈·马尔罗往来频繁，但她还是第一次与埃迪特·托马斯见面。这一次合作缔结了两个人的友谊，并且一直保持到一九七〇年埃迪特·托马斯去世之前。这是多米尼克在战后的第一份工作，而埃迪特·托马斯则是一位战争女英雄，甚至，后来在阿尔及尔，戴高乐谈到关于战争智慧的问题时，还举到了她的名字。

多米尼克写了一些女权立场的文章，但没有从政治的角度介入，也就是说，她没有从属于某个政党。《法国女人》是法国共产党的会刊。埃迪特·托马斯和克拉拉·马尔罗都是共产党的战士。一九五〇年，两个人又都成了铁托分子。彼时多米尼克为两份抵抗组织的刊物工作，《法国女人》和《法国文学》。而从一九四五年开始，她与波朗一起工作的机会也越来越多。为《新法兰西》杂志工作。一九四六年四月，她还参与了伽利玛出版社《七星丛刊》的创建工作，并成为该丛刊的编务。

就在参编伽利玛出版社这份杂志前不久，多米尼克与让·阿姆鲁什见了面。让·阿姆鲁什是阿尔及利亚柏柏尔文化著名的文学批评家、出版家，也是著名女诗人、歌唱家玛格丽特·陶斯的弟弟，是《方舟》杂志的创建者，一九四四年二月，他和安德烈·纪德、雅克·拉塞涅以及出版商埃德蒙·夏洛一起在阿尔及尔创立了杂志。巴黎解放后，夏尔洛到巴黎定居。一九四五年初，让·阿姆鲁什去找波朗，希望能够把《方舟》杂志转到巴黎来。多米尼克似乎提到过当时她也在波朗的办公室里——那是《新法兰西》杂志最早的办公室，波朗才从塞巴斯蒂安·波旦街大楼的最高一层搞到手，阿姆鲁什问波朗是不是认识什么人可以负责编务，波朗回答他说："这位不就是现成的吗！"于是阿姆鲁什说："好啊！"他没再找别人，而"我就这样突然成了《方舟》的编务"。

但是波朗与多米尼克之间的通信似乎与这个版本的传闻不太一致。一九四五年五月，在波朗为此事给多米尼克写的第一封信里，他说："您是否接受为复刊的《方舟》杂志（杂志主编是纪德、加缪、马尔罗和阿姆鲁什）主持英国文学专栏？我的朋友希望您能接受。我也一样。"紧接着是第二封信："又及：开始是七千法郎一个月，不过阿姆鲁什向我保证过，您在时间安排上相当自由。"多米尼克的确在波朗的办公室里遇见过阿姆鲁什，但波朗并非在那时提议由她来担任杂志编务。在叙述自己的生活时，多米尼克总是喜欢撒谎。她拒绝给出真实的版本，这是一种贵族的姿态，因为真相往往是粗俗的，而谎言则是一种社会游戏。

她还不太了解这个行当——负责文学月刊的编辑工作——但是很快就学会了。的确，她担当起了杂志的编辑工作，并且成为夏尔洛出版社审读委员会的成员，那个出版社里都是阿尔及利亚小伙儿：阿尔贝·加缪、于勒·罗伊、让·阿姆鲁什。莫里斯·布朗肖也在第一时间参与杂志的工作。所有人都聚在维尔诺伊街十八号底楼那间小小的办公室里，讨论，抽烟。多米尼克不能忍受烟味，她总是待在窗边。一群男人，大多数来自北非，喜欢开男人的玩笑。

让·阿姆鲁什本人受到两种文化的影响：他出生在卡比利亚，但父母已经皈依天主教，因而他又是在天主教传统中长大的。他在突尼斯中学学习，日后进了巴黎高师。他写评论文章，翻译柏柏尔诗歌，译好了就让他姐姐陶斯演唱。他在法国国家电台任主编，做过与安德烈·纪德、保罗·克洛代尔和弗朗索瓦·莫里亚克的系列访谈。虽然是一个左派，他却在阿尔及利亚战争时期支持戴高乐，觉得像他这样的背景，再坚持做一个在法国的阿尔及利亚人是很荒诞的事情。在有些人看来，阿姆鲁什非常令人讨厌，脾气也不好，但是总的来说，为杂志工作的这些年轻人都充满了激情和热忱，雄心勃勃地想要征服巴黎知识分子界。埃德蒙·夏洛是一个优雅细腻的人，他的文学判断非常准确。很多人觉得他说话不算话，但和多米尼克在一起时他却不是这样。倒是日后出版社所经历的一系列管理问题能够对他的这点名声作出解释。

《方舟》杂志和夏尔洛出版社的初衷是替代《新法兰西》杂志，因为那时《新法兰西》杂志已经接到停刊的命令。阿姆鲁什请波朗参与杂志。"我去纪德家开了个大会，出席会议的人还有让·斯伦贝谢、罗杰·马丁·杜加尔、安德烈·马尔罗、阿尔贝·加缪、让·阿姆鲁什、让·德诺埃尔。"让·德诺埃尔不是作家，他是芙洛朗丝·古尔德的代言人，为芙洛朗丝和文学界穿针引线，为她操办宴会和招待会。那一天，所有人都聚集在纪德在瓦诺街的工作室，大家坐得很不舒服，满心不耐烦的马尔罗不停地站起身，在房间里踱来踱去，接着加缪也爆发了，责令马尔罗坐下。马尔罗坐下，然后又站起身。

"我们非常不顺利，很显然，波朗什么都不想知道，他不愿接手《方舟》。纪德不想说话，不想让阿姆鲁什难堪。马丁·杜加尔和让·德诺埃尔一样默不作声。非常惊人的气氛，总算到了最后，马尔罗才说：'只有花大钱，让人去读那些我们以后再也不会谈论的书，否则就做不了一本好杂志。'他的语气那么重，所有人听了都站起身来离开，那件事情于是到此为止。"波朗加入《方舟》，因为他不愿意与纪德一起工作，尽管他欣赏纪德，但认为自己还是和他保持一定距离为妙，至于阿姆鲁什，他对这个人怀有相当大的戒心。他和阿姆鲁什之间无论是在脾性还是视角上都相去甚远，甚或两个人之间还有些嫉妒，因为多米尼克曾经做过阿姆鲁什几个月的情人，还有人说她也做过加缪的情人。当然，对于多米尼克，波朗作出了另外的解释："我还想说一句（也许这话更应该对阿姆鲁什说？您自己决定吧），之所以我如此难做，还因为在某种程度上我对加斯东·伽利玛应当承担一定的责任，如果说战前他给我的比我应当得到的少，现在他给我的远远超出了我所应得到的。我想阿姆鲁什完全没有意识到——纪德除外——自己的孤独处境。倘若您向马尔罗要一个星期五个小时的工作时间，您又能给他什么呢？这就是问题所在。这个问题一点都不简单（尽管很庸俗）。"如果不属于伽利玛出版社的事务，波朗不能公开参与，尤其不能义务性地参与。一九四五年八月，出了第一期在巴黎出版的杂志，波朗给了他实际帮助，当然是非正式的，通过多米尼克实现的帮助。新文学杂志的出版撇不开波朗。

波朗给了多米尼克一些建议，帮她约稿，推荐文章，自己的或是其他作者的文章，帮他们分发杂志，还推荐他们把杂志寄给某些关键人物，以便顺利发行。他的批评意见通常有些让人下不来台，但流露出真正的友情。这友情当然很大程度上是冲着多米尼克的，但也出于他对杂志的热爱，所有的杂志。在一九四五年十一月的一封信中，他写道："我可不能说很喜欢这期《方舟》。难道伊提埃把我们都当成小傻瓜了？二十天后，我或许能给让·阿姆鲁什一篇二十来页的文章，关于'一八一七年前后的一个语言事件'（谢尼埃[①]在拉图什[②]的帮助修正下，成了浪漫主义的典范）。您觉得阿姆鲁什会感兴趣吗？……我很喜欢您的小评论中所流露出的那种细腻的智慧……还要说几句关于伊提埃的：我觉得《方舟》对于那些官方人物有一种危险的趣味。我们当然可以走错路。甚至对于杂志而言走错路不完全是坏事。但是杂志不应该出于利益关系走错路。否则它就生存不下去。（对于M.J.D的文章，我也提出同样的意见。）"多米尼克回复他道："您能给我们那篇关于拉图什和谢尼埃的文章，让·阿姆鲁什当然会非常高兴。如果您在您所说的日子前给我们，正好能赶上十二月的那期。伊提埃是'杂志社的一位朋友'，仅仅是出于这个原因——再说正值瓦莱里去世——才发了他的文章。似乎这和要接受M.J.D的观点没什么关系。您真好，读了我的小评论，并且说还算喜欢。我会努力工作。"

波朗对于多米尼克的小评论一向持温和的态度，但是他会非常严厉地批评《方舟》的编辑态度与内容。他向多米尼克提议，将安德烈·罗兰·德·勒内维尔纳入《方舟》的新闻部，这样他就可以在自己的《帆船》杂志中提及此事；他还希望能够重新买一套杂志的合订本，因为他把杂志都借出去了。波朗给多米尼克他们开了张单子，说如果"不算冒昧"的话，可以把最新一期杂志寄给单子上的那些人。"不过他们应该都订了杂志。"他说。

有时，如果《方舟》拒绝刊登他推荐的年轻人的文章，波朗会非常恼火。有时他还会对杂志里的某篇文章不满意。"我觉得我的文章不太好。我必须修改完善。我请求您，如果我们的朋友让·阿姆鲁什等不及，请您尽量施展您温柔的一面，劝他耐心一点。我想，《方舟》应该是没有采用马丁内小姐的稿子

[①] Chénier（1762-1794），法国诗人。——译注
[②] Henri de Latouche（1785-1851），法国评论家，文人。他出版了谢尼埃的诗歌全集。——译注

（这是极不应该的）。请您帮忙把稿子退还给我。"在这封信中，他强调了多米尼克与阿姆鲁什之间的亲密关系。同时，这封信也对两个男人之间随后产生的矛盾作出了解释。阿姆鲁什指责波朗答应为《方舟》工作后食言："我想，如果阿姆鲁什真的认为我已经接受了这项工作，他应该对我表现出惊讶（美好的）与感谢之情，不是吗？"自此之后波朗开始与杂志保持一定距离，他还拒绝杂志登载他的《塔布之花》的续篇，这是他一九四五年以来投入相当精力完成的一项工作。但是他同意把文章寄给阿姆鲁什读。

对于波朗来说，《方舟》算不上是分量很重的杂志，尽管他也运用自己的威望帮了些忙。"芒苏尔对于让·保罗·萨特的评论很是精妙。不过你觉得有必要登这样的文章，讲述一个人人皆知的德国大诗人的故事，还有一个讲英文的希腊人和十五个译者的故事？如果说施①的译文有些平淡，但总体来说还算杰作。"一九四七年二月二十四日的一封信中，他写道："啊！我非常喜欢您的《工人阶级的神话》，非常公正，非常精妙！（但关于克朗西埃的那篇不好，真的，您的评论是错的。）贝尔纳·芒苏尔关于普利斯尼埃的那篇文章也很好。我觉得杂志文章太多了。您不觉得任何杂志都应该规定一个基本的文章数量吗？不能超过这个数。（原因有很多，再说您非常明白这其中的道理，比我还要明白得多。）这是很好的建议，可惜我倒没有采纳。"波朗一定是感到有一点嫉妒，他不再能够行使任何一本文学月刊的主编权。而在一九四六年四月创办的《七星丛刊》一年只出两到三期，在时下的文坛中起不到什么重要作用。

多米尼克第一次负责一本文学杂志——以前她不过是在杂志上发表文章，写些小评论或是做点翻译，并且和那么多战后这一代的大作家接触交往。有些人她以前就认识。《方舟》很适合她，因为与战后的大部分杂志不同，这是一本没有明确政治立场的杂志。波朗将梅洛-庞蒂的一封信转给了多米尼克，信的内容关乎他自己的一篇文章，波朗曾经将之推荐给《方舟》杂志："亲爱的先生，您把我的文章给《方舟》，我自然非常荣幸，十分感谢您。不过我想请求您以自己个人的名义与《方舟》联系，并且说明我并没有请求你刊发这篇文章。因为，在我看来，关于马克思主义的批评只能刊登在马克思主义的机关刊物上。否则，它有可能在时下流行的反共浪潮中占有一席之地，这与我本人的愿望完全背道而

---

① 此处为缩写Sch.，未明指。——译注

驰。我和艾尔维一样认为，对于共产主义左派的这种反对意见尽管出发点是好的，但在出发点已经迷失的形势下便成了一场阴暗的骗局。如果想搞清楚，只需放在它所处的背景中来看。"类似的出版问题，文学杂志的政治介入问题是波朗和法国作家协会之间、波朗与共产党员之间冲突的开始。多米尼克没有公开表明立场，但是在整场论战之中，一直默默地站在情人身边支持他。

清算

巴黎解放，于是抵抗运动便成了对与德占当局合作的附敌文化机构和知识分子的清算。有过附敌行为的出版家和作家遭到逮捕——所谓附敌行为，是指取得德国或维希政府宣传部门同意出版著作，签署共产党员作家、犹太作家、英国作家、共济会作家的禁令，将股权转让给德国公司，与德国文化界的头面人物，诸如奥托·阿贝兹、热拉尔·海勒或约瑟夫·戈培尔之流你来我往。特别法庭和行业清算委员会成立，专事对战争期间仍然在德占当局同意的情况下继续合法出版写作的人进行审查与判决。从一九四二年开始，如果没有遭到查禁，出版物上都有德国斯塔菲尔宣传机构所给出的一个特别准许号。大部分出版商和作家为了能够继续工作，都与德国当局进行协商有所妥协，只有一小部分转入地下。这部分人创办抵抗运动的著名刊物，比如《法国文学》、《星星》、《法国图书馆》、《汇聚》、《信息》，还有《抵抗》等。此时还出现了一些地下出版社，例如子夜出版社或昨日今时出版社。

一九四三年十一月，在《法国文学》上刊发了第一篇针对附敌出版商的《敬告出版者》，署的是法国作家协会的名。法亚尔出版社、布隆出版社、阿尔班·米歇尔出版社、伽利玛出版社、格拉塞出版社、德诺埃尔出版社赫然在被"敬告"之列，因为他们出版过德国宣传机构授意出版的书，或是自己抽回了有可能遭禁的书。伽利玛更是众矢之的，因为他把《新法兰西》杂志交给了德里厄，使之成为一本德国宣传当局的杂志。法国作家协会号称待到战争结束，他们要对这些出版社从德国那里得到的资助与出版的书目一一进行审查。而对于附敌作家的判断主要基于他们的写作内容之上，看他们是否在战争期间出版过带有宣传性的书和文章；但是，与德国当局要人的私人关系也是一条重要的衡量指标，而那些一九四一年受约瑟夫·戈培尔之邀前往魏玛的作家自然也是被归于附敌之列，其中包括德里厄·拉罗歇尔、罗贝尔·布拉齐亚克、马塞尔·茹昂多、雅克·夏尔多纳和拉蒙·费尔南德兹。马塞尔·阿尔朗和保罗·莫朗也受到了邀请，但是他们拒绝前往。

一九四四年八月至九月，按照行业成立了第一批行业清算委员会，其中就有出版业清算委员会。担纲的是抵抗组织成员和法国作家协会成员萨特、维尔科和塞热，法国作家协会此时已经成为官方机构。一九四四年九月，投票通过了第一批附敌作家的黑名单。亲纳粹的作品得到清查和销毁，这样就可以回收一批纸张。对出版商采取的措施是将附敌出版商驱逐出工会，并且，勒内·费里蓬遭到逮捕，这位行业工会主席第一个在一九四〇年九月的奥托名单上签了名。清算委员会审查材料，但是他们没有权利宣布制裁，每一次都只是调查、取证和揭发。

随后，清算咨询委员会取代了清算委员会，因为事实上清算委员会不能够真正行使清算之职。从一九四五年初开始，陆陆续续有作家遭到逮捕，被特别法庭判处死刑：乔治·苏阿雷、保罗·夏克和罗贝尔·布拉齐亚克。对出版商的诉讼也自一九四五年开始，而像贝尔纳·格拉塞的案子一直纠缠到一九五五年。其中大多数人被诉"有损国家安全"，但很快就得到释放。作为公司，基本上只是被判暂时停业。如果说对出版商还是宽容的，那么作家远没有如此幸运，当他们的出版商免予起诉之时，他们却不是被枪决就是被投入了牢房。一九四六年十一月，勒巴泰被判死刑，不过他在一九四七年四月得到特赦，但是他的出版商罗贝尔·德诺埃尔却在一九四六年便被宣告无罪。只有贝尔纳·格拉塞一直处于焦虑之中。他的出版社被告解散，财产也予以没收，但是他一直想办法请求得到当时的总统文森特·奥利约的特赦，再加上此后他一直断断续续在精神病院治疗，于是事情一直拖着。他于一九五三年得到特赦，一九五五年去世，十年的诉讼，声名落败，惶惶不安。

战争期间，波朗扮演着颇为奇特的角色。他是伽利玛小组的成员——所谓的伽利玛小组包括波朗、日尔曼娜夫妇，加斯东、让娜夫妇，会计师杜蓬以及连锁门店经理基利亚克·斯塔梅洛夫……一九四〇年十一月，这个伽利玛小组重新开始工作，而波朗在罗德省卡尔卡松附近的维拉里埃的若埃·布斯凯①家游

---

① Joë Bousquet（1897-1950），法国作家，诗人。——译注

荡了好几个月，他拒绝与德里厄共同执掌《新法兰西》杂志。他不愿意公开与德国人共同工作，但是他要留在出版社，暗地里行使出版社和杂志的领导权。在他看来，诗人应当能够继续出版他们的作品。他就这样保证《新法兰西》杂志得以继续出版。而对德里厄或向茹昂多、勒内·德朗日这样的极右翼作家，他倒是真的怀有诚挚的友谊，对德国作家热拉尔·海勒和恩斯特·荣格也同样如此，他是在一九四三年，在马拉科夫街芙洛朗丝·古尔德的一次宴会上认识的他们。一九四〇年，波朗就加入了抵抗运动组织。这一年的六月，他和克罗德·阿弗利纳、让·加苏一起加入了第一个知识分子抵抗运动的组织，"阿兰·富尔尼埃朋友会"。他为《抵抗》杂志的第一期奔忙，这是人类博物馆小组的会刊，一九四〇年十二月，让·利维的人类博物馆小组与让·加苏和克罗德·阿弗利纳的小组合并。波朗还与雅克·德古尔一起创办了《法国文学》杂志，并且在一九四一年初帮助创建了子夜出版社。

一九四一年九月，他和雅克·德古尔一起成立了法国作家协会。一九四一年十二月，协会第一次会议在让·布朗匝家召开，会议讨论确定了《法国文学》第一期杂志要目。除此之外，协会最初的会议几乎都在波朗《新法兰西》杂志办公室召开，德里厄的办公室就在旁边。当时的协会成员有：雅克·德布-布里戴尔、让·盖埃诺、弗朗索瓦·莫里亚克、让·布朗匝、克洛德·摩根和埃迪特·托马斯。波朗私交最深的朋友是贝尔纳·格罗聚森、于连·班达以及保罗·艾吕雅等人。一九四二年三月，波朗鼓励让·拉斯居尔创办了《信息》杂志。但是他与莫里斯·布朗肖也走得很近，一九四二年三月到六月间，他甚至向德里厄推荐，由布朗肖做《新法兰西》杂志的编务。波朗参与抵抗运动自然是无可争辩的事实，而且他是第一时间的参与，但是他所扮演的双重身份，他与德国人和附敌分子的周旋交往——这使得他多次躲开了盖世太保的迫害——却在巴黎解放后引起了怀疑。尤其是他站在这些人的一边，反对法国作家协会采取的措施的时候。战争期间非常混乱，附敌分子、抵抗成员、右翼与共产党员之间的阵营之间并没有明确的界限。扮演双重身份的人不在少数。一方面是争取公开出版和写作的权利，另一方面参与抵抗运动。甚至战后最为尖锐的共产党员作家也是如此：德占期间，艾尔莎·特里奥莱[①]也在德诺埃尔出

[①] Elsa Triolet（1896-1970），俄裔法国女作家，超现实主义诗人阿拉贡的伴侣。——译注

版了两本书,《深悔》与《白马》。但是解放之后,报复与解释的需求超过了一切,阵营立刻得到明确划分,战时的暧昧与实用主义再也无法维系。

解放时,波朗仍然是法国作家协会的成员,但他很快站出来,出于知识分子的信仰,同时出于对某些作家的友情,反对将附敌作家驱逐出去,拒绝一切专制迫害。在投票通过作家黑名单之后的几个月(划清界限与追捕调查),他公开反对这份黑名单,以"作家有权犯错"并且不应为错误负责为理由。他界定了文学性的作家——这类作家不应在政治上有所介入——和文论作家、思想家、意识形态作家的差别。当时的知识分子界为法共所左右,波朗觉得他们所采取的手段与德国人差不了多少:揭发、上刑、审判、死刑。然而对于法国共产党来说,文学自然从本质上就该是介入的、战斗性的,并且作家应当对自己的政治思想负责。波朗就这样为自己的好朋友辩护,主要是茹昂多、德里厄和德朗日。一九四四年九月,艾吕雅要求逮捕参加过魏玛之旅的作家,波朗对此装聋作哑。

在一九四四年至一九四六年间,波朗的立场是双重的:他仍然是法国作家协会的成员,但是他经常公开攻击协会,他还是《现代》杂志的编委会成员,这是一份萨特主编、寄居在伽利玛出版社的杂志。对于波朗来说,《现代》杂志与《新法兰西》杂志正相反,恰恰不是一份真正意义上的文学杂志,因而他只做了几个月的杂志编委。杂志的主要人物是萨特、雷蒙·阿隆、米歇尔·雷利斯、莫里斯·梅洛-庞蒂和西蒙娜·德·波伏瓦。一九四八年,由于与马尔罗之间产生极大分歧,萨特离开了伽利玛出版社,在朱利亚出版社继续出版他的这份杂志。在冷战的背景下,波朗与法国作家协会之间的冲突成了共产主义与反共产主义、政治与文学——尤其是在爱国主义这一问题上——之间的冲突。

一九四六年十一月,波朗请求时任法国作家协会领导人及《法国文学》杂志主编的阿拉贡将茹昂多、吉奥诺、皮埃尔·伯努瓦、阿尔芒·普蒂让的名字从附敌作家黑名单上删去。阿拉贡予以拒绝,于是波朗与让·斯伦贝谢、多米尼克·奥利、加布里埃尔·马塞尔及乔治·杜阿迈尔一起辞去法国作家协会的职务。波朗与法国作家协会之间的冲突演变成了他与阿拉贡之间的个人冲突。法国共产党以爱国主义为理由为自己的政治清算辩护。他们觉得应该惩治那些与敌人、德国人合作的作家。他们借用两个人物作为自己的论据:阿蒂尔·兰波和罗曼·罗兰。一九四七年,在很多杂志上,波朗都对共产党员在爱国主义这一问题上的极端做法提出质疑。在一九四七年四月的《七星丛刊》上，他拉开了与阿拉贡及法国作家协会冲突的序幕。

波朗就这一问题发表的第一篇文章登在一九四七年一月十八日的《费加罗文学杂志》上："罗曼·罗兰在一九一四年背叛了法国……"他指责站在法国共产党一边的罗曼·罗兰在第一次世界大战期间曾经发表过背叛祖国的言论，而阿蒂尔·兰波在一八七〇年的普法战争中也同样如此。法国作家协会有人站出来对波朗的文章作出了回应，在一九四七年二月十四日的《法国文学》上，这篇并未署真名的文章认为，如果真的面临危境，兰波一定会站出来反对"与俾斯麦同谋，杀害巴黎的法国同胞和公社成员的人……"。在《七星丛刊》的文章里，波朗提到了一九二七年十月二十三日的题为《请允许我……》的超现实主义宣言，宣言的矛头指向沙勒维尔城市政府，因为当时市政府要建立一座兰波纪念堂。宣言中提到了"爱国主义的谵妄"，因为市政府把为祖国捐躯者的纪念堂和"悲观主义、主体悲观主义的最高代表"的纪念堂弄在一起，宣言中还列举了兰波好几句明显是反爱国主义的话。波朗明确指出宣言上赫然署着阿拉贡的名字，"法国作家协会现在的秘书长"。文章也引证了阿拉贡的几句反对法国民族和法国国籍的话——"对于我们来说法国并不存在"。其实波朗并不是在指责兰波和罗兰的立场，他做的只是揭示出法国作家协会成员彼此矛盾的地方，但正是这些人，把爱国主义当成了左派的基石，并且成了他们将亲德作家打入地狱的法律依据。在波朗看来，罪恶感是文学的根本特点，不应该由司法或警察机构对此进行审判。他反对法国作家协会赋予自己在政治上审判作家的权利，并且认为这种做法与法西斯主义行径并无二致。

冲突在加剧，波朗的许多老朋友，抵抗组织的老成员都站出来反对波朗——比如说路易·马丁-夏飞埃、维尔科和让·加苏。波朗通过文章、信件和作品为自己进行辩护。一九四七年五月，《加弗罗什》上刊登了他《罗曼·罗兰的蔑视》的节选。一九四七年五月初，他发出了《致法国作家协会的第一封信》，这是一本正反面油印的小册子。他写于一九四七年五月十五日的《致法国作家协会的第二封信》登在五月二十三日出版的《战斗》上。一九四七年六月四日，是《致法国作家协会的第三封信》。《致法国作家协会的第四封信》写于一九四七年七月六日，《新书简》第四十五期和七月二十五日出版的《路口》都转载了这封信。最后一封信于一九四七年九月二十二日刊发。而《新书简》九月号上将五封信一起刊发了出来。《路口》与《新书简》在政治立场上都属于右翼，这就使得波朗的挑衅更为尖锐，因为他同时也在左翼杂志上发表文章。

一九四七年秋天，克洛德·摩根对波朗在《法国文学》杂志的创办者地位提出了质疑。作为回应，一九四八年一月，波朗在新改版的第一期《座谈会》杂志上写了一篇题为《关于祖国的三个观点》的文章。该杂志的主编是梯也里·穆尔尼埃。于是自此开始，对于波朗来说，这已经不仅仅是与法国作家协会对着干的问题了，而是他已经被视为右翼作家，因为他在右翼杂志上发表文章。一九四八年一月，波朗的名字退出《法国文学》——杂志创办者只剩下雅克·德古尔和阿拉贡。波朗与包括于连·班达和艾吕雅在内的不少朋友关系恶化，渐渐被大家孤立。很少有人公开表示站在他这一边，但是波朗仍然坚持战斗，为纯文学性的文学辩护，觉得文学应该超越政治之上，他为极右翼作家朋友辩护，战斗一直持续到一九五二年，那一年，他发表了名噪一时的《致抵抗组织领导人的一封信》。

让·波朗的双重性

对于让·波朗在战争期间所作所为的指责是两方面的：一方面他让左派作家——而且其中大多数是共产党员——在德里厄主编的《新法兰西》杂志上撰稿，而另一方面，他自己也在某些诸如《戏剧》之类的极右翼杂志上撰文。战争结束之际，波朗又利用自己抵抗组织成员的身份保护与自己交好的亲德作家，尽量使他们免遭报复。

多米尼克·奥利也为他辩护，她说，对于波朗来说，文章应该发表，不管在哪里发表。他觉得这种双重游戏很好玩，撒谎并不让他感到难堪，冒险对他而言是一种乐趣。战后那些共产党员作家的态度很是虚伪，因为在战争期间，除了秘密出版之外，他们也在寻求一切可能发表或出版的渠道。作家大多数都利用双重渠道出版，但只有波朗以一个出版者的身份在做这样的事情，因为出版社无非是在两条道路上任选其一，要么与德国当局妥协，屈服于其审查措施，消减业务从而获得公开出版的资格；要么转入地下秘密进行。多米尼克解释说唯一的限制不应当是政治，而是实际形势：实际形势是必须找到纸张。战争期间,她也是贝尔纳·费领导下的纸张控制委员会的成员,并且与该委员会的秘书,一位叫做玛格丽特·多纳迪厄(即玛格丽特·杜拉斯)的女人关系很好。

于一九四二年四月建立的纸张控制委员会的工作是对出版者接受的书稿进行纸上的分配与控制。委员会的会议多在黎塞留街的法国国立图书馆或书店俱乐部进行,出席的人有时任法国国立图书馆馆长的贝尔纳·费、出版工会的菲利蓬和里弗以及保罗·莫朗之类的作家。正是在这样的会议上,多米尼克投票通过了一部名为《黑暗的美》的小说,其作者当时还不为人知:路易·布瓦利埃——实际上就是于连·格拉克的笔名,还有一部罗贝尔·德诺的书,而作者在第二天就遭到了逮捕。这个委员会的权力很大,它当然想做一些有利于法国出版的事情,但事实上充当了德国当局与维希政府行之有效的监管机构的角色。多米尼克那时还未曾以正式身份进入法国出版界,她的唯一工作是地下出版,但她却在委员会占有重要的一席之地。这可能源于她极右翼的出身。和波朗一样,她也在政治上和知识分子圈里承担着双重角色。

在战后的这场冲突中,她一直默默陪伴着波朗,虽然没有公开表明立场,她也继续和两个阵营里的人保持着友情。不过在对待亲德作家的问题上,尽管她也和他们有一定来往,但是她没有波朗这么宽容。多米尼克也许没有完全说实话。例如她说在一九四一年她第一次去波朗《新法兰西》杂志的办公室前,她从来没有见过德里厄。据她说,初遇德里厄的场景是这样的:她在杂志社读波朗才交给她的稿子,"有一个年轻人穿过走廊",她于是问道:"这是谁?"波朗说:"什么!你不认识德里厄?""不认识。"她说。于是波朗回答道:"他就是德里厄。"但实际上,无论是在战前还是在战争期间,她都有很多机会与他相识。多米尼克一直界限分明,对待她欣赏的人与对待她不认识的人,她的态度明显不同,同样,对她而言,人是人,书是书。她挺喜欢德里厄这个人,因为他彬彬有礼,也因为他古典的文风。在她看来,他受命于德国人领导《新法兰西》杂志是可以原谅的,不管怎么说,他发表了那么多人的文章。

但是,多米尼克觉得,在战争期间发表法西斯主义的或是反犹主义的这一类政治性文章就不能被原谅了。布拉齐亚克和勒巴泰在《我无处不在》[①]上发表的几篇文章在多米尼克的眼中是非常无耻的。后来,布拉齐亚克被执行了死刑,

---

[①] 这是一份极右翼的、反犹主义的出版物,赞同糅合战前法西斯主义、反共和反议会立场的纳粹德国。贝尔·布拉齐亚克任主编。——译注

勒巴泰虽然也被判死刑,但没有立即执行,他"戴着脚镣"在囚室里等死,最后等来了大赦,改判永久监禁与苦役。"由于不再需要戴脚镣,监狱里给了他一份工作,整理图书馆……据说这座图书馆里关于犯罪学方面的资料非常丰富。于是他投入了小说的写作,他一直以来都想写一部小说。以前他没时间,现在他有的是时间。对于波朗来说这是一个经典案例,波朗说过:'你们把他们送进监狱,他们会写出不朽之作。'……在我看来,这的确算得上是一部不朽之作。"

勒巴泰把他的稿子寄给伽利玛出版社,波朗将稿子交给多米尼克阅读。她是《两面旗帜》的第一个读者。两三千页的稿子,她通宵阅读,第二个白天接着读,然后又是一整夜。"我一直躺着读稿,非常合适……有时我会睡着,于是醒来接着读……"书出版之后被列为禁书,这是勒巴泰为其战争期间的态度所必须付出的代价。多米尼克经常去他工作所在的克莱沃图书馆看他,她告诉他,这本书非常出色,但是他在战争期间写的那些东西都是垃圾。他回答她说:"这些蠢货,他们应该枪毙我。"多米尼克说:"您说得对,他们应该枪毙您,这是您应得的结果。"

勒巴泰一直没有承认自己的错误,还说他一无所知。放逐,集中营。多米尼克认为他根本不可能不知道,只需要看看外国报纸就行了。"我还记得在一九三八年,我就已经在英国一份自由党的报纸《观察家》上读到了关于达豪集中营的整版报道,说犹太人都被关在那里,对于所有人来说这都已经不是秘密,所有人都能知道。但是不,他不知道,他不愿意知道。"勒巴泰这本书的出版挑起轩然大波。让·波朗与加斯东·伽利玛坚持要出版这本书。但小说没有获得成功:自解放之后,勒巴泰完全被笼罩在厄运之中。

尽管多米尼克认为,不管作者的政治立场与意识形态立场如何,只要是好书,都应该出版,但是在对待个人责任的问题上,多米尼克的态度却是完全的不通融。她不太原谅个人,原谅作家。这与波朗不同。波朗自认为站在文学的立场说话,但是在与法国作家协会的斗争里,他事实上也介入了政治的一面:他想阻止法国共产党对于文学界的操控。阻止仇恨与复仇。忘记怨愤。他保护自己的朋友,觉得清算的行为非常荒诞。法国文学有着极右翼的传统,战争无法改变什么。文学正是由这些差异和争吵构成的。比较起波朗,多米尼克更多的是在幕后。

波朗反对法国作家协会的禁令,有一方面也是为了保护自己极右翼立场的好朋友，尤其是马塞尔·茹昂多，他非常欣赏、喜欢茹昂多。"回到茹昂多的问题上，让·波朗可以说对他有一种真正的激情，真的可以说是激情。"他们之间写过两千多封信，并且"尊重对方的绝对自由"。波朗对于茹昂多可谓无比宽容，甚至——尽管他也和茹昂多夫妇发了火——他原谅了茹昂多夫人爱丽丝给盖世太保写揭发信的行为。爱丽丝出于对波朗的嫉妒以及对共产党和犹太人的仇恨，写信给盖世太保，揭发波朗和贝尔纳·格罗聚森，说他们一个是犹太人，一个是共产党。所幸的是海勒将信截了下来并且及时通知了波朗。

让·波朗的双重性从这两个名字当中也得到了极好的体现，格罗聚森和茹昂多都是波朗的好朋友，但一个是马克思主义者，另一个却是反革命。在多米尼克看来，茹昂多和其他亲德的作家一样，都应该对自己的行为和错误负责。茹昂多曾经坠入过海勒上尉的情网，不过在多米尼克看来，这个海勒和一般的德国上尉还是有所不同的。德国军界对茹昂多很具吸引力，他觉得它对自己的政治观念作出了回应。茹昂多应邀去魏玛，多米尼克对此持批评态度，但是她也不否认海勒上尉的吸引力。她指责茹昂多在听说妻子写信揭发波朗后，唯一的反应只是写道："我在这世界上最爱的一个人使得另一个我在这世界上最爱的人坠入危险之中。"面对如此危急的状况他竟然是如此轻描淡写、如此自私自利的反应。

波朗实际上并没有真正生茹昂多的气，他只是决定"不与卡里亚蒂丝说话"。如果碰见茹昂多的妻子，他便掉过头去。但是这只维持了一段时间，有一天，他又和她说话了，还拥抱了她。其实，每每茹昂多的妻子将茹昂多赶出去，或是又爱上了别的小伙子，波朗还经常在这对夫妇间扮演和事佬的角色。波朗一直在伽利玛出版社出版茹昂多的书，但茹昂多的书根本卖不出去。"波朗认为茹昂多是一个伟大的作家，认为他的法语至美至纯，他是对的。"多米尼克承认茹昂多作品的文学价值，但觉得作为个人来说，他不可原谅。与此相反的是，她对波朗的立场作出了公正的评价。

波朗所要做的只是捍卫自己的朋友，不管他们做过些什么。但当时的状况是，面对政治上的分裂、权力上的征服，文学界没有一种能将作家统一起来的力量。阿拉贡和德里厄曾经走得很近[①]，他们都风度翩翩，英俊潇洒，作

[①] 一九四一年，德里厄同意执掌《新法兰西》杂志的时候，作为交换，他要求海勒上尉保护加斯东·伽利玛、波朗、马尔罗和阿拉贡。三十年代他们都是朋友，虽然保持一定的距离，但是彼此尊重，彼此喜爱。——原注

为杰出的年轻作家，征服了无数男人女人。解放的时候，阿拉贡拥有很大的权力，但是他没有为德里厄做任何事情，后者被所有人遗弃，声名受损，于一九四五年三月自杀。同样，阿拉贡也没有为他在战争期间的出版商罗贝尔·德诺埃尔做任何事情。阿拉贡是多米尼克唯一在公开场合指责过的人。多米尼克是一个礼数周全的人，非常谨慎，一直避免冲突，任何形式的冲突。但是阿拉贡、特里奥莱夫妇的态度让她觉得愤怒。在法国作家协会的一次会议上，她说阿拉贡谎话连篇，还说艾尔莎"是条蛇"，充满勇气。在黑名单的问题上，波朗与阿拉贡争执了很久。阿拉贡在四十年代末执掌了一切，虽然没有什么合法的命令，却以铁腕控制着局势。波朗一直力图避免极端事态的出现，诸如德里厄自杀、布拉齐亚克被枪决之类的事情……他说作家有"犯错的权利"，但是几乎没有作家对此表示赞同，除了弗朗索瓦·莫里亚克、让·斯伦贝谢、莱昂-皮埃尔·甘等少数作家外，而这些虽然都是抵抗组织的成员，却都不是共产党员。波朗当然没有改变主张，但也并非像很多人所认为的——或者他们让人以为的——那样，从抵抗组织的阵营跨入敌人的阵营。

诗集

波朗和很多共产党员作家都是老交情，这一点无可争辩。并且，如果撇开与法国作家协会的冲突不谈——波朗只是在表面上失去了很多的朋友，并且沦入孤立的境地，私下里的通信中，他仍然和他们当中的一些人保持往来，友谊继续存在——显然，他与阿拉贡之间也是如此，两个人你来我往，通信频繁。与班达和格罗聚森之间亦是如此。这种关系尤其重要，好几年的时间里几乎都是这样，个人的冲突、和解，随着时间流逝会得到改变的政治或社会背景。这是波朗与共产党作家之间冲突的根本背景：与其说是个人冲突，还不如说是基本的立场问题。波朗讨厌任何性质的狂热，无论是宗教的、政治的还是艺术的。因为观点问题判一个人的罪让他感到愤怒。他的脾气很暴烈，只是平时有所抑制而已，但在这些冲突中，他脾气中暴烈的一面统统表现了出来。波朗喜欢战斗，喜欢做出一副歇斯底里的样子。他还希望所有作家和诗人都能团结在同一空间里——一种关于文学统一性的乌托邦。

波朗的这种想法在他与多米尼克·奥利合作出版的两本诗集中可以得到充分的体现,这两本诗集于同一年出版,都在一九四七年,前后相隔几个月。第一本诗集的准备工作自一九四五年就已经开始,在与法国作家协会发生抵牾之前,完全属于抵抗文学的范畴,在战后成为公开出版社的子夜出版社出版。这部题为《祖国天天在成长》的诗集选编了战争期间发表在地下杂志和报纸上的诗歌。抵抗作家的诗歌。一九四五年至一九四六年间,战争才结束不久时,波朗与抵抗组织仍然走得很近。在出版社的插页上是这样介绍这本诗集的:"此诗集由多米尼克·奥利编选,让·波朗作序,或者说,由让·波朗整理,多米尼克·奥利监制。谁也不知道确切的分工是怎样的。但从总体上来说,在一个没有文学的时代,这是一部意义非凡的诗集,一部值得我们吟唱的诗集,因为在这场撼动我们知识结构的集体性的遭遇中,他们找到了律动与意义。实际上,他们非常精心地向我们推出了第一本介入文学的教材。介入孩子们正在使用中的已经成为历史的东西。"

波朗和多米尼克介入历史,但不是从政治的角度。政治只有在与生死的问题有关时,只有在历史将之强加给他们时,他们才会关注。但是战后,作为权力工具的政治只能让他们感到愤怒。诗集中的诗歌作者包括乔治·亚当、让·阿姆鲁什、路易·阿拉贡、多米尼克·奥利、克罗德·阿弗利纳、西蒙娜·德·波伏瓦、于连·班达、乔治·贝尔纳诺斯、罗歇·凯卢瓦、阿尔贝·加缪、让·加苏、让·卡洛尔、安德烈·夏姆森、雅克·德布-布里戴尔、雅克·德古尔、保罗·艾吕雅、莫里斯·加尔森、安德烈·纪德、让·吉罗多、让·盖埃诺、马克斯·雅各布、皮埃尔·德·勒居尔、安德烈·马尔罗、路易·马丁-夏飞埃、弗朗索瓦·莫里亚克、亨利·米肖、克洛德·摩根、让·波朗、让·普雷沃、C.F.拉姆、于勒·罗伊、让-保罗·萨特、让·斯伦贝谢、皮埃尔·塞热、安德烈·苏阿莱斯、于勒·絮佩维尔、让·塔尔迪厄、埃迪特·托马斯、艾尔莎·特里奥莱、维尔科、夏尔·维尔德拉克、让·瓦尔……大部分战后最重要的作家和出版人都在这里。其中很多人源自抵抗组织,另一些人则是旧时出版界头面人物,尤其是《新法兰西》杂志的重要人物。

这是一个对和平以及和解尚持欣赏态度的时代,和谐虽然是暂时的,却很真实。除了序言之外,波朗还写了一首题为《蜜蜂》的诗歌,多米尼克则选了她登在一九四四年十月号《法国文学》上的一篇题为《小村庄和它的游击队》

的叙事诗选段，改名为《出发》。关于人们出发加入游击队的叙事诗。年轻的志愿者。勇气和危险。埃迪特·托马斯在地下的子夜出版社出版过两部作品，一部《故事集》，用的是奥克索瓦的笔名，另一部是诗集，用的是安娜的笔名，后来被纳入《诗人的荣誉》①中。波朗的这本诗集选了《诗人的荣誉》中的三篇：《大草原》、《我的朋友都死了》和《我的国家》。正因为已经开始与法国作家协会，从而也就和大多数诗集作者产生分歧，波朗和多米尼克在准备工作上有所耽搁，书直到一九四七年才得以出版。

出版社的介绍插页里涉及到波朗和多米尼克的工作方式问题。多米尼克收集诗歌，波朗审核、作序。起初选诗找诗，多米尼克完全独立工作，波朗给她一定的指导，把握所选诗歌的质量和效用。正是波朗要求多米尼克完成这项工作的。她尽自己所能，在自己收藏的地下报纸中寻找。在一九四五年十一月的一封信中——多米尼克才完成诗歌的收集，还缺几首——多米尼克说："为子夜出版社做的那本诗集编选已告尾声，诗歌已经按照顺序排列好（除了马尔罗的诗，我一直找不到）。据德维涅夫人说，维尔科会把马尔罗的诗带给你。如果这里面有您不喜欢的，您就去掉好了。"波朗回答她道："关于马尔罗的诗，最简单的方法莫过于问他本人要。又及：如果见不到他本人，您可以用我的名义去找他的嫂子，他住在他嫂子家。玛德莱娜·马尔罗夫人家的地址：布劳涅（塞纳省）雨果街十九－二号。马尔罗办公室地址：圣·多米尼克街十六号。"

波朗帮助多米尼克与某些作家取得联系，实际上这些作家多米尼克都认识，只是她比较羞涩，并且也是初入文学界，她情愿躲在波朗的声名之后。这样人们就不会说她已经敢与当时最为杰出耀眼的作家直接对话，不会说她没有分寸，胆大妄为。一九四六年十一月，诗集的工作一直没有能够完成。还有关于钱的问题："诗集进行到什么程度了？是不是所有相关的诗人（或出版人）都收到他们应得的一份了？"战后的出版界资金奇缺，尤其是在德占期间应运而生的出版社，在这些出版社的出版目录上，只有秘密出版的、已经绝版的或者极为罕见的书。

校样在他们之间来来去去了多次，波朗想要重新修改序言，提议一起工作。一九四六年八月，他写道："我们一定要再一起重新看一遍。总的来说，

---

① 第三卷，《诗人的荣誉》，"地下"子夜出版社。保罗·艾吕雅编选，一九四三年七月出版。——原注

我觉得那些大人物都没有问题（艾吕雅等）。《海的沉默》这一首很明显没什么意思（这只是我们私下里说说，很虚假）。相反，伊维特的诗很不错。我觉得我们一定要考虑收（哪怕仅仅从质量的角度而言）蓬日、布斯凯、吉尔维克、卡莱、马丁-杜加尔、布勒东的诗。我会给他们写信（当然是在取得您同意之后，不是吗）……我们能不能去掉西蒙娜·德·波伏瓦、德布-布里戴尔、维尔德拉克、亚当、克洛德·摩根的诗（我觉得太长了，没什么意思），省点位置出来？关于集中营，有没有想过用一段瓦扬-古杜里埃的演讲？至于瓦尔，我更喜欢用他写囚禁的一首诗。这首《巴黎》有点平常。请原谅我这么说。致以友情的问候。"最终，诗集里还是没有用布斯凯和马丁-杜加尔的诗。一九四六年十二月，波朗又一次写信给多米尼克，提醒她有些人有些诗不该遗漏："我们没忘记夏尔，是吧？也别忘了阿拉贡的这一首：窗间映出生命的玫瑰/仿佛歌剧院的姑娘。还有艾吕雅的《母牛》和这一首：太阳灼灼，百叶窗紧闭/（我认为记忆可以提供最好的建议）。当然，《自由》也不该遗漏……维尔科的《新书简》（在我看来）似乎有些过于波澜壮阔了。（但是在这份波澜壮阔中，他还是真诚的。但是不管怎么说，他的《夜晚的武器》也太虚假了，简直让人禁不住想要发火。）他不喜欢评价性的语言。唉，我们也不想。但是我们变得不得不评价（因为这些事情不总是那么出于善意，而人又总是那么怯懦）。"诗集最终在一九四七年二月出版。同年，多米尼克和波朗又投入了另一本诗集的工作——这在某种程度上也是前一本诗集一拖再拖的原因之一，第二本诗集于一九四七年十一月出版。正是因为第二本诗集的出版，波朗与阿拉贡、艾吕雅的冲突明朗化了。

  第二本两人合作的诗集题为《今日之诗》，只是一部现代诗歌选集。前一本在子夜出版社出版的诗集的选编标准非常明确：都是战争时期的作品，作家都是抵抗运动的成员。但是《今日之诗》中的诗歌在质量上则大相径庭，诗歌的作者无论在文学的意义上还是在政治的意义上都拢不到一块儿去。这是对五十年代法国及法语诗歌的纵览，从已然奠定声名的到能够代表未来走向的诗歌形式统统被容纳了进来。这部诗集在瑞士洛桑书业行会俱乐部出版，这是一个高格调的文学书俱乐部。同样，这部诗集的编选也是由多米尼克完成，波朗监控并作序。波朗的序文为《诗歌明天见》，在作为书业行会俱乐部出版的诗集序言的同时，也由洛桑的克莱尔封丹出版社正式出版。

在这篇序言以及《告读者》中，波朗解释了关于这部诗集编选的计划。对于他来说，所有的诗集都应该是"没有明确政见"的："应该接受各类诗歌，不论它们出自何处。"诗歌能够触动我们，给我们乐趣，这不仅限于杰作，哪怕略显平庸的诗歌亦是如此。所以诗集的编选应当遵从"希望"和"神秘"这两个基本准则，因为这才是诗歌的特性所在。诗集的架构是这样的：第一部分是"今日诗人篇"，都是些颇为耀眼的名字；第二部分是"译者篇"，选择的是法国大诗人翻译的国外大诗人；第三部分和第四部分主要是比利时法语诗人和瑞士法语诗人，分别由梅洛·杜迪和乔治·尼古拉编选安排，第五部分则属于"星期天诗人"①和儿童诗人。在出版界，"业余"与"职业"的壁垒并不分明，前者能够沾后者的光。多米尼克·奥利编选专业作者的诗作，而波朗则在他每天收到的寄往伽利玛出版社的诗作中挑挑拣拣。

一九四六年末，波朗开始与书业行会俱乐部磋商出版此书的条件："迈尔蒙德来信说他接受了我们的条件：交付手稿给三百二十②，瑞士作家由他们负担，而法国和比利时作家则由我们负担。我想给您看一些诗。而且我认为我们应该抛开《新法兰西》杂志、《商务》以及《方法》。我手上什么都有，就是没办法带给您。也许您某个星期天可以到圆形剧场来和我们一起吃午饭？"一九四七年春天，诗集和波朗那篇题为《诗歌明天见》的序言还没有出炉："我们是不是可以想想，编一组没有作者的诗歌，街头的民谣，（或者）是现代儿歌？您从来没有想过这方面的事吗？在钱的方面，我担心从瑞士汇到法国会有什么问题。但是我会很努力地写序言：我想四月十日之前应该能够完成。"而在四月，他仍然在问序言的事情："我忘了告诉您，下个星期一我不在圆形剧场。您能否到再下一个星期一来（二十日）？在我的序言中，我应该说点什么？我一点也不知道。十年以来，关于诗歌已经再也没有什么深刻的东西可说了。（但是对于我们所谈及的深层次的东西，我们也许可以加以整理。）如果二十日您能来，就不必回复我了。我收到克洛德·罗伊的信，他似乎有些悲伤。他的父亲就在他身边死去，可儿子却还没有能够加入共产党。他的妻子病得很

---

① 在这些"星期天诗人"的名字后面都用括弧标注了他们各自的真正职业：奥古斯特·本古（司机）、埃米尔·杜利（铸钟工人）、玛尔特·古雅（打字员）、马克思·利翁（勘探工作者）、莫里斯·达尔代尔（木匠）、玛丽·佩尔提埃（鲁昂花布谈判员）、弗朗斯·菲茨-乔治（贵妇人）、安德烈·杜埃尔（农场主）、贡斯当·贝尔麦尔（法律事务处主任）……——原注

② 原文如此，应该有略去的单位。——译注

重，而且在距离他很远的地方。"直到五月他才写完序言。至于那些"星期天诗人"，他直到六月才找全："我想我已经找到了我的星期天诗人。我还给盖冈和洛夏克写了信。对了，我答应进入正在筹建之中的'自由书页'的编委会。布朗肖似乎疯了，好长时间他一直说自己和穆罕默德一样升入天空。医生说这就是疯狂。您瞧，必须小心一些。"在一九四七年六月的另一封信中，波朗说他找到了"本古几首非常美妙的星期天诗歌"，后来的确被收录在诗集中。

寻找"星期天诗人"是一种游戏，波朗觉得诗歌的去圣化是件非常有趣的事情。这些人才是真正的作者，而他凭直觉对他们的反应作出判断。"您真的会在这里发现某位星期天诗人的……如果还赶得上趟的话，您是否可以将本古的诗打印两册呢？"波朗对奥古斯特·本古很感兴趣，因为他是浪费时间之诗人。"想想看，他是共和国总统的司机。一天工作一小时。剩下来的时间他就休息、思考，多亏了新的缪斯，他说。新的缪斯应该是乳品店老板娘。因为他的最后一首诗写在包黄油的那种脆生生的、抖抖索索的纸上。"书后的出版后记里说这位诗人在战争期间曾经被流放到德国，他在知识分子行动出版社发表过《凯旋颂歌》。而波朗对业余诗歌爱好者的这份好奇心在某种程度上也加深了他与诗集中其他大诗人之间的嫌隙。阿拉贡和艾吕雅利用这个借口重新挑起了波朗与法国作家协会之间的冲突。

与阿拉贡及法国作家协会之间的冲突

波朗与阿拉贡的正面冲突始于一九四七年春天，就在他起草《致法国作家协会的第一封信》前不久，正是为了书业行会俱乐部出版的这部诗集。那时波朗已经辞去法国作家协会的职务，这部诗集充分表明了他对于文学领域的"联邦思想"，将抵抗组织作家、亲德作家和极右作家放在一起。《今日之诗》是书业行会俱乐部出版的第三本诗集，此前的两本却都是夏尔·费尔迪南·拉姆做的。

多米尼克做了初步的筛选，在二十世纪的诗人中——这本来就是这本诗集的主体——她很自然地选了莫拉。"于是突然间，阿拉贡和艾吕雅抽回了自己的诗。然而，我很清楚，在我的要求下，艾吕雅开始是同意进入这本诗集的，只是阿拉贡一直在给他压力。"多米尼克又一次与阿拉贡发生了争执，这在于她是非常罕见的，她几乎从来不和别人发火。她指责阿拉贡授意艾吕雅抽回自己的诗歌，还撒谎说他们共同作出这样的决定。她说艾吕雅原本是同意将他的诗歌选进诗集的。多米尼克认为阿拉贡在撒谎，但所有人都知道这是一种"深入骨髓的谎言"。至少在六年的时间里，他们没有说过话，直到有一天，在伽利玛出版社，阿拉贡"快步走向她，冲她露出一个大大的笑容，和她打招呼"。

一九四七年三月，阿拉贡告知他拒绝与莫拉出现在同一本诗集中。他们在文学圈子里的抵牾很快演变成了让波朗有所不堪的矛盾："萨耶让我们感到很尴尬……（非常不幸）他的批评说出了某些真相。虽然他不善思辨，但是他很周全。我觉得您应该给他回复。或者还是随他去好了？……（但是穆罕默德也许不应该说明这只是第三卷意义上的诗集？）算了，您自己决定吧，千万别去多想。我想您那里的天气应该和我们这里一样好。深呼吸，什么也别做。我们拥抱您。（……）啊，的确，我应该早点和您说阿德里亚纳·莫尼埃出版社的事情，还有莱维。真是奇怪，这个墨丘利出版社和书友会联合起来想要形成的反《新法兰西》杂志联盟，我觉得最好的办法莫过于置之不理。啊，我很希望凯茨不要理会阿拉贡的敲诈。"

波朗注意到，这不仅仅是个人攻击，而是针对《新法兰西》杂志的，一直以来，《新法兰西》杂志都未能获准再出版。包括莫里斯·萨耶在内的有些人一直在竭力阻止杂志的重新出版，一九五三年，他和莫里斯·纳多组建出版了《新文学》——九四七年，这个出版计划就已经在酝酿之中。并且，《新文学》与《新新法兰西》杂志在同一年出版发行。

阿拉贡进行敲诈——以起诉相威胁，并在圈内诋毁这部诗集，最终结果是他的诗与艾吕雅的诗得以单独出版。这样他们的名字就不会与莫拉在一起了，而事实上，莫拉最后并没有出现在诗集中。但是艾玛纽埃尔与吉莱维克的诗还是被编进了诗集，这两个人在战争期间逃开了，没有什么作为。有一阵子，波朗犹豫着是否要将阿拉贡收在诗集里，但最终他还是没有动阿拉贡的名字，因为害怕别人说他心胸狭窄。诗集于一九四七年十一月出版，并且在诗集中插了个小册子，是阿拉贡和艾吕雅的诗，题为《今日的两个诗人》，而两位作者在《告读者》上对这种独特的编辑出版方式作出如下解释："关于这本小册子的产生，有个故事。两位作者拒绝被编入诗集，因为诗集的编选原则与他们所坚持的原则完全不同，并且，诗集的序言作者的观点也与他们的观点大相径庭。（……）在此，我们不想对这个人作出评论，他不仅将罗曼·罗兰和阿蒂尔·兰波视作叛徒，还将叛徒视作犯了错误的正直之人，他一贯以侮辱我们为业。（……）我们纯粹是出于对书业行会出版社的友情，在最后一分钟允许以这本小册子的方式出版我们的诗。在我们看来，这本小册子表达了我们两位之间的某种亲缘关系，也表达了我们的差异，表达了我们关于生活与诗歌的共同原则。"和战争期间一样，阿拉贡还是在乎出版，不管是怎样的出版方式。书业出版社的这本诗集在某种程度上见证了一九四七年三月到十一月这段时间，也正是在这段时间，陆续发表了致法国作家协会的公开信。

自一九四六年开始，在让·波朗与多米尼克·奥利的通信中，波朗所承受的压力和两人因此产生的焦虑已经非常明显。在他与法国作家协会成员的分歧中，在他对另一个阵营的作家的批评中，我们也可以发现这一点。波朗相当自信与自负。如果别人对他的所作所为不很欣赏，他会因此失望。但是他不在乎谩骂，也不在乎自己被驱逐到孤立边缘的境地。出于他的勇敢，也出于他的自信。一九四七年八月，波朗发表了四封致法国作家协会的公开信，言辞激烈。"我写了第五封（也是最后一封）信！克洛德·摩根说我'故作天真'。您读过他的文章吗？他说是我主动要求才得来的'《法国文学》创办者'的头衔。还真是如此。他们想要给我五十个'创办者'的头衔，于是我说：'如果你们一定要给……'但是摩根没能听出我在开玩笑。难道《路口》真的是一份肮脏的报纸吗？然而是作家协会的人把我的信给他们的，不是我。"波朗说的是刊登他公开信的报纸，一些右派的报纸，例如《路口》和《新书简》。言下之意他不知道这是右派的报纸。

最为激烈的冲突正是从克洛德·摩根对波朗的《法国文学》创办者身份提出质疑开始的。多米尼克回信道："他（摩根）的文章让我感到恶心。因为，如果说您与雅克·德古尔不是《法国文学》的创办者，谁还能是呢？但是您又怎么能指望摩根懂幽默（接受您是好心想要通过这种方式原谅他），他一向认为自己持有真理，尽管他是那么多变，甚至今天说的话与昨天说的可以完全相反。"虽然承受了来自周遭的巨大压力，波朗还在继续战斗着，准备第五封公开信："我写了第五封信，也是最后一封信。不幸的是，也许这一封比其他的几封都要激烈得多。"行业公会的实际出版史，波朗想要找一些捍卫者，把支持他的人集合到一起。只有包括弗朗索瓦·莫里亚克在内的几个作家站出来反对法国作家协会，人数很少，还有几个作者也参与进来，比如说亨利·托马斯。

"我很难过：亨利·托马斯（伦敦克伦威尔街八号雷克斯汉姆花园二十一室）还没有收到诗集。（但是，我们很需要捍卫者。）"

从一九四八年一月开始，波朗的名字从《法国文学》的首页消失了。二月，波朗在伽利玛出版社出版了他的政论文集。与法国作家协会的决裂。如果说造成冲突的环境曾经有所缓和，但是个人之间的冲突一直持续到五十年代末。对于波朗的谩骂具有某种象征的意味，他的身上没有污点，他在文学界的地位以及他在战争期间的行动为他提供了保护。波朗正值生命的壮年，成熟男人。像他这么身处阴影中的人，出于自信，他不在乎这一切，他也不害怕公开的辩论。但是在这期间，他没有能够保护那些遭到查禁——法律上的或事实上的——的亲德作家和出版人，让他们得以继续从事自己的职业，他甚至没能保护自己的朋友，比如说他很喜欢的德朗日。

勒内·德朗日主编一份具有附敌倾向的杂志《戏剧》，这是一份有些历史的演艺周刊，在战争期间，试图把德国占领下的法国打扮成歌舞升平的模样，并且还传播过纳粹的某些理念。勒内·德朗日曾经在巴黎新闻也享有盛誉，与萨特和德·波伏瓦交情甚好。甚至，在一九四三年，他还替波伏瓦找了工作：为维希广播电台写广播剧。尽管如此，尽管在他的《戏剧》上曾出现过一系列的重要名字：高克多、阿尔朗、瓦莱里、科波、格勒尼埃、波朗等等，战后，他遭到全方位的查禁，什么也不能做。好些年来，波朗一直想帮助他，但是没能成功。一九四七年，勒内·德朗日曾经想创办一份周报。多米尼克也加入了这项计划，她应该是负责这份周报的小说专栏。会开了很多次，钱也筹集到了，但是报纸始终没能出版。萨特和波伏瓦面对好友的窘境袖手旁观。这类的例子还有很多。直到五十年代，事情才开始好转，在此之前战斗从来未曾停息。

《七星丛刊》

对于伽利玛出版社来说，只有《新法兰西》杂志被禁止出版。但是对出版社最终没有采取什么限制措施。杂志的禁令既关系到加斯东·伽利玛，可同样也与波朗休戚相关。一九四四年十一月，波朗受法国作家协会之命清理《新法兰西》杂志之时——杂志从伽利玛出版社分离出去——他与加斯东想的一样，以为这只是暂时的措施。"我受命监督，确保杂志不再出版。"一九四四年十一月，出版清算委员会任命波朗为伽利玛出版社管理层特别顾问，负责清理《新法兰西》杂志，并负责阻止"新法兰西杂志出版社"的字样出现在伽利玛出版社的出版物上。但是波朗和加斯东·伽利玛私下里都在盘算着如何改革《新法兰西》杂志。

法国作家协会以及文学界其他诸如莫里斯·萨耶或阿德里亚纳·莫尼埃这样的人物对于波朗的攻击并非针对他的个性，而是针对他的极权。战后法国出版界面临困境：经济方面纸张奇缺，政治方面四分五裂，更兼之具有象征意味的是它所承担的附敌罪名。然而波朗并没因此失去他统治性的地位，一九四五年至一九六五年间他甚至巩固了自己的地位。这类攻击试图阻挠《新法兰西》杂志重新出版，根本目的就是针对波朗的权力以及伽利玛出版社的领军地位，不希望这一切得以完全重建。波朗的影响力仍然很大，只是通过间接的方式，通过别的机构——别的杂志，别的出版社，例如子夜出版社。

波朗是个擅长编杂志的人，他喜欢创办，并且主编文学杂志。如果不能做主编，他就以其他方式支持杂志。提供文章，向作者约稿。战前，除了《新法兰西》杂志之外，一九二四年至一九三二年间的《商业》杂志，一九三五年至一九四〇年间的《方法》杂志都是在他的支持下出版。《方法》和《商业》一样，都是装帧奢华的季刊。一年四期，每年用一种颜色，红、蓝、绿、黄、白。杂志由一位美国富翁亨利·丘奇投资创办，他喜欢文学，长期旅居法国，他的妻子芭芭拉也是如此。他请波朗帮他创办杂志。波朗召集的编委会成员主要是格罗聚森、昂加莱蒂、米肖、凯卢瓦、雷利斯等，阿德里亚娜·莫尼埃负责杂志的行政管理工作，例如征订、库存、书店销售等。后来她将工作交给了约瑟·柯尔蒂。由于战争，杂志出到一九四〇年第二期后停刊。丘奇夫妇回了美国。而一九四一年五月，波朗将一期《方法》杂志贴在自己的玻璃窗上，借此通知莫里亚克和布朗匝，他遭到盖世太保的逮捕。多米尼克也正是通过阅读波朗带到法英学校的《方法》杂志才开始了解他的。在一九三六年四月的一期杂志上，刊登了一篇弗拉基米尔·纳博科夫的文章，题为《O小姐》，这是多米尼克极为捍卫的一位作者。

战后，《方法》也没有再重新出版。由于波朗"对于做杂志有一种近乎病态的渴求，他需要每隔一个月，或者每两个月就出版的东西"，可是《方法》和《新法兰西》杂志都没法再出了，于是波朗创办了一份新杂志：《七星丛刊》，第一期于一九四六年四月出版。这也是一份季刊，理念上与《商业》和《方法》相近，但是更为现代，彩色封面，弗特里埃的插图。很学生腔的风格，杂志名是手写的，文章的左边有留白。杂志由伽利玛出版社印刷发行。这是那种非常小众的、极富斗争精神的杂志，从第二期开始，被法国作家协会禁止出版的作家名字便一个个登了上去：塞利纳、夏尔多纳、季奥诺和茹昂多。茹昂多的文章日后真的成了波朗和法国作家协会发生冲突、造成出版界一大事件的根源：波朗将这篇文章登在一九四七年四月的杂志上——在同一期上也刊登了波朗自己题为《论麦秸和谷粒》的文章——就在他请法国作家协会将茹昂多的名字从黑名单上划去后不久。多米尼克·奥利自第二期开始就担任杂志的编务，一边仍然在《方舟》杂志兼职。这是她第一次在伽利玛出版社公开亮相。她将文章收集在一起，分类，寄往印刷厂，排版，改校样。波朗与多米尼克之间的很多信也提到了校样在他们手中的来来去去，还没收到的校样，需要重新寄的校样，第一校和第二校等等。

　　从一九四五年三月开始波朗就有了创办这本杂志的计划。然而直到一九四六年春天杂志才得以出版："如果成立一个丛刊的小'委员会'您会怎么想，可以找古尔诺、阿尔朗、托马斯——明天我会收到她的诗歌专栏文章——当然还有杜布菲、索里埃（也许）、米肖，多泰尔？我想我们应该有一个批评专栏，篇幅不大，但是非常严谨。"他决定在第一期上刊登纪德的文章，借此表明与《新法兰西》杂志的藕断丝连。的确，出现在第一期要目之首的正是纪德的《忒修斯》。除此之外，米肖、凯卢瓦、布朗肖、阿尔朗、班达、夏尔、托马斯……这些名字也赫然在目。波朗最喜欢的作者是茹昂多、亨利·托马斯以及画家杜布菲，一九四九年春季刊上刊登了他们的文章。在一九四八年冬季刊上，刊登了马尔克伦·德·夏萨尔德的两篇重要文章：《造型的意义》和《滤清的生活》。一九五〇年夏/秋季刊是圣-琼·佩斯的专刊，在多米尼克看来非常无趣。一九四八年夏季刊上登了塞利纳的《火线》。

　　多米尼克陪波朗去过默东，塞利纳在自己的诊室里接待他们。他抱怨客人不够多。问诊室的沙发上全是他那三条丹麦狗的狗毛，他的两只手也黑乎乎的，满是污垢。一个很有趣的人，近乎疯狂，杜布菲喜欢他到了不顾一切的地步。有一天，杜布菲带自己的妻子莉莉去看他，莉莉有肺病。塞利纳竟然对杜布菲说，莉莉很有钱，而且她的命长不了。只可惜到头来杜布菲还是死在莉莉之前。波朗最后还是和塞利纳翻脸了，他实在无法忍受塞利纳信中的谩骂侮辱之辞，在塞利纳和伽利玛的矛盾中，波朗一直是支持塞利纳的，但是到最后，他站在了伽利玛一边。波朗将塞利纳托付给了罗杰·尼米埃，后者和塞利纳相处甚为融洽，自一九五七年开始负责处理他的事务。

波朗和杜布菲也是很好的朋友，就像与茹昂多一样，他一直保持着与极右翼或反犹艺术家的友情。他不同意他们的政治观点，但是很喜欢他们，因为他们仿佛是另一个世界的人，身上具有某些典型的法国症候，性格强烈。"波朗也非常喜欢杜布菲，他是画家，也是作家，然而杜布菲让人无法忍受，可怜的杜布菲，为什么我说'可怜的杜布菲'呢？他很富攻击性，很尖锐，从来不克制，和所有人都搞不好，和波朗也是一样。"多米尼克很不喜欢杜布菲的嘴脸："不过，我这里倒是有一本杜布菲的小书，瞧，这……有记录，他的笔迹，我们想要的都有。在背面，我们可以读到这样的话：'这可以教你如何闭嘴。'杜布菲的可怕题字，我们可以认出波朗的优美笔迹，非常清晰的，这是波朗做的注解。不，我不喜欢杜布菲这种摧毁性的疯狂性格，这种人特有的摧毁性疯狂，男性的或者女性的。残酷！"多米尼克承认他的天赋，他能够通过线条之外的方法描绘人物，但是在她看来他的画过于激烈。多米尼克更喜欢不那么讽刺的画，即便带有一定的概念性，例如布拉克或者弗特里埃的画。

《七星丛刊》仍然试图完成文学杂志的经典功用：将作者集聚在出版社的周围。但是伽利玛对这份杂志不是很满意，因为杂志花费颇高，印刷四千册，而且卖得很不好。出版周期于是变得越来越稀疏，从开始的一年四期到三期，然后是两期，最后一年只出了一期。一九四六年到一九五二年一共出了十三期。"最后，加斯东的推理是这样的：杂志卖不掉，花费高，纸张好，装帧精美，的确非常美。每期就算是三十万法郎[①]吧，如果一年两期，那就是六十万法郎，但是如果只出一期，只砸掉三十万法郎，而如果停刊，我们就挣了三十万法郎，所以我们停刊。实际上，加斯东还在不惜一切努力促成《新法兰西》杂志复刊。没有人意识到《新法兰西》杂志是加斯东·伽利玛在何

---

① 此时所用的法郎还是旧法郎。——译注

种程度上的挚爱，或者说，挚爱之一。"尽管《七星丛刊》刊登了一些非常重要的文章——其中自然包括多米尼克·奥利关于《危险关系》的文章——但在一九五二年春天还是停刊了，而就在几个月前，《新法兰西》杂志的《安德烈·纪德特刊》才出版。《新法兰西》杂志获得特许出版两期特刊，纪德和阿兰的特刊，这使得杂志复刊有了新的希望。

《方舟》结束

尽管得到安德烈·纪德的全方位赞助，并且有包括阿尔贝·加缪和莫里斯·布朗肖等大作家的支持，编委会里还囊括了雅克·拉塞涅、让·波朗这样的人物，《方舟》最终还是没能够取代《新法兰西》。让·阿姆鲁什不是做杂志的材料，埃德蒙·夏洛作为出版人还没什么势力，再说杂志资金短缺。尽管这些大人物的名头——有一部分人是战前及战争期间在阿尔及尔加入的，多亏了让·格勒聂、阿尔贝·加缪和于勒·罗伊——尽管在战争期间，杂志在自由区的活动以及"清泉系列"得以顺利开展，然而这一切还是远远不够，因为夏尔洛出版社的经济状况着实支持不了杂志的出版。银行不予以支持，埃德蒙·夏洛也找不到外面的投资者。《方舟》于是没能摆脱出版社的命运。

从一开始，波朗就特别指出过阿姆鲁什的态度问题以及杂志在其他方面的不足之处。"尤其让我感到尴尬的是（这更只限于我们私下里说说）阿姆鲁什对法国的愤恨，而且我不知道怎样平复他的愤恨。也许他的愤恨是对的？法国遭人愤恨的确理所当然？——但是无论如何，这却不能让他放弃成为一个法国杂志主编的梦想。"阿姆鲁什此时还在反对戴高乐，出于政治上的原因，但是后来，在阿尔及利亚独立的问题上，他还是和戴高乐握手和解了。波朗不认为可以一方面支持反民族主义，"反爱国主义"，另一方面却又捍卫法国文学。在他看来，这是一种落后观念，或者说是虚伪。两个男人之间存在着竞争关系，在杂志的问题上，也在多米尼克的问题上，再说他们的脾性也不太对。阿姆鲁什的辛辣和热情让波朗感到紧张，还有他那种冷冷的、压抑的愤怒，他所具备的权威性，这些都是让波朗不快的理由。

一九四五年末至一九四六年，夏尔洛出版社倒是有所发展，出版目录看上去颇为苛刻，也颇为奇特。一些非常杰出的作者在那里出版了自己的作品，例如阿尔贝·加缪的好朋友亚瑟·柯斯勒[①]，还是多米尼克翻译的。但是自一九四七年开始，出版社遭遇到资金上的麻烦。夏尔洛到处负债，在巴黎的投资也亏了本。开始时出版社在维尔诺伊街，后来，五月份的时候，夏尔洛决定买下格雷瓜尔-德-图尔街十八号的一幢大厦，作为出版社和杂志的办公室。大厦已经有些年头了，乱七八糟的，虽然夏尔洛勉强买了下来，但是翻新工程实在令他不堪重负，他很快就濒临破产。出版目录虽然令人振奋，但出版社毕竟没有根基，也不能为他带来实际的商业效益。尽管一九四六年，于勒·罗伊的《幸福之谷》得了雷诺多奖，可并没有给他带来一分贷款或资金支持。

夏尔洛的破产对于出版界是个打击：战后开张的新出版社的窘境昭然若揭。倒是过去的老出版社，一旦摆脱了清算的威胁，便迅速恢复了原先的地位和权力。波朗非常隐晦地谈到过除破产之外的另一个威胁："威胁到夏尔洛的还远远不止破产这一项。立刻让他偿还清欠款。他会给您的。要不就晚了。"但更大的威胁究竟是什么，没有人知道。波朗对于所发生的一切似乎很满意。他试着帮助多米尼克，好让她做好抽身的准备，但是他没有想过要帮助杂志。波朗重新身处夏尔洛、阿姆鲁什和多米尼克的三角关系中。夏尔洛素有不诚实之名，然而多米尼克说了他不少好话。"昨天，让·阿姆鲁什单独和我说，他发现（什么时候？）夏尔洛很不诚实，说他会让自己的合作者身陷窘境，等等。"

局势很快恶化，多米尼克为自己的工作和工资感到担心：杂志的工资，还有为出版社所做的翻译的稿酬。《七星丛刊》的编务工作报酬不够，自《方舟》杂志筹办开始，她就已经成为编委会的一员。波朗一直远远地关注着事情的进展："听到这些消息我甚为烦恼。《方舟》究竟会怎么样？能不能渡过难关？"夏尔洛被赶出了自己出版社的管理层。"我回到巴黎，为《方舟》的事情待一个星期不到的时间，阿姆鲁什想要在度假之前安排好。我还不知道《方舟》是否能在这场灾难中存活下来。希望如此。新的管理委员会没有夏尔洛，他们试图重建出版社，以此避免真正的灾难。但是我觉得希望不大。因此，由于我再也拿不到《瑜伽修行者》的翻译版税了，我又还能做点什么呢？要不就乖乖的，而不是在（此处的词已无法辨认）上冒险，因为我会经不住成立第一

[①] Arthur Koestler（1905-1983），英籍匈牙利作家。

家小出版社的诱惑,那么小,如果我把菲利普带去,都不知道把他放在哪里,但是从另一方面来说,它是那么'美丽而纯洁',又花不了什么钱,不过是用来修一面墙的钱而已。用于旅行的几万法郎,或者修墙的几万法郎,自然,等凯茨回到巴黎,我会有的,但是以后还会有别的需要,我还得找到别的工作,补上我在夏尔洛出版社的那份工资。"多米尼克必须找一份新工作,而波朗是唯一能帮她这个忙的人。夏尔洛离开出版社之后,让·阿姆鲁什和夏尔·奥特朗执掌了几个月的出版社大权。

让·阿姆鲁什在最后的时刻向波朗伸出了求援之手,希望他说服芙洛朗丝·古尔德,能够给出版社必要的资助,偿还必须立刻偿还的部分债务。波朗觉得非常尴尬,因为他并不是非常希望夏尔洛出版社继续生存下去,再者,他也不想危害到自己与芙洛朗丝的关系。他根本不相信阿姆鲁什。"我很担心,因为夏尔洛出版社的事烦得要命。阿姆鲁什给我写了很长的信——他倒不是为了《方舟》能够继续生存,这不是什么大事,而是为了能向您保证形势与不久以前一样——说必须向芙洛借到钱。(信中满是恭维之辞)"波朗还是给芙洛朗丝·古尔德写了信,这肯定是为了多米尼克的原因,波朗的担心还真成了事实。但是芙洛朗丝·古尔德对阿姆鲁什没有信任感。"芙洛朗丝给我打来电报,说她尚未收到我的信,但是,不管怎么样,她的答复是不(我想她应该是听从了那些'技术顾问'的意见)。然而也许阿姆有办法让她改变想法?我很烦,也很担心,为了《方舟》。"

波朗最初的直觉得到了印证,他的确不能相信阿姆鲁什。在他的坚持下,芙洛朗丝·古尔德还是给了他开口索要的钱,波朗再也不想看到他。事实上,也许不是夏尔洛不诚实,而是阿姆鲁什不诚实。"阿姆鲁什也是一样。啊,我鼓足勇气对他说……说'不',我想在目前情况下我最好不要见到他。您可能会认为我喜欢和别人发火。不,根本不是这样。阿姆鲁什在这件事上所做的一切实在让人感到不快:他以《方舟》为由向芙洛骗取的二十五万法郎(根据所有可能性来看)都已被他窃为己有。"一九四七年八月,夏尔洛出版社宣告破产。多米尼克写信给朋友埃迪特·托马斯——她们自一起为《法国女人》工作以来就再也没有中断过彼此的友情——说:"夏尔洛出版社倒闭了,只此为止,一分钱也没有了。而且也没有任何消息。最后我只得到了一份拖欠我翻译版税的证明。算是一个空洞的承诺吧,但也许某一天能有点什么。"多米尼克仍然寄希望于自己在离开杂志前能够拿到点什么，但是她得到的只有担心。不过，她仍然继续工作，甚至在加紧工作。

回信中埃迪特·托马斯也很是为她担心："为什么这么热你还要去巴黎待上六天？是因为夏尔洛出版社破产的事吗？出版社会不会走上别的路？你目前有没有想到可以做什么样的工作？"阿姆鲁什一直要求多米尼克投资杂志，他还没能完全下决心让杂志就此消失。"回来后——就在洛诺伊的那天——我看到阿姆鲁什一张命令式的纸条，急召我去，是为《方舟》的一项紧急工作，要一个星期的时间。（……）夏尔洛出版社的事究竟会怎么样，我一无所知。在正式倒闭之前，出版社也许还有喘息的机会（夏尔洛恐怕不太可能了）。让我感到难过的是，目前，对我来说唯一重要的是必须确保周末能够到达洛诺伊。"埃迪特·托马斯很生阿姆鲁什的气，觉得他在这样的形势下，还要强迫多米尼克在不确定中工作。多米尼克的牺牲精神让她感到愤怒。但是她还是极力安慰她："好好休息。睡觉，吃饭。不要去想夏尔洛的问题：波朗不会丢下你不管的。"波朗的确没有丢下她不管：多米尼克自一九四六年开始就为《七星丛刊》工作，并且在后来加入了伽利玛出版社的审读委员会。但她仍然继续为《方舟》和前夏尔洛出版社工作了几个月，只是去工作的频率越来越稀疏，直至一九四八年杂志出了最后几期为止。一九四九年，出版社向法院递交了破产资产负债表。夏尔洛回到阿尔及利亚，继续做他的编辑，同时为阿尔及尔广播电台工作。

伽利玛出版社审读委员会

多米尼克渐渐走入了伽利玛出版社。她在伽利玛出版社出了两部诗集：一九三九年，与梯也里·穆尔尼埃共同主编的《法国诗歌导读》以及一九四三年编选的《法国宗教诗歌选》。两部诗集都得在波朗的支持下完成。战争期间，波朗让她为出版社做了点零活，某种意义上也算是一种非正式的"培训"：读稿，并起草评阅意见。波朗为她打开了伽利玛出版社的大门，而多米尼克追随着他，在他所有的行动中都是如此。一九四六年，她离开了《法国文学》，正是由于此时针对波朗的战事已起。波朗推荐她到《方舟》，多米尼克接受他的建议，从此迈出了在重要的文学月刊工作的第一步。波朗还帮助她找兼职工作——包括《法国女人》杂志在内——并且，与此同时，让她渐渐能以公开身份出现在伽利玛出版社。他想和她一起工作。他爱上了她，想要诱惑她，尽管眼下，她还没有接受。

两桩标志性的事件：第一桩是担任《七星丛刊》的编务工作，第二桩便是进入伽利玛出版社的审读委员会。在一九四六年到一九四七年间，多米尼克为伽利玛出版社读稿，按件计酬。多亏了她在读稿方面的天赋，一年之后，她得以进入审读委员会，在这个审读委员会里我们可以看到这些名字：波朗、阿尔朗、格诺、帕兰、布朗匝、勒马尚、加斯东·伽利玛和雷蒙·伽利玛以及商务经理路易-达尼埃尔·伊尔什。巴黎解放后审读委员会里新进了迪奥尼斯·马斯科洛和罗歇·凯卢瓦。前者是米歇尔·伽利玛的朋友，对文学有着近乎疯狂的爱好，也是玛格丽特·杜拉斯的情人，与罗贝尔·昂泰尔姆私交甚笃。而后者则与乔治·巴塔耶建立了社会学研究院，是美国文学专家，也是人类学著作《神话与人》（伽利玛出版社，1938）、《神话与圣》（勒鲁出版社，1939）和《西西弗的石头》（伽利玛出版社，1946）的作者。罗歇·凯卢瓦和他的女朋友、阿根廷诗人维多利亚·奥坎波都是多米尼克和波朗的好朋友。阿尔贝·加缪以及米歇尔·伽利玛[1]在巴黎解放后也加入了审读委员会。战后，陆续在审读委员会做审读工作的还有米歇尔·德吉、路易-勒内·德弗莱、让·格罗聚森、乔治·朗布里希、米歇尔·莫尔、皮埃尔·诺拉、克洛德·罗伊、罗贝尔·伽利玛以及克里斯蒂安·伽利玛[2]。自六十年代开始，正是这群人在左右伽利玛出版社的出版决策。

进入委员会的时候，多米尼克感受非常深，同时也很惊讶，因为她是唯一的女性。她在委员会里一待就是二十五年。九十年代，多米尼克注意到自己和在她之后进入委员会的米歇尔·莫尔已经成了委员会里最资深的元老："路易-勒内·德弗莱不来了，我想他应该是退休了……布里塞·帕兰斯勒、勒马尚死了，雷蒙·格诺死了……真是可怕。"多米尼克非常安静，也一如既往地谨

---

[1] 米歇尔·伽利玛是加斯东·伽利玛的哥哥雷蒙·伽利玛的儿子，在伽利玛出版社主要负责《七星丛书》。他与叔叔走得很近，与其弟弟克洛德很不相同，喜爱文学，并且个性谨慎。与加缪、马斯科洛和艾田蒲私交很好。一九六〇年，他与加缪一起死于车祸。——原注
[2] 罗贝尔·伽利玛是加斯东·伽利玛的侄子，克里斯蒂安·伽利玛是加斯东·伽利玛的孙子。——译注

慎，委员会开会时总是躲在后面不说话，委员会的会议在每个星期二下午五点举行。她等别人先和她说话。有一个众所周知的小故事：每次开会多米尼克会带去星期天自己在家动手做的往见会修女玩偶。

气氛总是那么激荡人心。在一起谈论文学，一谈就是几个小时……多米尼克觉得很幸福。阅读是她最喜欢的事情。她的阅读量很大。"但是我根本没什么功劳，阅读是唯一能够让我感到满意的事情。"开始时，她读委员会秘书奥黛特·莱格勒发下来的稿子，加斯东非常喜欢这个秘书，审读委员会也由她来管理，不过米歇尔·德吉总喜欢把她叫成奥迪勒·瓦塞勒。接着，其他人已经知道多米尼克正式加入委员会之后，就开始要求她读外面的稿子。每个人都以自己特有的方式做读稿报告，通常都有那么点滑稽。加斯东·伽利玛从不介入。

"我们陷在那种俱乐部的扶手椅中，要谈论的手稿就放在我们脚边。四个伽利玛家的人坐在自己的办公桌那里，在我们前面，面对面，或者背靠背。伊尔什一直在场。"那时，会在加斯东·伽利玛那间椭圆形的大办公室召开，在五十年代，伽利玛家的人，加斯东和自己的儿子克洛德，雷蒙和自己的儿子米歇尔，他们四个"在窗前坐成半圆。而他们面对的是另一个更大的半圆，因为审读委员会有十多个人。两个半圆之间是负责商务的经理路易-达尼埃尔·伊尔什。他什么都知道，什么都记，从来不打断别人的发言，等别人说完了才发表自己的看法。（……）杂志的人总是坐在一起，阿尔朗、波朗和我。"

每个委员会里的人都要提交读稿报告。"例如凯卢瓦，他总是在三分钟的时间里讲述他才读到的激动人心的故事，让我们紧张得难以呼吸，然后，他将手稿往地上一放，随即叫道：'四级！'"评级从一到三，没有四级，这个等级过于不体面。一级意味着必须出版；二级意味着可以关注作者，期待他下一部手稿；三级意味着毫无价值。在标注差别的时候，可以给出半级或四分之一级。手稿总是放在地上。做报告时波朗会站起来，他是唯一站着做报告的。多米尼克很善于阅读，但是她很宽容。因为她觉得自己读的所有稿件都很有意思。她总是要求第二遍阅读，即便这部手稿没有一丁点儿机会。当然，她也会作出非常严厉的评判，但是她面对手稿从来不带任何蔑视的情绪。

即便手稿没有任何文学价值可言，躲在文字背后的作者也会挑起多米尼克的兴趣。"我们可以讲述并非真实的事情，但是写作的时候我们却无法伪装，我们总是情不自禁地出卖自己……"多米尼克喜欢人，甚至超过文学：如果说她非常喜欢文学，在某种程度上正是因为文学是走进作者这个人最直接的方式。如果作者写的故事非常动人，可由于写作的形式没有什么可以完善的余地而不能出版，多米尼克便觉得非常抱歉。她对文学有其自身的定义："必须是一个前所未有的事件，不管写的是什么，总之应该是别人写不出来的东西。作者本人甚至都意识不到，只有其他人才能够听出他的声音，独特的声音。如果出于偶然，或者纯粹是碰巧，您翻开一本这个人的书，您不是去'读'他，而是'听'到了他的存在，那您就是碰上了真正的作者。"

多米尼克经常读通过邮局寄来的手稿，但是她不认为自己做的事情是在"挖掘"作家。手稿落在您的手中，而您就注定在那里。她读落在她手中的一切手稿，躺在自己的床上。睡去，醒来，继续阅读。一整夜，一整天，接着再是这样的两天。每部手稿她都会读完，如果没有结束就不会重新出现在别人的面前。她从来不会交叉阅读，也不会只读几页就给出自己的意见。她的阅读报告非常准确细致。米歇尔·图尔尼埃仍然满怀柔情地回忆起，一九六六年，多米尼克第一个阅读了他的手稿，他的《星期五或太平洋上的灵薄狱》。同样，多米尼克也是他的《桤木王》的第一个读者。图尔尼埃将这两部作品的出版归功于她。这两部作品分别获得了一九六七年的法兰西语文学院小说大奖和一九七〇年的龚古尔文学奖。

多米尼克同样能够敏锐地判断出什么样的书能获得成功，不仅仅是所谓的纯文学的作品。更何况她对文学奖项有很清晰的了解，因为她做过很多奖项的评委，做了不少年，每次她的判断都很准确，而且事后往往能够得到证明。比如说她力荐的弗朗索瓦兹·萨冈，她的《你好，忧愁》得到了一九五四年的批评大奖，这是萨冈得到的唯一文学奖项。多米尼克很喜欢萨冈——她的天赋和她的谨慎。而在绝大多数时候，多米尼克都会捍卫伽利玛出版社的书，她是伽利玛出版社的"使者"。

多米尼克在审读委员会支持的手稿，她同样也会在《新法兰西》杂志上加以支持。《先睹为快精选II》辑录了多米尼克的很多批评文章，而一旁就是她最喜欢的作者，圣-让修道院的安吉丽克嬷嬷、约翰·考伯·波伊斯、威廉姆·福克纳、弗拉基米尔·纳博科夫、维奥莱特·勒杜克……所有她在审读委员会捍卫过的，并且得以在伽利玛出版社出版的伟大作品。其中就有皮埃尔·基约达一九六七年在伽利玛出版社出版的《五十万士兵的坟墓》。

出版皮埃尔·基约达的作品是场真正的斗争，一九六六年，他把手稿交给多米尼克·德鲁，但是后者根本没有当回事。德鲁把手稿给了约瑟·科尔蒂、于连·格拉克、克洛德·列维-施特劳斯。书稿遭到子夜出版社（也许是因为阿兰·罗布-格里耶的原因）和墨丘利出版社的拒绝。皮埃尔在等待伽利玛出版社的答复。在审读委员会会议上，罗歇·凯卢瓦和乔治·朗布里希支持出版这部作品。但一九六六年九月，罗贝尔·伽利玛答复不予出版。多米尼克·德鲁在那个时期似乎是唯一有权决定出版与否的人。皮埃尔·基约达于是与海恩出版社签了约，书名定为《在哨所里》。但是伽利玛出版社核心小组的一部分人不惜一切代价想要出版这部作品。罗杰·鲍尔德里、罗歇·凯卢瓦、乔治·朗布里希、米歇尔·福柯都在坚持说服克洛德·伽利玛，克洛德最终接受和律师一道看看该书遭禁的危险究竟有多大。某个星期五，皮埃尔·基约达接到了乔治·朗布里希的电话，让他等到星期一，尽管他那时已经和海恩出版社签了合同。周末，多米尼克·奥利和波朗——审读委员会的真正权威——读了手稿。十二月，伽利玛出版社和皮埃尔签约。自此之后，皮埃尔所有的小说都在伽利玛出版社出版。

据皮埃尔说，多米尼克与波朗、路易-勒内·德弗莱一样，在手稿是否能够出版这一点上扮演着举足轻重的角色。她阅读的证明就是在《新法兰西》杂志上发表的文章，在某种程度上，这是另一种形式的阅读报告。如果说，她在对《五十万士兵的坟墓》一书中所牵涉的战役在技术层面和战略层面的真实性表示质疑，至少，她立刻判断出绝对有必要出版这部作品。多米尼克的文学趣味非常广泛，不论是奇特的，还是大众的，她都能找寻到阅读的趣味。对于伽利玛出版社来说她是一张王牌，因为她能够立刻判断出什么样的作品会在一定程度上成功。作为出版社，伽利玛可谓特别，它的出版目录上什么样的书都有，但是彼此并不矛盾，而是互为补充。多米尼克是伽利玛出版社的中心人物。

伽利玛出版社

尽管经历了四十年代末的经济危机，大部分出版社还是恢复了日常的出版经营。加斯东·伽利玛和让·波朗延续着出版社的精神：一方面是面向大众的出版物，另一方面则是极富个性的精英文学。波朗做的书卖得都不太好，加斯东·伽利玛虽然时有微词，但一向给他很大的自由。他不太喜欢波朗的那些作者，不过他相信波朗的文学判断。他知道这些书尽管销售情况不尽如人意，可一定会在文学史上万古垂名，这将为出版社带来无法估量的价值。波朗出版了阿尔多、布朗肖、芒迪亚戈、托马斯、蓬日、夏萨里……伽利玛出版社拒绝的作者，波朗就推荐给乔治·朗布里希，让他在子夜出版社出版。但是波朗还是会首选伽利玛。

除了激烈地争夺各文学大奖之外——在自己于战争时期创立的"七星大奖"惨遭失败之后，伽利玛出版社在文学大奖上一向很下功夫，出版社还组织招待会和鸡尾酒会。这些个招待会酒会很是让人精疲力竭，当然也很有意思。酒会都是在圣·波丹街饭店的花园里召开的，来的人很多，必须穿着讲究，女人着高跟鞋，男人西装革履。在盛行上流社会之风的时期，这类的节日庆典不可或缺，想要踏入圈子就必须去。让·波朗和加斯东·伽利玛是主人，一个下午都站在那里，和所有人说话。多米尼克则谨慎得多，总是待在不显眼的地方，但她每次都会在场。非常奇怪，伽利玛出版社招待会的入场不需要请柬。为了分辨一下来往的人，出版社安排一个秘书在入口的地方，但是这个秘书谁都不认识，所以闹了不少事情。多米尼克于是不得不捎带照顾一下，她帮秘书一一辨别："这个是伽利玛出版社的作家，让他进来。"尽管如此，还是有不少吃白食的，混吃混喝兼带白拿，喝醉了酒躺在沙发上睡大觉。

招待酒会是展现伽利玛出版社无限风光、让作家彼此结识或为其中某一位的到来进行庆祝的好时机，一九五五年，威廉姆·福克纳来巴黎时，伽利玛出版社就为他举行了招待酒会。春天是酒会最为频繁的季节，在夏天大假到来之前。或者夏天行将结束的时候。那个时候几乎是周周都有。到克洛德·伽利玛执掌出版社时，频率就变成了一个月一次，再接下来，到了安托万纳·伽利玛的时代，只有在非常重要的时刻才会举办酒会，例如前不久为《哈利·波特》举办的招待酒会，出版社被装点成了鬼魂出没的城堡。在五十年代初期，伽利玛出版社还是相当有气魄的。翻译了很多伟大的美洲作家的作品，这些作家涵盖了：福克纳、海明威、多斯·帕索斯……（多米尼克更喜欢福克纳）。加斯东·伽利玛有不少大手笔，做了很多赚钱的系列，例如黑色系列。这是一个非常实用的系列，尽管从个人趣味来说，加斯东·伽利玛并不很喜欢。黑色系列是马塞尔·杜阿迈尔领头做的,因为他对美国的黑色文学了熟于胸。

除却这些文学大事件,在众多出版社中,伽利玛出版社本来就是最引人瞩目,最富创新精神的。这份成功不仅仅源于加斯东·伽利玛作为一个出版人的素质,同时也得益于波朗与多米尼克这两个文学天才的组合。多米尼克倒是很喜欢加斯东·伽利玛。"他非常善良,有时会有很奇怪的反应。"有一天,他走进多米尼克在《新法兰西》杂志的办公室,发现她正泪流满面——现在她已经记不起来是为了什么事,于是他问她,是不是因为他的缘故。他一下子就觉得自己让女人流泪是非常罪恶的事情,于是有些尴尬和悲伤地离开了。

加斯东喜欢古典手法的作家,与波朗和多米尼克在《新法兰西》杂志所捍卫的那一类相去甚远。波朗和多米尼克喜欢的是德里厄·拉罗歇尔——因为无论做人还是写书,他都有自己的风格,瓦莱里·拉尔博或莱昂-保罗·法尔格。这些都是旧的《新法兰西》杂志在三十年代的作者。加斯东虽然不喜欢他们,但他知道辨识真正的作家,如果他凭直觉断定眼前站着一位真正的作家,他立刻会不遗余力地施展魅力吸引他。他这个伯乐保留着自己的方式,正好与波朗的天赋在某种程度上形成互补关系。伽利玛出版社的出版目录就是由这样两个人决定的:从个人的角度而言他们彼此不太喜欢——两人之间谈不上友情,但彼此尊重,也承认彼此需要。然而加斯东·伽利玛仍然非常谨慎,不会因此替波朗和多米尼克冒险,他既没有出版波朗的全集,并且,波朗向他提出建议的时候,也没有答应出版《O的故事》。他认为自己必须承担起出版社贵族气质的那一面,必须保持出版社的形象。战后的鸡尾酒会如同战争期间自一九四三年开始的"七星系列"音乐会一样,这是作家、出版家和《新法兰西》杂志编委欢聚一堂的盛会。而正是在七星音乐会上,演奏了一批现代音乐人从未发表过的曲目,其中包括奥立佛·梅西安①和埃里克·萨蒂②的曲子。另一个年轻的作曲家皮埃尔·布雷也在音乐会上初露端倪。伽利玛出版社的晚会是介于文化与上流社会之间的晚会。

波朗身处所有关系的中心,职业层面的,私人友谊层面的。和他最要好的往往是极右翼作家,与众不同、反动,在这些人眼里,更重要的是诱惑,而

---

① Olivier Messiaen(1908-1992),法国作曲家,手风琴演奏家。——译注
② Erik Satie(1866-1925),法国作曲家,钢琴家。——译注

不是理念。波朗对于法国共产党员持一定的怀疑态度，因为他对他们的政见，他们的苛刻有所畏惧。他接触的人形形色色，但都属于旧世界。战后占据上风的意识形态瞄准了他，因为他更牢固地占据着他原有的位置，在他所属的世界里，社会关系才是第一位的，在这个世界里，贵族气度和某种精神上的自由相得益彰。

当然友谊归友谊，职业关系到底是另外一回事情。如果文本本身无与伦比，作者的个性究竟怎样并不重要。或者说，如果是一个真正的作家需要帮助，那自然应该帮助。波朗时刻准备着为他人做点什么。他帮助所有人，没有亲疏的分别，从来不曾把别人撵走。一种难以想像的忠诚——他与别人大量的通信可以证明这一点，他利用自己的关系帮别人找工作，将伽利玛出版社拒绝的手稿送到其他出版社的手中。他和年轻作者关系很好，是个真正的伯乐，支持他们，陪伴他们成为一个真正的作家，六十年代初，克洛德·罗伊和伊夫·贝尔热都受到过他的帮助。伽利玛出版社需要他这种伯乐的天赋。阿尔贝·加缪的这种天赋。波朗和加缪都有这种关注年轻人，支持他们的特质。尽管有些时候，他们与这些年轻人相去甚远，但总是形同父子。他们都具有保持友情的天赋。友情和爱情一样，是波朗的生活中心。但友情和爱情对波朗来说都不意味着唯一。波朗一生都没有离开妻子，但是他有好几个女人，经历了和多米尼克的伟大爱情。他没有抛弃过任何人，却同时保持着自己的高度自由。

在为别人操心这件事情上，波朗与多米尼克是一致的，他们总是帮助、支持、关注作家和朋友。一种愿意庇护他人，忠于他人的个性。正是因为他们的存在，伽利玛出版社拥有一家大出版社必具的王牌：文学上的准确判断，对于可以出版的文本的准确判断，对于作家的关照。包括皮埃尔·基约达在内的一些大作家至今仍然充满温情地回忆起这一点，认为这一点相当重要。皮埃尔也谈到了他们尽管不遗余力地帮助作家，但行事依然十分谨慎。并且他列举到了，在这一点上，出版社还有一位人物也是不能不说的，非常可敬的一位人物，奥黛特·莱格勒。她是伽利玛出版社负责行政事务的，她什么都管，什么都了解，保证出版社与人打交道的那一部分工作正常运转。她也总是站在作家的一边，和作家们缔结了一种非常亲密的关系，为人忠诚，无论在出版社内部还是在外面，都尽可能地帮助作家。她对皮埃尔·基约达表现出了深刻的、非同一般的仁爱。皮埃尔一向视她为真正的朋友。觉得她在某种程度上补偿了伽利玛家族——加斯东或克洛德——冷冰冰的一面。她和波朗、多米尼克一起，尽可能想办法为作家找到一点经济上的帮助和支持。例如国家文学基金给的"写作奖金"或是文学创作助委会的"特殊援助"之类的经济帮助。

波朗非常支持皮埃尔·基约达，给了"非常肯定的评分"，并帮他拿到了临时资助。六十年代中期波朗的影响力非同一般，当时已值其生命晚期，对于年轻作者来说，能够得到他的帮助可是一张真正的王牌。但是，在一九六九年七月，国家文学基金认为基约达的作品过于激烈，延迟了资助计划，尽管多米尼克·奥利予以支持也无济于事。文学是一种斗争，有时即便联盟也不能完全发挥作用。奥黛特·莱格勒帮助皮埃尔·基约达出版他的作品，例如一九七〇年二月被纳入乔治·朗布里希主编的"道路丛书"的《伊甸园，伊甸园，伊甸园》。但是她没能为他争取到来自伽利玛出版社的任何资助，因为出版社觉得出版风险很大。即便在出版社内部，竞争也很激烈。波朗那时已经离世，多米尼克的影响力与他的自然不可相提并论，出版状况变得越来越艰难了。

与让·波朗的关系

多米尼克·奥利非常谨慎，但这并不妨碍她对上流社会的喜好。她总是出现在这些场合，躲在一边，观察，参与。波朗喜欢被别人关注，与他人一起承担工作，分享快乐，与很多友人或熟人一起度假。波朗的时代还是一个非常社会化的时代，职业生活或私人生活都可以拿出来分享。很少有像埃迪特·托马斯那样绝对置身于孤独之中的。文学界可以借助很多场合将作家、艺术家和出版人汇聚在一起。

对于多米尼克来说，真正可以躲一躲的地方只有一个，洛诺瓦，那儿有她家传下来的房子。每年夏天——通常是在复活节大假前后——她都会和父母、儿子到那里去。在那里她不见人。波朗不能正式地出入她的家庭。再说他也要和日尔曼娜一起外出度假。多米尼克在那里休息，工作，阅读，照顾家人。这幢房子是真正的避处。她自己也可以在那里休整。多米尼克一向患有偏头痛的毛病，发作起来就不得不在床上躺好几天。多米尼克是个很有意思的矛盾集合体，身体的脆弱与她所展现出来的勇气形成鲜明的对照，而时不时左右她情绪的忧郁又与她万事退后一步的安宁相映成趣。除了偏头痛外，多米尼克还将经历两次比较严重的疾病困扰，一是五十年代初因为结扎引起的妇科病，另一次是在一九四七年十二月的阑尾炎。

多米尼克非常痛，必须手术。波朗问她："您怎么样了？手术定在什么时候？凯卢瓦才做过（他是急性发炎做的手术）。一个星期就痊愈了，脸色比以往任何时候都要好。"她住进医院之后，波朗总是试着逗她乐，给她讲述各种各样的趣事："也许您已经有力气读读短信了（非常短）。今天我们在芙洛朗丝家，真的，很遗憾您不在。在座的有一位麦克·伊文先生，他发明了深海捕鱼的方法（这是唯一一个擅长绘画的英国人），玛丽·L说头晕出去了，我们也不知道为什么，还有那个奇怪的贝当古尔，拿着自己的书胡编乱造。'瞧这两个小丑。'雷奥多说。但是新来的小丑非常谨慎，芙洛朗丝还是很理智的（我想她星期六或星期天会去看您，不会太早了一点吧？），日尔曼娜和我，我们俩准备星期一午饭后去看您，假如日尔曼娜不觉得很疲倦的话。您想要我们带什么吗？如果有，赶快写信告诉我们。我们拥抱您。"波朗提议和日尔曼娜一道去看望她；他们之间的情人关系刚刚开始，还处在秘密阶段。

可多米尼克并不孤独：时不时有人来探望她，家人也都陪伴在她身边，而她的朋友埃迪特·托马斯此时正和她承受着一样的病痛。"是出于模仿的魔力？还是出于知识分子粗俗的'抄袭'，星期一早晨，我竟然也患了阑尾炎！但我宁愿相信这是'辩证唯物主义'的力量使然，是我为你祈祷，与你沟通的一种方式。我们尽自己所能，哪怕结果不是那么智慧。因为到头来，如果我在黑森林①的话，我就没办法去看你了。然而今天我好些了。我吃了中饭，起床，坐在炉子一角的安乐椅上，我还抽了根烟，以此证明我已经完全康复了，当然这其中不乏那种中学生才有的恶毒的乐趣。我从你妈妈那里听说你已经好转了。我尽我所能了解你手术进展的状况，现在，我只有一个愿望，就是有足够的体力，能够在你出院回家之前去看望你。"可惜的是，她们没能在同一家医院进行手术，多米尼克在巴黎十二区赛尔让-波夏街二十四号的一家基督教慈善疗养院做了手术。

为此她深感歉意："你和我开了个大玩笑，和自己开了个大玩笑，这种轮流

---

① 德国西南部的自然风景区。——译注

的方式太可怕了。你竟然也患上阑尾炎，既然如此，真可惜我们没能早知道。否则你可以住在我隔壁的那间病房里——而且房间是相通的。这里有位先生，他的烟总是越过门进入我的房间。我宁可是你的烟。我觉得自己已经从地狱走一圈回来了，以往我所抱怨的疲倦和我今天的疲倦比起来真的都不算什么，今天我倒是一点儿烧都没有了。他们说我星期一可以出院——前提是必须立刻睡觉。我还不能坐起来，头晕。这个玩笑很糟糕。但是我的确是阑尾炎……你还在等你的收音机吗？（星期六下午）前天我没能继续写下去，支撑不住了。这期间收到了你的来信，我的魔力是多么糟糕，亲爱的，而你的所谓辩证唯物主义又是多么要命。直到星期二早晨我还会在医院。现在我仍然没法儿吃饭，吃一顿饭就至少胃痉挛三个小时。真是不错。医生说这没什么。很好。我已经拆线了。如果你可以，来看看我。前提是你不会因此疲倦，因此疼痛。"

多米尼克比埃迪特早出院，不顾一切要去探望她。埃迪特为此感到很担心，她住的医院不太好走，再说对多米尼克来说也非常不好。"你根本不可能来：这不是想不想的问题，问题是你现在根本不可能连续爬十分钟以上的坡。但是到医院来必须如此。我求求你，千万别来。一想到你有可能会来，我就非常担心。你知道，我很想见到你，我之所以给你写这封信，就是因为我知道来医院对你来说根本是不可能的。妈妈的意见也是一样。"多米尼克比埃迪特还要固执。埃迪特在很年轻的时候，由于挛缩性骨结核，一条腿落下了残疾。多米尼克出院后不久就恢复了。腹部有一条疤痕。而她还一直带着一只不能开合、焊死的金手镯，那是波朗的礼物，在做手术的时候，她执意不愿取下来。

自一九四五年波朗就爱上了多米尼克，他对她说过，但是多米尼克拒绝了他进一步的要求。因为羞怯，也因为谨慎，她害怕波朗不过是像爱别的女人一样爱她，害怕这份爱情同样维持不了多长时间。波朗的妻子日尔曼娜得了帕金森病。她的身体非常虚弱，但是仍然参与波朗的一部分社会活动，一直到一九四八年。日尔曼娜已经不再为伽利玛工作，但是她仍然会出席文学活动——即使在战争期间，她也一直参加秘密的法国作家协会会议，观看演出，去看话剧，看展览，与波朗一起度假。一九四五年，他们与杜布菲一起去了瑞士，与出版行业公会的阿尔贝·穆罕默德见面，平常他们会去位于布兰维尔的阿尔朗家的别墅或者去位于莫尔比昂的凯尔伊夫别墅。

从一九四八年开始，日尔曼娜就基本上不能离开自己的房间了，这种状况一直持续到一九七六年她去世为止。波朗于是开始了他的双重生活。他和多米尼克之间不是爱情艳遇——如同他和爱迪特·布瓦索纳斯或别的女人那样，而是真正的爱情。一九四七年多米尼克默许了这份爱情，但是直到一九五〇年前他们的爱情仍然处于秘密的状态。此时她已经确定他不会离开她。她正式加入了伽利玛出版社，在某种程度上取代了日尔曼娜。但是多米尼克从来没有想过要别人承认她的位置，她非常尊重波朗的家庭生活。在所有给波朗的信中，她都会问起日尔曼娜的情况，尤其是头几年，当然，在后来的信中，她的问候也是越来越少。多米尼克总是向"波朗夫人"致以敬意，并请夫妇俩相信"她忠诚的友情"。波朗也经常告知她日尔曼娜的身体状况，从一九四七年开始，他对两个女人都表现出了似海深情。没有忽视其中的任何一个。

"我已经想不起来是谁说的了，那天有人对我说：'多米尼克·奥利涂了金色眼影。'我说我不知道，他说必须告诉您，'非常合适她'，所以我就告诉您了。我不知道是不是那些夫人们在传。（但是您说不定已经知道了。）您好些了吗？您现在是不是恢复了，更开心了？我希望是这样。旅途非常艰难，因为在车里坐久了，日尔曼娜还没能恢复过来。请相信我们俩对您的诚挚友情。"好几封信的末尾，波朗都签了他和日尔曼娜两人的名。"我们俩拥抱您。"一直到一九四四年，多米尼克给波朗的信都表现得彬彬有礼，"亲爱的先生"，接着是"亲爱的先生和朋友"。波朗在回信中称呼她为"亲爱的朋友"，信末写上"致以友好的问候"，署名为"让·波朗"。一九四五年，多米尼克用了更为亲密的问候方式，但仍然属于"诚挚的友好问候"："请相信我对你们的诚挚友谊。"在一九四七年，波朗信中称呼她"亲爱的多米尼克"，信末却仍然用"友好的问候"。谨慎是当时流行的态度，不过他们往来的好些信中已经因为没有对方的消息而倍感焦虑，或是迫不及待见面的心情，"急于想见到您"。多米尼克称呼他"亲爱的让"，在信中她一直为日尔曼娜感到担心，而另一方面，她仍然坚持使用那类谨慎的却不失亲密的问候方式。"我很难过，日尔曼娜没能有所好转。请传达我的祝福，既然她允许，请代我拥抱她。您也好好休息，祝你们俩度过一个美好的假期……谢谢您的来信，请相信我对你们的忠实而诚挚的情感。"一九四七年十一月，在波朗的信中，他一会儿说"我拥抱您"，一会儿说"日尔曼娜和我，我们拥抱您"。

没有人能够确认此时日尔曼娜是否已经知道他们的关系，因为他们的关系尚未公开。尽管他们在一起做很多事情，尤其在工作上联系很多，但是波朗和多米尼克对于两个人之间的爱情关系仍然守口如瓶，这既是出于道德规范上的考虑，也是出于两人对地下情的趣味。一直到一九五〇年，两个人的关系才基本上公开，仿佛准备昭示于天下的样子。日尔曼娜很清楚她再也无法阻挡波朗开始另一段爱情故事，她的病体剥夺了她的社会生活和感情生活。然而，有时她还是会感到悲伤，波朗走时也禁不住要哭泣。多米尼克不知道日尔曼娜对此作何感受。有时她会去阿莱纳街见波朗，但只待在底楼的房间。日尔曼娜则在她二楼的卧室里。

一九五〇年发生过一段小插曲。多米尼克一直非常注意不在日尔曼娜面前流露出什么，但是波朗没有那么小心。好几年来，每天早晨，多米尼克去上班时一直绕道去波朗家带上他。波朗不开车，但是多米尼克喜欢驾驶。有一天，负责看护日尔曼娜的护士请求多米尼克不要把车停在他们家楼下，因为每次日尔曼娜一听到车子的声音便开始哭泣。多米尼克很生波朗的气，因为觉得他太漫不经心，以至于给日尔曼娜带来了很大的痛苦。于是她再也不把车子开到波朗家附近。她在更远的地方等波朗，正如她在《一个坠入情网的女孩》中所讲述的一样："他钻进汽车，她等在离十字路口几米远的地方，在一条小街上，靠近一个地铁站和一个市场。"波朗和多米尼克通信中所表现出的克制充分说明了两个人的性格，他们不愿意留下什么痕迹。不过两个人之间还是有些小小的不平衡，多米尼克的信更长，更袒露心迹，也更为频繁。而波朗则写点小东西，随便想到的什么东西，或是表现情感的片言只语。当时以"您"相称仍然甚为流行，他们之间也以"您"相称了好些年，直到六十年代初，两个人的情人关系渐渐浮出水面。

洛桑书业行会

一九四七年。爱情关系刚刚开始。职业上的联系也随之发展。多亏了波朗，多米尼克得以为《法国女人》、《方舟》、《七星丛刊》和伽利玛出版社工作，而此时，一九四七年，又为书业行会工作，这是一家出版社，那种书友俱乐部性质的，坐落在洛桑。与书业行会的第一次合作是《今日诗人》这部诗集的出版。阿尔贝·穆罕默德到巴黎来，多米尼克见到了这位书业行会的总编。波朗是中间人,他安排见面,并请他和多米尼克以及其他文学界的人物共进工作午餐。

波朗是在一九四五年七月认识的阿尔贝·穆罕默德,那一年他和日尔曼娜以及杜布菲一起去了瑞士。此次瑞士之旅促成了一篇重要文章的诞生,《瑞士小游指南》,全文发表在《七星丛刊》的第一期上,后来又被伽利玛出版社收录进文集。这篇文章以嘲讽的口吻描绘了瑞士的风光习俗以及瑞士人的性格。一九四七年初,波朗和阿尔贝·穆罕默德(也有人叫他凯茨)在巴黎再次见了面,一起筹划诗集的事情。一九四七年间,阿尔贝·穆罕默德到巴黎来了几次,而同年八月,波朗也和日尔曼娜一起去了洛桑。波朗把穆罕默德的地址给了多米尼克,以便她通信之用:"我们不久就要出发。祝您假期愉快,好好休息!有空告诉给我们写信。地址是:阿尔贝·穆罕默德/书业行会/洛桑金狮街一号。"阿尔贝·穆罕默德也认识加斯东·伽利玛,他和波朗一起见过好几面。在给多米尼克的信中,波朗写道:"亲爱的多米尼克,明天和凯茨-加斯东一起晚饭。您一起来好吗(到《新法兰西》杂志社,七点钟)?盼您的到来。"还有一封是关于芙洛朗丝·古尔德的:"我真愚蠢,忘了明天已经有约。如果您愿意,星期四中午我们和凯茨一起去芙洛朗丝家吃饭。您可以在十一点半的时候到我家来,我们能有一个小时属于自己的时间。"多亏了波朗,阿尔贝·穆罕默德与巴黎出版界走得很近,不过从另一方面来说,由于洛桑书业行会是书友俱乐部的性质,因而对于书的再版是非常有用的。

一九四七年十一月诗集出版。波朗和多米尼克在巴黎举办赠阅活动,并且收到了部分付款。"赠阅活动我们怎么搞呢?可以挑个星期一(比如说七日的星期一),对我来说很合适。我已经有了您所希望的小小的嘉宾名单。哦,不行,七日是假日。要不下个星期六吧,也许(五日),上午。五点。我受到了穆罕默德的汇款,我明天去取。"自一九四六年以来,多米尼克已经为书业行会做了些工作——但她还从没去过洛桑,例如为行会简报写过一些小文章。行会简报是份月刊,寄给在俱乐部注册的读者,主要刊登即出作品的简介以及作者访谈等。"我觉得凯茨想把简报交给你来做。(我以为这想法不错。)"这样,在一九四六年到一九四七年间,多米尼克也能有一点额外收入,用来补贴夏尔洛出版社不能再支付给她的收入,而她为夏尔洛出版社着实付出了很多。

从一九四八年开始,多米尼克真正成了洛桑书业行会的一员,一半的工作在巴黎,一半的工作在洛桑。她成为行会最重要的成员之一。除了简报,她还为很多古典作品作了序,主编该出版社的"经典丛书",翻译了很多英文的文本,并且成为书业行会大奖委员会的评审委员,她也是该评审委员会的唯一女性。她为自己主编的丛书作品作序,但翻译是为另一套丛书"小熊星座"做的。而一九五八年,伽利玛出版社出的《先睹为快》的第一卷,收录的文章大多数都来自于多米尼克为那套经典丛书作品所作的序。甚至多米尼克成为行会一期简报的主题,那是一九五〇年十月的一期,文章出自克洛德·罗伊之手:《多米尼克·奥利——智性的温柔》。波朗也参与了书业行会的事情,但保持一定的距离。除了和多米尼克一起出版的诗集外,他还参与了一九五三年再版《用心的战士》一事,并且,行会的好几期简报也是在他的帮助下完成的,关于修辞、诗歌、塔罗纸牌、立体主义的那几期……他本人于是成了三期简报的主题,克洛蒂娜·肖内撰写的《让·波朗侧记》,皮埃尔·德卡夫撰写的《让·波朗,语言精神分析学家》以及罗杰·于德兰撰写的《用心的战士》。

阿尔贝·穆罕默德是书业行会的创建者。他出生于瑞士的讷沙泰尔,完成法律的学业之后,在巴黎的水泥行业工作了几年,接着转入企业广告领域。他发现印刷可以采取不同的技术方法,创办了一家销量达到几十万份的报纸,他还为企业筹划广告,印制精美的海报、产品目录和折页。他一直是个文学爱好者,渴望在自己的家乡瑞士沃州,创办一家行业培训的出版社。他曾经向C.F.拉姆兹谈起过创办一个书业行会的念头,不过后者对他的计划一直有所保留,于是,一九三六年,他一个人投入了该计划的实施。

阿尔贝的出版社主要出版法国经典文学和瑞士现代作家的著作。他和巴黎出版界的往来使得书业行会出版社很快得到质的飞跃,尽管他的编辑力量仍然和当初建社时没有多少分别。除了英国文学翻译这一块,因为这着实得到了多米尼克的积极参与。但是出版社并没有专门的译著系列丛书。现有的丛书除了原有的文学丛书之外,主要有多米尼克主编的"经典丛书",旅游和时事方面的"实证丛书","儿童文学丛书",历史方面的"快乐的知识丛书",插图本的"卵石丛书"以及现代作品的"小熊星座丛书",这套丛书都是皮质封面,装帧华美。

阿尔贝·穆罕默德的身边不乏行业内的高手,除了多米尼克·奥利和让·波朗之外,还有伊丽莎白·波克罗尔。为了加强出版社的权威性,自四十年代末,阿尔贝·穆罕默德创设了书业行会大奖。评审委员会的委员有:多米尼克·奥利,《日内瓦论坛报》的专栏作家让·马尔多,小说家、评审委员会的主席雅克·谢纳维耶尔,小说家居斯塔夫·鲁,小说家、文论家雅克·迈尔康顿——他是众所周知的詹姆斯·乔伊斯专家——以及阿尔贝·穆罕默德。而书业行会出版社的文学委员会则由雅克·迈尔康顿、阿尔贝·穆罕默德、马塞尔·雷蒙和居斯塔夫·鲁组成。多米尼克不在其中,尽管她对阿尔贝·穆罕默德具有非同小可的影响力。多米尼克和阿尔贝是非常好的朋友,她经常去洛桑,几乎每次都住在阿尔贝和他的妻子柯丽的家中。英美文学这摊子事归多米尼克管。但是,有时多米尼克也会觉得很失望,书业行会出版社的读者不总是对这些伟大的英语作家那么感兴趣。"我建议出版康拉德的《奥尔迈耶的荒唐行为》,我觉得这是世界上最完美的小说之一。可是俱乐部的读者不感兴趣。书印了一万册,十五年后还剩下五千册。于是只好削价,作为别的书的赠品。不过别的都卖得还不错。"例如D.H.劳伦斯、亨利·米勒、狄更斯、曼斯菲尔德或者乔伊斯。

俱乐部拥有为数众多的书友,对于出版人和作家来说,这个数字所意味着的市场绝对不能被忽视。经常有朋友怂恿波朗和多米尼克,让他们帮一把书业行会出版社——例如埃迪特·托马斯、皮埃尔·比洛塔①或玛丽·洛朗辛。朋友们还会请他们为这个出版社工作。于是,在伊丽莎白·波克罗尔为书业行会出版社工作之后,多米尼克也参与到该出版社的编辑出版事务中,但没有前者正式:"我们的凯(茨)今天到,但在这之前他已经给我打了很长时间的电话。我觉得他已经下定决心,想把一些常规性的工作交给你。在这方面他实在很不错啊,一旦接受了谁,就紧抓不放。我将尽我所能鼓励他。"多米尼克和波朗一样,每一次,只要有可能,一定会全力支持作家和出版家朋友。埃迪特·托马斯就曾经请多米尼克帮她在伽利玛出版社或书业行会出版社出版书稿,并且,多米尼克帮助她拿到了书业行会的大奖。

五十年代的文学圈子正是在这样一种氛围的包围之中,工作与友情并非界限分明。在洛桑,多米尼克处在穆罕默德夫妇家庭生活与个人生活的中心。她没有在洛桑买房子或租房子,但是她经常去,待的时间或长或短,剩下的工作她就在巴黎完成。从一九四八年夏天开始,她一年要去好几次,逗留的时间在

---

① Pierre Pilotaz,但在下文中又出现了保罗·比洛塔,疑为作者的错。——译注

一个星期到一个月之间。第一次是在八月,第二次在十月。

在给埃迪特·托马斯的信中,她讲述了自己在洛桑做的事情。"终于,我还是睡着了。我好像隐约瞥见了湖,但是没有山。天挺暖的,下雨,待在家里太热。我可能很难随心所欲地买东西,因为汇率组合过于明确,也因为我无法一次将所购之物带回,海关似乎越来越不通人情了。对于这里的工作环境,我还完全不知道会是怎样的。这个国家的节奏慢得惊人。"多米尼克的信主要有两个主题:一是关于埃迪特试图出版或发表的文本,以及穆罕默德夫妇间的问题,家庭问题,他们在分手上的问题。"我亲爱的,你的文章好极了。我很愿意把它推荐给凯茨,比如说你的《花与风格》——因为他说已经出版了科莱特的书,这不能成为反对的理由;这个主题还远远不曾被耗尽。这座房子是多么冷,多么悲伤。柯丽真的是在听凭自己被饿死,希望借此让凯茨回心转意,但她明明知道什么都不能让凯茨回心转意。至于我是否能起点什么作用,我的上帝啊,显然,我在这件事情上根本无能为力。"

柯丽非常依恋多米尼克。多米尼克性情平和,善于倾听,从不抱怨,很容易让别人认为她从来没有问题。一九五〇年十月,多米尼克渐渐习惯了瑞士,虽然她并不觉得住在那里有多少乐趣可言。她不喜欢旅行,觉得这样一来离亲人很远。她的身体也总是会有点问题,在信中,她的烦恼显而易见:"这里天气很好,我亲爱的,也很干净。可是在家中说这些一点儿用也没有,我有点小感冒,这让我比平素更加昏头昏脑。特别是,这根本是不值一提的感冒,而且凯茨还给我买了一支美国的药,吸一下,只要两秒钟就能够让鼻子通气。因而只需要一个小时吸上二十次也就行了。"多米尼克周围的人也渐渐忍受不了她没完没了的旅行。"这些瑞士人真是昏了头,让你在那里待那么长时间。让·波朗也是这么想的。我昨天见到他了。"

这样的来来去去很耗精力,而且有时让多米尼克很难衔接上她原本的工作和家庭生活。"谢谢你的文章,埃迪特。你能不能(因为我丢了)赶紧将文章寄给穆罕默德,洛桑火车站大街四号。正好赶得及简报,另一篇可以一个月以后再用。是让·杜威尼奥食言了。我很疲惫,一直试着面对这团乱麻,但不是很成功:就好像时时刻刻都在堵漏洞一样,一个个地堵。杂志,书会,出版社,而且这一切一直都是那么复杂。"埃迪特的文章及时寄到,穆罕默德正好完成简报。多米尼克继续向书会推荐埃迪特的文章。她仍然身处穆罕默德夫妇的争吵之中，他们吵了六年，未曾分开，但他们的婚姻一直以来都是摇摇欲坠："我看他们真是绝望，知道么，我可欣赏到了人可以多么不幸。但我们又能求助于什么呢？柯丽每时每刻都在流泪，为了一句话，一个手势，或是阿尔贝的沉默。她的小女儿看到之后便去抱抱她。她的丈夫觉得自己对此负有责任，于是他逃跑，非常恼火。他会很长时间地爱抚着小女儿，但对柯丽看都不看一眼，于是等他走了之后，柯丽就会对女儿说，'能不能对你的熊爸爸说，让他对我好一点？'而她的小女儿回答她说：'你很清楚这无济于事。你必须耐心，他有一天会变得温柔起来的。'这个小女儿只有十一岁。在这种气氛下，这幢舒适的大房子——自我到了之后我就没离开过——变得冷冰冰的。"

多米尼克很容易烦恼、疲倦，会厌倦生活，会有点忧郁，但是她从不曾绝望，从不曾深切地悲伤。从这一点来说她不是很关注自己。即便在一九五四年，她为了《O的故事》和警察、司法纠缠，她还是继续替别人操心："凯茨十月到，我会谈清楚你这些文章的事情，争取尽快付款，不管是不是发表。书的事情肯定更遥遥无期了，现在他只关心十月份的大奖，而我已经能够预知在获奖问题上的反对意见：三个故事，因为是三个的缘故。"不过到最后，多米尼克还是为埃迪特·托马斯的书争取到了书会的大奖。关于奖项的会一拖再拖，因为"瑞士人的慢节奏"，多米尼克解释道。幸而他们在讨论和阅读的时候，波朗也来到瑞士。同时他也是为了帮助越来越悲伤的柯丽。但是波朗一走，仍然是多米尼克在操持一切："星期天，柯丽又陷入绝望之中，我觉得似乎她还喝了酒，她头痛，呕吐，可怕极了。怎么办呢？我们昨天去了吉里的比洛塔家，柯丽和米杜留了下来。但是她丈夫一走，她又开始哭。现在我独自一人和意大利小保姆待在这幢空荡荡的大房子里。至于书会的大奖，星期四开第一次会。我怀疑自己星期天以前能不能回来，唉。"

一九五五年，埃迪特·托马斯还请多米尼克帮忙出版她的另一部手稿，要放在"小熊星座丛书"里。她非常坚持，口气恳切："亲爱的，原谅我，我还是要和你谈谈我的手稿，我知道你脑袋里还都装着别的手稿呢！但是我重新读过之后，觉得不能把第一部分放在我重新起草的小说里；在我看来，这部分已经自成整体，如果改变了节奏就没有意义了。将它放在'小熊星座丛书'里是我能想到的最好的解决办法。但是穆罕默德愿意吗？帮我说说，让他给个答复。从心理上来说，我非常需要出版这本书。你不知道我是多么需要。但是当然，我的这些想法并不是打动出版者的最好理由。因此,请你原谅我。"由于她没能立即得到肯定的答复,她的书不太容易出版,卖得不好,于是她嘲笑穆罕默德:"谢谢你为'我的事情'操心!帮帮我,替我这黑白和彩色的'时代之花'讨个明确的答复,倘若穆罕默德的感情纠葛还让他得到一点儿喘息之机的话。"

一直到六十年代,多米尼克都还积极地为书业行会出版社工作。她有时甚至能够作为它的代表,比如说颁发书会大奖或者在巴黎举行招待会的时候。书会在巴黎举办的招待会基本上遵循伽利玛出版社招待会的模式。"读一下《背井离乡的人》(图书馆里应该有巴雷斯的书),为书会写一篇书评。我现在已经成了书会的'公关':八日的这个星期六,在圣·塞弗兰街,四十个人的盛大午宴。"两个星期后,埃迪特·托马斯写完了莫里斯·巴雷斯的书评。多米尼克非常满意,但是她为书会做的事情令她精疲力竭,尤其是诸如举办盛大招待会之类的事情,客人来得实在太多了:"有五十来个书会的朋友来吃饭……乱糟糟的一片,难以忍受的噪音(比如说雅尼纳·A)。我明天把你关于巴雷斯的文章给凯茨。这真是一篇绝妙的文章,你说得对极了。另外,真的,你的书评能挑起阅读巴雷斯的欲望。"

一堆工作都耽搁下来了,序言,翻译,为简报约稿,那么多的事情,再说她还要协调好《新法兰西》杂志和伽利玛出版社的工作。她接连不断地到瑞士去,甚至假期也搭上了。一九六四年二月,她和穆罕默德夫妇以及他们的女儿洛朗丝——她是多米尼克的教女——一起去了瓦莱州维尔比埃冬季运动站。多米尼克一点也不喜欢山间运动,爬山或滑雪,而且过高的海拔对她的健康不利:"我亲爱的,这是个多么奇怪的国家!在我面前的是一堵反射着阳光、令人头晕目眩的墙!视线被截断了。就在十点钟,太阳能够照到屋子上,但是你一点也不会觉得热,于是你就这么待着,仿佛炭火上的羊排。(……)小木屋非常舒适,那种简朴的风格,屋里很暖。但是我的小教女极为好动,什么问题都没有的时候她寻衅滋事,如果发生了什么不好的事情她又唉声叹气。英式教育实在值得探讨。昨天我们终于去了滑雪场,他们在那里来来回回地兜圈子,我则躺在长椅上安静地等他们。但是洛朗丝出于某种叛逆,顺着一条我也不知道在哪里的坡道滑了下去。于是我们花了一个小时找她,回来时太阳已经落山,空气冰冷刺骨,我们坐在那种系在黑松木上的小椅子上,可怕极了。我们上到两千米。我想试试看能不能到三千米,但是在缆车里,我的耳朵痛得要命,而且想吐,我最大的成功就是将脚迈上了这片美妙绝伦的冰天雪地，然后就又坐缆车原路返回。说实话，我已经尽力了。我以后也许再也不会冒这种险了（如果这也能称上冒险的话）。我觉得我是古董。在这样的光线下，所有的魔镜都会这样预言。塞纳河万岁。或者去疗养院也行啊（但不要生病），我们可以躺在被子里面，遮着脑袋。不过这里的空气非常纯净。是的，我必须承认，空气非常纯净——也许不管怎么说，我们都得到了净化。"

直到一九六五年，多米尼克还会为了书会大奖或别的事情去瑞士。这家出版社对于波朗和多米尼克来说很重要，他们把不能在伽利玛出版社出的书拿到那里。波朗总是通过各种各样的方式指挥别的出版社。在五十年代初期，洛桑书会的这个出版社和子夜出版社是他用来出版自己朋友和关系户作品的两个主要出版社。埃迪特·托马斯扮演双重角色，她也请波朗和多米尼克帮她出版。有时，埃迪特认为他们的支持力度似乎不够。没能出版的真实原因是什么呢？这里面充满了误解与猜忌：波朗究竟有没有充分运用自己的影响力呢？还是以加斯东·伽利玛或阿尔贝·穆罕默德的拒绝为托词，为的是不伤害她？埃迪特·托马斯经常指责波朗应该对她的书不得出版负责任。因此，自一九五二年开始，埃迪特·托马斯与波朗之间便不无嫌隙，冲突一直延续到一九六七年，那是波朗去世前一年。

公众生活
子夜出版社

一九五二年一月，波朗在子夜出版社出版了《致抵抗组织领导人的一封公开信》[1]，致使他与法国共产党作家之间的战事再起。一场并不必然重新激活的旧纷争。事实上，波朗的意图并非为了秋后算账，他是想为五十年代初的出版界重新洗一次牌。伽利玛出版社当时是巴黎第一大出版社，尽管也同样遭遇了战后经济困难，它却还是得到了巩固，这当然并不多见。而一方面，大的出版和发行集团得以生存，另一方面，大部分独立出版社却纷纷破产，例如埃德蒙·夏洛出版社，然而曾几何时，这还是阿尔及尔的自由法国的大出版社之一。

相对于在伽利玛出版社，一个位置空了出来，对于某一类文学，政治或社会的作品，应该有一个出版社可以支持这一切，支持某种精神上的开放和自由。子夜出版社具有历史性和象征性的价值：这是一家"抵抗组织的出版社"。但是在战后，这种价值随着时间流逝变得越来越小。子夜出版社没有想过要寻求公众的承认，也没有要成为一家商业性企业的愿望。自一九四七年以来，在主要的创建者皮埃尔·德·莱斯居尔、让·布鲁莱尔、维尔科和伊沃纳·帕拉夫-德维涅之间产生了冲突，因为在这一年，所有人之间的关系都在重新调整之中：抵抗组织成员、共产党员作家以及主张将出版社建设成为一家传

---

[1] 让·波朗，《致抵抗组织领导人的一封公开信》，子夜出版社，"资料丛书"，一九五二年。——原注

统的、非政治的出版社的人。冲突产生后，皮埃尔·德·莱斯居尔第一个离开了出版社。

伊沃纳·帕拉夫与波朗更为一致些，他主张建设一家传统意义上的出版社。波朗也只是和她一人建立了真正的职业联系。多亏了她，波朗和多米尼克·奥利一起编选出版了那本题为《祖国天天在成长》的文集。在一九四六年到一九四七年间，波朗还经常和多米尼克一起去看望她。"亲爱的朋友，您回来了吗？身体是不是已经完全恢复？精力恢复了吗？伊沃纳·帕拉夫希望我们一起去看她。（名出版家就是这样的。）"

在经济困难的形势下，有些问题并非凭借子夜出版社领导者的智慧就能解决：纸张匮乏，政府不给予任何补贴，好几个月才有宣传广告报道，没有可供调用的库存。很明显，这是以政治为主的企业与任何一家出版社所必须遭受的商业限制之间的矛盾。股权与管理分离。自一九四七年开始，一个新的管理班子逐渐形成，《信息》杂志的创办者让·莱斯居尔被聘用为文学总编。他在文学界的关系以及出版领域的经验使得他成为最理想的人选。自巴黎解放之后，伊沃纳·帕拉夫就一直希冀他能够加盟。让·莱斯居尔想到了乔治·朗布里希，战争期间，乔治在比利时为《信息》杂志工作过。

两个人尝试着建立真正的出版书目，而不再仅仅局限于"战争文学"的范围之内，那些出自于抵抗成员（而非作家）之手，是政治性的文本，而非文学。大多数在子夜出版社秘密出版的作家战后都重新回到原先的出版社。伽利玛出版社的作者也回来了，它有充分的能力不受时代政治偶然性的限制，以一个传统出版社的形象存世。维尔科对于清算的激进态度使得他渐渐沦入孤立的境地，尽管大多数文学界的抵抗组织成员还算遵循了法国作家协会的意见。一个特有的矛盾——当时管理文学圈子的抵抗组织成员、法国共产党员向往这样一个圈子的形成，而在背地里，他们却时刻准备着再转回到政治性的道路上去。

在一九四七年至一九四八年间，抵抗组织的荣耀差不多走到尽头，回到职业性及商业性出版社的正轨上势在必行。这是波朗发起的，但是在此之前的好些年里，他却因为对亲德作家的宽容态度受到了文学界的排斥。双管齐下：一方面，波朗开始出版黑名单上的作家；另一方面，他在朗布里希的敦促下，出版了《祖国天天在成长》。这两个人一拍即合。波朗为书作序，题为《为孩子讲述的祖国》，文章里已经影射到他与法国作家协会争执的中心问题，也正是这篇文章彻底将他推到了阿拉贡的敌对面。在波朗看来，抵抗组织成员并非如此爱国，而附敌分子也并非如此背叛祖国。如同日后的《致抵抗组织领导的一封公开信》一般，这本在子夜出版社出版的文集是对抵抗组织成员的回应。

一九四七年，子夜出版社更换管理层。出任了六个月制作经理的热罗姆·兰东开始行使真正的领导权。这也多亏了伊沃纳·帕拉夫，因为她的缘故，热罗姆·兰东才以实习生的身份进入子夜出版社。伊沃纳·帕拉夫与热罗姆·兰东的婶婶奥黛特·伊尔什是非常好的朋友。子夜出版社所遭遇的经济困难使得资产的重组已经迫在眉睫。热罗姆·兰东请求他的岳父马塞尔·罗斯菲尔德和父亲雷蒙·兰东对出版社追加投资。因为直到那时为止，出版社还是由兰东家族和抵抗组织众成员共同投资的。经过一些出版决策上的调整，出版社得以聚集起由文学作家及文学主编构成的一支团队。例如，伽利玛出版社的作者乔治·巴塔耶出任"财富运用丛书"的主编。而朗布里希负责充当与伽利玛出版社之间的媒介，这当然多亏了他与波朗的友谊。

一九四八年，兰东追加资本。维尔科与伊沃纳·帕拉夫辞职。在一个商业性的出版社里，他们难以找寻到自己的位置。出版社由热罗姆·兰东执掌，他出任行政总编，乔治·朗布里希是出版社的文学总编。一九四九年，出版社创立了"资料丛书"，出版政治及社会作品。纯文学的作品就这样与其他作品区分开来，而作品的质量也因此得到了提高。自此之后，伽利玛出版社与子夜出版社开始举案齐眉，两者的出版策略也越来越接近。例如，两个出版社都发行杂志，刊登以往被法国作家协会判了死刑的作者的文章，子夜出版社的杂志是《84》，伽利玛出版社的则是《七星丛刊》。这倒不是因为伽利玛出版社为子夜出版社提供了某种模式，而是因为波朗在两个出版社都起了非同小可的作用，当然，他在伽利玛出版社是正式的，而在子夜出版社是半正式的。

波朗将好几部与伽利玛出版社已经签约却得不到出版的作家手稿推荐给子夜出版社。子夜成了"被伽利玛出版社拒之门外的手稿收容站"：巴塔耶、布朗肖、克洛索夫斯基、多泰尔、托马斯……波朗在实施自己的出版策略。他对加斯东·伽利玛解释说：不管怎么说，他推荐给子夜出版社的手稿都是销售状况不容乐观的，还是让子夜出版社承担风险比较好。日后伽利玛出版社再将这些作者捡回来就行了。波朗是想保证这些作者的书稿能够得到出版，而最终，他的出版社也仍然不会失去自己的权威性。加斯东·伽利玛会对所冒之险作出判断。例如说，一九四九年春天，在子夜出版社就要出版布朗肖的《洛特里阿蒙与萨德》之际，伽利玛出版社同时推出了布朗肖的另一本书《那部分火》。

波朗通过朗布里希继续在子夜出版社行使文学总编的权利。并且，正如米歇尔·布托所说的那样，把子夜出版社的新作者介绍给波朗已经成了某种固定的仪式。而自一九五一年以来，波朗也一直与兰东保持私交。作为其友情的证明，他让子夜出版社的作品得了不少奖——只要他是评委，当然，他本人也是子夜出版社的作者。除了《致抵抗组织领导人的一封公开信》之外，他还和出版社签订了合同，在子夜出版社出版了两部非常有意思的作品，一九五一年的《批评小序》和一九五三年的《词源学上的证明》。波朗参与子夜出版社的事务自然有其历史渊源，因为在战争期间他就已经参与了出版社的创建，定期为出版社提供作品。伽利玛出版社与子夜出版社的关系主要是通过两种方式来确定的：朗布里希保证两个出版社之间的友好关系，而兰东则时不时挑起一些事端。倘若爆发了较为严重的冲突，波朗便假装不知，继续为子夜出版社秘密地输送作者。但是，从一九五三年开始，子夜出版社已经获得了某种独立的地位，波朗也就没再为子夜出版社推荐过作品。不过他仍然和兰东保持着友情。与此相反的倒是兰东与朗布里希之间发生了争执，朗布里希在一九五四年离开出版社。

一九四九年至一九五二年间波朗在子夜出版社所扮演的角色的确十分重要。一九四九年，在被伽利玛出版社拒之门外之后，阿兰·罗布-格里耶的第一部手稿《弑君者》就是由他转给子夜出版社的。多米尼克·奥利把手稿交给朗布里希。但是她原本想把伽利玛出版社的拒绝信扔掉，罗布-格里耶则把信连同手稿一起给了她，因为他觉得信在某种程度上可以称得上是"吹捧"。罗布-格里耶一直将波朗——而不是兰东——看作自己的"保护人"。波朗帮助他出版作品，还帮他找房子——波朗有给作家以具体帮助的习惯。波朗和罗布-格里耶一见如故。在政治的问题上，波朗支持贝当主义的作家，而罗布-格里耶正是这么一个作家。还有一个领域——他们的女人日后都在这个领域得到了充分发挥——也是他们的共同趣味所在：色情。一九五六年，卡特琳娜·罗布-格里耶用让·德贝尔的笔名在子夜出版社出版了《影像》，阿兰·罗布-格里耶作的序，他也只签了两个字母，P.R.，竟然是波利娜·雷阿热的首写字母。

波朗、多米尼克与子夜出版社的班子之间的关系可谓复杂。但是这种关系的核心还是《致抵抗组织领导者的一封公开信》的出版，开始时书名叫做《致新罗马人书简》。所谓的抵抗组织领导人是维尔科、艾吕雅、阿拉贡、摩根和某些作为正义与政治化身的抵抗组织成员。波朗的这篇长文陆续遭到伽利玛出版社、《圆桌会议》和《现代》杂志的拒绝。而热罗姆·兰东却通过这一出版行为宣告子夜出版社与抵抗组织的彻底决裂。一九五二年一月，书出版之际，波朗和多米尼克去了几内亚，住在他们的朋友保罗·比洛塔家，这位作家在几内亚种香蕉[①]。

兰东于是独自一人面对新闻的围剿，抵抗组织成员和法国共产党员纷纷指控波朗是个不折不扣的叛徒。这其中，尤以马丁-夏飞埃、艾尔莎·特里奥莱以及克洛德·摩根的文章最为恶毒。还有不计其数的谩骂信。看到自一九四七年以来自己一直批判的人群有这样激烈的反应，波朗很是兴奋。他也因此更富战斗性。但是这事的微妙之处在于波朗拿自己与埃迪特·托马斯的关系冒了个险。埃迪特·托马斯是多米尼克最好的朋友之一，一个狂热的共产党员。波朗可是和她开了个大玩笑，他在她家组织了一个《公开信》讨论会——就像彼时在她家召开秘密的法国作家协会会议一样，把时下把持知识分子圈的抵抗组织成员都召集到一起。会议于一九五一年十二月召开，地点就是托马斯家所在的皮埃尔-尼古拉街十五号，参加会议的有莫里亚克、加缪、德布-布里戴尔、马尔罗、维尔科、加苏、萨特、罗伊。日后埃迪特·托马斯果然为此心存怨恨，因为波朗竟然这样利用她，利用她为一本贬损共产主义价值观的作品进行辩护。

让·波朗与埃迪特·托马斯的冲突

让·波朗和埃迪特·托马斯早就相识。一九三四年，埃迪特·托马斯在伽利玛出版社出版了她的第一部小说——《玛丽之死》，获得当年的处女作奖。而那时的波朗离伽利玛出版社总编的位置仅一步之遥（一九三五年），他已经

[①] 一九三〇年，保罗·比洛塔在几内亚开发了香蕉园。他很快成为几内亚最大的香蕉种植园主。接着他又在法国南部的萨瓦种苹果和梨。他在那里结识了一位命相学家，后者说他命中注定是个作家。他的小说《天的一部分》获得了一九五二年的洛桑书会的大奖。他还在洛桑书会的出版社出版了《与人的斗争》（1952）和《康达》（1954）。他的小说表现的是非洲和非洲艺术。在写小说的同时，他又继续将他的种植业扩展到刚果，在那里种植菠萝和柠檬。——原注

在《新法兰西》杂志做了十年的主编。埃迪特·托马斯一九〇九年生于蒙特鲁日，父亲是个农业工程师，母亲是个小学教师。她一直对穷人、政治上受迫害的人以及死刑犯抱有极大兴趣，因而在她还是个少女的时候，就皈依了新教。这是位档案学家、古文字学家、国立文献学校一九三一届的毕业生，博士论文做的是《路易十一世和萨瓦地区的关系》。她一生受到骨结核病的困扰，一九三〇年髋部就已经受到感染，因而右腿一直不太灵便。

由于她相貌丑陋，且一副拒人于千里之外的样子，对男人没有什么吸引力，于是和男人之间鲜有感情上的纠葛，这就令她将所有的精力投入到政治斗争中去。在一九三〇年中期，她已经对共产主义表现出了极大热情，撰写了一系列关于西班牙内战的文章。她还为共产党日报《今夜》撰稿，同时也为《公社》、《星期五》、《欧洲》、《目光》等左派杂志撰稿。一九四二年，尽管她公开反对德苏协定，她还是加入了共产党。战事正酣之际加入共产党在某种程度上也说明了她过人的勇气——要再额外冒一份险以坚定自己的信念。作为知识分子抵抗组织的一员，她非常活跃，自一九四三年二月开始就在家里秘密召开北方地区法国作家协会的会议。多亏了她和波朗，法国作家协会才得以在雅克·德古尔被杀害之后还能继续存在下去。摩根说她是法国作家协会的"骨干"。她秘密为《法国女人》和子夜出版社工作，在那里以奥克索瓦的笔名出版了《故事集》，而子夜出版社出版的《诗人的荣誉》也收了她的诗歌。

巴黎解放后，埃迪特·托马斯成为《法国女人》的主编，因此遇到了多米尼克·奥利。一九四七年，她被任命为法国国家文献馆的馆长，直至她辞世。一九四九年对于她而言至关重要，她于该年因支持铁托而退党，这标志着她政治生涯的某种断裂。法国共产党的反应，如此激烈的断裂，日后托马斯的《妥协的证人》中谈及了这一切，只是，这部在一九五二年写成的作品直到一九九五年才在维维亚娜·阿米出版社出版，多亏了几年来一直在做托马斯研究的多萝西·考夫曼。而当时，之前强烈捍卫共产党的埃迪特·托马斯对苏联盲目的介入行动竟然有所质疑。不可能有一点点批评的意见，那时的法国共产党跟莫斯科跟得很紧，埃迪特·托马斯与包括阿拉贡在内的一些人之间出现了分歧，于是她离共产党越来越远。当铁托因所谓的叛徒罪被逐出苏联共产党的阵营时，埃迪特·托马斯决定辞职。她彻底断送了自己的社会生活：以前的同志都不再理她，她被削减为零。除了克拉拉·马尔罗，她做《法国女人》以来就一直不离不弃的好友，因为克拉拉也支持铁托。自此之后，埃迪特·托马斯在出版方面遇到了很大的麻烦，她曾经的行动和她的作品渐渐被历史遗忘了。整整二十年，她几乎一直处在知识分子圈最中心的位置，但是如今却不再有人谈论她。

除了她的处女作《玛丽之死》，几部在一九四五年前出版的作品以及一九七〇年在格拉塞出版社出版的《象棋》，埃迪特·托马斯的小说作品不算很多。她的创作主要集中在历史与传记领域。最为重要的作品有：《波利娜·洛朗》、《十九世纪的社会主义与女权主义》（马塞尔·里维埃书店出版公司，1956）、《用火油纵火的女人》（伽利玛出版社，1963）和《路易·米歇尔或无政府主义者维雷达》（伽利玛出版社，1971）。她描绘的几乎都是女革命家或女战士的形象。一九六八年，多亏了多米尼克·奥利，她进入费米娜奖评审委员会。但是她却在此后不久就离开了人世，只留下多米尼克一个人，没有她，也没有波朗的陪伴。埃迪特的离去非常突然，病毒性肝炎，只几天的时间就夺去了她的生命。

威胁到埃迪特·托马斯与波朗的关系的有两个因素：一是他们各自的政治立场，另一个则是他们都深爱多米尼克。于是他们之间的职业关系也变得困难重重，大部分情况下，加斯东·伽利玛不愿意出版埃迪特的作品。波朗出版《致抵抗组织领导人的一封公开信》时，埃迪特·托马斯虽然没有直接参与由马丁-夏飞埃和摩根挑头的攻讦，却允许他们在反对波朗的系列公开信中签上她的名字。

对于波朗最主要的指控是说，在战争初期，他让共产党作家为德里厄的《新法兰西》杂志撰文，这很可能就是为了庇护杂志，庇护那些亲德作家。马丁-夏飞埃在《费加罗报》的他那篇文章中提到了埃迪特·托马斯的名字，说一九四一年，她找工作的时候，波朗建议她为《新法兰西》杂志和《戏剧》杂志撰文，这令她大惊失色。而当时的情形究竟怎样谁也说不清楚，埃迪特·托马斯是极少数未曾妥协的作家。大多数作家——包括共产党员作家在内——都同意在德国人控制下的杂志上撰文。波朗为此恨透了埃迪特，很多年一直不和她说话，他还让多米尼克中断和她的一切联系。多米尼克什么也没说，但是她继续去看望埃迪特，给她打电话，偷偷地给她写信，直至她去世为止。

波朗和埃迪特·托马斯的友好通信始于一九四二年。他让她到《新法兰西》

杂志办公室来一趟，为的是讨论她的小说。是最终在柯尔贝出版社出版的《女性研究》呢，还是一九四五年在伽利玛出版社出版的《自由领地》？倒是没有提到替《新法兰西》杂志写文章的事情。但是他肯定建议过，或是因为想要帮助她，或是想要在德里厄的漩涡里引入一个共产党员作家。或许是两个原因都有，他喜欢矛盾，喜欢战争时期的暧昧。埃迪特·托马斯一点也没有因此生他的气，他们的关系也一直很不错。尽管波朗对埃迪特·托马斯的小说创作提出了严厉的批评：他并不怀疑埃迪特作为一个历史学家的能力，但是作为一个小说家却不一定。在出版的问题上，他一向有什么说什么，表面上看起来似乎有些残酷，实际上却是对作家的真正支持："没办法，我说的话可能很不中听，您的风格中有一种过于大众的东西，甚至有点粗俗。原因却很矛盾（但是在文学中可能除了矛盾，其他都不多见）：那就是您对自己的天赋过于自信。您从来不注意自己的写作方式。(……)但是必须由您亲自找到解决的办法：一方面更加自信，另一方面对于技巧有更为清晰的认识。文学总是这样的双向运动。"

波朗的批评引起了他们之间小小的不快，但没有导致他们关系的恶化，毕竟他们俩是同一个世界的人。波朗这样为自己辩解道："您一定也认识一些人吧，他们平庸得可怕，却自认为与众不同。很奇怪，只有像所有人都可能的那样彻底投入（某项事业或某个人，这并不重要），彻底地忘却自己，一个人才真正可能成为彻底的自己。好吧，我在这里说的也是同样的事情(……)。您自认为独一无二的风格，事实上它恰恰是平庸的。只有在某天，您觉得自己的风格平淡无奇（并且真的这样处理它），它才真正独一无二。"波朗非常真诚，他的确认为自己关于平淡风格的辩证理论是正确的。对于埃迪特有些激烈的反应，他觉得很好玩："我们争吵，就像阿拉伯人听到了《古兰经》的某些段落。"

一九四三年，他们在《新法兰西》杂志办公室见过好几面。如果说埃迪特是为数不多的拒绝在所谓亲德杂志上撰稿的知识分子之一，她却时不时地会去波朗的办公室。再说，当时有一部分法国作家协会的秘密会议就是在那里开的。他一句句地分析，指出她文体上的错误与笨拙。在波朗口中，文章如果不"精彩"，那就"可怕"，一篇文章若要称得上精彩，必须"真"。埃迪特的立场更倾向于政治性，而非文学性。在这样的战争时期，她与波朗之间最为明显的差别就在于她不具备幽默精神："鉴于我的身份，我只能选择'可怕'，您所谓的'可怕'，否则便是背叛。微妙、暧昧，可以就灵魂的问题无休无止美妙讨论的时代已经一去不再复返，我们被拖进粗俗的遭遇中，它已经大大超越了我们的能力，我们除了成为它的证人（如果需要，或许还可以成为忏悔者和殉道者），别无选择。（……）我不知道战后文学会发展成什么样子。无论如何它取决于我们能够发现的社会形态。但很可能，如果文学和其他艺术出于对微妙的喜好，拒绝对人类日常的、基础的思考有所反应，它们很可能会暂时地被遮蔽。"

不过，在一九四三年，在《法国文学》上，波朗和托马斯之间发生了一个小事故，当中也有阿拉贡在作祟。事情是因托马斯一篇宣告"《新法兰西》杂志的没落"的文章而起。"艾尔莎和路易给我写了信，倒是比别人更友好。谢谢您澄清事实真相。有关我自尊心的（愚蠢）问题：在我与让·德古尔共同创办的杂志上指出我如此不可信，这行为厚道吗？公平吗？我觉得，人们似乎早就可以想到（您一定这样想过），自从我负责这个杂志之日起，要么就是这个杂志完蛋，要么它从第一期开始就与众不同，让所有人都能够一目了然地与众不同。"埃迪特·托马斯似乎不太明白，对这件事情一无所知："什么不可信？我必须承认，我不明白这是怎么一回事。若非在与您取得一致的情况下，我什么也不可能做，何况我也将您所影射的这篇文章给您看过，并且是根据您的要求做了修改。因此我不明白究竟是在什么地方我们不够'厚道'，不够'公平'，这些都是您使用的语汇。无论如何，我对此感到非常难过。"事件后来是这样解决的："对于我来说，《新法兰西》杂志的消失并非一件痛苦的事情。我对此感到相当满意。三年前我就希望如此。正是因为这一次，似乎在这本杂志的问题上，我不同意刊登一篇谈论所谓'没落'（不是没落，而是死亡）的文章是不可避免的。"在信上，还有铅笔加的注："CNE"[①]、"L.F"[②]。出于谨慎，他们之间没有直接提及法国作家协会或《法国文学》，但是在埃迪特与波朗的关系中，抵抗组织无疑位于核心地位。

让·波朗与埃迪特·托马斯继续他们各自的解放事业。波朗为周刊《法国女人》提供支持，帮助埃迪特筹划组织。"我觉得《法国女人》的开端很好。（这上面尽是美国女人。）"再说，正是波朗向埃迪特推荐了多米尼克·奥

[①] CNE, Comité national des écrivains的缩写，即法国作家协会。——编注
[②] L.F, Lettres françaises的缩写，即《法国文学》。——编注

利,让后者也加入周刊。与多米尼克相识对于埃迪特的一生来说可谓意义非凡。波朗友善地嘲笑共产党员,因为那时共产党已经开始让波朗恼火了。他对埃迪特一直颇为友好:"对于我来说,我觉得既然决定要改变人类,您应该很高兴地看到,的确还有很多事情要做。我们都要加油啊!"但是对共产党则严厉很多:"为什么在所有的党派中,共产党是唯一一个(我觉得)对我的所有问题作出回答的政党,而同时,这也是唯一一个在不停撒谎的政党?这真是让人觉得困惑。"

波朗很想让埃迪特明白,他的介入与其说是"社会性"的,还不如说是"神秘的,或者,更确切地说,是形而上的"。针对在《法国文学》杂志某些文章中所表现出来的立场,波朗开始有所批评:"《法国文学》让我感到很是吃惊,他们似乎觉得托派的武器根本微不足道。"共产党的谎言——十五年后埃迪特也开始对此有所抗争——就在于"颂扬自由,祖国以及其他的一切"。而这一类的谎言就表现在"一九三〇年,甚至一九四〇年,在艾吕雅的诗歌中,没有一首诗谈及自由或者祖国"。

论战自一九四七年开始激化,围绕罗曼·罗兰的问题,埃迪特曾经写过一篇关于"兰波案例"以及"左派"不可能成为狭隘的爱国主义者的文章。这就是当时的报纸称之为"法国作家协会争端"的事件。波朗将若干封"致法国作家协会成员的信"渐次寄给了埃迪特。她是第一个被牵连进此事的人。波朗希望埃迪特能支持他,希望她证明自己的忠诚。埃迪特没有在公开场合中直接指控他,但是她也并没有在共产党面前捍卫他。她的战斗性让她变得盲目,再说她并没有否定清算行动,她觉得肃清那些混蛋是完全合法的行为。波朗坚持自己的立场。在仍然对左派阵营有所倾斜的同时,他却宣布:"比起右派,我更怀疑左派的谎言。"

从一九四七年秋天开始,他们决定不再共同谈论此事,尽管他们各自保留各自的立场和信念。波朗不想再嘲笑埃迪特献身的事业。他只是觉得遗憾,像她这样一个智慧的女性为某种激进到几乎荒谬的观念服务。埃迪特回答他说,她不会有所改变,但他们之间的友谊也不变。直至此时,埃迪特在"争论"当中所扮演的角色尚不明确。"不,我亲爱的朋友,您无法说服我。对您来说,'文学'仿佛只是一种无来由的、自顾自的小游戏……事实上,文学和我们所有其他行为一样,哪怕看上去有多么与事无关,从来都只是某种历史潮流的表达。我选择了您所谓的某种潮流,反正在我们死之前,我们也不会知道选择的对错。但是,在我剩下的时间,我会恪守忠诚,尽管这并不总是那么令人愉快、那么容易。请相信我对您的友情。"

波朗指责她,说正因为她是一个历史学家,才更不应该投身于"混乱和暧昧的王国"。但是波朗一直还关注着埃迪特的作品,甚至试图说服加斯东·伽利玛出版,但是伽利玛大部分时间都予以拒绝。不能出版,或许是因为伽利玛的固执,或许也是因为波朗缺乏诚意,尽管他本人并不承认。波朗这样做也许是为了取悦多米尼克,但是加斯东一旦有所决定,他则回避:"我立刻告诉加斯东·伽利玛,我是怎么想的。(我可能尤其会喜欢《波利娜·洛朗》,觉得应该出版这本。但是我错了:也许《阿格里高尔·佩尔迪吉埃》能产生更大的影响。)然而必须承认,他似乎没有完全决定,甚至对此比较冷淡。我会再次力争。当然,如果书已经是现成的了,他一定会很高兴地有所决定。我担心他不会事先作出任何决定。我会重新负责此事,我对您的计划感到非常满意。"在埃迪特·托马斯的出版目录上占有重要地位的《波利娜·洛朗》直到一九五六年才由马塞尔·里维埃书店出版公司出版。尽管波朗多次争取,事实上,从一九四五年开始,埃迪特就没能在伽利玛出版社出版任何作品,直到一九六三年,才出版了文论《石油女工》。与埃迪特的严谨相比较,加斯东·伽利玛的出版建议往往显得像是一种侮辱。例如对于她关于贞德的那本书,"加斯东同意拿两千册,他还同意包装,做广告,当然也同意支付您稿费(在销售完之后)。但是他不愿意买下您的书。不管怎么说,您作个决定吧。我觉得这样做实在太吝啬了。(但是,也许大出版社往往是最糟糕的。)"

在同一封信中,波朗还非常谨慎地谈到了关于埃迪特退党的事情。"我经常想到您。离开党是一件非常令人担忧的事情。尤其像您这样一位坚定的马克思主义者——我猜想,您与其他党员的分歧只针对行为方式,这才是更令人担忧,更令人窝心的(同时也是最不具有意义的)。"出版的问题,旧时在政见上的分歧,以及在埃迪特·托马斯家召开的"抵抗组织领导人"会议的组织问题:"啊,是博韦尔发的邀请。我在此事上完全没有发言权(我只是一个受害者)。我想,受到邀请的人有:莫里亚克、加缪、萨特、维尔科、德布-布里戴尔、盖埃诺、布朗匝、杜阿迈尔。"会议在一九五一年十二月二十九日召开。第二天,争吵便爆发。"但是,难道您不也是以您才开始的所谓正义的名义吗？我想说的只是，我们对待亲德作家及其家庭（或者根本只是被怀疑有亲德倾向的作家）的方式比美国人对待黑人或者阿尔及利亚的法国人对待阿拉伯人的方式更加不公正一点，而对于您来说，不正是在邮局看到的那个阿拉伯女人才让你产生了加入共产党的愿望吗？"一九五二年一月，《致抵抗组织领导人的一封公开信》完成印刷。

第一次争端关乎文章的内容本身。"但是您错了。对于抵抗组织成员的'动机'问题，在我的信中只有一页，是第二十二页。我们是以道德信仰，尤其以尊重人的生命为由拒服兵役的人……我们在维希呼唤一个更为勇敢、更为公正的法国。然而似乎突然之间，我们重新赎回了那些部长们的愚蠢和懦弱……也许在您看来，正是抵抗组织才是爱国主义的根本，只是以激昂的方式，因而不能对此有所谴责。让·盖埃诺把所有的一切（出于善意）弄颠倒了。难道纳粹真的卷土重来，亲德分子势力再次抬头了吗？我必须承认（在这样的状况下），对这样的说法我实在不屑一顾。我对这些人不负有责任。但是在某种程度上，我对于我们其他人负有责任。六年前我就想到了写这样一封信，两年前我开始写。（正是发现了第七十五期那篇文章在语法上玩弄的那套弄虚作假的把戏，我才得以完成它。）在这封信行将出版之际对我有所指责，这样的形势，这其中可能带来的风险，您一定比任何人都能够感觉到这样做是不合适的。我说的或许对或许不对，反正事情就是这样。您比任何人都能感觉得到。因为无论如何您是为了真相，而自从你不得不用真相的名义弄虚作假之时起，这已经成为了可悲的真相。"

第二次争端导致了他们之间的决裂。马丁-夏飞埃得到埃迪特本人的同意后，在一篇文章中用了她的名字。于是，在波朗的信中，他不再称对方为"亲爱的朋友"，而是称她为"亲爱的埃迪特"，充满了焦虑与不信任。"马丁-夏飞埃在一篇文章中利用了您的名字，我对此感到有些难过，我不认为您会对这篇文章的恶意一无所知。但是他说的是事实吗？我真的曾经想将埃迪特·托马斯'拉下水'吗？拉进德里厄的《新法兰西》杂志？希望您就此事给一个答复，我请求您。"埃迪特·托马斯非常固执，固执到令人无法理解的地步。考虑到五十年代初她在共产党中的孤立境地，我们自然可以认为，她的动机绝非仅仅是政治性的。她所采取的姿态，这种报复的姿态显然更为个人化的原因。

埃迪特的姿态颇为天真，甚至可以说是幼稚："一九四一年十月，我离开巴黎两年后回来,我去了您在伽利玛出版社的办公室。您对我说:'您愿意为《新法兰西》杂志或者《戏剧》杂志写专栏吗?'我回答您说:'我肯定不会为德里厄主持的《新法兰西》杂志写的,至于《戏剧》,我需要考虑一下。我还没有读过这本杂志。'几天后,我又去找您,我对您说:'难道你看不出来吗?《戏剧》杂志的文学专栏只是为了宣传亲德政策?我不会为德国人的杂志写东西。'这件事可不是我为了事业的需要杜撰的。自从马丁-夏飞埃征得我的同意,要求在文章中引用之后,我经常说给别人听。我没有理由拒绝他。"

波朗出离愤怒,无法自控。在所有旧时同志的背叛中,埃迪特·托马斯的背叛最富打击力,也最为不公平。"不,您有理由拒绝。您很清楚马丁-夏飞埃的文章根本就是背信弃义。因为您不会相信——实际上他也不信——我写《公开信》是出于'机会主义',也不会认为我之所以加入抵抗组织是出于虚伪。也许,在您自己的文章中回忆起这件事还勉强能让人接受,然而马丁-夏飞埃用它来作为攻击我的证据,这就让人无法接受了。我们先前曾经有过的友情不复存在。这已经完全成为背信弃义。除非您真的认为我是个机会主义者,是个虚伪的人。但是在这种情况下,我们之间同样没什么好说的了。另外我还要说,我觉得,我以前曾经想要帮助您,您却利用这件事来反对我,这实在无耻。艾吕雅和吉尔维克都曾经为《新法兰西》杂志写过专栏;因而我的建议对您来说根本谈不上什么伤害。想要推荐您也不是一件容易的事情,如果我给德里厄写信提出要求,他会反对我说,我自己主持这专栏就很好了。永别了。您身上让我喜欢的地方,恰恰相反,正是您有时所表现出的某种正直,非常正直,不乏优雅。我不知道您对我的仇恨从何而来。不过我也不想知道。"波朗隐射到了个人清算。波朗这次表达出的决裂的愿望同样令人震惊,因为他总是准备好理解知识分子与作家的各种不好的倾向,觉得他们之所以这样归根到底也只因为他们是人。波朗同样出于私人原因。

在这次激烈的、不理智的争吵中,多米尼克·奥利才是核心。她和波朗开始相爱时,她是埃迪特·托马斯的情人。为了波朗,为了这个强大而充满魅力的男人,已经坠入情网的她离开了托马斯。两个女人之间的友情一直存在,但是埃迪特感到非常嫉妒。这个所谓的文学事件正好成为她表达痛苦的绝佳时机。

"如果不是因为多米尼克,我不会给您写信的。但是我知道多米尼克因为我们的决裂而痛苦。因此我给您写这封信。我只是为了澄清某些问题。对于我来说，决裂是从读到您的这封信开始。如果我早知道信的内容，我不会接受会议在我家召开。我觉得自己在毫不知情的状态下被卷入此事。您知道我已经不给什么地方写东西了，非常低调。于是当马丁-夏飞埃问我，他是否能用我讲的事情作为证据，我觉得这是一个机会，可以告诉别人，我与您的看法并不一致（有些人是这么认为的，因为信是在我家念的）。再说，如果我拒绝了他，我会被看成是个胆小鬼。但是，我并不认为您是个机会主义者，也不认为您加入抵抗组织，目的就在于日后要背叛它。您过于微妙，过于复杂，因而通常意义上的解释不能够说明您的行动。如果说这三十年来，您一直在玩着艺术和文学的小游戏却一直未曾遭遇到什么挫折，如果说您一直以来所做的就只是将最简单的问题复杂化，用诡辩家的方式，这倒是也没什么关系。只是一切都变了，现在您——用同样的方式——涉及的问题已经超过了我们所能承受的范围，并且关乎现在再也没有人想起的千百万死者。在这个问题上，我们都是以平等的身份踏入历史的领域，踏入责任的领域，我们不再有权利玩任何精神游戏。和您想像的正相反，我认为作家应当承担所有其他人所承担的责任，并且还要多一点什么，我们应当随时准备付出，付出昂贵的代价。您说我恨您。我一点也不恨您。我不再恨任何人：我的仇恨只针对观念与行动。"

此后的十五年，让·波朗与埃迪特·托马斯没说过一句话。有段时间，波朗甚至不允许多米尼克去看埃迪特。但是多米尼克不听他的。两个女人仍然暗地里来往，通信，打电话。对于多米尼克来说，波朗和埃迪特都是她生命中最重要的人。于是多米尼克在等待，耐心地等待着他们之间的和解。和解直到一九六七年才姗姗来迟，这是波朗去世的前一年。一九六七年至一九六八年间波朗和托马斯往来的少量信件又恢复了两人交往之初的风格。波朗为托马斯的工作、家庭和健康感到担忧。仍然是旧时的情谊将他们连在一起，就像两个许久未见的老朋友，什么都未曾改变。

芙洛朗丝·古尔德

多米尼克与埃迪特·托马斯之间的友情从未曾间断过，直至托马斯去世，即便是在波朗与托马斯交恶的时期，这份友情也没有丝毫的改变。多米尼克忠实、宽容，纵使是和自己完全不同的人，她也具备维系爱情的能力。尽管在她内心深处完全不赞成共产党人的介入方式，她却从来未曾因此讨厌过埃迪特。她对埃迪特的爱如此之深，因而对于她来说，埃迪特就只是埃迪特而已。正是这种精神上的极大自由使得多米尼克能够与完全不同的、甚至截然相反的人维持亲近的、持续的关系。她与埃迪特的关系非常亲密，这对于她来说也是很罕见的。作为一个稳重、谨慎的女性，她不会轻易投入自己的感情。她的性格在很大的程度上是社会性的。她欣赏能够与她共同承担职业生活的圈子中的人。多米尼克和波朗身边有很多人，他们并不是一对远离人群的情侣，对于这两个人而言，私人生活与社会生活界限分明。

在那个时代，文学与艺术具有某种高高在上的性质。作家、艺术家和出版家之间往来频繁。每周都有午宴和晚宴，每个星期天，就在自己家附近的露泰斯竞技场，波朗还会组织滚铁球游戏。圈子里的人有很多机会相聚：伽利玛出版社的鸡尾酒会，各式各样的文学奖——批评大奖，马克思·雅各布奖，福尔蒙托奖，当然，最为有名的是龚古尔文学奖和费米娜文学奖。除了在巴黎相聚，每逢假日，圈子里的人还会到他们喜欢的乡间去度周末：阿尔朗家的别墅，巴特位于塔恩省布拉萨克的山间木屋；露·梅利希在卡布里专门接待艺术家和作家的梅苏吉埃尔别墅[①]；还有波朗装修得非常俭朴的海边小屋，位于克洛斯港，岛上同时有一座马塞丽娜·亨利经营的勒马努瓦饭店。另外，多米尼克和波朗还经常受皮埃尔·比洛塔和莉莉·比洛塔夫妇的邀请，去他们位于萨瓦地区吉里镇的别墅。甚至他们有一次还受邀去了夫妇俩在几内亚的家。

但是，在一九四七年到一九六八年间，多米尼克和波朗真正主导的文学界的上层生活却主要是围绕芙洛朗丝·古尔德展开的。一年里，大部分时间在巴黎，夏天在天蓝海岸，甚至会去国外的某个地方，例如威尼斯。芙洛朗丝·古尔德是波朗和多米尼克的朋友，她和波朗的友谊从战争时期便开始了，而和多米尼克·奥利，自打她们一九四七年第一次见面，她们也成了朋友。芙洛朗丝·古尔德很少有看得上的女人，多米尼克就是其中之一，其他的还有玛丽·洛朗辛和多米尼克·罗兰。芙洛朗丝属于那类只喜欢男人的女人——男性

[①] 露·梅利希是卢森堡一位富有工业家的夫人，她热衷于艺术与写作。梅苏吉埃尔别墅就是她提供给艺术家与作家的别墅，让他们在此工作、休息，如果他们需要，她会为他们提供帮助。多米尼克曾经于一九五四年二月在卡布里住过三个星期，因为身体的原因在此休养。——原注

的文人和艺术家尤其在她喜欢之列。这个美国女人具有反犹倾向，厌弃女人，同样厌弃犹太人。然而，每周的午宴上，都能见到多米尼克的身影，每年夏天，多米尼克也都会到芙洛朗丝·古尔德位于如安-勒朋的别墅度上三四个星期的假，那幢别墅也叫"海边小屋"。私密的气氛有助于工作。最具代表性的例子就是编一本文学杂志。在这样的气氛下，想到某篇文章、某篇批评、某个文本是很自然的事情。经常在午宴和晚宴的时候，波朗和阿尔朗会向朋友提及，让他们为杂志——《七星丛刊》或《新法兰西》杂志写稿。芙洛朗丝·古尔德家的午宴就经常为他们提供这样的机会。

多米尼克与芙洛朗丝·古尔德的交往很好地体现了她性格中肤浅的一面：她对于奢华的趣味。同样，她对如同献身宗教那样献身文学的忠诚，她个性俭朴的一面也能够通过与埃迪特·托马斯的交往得到诠释。双重性格，极为矛盾，但却完美地统一在一起，尽管有时会遭到他人的批评。埃迪特就谴责她对上流社会的趣味，谴责她与芙洛朗丝·古尔德所保持的友谊。多米尼克不在乎，和波朗一样玩着双面的复杂游戏。他们俩的政治立场都有一定的暧昧性。多米尼克喜欢埃迪特·托马斯，正如波朗曾经喜欢过贝尔纳·格罗聚森[①]一样。非常奇特的政治倾向，对于多米尼克来说是带有某种贵族性质的无政府主义，而对于波朗而言是带有某种共产主义性质的保王主义。他们俩都非常欣赏具有右派倾向，甚至是极右倾向的作家和艺术家，例如马塞尔·茹昂多、雅克·夏尔多纳、让·杜布菲、罗杰·尼米埃、保罗·雷沃多。但是在另一方面，他们也很欣赏共产党作家或是极端自由主义的作家：安德烈·纪德、亨利·托马斯、让·杜威尼奥、阿尔贝·加缪。

尽管政治立场不同，彼此却能够聚合在一起，这是文学圈子特有的现象，而芙洛朗丝·古尔德也接受不同政见的人，虽然她的朋友大多数是右翼的。这是波朗所欲求的暧昧，在战争期间，他已经成了芙洛朗丝·古尔德家"文学沙龙"的主持人，另一个主持人则是代表上流社会的让·德诺埃尔。三十年的友谊，三十年对于文学生活的悉心安排。一种合作的气氛，就像战争期间在马拉科夫街的午宴一样，远离五六十年代的那种青年觉醒、大学生革命的气氛。

---

① 战前与战争期间，格罗聚森是波朗最好的朋友。格罗聚森是一个坚定的马克思主义者，娶了《人道报》总编助理艾莉丝·吉兰为妻。两个男人曾经共同生活过好几年，他们住在冈帕涅-普勒米埃街两间彼此毗邻的大平房中。——原注

让·波朗和多米尼克·奥利属于一个一去不再复返的时代。他们力图重建战争期间的那种微妙气氛，躲在芙洛朗丝为他们提供的奢华背后。一直到一九六八年波朗去世，似乎重建仍然是可能的。

在二十世纪的文学圈中，芙洛朗丝·古尔德所扮演的角色是非常奇特的。她是一个真正的资助者，没有知识分子的野心，仅仅喜欢被艺术家簇拥而已。她觉得他们很有趣，喜欢身处文学圈子的中心。芙洛朗丝·古尔德与多米尼克的出身倒是十分相似。她的父亲是法国一个破产的农民，远走美国寻金。在美国，父亲开了一家报纸印刷厂，很快就发展起来。和多米尼克一样，她也受到英美文化和法国文化的双重影响，并且在颇为自由的家庭氛围中长大，身上兼有美国与法国道德观的印记。芙洛朗丝青年时代到巴黎定居，以抒情歌手的身份出入各种沙龙，因此结交了不少上流社会的艺术家。正是在那时她遇见弗兰克·杰·古尔德，美国一个铁路大王的儿子。弗兰克坠入她的情网，两个人于一九二三年结婚。弗兰克也是个喜好上流社会生活的人，他们都热衷于盛会与华宴，在巴黎或天蓝海岸。戛纳是他们乡间度假的首选。在那里，芙洛朗丝流连于两项她最喜欢的活动：招待会和划艇。一九二六年，夫妇俩买下了"海边小屋"，一幢新哥特风格，有着些许阴森的豪华别墅，是如安-勒朋最早的别墅之一。芙洛朗丝在那里又发现了两件自己钟爱的事情：情人与赌博。弗兰克·杰·古尔德继承了父亲的遗产，他开始在海边投资兴建宫殿与赌场。

一九三六年，芙洛朗丝·古尔德在拉罗什-伯塞疗养时遇到了作家皮埃尔·伯努瓦，这是一位古典小说家，一九三一年入选法兰西语文学院的院士，曾任公共教育部官员。一九三六年的相识对于芙洛朗丝来说具有决定性的意义。一九六二年，伯努瓦死后，在芙洛朗丝·古尔德的鼎力帮助下，波朗继承了他在法兰西语文学院院士的位置。正是在与皮埃尔·伯努瓦和玛丽-路易·博斯凯的交往中，芙洛朗丝产生了举办文学沙龙的念头。玛丽-路易·博斯凯是三十年代非常著名的沙龙女主人。她将茹昂多介绍给芙洛朗丝认识，茹昂多后来又带去了波朗。战争期间，芙洛朗丝·古尔德住在布里斯托饭店，在伯努瓦和茹昂多的帮助下，她举办了最初的文学午宴。她与茹昂多之间彼此极为欣赏。茹昂多光彩照人、幽默风趣。芙洛朗丝甚至希望和他有男女之情，这让波朗和多米尼克觉得很有趣。自然，爱丽丝·茹昂多在日后非常嫉妒芙洛朗丝·古尔德，因为她嫉妒茹昂多的所有朋友。德里厄和阿尔朗经常出席芙洛朗丝的午宴，陪同德国负责文化和出版的官员热拉尔·海勒、恩斯特·荣格一同前来。从一九四二年开始，通过茹昂多、阿尔朗和海勒介绍，波朗也开始出入芙洛朗丝家。

关系主要围绕芙洛朗丝·古尔德的午宴建立，每个星期四，在她马拉科夫街一二九号的住所内，定期举办午宴。文学午宴之所以放在星期四有两种解释：星期四法兰西语文学院定期召开辞典会议，皮埃尔·伯努瓦按惯例需要出席，而这一天也是当时在圣让-德-帕西学院任教授的茹昂多唯一得空的一天。战争期间，物质匮乏，马拉科夫街的午宴显得尤为豪华。而芙洛朗丝与伽利玛的关系则比较谨慎，先是通过波朗介绍，接着通过恩斯特·荣格，他是加斯东秘书玛德莱娜·布多-拉莫特的好朋友。芙洛朗丝定期出席七星音乐会。一九四三年，波朗邀请了雷沃多，此后他也成了午宴的常客。新的客人还有保罗·莫朗、安德烈·多泰尔、亨利·托马斯、爱迪特·布瓦索纳斯、亨利·米肖。大部分都是波朗请来的客人，波朗还将杜布菲介绍给芙洛朗丝·古尔德。

解放后，芙洛朗丝·古尔德主要依靠两个人行使其资助人的责任，文学圈子主要是靠波朗，艺术家上流圈子则主要依靠让·德诺埃尔。让·德诺埃尔曾经做过这行的官员，出生于布列塔尼天主教家庭，和纪德走得很近，但是却参与了《方舟》杂志的早期会议。"作为两个圈子彼此交往的代理人，他非常特别，两个圈子的人都愿意彼此交往，但是他们不混在一起，每个圈子都有自己的范围。"战争才结束的时候，让·德诺埃尔为加斯东·伽利玛工作，与奥黛特·莱格勒、让·布朗匝和罗贝尔·伽利玛在一起办公。他成了伽利玛"与其他很多人联系的中间人，作家，有钱人，艺术家，甚至上流社会的人。他熟悉所有人，他有办法让大家聚到一起"。

一直到生命尽头，让·德诺埃尔都是芙洛朗丝·古尔德身边"不可缺少的人物"，她的管家。在多米尼克·奥利看来，让·德诺埃尔"喜欢小伙子，不过相当谨慎，我甚至觉得是柏拉图式的情感"。让·德诺埃尔非常友善、忠诚，他组织午宴，给大家写信，打电话，发邀请，安排座次。在他生命尽头病重的时候，是芙洛朗丝·古尔德在照顾他。她为他在如安-勒朋买了座房子，就在离她家不远的地方。他死于一九七六年，自此之后，一个高贵的、文学的世界也不复存在。他记了一辈子的日记——多米尼克曾经看到过——但他死后，日记也随他一起消失了。再也没人找到过。

第一次提到多米尼克·奥利出席芙洛朗丝·古尔德家午宴的是雷沃多的日记，一九四七年六月二日。几个月后，安德烈·纪德和让·阿姆鲁什也去了。多米尼克很快便被芙洛朗丝视为知己。她喜欢多米尼克的慷慨、活泼和智慧。芙洛朗丝·古尔德喜欢找乐子，对于她来说，女人只有在让她感到有趣时，她才可以忍受。但是她真正的乐趣在于看到自己的朋友专注于工作之中。多米尼克是为数极少的每天早晨都坚持工作的人，在如安-勒朋的花园里。通常，住在旁边一幢房子里的安德烈·纪德、皮埃尔·埃尔巴尔和罗杰·马丁·杜加尔稍晚一点会到花园里来找她，和她讨论翻译的难点。

芙洛朗丝·古尔德家聚会的魅力就在于，受邀前来的人彼此个性极为不同，他们当中的大多数人甚至互相憎恨。于勒·罗伊很不能忍受那里的气氛，但是他每次都去。雷沃多和莫里亚克永远争吵不休。玛丽·洛朗辛和茹昂多也要吵架。茹昂多于是逃跑，"于勒·罗伊跟在他后面，接着是德诺埃尔跟在于勒·罗伊后面，客人越来越少"。在巴黎与在如安-勒朋度假时一样，午宴的气氛没什么差别，客人之间总是争吵不休，彼此嫉妒。

在如安-勒朋，像波朗、多米尼克或让·德诺埃尔这样尊贵的客人都被安排在另外的一套公寓房内，这套房子面向普罗旺斯人车库平台，是别墅的一部分，房子里摆放的都是芙洛朗丝·古尔德收藏的中世纪古董。房子在"海边小屋"的对面，充满阳光，比别墅要舒服得多，新哥特风格的别墅简单、空旷、阴暗而清冷。《O的故事》有相当一部分就是在那里完成的。那里的家具、箱子、橱子给了多米尼克灵感。并且，在《O的故事》出版之际，芙洛朗丝·古尔德也的确收到了一册写有题词的样书。安德烈·纪德每天都会来看他们。波朗认为度假时可以不再那么顾忌道德的问题，人们彼此交换伴侣，而芙洛朗丝·古尔德则征服了一个又一个男人。五十年代初期来了一位新客人：多米尼克·罗兰。和多米尼克·奥利一样，她也是早晨工作，直到中午才和大家会合。

大家聚在一起非常利于芙洛朗丝·古尔德所热衷的文学艺术资助事业，波朗和多米尼克给了她不少帮助。她买杜布菲、弗特里埃的画，纪德或茹昂多的手稿，还资助了三个文学奖项：罗杰·尼米埃文学奖、马克思·雅各布文学奖和多米尼克曾经参与的批评大奖。芙洛朗丝是听从了波朗的建议才接手批评大奖的，一九五三年以前，该奖一直由勒内·德菲资助，这个奖项对体裁不设限制。芙洛朗丝每年的资助额在四千法郎到一万法郎之间。批评大奖颇有分量，以至于在五十年代，它得到了"春季龚古尔文学奖"的别称。波朗让芙洛朗丝做什么，她都会毫不犹豫地听从。由于她本人不读书，因此她无条件地相信波朗在艺术和文学上的品位。马克思·雅各布奖是个诗歌奖项，"她是为让·德诺埃尔建立的这个奖，因为德诺埃尔非常崇拜马克思·雅各布"。评委会的委员们甚至每年都去鲁瓦河畔圣-伯努瓦纪念马克思·雅各布的忌日。罗杰·尼米埃奖则是为了纪念罗杰·尼米埃而设的，芙洛朗丝非常喜欢这个作家，在他遭遇车祸突然辞世之后，芙洛朗丝设立这个奖项，用来奖励小说家的处女作。除此之外，芙洛朗丝还会有选择地资助艺术家，帮他们买房子，或是帮助破产的出版家渡过难关。芙洛朗丝基金会则在有人进行论文写作或写其他书的时候，帮助作者争取奖学金。

自一九五六年弗兰克·杰·古尔德去世之后，原先的习惯有所改变。芙洛朗丝只在莫里斯饭店招待客人。午宴通常是在豪华套房或底层的客厅举行。于是此后的午宴客人还有了"莫里斯人"的绰号。夏天的大假，芙洛朗丝都在戛纳一座名为帕西奥的别墅里度过。她在六十年代的主要活动瞄准了法兰西语文学院。波朗在一九六三年当选为法兰西语文学院的院士，这多亏了芙洛朗丝，她还让皮尔·卡丹为波朗设计了入选那天的礼服，并在莫里斯饭店为他举办盛大的招待会。没有人理解波朗为何产生了这样的兴趣，尤其是加斯东·伽利玛，他认为去当院士是一种背叛。芙洛朗丝·古尔德却非常坚持。出于游戏的趣味，也是因为希望自己作家的身份得到承认，波朗接受了芙洛朗丝的提议。他兴高采烈地拜访各位要人，芙洛朗丝·古尔德则一次次宴请院士们。不过，此后芙洛朗丝渐渐淡出了文学界，直至一九八四年她去世为止。

从一九四七年开始，芙洛朗丝·古尔德举办的所有午宴，所谓的"星期四午宴"上，都能见到多米尼克的身影。作为文学界节奏标尺的定期聚会。在那里，波朗安排约见了很多人。而每年夏天在如安-勒朋的假期，多米尼克则是从一九四九年开始的。原本那一年她计划和芙洛朗丝·古尔德同游威尼斯，计划改变之后，在八月，她去了如安-勒朋与芙洛朗丝相聚。多米尼克的友善，始终如一的安静使得芙洛朗丝·古尔德能够将她视为理想知己。埃迪特·托马斯却忍受不了这件事情。她没能接到芙洛朗丝·古尔德的邀请，因为她不属于那个世界，她希望多米尼克只属于她一个人。"你同情所有人的不幸，同情Y.D失恋，同情多米尼克·阿尔邦的困境，同情茹昂多的夫妻不幸或其他不幸，同情芙洛朗丝·古尔德周围人对她的背叛，等等等等。但是对我，你向来不在乎，因为我早就和你明确说过，我厌烦透了国家档案馆的工作，给那堆蠢人编卡片的工作。"还有更为明白的指责："如果说你对那么多人来说都是如此重要，如果说在我这里，你已经占据了你曾经想要的，你很清楚是什么的位置，那也只能说活该如此了。"

一九四九年八月九日，多米尼克动身去如安-勒朋，她答应埃迪特·托马斯，给她写信，从此时开始一直到九月初回巴黎："等你回来，我已经在巴黎了。应该是在九月一日至五日期间回去。到了如安我会给你写信的，多写一点，我会给你讲述安德烈·纪德的趣事。"在芙洛朗丝的别墅里，多米尼克很开心，但是她写信给埃迪特的时候，还是要给她造成自己不属于上流社会的印象："宝贝，我以为在这里我可以安安静静地躲在角落，但是并非如此。现在我终于安静下来了，在面对大海的平台上，躲开了一个超级豪华的鸡尾酒会。上流社会的生活是多么累人啊。……这里阳光太充足了。但是菲利普在我身边，在车库上方的平台。如果没有那么多宴会，如果有一两天能在凌晨一点钟前入睡，一切还算不错。不过还有那么多事情没做。（……）我不去威尼斯了。相当长的一段时间我都不会再对上流社会的生活有一丁点儿兴趣。但是芙洛朗丝非常优雅，难以置信的友好。"埃迪特·托马斯回信嘲笑她虚伪的羞愧："然而我觉得你喜欢上流社会！"波朗也怀疑她"喜欢一切上流社会的东西"。再说，一九五一年六月，多米尼克还是去了威尼斯，在那里，人们把她比作"沉睡的基督女教徒圣乌尔苏拉"。

她向埃迪特·托马斯描绘她在如安-勒朋的时光，还提到了房间里的家具："我在这里的日子很滑稽。我工作，啊，是的，别人睡觉的时候我工作，早晨，或者午饭后，甚至我会在酒吧工作，人们在酒吧一待就是几个小时，喝酒聊天。我工作，誊写那些永远也誊不清的校样。自然，我工作是因为罪恶感的缘故。不，我不喜欢这里的海，没有连成一片的海。而实际上，我是不喜欢出门。但是，在我的房间里有一只十三世纪的箱子，客厅里还有一只同时期的橱子，我倒是很乐意把它们偷走——还有一些彩釉的瓷器（……）。纪德和马丁·杜加尔似乎还在那里讨论上帝是否存在的问题。纪德每天都到'海边小屋'来，他一直在说伊沃纳·达维，伊沃纳也在，纪德实在是笨得不行，置伊沃纳于绝望之中。他们让我在这里扮演的角色非常美好，类似于缓冲地带。"正如她答应埃迪特的那样，多米尼克和她谈论纪德，纪德与深陷情网的秘书伊沃纳·达维之间的故事。

"如安是个集市吗？自然。但对我来说不是，除了那些宴会，别人给我送来皮草和借来的晚礼服，在宴会上，我看着所有人一边喝香槟，一边喝伊云矿泉水（饭店的服务生对我们只有蔑视）……老纪德讲述着他自认为很搞笑的故事——实事求是地说这些故事不是很得体，但是别人倘若说同样的故事，他还觉得简直岂有此理。我时不时地会和伊沃纳·达维在满是蚂蚁的松林里散上半个小时步，试图说服她明白两件彼此矛盾的事情：一，她一定是能够再见到纪德的；二，世界上又不只有纪德一个男人。在松林里，因为纪德不希望她遇见芙洛朗丝，所以我不想把伊沃纳带到这里来，因为芙洛朗丝随时会在这里出现，还有一个原因是她总是哭，所以不愿意去酒吧。海滩上有三千人，再说我不愿意被烤焦。啊，生活真是简单。"多米尼克细心地描述着她在芙洛朗丝这里度过的第一次长假，觉得这一切都很有趣，这里，这个雷沃多所谓的"夏令营"。她颇为幽默地向埃迪特·托马斯描绘她的假期，还有波朗，因为波朗尚未到达。

一九五〇年夏天，假期的焦点是亨利·托马斯，他与芙洛朗丝·古尔德之间发生了一点小小的问题。他是一九五〇年八月到的，和多米尼克几乎同时。与芙洛朗丝身边的许多作家一样，他已经对她的慷慨有所体会，并且也不止一次地得到过她的帮助。他有所要求的时候，芙洛朗丝也不会置之不理，但是她对他的某些行为方式感到不满。芙洛朗丝指责他太脏，不修边幅，粗俗。波朗那时在阿尔朗家度假，多米尼克请他伸出援手："他来事先也没通知任何人（但问题是没有人在等他来），他说自己欠了债，说芙洛朗丝能给他钱（他不是这样说的，但意思很清楚）。倒不是芙洛朗丝不愿意给他钱——事实是芙洛朗丝前后已经给了他二十万法郎左右——但令芙洛朗丝很不高兴的是，一方面，他至今还没能结束荣格日记的翻译，另一方面他实在是很脏（这的确给他带来了麻烦，因为芙洛朗丝身边都是古尔德家的孩子，非常美国化，干净得简直给人形成压力）。老实说，我觉得这一点很遗憾，因为这实在不是需要付出多大努力才可以改善的事情：刮刮胡子，用点肥皂也就行了。昨天将近六点的时候，所有人都出去了，就我们俩待在阳台上，我差点想叫他去洗个澡，但是我害怕自己这样做太无理，会冒犯他。我觉得他是个很不错的人，并且和芙洛朗丝说了，但是芙洛朗丝——尽管她也同意我的看法——不觉得这可以成为原谅他的理由。啊，这些事情真是困难。"波朗没有拒绝帮忙，但是不认为自己有必要介入，再说他觉得这类的分歧很好玩："如果芙洛朗丝觉得有必要，我当然可以写信给亨利·托马斯。（但总的说来，我宁愿人们是什么样就什么样。）接到您的长信感到很幸福，可您没告诉我您住在哪里：车库，普罗旺斯人还是鸟巢？"

正是在这种上流社会的气氛中，因为度假而深感罪恶的多米尼克一直试着继续工作，他人之间的冲突是微不足道的，尽管有时非常激烈。"昨天晚上很多人跑过来，其中有位先生喝得醉醺醺的，说：'我不是个吃白食的。（我差点回答他说，可我是）'还有芙洛朗丝，她才救了一群差点被香槟淹死的蝴蝶，她将它们打捞起来，并吹散开它们头顶的烟雾，一直到夜里两点钟才算安静下来（但是我夜里十二点就回房间睡觉了，这一次，芙洛朗丝同意我离开，并且没有生气）。我每天都工作，早晨，下午。这不太容易，很困难……亨利·托马斯的问题还没有解决。芙洛朗丝觉得他要骗她的钱，这一点让她感到很恼火，而且我觉得，芙洛朗丝拒绝了他的要求，他因此恨她。有个时刻很可怕，他望着她——他就在我身边，席地而坐——带着某种恨意。芙洛朗丝是否有所感觉，我不知道，她只是转过身，然后说：'他在那里，根本不把我们放在眼里。您根本不把我们放在眼里。'令我感到欣慰的是，他没有立刻起身走掉。因此，她已经打算为他支付饭店的费用，并且嘱咐让·D去付钱。亨利·托马斯所有的饭都是在这里吃的。"不过事情还是安排好了，不需要波朗介入："看在上帝之爱的份上，别给亨利·托马斯写信。首先，您说得很有道理，人们是什么样就什么样，再说我相信事情会解决的（两种方法：一方面芙洛朗丝让步，另一方面，他觉得在伦敦能够重新找到工作，所以走了），再说我看上去扮演了什么角色呢？'告发'，这是真的，但不完全这样，因为我一点恶意也没有。我在哪里？在车库，一间哥特式的卧室。圣-德尼像被搬到了箱子的另一头，原先的位置放上了一盏铸铁座子的白色台灯，很大。除了这个，什么也没变。"

赌场是芙洛朗丝·古尔德的另一钟爱所在，但是多米尼克不敢玩。她想赌，波朗这个赌场老手也总是怂恿她去赌，但是她对金钱的某种观念到底阻挡了她迈向赌场的脚步。再说，文学圈子里林林总总的个人关系和职业关系也很有趣。在一起度过的假期会令彼此之间的关系以某种方式固定下来，多米尼克也就借此能够与某些作家有所往来。在海边小屋别墅花园的树下，她和安德烈·纪德一同讨论翻译的微妙之处，一讨论就是几个小时。早在《方舟》杂志和夏尔洛出版社成立那会儿，多米尼克就已经认识了纪德，让·阿姆鲁什经常带多米尼克去纪德家。因而在如安-勒朋，多米尼克又与纪德重新熟稔起来。"他早晨来看我，我正好在芙洛朗丝别墅花园里翻译……人们还在沉睡，我坐在树阴下，天气晴朗，可还比较清凉。纪德来到身边坐下：'您把写的东西念给我听。'……真是让人感到惊讶，他听人说话实在有些勉为其难，但是他很感兴趣。如果有人走近，他会说：'不，不，我们正在工作。'就这样把别人打发走，我很感动。最后——他是多么友善啊——他总结道：'是的，恰如其分。'"多米尼克没有忘记过纪德的友善，没有忘记自己对他的欣赏。

他们之间之所以走得如此之近，还源自一个他们俩共同的熟人，纪德的秘书，伊沃纳·达维，她是多米尼克在费奈隆中学一起学哲学的同窗。纪德正好趁便把伊沃纳托付给了多米尼克，因为伊沃纳疯狂地爱着他，不给他一丁点儿喘息的机会。有好几次，伊沃纳深更半夜敲响多米尼克家的门，泪流满面，那是纪德才把她赶出门，而伊沃纳嚷嚷着自己要自杀。多米尼克于是把她带到瓦诺街，请求纪德原谅她。纪德接受了，但是仍然请求多米尼克看住伊沃纳，不要让她上楼。对于多米尼克来说，这份亲近至关重要。纪德是二十世纪法国文学的大人物，也是《新法兰西》杂志历史性的创办人。再说波朗也试图借助纪德非同一般的权威性，让五十年代初仍然遭禁的杂志重新出炉。

《新新法兰西》杂志

一九四四年，波朗亲手解散了《新法兰西》杂志，因为德占期间的一系列亲德行为。从一九四〇年十二月到一九四三年七月，这份杂志由德里厄掌管，并且接受德国人的检查。如今杂志遭禁。因为政治原因，巴黎解放后，杂志不再能够将已经成为共产党员和反德奸分子的那部分作家聚于麾下。波朗于是屈从于这项决定，另一方面，他在《七星丛刊》那里补偿了自己对做杂志的渴求,《七星丛刊》是一份奢华而极为引人入胜的杂志,只是周期不一定。加斯东·伽利玛和波朗一样,对《新法兰西》杂志也怀有相当的激情,一心想要促成杂志复刊。正是这份杂志赋予出版社以存在的意义。它帮助出版社建立属于自己的出版书目,发现新的作者。这是一个真正的权力机构,没有一本杂志能够对其领导者发挥这样大的影响力。

重新出版《新法兰西》杂志所提出的问题与其说是法律上的,毋宁说是道德上的。解放时做出禁止出版决定的临时机构实际上只是政治性的,而非法律性的。相反,围绕着杂志名所滋生出来的谩骂以及战后主导作家之间关系的政治问题构成了真正的危险。波朗只能寄希望于作家们还有要参与二十世纪最伟大的杂志的愿望。几年过去了,以前的抵抗组织成员不再能够控制知识分子圈,波朗和伽利玛于是利用了与《新法兰西》杂志密不可分的一个人物的去世大做文章——安德烈·纪德。加斯东·伽利玛得到了两次例外的机会,一次是一九五一年十一月出版的安德烈·纪德纪念专刊,另一次是一九五二年九月出版的阿兰纪念专刊。为《新法兰西》杂志两个标志性人物出版的文集,安德烈·纪德算是杂志的创始人,而阿兰则是自二十年代以来最有影响力的思想家之一。重新启用杂志的名称——禁令主要针对《新法兰西》杂志的商标使用、封面,以及杂志上日期的标注都在宣告杂志的再版。

几个月后,一九五三年一月,《新新法兰西》杂志出版了第一期,周期为月刊,和以前一样。从司法的角度来说,出版的禁令仍未取消,但也没有任何反对杂志出版的措施。禁令实际上已经没有任何效用。纪年倒是又回到了起点,一九五三年一月一日,《新新法兰西》杂志首刊。在要目上,除了各类文章、专栏、读书笔记以外,还有两个特别栏目:"过去的时光"——相当于原《新法兰西》杂志的"过去的一月",后来更名为"当月"——是关于文学时事的专栏,另一个特别栏目"文本"则专注于各类资料和档案。杂志作者仍然是原杂志历史上的那些,《新法兰西》杂志特有的折中派作家:圣-琼·佩斯、安德烈·马尔罗、莱昂-保罗-法尔格、亨利·德·蒙泰朗、让·斯伦贝谢、莫里斯·布朗肖、于勒·絮佩维尔、亨利·托马斯、马塞尔·茹昂多、雅克·奥蒂贝尔蒂、安德烈·皮埃尔·德·芒迪亚戈。杂志有两个主编,让·波朗和马塞尔·阿尔朗,多米尼克·奥利是编务。除了杂志名之外,一切照旧。

禁令主要针对杂志的名称。NRF①的缩写得以保留，但是，"新法兰西杂志社编辑出版"的字样不见了，取而代之的是伽利玛出版社编辑出版。

第一期复刊出版前，在加斯东·伽利玛的出版社召开了会议。关于杂志的名称，大家七嘴八舌有不少建议。比如说有人建议用《新法兰西丛刊》。加斯东毫不犹豫地否决了，认为如果叫这个名字就不再是《新法兰西》杂志了，而是它的替代品。安德烈·马尔罗建议在《新法兰西》杂志前面再放一个"新"。这个建议得到了大家的一致同意，直到有一天，一个故事开始在圣-日耳曼-德普雷地区流传，说的是一个有点结巴的顾客走进一家书店，说："请给，给我一本新，新，新……算了，给我一本《现代》杂志。"于是，最终，《新法兰西》杂志前面的新还是被取消了，谁都没说什么。至于禁令，权当它根本不存在。自一九五五年二月的那期开始，封面上的第一个"新"字就几乎看不见了，到一九五五年六月的那期，书脊上的第一个"新"字彻底消失。

波朗拒绝一个人主编杂志，他已经不再有精力，并且希望能有更多的时间投入自己的著作。与马塞尔·阿尔朗的合作很困难，因为在杂志的问题上，他们的看法从来都有很大差异，有时，他们根本无法沟通，只能在办公桌上传传小纸条。但在杂志之外，两个人是很好的朋友，只是在杂志要目的确定和文章的选择上两个人意见极为不同。马塞尔·阿尔朗在杂志社代表的是伽利玛出版社的利益，与波朗抗衡。但是个人感情上他对波朗非常迷恋，如同坠入情网的女人一般，他为波朗的冷漠和残酷的游戏而痛苦。他不无苦涩与怨愤地说，他成了波朗与多米尼克手中的一个玩偶，一个牺牲品。在一本由其日记片段组成的小书《四十年的友谊，让·波朗》中，他指责多米尼克是造成波朗虐待倾向的罪魁祸首。他措辞激烈，态度偏激到难以想像的地步，就像一个被弃的情人。

阿尔朗认为日尔曼娜对于波朗的影响是积极的，借此与多米尼克相比较，他这样描写多米尼克对波朗的影响："她似乎屈服于他，什么都接受，欣赏、恭维他所说的一切，所做的一切，她是他的奴隶，专注、笑容可掬、忠诚，正是通过这样的方式，她放出了波朗身上的恶魔。我不怀疑她非常爱波朗——但她更是危险的。波朗将她带入这个圈子，赋予她一切，让她登上一个又一个荣誉的顶峰：费米娜奖评委会、伽利玛出版社、电影界……波朗聪敏智慧，神

---

① NRF, *La Nouvelle Revue française*的缩写，即《新法兰西》杂志。——编注

采奕奕,是一个细腻的、具有非常罕见的品质的男人。她却没有什么真正的品位,当然也很细腻,但是没有高贵的灵魂。他们之间形成的伴侣关系非常可怕,可没有迈尔特伊-瓦尔蒙这对人儿那么天真。"马塞尔·阿尔朗影射到了多米尼克正在进行的《危险关系》的研究,并且认为她将自己与波朗的关系倾注到了研究中。他继续描写这种马基雅弗利[①]式的关系:"他们的手段,他们的所作所为,他们充满知性的征服(马尔罗、沙龙、各类展览,等等)。这是一对令人震惊的伴侣,魔鬼一般,他们的关系令我浑身发冷——尽管我对让·波朗的感情是无法拔除的。"

在波朗身边的人看来,多米尼克经常会被看成是波朗众多缺点的起因所在。马塞尔·阿尔朗的言辞应该是深深伤害了多米尼克,因为她与波朗的爱情关系受到了质疑,尤其是阿尔朗指责她是罪魁祸首。"波朗与她才开始时人们的议论在日后得到了印证:'她会毁了他。'"一种过于偏激的,甚至有些病态的看法,觉得波朗与多米尼克之间的关系是魔鬼的关系:"这种结合,他与多米尼克·奥利签订的这份合约,就是与地狱签订的合约,是灵魂与爱的丧失。——多米尼克·奥利没有什么可以失去的,波朗却失去了他身上最好的那部分;他把赌注押在了剩下的部分上。"马塞尔·阿尔朗的神经错乱是众所周知的,在他对待自己妻子的事情上更是如此——也许酒精中毒加深了他的谵妄。马塞尔·阿尔朗与让·波朗是截然相反的两类人,一个传统,另一个对新事物充满了好奇之心。阿尔朗害羞,极不自信,波朗则光彩照人,颇爱冒险。

波朗的性情是很出名的,比如说他从跳蚤市场找来的那面变形的镜子,他把它放在自己的办公室里。《新法兰西》杂志复刊之后,多米尼克解释说必须"为当时同任主编的马塞尔·阿尔朗安置第三张办公桌。我把原先自己坐的、波朗对面的位置让给了阿尔朗,自己则在稍远一点的地方放了办公桌,在大房间的另一头,靠近壁炉。于是没有放置镜子的地方了,镜子的问题就此解决"。波朗喜欢打破平衡,这可不是所有人的趣味,不是每个人都感兴趣的。波朗喜欢捉弄一下别人,那种童年时代的恶作剧,这时阿尔朗就会认为是波朗和多米尼克联合起来出他的丑。

阿尔朗在行为反应以及情感上都不是那么老练,压不住场。有一天波朗

[①] Machiavel(1469-1527),意大利政治家,多被用来形容狡猾而不择手段的人。——译注

买来了"一条绿色的木蛇,小小的脑袋,一节一节彼此相连,只要碰一下就会动。他把蛇放在阿尔朗的办公桌上。马塞尔大叫起来,猛地向后退去,贴在窗户上,简直要把玻璃窗挤碎的样子"。波朗和多米尼克还嘲笑他对杂志一个年轻的秘书法朗士·科洛盖的无谓情感。自一九五二年开始,法朗士·科洛盖就为《新法兰西》杂志工作,马塞尔·阿尔朗从此彻底被她迷住了。阿尔朗与妻子雅尼之间的紧张关系,年轻秘书犹疑不定的态度为他造成了一出出悲剧。除此之外,还有一件事是阿尔朗不能原谅波朗和多米尼克,他们将他剔除出《O的故事》的秘密圈子之外。

两个男人在脾性上相去甚远,但他们俩有着相同的经历,无论在政治上还是在文学上。阿尔朗在战前就已经参与《新法兰西》杂志的工作。战争时期,他也是芙洛朗丝·古尔德文学午宴的宾客。阿尔朗很熟悉那些保守派作家,他是波朗矛盾性格的证人。因此,《新法兰西》杂志又重新确立了原来的原则:一本纯粹的文学杂志,没有任何附加条件,不为任何流派或政治介入所左右。这本月刊的作者各型各类,这当然得益于波朗、阿尔朗和多米尼克·奥利的不同个性。在《新新法兰西》杂志第一期的刊首札记——以杂志名义撰写的简短宣言——里,这些原则都已经表明:"杂志希望通过其本身的谦让与独立品格,渐渐地能将不同趣味、不同政见甚至是不同党派的人聚在一起,杂志既不号召介入,也不号召不介入。"介于左派的《现代》杂志与右派的《座谈会》之间,《新新法兰西》杂志拒绝定位,因为它不参与政治阵营的划分,这样一来,它的存在对于其他杂志的影响力是一种威胁。

在《座谈会》杂志刊出的"拍纸簿"专栏上,莫里斯气愤地说:"今日复刊的《新法兰西》杂志与当年德里厄的《新法兰西》杂志并无二致。"洛朗斯·布里塞在他题为《波朗的〈新法兰西〉杂志》一书中指出了此次论战的起因。莫里亚克提到了"蒙泰朗和亨利·托马斯的名字,前者的稿子自一九四三年以来一直在抽屉里搁置着,而后者重新执掌了诗歌专栏,对那个'被剪光头发,花了八年时间才重新长出来的老女人……'大加赞扬。《现代》杂志也发起了对《新法兰西》杂志的攻击,贝尔纳·弗兰克在一九五三年的四月号和五月号上接连写了两篇讽刺文章。"然而《新法兰西》杂志的工作并没有因此而退缩,相反,杂志的工作完全是围绕这些不变的原则展开。

每个星期三下午五点到七点,杂志主编在他们的办公室里接待敢于前来会面的年轻作者，他们挤在一张长凳上。"下午四点到七点，只写过几页纸或者不为人所知的随便什么东西的作家们可以不期而至，在巴黎，这是唯一接待他们的地方。"波朗收下他们的手稿，并且总是予以答复，给他们写信，或者，如果他们愿意，在《新法兰西》杂志的办公室接待他们。有时他会让他们喝一杯波尔图甜酒，尽管他们当中的大多数人都没有发表的希望。但是他会给他们非常宝贵的意见，是针对写作的。"通常这样：'必须说明，您写的东西有非常重大的缺陷，必须直接说清楚您要说的意思。'不管是什么意思，这一点极为矛盾：'您是巴洛克风格的，要更巴洛克一点。''您的文风很朴实，要更朴实一点'。他提的第一个问题永远是：'您不写作的时候读什么书？'"

波朗这样做是为了发现有天赋的新作家，并且把重点放在作者本人身上。波朗给想要出版的作者写信，借此建立他的网络。"他一早起来，喝大量咖啡，穿着晨衣坐在桌边，准备信封。然后他便写信，至少写六封左右，每天都是如此。工作量相当于三个秘书。然后，他再投入自己的工作。"文章的作者，还有专栏的作者。马塞尔·阿尔朗负责小说专栏，多米尼克负责小说和普遍意义上的文学，莫里斯·布朗肖负责精英文学，亨利·托马斯负责诗歌专栏（五十年代末期，菲利普·雅各特接手诗歌专栏），雅克·勒马尚负责戏剧，弗朗索瓦·努里西埃负责电影。评论文章的作者风格各异，主要是针对诗歌、小说、大众文学、艺术、电影、杂志、报纸和广播等文化领域。专栏负责人选择各自的主题，但是波朗有权推翻，让他们重来。不过他们有权拒绝谈论一部小说或是一部电影，而不是对其进行棒杀。批评的功能是最重要的，如果批评中的确有激情与真诚存在。

杂志更忠实于像巴塔耶、米肖、芒迪亚戈、茹昂多、布朗肖、奥蒂贝尔蒂、絮佩维尔或者多泰尔这样的作家，而对于更为现代的新作家的开发——例如新小说的作家——则是次要的。《新法兰西》杂志发表过阿兰·罗布-格里耶和萨缪埃尔·贝克特的文章，但是显然没有太大的热情。波朗对他们的评价非常严苛。他会对文章进行删减，令作者感到非常难堪。杂志上，我们可以看到著名作家与年轻的作家比肩而居，尤其是在"评论"这一栏。让·杜维尼奥、克洛德·艾尔森、阿兰·罗布-格里耶、勒内·德·索里埃、乔治·佩罗斯、奥迪勒·德·拉兰、鲁塞特·菲纳斯都是从这个栏目开始他们的写作生涯的，然后再慢慢发展到别的写作事业上。这本文学杂志仍然保持着传统的秩序，但主编的精神显然在杂志上留下了深刻的印记。

一九六八年波朗死后，杂志失去了原先的生气与激情。马塞尔·阿尔朗一个人担任主编，波朗留在杂志中的轻盈与逗趣不复存在。阿尔朗把杂志"做成一份责任"，要求专栏负责人对《新法兰西》杂志百分之百地忠诚——然而对于作家来说这是不可能的事情。后来，杂志由乔治·朗布里希掌管，他是《道路丛刊》的创始人。《道路丛刊》非常有吸引力，对于法国的当代文学起到过不可小觑的影响。比起过于循规蹈矩、过于因循守旧的阿尔朗，朗布里希更合适继承波朗的衣钵。一本杂志显然会带有其主编的色彩，波朗的《新法兰西》杂志与阿尔朗的《新法兰西》杂志不同，而阿尔朗的又与朗布里希或雅克·雷达的《新法兰西》杂志有很大区别。多米尼克·奥利一直是杂志的编务，直至雅克·雷达接手杂志为止。她是自杂志复刊之后唯一保持其连贯性的因素。而在波朗去世之后，多米尼克与《新法兰西》杂志之间的关系则主要通过尼古拉·阿布凯尔维系的，他是多米尼克在七十年代末期开始培养的编务，至今仍为杂志工作。

文学奖项

自四十年代末期开始，多米尼克·奥利就已经是法国出版界的一个重要人物。因为她在伽利玛出版社所占据的位置，她是审读委员会的委员，同时也在波朗身边，在《新法兰西》杂志占有一席之地，同样，洛桑书业行会，乃至整个文学界都有她的存在。除此之外，她与众多作家和知识分子的交往也是一个重要原因，她撰写了很多有名的序言和评论文章，并且进入各种文学奖项的评审委员会。除了洛桑书业行会大奖，她还参与了许多巴黎文学奖项的评审。一些特别的奖——例如费奈隆文学奖和福门托尔文学奖——或是一些众所周知的奖项，例如批评大奖和费米娜文学奖。对于芙洛朗丝出钱赞助的批评大奖，多米尼克·奥利和让·波朗的影响是不言而喻的，这与他们在福门托尔奖评审中所起的作用不同。福门托尔文学奖不是法国的文学奖项，这是一项国际性的出版奖，因而他们要做的是捍卫法国文学，而不是某个出版家的出版物，尽管波朗代表的是伽利玛出版社。例如，在一九六一年，波朗受加斯东·伽利玛之托,力挺诺埃尔·戴尔沃。后者得到了高达"五千万法郎"的奖金。不过奖项同时颁给了萨缪埃尔·贝克特和豪尔赫·路易斯·博尔赫斯。

福门托尔奖每年在不同的大城市颁奖,一九六二年在马略卡岛的福门托尔饭店,一九六三年在希腊科孚岛,一九六四年在奥地利萨尔茨堡,一九六七年在突尼斯。颁奖的时间在春季,评委会由欧洲出版人组成。这个奖项可以方便外国版权的转让,促成翻译的发展。多米尼克·奥利与波朗交替出任评委。一九六二年与一九六四年是多米尼克·奥利,一九六三年是波朗。自然,多米尼克是代表波朗出席的,在他本人无法出席的情况下。

一九六二年,多米尼克与法国代表共同前往马略卡岛,代表中大部分是伽利玛出版社的作者。她向波朗讲述此次旅行,风格幽默:"中午,海滩上,我躺在折叠帆布椅里(一点也不舒服,因为没有搁脚的地方),左边是穿得周周正正的罗歇·凯卢瓦和穿着鲜蓝色的短裤的克洛德·G,前面一排是穿着泳衣的莫尼克·格拉尔、莫尼克·朗日、米歇尔·莫尔、罗杰·格勒尼埃,罗杰·格勒尼埃的夫人也穿着泳衣,在我的右手边,躺在躺椅上,右手边还有躺椅上的阿莱娜[①]以及着正装的弗朗索瓦·埃尔瓦。目前就是这样。"尽管有职业要求,这却不妨碍文学上的争执:"昨天,我们开了'内部会议',但是,今天早晨是第一次为福门托尔奖召开的国际会议。接着是午饭(下午两点,如果你在会很高兴),酒吧的闲聊,我就是在酒吧给你写信,周围吵得厉害,因为我才高声宣布过明天,甚至一会儿之后——如果我们开始谈论国际奖的得主——我会力挺约翰·考伯·波伊斯,也许除了提名的米耶之外,我是唯一力挺他的人,不过也够了。有不少人支持罗布-格里耶。克洛德和西蒙娜很友善,米歇尔·莫尔和马斯克洛则似乎疑心重重,彬彬有礼,埃尔瓦很可爱,但不太自信,莫尼克·朗日永远都泡在水里,莫尼克·格拉尔在走廊上,阿莱娜则参加一切她可能参加的活动:早晨八点骑马,九点打网球,十点到中午海边浴场,下午四点到六点散步,晚上再戴着不同的珠宝首饰出席晚会。她真的是不知疲倦,永不满足,一直动个不停,买个不停,吃个不停。我由衷钦佩她。"波朗没去,因为他那时正在为进入法兰西语文学院做准备,拜访必须拜访的人。法兰西语文学院也是一个重要的、颁发文学大奖的机构。

[①] 阿莱娜·凯卢瓦。——原注

一九六四年，多米尼克捍卫的是娜塔莉·萨洛特，多米尼克非常欣赏这位女作家，甚至超过罗布-格里耶。"午饭一结束，就有人授意我为伏尔-德拉贡的《专栏》投上一票，但是我根本不认为他会得奖。接着大家选出了每个代表团出席讨论会的代表：马里·麦克·凯西是英国代表团代表，由于罗歇·凯卢瓦坚决拒绝，我出任法国代表团代表。我甚至差点当选评委会副主席（瑞典人提议的），但是上帝保佑，最终是英国代表团一个大胡子巴基斯坦人当选。明天早晨和下午，我们再重新讨论福门托尔文学奖的事情。娜塔莉·萨洛特的呼声似乎有所下降。米歇尔·布托和我都会支持她。最后要告诉你的是，半个小时以后在萨尔茨堡市政府有个鸡尾酒会。这个我肯定不去了。"两天后，福门托尔奖尘埃落定。多米尼克尽自己一切可能支持娜塔莉·萨洛特。"我对娜塔莉·萨洛特的介绍赢得了热烈掌声，但是我不认为她会得奖：英国人和美国人（除了马里·麦克·凯西）都反对。西班牙人也不太热情，意大利人的态度不明朗。克洛德感到很尴尬。我做了我所能做的一切，但是看起来我所做的这一切应该是没有结果的。永不知疲倦的阿莱娜逛遍了整座城市：博物馆、城堡、教堂、商店，为罗杰找到不少宝石。昨天我们和他们一起吃晚饭，他们非常非常友好（罗杰甚至给我带了一束我们送给玛格丽特·布朗匹的那种干花）。我非常注意自己的饮食，因而至此为止只发过几次小小的头痛，非常短暂。"

大奖最终颁给了吉斯拉·阿尔斯奈的书《巨人侏儒》，是玛丽-路易·庞蒂（雅克·奥蒂贝尔蒂的女儿）翻译的，在伽利玛出版社的出版，收录在"世界文丛"中。尽管没有得到大奖，伽利玛出版社的外国文学却得到了一定的发展。一直到一九六七年，多米尼克都参与了福门托尔文学奖的评选，那一年她当选为评委会主席："由于我是评委中的唯一女性，不会遭人嫉妒，我想。不管怎么说这是件好事，但是我非常害怕自己做不来，于是我在主持讨论的时候，总是非常快。如果我们真的能够很快达成结果，也许可以争取到一个下午的时间，去看看突尼斯的大市场。如果不行，我肯定就不去了。我急于结束这次旅行，快点回家。"

多米尼克参与的最重要的奖项是费米娜文学奖。从一九六三年开始，她担任费米娜文学奖的评委，直至八十年代，为伽利玛出版社得奖尽心尽力。"是西蒙娜夫人聘请我担任评委的。她一直来参加会议，一百岁的时候还来。她于一百零七岁那年去世。我和其他评委到她休息的地方去看她，似乎是里斯-奥朗吉。第一次，她只认出了比她小十岁的日尔曼娜·博蒙。的确，她们俩相识已经有六十年了，而我们相识不过二十年，因而还不太长。她也没能认出佐埃·奥登堡。"西蒙娜夫人与日尔曼娜·博蒙一样，都是费米娜文学奖的标志性人物，如果她觉得哪部作品不怎么样，就会用摧毁性的恶毒语言进行攻击，她的这一点非常出名。

费米娜文学奖是一项很有吸引力的奖项，奖项评委会的女性也都成为文学界不可小觑的人物。多米尼克与玛德莱娜·夏普萨尔的关系不错，但同时，她与多米尼克·罗兰也有交往。这两个女人本身之间却并不友好，尽管她们有不少共同的朋友。因为她们俩之间存在着激烈竞争，不论在文学方面，还是在个人生活方面都是如此。多米尼克·奥利却让她的不少朋友都进入了费米娜文学奖评委会。例如七十年代担任评委的一些年轻女性，雷吉娜·德芙日和迪亚娜·德·马尔基里。一九六八年，她还让埃迪特·托马斯进入了评委会。多米尼克和埃迪特曾经就评选交换过意见，"我所读到的这些小说都不能读，或者说根本算不上是'文学'；直到现在，只有桑普朗在我看来还行。"乔治·桑普朗最终凭借小说《拉蒙·梅尔卡代尔的第二次死亡》摘取了一九六九年费米娜文学奖桂冠。

一九七〇年，埃迪特·托马斯还参与过评委会的最初几次会议，但是她没能参加最终的评审会——因为年底她便辞世了。多米尼克和她谈论起评委会的女性所钟情的对象："评委会的夫人们对《最后的三圣》情有独钟，日尔曼娜·博蒙尤其如此，弗朗索瓦兹·马莱不在，加尔兹投了克洛德·罗伊的票。你二十一日能回来吗？那会儿我会在布瓦西斯。如果你回来，你能不能在下午两点到八点间到布瓦西斯来？（如果可以我给你找辆车。）"这一年的费米娜文学奖最终颁给了弗朗索瓦·努里西埃的《克莱芙王妃》，由格拉塞出版社出版。

商业的因素经常会对投票产生影响，奖项从来就是在三个大出版社之间瓜分的：伽利玛出版社、格拉塞出版社和瑟伊出版社。多米尼克·奥利深谙此中的不公平——把奖项颁发给为评委会投入最多资助的出版社——但并不掩饰自己是伽利玛出版社的代理人。她认为这件事有一定的功利性在里面："人们总是问我问题，因为他们觉得评选的结果让他们接受不了，但老天知道这是怎么回事。再说您也明白，我难道就接受了自己的选择吗，费米娜文学奖……不管怎么说，如果别人问我，我每次的回答都是一样，我也真的是这样想的。首先，至少有两个月的时间，所有的报纸都在谈论文学，这是一年中唯一文学存在的时刻,这多亏了费米娜文学奖。再说,获奖的作者会有奖金,这就够了。至于剩下的事情,我们也不会有这样的野心,真的把每年最好的,或是几乎最好的书选出来。我要说的甚至更可怕一些。从根本上来说,评委的选择是可以的,评委总是危险的……"

对于自己的成功,多米尼克也委婉地表达过不同看法。一九五八年,多米尼克在伽利玛出版社出版的《先睹为快》第一辑得到了批评大奖:"文学批评大奖!这是平生让我最感到惊奇的事情了……我还可以写其他批评的书,但是之所以不再写,是因为我觉得自己所做的这类批评已经到头了、过时了,我不位于批评的前沿。现在的批评工具,或者说批评词汇,是科学性的、精神分析的,等等等等,我对此一无所知。我谈论一本书,只是为了说明文字后的东西,以及为什么会有这些东西的原因。"多米尼克在这里所暗示的影响力的衰退只是她的谦辞,是大人物所具有的特征。最有趣的莫过于,一九五八年,多米尼克入主费米娜文学奖,波朗进入龚古尔奖评委会却遭到拒绝,因为人们对他,对他的影响力已经开始有所怀疑。

翻译家和批评家

其实在文学界,多米尼克·奥利的声名不仅来自于她是《新法兰西》杂志的秘书,她还是一位出色的翻译家和文学批评家。作为英语文学的专家,她翻译了一些最为伟大的英美文学作品。然而不论是给杂志写稿,还是译书,她所做的翻译和文学批评基本上都是为着出版的目的。战后,她不再为报纸和其他杂志写东西。只是为诸如《方舟》、《七星丛刊》、《道路丛刊》这样的杂志写稿,或者干脆是夏尔洛出版社、伽利玛出版社、工会出版社……

所有这些职业的基础都是出于对阅读的热爱。多米尼克的阅读量一向非常大,对于她来说,阅读是真正的激情所在。翻译和文学批评是这份激情的必然结果:将自己钟爱的作家和作品昭示天下。即便是一部再微不足道的手稿,她也会将之读完。总会有一段或几段文字让人眼前一亮的。多米尼克躺在床上读。两天就能读完一部手稿,睡一会儿,然后醒过来接着读。然而她的阅读和波朗的一样有效和专业。读完了之后多米尼克就会让作者进行修改,尽管修改工作往往很难，有时她也建议作者进行删节。每一个读者都希望发现新的、令人激动的东西。一般情况下这些文本只能称得上"可以发表"，并没有太大的意义。不能发表的文本是给人一种舞弊感觉的文本：文本并没有道出作者的内心真实，没有道出作者敏感所在，是让人无法产生信任感的文本。

纯粹的读者拥有自由，他可以发表对文本的意见，接受它或者拒绝它，但是在批评的领域里这份自由便不再存在。多米尼克拒绝为自己不喜欢的作品写东西，她不说坏话。批评家、作家、出版家之间的友谊在某种程度上改变了游戏规则。他们彼此之间拥有义务，不能够将职业关系之间的脆弱平衡置于危险之境。在《新法兰西》杂志上，多米尼克经常为女性作家进行辩护：科莱特、路易·德·维尔莫兰、玛格丽特·杜拉斯、吕塞特·菲娜斯；她也会为那些经典作家说话：菲利西安·马尔索、弗朗索瓦·努里西埃、罗杰·格雷尼埃；还有英语作家：狄兰·托马斯、维吉尼亚·沃尔夫、弗拉基米尔·纳博科夫。这与她的阅读趣味完全一致，同样的一致还体现在她的翻译工作中。

对于批评，多米尼克更多认为这是职业使然，而翻译却是她真正的事业。从学生时代开始，她就喜欢读英文或拉丁文版的作品，并且一直在做翻译。"最初的翻译是在埃德蒙·夏洛出版社出的，阿瑟·库斯勒的《瑜伽修行与人民委员》，这部作品已经翻译过了，译者是个非常可爱的年轻女性，但她的法文要比英文好得多，我几乎从零开始翻译这部作品。接下去还是库斯勒，《奇迹的分析》，一本讲述以色列创建史的书，这是我所读过的最让人着迷的作品。正是在此期间我去英国见到了库斯勒，战后我还是第一次去英国，尽管以前我去过很多次。"《奇迹的分析》于一九四九年在卡尔曼·列维出版社出版。此后，尽管在伽利玛出版社工作，多米尼克有时还是会接受为其他的出版商做一些翻译工作。她翻译过的重要文学作品有：伊夫林·沃的《亲爱的逝者》（拉封出版社，1949）、托马斯·布朗爵士的《骨灰冢》、与苏珊娜·马约合作翻译的菲茨杰拉德的《缝隙》（伽利玛出版社，1963）、亨利·米勒的《纽约往返》（工会出版社，1956）。她还翻译了一些更为专业性的书，比如说J.U.哈尔佩林的《菲利克斯·费奈隆：世纪之末巴黎的艺术与无政府状态》（伽利玛出版社，1981）。

除此之外，她从英文译作翻译了三岛由纪夫一部很厚的短篇小说集《夏日的死亡》（伽利玛出版社，1983）。迪亚娜·德·马尔基里曾经讲述过她发现多米尼克翻译的《忧国》这个短篇时的惊异:"我还能想起那天,我和她在一起,但我并不知道她就是《忧国》的译者,我们处在一种奇怪的交流状态——'uncanny'(很离奇),英国人会说。我在索邦大学咖啡馆的角落里,满怀激情地读着三岛美丽而残忍的叙事,《忧国》,翻译得如此完美,于是我不自禁地在想译者,在想他如何能抓住这种爱与死亡之祭礼的神秘氛围,就在这时,合上《新法兰西》杂志,我看见了译者……是她!我立刻给她打了电话,就这样,从一九七四年开始,我们经常在一起谈论三岛和其他日本作家。"

多米尼克还向迪亚娜推荐了一些英国作家,不一定是她翻译的,但是她很推崇的作家。例如约翰·考伯·波伊斯的作品和A.C.斯温伯恩的小说《莱斯比亚·布兰东》(伽利玛出版社,1956)。多米尼克还为斯温伯恩的另一部小说《爱情隔离带内的火》作了序,小说是奥迪勒·德·拉兰译的(差异出版社,1976)。奥迪勒·德·拉兰也是多米尼克最好的朋友之一。而O这个人物很可能有一部分便是来源于她。开始她给小说的主人公起名为奥迪勒,就是为了向这位好朋友表示敬意。但是到最后,她觉得一切如此明白没什么意思,或许一个大写的O更合适这个奇特的、隐含了好几个女性在内的人物。

在翻译上,另外一些志同道合的朋友要算是安德烈·纪德、亨利·托马斯或安德烈·皮埃尔·德·芒迪亚戈。安德烈·纪德让她发现了——并且推荐她翻译——詹姆斯·霍格的《被证明无罪的罪人的忏悔》。詹姆斯·霍格的作品一九四九年在夏尔洛出版社出版。多米尼克·奥利译,安德烈·纪德作序。"这是一位与怀特·司各特同时代的作家,他的朋友之一。纪德在牛津大学出版社找到了这本书的老版本,他非常友善,推荐我来译这本书,并且保留了他为英国人写的序。这本书翻译起来不是很容易,但这是一本让人激动的书。"

翻译是一项文学工作,要求作者对原文有真正的理解,并且对出发语极为熟悉。多米尼克在接受法语教育的同时,也从父亲那里接受了英文教育。在她的孩提时代,用英文阅读与用法语阅读对她而言同样顺畅。这种出入自如的感觉非常重要,也教会了她体悟一种语言的灵活和严谨。她认为译者必须忠实地重建作者所言。在她看来,亨利·托马斯是一个很好的译者,而作为译者的纪德则经常过度自由。尽管翻译报酬很低,也不大为人所重视,多米尼克还是很喜欢这项工作。在她为乔治·穆南的《翻译的理论问题》(伽利玛出版社,1963)所作的序中,她肯定了翻译的意义。一九四九年,因为她在翻译上的贡献，多米尼克荣膺该年的德尼丝-克莱鲁安文学奖。

多米尼克·奥利对于法国文学的影响是不言而喻的，尽管她从来都很谦虚，没有公开承认过这份功绩。她有公开的地位：伽利玛出版社审稿委员会成员、《新法兰西》杂志的批评家、费米娜文学奖评委。除此之外，战后，她还参与了很多杂志的编辑。多米尼克对每天所接触的作家与艺术家也有不可小觑的影响。本身她已具有三重身份：翻译家、出版家和批评家，再加上作家、小说家的身份，更是说明了她的能力。在许多作家的个人命途上，多米尼克·奥利扮演了决定性的作用，以个人和间接的方式。对很多男男女女来说也是同样如此。

乔塞·卡巴尼斯的例子很说明问题，同时这也是一个不乏温情的故事。一九五三年一月，多米尼克在第一期《新新法兰西》杂志上撰文支持他的第三部小说《青春期》。在随后的日子里，她也继续评论他的作品，说他是位非常优秀的作家。一九九〇年，乔塞·卡巴尼斯接替梯也里·穆尔尼埃入选法兰西语文学院时，特别写信给多米尼克表示感谢。入选法兰西语文学院，得到大家的承认，这一切可能与多米尼克所做的是分不开的，她的评论，她的专栏。

多米尼克与雅克·夏尔多纳的通信同样说明了多米尼克与作家之间的奇特关系。其文学判断的准确性，她温柔、通融、慷慨的个性都让人深感安心。这一切使得她在幽默与清晰之外能够保留一份复杂性。作家的恶意不会让她感到害怕，他们的疯狂与绝对也不会在情感上伤害到她。诱惑的冲动是种游戏，是与艺术家关系中的一部分。雅克·夏尔多纳从不曾掩饰他对多米尼克的激情——颇为智慧的激情："我非常欣赏您。（我读了您在不同地方发表的评论文章。）早晨，我觉得对您有一种炽热的感情，我必须告诉您。……今天早晨，我在《战斗》上读到了您这篇出色的评论文章。文章如同玫瑰色晨曦中冰冷的太阳。"对话是在平等的氛围中进行的，作家仿佛在和自己的女道友倾诉衷肠，而他们与出版者的关系往往是充满了蔑视与粗鲁。夏尔多纳向她的成就表示祝贺，并且告诉她，他非常欣赏她："亲爱的夫人（几乎可以称您为亲爱的朋友），首先要说的是，您写的这些文字充满了魅力。至于魅力究竟何在，有一天我会告诉您的（必须好好地说一说）。这一切非常微妙。微妙并不是非常可靠的东西。（您可以看到，例如就在您的周围，在类似于布朗肖之类的评论家的笔下，这微妙成了什么：成了凄惨的精神错乱。）但您却非常巧妙地运用了这份微妙。您的智慧真令我感到狂喜；她既非女性的，亦非男性的。"夏尔多纳与多米尼克一起为《新法兰西》杂志、为书业行会工作，夏尔多纳在书业行会出版社出了不少书。在阿尔贝·穆罕默德诉讼案之后，夏尔多纳又写信给多米尼克表达他的赞美——为她的天赋，为她的阅读。他把自己在文学上的爱好和发现告诉她。不过，关于《O的故事》的影射似乎非常模糊：字里行间他似乎在表示自己不知道谁是作者，但却不妨碍他非常直接地对多米尼克说："我甚至在克莱贝尔·阿登斯那里读到了《O的故事》。根本没什么了不起的（我会和法官说同样的话）。故事非常抽象，仿佛一幅奇怪的图画，作者可能纯粹觉得好玩。"他扮演伯乐的角色，帮助发现文学上的新天才，多米尼克是他与加斯东·伽利玛之间的中介和密友："您能否对加斯东·伽利玛转达一下我的意思：我向他推荐了菲利西安·玛尔索，现在四年过去了，时间证明了我对他所说的话。同样，在努里西埃的事情上也是如此。现在，我要对他说：如果我是一个有实力的、喜欢文学的出版家，我会盯住贝尔纳·弗兰克。这是可能的。应该正是时候（弗拉马利翁出版社已经向他发出了信号）。这是一个不那么通俗的作家，出版他的代价会比较高。开始时会在他身上亏钱。但是十年以后，我们或许会有很大的惊喜。我想，对于其他任何人我都不会说这样的话；克洛德·罗伊已经江郎才尽，而罗布-格里耶我不太了解，尼米埃已经有了他的位置。我们的可选择范围并不广。"

作为一个作者，多米尼克也需要安慰。《先睹为快》出版时，评论界的意见让她颇受伤害。以书为批评客体的文学批评界与远离书界的记者批评之间存在着质的差别。"您不能对评论界有所期待。他们往往很迟才会对您有所反应，并且不会说您好话。评论家们之间彼此厌恶。他们自有自己谈论的作家需要忍受（而我们不谈论他们）。他们的职业让他们变得乖戾。……不要读那些评论文章。……听听莫朗怎么说，我怎么说，尼米埃怎么说就够了。您不是评论家。您远胜过一个评论家：对于最优秀的人群而言，您就是欢乐之所在。"多米尼克介于波朗与阿尔朗之间，她可以和性格不同、政治观点截然相反的天才作家交好。多亏了多米尼克，夏尔多纳在波朗入选法兰西语文学院时施以援手："今天早晨收到保罗·莫朗的来信：'我明天去魏冈家吃午饭；我会借口说外面正结冰，劝说卡特琳娜·魏冈把将军留在卧室里，这样他星期四就不会去乱投票。'我想，我做的这一切值一声私下里的道谢，您看到他时可以告诉他；也许您很快会见到他。"尽管有很多工作上的事情，评论、序言、翻译、信件，在出版社与杂志之外，多米尼克还是能帮波朗的很多忙。

波朗退休

一九六三年，波朗进入法兰西语文学院，他在入选院士招待会上发表的演讲以及一九六四年律师莫里斯·加尔松所作的回应都是他退出出版界的信号。从这一天开始，他决定投身于自己的作品。加斯东·伽利玛反对他入选法兰西语文学院，一九四六年，波朗第一次产生这个念头时，他的态度依然如此。他不愿意支持一个作家。波朗的很多朋友也因此感到非常恼火，因为波朗竟然决定支持保守派——一方面是支持戴高乐，另一方面是支持法国对阿尔及利亚的统治。[①]对于波朗来说，法兰西语文学院是对其作为作家的作品的保证，是一种承认。不再为其他作家工作，而是为了自己。

波朗即将八十岁了，他写了很多东西，也出版发表了很多东西。但是他将自己的一生贡献给了其他人的文学，他希望，在法兰西语文学院之外，作为最后的敬礼，他的全集能够出版。他的全集最终没能在伽利玛出版社出版的原因不是很明了。加斯东·伽利玛很可能没有建议波朗出版全集。他和波朗打交道的方式与他和作家打交道的方式不同。他在等波朗自己向他提出要求，但是波朗也没有这样做，因为骄傲，同时也因为怨愤。波朗与克洛德·楚签订了合同，约定全集于一九六六年至一九七〇年间在珍本俱乐部出版社出版。加斯东·伽利玛也因此感到非常愤怒，但是，尽管波朗的愿望已经非常明确，他仍然没有做出任何慷慨的举动。从一九六五年开始，他们之间的联系越来越少。波朗不再是伽利玛出版社的中心人物，而伽利玛出版社的要务也慢慢从文学转向了商业。

关于法兰西语文学院，波朗不乏讥讽，却不乏真挚地说："不管怎么说，这是唯一不会被赶走、不会被解职（同时也没有办法自我驱逐）的位置；因此它

[①] 在阿尔及利亚的问题上，波朗反对作家们于一九六〇年九月六日签署的《一二一宣言》，该宣言对阿尔及利亚战争表示反对。宣言上，我们可以看到莫里斯·布朗肖、莫尼克·朗日、米歇尔·雷里斯、玛格丽特·杜拉斯、热罗姆·兰东、克洛德·罗伊、娜塔莉·萨洛特、让-保罗·萨特、克洛德·索泰、西蒙娜·希尼奥莱、勒内·德·索里埃等人的名字。——原注

比《新法兰西》杂志要更自由，在《新法兰西》杂志，我基本上已经没有了自由（自从加斯东·伽利玛在马塞尔·阿尔朗的强烈支持下，取消了我在杂志、文摘和其他期刊上的一切评论与摘要——为了所谓'把持龚古尔文学奖的作家'的利益，等等）。"加斯东·伽利玛拒绝发表波朗一篇关于龚古尔文学奖评委热拉尔·博埃尔的评论。波朗采取了最后的惩罚，他对多米尼克说："我们将不再与他对话。"一九六八年，他写信给纪尧姆·德·塔尔德："我已经有三年时间没有涉足龚古尔文学奖，也没有去过《新法兰西》杂志，因为加斯东·伽利玛拒绝了我的两篇评论，出于某些利欲熏心的原因（商业原因），一篇是关于（反对）热拉尔·博埃尔的，一篇是关于（反对）西姆农的。我非常恼火。目前我生活在布瓦西斯，孩子们周末会来，多米尼克的一个星期有一半在这里。时不时我会去巴黎过两天，我结束了全集的第四卷。"

波朗最后一次参加伽利玛出版社审稿委员会的会议是一九六五年三月二十三日。他在塞纳-马恩省的布瓦西斯-拉贝尔特朗安顿下来，在一幢有可能是他赠送给多米尼克的房子里，房子是用卖一幅画的钱买下的。据说他曾经问过多米尼克想要什么礼物，多米尼克回答他说："一幢房子。"①波朗完全投入自己全集的工作，并且继续在每天给朋友们写信。多米尼克仍然和马塞尔·阿尔朗保证杂志的出版，并且一直参与出版社的审稿。尽管乡间小屋为波朗带来了安宁与舒适，波朗的身体状况还是不容乐观。一九六五年，他在巴黎的住所发作了一次，后来又在布瓦西埃昏迷了好几个星期。在他给马塞尔·茹昂多的信中，他向他告知了自己的病情，带着一贯的超脱和平静："那天，在让娜·卡斯泰尔家我晕倒了。我花了比较长的时间才苏醒过来，是在哈特曼诊所，他们像运一个珍贵的包裹一样把我运到了那里。瞧。我觉得，这次晕厥还不至于引起我智力和体力上的衰退（但还不确定），但是也把我弄得疲惫不堪，我现在总是昏昏欲睡。我阅读，在房子周围散一会儿步，然后睡觉。我终于能睡着了，这真可怕。你可别趁机忘了我。拥抱你。（如果人们就这样死去，倒是蛮舒服的，但是太简单了。）"

一九六七年，在如安-勒朋的芙洛朗丝·古尔德家又发生了一次事故。接着是在巴黎，一九六八年七月。"波朗不惧怕死亡。他觉得这是很有趣的事情。我

---

① 这是一种说法，没有得到过考证，另一种说法是多米尼克用《O的故事》的版税买下了这幢房子。

——原注

永远不会忘记他在布瓦西埃突然病倒的时刻。我打了哈特曼诊所的电话，他们用救护车把他送到医院，我的车跟着救护车，车子挂在救护车后，车厢的底部。他躺了四个月，知道自己濒于死亡。'我快死了，您肯定吗？'他问我。'不会这么快。'我回答他说。直到生命尽头他都很平静。有一阵子，他神志不清，不知道自己在哪里，和谁在说话。他以为我是他的苏珊娜姨妈。我坐在他的病房里，那些天我就在他的病房里睡。最后的几天，他一直那么躺着，靠输液维持。有一天，他却突然问：'您在吗？多米尼克？'八天的复生。然后他就又坠入了昏迷。"

最后一星期，只有多米尼克，波朗的家人——儿子和孙子孙女——陪伴在波朗的左右。日尔曼娜·波朗动不了。朋友、好朋友以及熟人的探望起不了任何作用。多米尼克·罗兰描述过波朗看到陌生人出现在病房里时的反应："老人独自在病房里休息，处在半睡半醒状态，仿佛已经在别的什么地方上了岸一般。我冲他俯下身，告诉他我是谁。我永远忘不了这位濒临死亡的名人的反应：他似乎被激怒了，惊恐地睁大眼睛，眉头突然皱了起来，他的双手抽搐着把我往外推。他想要说我的出现是不合适的，说我应该走了。"多米尼克日夜看护着波朗，几乎没有关注一九六八年发生的系列事件。几个月来她一直睡在从某个角落找来的一张行军床上。医院里的人开始时感到很惊讶，但是久了也就习惯了。正是在波朗的身边她写了一篇非常美的文章——后来成为《回到卢瓦西》的序言——《一个坠入情网的女孩》。她从来不曾写过这样私人化、这样倾泻个人感情的文章，是看到情人濒临死亡的悲伤让她写了这篇文章。

自波朗病后，日尔曼娜的缺席以及多米尼克的特别态度都赋予原初不过情人身份的多米尼克以某种合法性。在得知没有任何好转的可能性时，波朗的儿子请多米尼克做主，切断只是维持波朗生命体征的机器。迟到的、象征性的承认，多米尼克谦逊地接受了。孩子们与多米尼克一直待在诊所。呼吸机停后的几个小时，让·波朗辞世。波朗于一九六八年十月九日去世，在诺伊的哈特曼诊所。

多米尼克继续为《新法兰西》杂志工作，眼见得杂志的主编换了一任又一任。而她在伽利玛出版社的活动还和波朗生命最后那三年差不多——那时候波朗也已经不再去伽利玛出版社。《波朗全集》的编辑工作直到一九七〇年，才在皮埃尔·奥斯泰尔和让-克洛德·齐贝尔斯坦的帮助下完成，最终在克洛德·楚出版社出版，直到二〇〇六年春天（预计共七卷，贝尔纳·巴约主编），在雅克琳娜·波朗和克莱尔·波朗的推动下，才开始陆续在伽利玛出版社再版。波朗的第一部书信集是他与艾田蒲的通信选集①。接着，多米尼克·奥利希望能在伽利玛出版社出版波朗的通信集，并且请齐贝尔斯坦帮助她完成这项计划。从自己手上的信和放在雅克·杜塞博物馆的信开始，多米尼克开始收集波朗最具个性的通信，按照年代挑选整理。她还请很多朋友以及波朗信件的收件人，让他们把波朗的信复印给她。

这项漫长的工作始于一九七二年。我们在多米尼克写给帕斯卡·皮亚的信中看到这样的话："我打扰了您，为此我请求您的原谅，我的目的非常明确：我想做一本让·波朗的书信选集，为此我在找寻他写给朋友们的信。您是波朗的通信人之一。如果您保留着他的信件，能否提供给我？……您知道波朗写给可怜的罗贝尔·夏特的信都到哪里去了吗？"比较微妙的是让莫里斯·布朗肖把信拿出来，他是个非常保护自己私人档案的人。"亲爱的莫里斯，我知道您答复让-克洛德·齐贝尔斯坦时非常犹豫，我也完全能够理解您。也许出版波朗通信集这件事情充满了偶然性（所有保留下来的信件本身已经算是偶然，而选择正建立在这份偶然的基础之上）和争议性，与所有的选择一样。我之所以想做成这件事，只是我觉得通过通信集可以重建让·波朗的形象，深层的、亲切的形象，为了那些不曾从个人的角度认识过他的人，为他们重建一个全新的形象。自然，我坚持不顾您的感情，对您提这样的要求时也有所顾虑（我已经预见到您的态度，因而我先前情愿不向您提任何要求），但是从另一方面来说，倘若波朗与您的通信不在出版之列，我觉得这样的结果是令人悲伤的、不公平的。不管怎么说，您做个决定吧，不论您的决定是什么，都请您原谅我的行为。我只是在做我认为应该做并且能够做的事情。也许我错了，请原谅。"莫里斯·布朗肖最终还是接受了多米尼克的请求，好几封通信被收入了这本通信集。

信件筛选完成之后，斯特拉斯堡大学现代文学系教授，波朗作品与生平研究专家贝尔纳·勒约进行了重新审读，并添加注释。通信集分三卷出版：第一卷：《文学是个节日（1917-1936）》，第二卷：《黑暗日子的条约（1937-1945）》，第三卷：《语言的馈赠（1946-1968）》。多米尼克是想通过出版这部书信集让更年轻的、没能有机会遇见波朗的一代认识他。在与尼古拉·格勒尼埃的访谈中，多米尼克谈到注释时明确了这层意思："注释是为了重建波朗信中所影射到的

---

① 《致艾田蒲的二百二十六封信（1933-1967）》，克林科谢克出版社（亚妮娜·科恩·艾田蒲创建的出版社），一九七五年。——原注

那些事件和作品，因为人们已经忘记了，或者太年轻，对此一无所知。"这些信，信中所谈论的人物、作品和事件非常引人入胜，信中的波朗是一个慷慨的、聪明的、专注的波朗。他不写粗暴的信，如果他生气了，他就中断练习，唯一的例外是给塞利纳的一封回信，那是他陆续收到塞利纳若干封谩骂信之后回的："据我所知，唯一一次波朗对作家的纠缠、荒唐和粗暴有所反应——而这样的作家却不计其数——的是他给塞利纳的一封回信，这封信如今在波朗的档案中，是个副本，之所以是副本是因为波朗保留了副本，这是战争结束后，塞利纳从丹麦回来后波朗写给他的。因为塞利纳对《新法兰西》杂志极尽谩骂之能事，波朗给他回了一封信，措辞严厉，这是一封很美的信，我应该说。"

尽管对不太寻常的新鲜事物抱有好感，波朗却很讨厌电话："'这是什么东西……它在动，接呀，不，不要碰它……'别人把电话递给他的时候他总是捶胸顿足，我就对他说：'这是给您的电话，接呀。'他还是喜欢写信，哪怕就写上三两行，甚至是一行字，三个字也行。"这一点和多米尼克正相反，多米尼克也写很多信，在那个时代大家都是这样的，但是她只要有条件，便更偏向于打电话。留下痕迹让她感到不舒服。而且，在波朗的书信集中，一封她与波朗的通信也没有，然而她却没有把这些信销毁。这些信基本上被藏了起来，没有注明时间，总是乱七八糟的一堆，因而很难被找出来，也很难对它们加以整理。出版波朗的书信集是份难以想像的工作，因为波朗的信又多又杂。在信件的选择方面，重点主要放在他的工作上，文学、出版以及和作者、朋友、出版人的关系。不过，波朗的私人生活在其中的一些信件中也有所涉及，信中的话多半比较隐晦，通过某一个细节，或是某些评论我们可以得窥一二。波朗的感情生活没有得到过正式的披露，但在其昭示天下的夫妻生活与家庭生活背后，人们可以猜出些端倪。多米尼克在他的左右，和其他女人一样，和他其他的男性朋友一样。

波朗的私人生活

波朗是丈夫，是父亲。自四十年代末开始，日尔曼娜·波朗就瘫痪在床，但是她仍然和他一起生活，在他们竞技场街的住所里。波朗在与萨拉的第一次婚姻中有两个儿子：一九一三年出生的皮埃尔和一九一八年出生的弗雷德里克。皮埃尔一直站在母亲一边，和父亲没什么感情。他的孩子波朗也很少见到。弗雷德里克和雅克琳娜结婚，战后一直在父亲家生活。雅克琳娜和公公婆婆很亲，但是与多米尼克的关系也很好，她们之间是真正的友谊。雅克琳娜和弗雷德里克有两个孩子，让，又名让-凯利，生于一九五一年，克莱尔生于一九五五年。让·波朗很喜欢孙子孙女，他们和他生活在一起，给了他很多乐趣。他写信告诉别人，说自己的孙子"无与伦比，让他成天一个人在家待着，他也不会抗议。只有等他的爸爸妈妈回来了，他才指责他们，开始大吼大叫"。他还和安德烈-多泰尔谈起他的小孙女："你的孙女叫什么，我的孙女（最小的一个）叫克莱尔。她非常活泼，甚至才长出来的牙齿也只是让她觉得惊奇和有趣，尽管那牙齿让她的脸蛋都肿了起来。我倒并不认为孩子比大人要更令人赞叹；但是必须承认表面上看起来的确如此。"

波朗将自己一分为三，家庭生活、工作以及和多米尼克的感情，对于与多米尼克的感情，他并没有遮遮藏藏，但是他也不能随心所欲。他一直在照顾日尔曼娜，担心她病情的发展，随时将她的情况告诉朋友们。一九六〇年，他这么解释日尔曼娜的状况："我不知道'帕金森'这个词对你们意味着什么。这是日尔曼娜得的病（又称'震颤麻痹'）。这种病通常源于神经上的刺激：日尔曼娜看到她父亲最近才做了手术，突然之间伤口绷裂（原本缝合得不好），并且器官被摘除。除此之外，一九四五年，她也受到过打击，于是在十年的时间里她沉浸在幻觉和丧失理智的状态中。然而一九五五年受到的另一次打击却让她恢复了神志和理性——但是没能让她恢复四肢的能力。她表现出极大的勇气和令人赞叹的温柔。她日日夜夜由两位看护守候着。"日尔曼娜一直都很虚弱，因此必须要格外当心。她一直卧病在床。波朗每天都去看她，给她读书。他们之间的夫妻契约——根本不可能抛弃一个为人爱戴同时又需要你的人——对于多米尼克而言是一种限制。

然而，自五十年代开始，日尔曼娜几乎完全不能动，这在某种程度上倒是给了多米尼克与波朗的爱情以极大的自由。波朗与多米尼克多次出门旅行，例如夏天一起去芙洛朗丝·古尔德家度假，或是去瑞士书业行会逗留一段日子。波朗的一些朋友与多米尼克走得很近，却并不太认识日尔曼娜；在这些朋友看来，波朗和多米尼克就是一对。保罗和莉莉·比洛塔定期会在他们阿尔贝维尔附近吉里的家中接待波朗和多米尼克，有一次他们甚至去了夫妇俩在几内亚戈亚的住处。

所有社会性的或是职业性的交往，波朗都会带上多米尼克。但是与此相反的是，他在家庭生活中的交往中却只有日尔曼娜，例如他去波尔-克洛斯的时候。波朗与多米尼克之间的爱情让日尔曼娜感到非常痛苦。两个女人在开始的时候有过来往，但是自多米尼克正式成为波朗的情人之后，两人拉开了距离。然而，波朗的家庭对待这件事情的态度则更为平静，他们都愿意与多米尼克来往。

在巴黎，波朗和多米尼克一直是分开生活的。波朗在竞技场街，多米尼克则和父母亲人一起生活在大学新村，先是茹尔丹街，接着是瓦万街。多米尼克在六十年代所买下的布瓦西斯的房子成了两个人共同生活的地方。通常波朗周末时过来，不过到了生命的末期，因为身体状况，他不得不在这里长住。在这里，他有自己的卧室、书房，他可以在这里工作、休息。波朗需要帮助和照顾，而这一切，日尔曼娜都不能给他。生命的最后阶段，是多米尼克陪伴在情人的身边，担当起照顾他的职责。他们之间的这种关系终于得到了某种合法性，虽然来得很迟，并且持续的时间不长，对于多米尼克来说，却是莫大的幸福，她能够尽情表达自己的爱情。在整个五十年代，即使他们的关系不再是个秘密，多米尼克和波朗在写信时仍然十分小心，生怕伤害了别人，当然可能同时也是因为害羞。多米尼克只是简单地称呼波朗的名字让，信末用的也都是简短而温柔的问候，例如"我全心全意地拥抱您"、"您的多米尼克"。但是，自六十年代初期，风格陡然发生了变化。

在一九六一年让给多米尼克的一封信中，他前所未有地向多米尼克表达了自己的爱情："啊，我本想早告诉你，我爱你。但是你始终在，我在等你。我爱你。我爱你。"而在多米尼克给波朗的一封信中，多米尼克谈起布瓦西斯的工程以及她为他准备的房间时，她称呼波朗为"我的小袋鼠"："这一次，没有我的小袋鼠的来信。但是我时时刻刻都在想着他。我在花园里，在已经结果的苹果树的阴影下。天气微凉，但有炽热的阳光。东边布满了小球状的云朵。……我很想和你在一起，这样就能更有劲一点。不过我在想你布瓦西斯的卧室，这让我感到安慰。你知道的，对于家具的风格来说，存在颜色搭配的问题（主要是墙面的颜色）。如果在床上铺和窗帘同样的马耶讷条纹布，那一定会非常美丽。但是有没有能够和蓝色相配的颜色，我不知道。家居布料店重新开门后我们再去看看吧——我把地址都抄下来了。地毯也是一样。……我爱你，不要忘了，我爱你。"

对于像多米尼克这样自控的人来说，这样的宣言的确让人大感意外。或许，是某种急促感使然，是因为意识到剩下的时间不多了吧。多米尼克接受波朗不在身边的事实，但是要告诉他，她想他："我的心，我的爱，我需要你精准的感觉，需要你的保护，需要你每时每刻都在我的身边，哪怕你在波尔-克洛斯。哦，你要知道，我是多么爱你。你就是我的财产，我的住所，我的兄弟，我的爱。我爱你。好好照顾自己。快点给我写信。我爱你。"还有一件事情更为奇特，在这封信上她签了真正属于自己的名字：安娜。这是她第一次使用她的闺名，蕴含着一种极为复杂的情结，一种爱情上的躲猫猫游戏。亲热的、古怪的、含情脉脉的昵称代替了往昔那种彬彬有礼的语言，用来称呼让的是"我的心"、"我英俊的长臂猿"、"我英俊的猫头鹰"这样的字眼。而多米尼克成了"安娜"、"精灵"、"小精灵"。信中一会儿是"您"，一会儿是"你"，交织成情色的波澜。"但是你，我的心，你，为圣-琼·佩斯所折磨的你，我希望你一切都好，没有病痛，没有烦恼。只要你离开我几天，我就几乎什么都做不了。如果我真的随自己的性，只要你不在，我成天都会睡觉。你给了我那么多的快乐，因而当我想你的时候，我就坠入了深井。……我爱你。我爱你。给我写信。我是你的精灵，我是你的小精灵。"还有这样一些充满了童稚的身体游戏："我像球一般在你脚下滚来滚去。""我爱你，将我的面颊温存地贴在你的掌心。""轻轻地吻你的脖子，就在你工作的时候。不惊扰到你。""我爱你，我的心，我是你的。""我爱你，我爱你。我就睡在你的身边，一动不动。""你是不是真的很当心自己，我英俊的长臂猿？我抚平你美丽的绒毛，我亲吻你的手腕，我枕着你的膝头入睡。"波朗的身体越是每况愈下，这类爱情的词语便越是炽烈：多米尼克害怕看见他消失，害怕自己独自一人生活，害怕在他离去后，自己还要活那么多年，害怕就此失去他，而她还没有真正地，独自一人拥有过他。

是对波朗之死的惧怕使得多米尼克鼓足勇气向他袒露自己的痴情。没有任何的占有和嫉妒可言。对于波朗的夫妻关系，多米尼克从来安之若素，她早就接受波朗不能完全属于他，她也从来没有要过。其实波朗的这种情况更适合她，她并不希望过夫妻生活，建立一个家庭。而且她所承担的家庭责任也不允许她自由地享受爱情：她有儿子菲利普需要照顾，她也喜欢和自己的父母一起生活。自从与菲利普爸爸的婚姻生活失败之后，她再也没有尝试别的婚姻生活。过单身生活，像年轻男人那样，在父母家过日子，有感情生活，有朋友，但是保证身体与精神的自由。

她不是那种平静地等待着的普通家庭妇女，她没有办法书写这样的命运，虽然她对这样的命运还保留着一份幻想。作为现代女性，她的生活让她的爱情观更为成熟和宽容。她认为一个人完全有可能同时爱上两个人，正如波朗，能够爱她，但同时也爱日尔曼娜和其他女人。在与雷吉娜·德芙日的对谈中，她对嫉妒有这样的看法："我觉得我们完全有可能非常迷恋一个男人，但同时又有自己钟情的情人。为什么不呢？我认识的很多男人都同时爱着自己的妻子和情人，非常爱，直至疯狂，两边都是如此。也许不是同样性质的爱，但是等质的爱，是的。所谓的质或许用得不对，而是指其分量相当。既然同等重要，当然就不存在抛弃谁的问题。我觉得我们能够（同时爱好几个人）。也许这是我的变态，很可能，但是我很愿意：我无所谓。三人行的关系在我看来是非常有价值的、可以忍受的、完全可行的，和大家所说的正相反。"

一个男人和两个女人，这样的事情多米尼克经历过，但一个女人和两个男人她却未曾体验，因为她喜欢的男人都非常容易嫉妒。如果她还接受与他们的感情生活，她只能背地里欺骗他们。"我觉得爱情中最大的罪恶是嫉妒。我觉得爱一个人时，不能忍受的就是他抛下你，离开你；如果他对别人感兴趣，但还没有抛下你，离开你，事情就不是那么严重，待他回到你身边的时候，他依然爱你，他没有抛弃你。我完全有能力同时爱两个男人。爱的方式不同，但是两个都爱，是的。"她没有办法对他们说，她同时爱他们两个，因为两个男人都是会嫉妒的男人。不过，她接受与波朗的妻子共享一个男人，不仅如此，她还接受与波朗的其他情人一起共享。

波朗一生有很多艳遇，甚至有些是多米尼克促成的，是多米尼克带给波朗认识的女人。另外一些是波朗以前的情人，从来没有真正地断过，例如爱迪特·布瓦索纳斯。自一九三九年他们相遇，爱迪特的第一首诗歌《文明》在《方法》杂志上发表之后，他们就不断见面，彼此欣赏。战争即将结束之际，爱迪特·布瓦索纳斯在巴黎常住下来，就在雅各布街的一套公寓里，离伽利玛出版社两步之遥。波朗带她认识了让·杜布菲、芙洛朗丝·古尔德和乔治·朗布里希。他们几个人经常一起旅行，或者去尼姆看斗牛。他们的感情生活开始于一九四五年，爱迪特还曾经对波朗说过，几个月来，多亏了他，她觉得非常幸福。波朗帮她在杂志上发表文章，或者在伽利玛出版社，在《七星丛刊》上发表，或是在"百变丛书"中出版。波朗与多米尼克有了爱情关系之后，两人有所疏远，但并未真正断了关系。一九四八年三月，波朗去阿尔及利亚以及撒哈拉的艾尔格雷阿探望杜布菲时，没有让爱迪特一起去。不过多米尼克也没有去，因为杜布菲很不喜欢多米尼克，再说波朗也想一个人清静几天。他甚至没有通知多米尼克就出发了，多米尼克是到了《新法兰西》杂志后才得知他出发旅行的消息。但是一个月以后，波朗却和爱迪特·布瓦索纳斯一起去了波尔-克洛斯的马尔塞莉娜·亨利家休息。

波朗和爱迪特之间不再定期见面，但是他们的关系维持了不少年，是类似"粉色友情"之类的关系。他们之间有共同的朋友，文学工作也会让他们时不时相聚。他们甚至还体验过一桩非常奇怪的事情：一九五四年十二月，波朗提议爱迪特和亨利·米肖一起试试麦司卡林。"您什么时候想来试试（麦司卡林）？和米肖一起，我们打算的是二日的这个星期天或者三日的星期一（在他家）。如果你这两天有空最好。要不然，明天早晨请您给我个电话。拥抱您。我们可以约早晨九点半钟，在亨利·米肖家（瑟吉耶街十六号），一顿清淡一点的早饭之后。原则上在下午三点半之前就能结束。"一九五五年五月，爱迪特·布瓦索纳斯记叙这次体验的一篇文章《麦司卡林》在《新法兰西》杂志上发表。直至一九五八年，爱迪特还写了一系列献给波朗的情诗《在你身边》，他们的关系仍然维持着。一九五九年十二月，波朗陪同让·弗特里埃去日本京都举办画展，同行的有恩加莱蒂和爱迪特，但是没有多米尼克。多米尼克也并没有因此有所嫉恨。相反，一九六七年，在为爱迪特·布瓦索纳斯的作品《平静的海面》颁发马克思·雅各布文学奖的时候，多米尼克还与波朗、让·弗兰、奥迪勒·德·拉兰一起出席了颁奖典礼。只有在生命的最后几年，波朗才只属于多米尼克一个人。短暂的充满了痛苦的时刻，只有多米尼克在他身边照顾他。即便此时，波朗仍然不是完全自由的。日尔曼娜·波朗于一九七六年去世，在波朗去世八年之后。

波朗之后

多米尼克说，令她感到痛苦的是，她与波朗还从来没有时间享受两人世界。对文学的激情，他们的社会生活，他们各自的家庭生活使得仅仅属于他们俩的时间少之又少。最后的那段时光没有能够持续很长时间，而且浸淫着衰老和死亡的味道。

多米尼克最为袒露心迹的文章《一个坠入情网的女孩》很可能就是出于这种未完成的感情，是在医院里，在波朗的枕边完成的。对于理解《O的故事》而言，这篇文章是一个关键。情人们的时间所剩无几，时光太过匆匆，于是，禁不住要看、要守。在旅馆里发生的地下情场面也许并不是与波朗一起所经历的回忆，但是这一切却定义了多米尼克看着波朗就要离开的心情。在必须与别人一起分享情人的这件事上，多米尼克并不是受害者。她不是一个地下情人，除了等待情人的眷顾，别无他法。是她自己选择在社会秩序之外生活，和父母、儿子一起，拥有相对的独立性。波朗给了她很多：工作、友谊、旅行。他们的年龄差距非常大，多米尼克知道波朗的平静日子不会很长。波朗的死亡所带给她的悲伤唤醒了她内心深处某种旧时的情感。在最后她写给波朗的信中，落款都用了安娜，仿佛要回到真正的身份，回到那个曾经的、最初的女人。

多米尼克也曾经描写过那种不变的情感，缓慢的、安全的情感，仿佛她的职业生涯一般。自从她遇见波朗、进入伽利玛出版社之后，多米尼克的生活尽管激情四溢，却也是极富规律的。主要的事情并没有改变，只是一个自由的、介入社会生活的女人在盛开绽放。多米尼克喜欢和父母生活在一起，还有儿子——尽管儿子有心理问题，喜欢在她热爱的法兰西岛里，在巴黎和洛诺瓦的乡间别墅来来去去。三十年代多米尼克家在洛诺瓦买下房子之后，这里就成了多米尼克和她父母每个周末和所有休假隐居的地方。多米尼克负责家人往来巴黎和洛诺瓦的交通。她非常乐意承担服务，再说她喜欢驾驶。成人之间的交换：多米尼克帮助自己的父母，而她的父母则帮她照顾菲利普。而且直至四十年代末，多米尼克的祖母还和他们生活在一起。

多米尼克的父亲奥古斯特·德克洛的身体出现问题时，祖母已经将近九十岁。"所有人都和我一起回到巴黎，父亲回来一半是为了工作，一半是因为他要看医生，因为他在洛诺瓦的时候就已经病了，大约有一个星期的时间，妈妈也回来了，因为她不愿让爸爸一个人，菲利普一起回来，因为我们不能再给奶奶增加负担。"在此之后，奥古斯特·德克洛就不断地感到疲惫，并且时不时出现短暂的虚弱症状。"我的父亲有所好转。所有一切都因为疲劳过度——在他这样的年龄已经不能承受过度的辛劳了。"但从一九五四年开始，奥古斯特·德克洛的病情突然变得严重起来。"父亲的病情没有什么大的起色,尽管他一直在看医生,而且用了氯霉素。烧退不下来,他觉得异常疲惫。治疗一直到星期一。"多米尼克接替父亲承担了家庭的重任,另一方面,看着父亲承受病痛,她还要尽量战胜自己的恐惧:"在用了氯霉素(拼写多了个y,就这样吧)之后,我的父亲非常疲倦,他不时陷入沮丧之中,我的母亲也是坚持不住的样子。所有人都在角落里哭泣。这的确是一个很难把持的家庭。不错,我也哭了,因为我不想让别人注意到我。"

奥古斯特·德克洛的病拖了好几年,虽然有定期的治疗,但病情还是在恶化。"检查结果是父亲的病情有轻微的扩散(勒内写信告诉我的)。他必须去找勒内的父亲,但是他感到害怕。他宣称,他不同意手术。"看见自己的丈夫日渐衰弱,多米尼克的母亲也丧失了勇气,于是多米尼克只能独自一人承担这一切:"昨天,父亲的病又发作了,因而昨天我没能给你写信,亲爱的,上帝知道我多么需要你。可怜的妈妈丧失了理智,总是忘了关火,打碎东西,睡不着觉,她一直哭个不停。"多米尼克此时只等着解脱,自然,她又因此感到一种无法推卸的罪恶感:"父亲的内脏器官出现了小障碍,但是已经有所好转,昨天,他还起了会儿床,不过很虚弱。烧有所减退,早晨三十七度五,晚上三十七度九度,晚上的烧还是高了一点。他对我非常温柔,总是带有一种感激之情,令我心碎:我真是想逃开,但又觉得这种想法是对他随时随地的背叛。不管怎么说,到今天为止,我还表现得非常平静,一直能够战胜自己。"

看到自己最爱的人在自己眼前渐渐消失,多米尼克丧失了勇气。她终于开始意识到,把所有爱的人都集聚在一起,这是她无法做到的事情。"我太疲惫了,仿佛一头长时间以来负担过重的牛,或者,更确切地说,是头负担过重的驴,唯一的安慰是某种想像的生活,一切都能够如奇迹一般安排得妥妥帖帖,所有人的健康,所有人的性格,菲利普的状况,我的自由,可以和让、和你一起去洛诺瓦,可以用上暖气,可以有时间喘口气,可以帮妈妈一把,可以有一点新鲜空气(精神意义上的),总之,都是些空想。自然,为了这些空想我浪费了不少时间,或许,打个比方说,给你写信更为可靠一点,更好一点,再不就是写点不长的东西,甚至结束眼下的翻译也行。但是不,我宁可在床上躺着,远比我应该躺着的时间长,睡不着觉的晚上我就读稿子,这是唯一还算得上是可以帮助我不陷入空想的事情。如果有一天,我和其他人一样,终于也记录下我的生活，我想这不会是美丽的生活，也没有任何可敬之处。"无法将所有的情人、亲人和儿子拢在一起。她已经感觉到孤独的威胁。

多米尼克与母亲单独面对一向是有问题的。她们之间的关系不好，但是彼此却无法离开对方而独自生存。路易·德克洛对自己女儿的私生活总是非常好奇，很喜欢对此指手画脚，尽管表面上看不出来，她却一直盯着女儿。例如，多米尼克喜欢在自己的卧室给朋友们打电话——尤其是艾迪特·托马斯，自从她们开始交往之后，多米尼克每天早晨都会给托马斯打电话。而母亲一听到自己的女儿在打电话，她就走进多米尼克的房间，坐在她的床上。由于多米尼克不敢让母亲产生太多想像，有时，她的电话就会冷冰冰的，在朋友们看来颇为奇怪，而且她没法解释原因。这是母女之间围绕着父亲而产生的嫉妒，由来已久，因为父亲与女儿之间一直存在着某种复杂的感情。正是这份嫉妒之情能够说明为什么有时候多米尼克在信中的一句两句话会显得如此斤斤计较，甚至有点偷偷摸摸的。例如，在一封信里，多米尼克谈到一次自己长久以来为之折磨的偏头痛，这次发作让她在床上躺了好几天。而她的母亲不仅不安慰她，甚至还夸大她病情的严重性："我的头痛接连发作：在床上躺了四天，接着好了三天，接着又躺了四天。唉。结论很明显，最终这样的发作可能连短暂的好转都不会有，一次就会持续三个星期。我母亲的愿望终于成了事实，她觉得这已经是我病情开始恶化的时候。"

多米尼克买下布瓦西斯的房子时，以为终于可以摆脱自己的母亲——那时她母亲已经在洛诺瓦安顿下来，多米尼克轻松了许多。但是自她父亲在一九六二年去世之后，母亲很快就来布瓦西斯找她。父亲的去世给多米尼克带来无穷的悲伤，但是她对此有所准备。她带着一种致命的平静完成父亲的遗愿："亲爱的，父亲今天早晨去世了，八点不到。星期四夜里，他肺部出现水肿，星期六出现心肌梗死，星期一半夜（而这一切都曾经治愈过！）半边麻痹，这次是左半边。紧接着就是昏迷，几乎是完全昏迷，不能说话，只能咕咕地哼几声，是喉咙口发出的那种气流的声音，但是看上去他不是很痛苦。星期五早晨我们在德尚的圣母院为他做了追思弥撒——以前他经常对我说，如果不为他唱诵追思弥撒的《震怒之日》，他就无法安睡。很快，我们会把他带回洛诺瓦。"多米尼克失去了父亲，几年之后又失去了波朗。两个男人其实年龄差得不多。

波朗去世之后，多米尼克对自己的生活，选择与牺牲作了个总结："我在想,实际上,对于布瓦西斯这幢空荡荡的房子,我究竟在多大程度上可以忍受它存在的理由。我在想,母亲在这里感觉很好,她把自己安顿在这里,这逼迫着我就不能在布瓦西斯待着,但是,这难道不是目前我还不能放弃这里的最重要的理由吗?受挫的欲望是非常强大的动力。假如欲望能够实现,要么就是我们为之付出太多,要么就是来得太晚。必须无所欲求,必须在牢笼的内部找到一点点快乐,并且是为了自己。一生之中,我仿佛被系在小木桩上的一只羊,拖动绳索,为了够到在我手边的东西(很多东西,并且在很长的时间里,我无所抱怨)——但是没有绳索系着的,比如说你,难道就拥有更令人满意的生活吗?"

多米尼克独自与母亲生活在一起,精疲力竭,菲利普出入瓦万街的住所与布瓦西斯。路易仍然保留着在洛诺瓦的房子,但是也经常到布瓦西斯来。菲利普在交际、情感和职业方面一直存在问题。路易再也不能照顾自己的外孙,她听凭自己慢慢地离开这个世界。"我可怜的母亲明天就要八十三岁了,成天只谈论死亡。菲利普回来后她病了,以至于我巴不得他赶快走。只有菲利普离开她才能得到安宁。这不是一件令人高兴的事情,无论从哪方面来说。等假期结束,我希望她能去看朗日医生——但是她肯定不会吃医生开给她的那些上瘾药品……不论怎么说,走一步看一步吧。"

七十年代初,多米尼克已经失去了她最爱的人。父亲,让·波朗,艾迪特·托马斯,最后是在一九七〇年去世的母亲。她独自一人和儿子生活,儿子遇到了一个年轻的瑞典女人佩特。在儿子的要求下,她为儿子在马拉科夫买下一座小小的、带花园的房子。多米尼克很快就要七十岁了,在波朗去世之后,作为一个女人的生活已不复存在。她将更多的精力投入了伽利玛出版社的工作、费米娜文学奖以及整理出版波朗通信集上。多亏了她与雷吉娜·德芙日的系列对谈《O对我说》,她结交了新的朋友。两个女人之间的关系非常好,并且同为费米娜文学奖的评委。波朗的家人——尤其是雅克琳娜——也经常去看望他。他们共同建立了让·波朗读书小组,把波朗的朋友、崇拜者和学者聚集在一起,共同讨论波朗的作品,开始时读书会都是在布瓦西斯开的。多米尼克与弗朗索瓦丝·贝拉瓦尔——伊冯·贝拉瓦尔[①]的妻子——也走得很近,弗朗索瓦丝在布瓦西斯也买了幢房子,就在多米尼克家旁边。

[①] Yvon Belaval(1908-1988),法国哲学家,作家。狄德罗研究专家。——译注

自八十年代末开始,多米尼克的交往范围已经大大缩小。她不再参加文学圈子与上流社会的活动,基本上躲了起来。几年前她已经开始丧失部分记忆,似乎是为了忘记自己在波朗之后还继续存活了三十年。尽管仍旧非常智慧,但是她在日渐枯竭。多米尼克吃得越来越少,为了减轻偏头痛,她原本就吃得很少。所有丰盛的、油腻的食物都让她感到害怕。她只吃火腿片和煮熟的土豆。多米尼克非常瘦。在布瓦西斯,她养了十来只狗和猫。多米尼克很喜欢动物的陪伴,觉得它们很漂亮。如果在巴黎,她就会去《新法兰西》杂志的办公室,直至生命尽头都是如此,在那里她能够遇到尼古拉·阿布凯尔。安托瓦纳·伽利玛为了向她表达敬意,仍然继续给她发工资,多米尼克却觉得自己食人俸禄就必须忠人之事。她的责任感始终未变。

对于公众来说,《O的故事》始终是个谜。为了保全家庭的体面和自己的职业身份,多米尼克一直拒绝揭开作者的面纱。一九八八年,她与尼古拉·格勒尼埃做了电视访谈,但她要求访谈必须在她死后才能播映。一九九八年,访谈的内容集结出版,题为《使命:秘密》,放在菲利普·索莱尔斯在伽利玛出版社主持的"无限文丛"中。一九九四年,在《O的故事》出版四十年之际,多米尼克重新考虑自己在这件事上的立场。所有的人都已经离世,多米尼克也已经是个上了年纪的女人。正因为如此,《纽约客》的记者约翰·德·圣-约尔才能够让她承认自己就是波利娜·雷阿热。令这位记者感到非常惊讶的是,他看见的作者是个年龄很大的女人,穿得周周正正,蓝白相间的羊毛开衫,脖子上系一条红蓝细条纹的领带。唯一与多米尼克的简朴风格不相称的是她一直戴在左手无名指上的金龟子戒指。这是波朗和她一起去几内亚比洛塔夫妇家旅行时给她买的礼物。

多米尼克斩断了与过去的最后一点联系:《O的故事》的秘密,自此之后她便听凭自己的生命慢慢消耗殆尽。她几乎不再进食,由于身体非常虚弱,她已经没有办法离开自己的卧室。她生活在极度的不幸与困窘之中。她的儿子没有能够真正地照顾她,就让她一个人在满是灰尘的环境中生活,脏兮兮的,到处都是动物。多米尼克·奥利死于一九九八年四月二十七日,享年九十岁。她和父母一起葬在洛诺瓦。一九九九年六月,《新法兰西》杂志上发表了一组题为《向多米尼克·奥利致敬》的文章。没有专刊,只在专题评论中提到了她对文学的巨大热情。

第二部分
安娜·德克洛
Anne Desclos

安娜·德克洛
童年

多米尼克·奥利原名安娜·塞西尔·德克洛,一九〇七年九月二十三日出生于滨海夏朗德省的滨海罗什福尔。她的父亲,维克托·奥古斯特·德克洛——通常人们只称呼他为奥古斯特或波普——当时考过了英语大中学教师的资格考试,第一个位置便是在罗什福尔。她的母亲安吉尔·路易·安娜·奥利克斯特——通常人们只称呼她路易——没有职业。奥古斯特和路易只有这一个女儿。路易对身体与性生活有一种厌恶感,再加上怀孕与分娩的极度不适,决定不再要别的孩子。而且她把孩子交给自己的婆婆抚养,因为她对婴儿也极为反感。安娜才生下来便交给了祖母,生活在圣-米歇尔山边的阿弗朗什。

父亲家庭以及父亲本人个性对安娜起了决定性的影响,无论是在文化上、知识构成还是感情方面都是如此。多米尼克一直认为自己是布列塔尼人,属于大西洋,因而从来看不上单调平静的地中海。奥古斯特·德克洛的父母都是布列塔尼人,一八七〇年普法战争期间移居英国。奥古斯特的父亲曾经想加入法国军队,但是因为平足被拒,于是他参加了自由射手组织——法国军队溃败,拿破仑三世在色当被囚禁之后一支自己出资抵抗普鲁士入侵者的志愿者武装力量——出于对君主政体的拥护或是出于民族主义。因为有被普鲁士人吊死的危险,奥古斯特的父亲躲到了布列塔尼,那里的农民和水手生活非常困窘。于是他决定带着妻子和妻弟一起移民英国,想在那里找到工作。

"普法战争之后，他们最终在英国安顿下来，在那里待了十五年。我的祖父在索霍开了家小餐馆，经营的是法国最好的传统菜肴。"安娜的祖父母在伦敦待了十八年，她的父亲在十五岁以前一直上英文学校。他们回法国后，在自己的家乡，芒什海峡附近的阿弗朗什安顿下来。奥古斯特·德克洛拥有英国和法国的双重国籍。"他进入康斯坦斯中学，可同学们都嘲笑他，因为他的法语里有很重的英国口音。"奥古斯特想要成为军官，但是想要在圣西尔军校报名，必须拥有十万法郎的身家。家室贫寒，于是他只好进了海军军官学校。然而他的视力又不够好，因此没能拿到毕业文凭。奥古斯特决定利用自己真正的王牌——英法双语的优势——打天下。在英国做了几个月的法语教师后，他回国准备英文教师资格考试。他通过了考试，被任命到罗什福尔，奥古斯特和妻子路易·奥利克斯特在那里安了家，一九〇七年初秋，安娜出生，掌心有两条生命线。

安娜一生下来就被送往布列塔尼的祖母家，祖母把她养大，和她有时说法语，有时说英语，她的儿童读物大部分书都是英文的。祖母的房子并不在阿弗朗什，而是旁边的一个叫做拉布特的小村庄，属于瓦尔-圣克莱尔镇①。祖母的房子属于蒙塔朗贝，朝向圣米歇尔山海湾。安娜的童年非常孤独，在书、祖母的塞尔特文化和对英国文学的热爱中长大。直到第一次世界大战结束，安娜仍然是在阿弗朗什上中学。童年记忆中的战争——父亲应征入伍，祖母焦虑至极。一九一四年的时候，安娜七岁。"对于这次战争，我始终保留着深刻的记忆，尤其是父亲在得到准许回家探亲的日子。祖父病了，祖母和我，我们把父亲送到阿弗朗什火车站。回来时，我的祖母一路上都在哭：'我们再也看不到你父亲了，再也看不见他了！'这令我感到非常震惊。"安娜的父亲没有死，只是受了点伤。他不是身处前线壕沟的战士，而是法国驻英国皇家空军使团团长和翻译。这是奥古斯特英法外交职业生涯的开始。

停战之后，安娜去了瓦兹省克莱蒙市的外祖父母家，在那里拿到了毕业文凭，并且得到了良好的评语。她看见了战争的痕迹，夷为平地的城市，努瓦永镇尸体横陈的公墓。还有村庄里不计其数的阵亡战士纪念碑，令人想起有多少

---

① 加斯东·伽利玛也在阿弗朗什附近有幢房子，一九三九年八月末，他和自己出版社的人一起躲在那里。也正是在那里，一九四四年七月，巴顿将军的坦克部队打开了一个缺口，这是盟军挺进巴黎的起点。——原注

人在前线死于非命。虽然有战争,虽然不停地换地方,安娜始终是个好学生。她在阿弗朗什上的中学,在瓦兹省克莱蒙中学毕了业。她拥有非同一般的记忆力,从来不曾背过一篇课文。只有在念文章的时候,她才能真正完全地了解它。安娜在拉丁文和文学上很有天赋,但是数学对于她来说就不那么容易了。她很勤奋,但是也很好斗。脾气和她的父亲一样坏,经常和别的孩子打架,她是小团体的头儿。安娜的运动神经也很发达,网球和中长跑都很擅长,但是"我对竞赛不感兴趣。只有在班级比赛的时候我才有点兴趣。如果我不是第一第二,我会非常生气"。

在安娜接受的教育中,学习成绩优秀是非常重要的,相反,宗教倒是个小问题。她的父亲出于对英国的热爱,希望自己的女儿是个新教教徒,但是安娜的母亲则希望她是个天主教徒,像绝大多数法国人那样。安娜于是没有受洗,但是她被送到祖母家后,信奉天主教的布列塔尼祖母立即将她送去上教理课。她没说自己的孙女没有受过洗——这有点说不出口。是在准备领圣体的时候,她才不得不承认自己拿不出受洗证明。"我已经不知道忏悔了多少次,我满怀热情地参加日课、圣母月,我非常虔诚,总之,是那个年龄的人所能想到的一切,但是突然,就像平静的天空一声霹雳,我得知我从来没有受洗过。"她于是一个人领了第一次圣体,"没有长长的白裙,从这个角度说是偷偷摸摸的(已经具有秘密的意味)。同一天,受洗与初领圣体,只有母亲在,而她也是一副不耐烦的样子,觉得这一切很让人恼火,完全可以省掉,在某种意义上,我也一样,完全应该略去"。安娜于是从来没有成为过信徒,但是她对宗教仪式保留着某种趣味,仿佛一件被禁止的、秘密的事情。

第一次世界大战结束后一年,奥古斯特·德克洛退了伍,在巴黎的贡多赛高中得到教席。安娜来到父母身边,他们一家住在瓦尔-德-格拉斯街的公寓里,一直到三十年代中期。安娜则进了费奈隆高中,毕业时考了哲学方向的业士。在高中的这几年,安娜患了乳突炎,做了好几次手术。重复感染也许正是她日后为之折磨了一生的偏头痛的由来。尽管如此,安娜在高中时仍然非常勤勉,认真读书上课。取得业士文凭后,安娜进了索邦大学读英文。她没有学文学,尽管她早就喜欢上了文学,她觉得自己还没有达到那个高度。她只是满足于阅读,兴味盎然的阅读。

自童年时代开始,阅读就是她主要的活动。四岁,她已然能够毫不费力地读和写，法文或是英文都可以。"家里的图书馆对我没有任何限制！或者说几乎没有任何限制。妈妈经常说：'无论如何这也不是她这个年龄应该读的书，她还是个孩子呢，你不能让她读这书。'"安娜的父亲非常宽容，不采取任何限制措施。于是，十四岁的安娜已经有了阅读《危险关系》的权利。父亲甚至还给她读一些当时被认为是"下流"的作品，尽管这些书实际上并没有什么。"到现在我还记得，有一天，父亲借给我一本伏尔泰的小书，很漂亮……我又借给了同学，她们当中的一个在看的时候被学监抓住了。于是我被校长叫去，我差点得在学校的纪律委员会做检讨。'小姐，您在哪里找到的这本书？——是我父亲借给我的。——什么，您怎么敢这么说，撒谎的孩子！——如果您不相信，可以给我父亲打电话。'于是校长给我父亲打电话，我的父亲这么说：'我女儿说的是真的。再说，伏尔泰的诗很不错，至少可以说很有意思。这本小书很漂亮。''那好吧，但是她不应该把书带到课堂上来。'于是我们达成了某种交易：我允诺不再把父亲给我的书带到课堂上，这样我就不用在纪律委员会做检讨。"

不过，安娜的阅读总体上来说还是相当古典的。孩提时代读了吉卜林的所有作品，然后是维吉尼亚·沃尔夫，所有英国的大作家，除了她一直都没能喜欢上的狄更斯。她最喜欢的作家是在中学里学过的莎士比亚，一生中她都没有停止过莎士比亚的阅读。她能够整段整段地背诵莎士比亚作品。"在这里或是在乡下，我的床头柜上都放着牛津出的《莎士比亚鉴赏辞典》的影印本，五十来页。是莎士比亚诗歌和戏剧作品的节选。时不时地翻翻绝对是有好处的，这是超越一切的东西。"安娜是西尔维亚·比什的莎士比亚书店的订户，每个星期，从学校回家的路上，她都会去取书。另外，比起乔伊斯来，她更喜欢康拉德，或许她读乔伊斯的时候还太年轻。

在经典的英国文学之外，安娜还通过《新法兰西》杂志发现了法国当代文学。"有一天，我应该是读高三或者哲学业士会考的预备班，我买了一本《新法兰西》杂志。那一年那一期的《新法兰西》杂志，那个月的杂志，正好在说一个叫马塞尔·普鲁斯特的人，我还从来没有听说过这个名字。文章的名字叫做《爱情强度的变化》①。我迫不及待地读了文章，第二天我到书店去买这位先生写的书。可书店没有，一本也没有。自此之后我就开始弥补了！我现在有

---

① 爱情强度的变化，这是普鲁斯特的特别用语。——译注

三套，一套在乡下，一套在我母亲那里——在我母亲的房子里，第三套就在这里，在我自己家。"

普鲁斯特是她在文学上真正的遇见。安娜觉得纪德有点乏味了，也厌倦了青春年少时喜欢的马尔罗。古典和当代的作家给了安娜文学上的热情，当然，不可或缺的还有父亲的开放，没有任何人为的限制。安娜什么都读，只要手边有，从最伟大的作品到最为反常的作品，从最为神秘的到最为情色的。这种阅读的品位非常特别，属她一人独有，尽管她觉得自己的文化来源于父亲，她非常欣赏的父亲。父亲在她一生中起着非常重要的作用。"我非常欣赏他。这是个令人惊叹的小个子男人。他不是很英俊，个子不高，但很结实，他喜欢所有运动。他喜欢女人，觉得所有女人都很漂亮，有机会他就追。妈妈总是抱着平静的心情看待这一切，有时会有点恼火。我则觉得这着实令人赞叹。他喜欢所有的东西！他太懂得如何让自己幸福了，在这方面的能力简直难以置信。除了他之外，我只认识一个人也具备这样的能力：让·波朗（……）。是的，我的父亲具备让人难以置信的使自己幸福的天赋。我的母亲则正相反，她的天赋是制造不幸，这也是一种平衡。"

安娜和父亲非常亲近，骨子里和他很像。精神上和道德上的自由，对于艳遇的兴味，对于冒险的兴味以及慷慨，这些都是安娜性格中的组成成分。她和母亲的关系比较冷淡，没有任何身体上的接触，但从表面上看起来脾气倒也有几分相似：忧郁、节制和谨慎。安娜的职业生涯和社会生涯得益于父亲：英文、古典文学、出版以及一些非常有用的生活准则，例如，正如英文里经常说的那句话：Never explain, never complain，永远不要解释，永远不要抱怨。安娜还对宗教仪式、庆典很感兴趣，但并不是出于信仰或修行的需要。安娜和父亲都喜欢古典文学，不过父亲不喜欢现代文学，例如像普鲁斯特这样的作家。在政治观念上父女俩也有细微的差别，安娜更接近右派，捍卫民族文化的保守右派。父亲却不是一个民族主义者，他更认同欧洲文化和国际文化，对美国也持有一种开放的精神："他一直有点左派的倾向，大家都这么说。他曾经满怀热情地投入第一次世界大战，因为他相信这是最后一次世界大战。因而，当第二次世界大战来临时，他很不高兴，不高兴，至少我们可以这么说。对于他来说，人生最大的悲剧，生命的崩溃，就是发现了纳粹的集中营，因为他对德国人，对德国文化非常赞赏和尊敬。突然间，纳粹，集中营，反犹主义，这一切是文明的崩溃。他不再相信任何东西，他是在绝望中死去的。"

业士毕业会考结束后，安娜进了父亲就读过的高中，贡多赛高中，这所高中是男子学校。她和另外两个女孩——一个是费奈隆中学的同学，另一个是从图尔来的一个公证人的女儿——是第一批注册法国高等师范学校文科预备班的女生。男生惊慌失措，老师也试图让她们知难而退："比如说，他们在我们的作文上写非常恶毒的评语，就是为了看我们哭。可他们没有达到目的，我就是不哭，我听他们说完，故意挤出一个大大的笑容，不能哭！"安娜只在贡多赛待了一年，在那里学习拉丁文、法文和英文——没有哲学，因为她不打算进巴黎高师。接着，她进入索邦准备英文的学士学位（相当于现在的硕士学位）。

年轻女人

安娜顺利完成了学士的学业。她非常有天赋，是真正意义上的双语，只有一点，她不喜欢古英语，觉得古英语粗鲁、野蛮。但是她没有申请教师的职位。她觉得教书是个令人厌烦、令人沮丧的职业，对此抱有恐惧之心。她没有继承父亲的职业，没有去考教师资格证书，也可能是考了没通过，因为没有真正的兴趣。直到第二次世界大战爆发之前，为了谋生，她做的工作不过是纽约哥伦比亚大学师范学院的"辅导员"，负责指导在索邦学习法国文学的一群美国学生。早晨的课结束之后，安娜帮他们复习，弄懂没有听明白的课。她帮助他们在巴黎安顿下来，找宿舍，找医生。她对他们很好，很热情，但是这群学生实在不够聪明，安娜于是经常需要教他们重新写作文，甚至重新讲解课文。在此项工作之外，安娜还注册了卢浮宫学校，但是没有得到文凭：在三十年代开始的艺术史的博士论文由于一九三九年大战爆发而搁置下来，她再也没能够完成。在此期间，她还为杂志撰写文章，进行文学评论。

在工作之前，安娜交往的主要是索邦大学、法学院和巴黎高师的大学生。她遇到了不少男孩，也有了女大学生最初的爱情经历。安娜不是那种一本正经的无知少女，她在少女时代就已经对男欢女爱有所了解。那时她读了第一批色情文学——薄伽丘，克雷比永，书都是在父亲的书房找到的，大约十三岁或者十四岁的时候。父亲不仅让她读，而且还试着向她解释其中的含义。"一堂真正的自然科学课,还有彩色人体解剖图。自此之后我就再也不需要在课间休息时和其他同学交头接耳窃窃私语了。再加上我有一个年纪大一些的女朋友,我一直怀疑她是我父亲的同谋,有一天,她提议让她的一位表亲为我演示一下。这位表亲发誓决不会碰我,但是要向我展示一切。"

安娜接受了朋友的提议,去了一间色情旅馆。到现在她对此仍然感到非常惊讶,居然在少女时代就已经进了此类旅馆。这个表亲向安娜展示了一切如何运转,安娜觉得很好玩,却没有惶惑的感觉。"我觉得这个竖起来的器官蛮可怕的,他却深深为之感到骄傲——实话说他的这份骄傲挺可笑的。当时我想,这样竖起来应该让他觉得尴尬才对,还是做个女孩更好。必须承认,在这点上,我的感觉一直没有什么大的变化。至于所有的液体、汗水、唾液,这些可不太吸引人。幸好旅馆里有热水、毛巾和古龙水。"安娜不觉得赤身裸体和一个男孩子在一起有什么不名誉的,因为她没有任何宗教或道德上的禁忌。自孩提时代开始她就不相信上帝,不认为"道德禁忌"和"身体机能"之间有什么关系。

不能把隐私告诉所有人的想法,这并不是因为宗教上的禁忌,而是出于实用的考虑:"有一点是肯定的,有些东西不能昭示天下,因为这会让别人会感到尴尬。完全私人范围内的事情。很多年之后,必然的反应就是:不能把家人和朋友混在一起,有些东西不签自己的真名。有些事情只能与同谋说。"为了保证自己的自由,安娜很明白,必须保守某些秘密。包括她少女时代就已经产生的对女性的爱情。在贡多赛中学,有一个老师注意到了安娜和她女性朋友之间的某种行为动作:"有一天,我的手臂搭在女同学的肩上,向她解释一点什么,我们俩并肩坐着,突然,这位正直的先生叫道:'小姐,在您就读的女子中学,他们没有告诉你必须小心某类特殊的友谊吗?'——'噢!他们说了,经常说。'教室里一片哄堂大笑。"

对于双性恋,安娜也觉得非常自然,并且自少女时代就有体验。在《一个坠入情网的女孩》中,她通过一个年轻姑娘的回忆,对《O的故事》中的一对情侣——勒内和雅克琳娜作出了解释:"比如说勒内(这个名字很有怀旧色彩)是少女时代爱情的回忆,不,应该说是痕迹,更确切地说,是少女时代对于爱的向往的痕迹,从来没有成就过的爱情,勒内从来没有想到过我有可能爱他。但是雅克琳娜爱过他。在勒内之前,我爱着雅克琳娜。她是我青涩的初恋。她和我都是十五岁,整整一年,在学校里,她一直跟着我,抱怨我的冷漠。但是随着假期的到来,我们要分开了,我才突然意识到自己的冷漠。我写信。七月,八月,九月,三个月,我一直在等邮递员,然而始终没有等到来信。可我还是写。这些信全都没有到她的手上。雅克琳娜的父母不允许她见我,她后来在另一个班注册了,她告诉我,这是一种'原罪'。可'原罪'是什么?我究竟有什么值得指责的地方?能够暴露在光天化日之下的东西也不是那么纯净……我在懵懂无知中改写了罗莎琳德和西莉亚①的故事——但是故事没有能够持续下去。"寄宿学校女生之间的,能够演变成真正激情的感情。害怕会留下痕迹,害怕自己所做的一切,自己所扮演的角色会留下证据。二十年代末,安娜已经成长为一个年轻女性,就像其他女孩一样,她必须抛开少女时代的一切奇思怪想,构建成熟女性的生活。

两次世界大战之间的大学生颇具革命思想,他们在三十年代报纸、杂志和著作中尽情表达着自己的思想。在苏联支持的共产党员、以阿里斯蒂德·白里安和国际联盟②为标志的和平主义民主派以及民族主义分子——君主立宪制度拥护者和反议会分子——之间经常展开关于政治、社会和思想的论战。介于大学与大大学、文学圈与法律圈之间的民族主义和反民主主义青年知识分子组成了自己的圈子,开始在《法兰西行动》、《论坛》以及《世界》杂志等这类当时比较重要的右派报刊上写文章。安娜遇见了这个由法学院、巴黎高师或索邦大学大学生组成的小组,尽管她与他们的政见不太一致,却成为成员们最为亲近的朋友之一。梯也里·穆尔尼埃、罗贝尔·布拉齐亚克、莫里斯·巴雷斯代什,这些路易-勒格朗高中预备班的旧时同学在一九二八年之后陆续进入巴黎高师,他们开始组织政治及思想上的系列活动。他们支持法兰西行动,参与了保王党报贩和其他君主立宪制度拥护者的游行,并且组织了巴黎高师的贞德大游行。他们与年龄稍长一点的保王党斗士之间友谊甚笃,其中就有雷蒙·达尔吉拉,这是一位西班牙籍的法律系学生,出身贵族,家庭于十九世纪末移居埃及。

雷蒙·达尔吉拉一九〇三年十月十七日出生于距开罗不远的哈瓦姆蒂,当时与其父约瑟夫·达尔吉拉一起生活在圣-雅克街十九号。雷蒙的妈妈让娜·瑟

---

① Rosalind 和 Celia,莎士比亚戏剧《皆大欢喜》中的人物,罗莎琳德曾经女扮男装,两个年轻姑娘朝夕相处,揭开了一系列纷繁浪漫的故事的序幕。——译注
② Société des Nations,第一次世界大战后建立的国际组织,总部设在日内瓦。——译注

里早几年就去世了。雷蒙希望做一名律师，除了街头的行动之外，他当时已经开始为极右翼的杂志写专栏文章。日后，他还为杂志《1933》、《1934》、《1935》做驻西班牙通讯员，报道弗朗哥派和共和党之间的战事。雷蒙身形高大，脾气暴躁极端，看上去很是让人不安，他一条腿不大好，成日坐在板凳上看着年轻姑娘。雷蒙能够吸引安娜是一件很奇怪的事情，因为安娜不喜欢这类生硬而令人不安的男性。

一九二九年三月九日，雷蒙·达尔吉拉和安娜·德克洛在巴黎第五行政区登记结婚。安娜搬出了父母家所在的瓦尔-德-格拉斯街九号，在丈夫和公公家所在的圣-雅克街住了几个月。几个月以后，一九三〇年一月二十六日，雷蒙与安娜唯一的孩子菲利普出生。安娜很快就为这桩婚姻感到后悔了，雷蒙善妒而暴躁，而安娜却追求自由和独立。安娜的确对家庭主妇的生活抱有一定幻想，然而这生活与她的个性实在太不兼容。菲利普的出生起初也令她感到难以承受，安娜的所作所为与早先母亲的完全一样，她把孩子交给母亲抚养。她觉得自己根本没有能力做母亲，认为如果没有父母的帮助根本不行。开始时婚姻在她看来还是一具保护伞，但很快就演变成了威胁。"好吧，起初，我以为男人都是骑士，无所畏惧，从不指责对方，过了二十岁，我才从云端摔了下来。他们和我以前所想像的完全不同。"在安娜眼里，男人都像父亲那样：威严、自由、负责、慷慨。她非常喜欢和欣赏自己的父亲，和他在一起体验到了真正的爱与激情。但雷蒙的性格与此正相反，并且，他也不能为她带来或许可以弥补感情的安宁。

安娜最初关于地下的、秘密的生活由此而来，与自己的生活并行不悖的另一种生活，正是为了躲避丈夫的专制。她希望保住自由，她不想冲突——因为她害怕冲突。另外，也要尽量不让孩子继续在精神上受到伤害，父亲的激情与母爱的匮缺已经令孩子深感痛苦。在此后一生的时间里，安娜对孩子一直抱有一种负罪感，因而，尽管孩子有严重的心理困扰，在人际关系上经常发生问题，她却觉得自己必须把他留在自己的身边，不能抛弃。母爱是一种责任，安娜承担这份责任，因为她是个诚实的、负责的女性——这是她做人的准则，而不是社会强加给她的责任。她曾经以为自己就此能够进入一个传统的资产阶级家庭，但是这场婚姻失败了。对于她来说，这次婚姻是个非常愚蠢的决定，是年轻的错误，她错误判断了自己的个性。家庭妇女的生活，做一个忠实的妻子与母亲，这根本不适合她。是的，菲利普在那里，一个脆弱的孩子，她今后永远不能离弃他。但是她能够从婚姻中挣脱出来。

摆脱婚姻，她必须有办法养活自己。为美国学生上的法文课能够让她定期有所收入，同时父母也给她一定的支持。要成就事业的念头是在后来才产生的，因为碰到了形形色色的人，得到了形形色色的机会。安娜一直没有停止过工作，她害怕自己必须依附于一个也许并不可靠的人。"我的错误习惯之一就是不假思索地接受别人让我做的所有工作。很长时间以来，我一直害怕自己没有工作，需要依附某个人。"安娜从本性上来说就是一个自由、独立的人，与他人保持一定的距离，尊重别人的私人生活。而她与雷蒙·达尔吉拉糟糕的婚姻更是强化了她的天性，促使她斩断这种并不适合她的生活。

她非常勇敢，决定离开雷蒙，向他提出离婚，那个时代，还很少有女性敢于离婚。事情的起因还在于她那时深深坠入了男人的情网。她必须得到自由，而不是冒险欺骗雷蒙，过双重生活，因为她害怕雷蒙的反应。她提出离婚，想在法律上得到儿子的抚养权。夫妻俩的职业和经济状况是无法相提并论的。雷蒙更有可能得到儿子的抚养权，如果他发现了安娜的通奸行为，他一定会以此事为借口证明一个道德上有问题的女人不能抚养孩子。安娜于是抢先一步行动，以丈夫精神上、肉体上的暴力为由要求离婚。在离婚宣判前的两年中，她成功地保住了自己的秘密，更兼之她的恋情还尤为微妙——情人是雷蒙·达尔吉拉的朋友。两个男人一起工作，接触同样的知识分子圈子和极右翼杂志。这个安娜自一九三三年开始疯狂爱上的男人是梯也里·穆尔尼埃。

梯也里·穆尔尼埃

梯也里·穆尔尼埃一九〇九年十月一日出生于阿莱斯，原名雅克·塔拉格朗。他比安娜小两岁。雅克的父亲毕业于巴黎高师，取得了文学的教师资格证书。他从小就是一个出色的孩子，尤其善于在很短的时间内完成工作。遵循父母的足迹，他也进了路易-勒格朗中学的哲学班，接着进入巴黎高师的预备班。在路易-勒格朗中学，他遇见了一生中最为亲密的两位朋友，罗贝尔·布拉齐亚克和莫里斯·巴雷斯代什。一位文学和拉丁语老师，安德烈·贝勒索尔给了三个大学生深刻的影响,这位老师是个君主立宪政体的拥护者,非常欣赏夏尔·莫拉斯。安德烈为《时代》和《论战》等杂志撰文,也为法兰西行动学院做了不少讲座。对于雅克那代人来说,他扮演着精神导师的角色。

三个年轻人都钟情于文学、电影和戏剧,因此,他们身上既带有法国传统文化的色彩,也带有民族主义理想的色彩。他们遇到了当时在法亚尔出版社工作的乔治·布隆。雅克对十七世纪、对拉辛的戏剧和莫拉斯的理论很感兴趣。他参加了三十年代初保王党报贩的游行。然而由于没有投入太多精力,他没能通过文学教师资格证书的考试,不得不放弃做教师的人生规划。然而他有野心,因而还是踏上了文人的道路,他的周围有一群与他拥有一样梦想的朋友,很快,他就遇到了一些对于他的人生起着决定性作用的人。

一九三〇年,罗贝尔·布拉齐亚克将他的好几篇批评文章寄往亨利·马西斯主编的《世界》杂志,杂志在布隆出版社出版,得到了法兰西行动的资金支持。三个年轻人所在的小组很快与亨利·马西斯热络起来,这是一个热情、开放的人,尽管年纪稍长一些。雅克·塔拉格朗负责杂志文论的报道简介,他决定用一个笔名。他选择了梯也里·穆尔尼埃,一个中世纪的名字,能够让人想起法国传统。同一年,梯也里·穆尔尼埃向夏尔·莫拉斯提议,由他来负责法兰西行动的大学生杂志《法国大学生》。杂志取得了很大成功,杂志的作者穆尔尼埃、巴雷斯代什和布尔西亚也引起法兰西行动领导人的关注。接着,这几个作者除了负责《法国大学生》外,还在《法兰西行动简报》撰写专栏。穆尔尼埃负责杂志的新闻版,很快又负责文学版。后来,乔治·布隆也加入进来。

他们的两个主要阵地:《世界》杂志和法兰西行动。在德拉贡街开完《世界》杂志的会议之后,年轻人就上花神咖啡馆聚会。在那里,多亏了亨利·马西斯,他们认识了皮埃尔·高德梅。皮埃尔的笔名是让·马克桑斯,很快又改为让-皮埃尔·马克桑斯。他也非常欣赏夏尔·莫拉斯和《丛刊》创始人雅克·马利坦,自己则是当时在安托万·勒迪耶出版社出版的《法兰西》杂志的主编。穆尔尼埃正是在皮埃尔那里学的记者报道和印刷。《法兰西》杂志起先是外省天主教资产阶级的杂志,不过在青年右翼联盟的这些作者手下,成了一本真正的反议会主义思想的阵地。

穆尔尼埃决定把自己前一年在《法兰西行动》和《法兰西》杂志上所写的政论文章合集出版,起名为《危机在于人本身》,一九三二年,集子在安托万·勒迪耶出版社出版。安托万·勒迪耶成了极右翼作家的出版商。这部集子表明了青年右翼联盟的主要目标之一：回到本质，回到人本身，这才是无法减除的精神主题，与资本主义和个人主义的实用主义视野完全相反。"精神革命"的概念最先是在《反应》杂志被提出来的，这本杂志的专栏撰稿人中还有莫里斯·布朗肖、勒内·文森和让·德·法布雷格。让·波朗注意到了梯也里·穆尔尼埃的天赋，在一九三二年十一月十五日给他的信中，建议他为《新法兰西》杂志的文学批评专栏写稿。除了这部小集子之外，穆尔尼埃还希望出版另外一本专著，那是他为自己最喜欢的哲学家尼采所写的文论。他将尼采的个人悲剧与拉辛的悲剧作了比较。这部作品于一九三三年在安托万·勒迪耶出版社出版，并且被提名当年的批评大奖。

同一年，亨利·马西斯在布隆出版社创办了另一份杂志，就用当年的年份作为杂志名，《1933》，随后又有了《1934》和《1935》。布拉齐亚克任编务，亨利·马西斯的情人多米尼克·阿尔班任杂志秘书。穆尔尼埃主持杂志的欧洲革命运动专栏：范围囊括德国、意大利、西班牙，专栏题为《世界青年》。他为同样在安托万·勒迪耶出版社出版的莫莱·范登·布鲁克的作品《第三帝国》写了序言。穆尔尼埃还为极端爱国主义报纸《城墙》——后来更名为《今日》——撰写专栏。一九三三年一月，希特勒出任德国总理，这些法国的右翼作家无不欢庆纳粹的革命力量与集体力量。一年之后的一九三四年，布拉齐亚克正式出访纽伦堡。他叙述了纳粹审美所带给他的迷醉，并且坠入一位德国军官的情网。在不同的作品中，他鲜明地表明了自己的反犹立场，他与好友多米尼克·阿尔班断交，因为她是一位俄罗斯裔的犹太人。而亨利·马西斯也离开了多米尼克，因为不想再过这样一种地下的情感生活。政治事件很快变得极端起来，如果说德国已经日渐威胁到法国的领土主权，可是对于一部分人来说，它绝对是真正革命的希望所在。

于是，政治生命与文学评论以及写作同等重要。更何况三十年代被称为"转折意义的年代"，源于达尼埃尔-罗普斯一九三二年在世纪出版社出版的一部作品。让-路易·吕贝·戴尔·拜尔在其一部资料性作品《三〇年代的反因循守旧》中，描绘了时代末期的这种观念，在法国当时的政治、经济以及思想环境中，革命似乎势在必行。民主主义、议会主义和自由主义政治希望在种种条约的基础上维持和平：洛迦诺条约、国际联盟、白里安-凯洛格非战公约、海牙条约等等，当时的革命理念正是对于这种政治的必然反应。一九二九年全世界的经济危机来临，极右翼分子指出，第一次世界大战之后的繁荣是一种虚幻的假象。和平主义被指责为怯懦，是假借民主的妥协。而法国当局不断被揭露出来的政治与财政丑闻也加剧了反议会势力高涨。像法兰西行动这样的团体和政党经历着真正的思想上的革新。

类似于火十字团①，爱国青年联盟，法国统一联盟这样的极右翼团体的政治行动既是精神性的，也是具体的。问题针对"西方文明的命运"何去何从。危机触及到文化、思想领域，例如，极右翼分子指责文学已经成为一种娱乐，一种心理内省的借口。青年右翼联盟的不同杂志都在宣扬回归历史、社会和现实主义作品。在这方面，作家的典范是夏尔·佩吉。当然还有布卢瓦、贝尔纳诺斯、塞利纳、马尔罗和圣-埃克絮佩里。而像普鲁斯特、纪德这样的作家和超现实主义作家则遭到了他们的严厉批评。精神与哲学进入文学，迫使文学必须回答某些关于未来的沉重、深刻、迫在眉睫的问题。这是面对人、面对随着资本主义的胜利正在消失的文明的悲剧性视野。德国的现象学，胡塞尔和海德格尔在法国重新兴起，稍后一点则是尼采和克尔恺郭尔。

革命的知识分子一代与党派基本无涉，主要是以学习小组的方式活动，直至一九三四年二月暴乱发生。让-路易·吕贝·戴尔·拜尔区分了当时的三类运动组织：一类是青年右翼联盟，一类是接近传统的民族与社会主义的新秩序运动，另一类则是以埃马纽埃尔·穆尼埃为具体代表的思想运动"精神"。梯也里·穆尔尼埃、让-皮埃尔·马克桑斯、罗贝尔·布拉齐亚克、莫里斯·巴雷斯代什、让·德·法布雷格和莫里斯·布朗肖都属于青年右翼联盟。一九三〇年代初，他们用来表达思想的主要杂志是《丛刊》、《反应》、《法兰西》杂志和《世纪》杂志。青年右翼联盟的成员都受到莫拉斯和法兰西行动的影响，这是早已存在的思想潮流，当时已经在走下坡路。青年右翼联盟的一些成员对莫拉斯在政治上的被动态度和文学上的怀旧主义提出了批评。让·德·法布雷格和让-皮埃尔·马克桑斯来自《法兰西新闻》，这是雅克·马利坦在二十年代为了捍卫天主教价值观创建的杂志。一九二六年，教皇皮耶十一世宣布法兰西行动为非法组织，于是很多年轻的天主教成员退出了该运动。

---

① 又称战斗十字团，成立于一九二七年的法国法西斯政党。

《丛刊》是让-皮埃尔·马克桑斯于一九二八年创建的，也是受到天主教文化的启发，对内省而造作的文学提出了批评。让-皮埃尔·马克桑斯放弃了伊西-雷姆利诺神学院的课程，和哥哥让·高德梅（笔名是罗贝尔·弗朗西斯）一起投身文学事业。马克桑斯在亨利·马西斯家遇到了《反应》杂志的撰稿人：让·德·法布雷格、勒内·文森、梯也里·穆尔尼埃、罗贝尔·布拉齐亚克和莫里斯·巴雷斯代什。于是他重新担任《法兰西》杂志的主编，并且在穆尔尼埃的影响下再次接近法兰西行动组织。他们还认识了在《论战》负责外国政治的莫里斯·布朗肖。从《法兰西》杂志的定位来说，它既反对共产党人的唯物主义论，也反对资本主义的唯利是图论。穆尔尼埃为杂志带来了有别于马克桑斯的种种思想：宗教性质的不可知论和源于莫拉斯的思想。穆尔尼埃的观点带有莫拉斯的深深印记，同时，在经济问题上他也受到马克思的很大影响，而在社会问题上，则主要受到尼采的影响。

一九三三年，《法兰西》杂志停刊，马克桑斯转到《格雷瓜尔》撰写文学专栏，穆尔尼埃和布拉齐亚克在《法兰西行动》和《1933》写专栏，但也为《城墙》写文章，这是保罗·莱维创办的一份激烈的反资本主义刊物，布朗肖也在那里写文章。让·德·法布雷格，哲学系的大学生，莫拉斯的秘书在一九三〇年创办了《反应》杂志，渐渐背离了莫拉斯原来的观念。此时他的精神导师不再是莫里斯·巴雷斯或阿纳道尔·法朗士，而是莱昂·布卢瓦、保罗·克洛代尔和夏尔·佩吉。杂志一手炮制了在资产阶级范围内的自由主义与资本主义的大论战。我们看到是同样的一批人在参与论战：穆尔尼埃、文森、马克桑斯和布朗肖。接着，在一九三三年到一九三四年间，法布雷格开始主编《世纪》杂志，文学在这本杂志中占据了更重要的地位，主要是讨论小组成员们欣赏的作家：波德莱尔、佩吉、布卢瓦、陀思妥耶夫斯基、贝尔纳诺斯和克洛代尔。弗朗索瓦·莫里亚克与杂志走得很近。一九三四年的事件之后，杂志更名为《二十世纪》杂志，为了顺应具体的政治介入的需要。杂志的宗旨仍然是原来的那些：反资本主义，反民主主义，拥护君主立宪，拥护精神革命。

这一代人的根本观念，他们的使命使得我们在这些散乱的精神产物之间能够找到某种承继性。一九三三年四月，《法兰西》杂志出版了一期特刊，题为《法国年轻一代的证明》。将各派力量团结在一起的口号之一就是"不左不右"，共同的战线建立在对时代的抗拒之上。例如说法布雷格，他在《社会改革的要求》一文中显示出极"左"的立场,却又在《政治上的忧虑》一文中显示出极右的立场。一九三二年十二月,《新法兰西》杂志在波朗的发起下,出了一期关于这一代人的特刊,题为《请愿》。这期杂志收录了大约十二篇文章,代表的都是法国年轻一代的呼声,既有马克思主义的,也有保守派的。这一代人共同的精神状况,即所谓的"三〇精神",其特征在于与旧有的政治制度的决裂、革命的迫切性和新秩序的建立。于是马克思主义的价值观与青年右翼联盟的价值观基于行动准则之上握手言和,在诸如社会问题、反自由主义等方面取得一致,但是一九三四年二月的系列事件又导致了这两种价值观的决裂。青年右翼联盟向传统的、带有纳粹性质的极右翼靠拢。青年右翼联盟对马克思以及马克思关于人的唯物论提出了批判,在青年右翼联盟看来,马克思将经济置于形而上的人之前的观点存在很大问题。而另一方面,民族感情也成了分歧产生的另一个主要原因,马克思主义者最终靠向了莫斯科,而青年右翼联盟宣扬"合法的"民族主义,一旦领土战争发生,就可以有所防卫,但是,它并不主张所谓的"集体神秘主义",从本质上来说,这是一种源于个人主义的民族主义。

思想革命

在政治上践行自己的革命主张之前,青年右翼联盟的作家和记者首先在思想领域行动起来。他们激烈地控诉第一次世界大战之后的文学,二十年代的文学,他们认为这个时代的文学抛弃了现实的原则。梯也里·穆尔尼埃指责在他之前的作家将"微不足道的东西视作本质"。这种被界定为"心理主义"的文学在心理学、逃避和异国情调中寻求解脱,将反省、忏悔当作叙事的主要材料。遭到他谴责的作家主要有普鲁斯特、纪德,但同时也有赋予这些作家以合法性的弗洛伊德。青年右翼联盟觉得这是少年时代的文风,与此相反的是现实主义,是史诗和历史小说的雄浑。因而他们所提倡的文学批评就更有政治化的意味,内省的文学和社会个人主义彼此映照,主观主义和面对现实放弃主体彼此映照。《新法兰西》杂志炮制了一批杰出但却肤浅的作家,只有审美上的考虑,缺乏社会和政治的介入。资产阶级的作者将政治理想主义与经济唯物主义结合在一起,但是他们并不承担具体和现实,没有将人类的悲惨状况纳入自己的关照范围内。对于受到基督教影响的年轻一代来说,伟大的作家是尼采、索莱尔、布卢瓦、佩吉、贝尔纳诺斯或德吕蒙。文学批评因而更是哲学性的,而非纯文学性的。

此时的政治论战带有很强的思辨性质,理论高于行动,写作上的考虑也远远高于活生生的现实。对于年轻一代来说,文明面临极大的危机:资产阶级个人主义制造了抽象的人的概念,完全脱离了现实,而十九世纪的理性主义又把社会进步的幻影寄托在科学上。年轻一代对美国的文明观念提出了尖锐批评:人被缩减为生产和消费的机器。再加上美国社会中,资本主义也起着决定性的作用,此时文明已经不复为文明,而是一种经济体制。幸福被缩减为福利和繁荣。青年右翼联盟的作家们害怕这种概念在全世界范围内传播开来,害怕人屈服于物。他们的对策就是描绘绝望的、寻找不到生存意义的个人所带来的威胁。现代人类的悲剧模式在某种程度上都是尼采的虚无主义奠定的。

唯一的解决办法是革命,通过革命重新建立新秩序。这种革命与已经建立的革命模式——共产主义、法西斯主义和民族与社会主义革命——不同,它是精神性的。俄罗斯、意大利和德国的某些经验成为走出保守主义的模式。新欧洲的专制主义政体凌驾于旧欧洲苍白的议会民主之上。新政体所显示出来的热情与勇气、年轻斗士们的牺牲精神成为时代的典范。梯也里·穆尔尼埃对这一切表现出了极大程度的欣赏与赞同。然而他却不认为这应该是可以效仿的模式。而对于马克思主义者,批评主要是理论范围的:要抛弃历史唯物主义。马克思主义革命所进行的斗争与他们的斗争相似,但是马克思主义否认人的创造自由,它与工业的、自由主义的世界是接壤的。只是用自由性质的资本主义代替国家资本主义而已。穆尔尼埃赞同精神革命,赞同理论上的断裂,赞同价值观和思想上的转变,所有的解决方案都在于精神的创造性力量。这是在"革命英雄主义"中找寻一种新型的人道主义。在精英分子的手中,革命可以通过任何方法加以实现。

《法兰西》杂志最后的那些文章渐渐转向了行动主义。梯也里·穆尔尼埃思想中的精英主义概念将之与法西斯主义和民族与社会主义区分开来。对于大众以及基于人民意愿之上的权力,他表现出了极大怀疑。他的保王党倾向甚至让他将贵族视为革命的主人。但是,要建立一个全新的人类的概念又使得他的思想接近法西斯主义。在所使用的标语和口号这类语言形式上,青年右翼联盟与意大利和德国的法西斯主义有颇多相似之处，民粹主义的企图的确存在，在主题上的共同点也是显而易见的。在论战中，穆尔尼埃谈到法西斯主义者，认为他们具有"不可否认的伟大之处"，他认为民族必须觉醒，我们也必须抛开民主主义、议会主义、自由主义、马克思唯物主义和大资产阶级的物质主义，这是青年的荣光，是雄浑的力量。但是，对于法国文明来说，国家干涉主义和专制集体主义是不合适的。人类不能缩减为社会命运和国家命运的一面。国家性质的行会主义和国家资本主义对于自由和创造这样的价值而言都是限制。

穆尔尼埃对于意大利的政体非常感兴趣，一九三五年五月，他和让·德·法布雷格一起去了罗马，参加墨索里尼政党组织的一次关于行会体制的大会。而对于纳粹，穆尔尼埃则是迷醉与怀疑兼而有之。希特勒的德国是强大与活力的象征，但是种族主义和帝国主义与法国民族主义的普遍价值又是水火不容的。大众的概念是民主的变身，与穆尔尼埃所崇尚的自由和个性截然相反。穆尔尼埃不会忘记德国与法国之间存在着为各自文明而战的可能。

因而法国的革命应该是贵族的、精神性的，而不是民众的革命。这就是三〇一代的使命。法国青年思想家的书应当针对现实，应当介入，应当——因为不从属任何党派——有一种比政治人物更为宽广的视野。穆尔尼埃批评纪德从唯美主义一下子倒向了共产主义。为这代青年知识分子所欣赏的书主要有：保尔·瓦莱里的《洒向今日世界的目光》、安德烈·马尔罗的《人类状况》、乔治·贝尔纳诺斯的《对保守主义的极端畏惧》或圣-埃克絮佩里的《夜航》。在革命之后，则是围绕着人以及人的不变价值的建设。人既是社会的，也是自由的。他不该躲在个人主义里远离社会，也不该因为所谓的集体主义而消退。人应该具有一种奇特的、个人的使命，超越其社会命运。精神上的存在深植于肉体的存在之中，精神是自由的，而肉身是强大的。梯也里·穆尔尼埃既尊重精神上的博学，也同样尊重强健的肉体。他做好几项运动，希望自己具有运动员那样的体格。但是他缺乏一定的恒心，开始一项运动时他总是满怀激情，到后来却往往坚持不下去。

人的精神性不必然与宗教发生关系。它只代表一种可能性，人自由地投入各项活动，没有利益可言，独立于经济与社会之外的可能性。这是哲学和审美上的概念："贵族意义的个性主义"。现代的人应该能够在介于个体与国家之间的共同体中得到发展：家庭、城市、地区或者职业领域。自然的范围总是领土性的、爱国主义、传统的民族主义都要证明这一点。民族是人充分发展的首要条件。但是我们同时也要尊重其他民族，这就使得民族概念获得了一种相对性。为了避免无政府主义，为了保证基本的共同财产——例如教育，国家应该强权，但是国家的强权必须受到限制。国家机构应该独立于选举制度之外——君主立宪，但只在一定范围内行使职权。经济的主要原则有非绝对意义的个人财产所有权、工作的权利、员工参与企业管理的权利和通过行会对各种职业运作进行组织的权利。所有的这些建议都是古典的、有节制的，与先前诉求的革命力量完全相反。

观念的无效性导致了青年右翼联盟的著述影响不大。听众仅限于巴黎范围内，而一九三四年的事件使得旧有的政治反应卷土重来。左派和右派再次壁垒分明，各自都在阵营内部进行一定的妥协以利缔结联盟。法国迅速划分成法西斯主义者和反法西斯主义者两大阵营。一九三六年，人民阵线上台，更是加深了两大阵营之间的分歧。人民阵线上台之后，再加上与德国的战争威胁临近，青年右翼联盟经历了新的断裂。维希政府执政时，当然还会有新的联盟与分离。但是三十年代初，对于全国范围内的革命，对于精神的胜利，我们毕竟还抱有幻想，这就使得青年右翼联盟获得了非同平常的能量。青年右翼联盟所拥有的杂志数量在很大程度上可以证明其在思想领域和出版领域的重要性。不少大出版社都为这些青年右翼联盟作家出集子。梯也里·穆尔尼埃的书在安托万·勒迪耶出版社出版——不过出版社在不久后就倒闭了。一九三五年，穆尔尼埃论述拉辛的文集在伽利玛出版社出版，他成了伽利玛出版社的作者。

穆尔尼埃、布拉齐亚克、布朗肖、马克桑斯在文学上可谓前途无量。他们最主要的优势在于：年轻，才气过人，能够在一起工作，再加上革命情感给了他们冲动。欧洲的民主和资本主义处在危险之中，极右翼的胜利迫在眉睫。法律意义上的事件——例如人民阵线上台——使得他们的话语格外恶毒起来。梯也里·穆尔尼埃是这一代的领袖。他既有莫拉斯来自体制的支持，也有宣扬革命的青年朋友的爱戴。他为时下最具有象征意义的报刊撰写专栏，从《法兰西行动》到《世界》，从《反应》到《法兰西》，他关于尼采和马克思的文论非常引人瞩目，是深得大家欣赏和承认的作家。

这个优雅而杰出的年轻人极富魅力，周围人无不深受他的影响。他也很讨女人的喜欢，和朋友一起——罗贝尔·布拉齐亚克或克莱贝尔·阿登斯——

出没于巴黎的咖啡馆、苍穹、花神、利普，征服了一个又一个女人。也正是这样，穆尔尼埃坠入了朋友之妻安娜·德克洛的情网。安娜敌不过穆尔尼埃的魅力，无论在情感上还是肉体上都深深迷恋不能自拔。她决定离开自己的丈夫——那时她已经几乎对雷蒙·达尔吉拉没了感情，为了穆尔尼埃，为了能够和他在一起。对于她来说，梯也里·穆尔尼埃并不存在，有的只是雅克·塔拉格朗。安娜的情感生活和职业生涯因为雅克发生了翻天覆地的变化。一个全新的女性的命运就此开始勾画。是雅克·塔拉格朗让安娜找回了自己的本性。

关系

一九三三年春天，梯也里·穆尔尼埃和安娜·德克洛成为情人。安娜那时在丈夫和公公家生活，圣-雅克街。雅克·塔拉格朗仍然单身，已经在文学界小有名气，正尽情享受着巴黎年轻人的生活。安娜二十六岁，雅克二十四岁。他们的关系自然是个秘密，安娜还没有离开婚后搬去的那个家。在进入离婚程序之前，她觉得自己必须谨慎，否则便有可能失去儿子的监护权。菲利普是个特别的孩子，一直有心理问题。安娜爱他，不愿意放弃他。她这样做有两个原因：一是责任感，另一个是负罪感。

当时的形势的确危险。雅克和雷蒙出入同样的极右翼的场所，并为同一家杂志《1933》撰写专栏。安娜深深迷恋自己的情人，但是她还是没让自己充分地享受这份感情。虽然同意和雅克将这份感情发展下去，她还是立即提出了地下情的条件。她拒绝与雅克缔结婚姻关系，一方面是因为她不想伤害到孩子的利益，另一方面也是因为她不想再重新践行并不适合她的生活方案。离婚后安娜再也没有结婚，也没有其他孩子。雅克反对这些限制，但是出于对安娜的爱，况且觉得自己的一生还很长，于是接受了这些条件。

在安娜写给雅克的第一封信中，安娜就已经解释了自己的立场："我想要对您说的更加让人不舒服——这已经是第三次下笔了，我很清楚，一旦这封信投出去，我会后悔的，不无苦涩。昨天一天，在火车上，我一直在想您提出的问题，而我走的前一夜，我一直在想我给您的回答。离开您之前我只给出一个含混的回答，这是非常怯懦的表现；拖延只能使事情更糟糕。我想过离开——

这是真的——独自一个人生活,这也是真的。但是如果我离开,这完全,完全不是为了生活。不论我的愿望多么强烈,另一种解决办法根本不成其为办法,也不该成其为办法。我时不时地会想起这另一种解决办法。很可能,拒绝它会让我坠入最危险的绝望之中,但是必须这样。我别无选择,因为倘若我不能坚持自己的诺言,我会非常看不起自己的,何况还有一个人,我不能保证他的安宁与幸福,因为他毫无防备的能力,因为他依附于我。"她以菲利普的幸福为理由,觉得儿子阻碍了他们缔结婚姻关系的可能性,但这也是一个借口,是她作为女性的自由的担保。安娜不再希望受到婚姻的束缚,拒绝成为一个无足轻重的家庭妇女。她是一个情妇,一个情人。

雅克怀疑安娜的诚意,觉得她的话语中"有一点狡辩的意味"。他觉得她的论据是狡辩。"您以诺言为理由,在这样的想法中,难道我们还有所承诺吗?承诺还有意义吗?您以菲利普为理由,这个理由倒还说得过去,因为我并不怀疑您想到他的问题。但究竟基于哪一点他成为这一切的理由呢?您拒绝的分离会给他的生活带来什么改变吗?您究竟在哪一点上抛弃了他呢?'如果我离开,'您说,'这不是为了生活。'难道您以这种方式离开不是将他置于最无能为力的境地吗?您离开前的那一天给了我其他理由:习惯,冷漠,承认,还有您一直犹豫要不要对我说的,某种依恋。为什么在您的信中,这些理由都消失了呢?请允许我把这些理由重新罗列出来,好吗?还是坦率一点吧,安奈特,即使菲利普不存在,我想您的答案也是一样的,您一样会拒绝。您会否认我讲的这一切吗?如果真的是菲利普拖住了您,那也不是出于保护他的物质和精神利益,这些都不是问题,而是出于他所意味的某种东西。(……)也许,我现在要证明我对您来说究竟有多重要为时尚早。但是这证明,我还能到别的什么地方去找呢?您对我陈述的生命似乎对于您而言是毫无价值的;至于另一个证明那就是您曾经告诉过我,说您可以拥有情人,哪怕您不爱他们。但这并不是意味着我什么都不放弃。也许日后经历的事情会让您有所改变,也许这些事情最终没有任何作用,到头来只是证明一切想要让您有所改变的尝试都是失败的。也许现在的形势会有所改变,也许我们会觉得可以承受,也许我们还是承受不了,必须作出某种选择。换句话说,安奈特,我无法让您只付出一点点代价就了结这件事情:您也从来没有指望过,也许。"穆尔尼埃觉得安娜的态度表明她不愿意再次谈论他们日渐明朗的爱情故事。然而很快,他还是屈服了,两个情人不能随心所欲地见面,信件也是偷偷摸摸往来的。

安娜明确地向穆尔尼埃提出维持一种地下关系,这出于她对不可能的爱,对秘密和悲剧的趣味。他们在咖啡馆约会,安娜有机会就给他工作所在的不同编辑部打电话,《城墙》或《法兰西行动》。两人都在巴黎的时候,他们也许能够偷得几个小时的空,但是假期来临,他们往往几个月都不能见上一面。安娜——雅克喊她安奈特——每个夏天都要和父母一起去图莱纳,九月份才回来。所有的障碍都来自于她,他则是完全自由。"极其荒诞的假期,安奈特。每天,我都更觉出这假期是多么的不合时宜。假期唯一的好处就是让我更加珍惜我们在一起度过的时光,那么短暂,那么让我觉得不能满足的时光。不过,让我感触更深的地方在于,我觉得我们不可能一直这样下去,永远有这么多的限制,各种性质的障碍总是让您远离我,一直要到九月,而且,即便您在这里,也往往不能来到我的身边。"安娜不能够经常地收信,因为她父母对他们的关系一无所知,或许是不愿意知道。有时她会说服他们,找个借口到巴黎待几天,这时她终于能够见他,打破她带给他的巨大的孤独感。如果既不能离开图尔,又不能与他通信,安娜就买有他文章的报纸来看,例如《城墙》,仅仅为了看到他的名字。她想他,独自散步,骑车,参观图尔的教堂和博物馆的时候想他。

安娜在信中的抱怨有时会激怒雅克,虽然他理解安娜在这种通奸关系中的危险处境,但是仍然指责她是导致自己不幸的唯一罪魁。他给她写信,不能寄给她,就等她回巴黎后一并交给她。"安奈特,您不在身边,我觉得非常痛苦,更令我痛苦的是,我不在您的身边并没有让您觉得有多么的不幸。但是我不喜欢您在信中谈到我的时候所流露出的那层迁就我的痛苦,以前谈到别的事情时,您这样的意思已经让我感到过非常震惊。您谈到眼下的形势,但是,安奈特,您这样做也是在虐待您自己,伤害您自己。"等安娜回到巴黎,她有时会出其不意地通知他见面——导演一出不期而遇的戏:"明天早晨,十点到十点半之间,我去巴黎天文台,在蒙帕纳斯街和卡西尼街十字路口的穹顶下。您会来找我吗,雅克?"

烦恼加剧了四年,如果说安娜喜欢乡间时光的宁静,喜欢躲在自己亲人身边,她却无时无刻不在想着自己的情人。在给他的信里,她抱怨的只是情人不能在她身边,但很少谈及造成他们分离的真正原因:她的家庭责任。"通过一个沙子路的急转弯，我终于对我的自行车有了最为亲密的了解。除了这些年轻人的小插曲之外，就是为时不长的家务时间了，只有我在时才能点燃的煤火，还有，必须小心防备着菲利普搞破坏——这可是件不得不让人专心致志的事情。为什么我没提到他的名字呢？不要因为我没有谈论到他而恨我。我只有想起您又想起他的时候才会感到战栗。请原谅我。"

然而安娜和雅克之间的关系还是得到了进一步的发展，因为雅克开始建议安娜给小说写评论。他是第一个向她提出类似建议的人。"您希望从我这里得到工作上的鼓励，而事实上我自己也需要这份鼓励。安奈特，如果这鼓励还能起一点作用，我会非常高兴。不是因为我觉得您必须有点事情做，这样就可以不胡思乱想，我的鼓励不是出于对您健康的考虑，也不是出于嫉妒。我迫不及待地要和您谈论这个问题——其实我早已经鼓励过您了——知道您的确有所考虑，我感觉不再那么孤单，这仿佛是我们之间另外的一种联系。而且，安奈特，我会非常高兴阅读您写的东西。这样是能够了解您的一种方式，如果说我不止一次地对您说过，我根本不可能了解您，但这也属于那类我们明知不可能却不愿放弃的事情。"

雅克去图尔看望安娜，他们约定在去博物馆的路上见，在一个"四周种满梧桐树的小广场"。雅克迫不及待地想要见到她，再短暂也行。"三天之后的此刻，我是不是真能够在您身边，安奈特？从两点钟（我想应该可以，因为我还不知道火车时刻）开始，我就会在博物馆前的那个小花园了。如果有什么突发事件，您不能够来，第二天，星期六，同样的时间，同样的地点，我等你。但是，如果这样，您是不是可以在我图尔的保留信箱里留片言只语，让我放心，并且确定第二天的约会？"只要可能，他们就在教堂见面，"大殿的入口处"。正因为这样，分离显得更加残酷，但是两人在一起的时光还是留下了美好的回忆。

和父母在一起，安娜还是能够想办法脱身的。但是八月底，安娜还要和雷蒙一起去维希待上两个星期，此时她无法想到任何有关雅克的消息。这种绝对的分离让人无法忍受，但是能够让他们思考一下，是否有勇气在一起，是否愿意在一起。"亲爱的安奈特，这也许就是协议的效果吧，还有我们日复一日所发现的彼此相似之处的效果。有时我会感到害怕，如果有什么事情，或者你想，或者我想，中断我们的关系，我想，另一段感情，和另一个人如此亲密应该是不可能的，即便可能也会很快变得不堪忍受，因为再也不会有我们之间的这份默契，如此复杂，如此有质量的默契。我不知道你的想法是否和我的一样，亲爱的安奈特。我觉得总的说来，如果没有牺牲，没有某种程度的沉默和秘密，就不可能有亲密的情谊，然而与此相反的是，这些日子以来，我们彼此似乎毫无保留。尽管你仍然矛盾依旧，神秘依旧，安奈特，我却不觉得你很陌生了。这就有些可怕了。但同时也是无与伦比的。正因为这样，亲爱的，我们不能浪费了这份情感。"

雅克不觉得安娜很陌生了，对于他们之间的爱情也更加自信，终于，在信的末尾，他敢于对安娜说："我爱你。"安娜需要爱情中的这份危险，她对雅克的激情也因此与日俱增。"究竟是怎样的魔力使然，与你之间的默契仿佛与自己一般没有间隙，甚至还远远超过和自己的默契？雅克，你让我冒的险，我很喜欢，超过其他一切危险，过于深刻的柔情远比最糟糕的粗暴更为可怕。"她完全承担起这份风险，下定决心和雷蒙离婚。"有一天晚上，在半睡半醒之间，我高声叫出了你的名字。这已经是属于你的某种东西：我笑了，当然，面对我挑起的愤怒，我甚至必须承认自己是故意那么做的，但是我还在为之颤抖。如果说，我以前就不在乎冒险，可现在，这份危险对我来说可以说是弥足珍贵，因为我不愿失去它。但是害怕永远不会阻止任何事情的发生。"

在整个九月，雅克主要是为三个他负责专栏的主要杂志写文章：《世界》杂志、《法兰西》杂志和《法兰西行动》，此外，他还在为《第三帝国》撰写序言。职业生涯处在动荡之中，同时，他在拉赛柏德街的塞德勒旅馆等待着安奈特的来信，自一九三一年起他就生活在那里。假期终于结束了，安娜在维希的"赌场接待室"里给他写信。要到九月底她才能回到巴黎。他们的关系中与生俱来的焦虑与威胁使得他们缺乏了一种宁静与安全——这原本与爱的激情就不搭调，并且，宁静与安全往往意味着事情的结束。

地下爱情

一九三四年颇不平静。二月，达拉第政府获得提名之后，成千上万的人走上了巴黎街头，在协和广场上静坐示威。梯也里·穆尔尼埃从中看到了革命的序幕。他和安娜一起加入到暴动的行列之中，他要重新谱写这风暴所散发出来的能量，这是他文章中的赋格曲。同一年，他和让-皮埃尔·马克桑斯、罗贝尔·弗朗西斯一起撰写并在格拉塞出版社出版了《明天的法国》，号召大家将革命进行下去。

安娜在政治上并无介入倾向，但是她陪伴着情人，充满热情地参与各种右翼协会的行动。不过，她在爱情生活上所遇到的阻力更让她感到难以承受。复活节假期在即，这意味着新的分离。雅克因为安奈特而备受煎熬。与文学界大人物的会面也没有办法缓解他的痛苦。"我竟然沦落到这步田地，仅仅是在等待每隔两三天才有一次的几分钟时间，能见到你的这几分钟——等待下个星期的来临……刚才，我原本应该去见保尔·瓦莱里的，和他的谈话想来应该很好：不过我没有去，也许是因为没有勇气。再说，这次会面是在一个讨厌的家伙那里。"

他知道，他所拥有的她是多么"不稳定，不可靠"，多么"脆弱"，"但正因为此才倍加珍贵"。爱情关系中的秘密因素使得两人不能够在一起。即便能够见到，也总是在人群中，此时，爱是不能宣告的。幸福微乎其微，一个微笑，一个眼神，一个偶然间贴身而过的手势。带有罪恶性质的爱情所遭遇的最大惩罚就是必须保守秘密，但是安娜喜欢这种地下情。地下的成分可以激扬感情。分离正是爱的场景中的一部分，在私密的情况下，安娜尽情表达自己的感情，和她在人前表现出来的节制完全不同。因为不能在情人的身边，她期待着能够去看望他的少有的时刻，他们可以在卢森堡公园散会儿步，可以在某间咖啡馆小心地见上一面。

雅克此时生活在贝尔夏斯街二十七号，画家居斯塔夫·多尔的工作室。他与安娜之间不再以"您"相称，除了有的时候，他们要玩一些爱的游戏，然而他们仍然没有一点自由，没有可以供两个人支配的时间。"时间如此宝贵，能够摆脱他人，单独见到你是难得的甜美时光。而其他的时刻，我不得不面对如此多的限制，这真让人难过，然而即便是为了这样的时刻，我也愿意付出我的所有。我爱你。"夏天的假期再一次来临，意味着他们要再一次分离，中间只可能有几次不确定的相聚，几小时，或者几天。安娜和父母、儿子一起迁入了位于塞纳-马恩省的洛诺瓦乡间新居。她喜欢法兰西岛的乡间，的确，在这座房子中她几乎度过了她的青春时代，她作为女人的一生，直到后来她买下布瓦西斯的房子，在那里度过余生。一九三四年七月，洛诺瓦的房子开始装修，安娜住在二层的一间小卧室里，有"三扇豪华的窗子"。她很遗憾没能有一间她想要得到的卧室，"睡美人"的卧室。

而这段时间，雅克正准备到阿尔卑斯山，他喜欢在那里做滑雪运动。在他出发之前，安娜让他到"自己的故乡"来看望她，乘火车到洛诺瓦大约一个小时。两个人经常约在洛诺瓦附近不同地点的小火车站，在乡间走走，或是在附近小村庄的旅馆住几天。安娜将巴黎到蒙特罗、莫雷或托麦里的火车时刻表转给雅克，她非常小心，生怕他们之间的通信被别人拆看，也怕他们的约会被别人发现。"明天我还会给你寄封信。但是从现在开始就给我写信，并且只能写一封——字体要换一下——信写给德克洛·奥利克斯特先生（我们家过去一点还有一位德克洛先生！）。我不能在很长的时间里一直没有你的消息。"安娜不能冒险让雅克直接把信写给她收，用她此时的姓，她现在仍然用的丈夫的姓：安娜·达尔吉拉。还有一层危险在于父母有可能会拆看她的信。他们其实了解自己女儿的个人生活，但是，依照历来的习惯，他们装作什么都不知道。谨慎是这个家庭的优秀品质，但是必须基于某种虚伪之上，并且也蕴含着一定的冷漠。

不过雅克仍然害怕新的事故。"这次我给你的信依然用你的真姓，因为如果写给你的信上只有你母亲的姓奥利克斯特，而没有你的名字，也很容易混淆，但如果我添上你的名字，你母亲也许会想起去年的明信片，想到'事情不能这样做'。怎么办呢？我爱你。还有，亲爱的安奈特，告诉我你那个市名的正确拼法。"安娜则用给雅克写信的方式打发日子，小心翼翼地避开家里人。"对于我来说，我什么都做：家务、做饭、修剪葡萄、拔掉老的树根，还有写信、骑车。我实在太累了，没法再做别的事情，对于现在来说，事情已经太多。以后我也许可以更勇敢一点。"幸而单调的日子里有见面的等待，安排见面的计谋层出不穷。安娜让雅克在蒙特罗的火车站等她。她要去巴黎，想和他一起坐火车。"下星期一十点半，你能不能在蒙特罗火车站小餐厅等我？我在那里等你。如果到十一点我还等不到你，我就认定你不能来了，到了巴黎之后我就去见你，应该是在下午早些时候。我和法律界的人约好，在下午四点到五点间。不要给我写信，因为送信是在我走了之后，你的信最好不要在我离开的时候到。你能来吗，我的爱？"

对于安娜来说，危险是真实存在的，雷蒙一直在监视她，并且有可能已经怀疑到她和雅克的关系。雅克也觉得自己不应该让安娜冒这样的险,但是他不想见不到她,因而别无选择。安娜已经开始离婚诉讼。她申请得到离开雷蒙家的准许。在诉讼期间,他们不得不保持极大的戒备心,以防被对方反诉通奸。然而八月初,在雅克去阿尔卑斯山之前见最后一面却是必需的。雅克喜欢在勃朗峰的山口间纵情奔跑的感觉,而且他在那里也有时间可以思考他最喜欢的哲学家:尼采。每年,他都在上萨瓦尔省圣日尔韦-莱班附近的瓦罗尔西纳度过两个星期的时间,就住在勃朗峰饭店。

安娜所面临的情况越来越危险,在写信给雅克的时候,她不得不加倍小心。雷蒙越来越粗暴,他拒绝离婚,拒绝把菲利普的看护权给她。尽管他有所怀疑,但是到目前为止,雷蒙还没有任何证据。安娜向她的情人提出了警告:"我度过了极为可怕的一个星期,在威胁与希望之间摇摆。我还不知道事情最终会怎么样。请原谅,对于我制造的痛苦,我却也感到如此痛苦。我已经精疲力竭,菲利普生病了。我今天才收到你一封长信,而我几乎没有勇气给你写信。你最好不要给我写信,但如果你写,最好署上奥利斯科特的名字。我害怕,可我又在等待你的来信。我是如此疲倦。"八月底,安娜为了离婚的事情被召回巴黎。她利用这个机会见了从阿尔卑斯山回来的雅克。"也许几天后——我也不知道确切的日期——我必须回巴黎一趟。我等法庭的第一次传唤;不过传唤后几天——或许是几个星期,我也不知道,我还再回一趟巴黎。第二次的时候你一定已经在了,我的爱,我想,但是第一次的时候呢,你在吗?我多么希望见到你,离开你已经那么久了,以至于最后一次见面已经不像是真的了。"

随着十月第一次判决的来临,雷蒙与安娜之间的关系陡然恶化了。如果说两个情人非常谨慎,他们周围的人却随时可能受到另一方的指使出卖他们。安娜将雷蒙在他们共同的朋友间所使用的伎俩告知雅克:"同样的战争在继续,同样的轮番交替,但是每一次都更为确切,每一次都更加严重。九月六日的星期四,我将一个人出庭。调解还要再晚一些,三个星期或者一个月之后。然而从此时开始直至那时,他一直都会威胁我,他随时有可能带走菲利普,而我从法律的角度无法提出任何反对的意见。我从来没有长时期地离开过菲利普,每次离开最多不过几天而已。现在另外一件事情是,负责雷蒙诉讼档案的——而不是负责打官司的——律师是诺埃丽·瓦坦。她现在正在收集于我不利的证据,尤其是针对你的。(……)我能做什么呢?你,能不能做点什么,做点什么不会反过来损害我的事情,采取某种措施,或是祈祷,不,还是采取点有效的行动吧。还有,关于你地址的问题,究竟应该怎么做呢?我害怕在某一个时刻,需要我非常认真地予以否认。我希望我没有什么需要否认的,而且我做不到,如果雷蒙怀疑到非常具体的事情。我很清楚,如果这样,雷蒙会尽可能拖延这件事的。而如果我们当机立断,事情就很简单。"

雅克不太相信雷蒙会和某些朋友联起手来对付他,似乎在这个问题上并不着急。"你的信再一次让我感到担心。而且,更多的担心来自于你,因为你说到你的忧虑,说到你的疲惫,至于诺埃丽·瓦坦的事件,我反倒还好。但是诺埃丽的态度本身让我感到惊讶。对你所说的这一切你有把握吗?你和她谈过话之后,我亲爱的,还有从她支持你的方式来看,我觉得她不可能在这样一种状况下,公然反对你的利益,甚至利用并非因为她是律师而拥有的个人资料。你在信中谈及此事仿佛已经铁板钉钉。这是否是雷蒙告诉你的,他会不会有所夸张?(……)不过,诺埃丽会做这样的事情,我还是觉得有点惊讶。我希望你把你所知道的告诉我。无论如何,即便诺埃丽的态度果真如此矛盾,我觉得你六日去巴黎的时候最好还是直接去找她,弄清楚她的态度究竟是怎样的——当然,不要让别人知道。直接问她,我想,你必须弄清楚她是否如同曾经告诉你的那样支持你,还是真的打算帮助雷蒙了。"雅克认为,对于雷蒙拖延离婚诉讼,阻挠最终结果的能力根本没有必要担心。安娜拥有若干"有效的医院证明"(雷蒙的心理状况,施暴所留下的验伤证明)。眼下唯一重要的事情是得到新的住所。

九月初出庭。诺埃丽·瓦坦的态度得到了证实。"我在上封信里告诉你的信息千真万确。我不知道什么样的影响让诺埃丽·瓦坦改变了想法和态度,但是改变是一定的。在雷蒙粗暴地威胁之后,我给她去了电话,想要搞清楚所发生的一切,她的态度转变已经是毫无疑义的了。我不怀疑她对我的友谊还在,但我也不怀疑她会尽其所能做损害我的事情。"一九三四年十月五日,离婚调解无效,安娜终于获准留在瓦尔-德-格拉斯街的父母家。母亲得到了菲利普的监护权,但是父亲也有每天两小时的监护权,下午两点到四点,星期天则是从九点到下午六点,除此之外,假期的一半时间也由父亲监护。作为交换条件,安娜可以得到抚养金。作为由女方提起的离婚诉讼,这样的结果简直出乎意料,更何况女方还有通奸行为。雷蒙的心理状况帮了安娜很大的忙。

还有一年的时间,等待诉讼的最后宣判,但是在这不长的一年里,情人们还是应当小心谨慎。十月中旬，雅克服兵役，进了陆军在穆尔姆龙的第四十六兵团。再一次的分离，甚至两人都还没有机会好好享受一下半自由的时光。于是雅克把自己不能够完成的一项工作交给安娜："在电影方面，我把你的名字和电话给了巴黎制片公司。如果你去国立图书馆，记得把有关的书名记录下来，如果遇到有可能用到的事情和人物，也要把相关资料记录下来，然后做个简述，几行就够了。至于小说，不管是写实的还是历史小说，或者传记小说，都有可能用得上——所有有关海上奇遇的。但是，我再一次需要说明的是，安奈特，我的爱，我不希望拿这些事来烦你，只有在你真觉得有意思的前提下，我才希望你做这些。无论如何，没有完成这项工作是我的错，等我回来后我可以做的。"

安娜感到疲倦和焦虑，就像所有就要赢得战役的人。"我也不知道为什么，今天晚上，我深陷在一种幼稚的痛苦中：住在一幢你一无所知的房子里，睡在你从来没有进来过的房间里。一个小女孩的房间，什么也没有，墙纸已经褪了色，书籍和毛线活儿乱七八糟的到处都是。我在这里已经躺了四天，即便不是勇气丧尽，也是到了精疲力竭的地步，仿佛被埋在洞穴里一样。渐渐地，我觉得所有的疲惫都溢了出来，跑了出来，令我不能动弹，我的脸连我自己见了都害怕。"她继续为美国学生补课，尤其是历史和艺术，"他们不懂得绘画与雕塑"。她不再能够承受情人不在身边的痛苦，尤其是，这次的分离不是她造成的。她"不停地哭，毫无价值的眼泪"。她的健康状况也不容乐观：过敏反应和接连不断的感冒。大剂量的激肽，好几天几乎都没有进食。安娜为雅克织了一件灰色的漂亮毛衣，一边还不无趣味地在想离婚的后果："现在，认为我不太名誉的人数又增加了一半。"在情人不在的这段时间，她定期会去雅克家，为他处理紧急的信件，也能在他家想想他。钥匙藏在连接内外楼梯的门的左边，木楼梯高处的一个瞭望孔里。安娜喜欢巴黎的阴天，街头下着蒙蒙细雨。她在等雅克，雅克要到圣诞节才能回来。

离婚

雅克·塔拉格朗在《世界》、《1934》这样的杂志或是《法兰西行动》这样的报纸上继续着自己的文学和政治生涯。他决定重拾自己关于拉辛的研究，拉辛是他在巴黎高师的毕业论文的主题，后来，为了能够出一本书，他在报纸上又写了好几篇文章。安娜精疲力竭了，不敢想"这场持续了一年多时间的斗争还有结束的那天"。一九三五年初的几个月，情人们仍然不能过于暴露，因为离婚的判决还没下来。约会仍然伪装成街头偶遇的样子："星期二早晨十一点，我像过去一样在那个点心店等你，那个星期一，我没能去的点心店，但是这次我一定会去。"必须逃过雷蒙的监视。"明天下午五点，雅克，在夏尔多纳街的圣尼古拉（门前）见。有新货到。我们曾经在那个街区见过三次。一次是巴黎圣母院广场，一次是在索邦大学，还有一次是在圣-米歇尔大街。"第二天的信是这样写的："这个星期一上午，我必须马上见到你。十点到十一点半之间，我在奥尔良门的'卫城'那里。今天下午，在夏尔多纳街的圣尼古拉，四点在贝尔纳丹街，是圣日耳曼大道和学院街之间的那条。"

最为艰难的莫过于彼此近在咫尺却不能相见。雅克总想在安娜住的那个街区闲逛，就是想遇见她，看见她，望见她。安娜承认她个性中不够坦诚的一面：对情人，对家庭："有时候我觉得，星期天，那个家中的人不是我，是另一个人，一个沉默、生硬的姑娘，非常乖，她做着我的手势和动作，她让我微笑，让我说话，让我不再说什么，她不让我逃走。雅克，我亲爱的，没有你的这些日子真是难以忍受，每时每刻我都觉得痛苦，觉得难以承受。亲爱的，正如你知道的那样，我也不希望这个姑娘离开我，但是如果我能和你说说这一切，我觉得你就不那么远了。"由于需要绝对小心的日子只剩下了几个月，耐心反倒越来越少了，似乎耗尽一般。雅克甚至想要冒更大的险："今天早晨我很想去瓦尔-德-格拉斯街，但是我没有勇气离你这么近却什么都不做。再说，关于这一点，我们还没能作出最后的决定，我情愿等待。"

他们的爱情很快就能够昭示天下，在这种情况下，再那么谨慎几乎是不可能的。每次在一起只能待一个小时，每个星期四到五次。雅克对于"逝去的时间"有强烈的体会。安娜提醒雅克不要忘了他们的最后期限："我还不知道，我亲爱的，我今天能不能来，哪怕只来一会儿。但是最主要的事情是：从昨天晚上开始，诉讼就结束了，最后的期限就在两个月后。如果这当中没有人上诉，一切将会在六月十六日晚上结束。这一切当然不会如此顺利地到来，没有困难、怀疑，甚至也许还要再拖几天。我已经非常疲倦了，在最后的日子到来之前担惊受怕，但是最后的日子真的不远了——如果是去年此时我会怎么说呢，最后期限又多了两个月，可又如此漫长：整整两个月，害怕和颤抖。我的爱，我觉得我自己再也无法承受了。"

安娜害怕自己的情人会厌倦自己，害怕让他等得太久。他们的见面少之又少，而且如此短暂匆忙，要不是雅克的文学生涯才开始，他的耐心一定会已经到了尽头。五月，他在安托万·勒迪耶的哥哥阿莱克西斯·勒迪耶那里出版了他的《拉辛》。这是一部关于拉辛古典主义语言的文论，关于拉辛的语言技术的文论，与浪漫主义的抒情批评大相径庭。作品赢得了当年的批评大奖。梯也里·穆尔尼埃赢得了广泛承认，很多人邀请他前去参加讲座，新的杂志、报纸也向他敞开了大门。皮埃尔·布里森找到他，让他为《费加罗报》写稿。离婚宣判已迫在眉睫，但是安娜有时会被儿子拖住，尤其是安娜母亲生病，家里又没佣人在的时候。一九三五年七月三日，离婚判决终于下来了，塞纳-马恩省的第一法庭，判决对安娜有利。她拥有菲利普的监护权。然而最为奇特的在于雷蒙·达尔加拉从此之后搬到了安娜父母家所在的那幢楼，瓦尔-德-格拉斯街九号，就在她家楼下。因而仍然必须小心，必须防备他的嫉妒和暴力。

宣判的第二天，安娜和父母一起去了洛诺瓦。情人们再一次约在莫雷火车站。分离是荒唐而不公平的。"现在我孤身一人，在这个小地方是如此孤单，曾经威胁到我的压力一下子小了很多，一切让我远离你的理由都显得如此荒唐和苍白。这些就算不那么合乎道德，但也不再是阻碍了。我不觉得自己还能在很长的时间里忍受这一切，也许很快，而你必须帮助我，因为我自身已经没有能力了。"但是安娜开始请雅克帮她做一些很私人的事情，这证明他们的关系已经有了很大的自由度。"雅克，你来的时候能不能把我那件蓝衬衫带来，就是和你那件差不多，只是小了两号的那件？这样我又多欠了你一点，但是我很想要这件衬衫，没有勇气等到下次旅行的时候再单独去买一件。"安娜在前一封信里要的东西，雅克都会在下一次旅行时为她带去。

尽管自己有很多的活动，雅克还是十分想念安娜，尤其是在他们平素约会的老时间，早晨十点，下午三点。去洛诺瓦的旅行日渐频繁，一个星期会有两到三次，两个人能在一起待一整天。他们一起在法兰西岛的乡间漫步，在多尔迈勒的公路上，在小树林中——他们在那里做爱，在弗拉基教堂前，在"百叶窗紧闭，阳光照不进来"的小旅馆里。安娜在给雅克的信中寄去花园里第一批盛开的蜀葵的花瓣。有时她也到巴黎待一天，在雅克家。安娜的时间表还取决于菲利普，假期时，她可以把菲利普交给父亲看一会儿。她还在等雷蒙的排程，一想到把菲利普留给他，安娜就觉得自己焦虑得要发疯："我还不知道八月份的情况，但是我知道八月的第一个星期我就要把菲利普带到巴黎去。他去海边或是乡间的时候，我应该可以解脱了。我想一两天后我就能估算出来了。我急于知道这一切，也急于有你的消息，知道你在。"

安娜没能成功地安排好，菲利普度假的时间与雅克在巴黎的时间没能吻合上，因为她通知雅克的时候已经太迟了。"我知道今天已经是星期三了，我会开车把菲利普送到巴黎。也许他出发去山间度假的时间比原定的要迟一两天。在他走之前的短暂时间里，我努力在告诉他，如何照顾自己，同时也要让他习惯没有我的日子。他独自一人和父亲去度假。他和父亲最多待一个半月的时间。我正努力把时间尽可能地缩短，或者至少不要连起来，提早结束两个星期，到时候再还他父亲来两个星期好了。一个星期以后，或者再稍微迟一点，我就可以自由了，而不是像我先前预计的那样，要到八月十五日之后。我想我见不到你的，因为你必须——这都是我的错——从现在开始和你的父母在一起，共同度过月初的这段时间。我不知道在此之前自己能做什么，原本我非常非常希望能和你在一起的。也许我只好自我折磨了。"

即便在精神上也不完全属于自己的情人，安娜为此找到的借口是自己的不善安排。"出于某种报复，出于某种可憎的补偿，我终于能够在你身边度过的真正自由和漫长的日子，我却必须倍加焦虑，这对我来说实在难以承受。因为我知道，一个任性的、病态的孩子对一个从来不会愤怒、从来不会不耐烦的大人的期待究竟是什么。我的爱，我就要回来了，但是却并不因此而离你更近些。我很难原谅雷蒙，倒不是因为他让我所经历的焦虑，而是因为他让菲利普所遭受的危险，还有如果我要放下心来所必须接受的交易，他提供的交易方案。我先前并不认为菲利普去度假需要我付出这样大的代价——到现在我也还不能够相信。但我不能够下决心。这不是许诺的问题，而是一种仇恨，一想到我又一次成为敲诈的目标，我就禁不住要恨。"

的确，雅克早就计划好要与母亲和继父一起去萨瓦地区，他温和地责备安娜不能与他一起去，哪怕就去几天也行："我很清楚，我的爱，所有的事情，你所做的一切。我知道你比以前要自由很多，我也知道，也许，几个月前，我倘若能如此自在地去看你，想看多久就看多久，哪怕也有假期，也有距离，我会觉得不可思议的。但是今天,安奈特,真的这样了,我还是觉得不够。我等待假期的到来,亲爱的安奈特,带着一点迫不及待的心情,因为这假期足以切断你想要摆脱的事情,因为这假期就能够结束这一切。你突然对我说,你要走——你还记得吗,就下个星期一,而我等待的这个假期,我开始害怕了,开始希望它迟一点到来。可现在,我的爱,我现在不知道,你回来的日子一天天近了,我究竟应该感到很高兴——因为从此以后你将离我更加近了,还是应该感到害怕,因为你回来,离你近的不仅仅是我。"

在雅克出发之前,安娜到了巴黎,和他约在圣多米尼克街的小酒馆,他们经常约在那里见面。让自己的情人一个人走,安娜感到很悲伤,更何况除此之外,还有要与雷蒙狭路相逢的恐惧。出发的那天,雅克去看望安娜,让她尽可能放宽心。这次是约在格雷火车站见面,格雷是临近洛诺瓦的一个小村庄,靠近蒙蒂尼和乌勒克斯,雅克在火车站地下通道的出口处等安娜。必须非常小心,因为在这样的小村庄,彼此之间都很熟悉。雅克准备从拉罗什走,直接到萨瓦。等安娜回到家中,雷蒙已经在了,等了她几个小时。"过了一会儿,我就看到雷蒙在等我。他在蒙特罗下的车,和我进入火车站几乎同时,只是我从另一个口进去的而已,他坐出租车到的我家。雷蒙等了我六个小时,你可以想像他的狂怒。事情的起因有三:一是他办公桌里的一张纸找不到了,二是为你,三是为菲利普。《1935》杂志的某个人在谈起你的时候,说你经常到蒙特罗来,还说当天你也来了蒙特罗——但是我无法知道究竟是谁说的。也许这已经不仅仅是想像的问题了,因为比较具体,我妈妈很震惊,害怕这一切都是真的。在他的愤怒中,至少,我知道对于未来,我究竟能得到一些什么,或者说能够希望得到一些什么,除非他能够平静下来:他说,距离也不算什么,说我什么也不会得到,因为我不会有任何自由可言,他不会停止和我争夺菲利普的抚养权。另外还有别的威胁,问题又回到了原点,非常矛盾,但又让我感到很害怕。最后,为了不让他带走菲利普——看到这场景,孩子藏在一个角落,一边哭一边叫,我不想让他走,不想让他今天走了,明天又来,或者过几天再来,仿佛某种迫不得已的邀请。父亲周末回来,应该能找到另外的解决办法,因为雷蒙睡的房间——我梦想得到的房间——是父亲的。"

安娜这一次勇气非凡,据理力争。雅克此时在瓦罗尔西纳的勃朗峰旅馆,和去年一样。他要在一九三五年八月二十五日前后才能回到巴黎。安娜只能捧着他送给她的一张小相片想像他的模样。他穿着登山服，手握冰镐，另一只手拿着包，眺望山谷间一望无际的地平线。她还要和雷蒙斗争，雷蒙虽然已经离开了，但是他在布雷纳镇邮局对面的饭店里安顿了下来。雅克给安娜写信必须套两个信封，里面的那只写上安娜的名字，外面的信封上则写德克洛先生，而且还得变换字体。如果雷蒙自告奋勇要把信件给安娜送来，他应该认不出雅克的信。安娜现在敢于嘲笑雷蒙的存在了，她焦急地等待雅克回来："我现在过的日子简直不现实，真的不可能。不是因为现在并非孤身一人——其实我仍然是一个人待着，尽管雷蒙就在身边，而是因为感觉到你我之间的这份距离，还有我们信件往返竟然需要那么长的时间。"

一直到后来安娜才又恢复到当初的无忧无虑，知道所剩的威胁并不是那么严重，而自己只要避开也就是了。雅克答应回来后就立即来找她，八月二十六日或者二十七日。安娜在策划最不谨慎的一项活动——让雅克来看看至今为止还一无所知的洛诺瓦的家："你还从来未曾到过我家，我没能招待你，哪怕一次也没有。我希望有一天能让你看看，很快，等你回来，等我自由。一条小路从高地直通我家，小路上很少有人，为什么我们不能从那里过来呢。我很清楚，到头来我再也顾不得谨慎的，如果我的自由真的还要拖一段日子，你瞧着吧，雅克，即便是在想像中，我也无法抵抗住这样的念头。"安娜希望和雅克一起分享那类最平常的事：在花园里采摘水果和蔬菜，点燃美妙的火焰，烤肉，打鸡蛋；"千万种这类的小事"，只要雅克在，一切都弥足珍贵。

最终，雅克回来后，还是安娜先去巴黎找的他。八月二十八日早晨她差了一点点没能赶上，于是中午时分在奥塞火车站的咖啡馆等雅克一起吃午饭。安娜一直等到下午五点，而返回的巴士六点钟从巴黎的里昂火车站出发。她还约好了下次雅克到洛诺瓦的日子。第一次雅克不用从莫雷下车，而是从离安娜家最近的维尔诺夫-拉吉亚下，安娜可以骑自行车去接他。火车从巴黎出发，十点四十六分到，晚上返回的是在七点钟。只属于他们俩的一整天。在此之后，雅克就等安娜十月初假期结束最终回到巴黎了，这样想着才能挨过这"两人在一起时间有限得令人嫉妒"的日子。安娜答应雅克尽量勇敢，不被这至今仍未结束的战役拖垮。雅克知道总有一天担忧和害怕都会消失，等到雷蒙承认已经失去安娜的时候。

到头来还是安娜自己先感觉到负罪，她觉得自己让雷蒙蒙受痛苦："我没有雷蒙的任何消息,再加上这里的孤独,我有些疲倦,我不停地在想,我给他的打击也许是致命的,根本不能指望他有力量战胜这一切。我甚至有点害怕,我不怀疑这样做是必须的,但是我怀疑自己,怀疑自己的勇气。当命运终于慷慨地给了你一切,你会发现竟然是那么残忍,我觉得,此时立即走开——就像所有不能正视自己所做的恶事,最终还是被自己伤害的人打倒,并为此而痛苦的人一样——是怯懦的行为,我为此感到羞愧。"安娜觉得,为了自己,她摧毁了"其他人的希望和未来",此时她又忘记自己让雅克承受的痛苦,她从来没让雅克真正地自由过。不过,她总算接受这是"自己所要的,所选择的",鼓足勇气在巴黎面对雷蒙。

十月,安娜又要重新开始美国学生的课,她收拾房子准备回到巴黎。想想自己所经历的这漫长的离婚道路,这即将定局的战役,她回想起了童年的风景。"暴风雨下的田野有一种奇特的、陌生的庄严。我只熟悉在春分时节的暴风雨中,望过去异常开阔的圣-米歇尔山,还有北方布列塔尼的山脊。这里,什么东西都是一动不动的,只有云和树梢在动。如果你在,我的爱,我很想和你一起散步。"

《战斗》

一九三六年,梯也里·穆尔尼埃成为伽利玛出版社的作者。他在伽利玛出版社出版的第一部作品是《社会主义的神话》,是关于马克思主义的批评,他认为马克思主义是一种唯物主义观念,取决于大众的力量,以民主和知识分子加入共产党为特征。作品辑录了他在《法兰西行动》和《世界》杂志上发表的文章。伽利玛出版社还重出了他以前在勒迪耶出版社出版的两本书,《危机在于人本身》和《拉辛》,放在"他们的形象"新文丛里,因为此时勒迪耶出版社已经破产倒闭。穆尔尼埃自此时开始为《法兰西行动》撰写外国政治专栏,同时也为《法兰西》杂志和《二十世纪》杂志撰写文章。

一九三六年初,梯也里与让·德·法布雷格一起创办了一本新月刊《战斗》,起初《战斗》是一本政治刊物,后来它成了文化刊物。第一期于一九三六年一月出版。《战斗》具有明显的保王党和革命倾向,尽管销售量不甚理想,却在知识分子中产生了很大影响。杂志主编是一位天主教保守主义者，勒内·文森，他是《反应》的专栏作家。有些文章——主要是书评文章——也用休·法瓦尔的笔名。《战斗》杂志的外观看起来像个小册子：报纸的开本，便宜的纸张。编辑部设在德尚圣母院街。一九三六年正是人民阵线上台那一年，因而这本月刊针对的就是莱昂·布鲁姆和社会党人。

最初的专栏作者主要是罗贝尔·布拉齐亚克、让-皮埃尔·马克桑斯、乔治·布隆、莫里斯·布朗肖、皮埃尔·安德勒和克洛德·奥尔朗。克洛德·奥尔朗就是后来的克洛德·罗伊，他是整个小组中最小的一个，经常陪梯也里·穆尔尼埃和让-皮埃尔·马克桑斯、罗贝尔·弗朗西斯、莫里斯·布朗肖或者克洛迪娜·肖内一起去法兰西语文学院。克洛迪娜·肖内是位色情与唯神论诗人。此时克洛德·罗伊已经在《法国大学生》上发表了一些文章，尤其是诗歌评论。这个年轻人一头金色的卷发，绰号"绵羊"，他喜欢阿波利奈尔、絮佩维尔和帕特里斯·德拉图尔·杜彭。克洛德·罗伊还写儿童小说。他也为《我无处不在》撰写专栏。《战斗》的编辑例会每个星期二晚上在里普小饭店召开。罗贝尔·布拉齐亚克在《战斗》上发表了他最初的那些战斗檄文，后来他又将阵地转到了《我无处不在》上。梯也里·穆尔尼埃写的是政治评论，尤其关于西班牙内战的评论，他在杂志上用的是多米尼克·波尔坦的笔名。

青年右翼联盟的不合是从反犹问题开始的。穆尔尼埃和他的《战斗》编辑小组赞同"理性的反犹主义"，主要针对的是金融界的犹太资本家，而布拉齐亚克在《我无处不在》中则表达了"粗暴的反犹主义"立场，一种普遍的、自相矛盾的反犹主义。穆尔尼埃之所以攻击犹太资本家，首先因为他们是资本家。他们正好代表了青年右翼联盟斗争的对象。反犹的问题于是成了青年右翼联盟两类立场的分水岭，一类是革命的、反资本主义的、为民族文化的价值而战斗的青年右翼联盟成员；另一类则倒向了法西斯主义、种族主义、支持希特勒的立场。穆尔尼埃的反犹主义是现实的，在其思想中有一定的位置，但是这并不是穆尔尼埃战斗的第一目标。安娜一直反对反犹主义的观点。对于穆尔尼埃在这个问题上的立场，只有在其没有倒向那种难以忍受的、粗暴的、沦丧的情感时，她才予以一定的理解。

几年之后，穆尔尼埃将他与反犹主义之间的关系予以理论化，在一篇题为《关于反犹主义的评注》的文章（《战斗》，一九三八年六月，第二十六期）中，他定义了两种形式的反犹主义：一种哲学性的反犹主义，在这种立场中，犹太人代表的是腐败和奴性的力量；另一种是政治性的反犹主义，这种立场看重的是在凝聚力上的实用有效性。后一种反犹主义诉求的是最大程度地调动大众的力量，使之成为一种真正的革命力量。应该遭到谴责的反犹主义形式，所谓的"粗暴的反犹主义"是建立在神话的基础之上：对犹太民族的古老诅咒，认为这是一个"有罪的民族"、"精神上的劣等民族"。事情的另一个方面则是非犹太民族在面对犹太民族时的那种在经济上、智力上低人一等的复杂情感，这足以让非犹太民族产生想要灭绝全部犹太人的疯狂欲望。穆尔尼埃的"理性的反犹主义"则将犹太民族定义为一个社会集团，他们的力量与他们的财产价值是不成比例的，正因为如此，他们具有一种"无法消除的异质性"——没有兼容的可能。如果犹太人能够融入法国社会，他们的经济影响也就算不了什么，而如果他们不具有如此强大的力量，即便他们不能融入法国社会，同样也没有什么。

穆尔尼埃追溯了犹太人在法国的历史，依据的是其关于西方文明鼎盛时期的极右翼观点。之所以犹太人能够拥有经济上的强大权力，那时因为在欧洲的贵族看来，经济权力是最不入流的权力。而在现代社会，权力来自于金钱：因而犹太民族渐渐取得了支配权。他们经营"局势"，经营"历史环境"，而不是借助任何的创造或是革命行为来获取权力。穆尔尼埃的斗争主要针对的是资本家，事实上，控诉犹太银行家毫无用处。与资本主义的斗争倘若只是局限在犹太人的范围内，斗争本身就已经被削弱了。因为说到底，制度没改变，到头来也就只是财产的主人改变了而已。穆尔尼埃最终还是赞同"犹太问题"的，他认为要"避免一个异质的民族的统治"。问题是民族的、民族主义的和文化范畴的。初期的战斗就可以解决这个问题：取消"民主国家"和"贸易社会"就可以解决"犹太问题"。

穆尔尼埃的立场中也含有排外和民粹的成分，这是我们不能接受的，但是并非穆尔尼埃所有的论述都充斥着排外和民粹的成分。一种既想通过革命改变社会，又希望能够保留旧有价值的思想所固有的矛盾。梯也里首先是个思想家、理论家，他的论述就行动而言价值不高，这也是德里厄·拉罗歇尔指责于他的。德里厄·拉罗歇尔的论据则带有明显的法西斯主义审美色彩：宣扬身体的力量、男性的雄浑，反对因循守旧，主张精神上的革命，强调直觉和纪律的意义，赞美同志情谊，赞美青春。穆尔尼埃的反犹主义则出于一种对种族和历史的肯定。捍卫传统法国文化，借此反对资本主义的世界性扩张。而在纳粹的问题上，如同在反犹主义的问题上一样，穆尔尼埃的态度是暧昧的。尽管他反对纳粹集体主义中所包含的专制、极权的成分，但是他对德国特有的崇高意识、悲剧意识、英雄主义和牺牲性的价值观却不无赞赏。

战前，穆尔尼埃就在巴黎认识了奥托·阿贝茨。奥托在布鲁塞尔经常接触爱德华·迪迪埃俱乐部。他是纳粹的理论家，里宾特洛甫[①]的法国问题顾问。在巴黎被德国占领期间，奥托还出任德国"大使"一职。穆尔尼埃并不反对纳粹，他反对的是威胁到法国领土完整的德国。在战争初期，他甚至表示赞成独裁，与他在三十年代所宣称的立场迥然不同。一九三九年四月，他在《世界》杂志上发表了一篇题名为《独裁下的法国》的文章。但是在他的某些朋友看来——例如布拉齐亚克，他的态度还是过于温和了，布拉齐亚克觉得应该采用更为尖锐、更为主动的辩论方式。一九三七年，布拉齐亚克接受出任周刊《我无处不在》主编一职。

梯也里·穆尔尼埃，雅克·塔拉格朗。不论是谁，都是钟情于安娜·德克洛的男人，尽管非常忙，他仍然希望能够经常见到她。幸运的是，安娜离开了瓦尔-德-格拉斯街，和父母一起搬到了大学公寓，茹尔丹街九号。安娜的父亲奥古斯特·德克洛在那里创办并领导一个法英学校，负责美国、英国和法国各大学之间的联系。自此之后他踏入了半政治化的外交界，不再是一个英文教授。

不再和雷蒙住同一幢楼给安娜的爱情生活带来了不少方便之处，但是，安娜因为菲利普的缘故仍然和雷蒙有不少纠葛，尤其是在度假的问题上。她和雅克的咖啡馆不定期约会仍然在继续。安娜第一次换了身份。她不再是安娜·达尔吉拉，也不希望用此时已经任新职的父亲的姓。于是安娜决定用母亲未出嫁前的姓，奥利克斯特。她让雅克把信写到法英学校，收信人的名字是：安娜·奥利克斯特。前一年的斗争——与雷蒙之间的激烈斗争，需要克服的障碍——让她精疲力竭。她经常生病，在床上一躺就是好几天。

经常，她通过传信约好了雅克之后又不能按时赴约，雅克头天没等到她，就会第二天在老时间、老地点接着等。安娜不敢让雅克到她房间里来，害怕被

[①] Ribbentrop, Jochaim von (1893-1946)，一九三八年至一九四五年期间任纳粹德国外交部长。——译注

逮个正着。"的确，从现在开始，雅克，你不方便到我家来看我，因为你不可能就这样进来，而谁也没有注意到，至少此刻不方便，但是无论如何，我很快就能出去了，我会去看你的，我的爱，我再也不能忍受这样的生活了。世界上最糟糕的悠闲莫过于此：剥夺你所爱的东西，你所欲求的却不能拥有。我成天在无所事事中度过我的时光。现在我对于自己的这间大房子已经有很深的了解了。非常淡的灰色，你知道房子里的这些家具，是从老房子里搬来的。壁炉上放着一些动物玩具：一只兔子，一只长颈鹿，还有两只小狗，地上和架子上堆着书。只有大家都看不见的抽屉整理得有条不紊，这是对于无所事事的报复。"

大学城的气氛非常活泼，因为到处都是大学生；安娜看着他们晒太阳，穿着"最为朴素的衣服"懒洋洋地拥抱在一起。雅克没有让安娜冒险，他很理解，的确在她生病的时候去她家看她不那么容易。"上一封信里你还说我可以去你家看你：可是突然你就不再提这件事情了。也许这的确有一定难度。上一次，在你不能正式接待我来访的时候，我还可以说是正好在你生病的时候来了。但是第二次再这样也许就不合适了。或者，也许你应该找到什么正式的理由让我去看你——但是这恐怕也无济于事，也许，在我明天能收到的下一封信里，亲爱的安奈特，你会告诉我，我什么时候能去看你。"

但是，回望"这三年来走过的路"，雅克还是安慰的，尤其是安娜为了自己离开丈夫，这场战争最后还是有了一个好的结局。安娜痊愈后，他们早晨十点约在奥尔良门的卫城咖啡馆见，下午三点则约在墨菲斯利托咖啡馆，差不多天天如此。不过，八月初长假来临，他们还是不得不分离。只有信，还有莫雷火车站的见面，不论刮风下雨还是日出晴天。安娜养了几只小猫，不幸的是都没有活下来。好消息是，九月份她又有了新一届美国学生，这样她可以早一点回到巴黎。"现在我知道回来的日子了，最迟二十七日，也许是二十五日。泰勒来过，他给了我一组学生，正是我希望的时间，课程一直持续到十二月十日或十五日。这一次我再也不能食言了，像上次那样，头几天不能到位。再说这也是我早点回巴黎的一个好借口。因为他们都想我在这里待到十月中旬，多休息一下。"

对于让菲利普单独与父亲一起度假，安娜仍然感到很担心，关键在于，雷蒙从来不给准信。她已经在准备菲利普的行装了，但就在要走的那天，雷蒙又通知安娜说要一个星期后才来接他。"好吧，我觉得菲利普度假的问题又要重新开始了。我已经有所预料,我很清楚我必须对此有所预料,但是每一次,我的第一反应仍然是沮丧和愤怒。我希望他至少能够和我通个电话,安排好事情,这样我们至少可以不去巴黎。应该安排好的。"安娜到巴黎去住上一两夜,晚上,她约雅克在马比翁咖啡馆见面。为了能够通知到他,她在傍晚六点钟左右打电话到《法兰西行动》报社,确认自己可以找到他。

接下来轮到雅克离开巴黎了,他去孚日山脉和阿尔萨斯,大约两周左右的时间。他住在斯吕克特山口的一间旅馆里,就在"将洛林和阿尔萨斯分开的那个山口,旧时的分界线所在"。他在那里有点无聊,安静地散散步,然后"等着开饭和玩桥牌"。安娜也不喜欢孚日山脉,她更喜欢奥弗涅,站在"苍白惨淡的天空下"眺望光秃秃的风景。安娜喜欢在自己居住的村庄散步,不过比较起勃艮第的约讷,她更喜欢法兰西岛的乡村。"明天,如果雨不是那么大,我也许会一直走到谢罗伊,去看那里的罗马教堂。但是约讷的村庄仿佛更加庄重,也比这里的建得更规整。约讷的房楣是砖砌的,很规律的镶板,更大,没有法兰西岛的白房子看起来那么亲切。你也许有所了解,整个勃艮第地区的房子都是这样的。我希望有一天能和你一起去看看。"一九三六年八月十六日,雅克终于回到巴黎,他寄了一封快件给安娜——上面没有署名,确认他去莫雷车站约会的日期。

月底,雷蒙到洛诺瓦,要待上几天,两个情人因此无法见面。雅克于是和父母一起去了加尔什,他利用这段时间补做了一点先前拉下的活。所有人都已经度假回来,都在"逼"他。安娜对于自己不能和他一起去前一个星期才去过的枫丹白露森林感到非常抱歉,"在灰色的、清凉的天空下"散散步。"从那里,站在高处,你能看到洛诺瓦山谷和我家的房子,现在这房子是绿白相间的。每当我想到你对这房子一无所知时,我不禁有点忧伤。也许有一天,你总归会来看看的。这样想只是一种自我安慰,不能有任何保证,我的爱……我还不知道这个星期将怎样结束,因为雷蒙要来。我无法摆脱焦虑和恼怒,既希望这个星期六永远不要来临,又希望它快快过去。然而必须是要过的,必须顺利地过去。我也必须和你说说这一切,因为我为此深受折磨,而你那么远,如果我不和你说,我会因此怨恨自己。现在我不那么悲伤了。"

巴黎忧伤而沉默,雅克不知道"罢工、危机或布鲁姆先生"是否会继续错下去。安娜回巴黎的日子已经确定下来,九月二十七日,雅克迫不及待地等待她回来。他甚至拒绝了青年右翼联盟代表的政治出访。"代表团出发了，就像我曾经告诉你的，他们要去德国、匈牙利、南斯拉夫和奥地利，没有我——我也早就告诉过你。我没有时间做准备，和代表团一起走，而且说老实话，我也不想去。十八天的时间，和十八个代表朝夕相处不是什么太有趣的事情，而且每天都不得不赴两到三场宴会，演讲或官方招待会。"回巴黎的日子终于近了，正因为等了太久，安娜简直不敢相信。"我开始整理行李，但是我还没让自己相信这是真的呢。但是，星期天晚上，九点半，我在巴黎里昂火车站对面的埃克斯-贡土尔小饭馆等你。我再重复一遍，确认一下，也是为了再告诉自己一遍，我能在那里见到你。"他们又能经常见面了，而不是在"两趟火车之间匆匆见上一面，那么艰难"。天天见，比如说，早晨在安娜家附近当菲尔广场的小咖啡馆。

《起义者》

好些年前，雅克就试图说服安娜，让她写一些艺术批评和文学批评的文章。他们经常做类似的联系，安娜写，雅克改。在这方面，雅克是最合适的人选，教会她写文章的技巧，帮助她发表，并且由此可以让她有相对稳定的收入。安娜不希望一直就这么给美国学生上课，因为教师的职业从来都不是她的理想。她自小就对文学感兴趣，希望自己能够从事和文字有关的职业，一份在记者和出版之间的职业。雅克支持她走上这条道路，他希望能和自己心爱的人分享对政治和当代文化的激情。只要找到合适的阵地就行了。

从一九三六年底开始，雅克就和让-皮埃尔·马克桑斯一起，准备在一九三七年初创办一份真正的"政治和社会"的周报，从而可以对时事提出尖锐、自由的批判。一九三七年一月十三日，《起义者》创刊号面市。八个版面的大开本，每个星期三出版，引人注目的文章标题，惊人的漫画以及政治与文化的常设专栏。穆尔尼埃、马克桑斯和布朗肖是报纸的股东。做石油生意的雷西尼家族的一位富有工业家雅克·勒麦格勒-杜布勒伊是报纸的出资人。作为纳税人协会的主席，这位先生支持了不少报纸，右派和左派的都有，《箭报》或是《自由属于我们》。报纸的日常事务管理由法兰西行动的一位大学生吉·里什莱负责。报纸的办公地点坐落在以前革命行动秘密委员会①的卡古尔党办公室。

报纸的主要撰稿人有：皮埃尔·莫尼埃、克洛德·奥尔朗、乔治·布隆和克莱贝尔·阿登斯。主要漫画家是拉尔夫·苏波、本、德隆雷-蒙捷和萨苏特。包括负责社会专栏"工作阵线"的皮埃尔·莫尼埃在内的某些撰稿人与卡古尔党保持着非常紧密的联系。政治专栏由克洛德·奥尔朗负责，除此之外，他还用埃田纳·奥尔杨的笔名为报纸撰写采访录。莫里斯·布朗肖则负责国外政治的专栏"解放法国"和文学专栏"起义者的阅读"。他还和穆尔尼埃以及马克桑斯一起负责撰写头版的社论和其他论战文章，布朗肖也是编委会的特邀编委。克莱贝尔·阿登斯负责戏剧批评——他正好利用这个机会与年轻的女演员保持关系，并且在文章中大肆吹捧。

文章主要针对莱昂·布鲁姆和人民阵线。专栏"法国的卑劣"专门揭发法国政府的丑闻和妥协，为报纸奠定下了基调。更提倡行动的《起义者》在某种程度上是《战斗》的补充。这份周报更加大众化，没有《战斗》那么精英主义，因而发行广泛。印数达到二万四千份——但是仅限于巴黎地区发行。而政府对报纸所提起的诉讼更是提高了报纸的普及性。庭审时听众的人数在不断增加，报纸还经常遭到查封。文章通常已经到达可以忍受的极限。布鲁姆的漫画，齿间的尖刀在为法国放血、扭曲，因为他是犹太人，是共产党员。法国的民族主义不想赞成希特勒，但是他们的主要政治论据却依然是反犹的和反共的。

极右翼作者害怕自己深爱的法国文明有朝一日不复存在。我们可以看到，莫里斯·布朗肖关于国外政治的文章里充斥着这种恐惧之情。文章的题目就已经说明了一切：《我们，布鲁姆的同谋……》、《我们最大的敌人，法国》、《法国的不名誉》、《准备报复》、《法国的溃败》、《明天的战争》、《日内瓦阴谋》、《针对反希特勒主义者的敲诈》、《成为法国的唯一方式》……对于布鲁姆不愿意与欧洲独裁政府联盟的态度，布朗肖持批判态度。在他看来，和德国、比利时、意大利和南斯拉夫中断关系，这完全是法国的错。布鲁姆只是和"红色西班牙"结为一体，他将法国带向了混乱和动荡。法国成了

---

① 一九三二年到一九三五年间法国带有法西斯倾向的一个政党。——译注

"欧洲病人"。布朗肖的文学批评也是同样的观念,他将之运用到现代批评的文章中。布朗肖极力捍卫的人是德尼斯·德·鲁热蒙、夏尔·莫拉斯、马塞尔·茹昂多、雅克·夏尔多纳、达尼埃尔·罗普斯、德里厄·拉罗歇尔、马塞尔·阿尔朗、乔治·贝尔纳诺斯、保罗·克洛代尔、亨利·马西斯、C.F.拉姆。除了右翼青年联盟的这个文学圈,布朗肖还写了关于维吉尼亚·沃尔夫、莱内·玛利亚·里尔克和托马斯·曼的评论,但是写得不多。

《起义者》的编辑们在艺术文化上的造诣都很深,且都充满激情,性格火暴。他们文风狂热,友谊甚笃。莫里斯·布朗肖就这样成了安娜最为亲密的朋友之一。彼此互为青春的见证。当然,竞争也同样存在。克莱贝尔·阿登斯像个影子般到处跟着穆尔尼埃,对他痴迷至极。他嫉妒穆尔尼埃的情人,嫉妒他们俩如此亲密,嫉妒她无处不在。克莱贝尔对安娜的攻击从来没有断过,而穆尔尼埃也热衷挑起大家的注意。《起义者》的尝试虽然为时不长却充满了张力,一九三七年十月,报纸就不得不停刊了。莫拉斯从来没有真正支持过这份在他看来过于革命的报纸,穆尔尼埃也不愿意就此失去主人的保护。他没有时间写东西,报纸又缺钱,稿酬都付不出来。资助人也停止了资助,因为他觉得报纸过于反资本主义,与自己的个人趣味相悖。

对于报纸的编辑们来说,这一切又让他们产生了政治上的幻灭之情,他们于是渐渐远离具体行动,转而回归艺术、文学、戏剧和文化。穆尔尼埃更钟情于《法兰西行动》的工作,因为那是有报酬的,同时,《战斗》的成功也让他感到满足。布朗肖则回到他最初发表文章的阵地:《倾听》和《论战日报》。布拉齐亚克这样的激进分子找到了更适合法西斯主张的阵地:《我无处不在》,这份周刊由法亚尔出版社出版,皮埃尔·加科索特任主编,后者颇有描绘国际法西斯政治蓝图的野心。然而,《起义者》的这段经历对于这些年轻人的人生历程来说却是非常重要的。它既是他们属于极右翼阵营无可辩驳的证据,又标志着他们的摇摆不定和消退的开始。正是在《起义者》这份报纸中,他们尽情地表达了自己的反抗,并且相信自己的主张最终会赢得胜利。鉴于物质和法律上的限制,他们不得不放弃了这一阵地,不过,他们内部尚未出现真正的决裂,决裂要到两年后,战争爆发才来临。

在报纸不长的生命历程中,穆尔尼埃空前积极,身兼数职。但是,他对情人的职业生命还是予以极大的关照,让安娜尽可能地参与到自己的工作中来。

《起义者》也是安娜最初发表文章的地方。穆尔尼埃非常善于利用身边朋友的天赋,他建议安娜写她当时最为了解的领域:艺术和展览。安娜是卢浮宫学校应用美术系的学生,她对古典绘画、文化政治(尤其是在展览和巴黎博物馆方面)了熟于胸。对于情人来说,这是在一起工作的机会,他们可以经常一起出席当时的各大艺术盛事。

《起义者》首先是一份政治报纸,即便是文化领域内的文章也极富战斗色彩。对于政治和法国社会的具体技术问题,安娜没有表明立场的兴趣,她所要捍卫的是关于文化和文明的某种观念。她和雅克一样对古典艺术具有浓厚的兴趣,于是也和他一样竭力宣传法国绘画。安娜在很大程度上是反政治的,主张艺术应当脱离时代的控制,然而,她在《起义者》上的文章还是表现出了与情人笔触的某种亲缘性。她成为一个公众人物,她的名字出现在这样一份战斗性的刊物上,也写下了这样的一些文章,这一切都说明她已经在身份上有所转换。

《起义者》艺术与展览专栏文章署的是多米尼克·奥利的名字。这个名字还是首次出现,似乎与安娜的两个家庭姓氏的首字母有关:德克洛(Desclos)和奥利克斯特(Auricoste)。自离婚之后她就一直在寻找一个新名字,她不想再用父姓,于是有一段时间用的都是母姓奥利克斯特。她决定为报纸写文章的时候,家人提醒她,让她注意,尽量不要把家庭牵连进来。"我不希望所有人都在背后指责我说;'你不能因为自己喜欢写的东西就连累家庭。'上帝知道,我喜欢写的东西并不坏,但是我还是对自己说:'那好吧,用个笔名,他们就没什么话好说了。'"安娜喜欢躲在另一个身份后面,成为另一个女人,她想找一个名字,能够覆盖掉她所写的东西,覆盖她的公共身份。再说在文学界和新闻界,使用笔名是很流行的做法,尤其是在那些"右翼革命者"中。梯也里·穆尔尼埃、克洛德·罗伊、让-皮埃尔·马克桑斯、罗贝尔·弗朗西斯、休·法瓦尔、莫里斯·格朗尚都是笔名。很少有人像布朗肖一样一直用真名写作。

双重身份的游戏与安娜喜欢秘密和地下的个性十分相称。姓氏来源于母亲的姓氏:奥利是奥利克斯特的简缩,而多米尼克则是为了让人们弄不清楚她究竟是男是女。一个男女皆可用的名字,用来定义性取向上的双重性。对于不太了解她的人来说,这个游戏显得比较模糊。就好像她对待情人的那些主张,对待《起义者》所宣扬的那些主张所采取的立场一样。除此之外，穆尔尼埃赞同她选这个名字，因为这也是他另一个笔名多米尼克·贝尔坦中所用的名字。在他们的爱情故事刚刚开始时，安娜和情人一起参加了一九三四年二月六日的暴动，差一点挨了警棍。毫无疑问，安娜也受到时代运动的蛊惑，并且表现出一定的革命倾向。但是阵营却是不确定的，极右翼或是共产党，她并不加以分辨。她反对一切，归根结底却没有专门针对的东西。政客反正都是混蛋，如此而已。就在二月六日的暴动之后，她又参加了共产党的游行，自然，这次游行中没有雅克。生命危险，群警出动，不小心就能挨上的枪子，跑向地铁躲避，安娜非常激动，非常兴奋。她喜欢冒险，真实的、迫在眉睫的危险。对于参加了极右翼事业的人来说，这些方面其实是一样的。

然而她关于艺术的文章却并不是那么无关痛痒，也并非完全没有政治上的考虑。对于绘画和展览的陈述总是有着某些机构批评观念的支撑，或是宣扬某些价值，某些艺术家和艺术史上的某些时期。安娜的文章与《起义者》其他文章的不同之处在于她的讽刺形式，使一种非常英国化的幽默，与严肃的、悲剧性的文体保持一定的距离。没有任何造作的成分，但是是一种游戏：吸引情人的游戏。雅克将她带入自己的工作，经常恭维她文章写得好。文章的主题深合雅克的心思，他觉得简直可以说是"出色极了"。尽管雅克有很多工作——并且在星期二到星期四之间他要代替布朗肖做责编——他还是尽量抽时间给她写信，在新的欧罗巴咖啡馆等她。他敦促她对某些观点进行修改，完善评注，就这样将她带入职业生涯。对于安娜来说，雅克是一位老师。

"今天早晨我收到了你的纸条和文章，文章写得很好。也许在这类文章中，你可以做一些引用：引用是最具说服力的。但是也许你能引用的地方不是很多，或者你不太喜欢吧。尤其是文章结尾非常出色。我的爱人，你是不是愿意再写篇关于艺术展览的漂亮文章呢——如果你觉得有素材，甚至可以写两篇，两篇各一百八十行的文章比一篇三百行的文章要好。我非常希望你答应。你可以在注释中说明我们要去寻找或同时配发的照片，也可以在文章中强调展览的重点和意义。但是就像我先前告诉你的一样，必须把文章直接寄来。"他建议安娜多写点文章，觉得开发她的天赋是一件很有意思的事情："我收到了你关于卢浮宫的文章，我亲爱的。文章非常好，好到我觉得是你到目前为止最好的一篇。为什么你不经常写呢？等你几天后来巴黎，我们可以一起去看法国艺术回顾展，这样你就又有了主题。但是，也许在回巴黎以前你就可以找到另外的主题。我找到了米内夫·戴吉纳的照片，用来配发你的文章。照片和你的文章非常合适。"

夏天，雅克在主编《战斗》假期特刊，并且到瓦罗尔西纳去过了几天。安娜打算等他回来后一起去看法国艺术展。"我会努力，如果我写完文章——当然首先得开始，我就把关于展览的文章的后半部分带给你。也许我们可以一起再去看一次，因为我想和你一道去，看看上次我看得太快的那部分，甚至是我没能浏览到的那部分。你会有时间吗，我亲爱的爱人？"九月初，安娜和儿子一起去看望自己的奶奶。雅克几乎没有属于自己的时间，但是他希望情人能够再勤勉一点，不要以家庭为自己无所作为而开脱。"我也很想见到你。但是现在，也许，你回来的时间已经很近了：也许你去布列塔尼的旅行不会为时太长。我是在印刷厂给你写信，在这里我必须查阅数不清的国际快件，比以往的任何时候都要多。这一切可不太有趣。我仍然做一点工作，当然比我预期的要少。再说，发生了很多事情，不停地谈判，我会告诉你的，为此我花去了很多时间。我曾经非常希望你能够把文章发给我——尤其是上次的续篇，但假期即将结束之际你真的非常懒惰，亲爱的安娜。也许你会寄给我的。"

雅克怀疑安娜在假期即将结束之际什么都不会做，借口说自己没有时间。他向她一年间写的十多篇文章表示祝贺，但是觉得"来年应该做得更好"。所有文章都顺利地在报纸上发表了，直至最后一期，报纸即将停刊之际。"我亲爱的爱人，你的文章已经送去了，一点删减也没有，我想，配上了乔治·德·拉图尔的绘画复制品。文章的题目是《从克鲁埃到大卫》。安奈特，你是不是还有勇气写一篇关于二十世纪的，当然，等我们一起去看了以后再说？"

雅克正以《战斗》的夏天特刊"民族社会和阶级斗争"为基础，准备出一本书。他有点拖延，要到十月份才能交稿。安娜不在的时候，他试图将工作推进一点："我想努力结束书稿的修改，但是我遇到了很大的困难。我想，正是因为快要结束了，我才没有办法真正地结束它，我流连在这种半解脱的快乐中。但是这样我就要拖延了。再说我想在你回来之前结束它，也许我能做到。"在安娜休息的时候，雅克独自一人等待书的出版。"我一直没能努力工作。我在等书出版，也许直到我重新见你之前，它也还没能出来。也许我还能收到一封你的来信。否则，星期二早晨我就去当菲尔，我等你，你要来！……好好照顾你自己，我亲爱的。我很高兴你能有自己喜欢的花儿。我会给你寄的，但是我不敢用我的真名，而我又害怕，收到没有署名的花儿是件很奇怪的事。但是花儿在你的卧室里，我还是会很高兴的，哪怕花儿不是来自于我。我爱你。"一九三八年二月，《超越民族主义》在伽利玛出版社出版。

多米尼克·奥利的文章

第一次有一定频率的批评工作是在一份极右翼的报纸上，然而这并没有让安娜感到任何的不自在。她的文章主题是一九三七年的各大展览以及古典艺术家，尤其是十六和十七世纪的艺术家，在绘画与文学上一样，多米尼克偏爱这两个世纪。

第一篇文章登在一月二十七日的报纸上，写的是鲁本斯，正好那时在橘园有一个展览。关于十七世纪巴洛克风格和古典主义之间的争论。多米尼克在形容鲁本斯笔下"粗俗的身体和脸"的时候，用了"丑陋"、"厚重"以及"沉滞"这样的词汇。但是她注意到了这些巨大的画幅中"小小的轮廓所体现出来的美丽"，她认为画家笔下"云彩的颜色"让人想起巴黎的冬天。多米尼克的评论依据的是她自己所独有的感触，并且在寻找绘画与自己熟知的事物之间的某种联系。在接下来的那一期中，文章的风格更具论战性质，矛头直指法国的文化政策，关乎当时法国驻美国大使乔治·博内。多米尼克很熟悉美国，她对美国作出了严厉批评，这与青年右翼联盟的想法非常相符。"因为如果说对于幅员辽阔的美洲而言，法国是一个陌生的国家，那只是美国闭关自守，情愿对欧洲视而不见——甚或是抱有敌意——美洲很少有真正的艺术爱好者、狂热的支持者，因为那需要一种天真、温柔的友谊，而忠实是会让这类的友谊感到局促不安的。"

好几年前，有一部分讲法语的人从加拿大来到了美国，在那里（马萨诸塞州、马恩州和佛蒙特州）安下家来，他们拥有自己的报纸、学校、神父、医生和代表。法裔美国人一直在为法国文化在美国大陆上得到应有的承认而努力。"我们很难想像他们为了维护法国文化传统所进行的斗争，这份坚忍，这份顽强,这份农民所特有的激烈。"多米尼克指责法国政府不像德国和意大利那样帮助海外侨民,没有给予他们应有的支持。而支持他们实际上也是保留古老的法语语言,那种生硬的、掺杂着幼稚和雄辩的法语,源自诺曼底和布列塔尼的加拿大人的法语。

通过将特纳与布莱克放在一起,多米尼克对画家们进行解读。钟情于英国文化的多米尼克非常欣赏特纳,认为他的"作品既非常英国化,同时又具有独特风格"。多米尼克告诉我们,特纳如何在十八世纪英国水彩画学校受到培训的。水彩画原本只擅长"勾勒风景轮廓",然而特纳却懂得如何运用光线,擅长表现水和海的颜色。"相比之下,我们国家印象派对于光线的研究显得如此辛苦和笨拙,就像与中国的瓷器杰作相比,我们的陶瓷工匠们所付出的努力。"对于特纳以及他那份"自然的霸气"的着迷是以对布莱克的失望为前提的,在多米尼克看来,布莱克代表英国"造作"的艺术,一位诗人进行绘画创作可能遭遇的失败莫过于此。"他的文学作品使他声名显赫,但是他的绘画却是缺少人文气息的一团混乱。"布莱克的作品趣味低下,稀奇古怪,完全看不到简单与真诚的美。多米尼克讨厌象征主义绘画,梦魇一般的形象,那种表现世界末日的绘画的黑暗、粗糙的材料。她喜欢简洁的轮廓和自然的风格。她对于布莱克绘画的这种情绪性的,甚至是生理性的反应也揭示了她日后对待杜布菲画作的态度。

而她关于一九三七年展览的文章却是一篇不无极右翼理念的学院派批评。她觉得展览表现的都是诸如荣军院之类的巴黎名胜,过于庄严,过于简单,"因而不够民主",过多地展现了丑陋,藏起了美。多米尼克·奥利建议展览应该在她住的地区,巴黎南郊("真正伟大的巴黎所在,而直到目前为止却不为人所知,贫穷,与它所环抱的城市完全不相衬。")举办。那里有地方,并且可以找到一种"新生活"。在多米尼克看来,展览的组织工作实在令人惋惜,"展览的受益人"太缺乏想像力。

一个在批评领域的百变小魔女:多米尼克厌倦了艺术,转向弗朗索瓦·维庸的诗歌,因为正值维庸的部分作品再版。这是一篇关于流浪和维庸故乡的评论,关于维庸隐藏在他的罪恶和"坏小子"的名声之后的荣耀的评论。多米尼克细腻地勾勒出维庸那非同一般的、为小偷和妓女所包围的形象,着重指出他对于"尊严、安全的存在",对于"永远无法得到的安宁"的向往。多米尼克认为维庸相信"神圣的宽恕",他是最伟大的"民间诗人",因为他歌唱"穷苦人的残酷生活"。

多米尼克和梯也里·穆尔尼埃一样喜欢十六世纪法国艺术,她在报纸上有一个常设专栏,专写卢浮宫新开的展厅。历来,艺术史都认为在法国,文艺复兴标志着外国艺术,尤其是意大利艺术至高无上的地位。然而米歇尔·科隆布[①]设计的墓碑与其说受到罗马古典艺术的影响,还不如说是受到中世纪宗教艺术的影响。同样,让·古戎[②]的作品也是"法兰西岛这种简洁、微妙的艺术"的应用,这种艺术从来未曾得到"如此纯净的表现"。十六世纪艺术紧随的是"漫长而智慧的征服传统"。

多米尼克直接抨击了"政府人物"在"人民阵线的纪念建筑"上所选择的哲学家和画家。他们抛开笛卡尔和高乃依,给了左拉至高无上的位置。"这里并不存在重新展开关于左拉和自然主义的论战的问题,这场论战已经过于古老,过于正义。我们也不是要再对他最不可原谅的那些东西予以指责,所谓的文体,因为确切地说,他根本没有文体可言,我们要说的是他那种滞重的写作方式,那种表达中所蕴含的天然的粗俗,任凭激情或是其他饱满的情绪也无法拯救的沉重与粗俗。"右派的革命思想既体现在严格意义上的政治领域,也体现在对艺术、艺术家的评判和对历史时期的选择上。人民阵线是要通过左拉,赋予"法国的农民以可鄙的粗俗形象吗"?

如同巴黎的名胜与重要景致一般,人也遭受到了嘲笑与侮辱。多米尼克又写了第二篇关于一九三七年展览的文章,仍然批评政府在使用遗产问题上的不当之处。临时的、不具有长久生命力的建筑,楼房变得丑陋,城市变得狭窄,无法容纳人群。多米尼克·奥利捍卫的是法国的传统和文化,为法国带来声誉的元素。

她的文章还不时有新的发现。多米尼克·奥利对中国艺术倾注了很大的热情,建议推广宣传。在"橘园"展览中心的中国艺术展给了她机会。在文章中,她勾勒了这令人叹为观止的三千年艺术史。第一个重要时期是汉,从公元前二世纪到公元二世纪,主要艺术品有祭祀用的铜器,花瓶、钟以及散

---

① Michel Colombe,法国十五世纪著名雕刻家,哥特风格的代表人物之一。——译注
② Jean Goujon,法国十六世纪著名雕塑家,法国文艺复兴的代表人物之一。——译注

落在"寺庙废墟"中的铜镜。她将中国的动物小雕像与亚述及波斯萨珊王朝的艺术品作了对比。中国艺术第二个重要时期是公元七世纪的唐,"除了总是栩栩如生的小型陶土雕塑和瓷器之外,大型雕塑也达到了鼎盛",我们可以看到石灰岩或玉石材质的大型佛像。而从十一世纪到十三世纪——欧洲正处在"中世纪"——是中国的宋朝,两种中国特有的艺术形式达到鼎盛:水墨画和陶瓷制品。多米尼克·奥利喜欢这种和谐与忧伤的结合。中国另一个重要朝代是明朝,从十五世纪到十八世纪,漆器和瓷器制作工艺取得空前成功。时下法国有一种倾向,认为对于中国艺术的热爱是出于对蛮族和原生态的一时兴起,但多米尼克对此一直抱有戒心。在她看来,这种"神秘的亲缘感"所依赖的是法国文化中最为先进的东西。美,证明了艺术之间那种情同手足的感觉是具有普遍性的。

多米尼克对苏联的肖像画就没有这样的迷醉了。在"艺术与技术"展览之际,她描绘了自己在俄罗斯展厅所感受到的不适。"在运至巴黎的这个小小的俄国,巴黎人首先感受到的是一种不适,一种奇怪的压迫感,还有囚犯在现代监狱中所能感受到的一种匮乏和空白的感觉。……因为这些数不清的照片、数字、图形直至工厂微缩模型和机器不仅仅是为了宣告苏联的富有,更是为了证明富有及繁荣完全来自于体制,以前那里什么都没有,是体制创造了些什么。"多米尼克在想,斯拉夫国家的艺术都到哪里去了呢,刺绣、纺织、金银器、木器,家具,小摆设。苏联对此不屑一顾,摧毁了这些作品,摧毁了"属于自己的遗产"。它将自己的人民限制在原始的野蛮之中,让他们过一种"没有传统,没有根"的生活。俄罗斯文明就此沦丧。

与此相反,随着卢浮宫一个个新展厅的开放,法国却向本土艺术和西方文明表达了敬意。各种各样的本土作品一瞬间竟然显得如此相近,更衬托出美和个性。雕塑"欢唱大理石的生命",如同人们的"血肉之躯"。这些作品所表达的"不是痛苦,不是愤怒,不是任何一种情感,就只是对于活着本身的满足"。如果某一个作品遮蔽了周围的一切,让人忘记它出自于人的双手,它就称得上是真正的作品。

多米尼克歌颂希腊古典艺术,贬斥所谓革命的把戏。在八月四日——这是废除特权的纪念日——的一篇文章中,她觉得人民阵线浪费时间庆祝法国大革命的行为实在可耻。列举共和的种种胜利枯燥而无味。"虽然政见不同,对手之间彼此难以理解，他们却一样反常与不现实，一样擅长戏剧化的、空洞的雄辩，于是赢家与输家的情感似乎进了同一个熔炉。这个傲慢地自称为'启蒙时代'的世纪在混乱中结束；在这个年代，人人——不仅仅是老米拉博——都自诩为人类的朋友，却以彼此屠戮而告终。所有的过度都以理性为借口，所有的罪恶都以美德为借口。"

多米尼克·奥利的文章中交替出现受她垂青与被她唾弃的时代。过度的革命象征是可怕的，与东京湾新博物馆所展出的中世纪艺术作品中的幸福格格不入。"这是一种不加修饰的艺术，简洁之中没有任何的过渡可言，而痛苦的表达中也没有丝毫浪漫主义的意味。……远远超越肖像的，是这些如此普通、如此典型的法国化的人物之间显现出一种在道德上令人感动的亲缘性，那是他们简单却无与伦比的诚实。"在多米尼克看来，作品的质量取决于它的简约、朴实和谦和。作品所体现出来的真诚和对于艺术的完美掌握可以使一部真正的作品有别于造作、浮夸和夸张的作品。

在多米尼克后来两篇关于法国艺术回顾展的文章中，她再次重申了这些观点。第一篇题为《从克鲁埃到大卫》，文中她提到这次展览终于将公平还给法国十六世纪艺术。"也许从今以后十六世纪艺术不再只作为众多流派交汇的十字路口而存在，我们得以瞥见它真正的面貌，它和它所特有的伟大。我们总是说十六世纪是断裂，因此无视其创新力和承继性。……它和它之前的时代一样诚实，如果说十六世纪绘画的色彩较之以前更加沉重、炽热，光线更加柔和，但显然，其基本手法是相同的。新，存在于别的地方：是灵魂，在沉默中，在被弃中，如此完美、如此执著地存在于人物脸部与身体的美之中，仿佛人不再需要借助神来表现，因为自此之后，人类在自己身上发现了伟大以及神秘的魅力。"

多米尼克·奥利熟悉的主题意境存在，她觉得最完美的展现莫过于在爱与仁慈之中。被弃、沉默、神秘，这些都是她赋予她所热爱的生灵的品质，而别人会将这些品质赋予上帝。十六世纪不仅仅是多米尼克经常接触的知识分子圈里一个经常谈论的主题，它几乎可以说是这些艺术家灵感的源泉。克鲁埃、勒南、乔治·德·拉图尔、普桑、克洛德·热莱和雅克·布朗夏尔——"一个不为人所知的天才"。多米尼克勾勒的这份亲缘性一直延续到十八世纪的画家，夏尔丹、华托以及他们的继承者勒南和乔治·德·拉图尔。该流派"简便与理论"替十八世纪世纪病的绘画赎了罪。

对于现代绘画而言,与十六世纪的这份断裂是悲剧性的。"弗拉戈纳尔的《洗衣妇》,大卫最初的画作都是很好的例证,可以说明倘若没有这份断裂,弗拉戈纳尔和大卫会是怎样的,同时也说明了我们在日后究竟丢失了什么。在'回到古代'以及为了重新连接上突然、自愿中断的传统的革命之后,我们几乎经历了一个世纪的等待,浪费了许许多多的天赋和努力,每个画家才得以创造属于自己的绘画,才得以在各自的领域里成为主人,而不再只是一个冒险家。"

在第二篇关于法国艺术回顾展的文章《从大卫到雷诺阿》中,多米尼克再次表达了她的这种看法,她认为十九世纪对于画家来说是一个冒险的世纪。"这一切是从最伟大、最富天赋的画家大卫开始的,他第一个投身于冒险之中。因为作为弗拉戈纳尔的学生,大卫牢固掌握各种绘画技术,也曾经继承十八世纪铺排的色彩运用,但是,出于对美德与理论的热爱,他将自己所学的一切付之一炬。对于他后来的继承者而言,只需找到他为后来者所牺牲的、为自己所放弃的一切已是足够。"他抛弃了柔和的色彩,选择了"一团淡淡的、模糊的黑色,破碎而忧郁","一团"黑乎乎的斑斑点点","影影绰绰的、有光泽的褐色"。后来的印象派纷纷找到了他的光线(莫奈)、表现形式(塞尚),色彩(高更)——因此他们应该受到尊敬。

多米尼克·奥利的另一专长是莎士比亚和伊丽莎白时代文学。她写了一篇关于十六世纪英国戏剧的文章,曾在巴黎名噪一时。小小的讽刺,觉得应该将这些"被莎士比亚的光芒遮蔽了那么久的作家"昭示天下。多米尼克·奥利这位拜物教作家认为"一切都应有其位置,最生硬的、最为简洁的悲剧如同仙女故事和漫画一般,变化多端,非常生动,每个人都能够在其中挖掘到自己所寻求的善,挖掘到他自身的某种东西或是他喜欢的某种东西"。她假定了一种最接近诗歌和歌咏形式的戏剧。"存在是为了抱怨,这就是为什么这种戏剧,尽管表面上情节空洞,在几乎不具备戏剧性的同时,却非常抒情。我们应该像倾听诗歌一样倾听它,这样就能够辨识出其中所蕴含的节奏和旋律。"这些作家的准则是"文体至高无上"。多米尼克·奥利慢慢接近了文学批评。只是到《起义者》的最后一期,她又回到了自己偏爱的主题,中国绘画上。她在批评方面的天赋昭示了她日后在新闻与出版这一行的无限前途。

危机

在这动荡的年代——一九三八年,战争宣告来临——雅克和安娜仍然继续相爱。尽管安娜已经成了雅克公开的情人,雅克一直称呼她原来的真名,以及他习惯使用的昵称:安奈特。在动荡的政治与职业背景下孤岛般的爱情。

安娜很想替别的杂志和报纸写稿——《起义者》已经停刊——有所收入。雅克答应了她,并为她寻找新的出版物:"只要新的周刊出版,当然这还仅仅是假设,有一位——我和你说过的,我亲爱的——曾经非常喜欢你文章的先生问过我,是否能再写点东西。我回答他说,当然。(这次应该是有报酬的。)但是,需要再次说明的是,这份周刊是否能出版还是未知数。"在找到替代的出版物之前,雅克建议多米尼克临时为《战斗》写点东西。例如,在《战斗》的五月号,多米尼克发表了一篇艺术评论《巴黎的英国绘画》,署的也是多米尼克·奥利的名。

雅克几乎没有一分钟属于自己——文章、约会以及一本小说的大纲。作为头儿,他还得抽出时间来关心朋友和作者的个人问题。"自从你走之后,我亲爱的安奈特,我几乎什么也没能做,谁也没见,只和克洛德·罗伊过一两面,继续安慰他,我也不知道'安慰'这个词是否合适用来概括我对他说的话。我几乎不好意思说,自从你走了之后,他所遭遇的事情几乎成了鼓舞我生活的源泉。"在巴黎闷热的夏日,雅克写信给又一次出发去乡间度假的情人:"我的安奈特,我的朋友,我几乎没做什么大事情,只给《世界》杂志写了篇长文。还有,今天早晨,我和K·阿登斯一起去打了网球;天很热,我觉得很疲倦。K·阿登斯去看了索尔代,所有要做的事情都已经完成了,他所要做的不过是给 *Luterfrance*(或者是 *Luterpresse*)发文章。我又花了几个小时安慰C·罗伊,并且看望了莫尼克。以后我再把详细情况告诉你。"

八月初,雅克又一次作为预备役军人出发去了梅斯。他对于军事方面很有兴趣——如同在三十年代初,对于各种协会的兴趣一样——并且需要锻炼身体。雅克很喜欢运动,但不是很有天赋。他梦想成为一个体格也颇为健壮的知识分子,于是一直颇为勤勉地坚持打网球、跑步和做山间运动。他一米八五的个子,看上去应该是有运动神经的,但是他的天赋还是更多地体现在分析能力以及应急写作上。雅克很喜欢在梅斯逗留的这几天,"非常美丽的城市,似乎有些沉重，很有权威感，很德国化"。他住在火车站广场的京都酒店，安娜会把信寄到酒店，塔拉格朗预备役少尉收。雅克参观了梅斯的教堂，在摩泽尔河游泳，还去"组织得非常好，很德国化"的游泳池游泳。接着，他又去了瓦罗尔西纳，和往年一样，与父母一起在山间度过夏日的大假。

自他们相爱之初，两人就已经习惯了分离，但是，分离在此时仍然让人不愿意相信是真的。安娜在扮演一个被弃的情人的角色："每次你的离开，都让我觉得你走得很远，并且一走就是很长时间，有点让人无法承受，仿佛游击队员，仿佛一个神话。不知道为什么，我总是有这种如此遥远的感觉，每次我从英国或者图尔给你写信你却无法回信的时候，我感觉我的信和话语都抛向了空茫，只有凭借奇迹才能到你这里。但是等待相见，或是仅仅等待你的消息，我却又如此耐心，以至于我都不太清楚最终你是怎样来到我身边的。当然，最终你一定会回来，我也一定会见到你。我爱你，你没忘吧？"她成日想着他，待在树阴下什么也做不了，书读不进去，毛线也织不了。每天，安娜会骑几个小时的自行车，去周边的村庄，雅克来找她时，她和雅克一起参观过的村庄，洛雷-勒波加日，洛音河边的格雷等等。

在菲利普的共同监护问题上，安娜仍然和雷蒙争吵不休。"今天我本来应该驾车把菲利普送到枫丹白露，并且在那里和雷蒙待一天，但是最后一刻他又来了一封快件，于是一切都改变了。休假结束，不得不约的见面，这些带给我混乱、焦虑，和以往一样，我需要努力克制，才令自己不感到厌倦，才能在漫长而徒劳的争吵之后保持冷静。"与雷蒙见面都是在枫丹白露，这样可以避免父子俩见完面后，雷蒙不把菲利普送回洛诺瓦。安娜害怕把菲利普独自留给雷蒙，于是建议一起在枫丹白露闲逛几天。尽管对菲利普如此牵挂和关注，这也不足以将她从对情人的等待中拽出来："和菲利普一起在树林里长时间的闲逛，采蘑菇也没有用，我唯一的事情就是等你。"

回到巴黎之后，雅克在游泳池和网球场消磨时间，有时去加尔什的父母家吃饭。"以至于自从我回来之后，除了去加尔什的父母家——哥哥家也要搬去了，家里的人很快就要多起来，我经常去的地方只有街口那家游泳池、网球场以及我在这里找到的和K·阿登斯一起去的一家法国运动场。"雅克尽可能多做些工作，但是钱不多，于是向父母寻求一定的帮助（每年父母都带他去度假）。只要不是狩猎季节或是"九月的日子"，乡间生活非常安宁，安娜非常喜欢乡间的"清凉和明亮"。安娜那时已经吃得很少，她肯定自己吃一点点油腻的食物就会引起肝病和她一直深深为之折磨的偏头痛。她为父亲和菲利普准备野味，但是自己不碰。法国式的家庭传统氛围让人忘记了欧洲所遭遇的一系列悲剧事件。

但是雅克仍然非常关注时事以及国外的政治局势。在他给安娜的信中，越来越多地谈论到政治、外交以及军事事件。这是他们爱情的历史背景。"这些天我工作繁重，而这工作没什么意思：是我在报纸的工作，因为我在这里主要负责外国新闻，这个时期由于捷克问题和希特勒，恰恰事情接连不断。昨天，局势非常紧张；获准休假的军人全部被召回；预备役军人也应征入伍。接着，由于捷克作了新的让步，一切又在一夜之间安排好了。但是招募预备役军人的举动似乎在乡间激起很大反应，这是真的吗？"

雅克为时事忙碌，安娜则继续写艺术评论。雅克建议安娜为巴黎的意大利艺术展写一篇文章："亲爱的安奈特，如果你不是很反感的话，如果你有时间，我希望你为假期结束后的《战斗》写一篇小文章。也许可以写写我们一起去看过的意大利艺术展？展览仍然开着：不会太迟的（我家里还保留着展品目录）。"安娜自然接受了他的提议，并且为此向他表示感谢。文章登在一九三八年十月号上，题为《伊朗萨珊王朝的艺术展》。文章认为伊朗艺术与西方审美之间存在着一定的亲缘关系："在这完全的奢华之中，没有什么显得有异域风格的，甚至没有一丁点儿外来的感觉。……也许在我们不知不觉中，伊朗，这个由宫殿和花园构成的国家，这个到处是果树、花草和奢华气息的国家，已经将其建筑中的某些成分给了欧洲？"

安娜在《战斗》上的文章不那么政治，似乎只关注艺术审美。她的立场也许仍然是《起义者》的立场，以便更好地适应新闻文体。雅克也部分抛弃了他对于政治的热情。他更倾向于谈论改革，并且觉得从此之后，面对德国，他的祖国法国正受到威胁。他用了两方都不反对的"最低限度的法西斯主义"，这表明法国不可能在罗马-柏林这条中轴线找到自己存在的位置。然而巴黎出奇地平静，莱茵河彼岸的风几乎没有吹到这里："巴黎出奇地被动和平静，和我们一起在这里时一样平静。最近这些日子日渐增长的危险并没有触及到它，没有更多地触及到它，昨天晚上局势趋于缓和，'亲爱的老张伯伦'带着伞，坐飞机离开前往贝希特斯加登，颈骨骨折。我从来没有看到巴黎人这样没有任何反应的样子。我在想到底发生了什么。在最为戏剧性的时刻,仿佛只有爱德华八世让位这样的事情才能让唐宁街上见到人影。奥塞火车站的站台上连只猫都不见。"

最让人焦虑的是九月底宣战时的征兵入伍。雅克一直没有被征调,他因此而劝慰自己说战争不会打起来的:"我一直没有被征调,甚至征兵总动员的时候,可能性一直存在,我说服自己,这不是一场大仗,我不认为这会是一场大仗,除非前线出现了突发事故或者某种偶然因素。但是没有人希望是这样。但我还是和你一样,认为这局势让人恼火。现在它使得你不能够回来,或者,至少应该说它拖延了你的归期。这次的假期也许说到底比以往更长,没完没了。我很恼火,不停抱怨,但是,你知道的,我亲爱的安奈特,我不能够忘记你。我爱你。我才从尼韦奈乡间回来,在那里我看到了惊慌失措的人群。似乎现在乡下比巴黎更紧张。"

局势暧昧不清,外交问题似乎已得到解决,但是一直在实行军事管制:"我想,现在捷克事件应该已经基本得到解决,第一次我和所有人取得了一致,因为所有人现在都认为今年不会爆发战争。我一直这样想,但是威胁有可能——不管是否征兵——还会延续好几个星期。而我觉得这一切也令人愤怒,我亲爱的,只是因为你不能回来。现在,局势有所'缓和'。非常奇怪的事情,军事管制仍然实行,尽管从此之后目标几乎不存在了,于是人们好奇地看着这一切,并不把这些当回事。巴黎街头都是军人——临时组织起来的,穿着褪色军大衣的士兵,比原本还要显得衣冠不整——晚上是完全的一片黑暗,除了昏暗的路灯。这一切真是悲伤,令人非常厌烦。但是我觉得,总的说来,大家还是高兴的,甚至包括那些显示了一定勇气的马后炮,他们说或许以后再也找不到如此好的机会大干一仗了。"

雅克觉得现在战争的危险既然已经远离,安娜就可以回来了。然而不安全的气氛仍然奇怪地笼罩在巴黎上空。"巴黎仍然还是一副战争的面孔。但是这张面孔似乎已经开始改变。拉斯帕伊大道上,工人们今天早晨开始撤除土堤上用来加固地铁车站顶的沙子。灯也一盏接一盏地亮起来了,不再蒙着让它们暗淡无光的套子。但是很多道路仍然一片漆黑,也许直到你回来还是如此,假如你的归期不是推迟得太久的话。也许到那时我们可以一起散散步。……现在战争的威胁远了,巴黎人又变得好战起来,咖啡馆里尽是些马后炮的行家里手,在说我们丧失了绝佳的机会(此时我身边恰好就有一位)。"十月份,雅克仍然没有应征入伍,这让他相信战争一定是爆发不了的:"我没有被征。我周末要到布隆家族的朋友那里去,星期一才回来。我不认为事情会很糟糕,尽管恐慌普遍存在。我甚至觉得今天局势又有所缓和。你不要着急,亲爱的安奈特,如果你真的回来了——你会回来的,是吗?——再过一个星期我就能见到你了。除非我真的应征入伍了。但是我想不会。即便真是那样,我也会很快回来。我爱你。"

安娜最终在十一月回到巴黎,情人们又在以往常去的咖啡馆见面,卫城咖啡馆,墨菲斯托咖啡馆和东方咖啡馆。雅克想要保住《战斗》,到处筹募资金,寻找可以资助刊物的人。安娜给杂志写稿的频率很低,但是她和雅克一起——同时也是为了雅克——做了一项更为个人也更加符合她感受力的工作。出版领域的第一次体验,她的事业真正的开始:为伽利玛出版社准备一本书。一本文学的书,一本诗选,诗选上赫然写着两位主编的名字:梯也里·穆尔尼埃和多米尼克·奥利。

《法国诗歌导读》

一九三八年秋天,雅克和安娜开始着手一项计划。安娜对前古典时代——十六和十七世纪——的诗歌有很深的了解,这是她在索邦大学的论文主题。于是她产生了为这些诗人编一个诗选的念头,她让雅克帮助她实现这个计划。安娜负责寻找、汇集诗歌,雅克负责为诗选写导读,并且用他伽利玛出版社作者的身份说服伽利玛出版这本诗选。

安娜在图书馆泡着,老兵工厂图书馆、国立图书馆、索邦大学图书馆和圣-热纳维耶夫图书馆,挖掘稀有珍珠——好些诗歌都没有出版过——和已经被遗忘的诗人。雅克向她表示祝贺,因为她要完成如此宏大的工作:"你真好,我的爱人,找到了龙沙和奥比涅的美妙诗歌。这一切真的不让你感到厌烦吗?我非常高兴,能够和你一起做点什么,我甚至觉得这根本算不上工作,一点也不为此感到害怕。我已经写了一部分导读,越是写下去,越觉得比原先设想的要长。"

安娜提议，雅克选择。朋友们也给了他们帮助，帮他们发现更多的诗人。"还有，我这里有你为我抄的诗歌，在某种程度上也是你的一部分，因为是你的字迹，而且这些都是你喜欢的诗歌，我也喜欢。我才将重读了一遍，几乎所有的都读了：我想差不多所有的都应该选进去，因为它们实在很美。我的安奈特，你是不是还会找一些给我呢？克莱贝尔·阿登斯（其实我没有请他帮忙）为我带来了十来首莫里斯·塞夫的诗歌，他也是第一次读到。诗真的是很美，无与伦比——比路易·拉贝的还要美——非常智慧，但有时又有一种马拉美式的晦涩，闪烁着十六世纪特有的人性光华。似乎有一百来首这样的诗，而一首六千行的喜剧诗歌足以让他与卢克莱修①相媲美。我的爱人，如果你愿意，我们可以一起读这些诗歌。"

安娜的进展非常顺利，因为她确实热爱这项工作。"等我来的时候，就我手头有的这些书来说，我想我应该能够全选完了，从维庸一直到十七世纪末。我还想加一些诗——我已经知道的——除此之外再找一些。但是我只能到圣-热纳维耶夫图书馆或索邦大学图书馆才能完成，因为我手上还缺资料。雅克，你觉得写一篇长导读是一件很有意思的事情，对此我非常高兴。你真的希望我读吗，在你还没完成的时候？我会把我收集到的所有诗歌带给你。有时事情还真的有点困难——尤其是我有个人喜好，甚至谈得上是个人的倾向性。但是不管怎么样，或许要做的事只是对太长的诗歌进行删节了。"

安娜找诗歌的速度比雅克写导读的速度要快，局势动荡，再加上有十来篇别的文章要写，雅克的速度不是很快："我亲爱的安奈特，你做的比我做得好，因为在现有的诗人中你又找寻了一遍，尤其是找到了拉辛的诗。到头来还是我慢了，这些天我的导读几乎没有任何进展。但是我又一次下定决心，而且我非常想结束它（不幸的是，每次我决定全力以赴，总是会突然出现些来自于外界的障碍，我还有数篇非完成不可的文章要写，明天和后天）。"接着雅克自己也找到了新的诗歌："当然，我也在工作：我的导读有所进展，我还找到了莫里斯·塞夫的十来首新诗，还有阿波利奈尔的一些令人赞叹的诗（是从一本题为《伊里亚》的诗集中找到的，那本诗集发行很少，不过你那么喜欢阿波利奈尔，也许你也能找到）。还有佩内特·杜基耶的一首八行诗，非常美。

---

① Lucrèce（约公元前98-前55），拉丁诗人，哲学家。——译注

（我们还应该在杜基耶的作品里找一找，里昂舒尔因出版社一八五六年出版。）"

有时，为了某位诗人究竟是由谁发现的，两人之间会出现争执。雅克一直说自己发现了斯蓬德，而实际上斯蓬德是安娜发现的。但是，在准备这本诗选的过程中，总体而言，两个人都沉浸在能够一起工作的幸福之中，沉浸在能够一起分享对于这本诗选的热爱之中。开始时，他们想要捍卫的是法国前古典时期的，在三十年代末已经不再流行的诗歌：维庸、塞夫、佩内特·杜基耶、马莱伯、梅那尔、圣阿芒、斯蓬德、杜·布瓦-于斯、戴奥菲尔·德·维奥、特里斯唐·莱尔米特。接着雅克又为诗选带来了他非常熟悉的古典主义诗人：高乃依、拉封丹、拉辛。在两个人看来，十九世纪因为诗歌过于遵从韵和律，属于迷失的世纪，但是十九世纪也涌现出了诗歌史上最为耀眼的诗人：拉马丁、奈瓦尔、雨果、维尼、缪塞、波德莱尔、兰波、马拉美。现代诗人中，他们选了佩吉、阿波利奈尔、瓦莱里和莫拉斯。在附录中，他们还选择了科克托和卡特琳娜·波齐。

表面上看起来选择似乎依据的是学院标准，但是从编选的本意来说，标准首先应该是历史意义的："在法国诗歌史上占据统治性的地位。"在《告读者》中，雅克和安娜解释了编选的过程。诗选的编选意图在于将独特的诗歌推荐给读者，这些诗歌既非已被列举过成百上千次，也非完全不为人所知，因为这样一来就不能把大家所熟悉的真正杰作囊括在内。有些诗人很少出现在教科书上，如塞夫、加尔尼埃或梅那尔，但是诗选给了他们很大的篇幅。而对于那些知名诗人，如维庸或拉辛，选的诗歌则主要是他们的代表作。十八世纪没有诗歌入选，因为在编选者看来，这个世纪的诗歌没有意义。在处理十九世纪诗歌的编选上，编者主要是在他们认为比较平庸的作品中找寻闪光的片断——例如在对待拉马丁和雨果时，他们主要依据的就是这个标准。选兰波、波德莱尔、马拉美和奈瓦尔时，编者都选了他们的杰作，为大家所知晓但并不一定是所有诗选必选的作品。总而言之，在选现代诗歌时，编者选择的是最具代表性的作品。

科克托和波齐展现的是法国诗歌的延续性。克洛代尔在这部诗选中未能占据一席之地，编者对此表示歉意，因为在宏阔的抒情散文诗中截取诗歌片断实在太困难了。编者如此说明他们的编选标准：十六世纪的诗歌非常繁盛，而从拉辛到十九世纪末是极大的空白，二十世纪初诗歌又焕发了新的生命力。在他们看来，这里没有任何抽象的东西可言，一切不过是事实的简单构成。作为技术性的确认，这本诗选在某种意义上不能完全算是诗选，它可以算作一部引文集，因而有些诗歌只是节选。

所有的诗歌都选好了，梯也里·穆尔尼埃的导读已经完成，《告读者》也起草好了。初校在四月初可以出来。"我原本想早点给你写信的，但是我必须完成诗选。事情比我预想的要困难（波德莱尔和阿波利奈尔的一半诗歌还没动）。但是现在都已经完成了，我只是在等校样了。等你回来的时候，估计已经应该可以二校了。"一九三九年九月，《法国诗歌导读》在伽利玛出版社列入"白色丛书"出版。作者为梯也里·穆尔尼埃，但在下方注明"与多米尼克·奥利共同编选"。多米尼克·奥利的名字第一次出现在一本书上。但是在前几版中，伽利玛出版社的制作部门决定取消"这个"完全不为人所知的名字。多米尼克问是否能够想办法把名字加上去，但是穆尔尼埃不愿意因为此事制造麻烦。直到一九四〇年第三版时，多米尼克的名字才加了上去。在她自己未能作出决定之时，名字已然被藏了起来，这似乎昭示着她的事业将带有秘密的烙印。

雅克和安娜编选的诗集迅速激起了公众的兴趣。销量惊人，重印一版接一版，而两位作者也因此有机会改正前几版中的错排。这部作品正好满足了时代的需要：彼时德国已经占领波兰，法国人自由表达自己的民族情感，立场分明。法国诗歌的荣光，同时也是对关于文化的某种概念的捍卫，亦即文化是一种遗产，是祖国的馈赠。梯也里·穆尔尼埃撰写的导读重申了他自三十年代以来就一直捍卫的理念，并且在当时的政治和外交背景下激起了更大的反响。

在导读中，梯也里·穆尔尼埃对理性艺术和灵感艺术的概念提出了批评："认为诗歌应该受到日常理性的引导，或是认为诗歌是出于某种非理性的需要，这都是从外部定义诗歌的做法，是使其遵从于意义，或者使其听从于'灵感'——事实上灵感也是诗歌外部的东西：这样做是将诗歌缩减为某种事先确定的构思的仆从，缩减为先于诗歌存在的某种冲动的记录，然而恰恰相反，写诗本身就是一种激烈的、具有主导意味的行为。'理性'和'灵感'——这两个词是多么混乱和懒惰——代表这个世界驯服的一面和反抗的一面，是理性和灵感应当为诗歌行为服务，作为其可以驾驭的主题，而不是诗歌行为听从于它们的需要。"诗歌与"疯狂、幻想或梦想"没有任何共通之处。关于诗歌的一系列陈词滥调将使人打扮成可笑的模样：流浪汉，失望的、饱受折磨的情人和空想家。穆尔尼埃希望通过这部诗选将诗歌"真正的本质"归还给它。它是"最为严格的精神活动,同时,它最适合抓住其他任何严格的活动都无法抓住的精髓"。诗歌是理性的活动,但最终超越了通俗意义上的理性。诗歌是造物主的行为,它让被其命名的东西获得了生命。

接着,穆尔尼埃又对法国诗歌作出了区分。法国诗歌的特点是:在法国,诗人的非韵文作品往往都比较平庸,这与英国和德国不同,莎士比亚与歌德都精通两种艺术,既擅长诗歌,也擅长散文。作为一种智性的甚至可以说是如代数一般严格的语言,法语渐渐摆脱了它的传统。法国诗歌当然属于诗歌的范畴,但是它并不依附于法国。在某种程度上它更是文学性的。诗歌的对象并不粗俗,但是,由于"与文学长期厮混在一起,它变得高贵了"。在法国,"诗歌传统与历史传统、民俗传统、传说传统之间的联系没有建立,这在世界上是独一无二的"。法国的诗人看不起法国人民,反过来法国人民也表示出了对于诗歌的漠视:人民喜欢的诗人总是最平庸的诗人。维克多·雨果或许应该为自己如此受群众欢迎而感到担忧。

然而,法国诗歌在最基本的主题上——爱与死亡——却表现得非常自如,这也是拉辛悲剧的两个主要因素。诗歌革命的问题就在于它想要简化艺术标准,但事实上它应该"将写诗固有的困难还给诗歌"。诗选的目的在最后终于有所揭示:"法国诗歌第一个伟大世纪就是法国诗歌最伟大的世纪。这并不是说十六世纪没有产生超过维庸和拉辛的诗人。而是在这个世纪法国诗歌空前繁荣。从来没有一个时代产生过如此众多的一流诗人,也从来没有一个时代像十六世纪一样,产出了如此多的杰作,如此大气,如此富有创造力,如此快乐。……我们总是盛赞十六世纪,盛赞它那种少年意味的优雅,盛赞它的生命力,盛赞它的繁盛与清新,这一切当然无法忽视,但是我们却因此忘记了最困难和最重要的。给予它更为公正的评价的时刻到了。"

穆尔尼埃赋予自己这样的使命:要捍卫一种更为智慧、更为珍贵、不那么简单和自然的诗歌。法国文学史上,在维庸的纯净与奥比涅的耀眼之间,里昂诗派、莫里斯·塞夫、佩内特·杜基耶、路易·拉贝没有得到他们所应该得到的位置。"没有任何时代的诗人像他们一样,集天然与典雅于一身,集科学与无知于一身。"为十六世纪辩护,但同时也是为分成两个部分的十七世纪辩护,即路易十三和路易十四统治时期。一个部分是与十七世纪上半叶的画家——

勒南兄弟、拉图尔、普桑——有着密切关系的雷斯[①]、高乃依、马莱伯、梅那尔；另一个部分则是穆尔尼埃极为热爱的拉辛："在这个诸流合并的诗歌时代，拉辛带来了一直到那时为止诗人们弃之不用的悲剧艺术。自此之后，拉辛在法国文学史上便所占据了前无古人后无来者的绝对位置，孤零零的，与任何其他作家之间仿佛没有一丝关系。……在他的笔下，悲剧成了诗，诗歌承载着狂怒的力量和无法缓和的激情，在人类的恐惧之境中，在罪恶与沉寂的大地上，在阴暗与致命的天空之下，我们只听到诗歌在高声吟唱。在这个最为开化的世纪，在这个等待着井然有序、等待着情爱与和谐的世纪，拉辛抛出了人类的柴堆，抛出了来自时代深处的典礼性的谋杀，黑暗的命运之神在飞翔，人类屠戮大潮中，灵魂在游荡。"

拉辛让后来的法国诗歌产生了一个半世纪的空白，因为他已经将所有的资源消耗殆尽。穆尔尼埃强烈抨击十九世纪的诗歌，指责它们太不真实。波德莱尔和兰波用黑暗拯救了浪漫主义和象征主义的造作。马拉美则擅长复杂的诗歌，其构成精巧而大胆。超越了所有人的是奈瓦尔。二十世纪也许向我们宣告了复兴，拥有诸如纪德、巴雷斯、普鲁斯特、柏格森、莫拉斯、瓦莱里、佩吉、克洛代尔和阿波利奈尔这样的杰出诗人。这幅关于法国文学的全景描绘与那个时代的趣味甚为相符。尽管战争已经宣告开场，诗选在两个月不到的时间里就卖出了两千册。很多作家应征入伍时，这本诗选成了他们入睡前的读物。安德烈·布勒东对其大加称颂。一九三九年十一月，虽然有战争和"希特勒先生"的威胁，书仍然销售得很好。不过，雅克还想着再充实一下诗选，补上某些被遗漏的诗人："我们似乎应该再开发一些诗人，里昂诗派的一位诗人艾罗埃，与斯蓬德相当的一位现代诗人拉塞贝特以及一位十八世纪的诗人吉尔贝，苔里夫先生说（不过我不太相信苔里夫的话）他与奥比涅一样极富洞察力，而且他的诗还要更好。但是这样就一定要去图书馆找了（也许可以去马萨琳娜图书馆，那儿还开着）。"伽利玛出版社一直在敦促他们尽快完成增补和修正工作，以便再版。"我的爱人，如果我们去图书馆，也许我可以负责颂歌和其他部分的诗歌，而您则专门负责诸如拉塞贝特这样的诗人。"

而别的刊物似乎接上了梯也里·穆尔尼埃和多米尼克·奥利的研究工作，

[①] Retz（1613-1679），法国枢机主教，政治家和作家。——译注

例如波朗主编的《方法》杂志:"我扫了一眼《方法》杂志,看到在关于斯蓬德的一篇评注中,作者非常奇怪地引用了两句拉塞贝特的诗,而且是我读过的两句诗,只是我是在哪里读到的呢？'乡村投票通过了国王的女帽/神秘的十字有一天再次爆炸'。必须找到拉塞贝特和其他诗人。但是如果您不来看我,我该怎么办呢？"读者却等不及了,每人都在自己发掘十六世纪的诗人:"另外,我收到了一封来信,写信的人我不认识,他指责我在《导读》中忘记了一位最为伟大的诗人,龚波,并且列举了两句他的诗:我知道,秃鹫非常温柔地对待普罗米修斯／我知道,伊克西翁在地狱里无比快乐。十七世纪初期真的是和十六世纪一样无法穷尽,这儿又是一位不能不读的诗人。我想要和您一起读,可是您却不来。"

战争临近,雅克为此烦恼不已,安娜和父母一起躲在洛诺瓦。她一直在修订《法国诗歌导读》,她发现初版有"相当数量的印刷错误",甚至有整段诗句的遗漏。这部作品的最初宗旨是通过共同的工作将两位情人拢在一起,但突然出现的战争却让他们无法相聚。

战争
入伍

雅克和安娜的通信仍然是开始时的那种基调,洋溢着爱情,同时带一点无精打采的情绪,但是越来越多地涉及到国内国外的局势。尤其是雅克,因为他的职业是记者,必须直面周遭的动荡。安娜则身处家庭的保护之下,躲在洛诺瓦,不过雅克经常提醒她,虽然总是尽量把这悲惨的现实说得轻一点。即便是在战争的前夕,人们还是不能够相信它的存在,因而也不能够清晰地看到它的存在。只是在这一九三九年初,战争已然在了,甚至无处不在。

雅克主要害怕战争会拖延安娜返回巴黎的时间。"我的安奈特,你究竟哪天回来?我希望墨索里尼和希特勒先生在你返回之前能够尽量安静点,但是我不能够确定。他们真是不可救药。这里又是一片盛景,没有去年九月那么恐慌,但是大家都忙个不停。火车和地铁挤满了士兵,到处都是戴着头盔、骑摩托车的通讯员,又一次大征兵。不过报纸什么也没说,沉默就是胜利吧,于是人们非常平静,在初春美丽的阳光下闲逛——这次我也依然不认为战争就会真的来临,但是每一次的危机都令我觉得我们离战争又近了一步。"墨索里尼和希特勒破坏了与法国的关系,雅克很难再抽出时间给安娜写信。巴黎的气氛令他非常不安。"在巴黎,人们重新变得紧张起来。女佣今天来的时候问我:'是不是战争很快就会爆发?'我安慰她说不会的,因为我不认为战争会爆发,至少不是现在。但是一九三八年还算是平静的一年。战争的警报每隔三个月拉响一次。今年则是每隔两个星期。我又找到了不工作的好借口。我的确基本不做什么事情了。"巴黎传来的消息令人心焦,安娜不得不待在洛诺瓦,她必须保护菲利普。雷蒙也要她留在洛诺瓦,还有安娜的父亲:"巴黎的前景是那么黑暗,雷蒙一封信接一封信地给我写,要我留在这里。但是我还是会去巴黎的,最多必要的时候再把菲利普送回这里。"

安娜定时会去巴黎,但是大多数时间都留在乡下。七月,如果她还有时间通知情人,她经常会在最后一分钟取消约会:"瞧,我的雅克,今天晚上我不来巴黎了,想到你可能会先在《法兰西行动》报社等我电话,然后又会在大科洛纳咖啡馆等我,我感到非常难过。我的母亲很不舒服,我还不能离开她。"而在这一九三九年的夏天,往常的习惯并没有改变。雅克仍然靠写文章、游泳打发日子,八月,他准备像往年一样,和家人一起去瓦罗尔西纳度假。

然而,还是有一些小事情打破了表面的平静。"如果您已经知道,或者您已经猜到,我就没什么好说的了。天气非常晴朗,不过云也很多,今天早晨,我们一起看过的空军飞机来过了,在洛诺瓦的上空,这让我想起昨天,在马萨琳娜大街和阿尔玛街区。"安娜正在做一件对她来说非常重要的事情,对于她自己往返巴黎与洛诺瓦非常重要,同时对于她的朋友和情人们也非常重要:她在学驾驶。"整整一个月,直到您度假回来,我应该都在学车。我又重新开始学了,昨天和今天,我惊讶地发现开车真的非常容易,而且我觉得很有意思。但是我也因此而破了产,这里学车至少比巴黎贵一倍。"

八月初,雅克去了瓦罗尔西纳,为了平息相思之苦,在自己的房间里,安娜想像出一些不存在的密友。在书房的柜子上,一排中国的小瓷动物看着她,和她说话,仿佛情人一般和她吐露心声:"亲爱的雅克,自从我回来以后,我一直试着和我的小动物一起平息我的相思之苦。我几乎没办法做到。但是这些小东西很漂亮,在我书房的柜子上排成一个圆圈。克洛维比兔子还要小。它们从不争吵,但时不时会转过身去互不理睬。我还没找到办法让它们不要这样。"有些小东西还有名字——居斯塔夫和阿尔贝。除了这些小东西之外,还有真正的动物,一只狗和一只猫,伊莎贝尔和阿加莎,另外还有一只兔子。所有这一切都陪伴着安娜,与她一起分享甜蜜的秘密:雅克的爱。

另一个娱乐:学车和八月二十日要考的驾照:"我继续每天学车,我再也不会开到沟里了,而且能沿着人行道倒着开很长时间,我觉得很好玩。得去拍身份证照。当然,这种照片都是很糟糕的。我看上去很残忍——也许我会让考官感到害怕——这是唯一有胜算的事情。"她没费什么大劲儿就拿到了驾照，因为她觉得驾驶很有乐趣，而且她远在洛诺瓦，开车的确有很大的用处。"现在我已经能在公路上飞驰了，如果道路状况良好，我一点也不会感到害怕。但这并不意味着我十天后的考试就一定能过。"安娜去巴黎的次数更多了，但是到了八月底，又开始全民征兵。有一天和雅克在一起时，她送了他一只中国小瓷器，一只小斑马，这成了他们分离的信物。在此后的日子里，雅克一直随身带着这只小斑马，看到它就想起自己的情人。尽管在三十年代，雅克已经数次出发服预备役，进行军事训练，但他还是没有立即入伍。

战争在雅克看来还不确定，然而传来的消息似乎已经确认无疑："我还没有入伍（我可能真的要到'总征兵'的时候才会入伍），但是很多人都入了伍（比九月份的时候多），并且表现得很好（他们唯一的公开表现就是——我们经常可以见到的——去买《人道报》，并且当众撕毁）。昨天晚上，灯又被遮住了。至于政治局势，变化如此之快，以至于任何预计都显得十分可笑（也许在你收到这封信的时候一切就已经有所决定）。然而，我还是很有可能要参军的。局势比九月要糟糕得多，如果战争没有爆发，也许一切会回到正轨（当然我们不会很光彩的）。或者，即便有战争，这也不是一场真正的战争，而是象征性的、短暂的战争。如果入伍，我还能在巴黎待三天时间，那样我会有很多事情要做，但是我还是希望，我的爱人，你能来看我（你可以一早到或者写两句通知我：这两种办法都可以）。接着我就会去枫丹白露，二一二兵站，拉乌区。我会在那个兵站停留几个星期，或者立刻分配下去。最好不要指望那个时候还能见面，除非我给你通知。"

局势日益紧张，这让雅克感到极为不安，因为他害怕战争来临之前不能够再见情人一面。安娜也很焦虑，而且她从父亲那里得到的信息证实了她的担心。她和父母离开了大学城，住在洛诺瓦，她负责搬家的所有事情，包括搬运家具："我担心召集令很快就要下达。昨天早晨，我走之后，留在巴黎的父亲收到他的召集令，下午就去布劳涅森林报到了。这意味着英国人也许已经开始准备登陆。但是，要走也应该是等到召集令下达的第二天才走。雅克，如果你收到召集令，能不能立刻告诉我？我想，我能够去枫丹白露试着找你，如果我能够提前一点知道你的消息。昨天我乘火车回来，车里挤满了去枫丹白露的士兵和其他人，大家都很平静，很坚决，显然，对于德国向各国宣战的事情，大家都极为不屑——这与去年有着很大的不同。现在家里塞满了从巴黎运回来的家具，还盖着被单。我们的邻居是巴黎的一个小学老师，她也应召入伍了，已经去报到。上帝知道这是怎么回事。街头的秘密会议仍在继续。"

八月三十日，巴黎和法国的乡村都陷入了恐慌之中。从物质上来说，法国已经做好了战争的准备。然而在精神上却完全没有："这里的乡间，人们都很平静，对这一切感到很厌烦。部队征调了越来越多的马匹、汽车和卡车。在这附近走乡串户的商人也少了，很多人感到害怕，开始储存物品，以至于现在糖、汽油、有牌子的面粉开始短缺。……家里塞满了包着被单的家具，我们也不愿意拆开，万一马上就要再运走呢。我把书整理好了，放在我的中国小瓷器旁边，还有那只你送给我的红色花瓶，我的爱人，我不愿意把它留在巴黎。"

随时都有可能下达个人的入伍通知，甚至是总征兵的命令。的确，第二天，命令就下来了，但是非常奇怪，命令是以集体的形式下来的。关于战争的乐观估计失去了意义，不可能再抱有任何幻想。雅克必须立刻到枫丹白露兵站报到，他此时最大的忧虑是不能让安娜就这样身无分文地待着。她不再能够发表文章，因而也被剥夺了一切收入来源："两小时前下达了入伍总动员，此时再坚持认为战争可以避免当然需要极大的乐观主义精神，几乎所有人都认为战争已经不可避免。然而我还是这样认为，即便战争已经不可避免，可我还是认为它很可能是象征性的，随时会发生戏剧性的变化。但是九月五日星期二早晨我就要到枫丹白露去报到了，我不敢期望你在这之前能到巴黎来。但如果能来，我每天早晨十点之前都在这里。也许更大的可能性是我在枫丹白露见你一面（第四十六兵团，拉乌区），星期二或者星期三？我一确定在枫丹白露能够停留的时间就给你写信；不过我觉得很可能（还不能确定）我至少可以在这里待两到三天。我亲爱的安娜，我爱你。我不希望你忘记我爱你，也不希望你认为我忘记了对你的爱，尽管有令人烦扰的希特勒先生存在。我很快就能够再见到你，但是眼下，我会将你带在身边，不论我到哪里，你都不会离开我的。给我写信，寄到枫丹白露二一二兵站（在信封上不需要注明拉乌区，而且这也许是禁止的）。安奈特，我的爱，我爱你。"

安娜答应雅克会去枫丹白露看他，但是她无法承受真实的分离，分离，无可逆转，而且这不是出自于他们的选择："雅克，我只给你写两句话，我才知道总征兵的命令已经下达。我不知道您是不是也收到了。我不知道星期三的那封信您有没有收到。如果您收到那封信，给我回信，哪怕只有几行字，最起码让我知道您在哪里。如果我收不到您的任何消息，除了非常不可抗因素，我会去枫丹白露与你道别。如果那样，我应该是九月五日的星期二去，大概在临近中午的时候到。我的爱，我想要见您。最糟糕的事情不是害怕，而是什么都不知道，是等待，是无能为力。参军的鼓声才将敲响——我们这里既没有教堂，也没有警钟——在美丽的阳光下，田野和树林是那么美丽，就像您那年到多尔迈尔来看我时那么美。"

两天后，一九三九年九月三日星期天，法国终于对德国宣战。"安奈特我的爱，我的爱，战争终于来了。现在是五点钟，就在我给你写信的这一瞬间，我们跨入了战争。我收到你的信了，我亲爱的安奈特，期盼着星期二将近中午的时候在枫丹白露见到你。我是那么希望在走之前能见你一面！万一我没能见到你，我会立刻给你写信，告诉你我在枫丹白露的私人地址和我在这里待的时间——只要我能够知道。我还坚持认为这场战争不会是真正的战争。它肯定会在某方面的调解之下不了了之：要不了多长时间我就又能够再见到你了。而在此之前我会一直想着你，会经常给你写信，等着和你重逢的一天。我爱你，只爱你，对此你必须坚信，我的爱，不要忘记这一点。"雅克想要让安娜放心，不愿意屈从于已经成为事实的东西，但是他的信还是透露出他的紧张，语调中充满了不安。

一段可怕的历史揭开了序幕，情人们成了战争的牺牲品，他们也不例外。不知道将持续多长时间的分离，彼此之间难以见面，难以互通消息，焦虑。安娜让雅克带上小斑马，斑马不喜欢战争，但是如果雅克离开它，它会感到难过。雅克抵达了这个以前经常和安娜一起散步的地方，法兰西岛的南部，正因为这样，回忆才更加令人感到痛苦。再加上安娜一直没能去看他。十月中旬，雅克出发去了另一个兵站，马恩省的穆尔姆龙兵站，作为步兵第四十六兵团预备役少尉。他希望能够在周末时会到巴黎。穆尔姆龙一片愁云惨淡，他开始绝望。雅克穿着制服，等他能够回到巴黎时，他为自己能够过上非军事化的生活甚感幸福。但是一切都改变了，虽然常规的某些东西仍然在。为杂志工作，写书，为贝尔夏斯的工作室工作——年底应该仍然没有太大的改变。如果雅克退伍，与安娜见面当然是可能的，他希望能够重新过上正常的文人生活，但是又害怕别人因此而怀疑他是因为懦弱。重新找回年初的一切是没有问题的，并且，这能够让他慢慢接受已经到来的一系列大事件。

杂志

这一年是过渡的一年，但是在雅克的职业生涯方面，某些东西仍然相当稳定。梯也里·穆尔尼埃继续为《法兰西行动》、《世界》杂志写稿，有时也匿名为《倾听》和《老实人》匿名写稿。《老实人》是阿尔泰姆·法亚尔书店在一九二四年创办的一本杂志，也是最早能够代表现代周刊面貌的杂志之一。不过《战斗》于一九三九年七月停刊了，因为经济问题，同时也因为杂志的精神与时局不符。作为一本中间性的刊物，《战斗》介于文化理念周刊与政治介入周刊之间，不够激进。战前，一本杂志要么是政治的，要么是纯学术的。必须要明确表明杂志所属的范畴。

安娜定时为杂志写稿，同时在索邦大学上课，准备她关于应用艺术的博士论文，同时也继续与卢浮宫学校保持联系。"星期一早晨我去索邦，我可以在阿尔古咖啡馆等你。我大约十一点钟到那里，下午两点一刻左右我会去马比荣咖啡馆，我的课三点半开始。星期二我一天都不会有时间。如果你有时间，我就能见到你。"七月，雅克收到了伽利玛出版社的约稿，约他写一本拉辛的评论，关于拉辛主要作品的阅读评论。"我几乎还没怎么开始，亲爱的安奈特，因为《马克思》的交稿日期已经很近了；然而我必须加紧，因为'新法兰西杂志丛书'才和我确认说《拉辛》这本书要在八月十五日拿出来。又是一本一个月写出来的书。我已经开始习惯了。"

尽管这本书缠着他，尽管还有很多杂志报纸的文章要写，雅克还是抽出时间来为安娜找工作。他让安娜与他在《战斗》和《起义者》时的一些朋友联系，例如乔治·布隆，试着让安娜能在《老实人》或《倾听》这样的杂志上发表文章。"现在已经太迟了。本来今天下午我应该去费加罗报社和安德烈·卢梭先生见上一面，为了《老实人》的事情，但现在已经五点钟了。如果你还没寄文章，亲爱的安娜，在电话号码簿上查一查洛先生的地址，然后再把删节的文章给他寄去。因为我似乎觉得他家不在乔治五世大道，不在那个方向，而是——如果我没弄错的话——在古赛尔街或蒙梭街（反正差不多是这样的名字）的街角（无论如何，都不应该差得太远）。"

安娜写了一些关于艺术的文章，并且初涉翻译，译了些英文的文章。她还为《老实人》写短篇小说。《老实人》关于艺术和文学的两个主要专栏是

《人与书》和《文学与艺术》，前一个专栏的主要撰稿人有安德烈·卢梭、莱昂·都德和亨利·马西斯，后一个专栏的主要撰稿人是勒内·比才、安德烈·布拉齐亚克、安德烈·贝勒索尔（布拉齐亚克和穆尔尼埃在巴黎高师时的老师）和乔治·布隆。其他的专栏撰稿人还有吕西安·勒巴泰、皮埃尔·加科索特、让·法亚尔（电影）和罗贝尔·布拉齐亚克（戏剧）。

"我还没有忘记于尔曼和杜菲，包括大洋洲的雕塑，也许今天晚上能够写好。雅克，您知不知道，乔治·布隆给了我回音，他们接受了斯特恩的那个短篇。如果他们付我的稿酬真的能像你告诉我的那么多，那么来一件海豹皮大衣也许就算不上是那么疯狂的事情了。今天我写信给乔治·布隆，向他表示感谢，同时告诉他——因为他们需要得到我的确认——不会有版权的问题。既然他谈及这个问题，我也顺便问了他，一般来说，作者和译者之间是怎样的一个比例。他原先给我的信口吻非常和善，我想他也许也会回复我这封信的。雅克，所有的这一切多亏了您，您知道我不会忘记这一切的。看到我带去或寄去的稿子人们都接受了，我感到十分惊讶，我觉得实在过于顺利了。这都是您的功劳。我非常感谢您，亲爱的雅克。在洛的事情上，您的确说得不错。我也核对了他的地址，但已经太迟了。他的地址是古赛尔街四十八号。您能够把删节的文章再寄给他吗？再简单加上一句：多米尼克·奥利向您表示诚挚的谢意。字体不重要，这样星期三也许能够得到回复。我请您帮这个忙是因为这里没办法弄到《倾听》杂志。"

雅克让她放心，她那件海豹皮大衣肯定会有着落，特别、昂贵的海豹皮大衣。不过他不接受安娜对他的谢意，虽然他为安娜提供了发表和出版的可能性。然而雅克的确是让安娜走上批评与翻译之路的人，并且帮助她，使她一开始写的那些文章得以发表。安娜是在他的陪伴下成为多米尼克·奥利之后才得到充分发展的。之前的安娜并不符合她的本性。雅克激励她工作，首要的目的当然是为了自己，但同时也是为了她本人，他将她带入了原本就是为她而准备的生活——文学。

"我很高兴，我亲爱的安娜，《老实人》用了那篇小说，并且这样可以减少一点你买海豹皮大衣所产生的愧疚之心。但是不应该如此感谢我。在这件事上我几乎什么都没有做，也没有遇到什么困难。事实不过是我比你更容易接触到布隆先生而已，但是你也有可能更早见到他，迷惑住他的，因为他不是一个魔鬼。也许你可以把别的小说给他。甚至你真是应该这样做，必须好好利用这个机会。而我终于开始《拉辛》导读的工作了，但进展不是很大。幸好天气开始变坏，狂风暴雨，使得我不再产生去游泳池边晒太阳的念头，在那里，尽管每次我打算得很好，实际上却不能有效地工作。我会把删节文章寄给洛先生的，信末用你的口吻，如果你来，星期三我们可以一起去看他。你会来的，是吗？我的爱？你不在的一个星期真是漫长。好吧，星期三一早来叫醒我。如果你不来，我会非常悲伤。"

除了乔治·布隆，另一个可以联系上《倾听》杂志的关键人物是雅克和安娜共同的朋友莫里斯·布朗肖。布朗肖非常高兴能够帮助安娜发表文章。克莱贝尔·阿登斯也替安娜介绍过，不过他这样做更多是为了雅克，而不是为了安娜。他嫉妒安娜。在战争开始时，穆尔尼埃仍然保持着年轻时代所缔结下的友情，但也认识了一些新朋友，例如一九三九年春天到巴黎公干的奥托·阿贝茨。他们在花神咖啡馆相遇，在接下来的几个下午一起讨论文学与艺术。"亲爱的安娜，不能忘记《倾听》的事情。布朗肖和克莱贝尔·阿登斯在休假。如果你去杂志社，或者为他们写了文章，要去找皮埃尔·帕斯卡先生，对他热情一点，告诉他，你带去的文章是和布朗肖说好的。应该再翻译一篇文章，好好休息，和你的那些小东西好好玩。"

安娜的家人都觉得她买那件海豹皮大衣很荒唐，和她平时的穿衣风格甚不相符：安娜一向穿得简朴、乖巧。但是安娜还是满足了自己这个疯狂的愿望。"海豹皮大衣让大家感到害怕和荒唐。它太重了，也太大（肩太大），并且太贵。除了贵之外，没什么好，不过我知道要不了多久，他们就会看顺眼了。大衣很乖，躺在盒子里，和居斯塔夫一起。……我收到乔治·布隆的一封短信。他说作者和译者一般对半分，还说这笔稿酬也许在一千二百到一千五百法郎之间。保守估计也应该有六百法郎左右——这可真抵得上很大一块海豹皮了。当然我还会继续翻译下去的！至于《倾听》，我给皮埃尔·帕斯卡尔先生写了一封热情、客套的短信。我希望他不要将我的文章丢进垃圾桶。但是我觉得约他见面的事情不能太坚持。我还不太敢。的确，我可以提到洛先生，那是他的好朋友！可我也不敢，虽然有点不可思议，可我的确不敢。"

雅克有太多政论文章要写，他的《拉辛》于是晚交了一个月，而且雅克还问能否将最后的期限延至九月中旬。安娜为了寻找文章主题，看了很多展览。

她还向一个对他们这群人感兴趣的美国记者推销《法国诗歌导读》："去巴黎却见不到你，我不喜欢，我只好一个人兜圈子，想要买点东西打发时间。不过我还是很乖，除了必需品什么也没买，我还去看了我想看的展览。雅克，我跟你说过，我不会带你去看米尼埃·德·塞尔的展览，现在我后悔了。还真有不少有意思的东西：地毯、绘画、十六世纪雕塑、细密画、陶器，旧时代的工具。至少可以为《倾听》写上四页纸，如果他们接受的话。我还去看了一个集体展，一半立体主义，一半超现实主义，什么也没看明白。最后我见到了雷蒙，他想要再婚，这样他就不必再付税。但是我想他的婚姻应该是无效的，这样做无非就是让我抗议而已。可我没有抗议。我收到一位美国记者寄来的一封信，非常热情，也非常有趣，除了让我对克洛代尔作出解释之外，还希望我谈谈关于加科索特、布拉齐亚克和梯也里·穆尔尼埃的逸闻趣事。于是我把关于书（而不是人，或者说基本不涉及人）的一些资料寄给了他，并且怂恿他尽早买下《法国诗歌导读》，尽早阅读。我希望他能够听我的。总的来说，他很听我的话。"

雅克分期分段地将关于《拉辛》的手稿寄往出版社，先是导论，然后又寄了好几次，每次都是五十页左右。手稿的篇幅应该是八个五十页，他觉得不太可能在两个星期里完成一百五十页。幸好他非常习惯在时间很紧的状态下工作。随着最后期限的临近，稿子的数量的确在增加。最终，他甚至只花一个星期的时间写了一百页。八月底，入伍的事情已经基本确定了，情况于是尤其紧急。他甚至让安娜尽可能将文章都发出去，这样就能保证在战争爆发之前拿到钱。安娜无法理解在这样的环境下怎么能够写文章。她和家人一起搬到了洛诺瓦，巴黎的所有东西也都搬过去了，安娜手头没有可供工作的资料、档案和书。所有的东西都在纸箱里，加上卖报纸的也都参了军，她根本无法了解外面究竟发生了些什么事。

九月到十一月，雅克在军队中，无法写作。他的视力很差，这使他得以逃避兵役，十一月的第一个星期，雅克回到巴黎。他又可以继续以前的工作。"安奈特，我的爱，我回到巴黎了，不再是个军人。我回到了我的工作室，一片狼藉，我在找我的女佣，可我没她的地址，于是我简直有些无从下手。巴黎并不让人感到厌烦——比两个月前反倒更富生气——尽管所有的生活仿佛都停滞了，咖啡馆晚上十一点统统关门。在巴黎甚至能看到很多老熟人，他们最终都下定决心回来。但是你离我很远我的爱，我不能经常见到你。你再也不会像以前那样,在蒙特罗咖啡馆等我,一个星期两到三次,我必须等到下个星期才能见到你。……我将重新开始工作:也许一部分工作在博加多尔街做,安如街肯定要去的,我已经去那里看过布朗肖和克莱贝尔·阿登斯。克洛德·罗伊这几日还在,但他不久要走。我也同时重新拾起了关于《拉辛》的工作,还有小说,但是我还没有恢复到蒙特罗咖啡馆那种昏昏的状态。我见到了《新法兰西》杂志的那些人(他们在诺曼底或者类似的地方躲避),他们告诉我,尽管战争,《法国诗歌导读》依旧卖得很好。"

雅克基本上恢复了他所有的计划,除了年初开始的那本小说。梯也里·穆尔尼埃终其一生也没能成为小说作者,他于一九三九年开始的小说一直没能完成,并且手稿也遗失了。他没有时间——雅克一直忙着写文章、写文论,再加上他觉得自己不是小说家的料。不过,安娜还是怂恿雅克写小说,并且说小说就是为她写的。的确,小说的主人公叫安娜,个性在某些方面也和她有一定相似之处。安娜就这样成为小说人物,她的名字可以和雅克,和他们的爱情故事永远紧密相连。雅克也是唯一一个至今仍然叫她安娜的人,因为对于所有人而言只有多米尼克。安娜——通过颠覆公众的以及私人的价值观——这个名字成了私人的、秘密的和不公开的名字:"你喊我安娜,从来没有人这样喊我,你这样喊我,因为你是我的爱。……给我另一个安娜的消息,那个比我还真实的安娜。"

雅克认为这是他的特权,他的优惠,可以这样接近一个神秘女人的真实一面。她给他灵感,她是他的缪斯。"小说中的安娜并不比你更真实。她远远没有你真实。但是我还没能有时间顾上她的事情。亲爱的安奈特(我还能继续叫你安奈特吗?),我爱你。"她成了他写作的同谋。一部为她写的小说,只有她一人知道小说的存在。小说的写作取决于她对情人的爱与关注。战争造成的分离使得小说的写作不得不中断。雅克一直犹豫着,不知道有些段落是否应该给她看,他撕毁了好几页。他找不到适合的形式,"最终的形式"。安娜时不时向他讨要"安娜"的消息。但是如今,还是《拉辛》的进展更快一些。

十一月末,雅克定下书名——《阅读拉辛》。他承认自己对小说没多少投入:"小说没有进展,因为我必须完成《拉辛》,伽利玛一直在催,我必须在圣诞节前完成。"尽管雅克有时间——因为安娜不在,书还是很难完成:"尽管您给我空出了那么多时间,我却没能很好利用,我的书进展很慢,我现在已经投入《安德洛马克》的创作。我还去看了《布里塔居斯》，是法兰西剧院和奥德翁剧院的原班人马演的，演得很糟糕。但是剧本应该经得起所有攻击。"《拉辛》进展遇到了障碍，小说也是一样。

雅克很懒，只擅长在时间紧迫的情况下完成纯理论性的工作。小说创作需要长时间的思索，这与他性格不甚相符。他更喜欢为杂志组稿这类的工作："您必须来一趟，我的安奈特，不仅仅因为我想见您，而且因为有工作给您做。除了入伍艺术家展之外，我很想和您一起去看枫丹白露画派的展览，您也可以因此小有收入。我很高兴，我亲爱的安娜，您翻译的小说转给了《老实人》。当然，您应该尽快再寄一篇去。虽然在他们那里也需要等上一段时间，您可不能不紧不慢的。"

他威胁安娜说，再见到她之后他才能重新开始工作。小说是他对于情人一个永远不曾实现的诺言。《拉辛》的进展"慢得如同乌龟爬"，一九三九年末动荡的局势占据了他很多时间。"似乎我们慢慢忘了战争。至少，没看见大批军人（我已经看见了好几个熟人），而且即使有，看上去情绪也都还不错，这样也许真的就让人忘记了战争的存在。这些军人讲了很多故事，有些很好笑。不过还不值得我写下来告诉您。以后我再告诉您吧。让人忘记战争的还有格莱夫·斯皮事件，也许并不像传闻那么严重，但是很富戏剧性。尤其是关系到芬兰，现在这里很在意的。在那里发生的一切显然超过了预期。"雅克想要更勤勉一点，已经开始做来年的计划。

一直到年末，情人们仍然处于分离状态，他们希望能够在一九四〇年的第一个星期见上一面。雅克独自一人去看了枫丹白露画派的展览，并且在那里遇到了德里厄·拉罗歇尔。原本雅克希望能和安娜一起去，这样也可以和她交换一下关于裸体艺术和革命艺术的看法。"然而我觉得枫丹白露画派是真正的裸体主义。画里的所有人物都是裸体的，甚至肖像画里的夫人们也都是裸露的，直至腰际。我们能感受到一种革命的精神，一种要求。"一九四〇年初，在不知不觉孕育着的悲剧中，爱情和艺术还是可能的事情。《拉辛》尚未完成，雅克总是有那么多的文章要写，其中一篇是为《费加罗报》写的，这也是他最初写的专栏之一。安娜希望能再给《老实人》翻译一篇小说，但是她不确定在乔治·布隆不在的情况下，杂志是否会接受她的小说，因为乔治·布隆上了前线。雅克告诉她《法国诗歌导读》仍然卖得很好，这就成了安娜另一个收入来源。

在巴黎，人们感到很厌烦，因为他们觉得什么都没有发生，觉得这是一场"没有流血的战争"。克莱贝尔·阿登斯"忙着和一个小演员（这是他的志向）周旋"，雅克见他的次数越来越少了，他和小斑马一起等待安娜的到来，而安娜也很少再去看他。安娜几乎不能离开洛诺瓦，她不停地生病，传染上母亲和儿子患的感冒。她去雅克那里看望他，在雅克贝尔夏斯街的工作室，沉溺在情人怀里之后，安娜总是把她的东西落在那里：写有小段译文的本子或是止咳糖。雅克满怀激情地看着她，因为他不知道下一次见面是在什么时候。

《法国思想与作品》

在批评与翻译领域，雅克从来没有停止过对安娜的指导，尽管安娜已经不再给他负责的杂志撰文。他为她寻找主题，阅读她写的文章，给她建议，并指导她该把文章寄给谁。例如，对于一篇给《倾听》的绘画评论，他写道："尽快寄出，想办法谈谈富凯的《黛安娜入浴》、迪亚娜·德·普瓦提埃的肖像画、《躺着的维纳斯与山林女神》（我有这幅画的复制品）以及另一幅和山林女神在一起的维纳斯图，还有那幅如此美丽的塞尔河——也有山林女神的，在画的左上角。您可以参考我在信中写的看法。"

除了指导安娜的工作，雅克还提议安娜一起参与一本新杂志的筹备工作，应该就在这一年，由克莱拉出版社出版。自《战斗》停刊以来，雅克就再也没能主编任何杂志，他决定和德里厄·拉罗歇尔一起创办一本文化杂志：《法国思想与作品》。安娜正为杂志的第一期翻译约翰·邓恩的诗歌。"雅克，给我写信。告诉我您现在在做些什么。我很高兴，阿莱斯有好消息传来。我期待下次的见面，我一直很努力地在工作，为《倾听》，尽管工作量很小，我也没有忘记邓恩的事，这会成为又一桩令我着迷的事情。"阿莱斯传来的消息开始很令人担心，不过后来还是比较好的：雅克的母亲由于急性肺水肿，有两个星期的时间生命垂危。雅克一回到巴黎，继续筹备新杂志创刊。"我也希望您好好工作，能为我带来邓恩的美妙诗歌。您没忘记简述的事吧？杂志在筹备之中，但进展很慢。"接着他为自己读到的翻译向她表示祝贺："我读了您译的邓恩，真的非常好：我不是为了讨您欢心才这么说的，真的，我觉得根本不需要再改了。我还找到了马德莱娜·卢卡展览的小册子，也许可以给您做个短评。"

雅克正在为他好朋友德里厄·拉罗歇尔的重要小说《吉尔》写简短书评。雅克的评价非常苛刻，但是他没有拿去发表，因为他还在等他的偶像之一让·季洛杜的文章。"我正沉浸在德里厄·拉罗歇尔的小说《吉尔》中，这个吉尔在我看来就是一个天真的唐·璜。除此之外，还有杂志的事情，现在已经进入实质筹备阶段，非常累人。我终于和季洛杜约好了，不过是约在星期一六点钟，如果您那天来，这就太糟糕了。但是那天我不去博加多尔街，这样一来就又扯平了。"安娜在等雅克和季洛杜见面的消息，她为有新的文章主题而感到高兴："我很高兴，有马德莱娜·卢卡的展览。马德莱娜·卢卡很可爱，有点装饰画风格，但当然是写评注的好主题。我看到在法国的捷克艺术家展的开幕式通告，这应该是第二届了。"

工作越堆越多，雅克简直不堪承受。"我的工作比以往任何时候都多。现在我必须专注杂志的事情了，尤其是在开始的时候，可不能这样听之任之。除了市场，我还要临时代理负责下一期《世界》杂志，找文章，打电话，改校样，等等。另外还有那些专栏文章。当然，《拉辛》的事情还在：我正在看他的《布里塔居斯》，但是我陷进去了，有太多的东西要说。我觉得——幸而我的感觉也许是错的——我大概永远都挣脱不出来了。"他希望安娜不要忘记《老实人》和其他报纸的事情，不要把时间都花在织毛衣、缝毛衣这类裁缝活儿上。

在安娜这边，翻译工作与织毛衣工作交替进行。雅克很忙。他还不停地追着季洛杜，后者则取消了一切约会："昨天，星期三，你走后的第二天，我颁发了卡兹奖，一个年度小奖，但是可以有借口大吃一顿，品尝各种酒，饭局一直延续到下午五点。当然，获奖者乔治·兰布尔不是我推荐的人。我推荐的人从来都得不了奖。昨天很成功，因为我推荐的人有独特的见解。就在刚才，我想我终于能见到那位重要人物了，星期一没能见我们的那一位，为了他，我将您抛下了两个小时之久，我亲爱的。但是这一次我也不是很肯定。"

要和德里厄不断见面，要准备设计方案，要准备"宣传"的东西，要负责《世界》杂志，这一切都比小说重要，而小说从来没有提上过议事日程。由于安娜现在主要在洛诺瓦生活，雅克只好一个人去看戏剧——这是他最热爱的事情之一，并且撰写简评。他去看了好几场演出，巴蒂的《费德尔》，科克托的

《神圣的魔鬼》——他一点也不喜欢后者。相反，《费德尔》的场面倒是给了他对于拉辛的研究以很多灵感：费德尔患有"纯洁癖"，不幸在于纯洁却是由希波吕托斯进行规定的。这是一个无法解决的问题，对于自身的恐惧不停地将她带回西波吕托斯的身边。

雅克又没能按时结束他关于《拉辛》的文论，但是他仍然没忘了提醒安娜她应该写的简评："您有没有想着书评的事？就是那本您对我曾经说起过的书？必须尽快给我，最晚您星期一带来给我。我是不是还能斗胆再要求您做一件事？为《蒂博一家》的序言写个简评，既然您读了整个系列，而且觉得应该谈一谈。因为很有可能为杂志所吸引的某位书评作家和您有着相同看法，而且也许我们的杂志到头来还要登他的文章。但是我很想知道您是怎么给一本书写书评的，这个简评要写得比给《倾听》的人真一点，而且长一点（二十五行到五十行）。我想您一定没忘记《倾听》的事。当然，如果您懒得做这些，如果您情愿散散步或是加工毛线活儿之类的，您也不要勉强为之。我不喜欢勉强您做任何事，哪怕有一点点勉强也不要。但是不要忘了《老实人》的小说翻译。"安娜为《老实人》又译了一篇斯特恩的小说。她还要阅读克莱拉出版社的书，为杂志写书评。雅克当然还为她写的那篇威廉·福克纳的述评向她表示祝贺。

然而雅克的日子实在很不好过。因为他的稿子迟迟不交，伽利玛动了气，甚至打电报来催稿。他在短时间内完成了数量惊人的工作，悉数研究拉辛的作品，《巴耶塞特》、《伊菲热妮》、《阿达拉》、《埃斯苔尔》、《米特利达特》等。四月初，他将书的第一部分寄给了伽利玛，同时，他还将杂志的清样交到了印刷厂。安娜的所有文章几乎都被接受了："邓恩的诗歌肯定会发在第一期上，关于路易十四的那篇文章因而就不登了，另外，您两篇美国文学的书评也会登在第一期上。只有《蒂博一家》的问题还待讨论，因为让人感到很没道理的是克莱贝尔·阿登斯原本应该写一本关于这本书的长篇评论的，一篇专栏文章，但是他没写，说是给第二期写——如果他不改主意的话。不要忘了下次把英国和美国的地址带给我。我想您星期一来的时候，我可以给您两三册杂志。"

雅克给安娜寄了两本杂志，告诉她"杂志不是很糟糕，但还远远称不上完美"。因为存在"太多的印刷错误，文章标题不是很漂亮，行间距太小：总之，有太多技术上的不完美"。另一件让人感到失望的事情：雅克将未完成的《拉辛》手稿寄给伽利玛——关于《巴耶塞特》和《阿达拉》的章节还没完成——因为他已经厌烦了这件事情。他想直接在校样上改，这样目前就能够暂时摆脱一下。但是他仍然着急地等待着安娜对第一期《法国思想与作品》杂志的看法。

传统的结构、大小，要目在封面上，黑色和蓝色的标题，大多是关于文学的文章，一篇关于时事的文章，专栏文章以及作品、戏剧和杂志的简评。《法国思想与作品》是月刊，由埃德蒙·布切和克莱拉出版社出版。杂志公开的主编并不是梯也里·穆尔尼埃和皮埃尔·德里厄·拉罗歇尔，而是贝兰夫人，尽管杂志完全是由前两位负责。杂志社位于蒙帕纳斯街一六六号，每月十日出版。虽然这是一本品位很高的杂志，文章也很有理论分量，但仍然逃脱不了停刊的命运，只出了两期（一九四〇年四月号和五月号）就中断了，因为紧接着就是六月巴黎的大逃亡。

打开第一期杂志，有一篇文章解释了在这个不利于"文学艺术繁荣"的战争年代，出版这样一本杂志的"指导精神"。战争和不幸都不能"阻隔思想与作品的生产，这才是法国的最高使命，如同自然呼吸一般"。文明是法国面对将武力奉为至高价值的纳粹德国时的武器。"法国是一个女孩，与其说是由泥与血构成的，不如说是由秩序和风格构成的。"为了让杂志添彩，第一期的第一篇要目上让·季洛杜的一篇文章——梯也里·穆尔尼埃好不容易得到的那篇，题为《法国的未来》，这是一篇在一九四〇年二月二十二日播出过的演讲稿，谈论的是法国在未来的胜利。

接着是德里厄·拉罗歇尔的一篇《历史上的身体概念》，通过身体的系列表现对二十世纪关于身体的概念进行了研究。多米尼克·奥利翻译的约翰·邓恩的诗歌也出现在要目上：《明天》、《显圣》、《歌》、《一个梦》、《阻止葬礼的信息》。约翰·邓恩是英国十七世纪上半叶的一位诗人。作为巴洛克风格和神秘主义风格的诗人，他斩断了英国崇尚精神恋爱的传统，歌颂肉体之爱，同时也不放弃恋人之间在精神上的契合。梯也里·穆尔尼埃想要描绘一幅"法国二十世纪的画面"，他指责自己的祖国丝毫没有意识到这个世纪的力量与伟大。

克莱贝尔·阿登斯发表了一篇题为《回归风格》的文章，是其关于风格研究的第一部分，小说风格研究。他解释说法国小说（心理小说）的问题就在于规则的泛滥。他们这样定义"真正的小说"：完美推进的故事，生动具体的人物,确定的时代背景所造就的逼真。小说家应该客观,应该像福楼拜创造包法利夫人一样创造出具有普遍意义的人物形象。克莱贝尔·阿登斯认为这些规则极其荒诞,将法国小说引向一条死路。小说不应该讲述故事,而是应当与神话紧密相连,直至成为神话本身。所谓与历史背景相似的细节不过是蜕变残留的膜而已,没有任何意义。人物会让写作变得平庸。法国新小说应当参与现代神话的创造。这是右翼青年联盟在对待文学问题上的传统立场。

《时事》专栏是关于时局的专栏,刊登了杂志主编贝兰夫人的一篇文章,关于"德国年轻一代的资料性文章",文章中作者对"青年希特勒分子"提出了批评,除此之外,专栏中还有一篇路易·萨勒龙题为《关于自由的理论》、反对自由主义的文章,一篇题为《关于一九四〇年战争的假设》的匿名文章。最后一篇是安德烈·弗雷尼奥的文章,这篇题为《最后的娱乐:一九三九年八月的意大利》的文章描绘了意大利的美。

莫里斯·布朗肖已经开始了他对洛特雷阿蒙的研究。从加斯东·巴什拉尔的一篇文章开始,作者谈到了《马尔多罗之歌》的纯粹,认为这是一部挣脱了一切束缚的"小说典范",叙事的失败恰恰成为其叙事的一部分,而情节本身又参与了情节的解构。莫里斯·布朗肖的一部分论据与克莱贝尔·阿登斯的观点是一样的,他要求现代小说摆脱叙事、主题和心理——"心理是法国小说的癌病"。小说应该在故事之外,也不应该求助于任何人物。《马尔多罗之歌》的节奏是前无古人的,是"黑暗力量的灵魂"。"在一切坍塌、摧毁和死亡的时刻,恶与黑暗混为一团。"对于隐喻的找寻最终产生出无尽的隐喻,达到意象与深渊的高度。在与让-保罗·里克特、让·季洛杜作了一番对比之后,布朗肖认为洛特雷阿蒙所引领的潮流"更为迅捷、更为大胆"。

杂志的最后一部分书评针对这一年来法国和外国出版的作品。梯也里·穆尔尼埃发表了伽利玛出版社出版的《吉尔》的简评。他对朋友的小说进行了辩护,没有敢表达出自己的真实想法,尽管他对小说中无能而乏味的主人公进行了讽刺,说他用"绝望的无精打采来对抗政治僵局"。吉尔听凭自己艳遇不断,践踏这些"温柔而善良"的女性,因为她们不足以对抗"一九一八年在荒芜的壕沟里血流成河的兄弟情谊的幽灵"。战争让他的生命与死神比邻而居。弗朗索瓦·桑坦也在第一期上发表了两篇书评,一篇针对勒内·加斯塔拉的《神话与书》(法兰西杂志丛书),一本文学性很强的文论作品,另一篇则是为秘鲁作家万丘拉·加尔西亚·卡尔德隆的《佩利肖尔》写的。

多米尼克·奥利为威廉·福克纳还未在法国翻译的小说《野棕榈》写了书评。福克纳笔下的人物被命运击中，然而这命运却"几乎不带有死神的色彩"，而是"囚禁与保护、逃跑与限制"的成分。"对摧毁进行估算，加速它的到来，了解它带来的折磨并以此为乐，对于福克纳笔下的主人公来说，这是唯一的，承担命运的办法"。在这部"令人始料未及的杰作"中，福克纳运用了直至那时为止尚未运用过的悲剧手段。

和在《起义者》中一样，克莱贝尔·阿登斯仍然负责戏剧专栏。他继续攻击科克托，说他现在"病得不轻"，但是和往常一样，为女演员们进行辩护。伊芙娜·德·布雷赋予人物以生命，支撑起科克托的剧本。至于杂志的那部分，《法国思想与作品》为埃马纽埃尔·穆尼埃主编的《精神》杂志最近一期做了广告，还对萨特在《新法兰西》杂志上评论季洛杜的一篇文章大加吹捧。《法国思想与作品》的文章总体上仍然体现战争初期右翼青年联盟在政治和文化上的倾向：民族主义和敌视德国。认为法国才是文明的保证。

在杂志的第二期，同时也是最后一期上，要目的第一篇是夏尔·摩根对艾米莉·勃朗特的评论。接着是F.E.西朗帕的小说《父亲之死》节选——这是对芬兰文学的介绍。莱昂·皮埃尔-甘对托尔斯泰的鸿篇巨制《战争与和平》进行了评述。德里厄·拉罗歇尔继续其对"历史中的身体概念"的研究，这一次涉及文艺复兴阶段。两封路易十四的书信也被刊发出来，《南特法令和面对新教徒的真正立场》以及《宠臣的危险》，非常对穆尔尼埃这样的保王主义者的胃口。穆尔尼埃也写了一篇关于外国政治的文章《挪威人的孤注一掷》，讨论的是德国建立斯堪的纳维亚半岛战线的可能性问题。军事问题成了穆尔尼埃的专长，因为他现在在《法兰西行动》负责军事专栏。克莱贝尔·阿登斯写了一篇很长的专栏文章，主题是法兰西剧院所呈现的缪塞作品。这期的绘画专栏是皮埃尔·库尔蒂翁的《蓝与红》。穆尔尼埃的两篇书评中，一篇是应景的，为的是吹捧贝尔纳·格拉塞新出的小说《相遇》（格拉塞出版社），另一篇则是衷心的赞扬，评论的是阿莱克西斯·基维的《七兄弟》（斯托克出版社），桑坦评述了安德烈·马泰的《笛卡尔的人》（奥比埃出版社），贝兰夫人评述了埃德蒙·布切的文论《音乐知识》（克莱拉出版社），阿登斯评述了布雷斯·桑德拉斯无与伦比的作品《真实故事》第三卷、《从天青到靛蓝》。

多米尼克·奥利的专栏又谈论了两部新的英文小说，普里斯特利的《请让人们歌唱》——一幅关于英国的画卷——以及奥尔德斯·赫胥黎的《多个夏天之后》，认为其"原生态的犬儒主义使色情成了人类的秘密和灵动的至高无上"。雅克觉得多米尼克的两篇书评写得棒极了，并且向她传达了夏尔·摩根对其翻译的邓恩的盛赞。摩根原本认为邓恩的诗歌根本是不可译的。杂志最后的附注首先宣告了罗贝尔·布拉齐亚克准备写一本回忆录的计划，然后对科克托的《神圣的魔鬼》进行了严厉的批评。杂志封底宣告下期将刊载让·波朗、布里塞·帕兰、布雷斯·桑德拉斯或克洛德·罗伊的文章。但是第三期没能出版。五月初，德军开始入侵法国，六月初，巴黎遭到空袭。法国正节节败退。

逃亡

雅克寄出了《法国思想与作品》杂志第二期。他认为还会有第三期，让安娜帮他找下一首"猜猜是谁的诗"里的诗歌——这是一个杂志的小游戏，登一首诗，但是作者的名字要到下一期才揭晓。能够猜出作者的读者可以获得免费赠阅半年的奖励。如果本人已经订了杂志，赢家就可以指定他人，得到一年的免费赠阅。

雅克见了不少有趣的人："昨天我和萨勒龙先生约了吃午饭，他和我谈了两个小时的挪威、莫尼克·米娜夫人、共济会、主教、歇斯底里的德国人、圣桑·德·拉·克鲁斯①和其他伟大的神秘主义诗人。萨勒龙先生的谈话非常有意思，但是我有点恼火，因为他占据了我给你写信的时间。"他有些不好意思地谈起自己的小说。但是五月十日开始，德国已经开始入侵法国。巴黎拉响了第一批警报。比利时、荷兰和卢森堡都已经被德国占领。法国遭到了轰炸。"真正"的战争开始了。

雅克很有可能要再次参军。"今天早晨和往常一样，我非常平静地——平静是一种说话的方式——起床，昨天夜里的警报尤其尖锐，是巴黎这些时候以来最尖锐的，再加上炮声，似乎就在我窗下的机关枪声，还有盘旋了两个小时

---

① Saint Jean de la Croix，十六世纪西班牙著名神秘主义诗人。——译注

的飞机的声音。昨天晚上我得知了我们甚至猜不到（就更不可能预见到）的消息：比利时、荷兰和卢森堡已经被占领，法国六个城市遭到了轰炸，一场恶战终于开始了。很多人都离开了巴黎，没有离开的都非常平静，和往常一样一边读报纸一边忙于自己的事情。不过我想我应该不会走。报纸需要我，再说哥哥的休假取消了，本来我打算去南方找他，因为他就在比利时边界那里。但是，我的爱，我们星期四在莫雷的见面还是暂时维持不变吧。我想如果这时候让你到巴黎来，你家里人会很着急的，再说，无论如何我走的可能性不大。至于部队那里，似乎应该有点什么消息，但是我现在还一无所知。这就让我的工作计划变得甚为困难。"

雅克保证"希特勒先生"不能阻止他对安娜的思念，说安娜能躲在洛诺瓦，他感到非常高兴。他将第二期杂志寄给了安娜为之做简评的普里斯特利。为了安慰母亲，雅克去阿莱斯过了一天。他哥哥一直在比利时前线，所有的休假都取消了。他没有带安娜一起去，因为安娜和雅克的家人不认识，雅克和安娜的家人也不认识。他们的爱或许已经不算是地下的，但是仍然保持着谨慎与私密。"我亲爱的爱人，我在巴黎里昂火车站的咖啡馆给您写信，就在不久以前，我们曾经一起来过这里。今天也一样，我很想和您在一起。但是您不喜欢长途旅行；而且如果我领您回家，我家里也许会很吃惊。"

尽管已经得到了消息——雅克负责《法兰西行动》的军事专栏——巴黎人还是认为德国人不可能长驱直入巴黎。"星期四我没给您写信不是为了去巴黎，而是为了和政治界及新闻界的朋友见面，他们非常着急。昨天的好消息尚未得到证实，坏消息倒是又来了，据说德国人突破了巴黎方向的防线，当然这条消息本身也有所夸张。自此之后，我们也许对不应该超过的界限有所了解，尽管消息仍然很模糊。毫无疑问，这场战争也许是最为艰苦的一场，德国人的兵力远比我们估计的要强大，我们的抵抗非常困难。但是另一点可以肯定的是——只能说在我给您写信的这会儿，我亲爱的爱人，因为事件变化得很快——我们还什么都没有失去，如果我们能够限制德国军队的挺进，战争也许就赢了一半。因为希特勒先生的部队肯定损失惨重。"乡村挤满了从巴黎逃出来避难的人，大批伞兵空降到那里，和巴黎的联系变得越来越困难。雅克以为只要凭身份证就可以去塞纳-马恩省。他让安娜为下一期杂志写一篇关于斯坦贝克的评论，六月份原本应该出的杂志。雅克承认杂志的开始很是艰难，但他相信，虽然有这场"暴风雨"，杂志一定能坚持下去。

五月十九日，贝当元帅被召到了政府。雅克的哥哥还活着，没有事情，但是这场"大战役"却是前所未有地艰难。"哥哥的事情我总算放心了，我害怕他即便没有受伤没有阵亡，至少也做了俘虏，或者部队被切断在比利时战场上，音信杳无。我已经知道了一些在这场史无前例的大战中所发生的事情，简直不像是真的，混乱至极，几天内就超出了我们所能想像的范围。但是我在信中无法告知您这一切。肯定的一点就是局势会渐渐明朗，德国人自己的战事公告远远没有那么得意洋洋，输赢未定。还有一点，美国人不久后就会回来，一定会站在我们这一边。至于英国人的想法，您应该比我更清楚。再说不管怎么样，英国人仗打得一向很好。多么幸运啊，克拉普将军的军队不是英国人的军队！我在这里倒可以看看不同阶层的人是怎样看待同一件事情的。至于事情最终的走向，我想，局势总会趋于稳定，不一定是绝对的稳定，因为德国人一定会不惜一切再次挺进。但是我希望他们感到一点倦意，反正不论怎样都阻挡不了我星期一去看您。也许和这个星期一样，我们只有三四个小时的时间。这一切取决于您，或者，更确切地说，取决于您的家庭，我不敢奢望能和您一直待到晚上。"

六月三日，巴黎遭到了空袭。焦虑的情绪在蔓延。一片混乱之中，雅克还在继续工作。他结束了"每周必须完成的文章份额"，想着自己应该重新开始小说，"如果希特勒先生允许的话"。他最为奢侈，最为不切实际的愿望就是不再谈论战争，而是像过去一样能够和安娜见面，哪怕只有几个小时。但是悲剧不可避免。"今天，德国的大规模进犯开始了，比大家预想的要早。这似乎说明希特勒先生已经迫不及待，他甚至等不及更新装备，稍事休息，整编部队。当然，一切变得更艰难了。我们静观其变吧。……您肯定已经知道空袭的消息了，您上次来巴黎的时候就是第一次空袭。空袭比我们一开始所设想的要严重得多；一千二百颗炸弹，非同寻常。但是损害似乎不是很大，至少巴黎是这样，甚至作为攻击目标的雪铁龙汽车厂的损害都不是很大。不过我没去看。我很惊讶，自己竟然一点好奇心都没有。星期一以来一直没有轰炸，甚至连警报都没有，大家都睡得很好，我希望您也如此。"

六月初，安娜去了布列塔尼的父亲家。六月七日《我无处不在》刊登了雅克的两篇文章——那上面几乎只有雅克的文章，而且雅克以前还只是偶然给这本杂志写点什么，替代已经上了前线的撰稿者。罗贝尔·布拉齐亚克去了马其诺防线，吕西安·勒巴泰去了阿尔卑斯山。有些编辑受到指控，说他们发表反民族主义的、偏向希特勒的言论："继罗布勒和莱斯卡之后，轮到了罗贝尔·布拉齐亚克，他被审问了一天。也许一天也会轮到我。但是我想应该不会，因为我的思想没什么可指责的地方。但是一切都要有所预料。如果我星期一不来，也许就是因为这类的事情。我会尽量及时通知您。但是对于其他三个人，我不认为事情就会这么轻描淡写地过去，虽然他们在我看来，根本不存在什么阴谋行为。只是我对这场战争从来没有持过悲观主义的态度，因此指控我是很荒诞的。我们看着好了。"

一系列新出台的限制措施使得巴黎几乎不可能和外界联系。安娜希望雅克没有因为日渐蔓延的恐惧而放弃写小说的计划。她有一种直觉，放弃小说最终的结果就是放弃她。雅克回答她道："让人厌烦的是一系列关于电话的限制措施，我不知道您今天晚上是否能够打电话给我。我不敢太奢望。作为交换，我希望您明天能来，尽管汽油匮乏，尽管困难重重，在这种情况下，也许您星期二才能收到我的信，在您来看过我之后，最早也要星期一晚上。但是我想给你写信，我不能经受等待。如果您明天不来，我星期二去莫雷，我没有通行证，因为您告诉我不需要。不过我还是觉得很幸福，因为我才得知大约要十二天左右才能拿到通行证。不，我亲爱的爱人，我不会放弃小说的，我向您保证。您对我说的似乎比较矛盾，但我也是这么想的，因为如果说我一直难以继续投入小说，这主要是因为局势和我的工作，它们构成了额外的阻碍，可是我很想写小说。不仅仅因为这很有趣，这是您的要求，而且因为这是说话的一种方式，能够说很多东西，很多不写小说我也许就不会说的东西。您不用担心，只需稍微耐心一点就行了。"

六月一日，波朗主编的最后一期复刊前的《新法兰西》杂志出版，十二月，主编就成了德里厄。一九四〇年六月十二日，《法兰西行动》报社迁往普瓦提埃，与此同时法国政府也离开巴黎迁往波尔多。梯也里·穆尔尼埃也离开了巴黎，他和莱昂·都德一路，直至萨尔拉才分开。途中他遇上了圣皮埃尔-德克尔火车站的轰炸。普瓦提埃的报社编了六期《法兰西行动》，由《西部闪电报》的印刷厂印刷出版。《新法兰西》杂志则在卡尔卡松附近的维拉里埃安顿下来，在约·布斯盖的家族主教府，一起在那里的还有纪德、班达和艾吕雅。

六月十四日，德国军队进驻巴黎。《法兰西行动》宣布自己负有创建"新秩序"的使命。

六月二十二日，法国政府与德国签订了停战协议。法国一分为二，自由区（南部）和德占区（北部）。七月十日，国民代表大会和议院投票，一致通过由贝当元帅全权代表政府。国家正在起草新的宪法。巴黎成了德占法国和胜利德国的政府所在地。《法兰西行动》准备迁往图卢兹，但是在获知贝当政府准备在维希安顿之后，《法兰西行动》又转而前往利摩日，安顿在利摩日的共和国广场。梯也里·穆尔尼埃跟着报社的小组，在到达利摩日之前转道维希。多亏了旧时朋友亨利·马西斯和勒内·文森，他得以认识了维希政府的一些外围人物。自六月初以来，他就没能再见到安娜。让·波朗回了巴黎，他选择德占法国，进入抵抗组织，同时却仍然保留了自己在伽利玛出版社的办公室。他和克罗德·阿弗利纳以及让·加苏一起创建了第一个知识分子抵抗组织，"阿兰-富尔尼埃朋友会"。波朗那时的笔名是M·德·萨莱纳、洛马涅。

安娜也没有离开巴黎地区。她和父母、儿子一起留在洛诺瓦的家中。大学城被德国人占领了，他们留在巴黎的东西大多被德国人洗劫一空。奥古斯特·德克洛往返了几趟，去巴黎取些日常用品。他非常注意，尽量不和英国人公开往来。奥古斯特·德克洛可以选择与家人一起去伦敦，但是安娜曾经答应过雷蒙，不会带着菲利普离开法国。雷蒙·达尔吉拉希望自己能够随时看到儿子。他也和维希政府的外围人物有所往来，所以他不愿意离开法国。安娜是说话算话的人，再加上她非常热爱法国，她不愿意就这样没有丝毫反抗地将祖国留给德国人。

七月底，雅克在利摩日已经待了一个多月。他一直没能再见到心上人。信件往来需要非常长的时间，他基本上已经失去了安娜的消息。一九四〇年后面几个月只剩下雅克写给安娜的信，安娜一直保存着。而安娜写给雅克的信应该是在雅克数度搬家的途中丢失了。信件越来越少。七月二十六日雅克从利摩日写信给安娜："我亲爱的爱人，四五天没有你的消息，而今天，终于——终于！收到了您的信，或者，更确切地说，是收到了您的两封信，因为您从洛诺瓦寄出的信和您从巴黎寄出的信几乎同时到达，这当中应该还隔着一封信。终于，我得知您一切都好，但是，我感到很难过，因为现在法国已经一分为二，而您在那一边。尤其难过的是因为我自己，六月十日那天，我让您把我送回巴黎，我消耗了您的汽油储备。"时局动荡，人们身处危险之中，但是为德国占领下的法国留下了佐证："我知道，手无寸铁的百姓遭到屠杀，《法兰西行动》一位编辑的岳父和他十三岁的儿子都没了性命，就是那位莫里斯·拉波特先生，您有次和我在一起时遇到过的。我知道过卢瓦河往卢瓦河畔叙利以及吉昂去的时候，那是什么样的恐慌：一部分桥被德国人炸毁了，另一部分桥则是被撤退的法国军队炸毁的。我知道意大利轰炸机对克勒兹和维埃纳的蹂躏，我当时还害怕您会路过那里。我甚至想，既然您出发迟了，达到奥尔良森林的时间也迟了，还是不要到卢瓦河的好。"

雅克一直在为《法兰西行动》撰写军事专栏，他成日游荡在利摩日的咖啡馆间消磨时间。他就这样遇到了莫里斯·拉波特，莫里斯·拉波特是法国共青团的创始人，雅克很早就与他相识，因为那时青年右翼联盟与马克思主义者还为同样的革命激情所驱使，站在一起。笼罩着德占法国的特殊气氛的写照。七月初雅克从普瓦提埃抵达利摩日。"我会永远记得一九四〇年的六月和七月。"现在他知道安娜在德占区，不会跨越分界线。重要的信息：有可能获取几天往返的通行证。雅克许诺说只要有通行证他会立刻去巴黎。收不到安娜的信又让雅克想起他们的爱情之初，他们不能写信的时刻。只有很少的信件能到目的地，雅克让安娜多寄一点。"您可以继续把信写到图尔戈街十八号，或者，如果您愿意，可以写到以下地址：《法兰西行动》，共和国广场十二号，利摩日（这是可以常用的地址）。只要我一有稳定的个人地址，我就写信告诉您。"这封信的口吻和他自一九三四年写给安娜的所有信的口吻是一样的，那年他们之间的爱情明朗化了。只有一点小小的差别，那就是疑问开始出现："亲爱的安娜，我爱您。您没忘记吧？不久后见。"很显然，雅克害怕自己就此再也见不到她。一直到九月，没有安娜的任何消息。从七月二十四日雅克到利摩日起，到九月十六日，雅克一共只收到安娜的一封信。

雅克决定离开利摩日去里昂，《法兰西行动》准备前往那里，而《费加罗报》不久也才在里昂安顿下来。"十月一日（虽然还没有完全定下来）我想《法兰西行动》和我会迁到里昂。我下决心在九月的最后一个星期去巴黎待两天。也许，鉴于有可能遇到的困难，会推迟一点。无论如何，我一到就给你去电报，我希望您可以立即来（因为我也许只能待几天），我不仅仅是想见到您，还想和您说一两件非常重要的事情。"他们已经好几个月没见了，关于两人未来的讨论自然是必要的。天南海北的他们能够继续相爱吗？在这样的非常时期，他们还能够继续一起工作吗？

雅克试图说服安娜到他这里来："您就没有一点可能到我们这里来吗？从非占领区到占领区似乎更困难一点，倒不是因为去程，而是因为回程。而从占领区到非占领区就没有回去的困难了：只要说明有效动机就行。我们在这里看到很多人都到非占领区来转了一圈。还有一件事我要问问您：您是怎么想的？我想说的是：您的家庭和您，你们打算一直待在现在的地方吗（我想你们在那里的最大好处是有自己的房）？这样做是不是主要因为您父亲的工作？如果您父亲在这里可以拿到职位，你们是不是会考虑到非占领区来？我不知道可能性有多大，但是我想还是可能的，我可以向政府好好引荐一下（公共教育部），提出这类的申请。"

安娜应该尽快地给雅克回信，必须立刻作出决定："必须立刻给我个答复。当然，信不要直接写给我。只要您想写，随时都可以给我写信，套两个信封（里面的信封只要写上我的名字就行了——笔名，不要用我的真名）。信封上的地址写：M.R.阿南，特吕丹纳街七号——巴黎第九区。再一次提醒您，回复一定要快，这个人在巴黎待的时间也不长。" 随后雅克又添了几句话，也许是最后的几句话，让多米尼克作个选择："又及：我想，出于多重原因，眼下您最好还是到自由区来——我自然非常希望这样。"这次他没有写"我爱您"，而是简简单单地写上了一句"我经常想您"，已经有了微微的距离感。

《十七世纪巴洛克才子诗选》

九月底，雅克去了维希。多亏了亨利·马西斯，他与贝当政府的办公室主任迪穆兰·德·拉巴雷斯特见了面。就这样，他数次到维希，但从来没有明确过真正的目的。看到他与安娜曾经共游的地方，看到那么多旧时相识，"阿列河及岸边的花园，还有天鹅池"，他觉得有点悲伤。直到十月初，他依然没能见到安娜。

雅克想在十五日左右去巴黎，待上一个星期的时间，到他"战前居住的地方"。但是旅行计划再次拖延。十月初他还在利摩日："这样吧，您可以给我写信，用我的笔名，地址如下：《法兰西行动》，共和国广场十二号，利摩日。你把这封真正的信放在另一个信封里，另一个信封上的地址是：让·勒格朗先生，科尔麦里（安德尔和卢瓦尔省）。我有可能可以收到信。但是需要一定时间。因此，您一收到我这封信就立即回信。不要署名，也不要给出您目前或以后的准确地址。只需要让我理解就可以了（比如说：我回到巴黎，住在原来的地方，或是：我留在塞纳-马恩省）。"十月二十六日，雅克说他回巴黎的时间应该很近了。为了准备报社迁往里昂的事，雅克要在里昂待上两天。他想去了里昂之后绕道维希直接去巴黎。如果去巴黎的计划还要推迟，他建议安娜直接将信写到里昂。

原本应该两年前出版的《拉辛》继续着他不幸的命运。伽利玛出版社放清样的奥尔良印刷厂遭到轰炸。一半的清样被毁，而且雅克没有备份。他只好重新写这部分，关于《忒拜依特》、《安德洛玛刻》和《费德尔》。"上次给你写了信之后，什么也没有发生。这里的生活一方面是不稳定的，另一方面却又非常无聊，充斥着实际问题：搬家，住房，甚至还有食物——尽管'食堂'就餐已经在很大程度上有所简化——的问题（但是食堂就餐本身也引起了很多不便之处）。我很想做一点有意思的工作，特别是我从未忘记过的小说，但是四个月以来几乎毫无进展——这一次还是有借口的。也许我会很快重新开始杂志的工作；但是现在也还没有在着手进行。我还希望重新写我的《拉辛》，和您一样，我的《拉辛》也被德国人堵住了。"

十月三十日，贝当发表演讲，公开号召法国人采取"合作"态度。就这样，他也公开承认了法国政府的傀儡性质。极右翼立即分化成不同的阵营，分化成民族主义者与伟大德国的捍卫者。十一月五日，雅克终于抵达巴黎，他约安娜在伽利玛出版社楼下的咖啡馆见面，十一点到十二点间或五点到六点间。他在巴黎待了几天，但是安娜不得不返回洛诺瓦。对于能再见到她，雅克感到十分意外，他还用这两天的时间处理了些自己留在巴黎的事情，尤其是伽利玛出版社的事情。"如果星期五早晨您没有离开巴黎，我的爱，您就会享受到巴黎的警报了，自停战协议签署以来的第一次警报：警报是晚上十点左右拉响的，大约持续了一个小时。似乎是因为演习，因为英国人威胁说如果法国与德国达成某种协议，他们就要进行轰炸。您有收音机，在您的'洞穴'里，或许比我的消息还要多，说不定您能告诉我些什么。我在巴黎又逛了逛，只是孑然一身，我更喜欢和您一起散步。也许您再来的时候，我们还有机会在漆黑一片的巴黎散步。离开您之后，我还去了《新法兰西》杂志，我很后悔火车开之前十分钟我就离开了您，因为《法兰西杂志》一点也不好玩。他们看上去甚至不知道自己要做什么。这很自然，因为现在是德里厄在负责杂志的事情。您的朋友，可怜的波朗被迫待在一边，德国人否决了他的存在。这一切可不是什么光彩的事情。"

十二月，关于《新法兰西》杂志复刊的谈判有了结果。《新法兰西》杂志将由德里厄任主编，第一期要目上应该出现文学界大人物的名字。作者们还在犹豫对于这本完全在德国人掌控之下的杂志，究竟应该采取什么样的态度。德里厄的个人魅力以及杂志的声誉让杂志支撑了几个月。波朗拒绝公开出任杂志主编，但是同意帮助德里厄，因为他很欣赏德里厄，并且——这也是最主要的原因——他希望能够保留杂志。在波朗承受德国人决定的问题上，雅克有些误会。这也表明了他对波朗有一定的嫉妒，可能在不久以前，波朗引诱过安娜。安娜和波朗可能是三十年代中期在英国学校附近认识的，最近又在巴黎的文人聚会上重新相遇。雅克重新开始小说及《拉辛》的写作。他给安娜的信再次充满了柔情，并且再次告诉她，他爱她。像从前一样，安娜能到巴黎来的时候，他们约在蒙特罗咖啡馆见面。不幸的是，正当这份爱情即将重生之际，十一月底，雅克动身去了里昂。

不过一本新书的计划将两人又联系在一起。书与他们在《法国诗歌导读》中没有用到的材料——或者是在书出版之后才发现的材料——有关，有一位出版社编辑建议他们编选一本法国巴洛克诗选："亲爱的安奈特，推迟巴黎的行程却能够为我，尤其是为你带来一点收入。星期三晚上我见了一个印刷商，他代表外省的一个非常重要的出版社来见我（昂热的普蒂出版社）。这个出版社想要编一套小学教师教学（新制）用的古典丛书。他要求我做其中的一本（二百七十页，开本与伽利玛出版社的文学画卷丛书一样），十七世纪女才子和'巴洛克'诗人的。总的说来就是一本诗选，但用于教学。也要注释，但尽量精简，只是解释性的（冷僻的生词，难以理解的地方），放在书后。当然，我们不妨做得更认真一些，一本真正的十六和十七世纪诗选，我们曾经谈到过的诗选。只是这项工作时间比较紧，而且要尽量客观。我的意思是可能要挑选一些伏瓦图尔和本瑟拉德的诗，尽量挑他们最好的诗就是了。当然，我们还要挑选（并且这才是最重要的）真正可以进入我们诗选的诗歌，非常美，在别诗选里读不到的诗歌：出版商不认为这是一项学术性的工作，因为他只给两个月的时间（最多）收集诗歌，然后再给一个月的时间做导读。工作很简单，但是量比较大：大约二百二十页。在图书馆工作六到七个下午或许可以完成，我想。无论如何，必须在一月十日或十二日左右交稿。稿酬还比较令人满意，当然也多不到哪里：四千法郎。但这对我们的另一部诗选的计划是有好处的。您能不能负责一下这件事，我的爱人，来两三次巴黎，咨询一下法国文学史的专家，保证我们没有遗漏重要人物——主要是龚波、圣阿芒、特里斯唐这样的诗人，也不要忘了萨拉辛、克莱泰、马尔维尔，尽快、尽可能多地抄录他们的诗。我将去里昂，做不了多少工作，但是想到这项工作不会令您感到太厌烦，并且也许能给您带来一点收入，我还是以我的名义接下了工作，只是把宝全部押在您的身上。我甚至把您的姓名和地址给了那位先生，这样他们就能和您联系，因为我在自由区。我只和他们说您是联系人。他们想要找'名人'，而我觉得先接下这桩活儿要紧。因此，我给您我的'空白信笺'，这样，倘若您收到他们的来信，就可以用我的名义回信，他们的地址姓名是：安德烈·比苏耶先生，贝纳迪埃尔街三十四号，昂热。"

雅克离开巴黎，叮嘱安娜帮他完成这本书，就像彼时两人一起完成《法国诗歌导读》一样。等了这么长时间，却只匆匆见了安娜一面，雅克觉得很难过，他答应不久以后还会再到巴黎来，为了再见到她那双"充满野性的、美丽的大眼睛"。他在巴黎发出的最后一封信是十一月二十三日的，信上说他第二年元旦会再来。雅克回到里昂，他在诗中描绘过这个地方。他望着"它的河，空寂的河岸，枝繁叶茂的林阴道，到处都是乱七八糟小屋的丘陵，轻雾，还有城市奇怪的光线"。

在十二月五日的一封信中，雅克再次强调，让安娜负责这本"才子诗选"。三个星期以来，他没有收到安娜的一丁点儿消息，一封信也没有。他无法了解书的进展，不知道安娜是不是已经开始工作，是不是和出版社接触过。尽管安娜杳无音信让他感到焦虑，尽管外面战事正酣，雅克还是在继续写作、工作、漫步："我很挂念您，几乎没有勇气工作。不过我还是写了两页小说，我还会再写下去的，被战争毁掉的第二本《拉辛》也开始了修复；但仅仅补了几个注释。我真的是缺乏勇气。我在咖啡馆或编辑部闲逛，或者下棋——下棋是很好的游戏，很激动人心，但是我下得不好——再不就睡觉。我想回巴黎。……只是，正如我上封信里告诉您的那样，我还不能立刻就去。报社的人会不高兴的，我已经离开了三个星期，而且此时局势尚不稳定。在阿尔巴尼亚和埃及发生的一切，以及拉瓦尔先生的突然失宠表明我们再一次处在动荡之中。也许这一切也说明事情会比我们所想像的要快，在未来的一年里战争可能有个结果呢。我希望是这样，为什么没有可能呢。但是在眼下，这样想会让事情变得更复杂。我还是会来巴黎的，因为我想来，我会在一月份来。您会来看我吗？我的爱人？您有没有收到我提起才子诗选的那封信，我说有个出版社的编辑找我，我们也许可以一起做，而且这可以给您带来一点收入？赶紧回复我，告诉我您是不是可以做。"

雅克不明白为什么一直没有安娜的消息。他试着通过另一个中间人转信，并且要求安娜给他写两区之间的明信片，寄到另一个地址。不再寄给勒格朗先生，而是写给皮罗先生，里昂，居维埃街二号，或者写给《法兰西行动》，共和国街六十六号，信上用他的笔名。一九四一年一月，雅克又让安娜试着用另一种程序：把信寄给莫里斯·布朗肖，再由他转寄给报社。二月中旬，雅克去巴黎待了几天。两个情人重逢，然后再分离。雅克回到里昂，远离安娜。"我带走了诗选的校样，你的工作真是出色，我还带走了你给我的其他诗，这些诗也非常美。写完导读后我会寄给你，同时还有被毁掉的《拉辛》以及一小部分小说。过两天我会给你写封长信。我爱你，我的爱人。不要忘了我爱你。不久后见。"

如果安娜长时间没有收到雅克的消息，她可以去找亨利·雅梅，他是巴雷斯扎克出版社和左岸书店的经理。这是巴黎出版界的右翼网络，雅克一直和亨利·雅梅保持着密切联系。五月，诗选已经准备付印。雅克想到巴黎来一趟，但是在两个区之间如此频繁地往返几乎是不可能的。两区之间的界限仍然没有什么变化，通行证很难搞到。对于不能在一起的情人来说，诗选成了他们最后的联系，象征着他们对巴洛克诗歌共同的热爱。"我很高兴，安奈特，您终于收到导读，书也很快就能出版，这本书除了导读部分，其他完全属于您，而且我觉得，如果让我来选，我的选择和您的完全一样。我一直带着您给我的校样，经常把它们拿出来重读——校样或您的手稿——不仅仅因为这些诗句如此美丽，还因为这是您的选择，带着校样如同和您在一起。"

一九四一年七月，书在昂热的雅克·普蒂出版社出版，书名为《十七世纪巴洛克才子诗选》。这是安德烈·比苏耶主持的"法国文学生活丛书"的第一卷。梯也里·穆尔尼埃撰写了导论，诗歌的选择和注释由多米尼克·奥利完成。选的诗人有：让·德·斯蓬德、皮埃尔·莫坦、戴奥菲尔·德·维奥、特里斯唐·莱尔米特、圣阿芒、保尔·斯加龙、万桑·伏瓦图尔、让·德·龚波、皮埃尔·勒姆瓦纳、安托瓦纳·高多、让·德·布西埃尔……在某种程度上是对《法国诗歌导读》中诗歌理念的重复。装帧非常豪华，配合诗歌的是古时的木版画。每位作者都附有简短生平介绍，十七世纪以来意义产生变化的词汇也都做了注解。表面上看起来这是一本两人应出版商要求合作完成的书，实际上是安娜独自完成的。两个人又产生了编辑另一本诗选的计划，但是这一部诗选再也没能出来。

两个情人自此后几乎没能再见。雅克在里昂，想着他的新事业。他不再是三十年代的那个文人和思想家。小说没有完成，政治也不再能够承担起他的革命理想。雅克回到了他最初的热爱，戏剧和拉辛的悲剧研究。在结束研究之际，他产生了改编古典戏剧的念头。一九四〇年末，他还怂恿安娜帮他一把，帮他完成罗贝尔·加尔尼埃执导的《安提戈涅》的剪辑与改编。在里昂，他结识了不少戏剧界的人，在他们的帮助下，他的第一个剧本被搬上了舞台。他的计划里不再有安娜，安娜属于文学圈，而不属于戏剧圈。本应该由他们俩共同完成的诗选分成了两本书。安娜用这些年来所收集到的诗歌独自完成了她的第一部作品，从导读到诗歌的选择：一九四三年，她在伽利玛出版社——她的"朋友"让·波朗那里——出版了《法国宗教诗选》。自此之后，多米尼克·奥利是一个独立的名字，不再需要另一个更为"响亮"的名字的陪伴。一九四五年，梯也里·穆尔尼埃也完成了他自己的诗集，《十七世纪诗歌》，在座谈会出版社出版。安娜与雅克仍然有着共同的爱好，他们的爱情却已岌岌可危。

分手

一九四〇年十月底，在前往里昂的火车上，雅克结识了一部分《费加罗报》的记者，他注意到有一位高个子女人，金发，举止优雅，性格坦率。她叫玛塞尔·塔桑古尔，和丈夫路易·加布里埃尔-罗比奈一同前往里昂。玛塞尔是演员。她唤起了雅克最初对戏剧的热爱，让他想起自己在一九三〇年到一九三三年间的那段日子，那时他经常去看必托叶夫的戏剧。

这是真正的一见钟情。两个人身处同一座城市，远离巴黎，在这充满激情的，因为危险和秘密而显得尤为激动人心的背景之中，两人成了情人。玛塞尔·塔桑古尔很快离开了丈夫，但是一直和他保持着很好的关系。甚至两个男人也是朋友，很快都为《费加罗报》撰写专栏文章。在里昂，雅克还找到了克莱贝尔·阿登斯和弗朗索瓦·桑坦，他非常享受里昂的新生活。为什么他没有告诉安娜呢？那会儿他们很少见面，雅克不愿意在一封冰冷的、不真实的信中告诉她这一切。然而他们在这之后还见过好几面，而且雅克写给安娜的信非常温柔、感伤。

事情似乎是在一九四一年六月挑破的，雅克在巴黎待了几天。他告诉安娜自己又遇到了别的女人。长期的分离，不断的告别战胜了他对安娜的爱。战争最终令这对情人无法续缘。对于他们之间的感情变故，安娜负有一定的责任。她一直不愿意将自己与雅克的情感昭示天下，从而成为一种公开、正式的情感，即便在这动荡的时刻也是如此。事实上安娜原本可以加速事情的发展，为自己的情人放弃其他一切。她却选择了留在亲人身边。即便他们共同在巴黎生活的时候，安娜也经常离开，几个星期甚至几个月。他们总是偷偷摸摸地见面。而雅克离开巴黎之后，安娜从来没有去看望过他。雅克坠入玛塞尔·塔桑古尔的情网是很正常的，而且雅克明白，他可以和玛塞尔结成一对耀眼的情侣，这对他未来的事业有好处。玛塞尔可以帮助他皈依原先他所热爱的戏剧。安娜给予他的爱却是秘密的、不能公开的、游戏一般的。

安娜同意自己也负有一定的责任，在得知这个消息之后，安娜的反应相当理智，尽管在随后的几个月里，她一直不愿意承认现实。安娜并没有想尽一切办法挽留雅克，但同时也没有彻底放弃，她的表现微妙而智慧。他们的关系远非一朝一夕，并且战胜过重重阻碍，充满力量，绝不是在几句话间就可以烟消云散的。她愿意相信，总有一天她会重新得到他："我很辛苦地斗争着，与一种最基本的情感形式：嫉妒，同时也与另一种非常微妙的情感形式：失去您的恐惧，对这个充满活力的女孩的恐惧，对分离，对使得一切沉睡、使得一切麻木的时间的恐惧。非常辛苦，也非常缓慢，如果您知道的话。那天晚上我正给您写信，而且就是在我给您写信之后。接着，一切就都过去了，至少暂时沉睡。我无法停止恐惧——我如何能不焦虑呢？——但是焦虑的同时是信心，是信任，是明澈与耐心。我是多么爱您，我的爱人。您也可能爱我吗？不是依旧爱着，也不是同时爱着，而是单单纯纯的爱。我相信这一点，可我也怀疑。在我怀疑的范围内，让您远离我的事情都让我感到钻心的疼痛，而如果我真的怀疑您不再爱我，我可能就不再给您写信，不再见您，甚至不再想您，因为我害怕会让您感到厌烦。我可能会告诉您我的决定，我想，我应该会在完全的沉默中消失。"

就在几个月前，安娜还微微有些焦虑，因为雅克从来没有去过她洛诺瓦的家，而今这焦虑已经渐渐变成了遗憾。但是，安娜仍然说雅克是她"出发远行的爱人"，是她"有一天终究会回家的爱人"，仿佛分离只是暂时的一般。爱的表达间充斥着忧伤，对这种非比寻常的关系的幻灭使得最简单的语句也承载起感情的重量。安娜想要表现得自信、幸福，但是她做不到。"今天晚上我想起了里昂，多少有些苦涩，我想起里昂灿烂的河岸，也许此时您正在那里散步，和别人，而不是和我，您和她在一起很幸福。我在想，也许，在我的身边，沿着这同样的河岸，您也一样会感到幸福。而对于我来说，只要能在您的身边，我别无他求。无论在哪里，只要在您身边就行。甚至此时此刻，因为我在给您写信，因为我爱您，我觉得您近在咫尺。我的爱，我等您，回来吧。"

安娜希望，如果雅克不久之后要到巴黎来，她可以见到他，但是安娜首先请求他的原谅，因为这样一来会打扰他。荒芜的风景与挥之不去的回忆彼此纠缠，他们在所有这些村镇留下的爱抚、眼神、快乐。他们一起参观过的教堂在伤口的映衬下更是前所未有的壮观："我去了蒙特罗，今天。我从白马旅店前路过，老板娘站在柜台后（落地窗打开着），冲我微笑。我用券买了饼干，就在我经常带你去的那家点心店，离白马旅店不远，距环岛几米远的那家。您竟然熟悉蒙特罗，这是多么奇怪的事啊。……在蒙特罗，我去了邮局，去了教堂，还去看了那些小桥。那一带整个都被夷为平地——我已经告诉过您了。我没告诉您的是，这样一来，教堂却是前所未有的样子，孤零零的，更为简朴，仿佛受到了'前所未有的伤害'，带着令人动容的新伤口。我们曾经一起欣赏过教堂十六世纪的彩绘玻璃窗，在右侧的半圆形后殿里。我们也许是最后欣赏它们的人。"

安娜保留着雅克离开巴黎之前给她写的信。在这封信中，雅克或许告诉她，尽管有另一个女人的存在，他依旧爱她。或许是缺乏勇气面对自己所制造的悲伤，或许是希望让这份爱可以完好无损。安娜愿意相信他的话："我把您走之前给我写的信放在皮夹里，就像土著人会在颈间系避邪的信物一样。我甚至不再读它。我只是抚摸着绿色的信纸，还有那颜色越来越深的墨水，我翻过来，翻过去，嗅着它的味道，把它放回它的藏身之处。这就是一个避邪的信物，就像那些土著人的避邪信物一样。但是，它同时也是您远离的证明，远离我。也许您回来的时候，我已经有了很大的改变，我是说，在您记忆之中的我：您还能认出我来吗？您不会忘了我吗？忘了我，因为另一个人？您的信告诉我不会，哪怕我就这么看着它的时候，它也告诉我不会。但这只是您的信，这只是一个信物。我等您，我的爱，我等您，我爱您。回来。"

将他们俩仍然联系在一起的是工作。她继续前往国立图书馆，为他那本"伟大的诗选"找寻最美的诗歌。雅克答应她，这部诗选仍然会由他们俩共同完成。日后，她将找到的其他诗歌都给了莫里斯·布朗肖的诗歌杂志。安娜告诉雅克："在巴黎，我唯一的安慰就是为您做的工作。"安娜总是说她愿意和雅克远走，在巴黎，或者到随便什么地方，只要和他在一起，哪里都行。但是她从来没有去找过雅克。雅克独自一人留在里昂，他的两个女人都在巴黎。有一天，安娜与她的情敌擦肩而过，那个从此之后她的情人爱的女人。"我的爱，前天，在玛德莱娜大教堂附近，我遇见了玛·塔，她穿着黑白色的裙子，远远的，几乎是在看见她之前，我就已经感觉到了，您那么喜欢的那份光彩。我与她擦肩而过，她没有认出我来——或者是情愿不认识我——我没敢和她打招呼。就在十分钟前，我还在想她，想您。我要去里昂。我也要去。"在梦中，安娜和过去一样，和雅克谈论着雷蒙、菲利普，谈论着她的工作。但是雅克一直没有回音，以至于安娜都不能肯定自己是否给他写过信。她知道雅克忙于其他的事情和人，他不再操心她，但是她认为他仍然爱着她。

白马旅店，他们曾经在此租了一间房做爱，此时旅店出现在安娜的梦中，出现在安娜对被弃的爱人的想像中。她的信中有这样一段绝望的描写，想像着也许有一天他们还能再见的场景："每次我去蒙特罗，我的爱，我都会望着那条从火车站通往环岛的大道，我在想白马旅店，想有一天，您会在那里等我。有一天，您真的会在那里等我吗？抛开让您羁留在里昂的这一切，抛开这里让我不得脱身的这一切，有一天，您会在那里等我吗？今年夏天的某一天，或是秋天的某一天？我已经在想像那一天我要穿上什么样的裙子。那一天，天很晴，或许也可以是我非常喜欢的这种阴沉沉的天气，我知道自己要穿哪条裙子。一切都要到您来的那一天才明了，当然，我不知道具体的是在哪一天。我也知道您有可能不来。但是即便这样也不会有任何改变，不可能有任何改变，因为我在等您。我的爱，我爱您。"信末的署名是安奈特。安娜很快就不再是那个十年前令雅克坠入情网的年轻女人了。她不再用安娜这个名字，这是她的情人雅克专用的名字，在即将开始的新生活里，所有人都知道她叫多米尼克·奥利。

分手的过程持续了好几个月，将近一年。雅克还不能完全抛弃她。一九四二年春天。雅克回到巴黎，要待上一段时间，他在法兰西语文学院咖啡馆——战前，他就是在这间咖啡馆打发日子的——给安娜写"一封真正的信"："这是一封真正的信，在这封信里，我能够告诉您，虽然引起您那么多怀疑，但这一切都是真的，比以往任何时候都要真实，我要告诉您，我爱您。"他请求安娜的原谅，他在巴黎逗留期间，只能抽出很短的时间来见她。安娜在巴黎，在绝望中等待。雅克没有空，因为他和另一个女人在一起。这一次的不能相聚，责任完全在于他："您说您不恨我。您却有权利恨我，我给您写这些，并不是要寻找任何借口推托。但是，即便您恨我，您也仍然应该相信，我在里昂的日子，由于您不在身边，我感到非常痛苦，在巴黎的日子也是一样，不能和您在一起，我还是感到非常痛苦——甚至更加痛苦，因为这一切都是我造成的。我爱您，即便我知道我不能保护您，我还是爱您。"这封信也许是唯一的，真正的分手宣言。信里包含着某种造作的、含糊的东西，平庸的措辞，大家都知道根本无法兑现的诺言。"最后，我需要另一种确认，我和您已经说过，一种对于我来说比以往任何时候都要明确的肯定，每一次我在您身边短暂停留时都能够更加确定无疑，而我不在您身边时也同样能够确定无疑。肯定我与您的关系是一种决定性的，无可替代的关系，肯定即便现在，我对您也不是想说什么就说什么，肯定我并不认为从此之后您与我的所想所为毫无关系。这份已经如此明确的肯定并非由来已久，它是最近才产生的，我觉得，最早也是在去年的六月，我第一次告诉您这件事的时候。"

雅克把一九四一年六月在写给安娜的信中的那一套又说了一遍，就是安娜放在皮夹里的那封信。原先的那一封信被偷了，而这封信却不能替代。雅克答应这次走后，会想办法一劳永逸地回到巴黎，和安娜找回以前的快乐。在塞纳-马恩省河岸，在花园里漫步，躲在幽暗的小咖啡馆里，一同去逛卖中国小瓷器的小店铺。回来的承诺，因为"缺少激动人心的大事"而离开的借口，雅克没有说实话。这封信是他给安娜的最后一封信，他回里昂是为了玛塞尔·塔桑古尔。安娜知道，尽管不在一起，他们还在继续见面。安娜拒绝了雅克的请求。她宁愿不再见他，宁愿再多承受一点被弃的痛苦。

在职业领域两个人也分道扬镳了。雅克进入了新的大家庭：戏剧和《费加罗报》。他成了《费加罗报》记者路易·加布里埃尔-罗比奈，乔治·拉封，莫里斯·诺埃尔以及报社主编皮埃尔·布里森的好朋友，后者请他给报纸写专栏。他在《费加罗报》上发表了两篇文章，一篇是在头版上，用了他的笔名，另一篇是关于军事行动的报道，用的是另一个笔名雅克·达尔西。他一直还在为《法兰西行动》撰写军事专栏，同时匿名为《老实人》和《世界杂志》撰写文章，多亏了亨利·马西斯，《世界杂志》在维希复刊。《世界杂志》的年轻编辑中还有大家所熟知的米歇尔·莫尔和拉乌尔·吉拉代。尽管维希政府控制很严，在勒内·文森的帮助下，穆尔尼埃还是发表了他的那些军事专栏文章，因为当时勒内·文森是信息部的秘书长。梯也里·穆尔尼埃甚至还参与了亨利·马西斯领导的这个部门编撰的一本书，一本关于法国当时的艺术、文学和思想状况的书。他负责诗歌章节。除此之外，他还和达尼埃尔·阿莱维、马塞尔·阿尔朗以及雅克·科波一起合作另一本书，带有佛朗哥主义色彩的《法国智慧的新命运》。

他和维希政府走得很近，《法兰西行动》几乎成了贝当政府的官方阵地。穆尔尼埃和《我无处不在》的一部分朋友断绝了往来，因为他们指责穆尔尼埃在一九四一年二月周刊复刊的时候，没有在这期几乎完全由他负责的周刊中提到刊物遭禁的过程。因而，周刊数次对他进行了攻击。尽管有这层隔膜存在，穆尔尼埃和布拉齐亚克仍然是好朋友，两人继续互致问候。

对于支持德国人的那部分人，多米尼克的态度非常坚决。一九四一年末，她和雅克一起走过双偶咖啡馆，看见布拉齐亚克和勒巴泰坐在咖啡馆的露天座上。穆尔尼埃上前和他们打招呼，多米尼克却当作没看见，继续往前走。她无法对亲德分子装出友好的态度。安娜已经选择了自己的立场，与穆尔尼埃分手更加速了她的选择。在政治、事业与情感上，她都不再是极右翼的一员。尽管这变化是在不知不觉中完成的，可是一旦出于多重原因作出了改变，它就是决定性的。

多米尼克是真正的爱国主义者，她不能忍受法国遭到外族的侵占。她觉得反犹主义非常恐怖，以前的同志所采取的立场令她感到恶心。而且此时她对秘密的喜好已经非常明确了，她觉得从事知识分子抵抗运动可以让她得到在危险中生活的可能。选择一个新的身份，成为另一个女人，与那个爱着雅克的女人永别。战争初期的一天，在布朗肖的办公室里，当时穆尔尼埃也在场，她对布朗肖说，如果有人决定转回地下，那也许就是他们俩。

尽管一九四二年十一月，法国南部也遭到德国人占领，穆尔尼埃仍然继续为《法兰西行动》工作。皮埃尔·布里森自行决定将《费加罗报》停掉，他拒绝服从德国人的审查制度。穆尔尼埃拒绝参加抵抗组织，因为他不愿意放弃《法兰西行动》。他对自己以前的导师一直很忠诚。他的道路于是与多米尼克的道路彻底分开了。多米尼克认识了新的朋友，一些更符合她当时性情的朋友。她不再是个年轻女孩，而是一个勇敢的女人，随时准备加入抵抗组织。她想就手头占有的那些资料编一本宗教诗选，于是她向波朗提出了她的想法，而波朗同意和她见一面。他们已经相识，但还没有机会在一起工作。

这次见面具有决定性的意义。多米尼克有了构建新生活的可能性。她记得季洛杜的《美人鱼》中有一句话，这句话与穆尔尼埃离开她时，她的感受甚为相符。演出时，他们俩躲在地下包厢里，因为他们还不能让别人知道他们俩的关系。"我不知道您是否还记得，应该是美人鱼知道骑士不再爱她的时候，她说：'青草变黑了。'是的，的确如此。当你爱着一个人，而且你知道，或者你担心那个人不再爱你，青草也变成了黑色。"

安娜得知雅克爱上另一个女人时的伤心一直未曾改变。这也许是她一生中所承受的最大伤害。正是这次伤害决定了她日后作为女人的种种选择：对不忠诚的男人采取容忍的态度，接受情人爱上别的女人，只要他不离开就行。多米尼克将这份体验植于灵魂深处，植于想像域的深处。这次经历成了她灵感的源泉。多米尼克和穆尔尼埃自此之后再也没能重见，战争时期，包括战后，他们之间没有一丁点儿的联系。在各自的职业中，两人重见的机会也非常少，他们为各自的杂志和出版社工作。但是，多米尼克是穆尔尼埃培养出来的，她来自于三十年代的右翼革命团体。她的过去也是她的一部分。并且，她一直坚持，一生之中，她对雅克付出了最多的爱。

抵抗组织

一九四三年，法国南部也被德国人占领，梯也里·穆尔尼埃回到巴黎，而此时，多米尼克已经开始与让·波朗一起工作。穆尔尼埃拒绝加入抵抗组织。同时，他也中止了《法兰西行动》的军事专栏，自此后只为文学专栏撰稿。他开始和罗贝尔·布拉齐亚克以及《我无处不在》杂志的人保持距离，但是出于旧时的友谊，两个男人仍然彼此尊重。

多米尼克开始为波朗阅读来稿，兼职为《新法兰西》杂志做简述。当穆尔尼埃终于出版了部分拉辛研究《〈费德尔〉导读》的时候，她正准备出版《法国宗教诗歌选》。两个人的工作不无交集，但是他们的政治与思想已经不再遵循同样的道路。多米尼克以世界上最简单的方式加入抵抗组织，因为这非常符合她的本性。她的爱国主义志向以及她在与梯也里·穆尔尼埃分手后所遇到的人都是促使她尽快加入秘密的《法国文学》，进行冒险活动的原因。为了挣点钱，战争初期，她为一家女性小报《一切和一切》写文章——更确切地说，是写新闻报道，报纸的主编是乔治·亚当。她很喜欢这个男人，两个人一直都是好朋友。一九四三年十月，乔治·亚当接管《法国文学》的出版和发行。

一九四七年，法国将所有《法国文学》杂志合集出版，重新勾勒了杂志历史，并且将作者的名字一一昭示天下。当时的刊物上作者自然都是匿名的。第一期《法国文学》于一九四二年九月出版，在雅克·德古尔和让·波朗的推动下。不久雅克·德古尔在瓦莱里安高阜被捕。多亏了让·波朗，杂志的第二期才得以出版，当时，让·波朗和埃迪特·托马斯、雅克·德布-布里戴尔、克洛德·摩根一起创建了法国作家协会。《法国文学》是一本不定期的杂志，杂志出版以简便为主。杂志是油印的。一九四三年一月／二月的第五期出现了法国作家协会的全体成员。除了四个创建人以外，还有保罗·艾吕雅、夏尔·维尔德拉克、让·盖埃诺、让-保罗·萨特、让·布朗匝和让·伏达尔。就在第六期出来之前，负责印刷的莫什拉夫妇皮埃尔和莫尼克遭到逮捕，而且油印机的油墨也没有了。

在这期杂志上，让·波朗向蒙泰朗发起攻击，指责他在政治立场上的亲德态度以及他为《束》杂志撰文一事。《死去的王后》一文针对的是法国著名作家附敌丑闻。在杂志第八期上，克洛德·摩根、保罗·艾吕雅以及埃迪特·托马斯对一九四三年七月德里厄执掌《新法兰西》杂志一事予以揭露，德里厄所谓的纯文学杂志并不存在。这篇题为《〈新法兰西〉的末日》的文章要求杂志自行灭亡。一九四三年十月，杂志将出第十期，乔治·亚当提议杂志由油印改为真正的印刷。他的推动对于杂志的未来而言可谓决定性的。从此之后，杂志成为真正意义的月刊，开始是四页纸，后来成为八页，印数达到一万二千册。弗朗索瓦·莫里亚克也加入了法国作家协会。

一九四三年十一月，杂志第一次提出了关于清算附敌行为的问题，并且附了对附敌出版商的警告。一九四四年二月，安德烈·卢梭、让·塔尔蒂厄和马克思-波尔·福歇加入主要撰稿人的行列。一九四四年三月，两本文化杂志在《法国文学》上开辟专栏，《法国文学》于是得到了充分发展，一本是国民阵线的电影杂志《法国银幕》，另一本是国民阵线的戏剧杂志《法国舞台》。一九四四年第十六期上刊登了阿尔莎·特里奥莱和阿尔贝·加缪的文章。一九四四年六月，让·加苏和皮埃尔·塞热共同主编的那期上登了奥克索瓦——即埃迪特·托马斯——在子夜出版社出版的《故事集》节选。一九四四年七月，又一本新杂志，《今日音乐家》进入《法国文学》专栏。最后一期地下出版是一九四四年的八月号，杂志在群情激愤的巴黎大声叫卖。最后一期杂志是在德拉贡街《艺术丛刊》的作坊里完成的，由保罗·艾吕雅亲自监督。直到现在，杂志仍然在位于阿道尔夫-谢里乌街的乔治·亚当家完成制作，因为杂志的编辑部就设在那里。在乔治·亚当加入杂志之前，杂志在克洛德·摩根位于卢浮宫的办公室里做。一九四四年巴黎解放时，《法国文学》还曾经占据过《巴黎晚报》的地方，在亲德分子们被赶出去之后。

杂志号召读者的参与：看完之后不要扔掉杂志，而是把它封在信封里寄给一位朋友。这是德占期间主要的发行方式。而一九四三年，通过乔治·亚当的介绍，多米尼克开始为这本著名的抵抗组织刊物工作也正是使用了这种方式。多米尼克认为自己是跟着乔治·亚当成为了一个真正的记者，因为通过这种方式能够无数次地看见自己写的东西。法国南方也被德军占领之后，《一切和一切》遭到查禁，乔治·亚当决定转入地下。他负责《法国文学》的发行之后，建议多米尼克也一道参与其中。危险的地下活动让多米尼克觉得很有意思，她毫不犹豫地接受了。多米尼克于是成了"信箱"。别人把写好地址的信封和杂志给她，她则把杂志放进信封里发出去。发信时必须不停地变换街区，这样信封上的邮戳才不一样。

这项任务要求很高的警觉度，多米尼克因而投入了极大热情。有些给她送杂志的姑娘遭到了逮捕，并且被关进了集中营。多米尼克甚至还不知道她们的姓名。网络组织非常完善，上线和下线之间的接触尽可能少，要求匿名或化名。多米尼克已经有一个化名，而且是她真正的名字：安娜·德克洛，此时被她用作化名。她还记得自己有一次——到底还一次——感到非常害怕："有一天，天很冷，我很蠢，带着我装满传单的公文包，进了科学院咖啡馆，想要喝上一杯糖也很糟糕，奶也很糟糕的糟糕咖啡，可是就在这时一个德国军官也进了咖啡馆。我把我的公文包悄悄塞在凳子底下，等着。什么也没发生，德国军官又走了。我很害怕，不过什么也没发生。这是我感到害怕的唯一的一次。"

多米尼克对于战争有种奇怪的爱好，或许与她对危险的热爱有关。战争对男人而言是非常令人厌恶的事情，而"勇气和忘我"却总令多米尼克有一种莫名的激愤。参加过战争的男人都无法摆脱战争的噩梦。不断回到生存的忧惧中——恶劣的生存条件——变成了一件令人难以忍受的事情。可在多米尼克看来，战争却像是"长假"："我们不再忧虑钱、家庭和时局。全新的命运让你摆脱了你最初的存在。生活原本非白即黑，生活原本是多米诺骨牌，只有一次发牌的机会。但是战争又带来了新的发牌。你可以重新活过，因为你随时可能会死。"除了《法国文学》，多米尼克还时不时地为子夜出版社推广他们出版的书。

正因为战争期间执行过这项任务，巴黎解放后，多米尼克才作为记者进入了《法国文学》的编辑部。她在抵抗组织的工作仅限于分发书籍与杂志，但是如果真的要她去杀人，她也会照样执行。多米尼克梦想着成为一个士兵。她喜欢军队，特别是军队里都是自愿入伍的士兵，她喜欢军事纪律，特别是如果这出于本人的选择。她唯一不能做的事情是让别人身处危险之中。

她没有让抵抗组织成员住在家里，因为她到巴黎的时候，都是住在朋友家。画家、雕塑家贝尔纳·米勒雷和妻子艾莱娜住在雷恩街的一套公寓里。多米尼克放在他们家里的地下刊物引起了他们的好奇心。于是贝尔纳·米勒雷也开始对抵抗组织的活动感兴趣起来，差不多和他的朋友莫里斯·布朗肖同时。战争期间，在加入抵抗组织之前，多米尼克、米勒雷和布朗肖都曾经为维希政府工作过。相似的经历让他们走到了一起，并且保持着一种特殊的、诚挚的友谊。

一九四一年七月，多米尼克在通过莫里斯·布朗肖转给穆尔尼埃的一封信中曾谈起过某位先生在追求她。这个人很可能是贝尔纳·米勒雷，多米尼克和布朗肖一起出入法国青年会时与他有过密切接触。法国青年会是皮埃尔·舍费尔创建的，得到了维希政府的资助。建立青年会的初衷在于帮助失业的法国艺术家。青年会与维希政府电台的青年频道也关系密切。其主要的活动在于将研究中心、资料中心、创意中心和信息中心、宣传中心集中起来，协调戏剧、音乐以及各类大型演出。维希政府行使监控权的主要是青年部秘书处，反失业署和贝当元帅的办公室。

包括一部分来自极右翼的二十来个人组成了艺术部，名誉主席是帕特里斯·德·拉图尔·杜彭。克萨维尔·德·里尼亚克任主任，让·维拉尔负责戏剧，莫里斯·布朗肖负责文学和出版。处室负责人每个月有三千法郎的收入，这在当时还真的不算一笔小钱。莫里斯·布朗肖的文学处主要负责组织成立年轻作家审读委员会，并且帮助他们走上出版的道路。法国青年会旨在弘扬具有法国传统的艺术。例如，让·巴塞纳曾经在布朗画廊组织过一次展览，二十位可以代表当代法国的画家参展。青年会的成员后来说，这个组织不是贝当主义性质的，因为就在贝当政府觉得无法控制青年会的时候，它下令解散。不可否认的是，青年会的活动具有民族主义的性质，但它的资金来源是维希政府。

莫里斯·布朗肖与他办公室里的同伴，铅笔肖像画家贝尔纳·米勒雷友情甚笃。梯也里·穆尔尼埃不在巴黎的时候，多米尼克·奥利经常去他们的办公室。她间或也会帮布朗肖的文学处做点工作。这些为法国青年会工作过的人正处在从极右翼阵营转入抵抗组织的关键时刻，或者，至少可以说，正处在坚定地拒绝附敌的关键时刻。在这些未来的地下工作者之间，有一种微妙的罪恶同谋的感情将他们联结在一起。

两个男人和多米尼克之间的关系颇为暧昧。多米尼克孤身一人，即将被已经爱上玛塞尔·塔桑古尔的穆尔尼埃抛弃，而贝尔纳·米勒雷在追求她。他的狂热让她又惊又怕，多米尼克试图控制这份感情。她写信给穆尔尼埃："我的爱，我也有烦恼，如果这能称得上烦恼的话，因为实际上它并没有给我多少折磨。与其说烦恼，毋宁说是尴尬。我不知道该拿M.怎么办是好。他给我写信，时而哀叹，时而痛骂，时而又高兴得要命，而且所有的情绪都毫无道理。我真的觉得是一个野人挣脱了锁链。他自己也这么说。我希望能够驯服他,对他不要造成任何伤害,但是我希望您在我身边。"贝尔纳·米勒雷很可能就是这个"野人"。他高大强壮,充满了激情。尽管他充分表达了自己的爱意,多米尼克还是经常到他家吃饭,和他妻子一起,试图让他平静下来。

虽然贝尔纳·米勒雷的态度越来越坚持,多米尼克仍然继续和他频繁往来。他想要得到多米尼克,多米尼克拒绝了他。而多米尼克之所以还继续见他,这在某种程度上说明她也并非是完全地无动于衷。他们之间一定存在过某种关系,就在此时或是与穆尔尼埃分手后不久。"在我做的这一切中,在我和自己的斗争中,您无处不在,以至于我以为自己已经给您写过信。我觉得自己告诉过您,雷蒙想要来看我,必须和他定好见面的时间,必须给他写信,和他讨论,必须等待,焦虑,我觉得自己告诉过您,菲利普病了,我和雷蒙的见面时间因而延后,但日期还没有确定。您知道的,我已告诉过您,这一点我很确定——因为您就在这里,在我身边,每天晚上,我都会告诉您我的一天——您知道,我为法国青年会做的工作还没给我带来任何好处,而B.M.似乎要狂怒了,我试图让他平静下来,也没有很大进展。不过我觉得我应该能做到的。甚至很快就能做到,差不多就是现在。"

米勒雷为多米尼克画了两幅非常美的肖像画,一幅是一九四三年画的红色铅笔肖像画,另一幅是一九四五年的黑色铅笔肖像画。这两位朋友——也很可能是情人——还分享了另一桩很重要的秘密:一九四三年,两人加入抵抗组织。德国人丢失了东部战线,纳粹武装的失败似乎已经指日可待。盖世太保和占领区的德军因此越来越残忍,行动越来越具有杀伤力。希特勒决定最后一搏,集中营成了死亡之营。作家与知识分子的抵抗从今之后成为一种必然。米勒雷和多米尼克彼此留宿,多米尼克到巴黎时住在米勒雷家,并且把传单和《法国文学》放在他那里。而在危险时刻,多米尼克又让米勒雷在其洛诺瓦的家中暂时躲避。

米勒雷于是和塞纳-马恩省南部的各个游击队取得了联系。从鲁恩河畔莫雷开始,一直到圣-昂日的城堡,鲁瓦的游击队在塞纳-马恩省和约讷省之间形成了一个抵抗网络。整个地区出现了不少游击队。游击队是临时性的,队员手上也没什么武器,但是他们冒的风险极大。有不少游击队员遭到了逮捕,被送往远处的集中营。多米尼克的儿子菲利普还记得起战争时期的贝尔纳·米勒雷,他带了枪住在他们洛诺瓦的家中,和菲利普一起玩士兵的游戏。另一件可以说明米勒雷参加了抵抗组织的事情是他在一九四七年致力于《法国文学》作为秘密出版物的合集一事;在合集的封面上,是他画的一张雅克·德古尔的肖像。

布朗肖,米勒雷和多米尼克从民族主义者的阵营转入了抵抗组织,那时有很多知识分子都经历过这样的历程。有些仍然是右派,属于反对贝当的戴高乐主义,另一些则转入另一个极端政治组织:共产党。克洛德·罗伊在他自传性的作品《宾我主我》一书中曾经描述过他和他的同志们所走过的道路:"在抵抗运动期间,我惊奇地发现,在共产党里,在我的周围,有很多旧时的莫拉斯派的'民族主义者',他们成了社会主义者和'爱国志士',他们终于能够自由呼吸:克洛德·摩根、让·萨比埃、埃马纽埃尔·达斯捷、德布-布里戴尔、莫里斯·布朗肖。"在对这种转变作出解释时,克洛德·罗伊认为主要是出于一致的,对集权政治的憎恶。在三十年代,极右翼知识分子的支持者都觉得与共产党人——而不是与民主主义者——更接近。

只有像战争这样的突发事件才能够使各阵营之间产生明确的分界。三十年代各极端阵营之间的这种模糊和混乱的空气有利于从一个党转到另一个党。抵抗运动将表面上与德国人和亲德分子一起工作的男男女女秘密地团结在一起。有些人承担了内外的这份矛盾,而另一些人则希望将他们与德国人以及亲德分子一起工作的历史抹去。多米尼克成了戴高乐主义者,她从来没有否认过自己保守主义和民族主义的倾向。她也和波朗一样,接受了地下出版和公开出版的双重出版管道。实际上大多数作家都是这样做的,但巴黎解放之后,他们却否认了一部分历史。阿拉贡后来成为清算委员会的负责人和知识界共产党员的代表人物,在对待附敌作家的问题上毫不通融。然而在出版问题上他也玩过双重游戏,一面是秘密出版,而另一面,他也在罗贝尔·德诺埃尔出版社出版过作品,这是希特勒演讲的出版商,同时还出版过塞利纳和勒巴泰。

巴黎解放

多米尼克认为战争标志着文学界和知识分子界右翼阵营的分裂。在德军占领的初期,事情并没有发生变化,但是在战争如火如荼的时候,在抵抗与附敌的首要问题上,大家显示出了不同的态度。多米尼克并没有加入左派阵营,但是她认为青年右翼联盟的亲德态度是完全错误的。这样的立场并非出于政治理念,而是出于民族情感。战争期间的暧昧态度——从抵抗到亲德,或者从亲德到抵抗——往往是因为继续工作以及保护法国出版的实际需要,从而也是有一定理由的。

各阵营之间并不像表面上所显现出来的那么界限分明,唯一重要的是参加抵抗活动的勇气。巴黎解放时有人攻击波朗,说他曾经为德国人工作过,因为他参与了德里厄主编的《新法兰西》杂志,这种攻击绝对是不够坦诚的。作者们在杂志上发表文章不是因为幼稚,也不是简单地受到波朗的操纵,而是因为他们想要发表文章。像勒内·夏尔这样在战争时期真正拒绝公开出版的作家可谓少之又少。大多数人都出于实际需要——而不是附着于某个阵营——有所妥协。

最好的例子就是一九四〇年十二月,《新法兰西》杂志复刊,由德里厄出任主编。这事关系到三个人,波朗、伽利玛和德里厄,他们三个人接受奥托·阿贝茨建议的原因是完全不同的。波朗和伽利玛都试图挽救杂志和出版社,德里厄则认为和德国人合作会有好处。也正是出于同样的原因,对待维希政府的态度在某种程度上也是合理的。作家与出版商们都在协商,试图找到继续工作的可能性。只有犹太作家和某些共产党员作家遭到了真正的查禁。

在一九四〇年给安德烈·洛特的一封信中,波朗明确地显示出这种微妙的立场:"德里厄给你写信了吗?我是否应该把你的书评给他?告诉我(只要在个人信纸上写上简单的'是'或'不是')。司法部要求取消包括夏加尔在内的一千个人的国籍。我已经通知了瓦莱里,他给贝当写了信。(但似乎所有人都知道保罗·瓦莱里是个共济会分子,他是不是也受到了怀疑?也许你最好通知夏加尔。在维希,我会想办法弄清楚究竟发生了些什么。)"有些非常著名的知识分子也参加了维希政府,例如让·季洛杜在信息总署工作。没有参加任何极端阵营的人采取的是一种中立态度。

更值得怀疑的是那些以前支持过法国法西斯主义的人。最初的分裂恰恰是在成为抵抗组织成员的民族主义者和真正的法西斯主义者之间,那些支持纳粹宣传和反犹仇恨的人。像多米尼克这样的民族主义抵抗成员选择了戴高乐主义阵营,因为这是一个高举解放法国领土大旗的阵营。克洛德·罗伊谈起过阿尔贝·奥列维埃，这位"新秩序运动"[①]的成员执掌着秘密出版的《战斗》，并且成为戴高乐将军的发言人，他在抵抗运动中表现出了极大的勇气。右派中的很多男男女女反对的只是附敌行为和反犹主义。他们的立场比那些在战争后期脱离极右翼加入共产党的斗士要节制得多。

莫里斯·布朗肖和克洛德·罗伊就彻底告别了自己反动的过去，并且试图抹去这段历史。他们的革命激情或许能够对于这种倒戈行为作出解释。三十年代的年轻人一直为一种对现实强烈不满的情绪所左右，他们都倾向于在法国文化的伟大传统基础上寻求政治理想。布拉齐亚克、德里厄和勒巴泰全身心地投入法西斯主义，在与恐惧的耳鬓厮磨中体会到偌大的快感。布朗肖和罗伊能够理解他们在野蛮的纳粹上所犯下的错误，但是也害怕自己成为毫无作为的资产阶级。

他们撰写专栏的报刊也能够说明一定的问题。布拉齐亚克的周刊是《我无处不在》，穆尔尼埃的是《法兰西行动》，布朗肖的是《论战报》，勒内·德朗日的是《戏剧》，波朗和德里厄的是《新法兰西》杂志，他们的政治立场也因此截然不同——维希主义、民族主义和纳粹宣传。这些倾向本身也在发展。一九四三年，随着布拉齐亚克一篇关于法国志愿军团的文章出炉，他不再能够担任《我无处不在》的主编。编辑部嘲笑建立所谓"在民族与社会主义的德国领导下的联邦欧洲"的计划，这令布拉齐亚克感到不能忍受。他转而为《国民革命》和《巴黎快递》撰写专栏。这些不同政营，甚或是一个阵营内部的不断变化都展现了那个时期所特有的矛盾。

诗歌的使用在某种程度上也很令人吃惊。多米尼克和穆尔尼埃编的两本诗选成了战争时期鉴别法国身份的工具与诉求。诗选是极右翼作者的产物，但是它却成了民族主义理念的象征。接着，抵抗成员也将诗歌看作民族象征和自由的最后堡垒。抵抗成员作家最主要的创作就是诗歌，因为诗歌中所流露出的政治信息不会受到德国人的监控。地下文学最重要的作品就是子夜出版社的两部诗集，《诗人的荣誉》和《巴黎天天在建设》。

关于清算的论战主要针对的却是民族问题。只有真正的附敌分子要为他们的所思所写付出代价。一九四四年六月，一部分作家离开法国前往国外避难。

[①] 这里的"新秩序运动"指的是法国三十年代的一个宣扬反保守主义的青年知识分子团体。——译注

塞利纳和勒巴泰一样逃到了德国，接着他又去了丹麦，莫朗留在瑞士，夏多白里安（《束》的主编）在奥地利避难。法国作家协会的第一批黑名单于九月份公布。布拉齐亚克待在巴黎，于是成了阶下囚。他被判处死刑，一九四五年二月被枪毙。奇怪的是，已经成为坚定的共产党员的克洛德·罗伊却在赦免布拉齐亚克死刑的请愿书上签了名，而布拉齐亚克还告发过克洛德的妻子和他妻子家人，说他们是犹太人。后来，他拒绝承认自己这样做是因为觉得自己有义务原谅旧时的同志，他说只是因为一时疏忽才在请愿书上签了字。

三月，德里厄·拉罗歇尔自尽身亡。一九四六年，贝尔纳·米勒雷爱上了多米尼克·罗兰，于是他离开妻子艾莱娜，和多米尼克·罗兰一起生活。多米尼克·罗兰在战争期间是亲德出版商罗贝尔·德诺埃尔的情人，而罗贝尔·德诺埃尔在一九四五年遭到谋杀死于非命。一九四六年勒巴泰被判处死刑，一九四七年得到赦免，被关入克莱沃监狱，直至一九五二年。法兰西语文学院倒是为幸存下来并重新开始事业的极右翼作家提供精神担保。一九五五年，达尼埃尔·罗普斯成为院士，一九六〇年蒙泰朗和马西斯双双入选，一九六四年穆尔尼埃进入语文学院，一九六八年莫朗也成为了院士。

莫里斯·布朗肖、克洛德·罗伊和多米尼克·奥利在战后没有遭遇任何麻烦，这当然是因为他们加入了抵抗组织，这是道德和团结的证明。梯也里·穆尔尼埃与玛塞尔·塔桑古尔一起在戏剧界开始了他的新事业。他创办了《座谈会丛刊》，一九四七年正式更名为《座谈会》，他和莫里亚克一起负责杂志的事务。在布拉齐亚克的诉讼案中，出于对友情的尊重，他表示支持布拉齐亚克，尽管他非常反对布拉齐亚克在战争中的所作所为。附敌分子在意欲摧毁民主与自由制度的法国的同时，差点摧毁整个法国。为了捍卫国外的法西斯事业不惜以祖国为代价，这当然是个非常严重的错误。通过暂时告别政坛的方式，穆尔尼埃让人们渐渐忘记了他曾经为《法兰西行动》撰写专栏的事实，而莫拉斯却被投入监狱，一九四五年一月被判处无期徒刑。在五十年代，穆尔尼埃在反共产主义的问题上与雷蒙·阿隆走得很近，随后，又因为《费加罗报》上的一系列文章与萨特交恶。作为保守的资产阶级形象代言人，穆尔尼埃与马尔罗一直非常相近，在解放后，他的主要事业是戏剧和新闻。

最为微妙的是波朗的态度。巴黎解放的时候，他非但没有尽量回避压力，反而与众不同地激烈反对法国作家协会采取的措施。尽管他是抵抗组织成员中最耀眼的人物之一，他还因为战争时期的暧昧态度和清算时竭力保护亲德作家遭受到那些加入法国共产党的旧时同志的严厉批评——一方面，他创建了《法国文学》和子夜出版社，另一方面，他却和德里厄、海勒走得很近。为了自我保护，波朗重新拾起民族情感这个传统的理由。对于他而言，加入抵抗组织的唯一动机就是保留完整的法国，他觉得完全听命于莫斯科的共产党员对亲德作家背叛民族事业的指控非常荒唐。

这场纷争说明了巴黎解放时，政界与知识分子界的混乱。波朗受命解散《新法兰西》杂志，因为杂志与敌人暗中勾结："也许你已经知道，我正式奉命'解散'《新法兰西》杂志。非常滑稽的使命。但是也许，两三年后杂志会复刊。现在就只能是'介入文学'的天下了。而萨特的《现代》杂志感兴趣的只是诗歌和所谓解释了人的存在概念的小说。"他站在法国作家协会为那些亲德作家说话，是因为他觉得战争一旦结束，所有的报仇雪恨都无济于事。战争期间成为抵抗组织的一员有其意义，因果溯源地断了那些作家的路则是荒诞的。

于是波朗又找到了新的地下活动：那时还没有得到出版许可的色情文学。他开始研究萨德。然而不幸的是，萨德的书很难找到，因为都是包得严严实实在特别书店里出售的。波朗还缺两本主要的作品：《艾琳和马尔库尔》和《新贾丝廷》。波朗在穆尔尼埃——很快就成为莫里亚克的杂志——的杂志《座谈会》上发表了他第一篇关于萨德的文章。

波朗也正是和莫里亚克一起支持赦免布拉齐亚克的请愿活动，莫里亚克是抵抗组织的另一个重要人物。布拉齐亚克于一九四五年一月十九日被判处死刑。弗朗索瓦·莫里亚克起草了请愿书，二月三日递交给戴高乐将军。请愿书请求看在布拉齐亚克一九一四年为国捐躯的父亲的份上，赦免布拉齐亚克。"在我看来，几乎不可能为赦免布拉齐亚克找到一点有效的理由，因为（现在问题提出来了）这与其说是在表态赞同被告的生，不如说是表态赞同被告的死。（我是谁？我能够判处被告的死刑？哪怕被告是布拉齐亚克？）因此我觉得可怜的请愿书只是在调停一切。的确，布拉齐亚克的父亲为我们而死，毫无准备地，因为拒绝（这是大众的一致拒绝）相信战争。因此，布拉齐亚克的父亲很可能是因为民主的错而'不必要送命的人'当中的一个，而布拉齐亚克也出于同样的错误成了孤儿——这是我们的错。"布拉齐亚克最终于一九四五年二月六日执行死刑。政治和个人的失败。

波朗只好躲在对萨德的激情中，新的激情几乎与他对多米尼克的爱同时开始。他喜欢萨德已经有一段时间了，一九四二年就告诉过莫里亚克："色情，好吧。我觉得，相比较于放荡的作家而言，我可能更喜欢色情作家。不过也不太喜欢。除非您把萨德放在色情作家的行列里。我可能会对您说，这个色情作家（排除某种疯狂的因素）是法国最伟大的作家——如果列举五六位，并且是影响最为深远的。想想拉马丁，他甚至还说过，没有萨德，也许他就不会写作。"随着萨德研究的深入，他渐渐喜欢上了更为普遍的色情文学，并且开始收藏手稿。他把收集来的珍本统统放在一个永远锁着的柜子里。多米尼克也加入珍本收集的工作中，并且渐渐产生了了解这种隐秘的地下文学的愿望。

书商罗贝尔·夏特成了波朗最主要的色情手稿供货商。波朗安顿过夏特的情人，一个漂亮的"秘鲁女人"，正准备和丈夫离婚。就在竞技场街的一张小桌子上，这个秘鲁女人重抄了"皮埃尔·路易的色情诗（甚至可以说是淫秽诗），这是夏特在走之前，花了六万法郎买来的手稿，好让他的情人有事情打发时间。"

文学成了战斗性的，波朗实在没办法喜欢，于是只好转向哲学，尤其是萨德的和克洛德·德·圣马丁的，与哲学同时的还有绘画，这也成了波朗在这个时期最主要的活动领域。一九四三年到一九四六年间，他在画廊老板勒内·德鲁安的支持下，组织了多次福特利埃和杜布菲的画展。他还参与了萨德作品的出版工作，作为主编，并且为萨德的作品写序。《美德的厄运》——《贾丝廷或美德的不幸》的第一版——于一九三〇年由莫里斯·海涅出版社出版，一九四六年黎明出版社再版，用了波朗的序；《痛苦的贾丝廷或美德的报复》。波朗认为萨德发现了很多到那时为止还是秘密的写作方式。他研究萨德的文章《萨德侯爵和他的阴谋》一改再改，存在着好几个版本。第一个版本发表在一九四五年七月号的《座谈会》上，接着，在一九四五年八月号的《迷宫》杂志上，文章题目改为《萨德或最糟糕的是恶的敌人》，一九五一年里拉克出版社出版的《美德的厄运》也用了波朗的序，这也是这篇文章的定本。

文学界此时对色情文学发生了兴趣，在色情文学中找到了新的自由空间。战后，经历了抵抗运动的文人害怕自己生活在透明的社会之中，放荡的形象对他们来说充满了诱惑。波朗写《萨德侯爵和他的阴谋》一文时，多米尼克也对这类文学产生了激情,尽管《O的故事》在五十年代初才开始写。但是《O的故事》这部色情小说的灵感有一部分来自于她在三十年代和战争时期所感受到的困惑。多米尼克觉得有必要为留住波朗写这部《O的故事》,重新诱惑他,但是小说的出发点不仅仅是他们的爱情故事。根源更为古老,更为秘密,是多米尼克年轻时代的激情所在。

隐秘就是将这些否认过去的极右翼知识分子联系在一起的密钥。为了避免被投入监狱——有时甚至是死刑,但更多的是出于羞愧,三十年代这些极右翼知识分子曾经接纳过的法西斯主义成了他们战后缄口不言的禁忌,多米尼克从来都是隐秘的,她与穆尔尼埃遮遮藏藏的爱情,她的抵抗活动,她无法坦诚的过去,她和波朗的关系。多米尼克写了一本禁书。小说所呈现的世界在某种程度上与不无虐恋意味的法西斯式的画面很是相近。当然,多米尼克的现代生活在小说中也有体现,勒内、斯蒂芬爵士和O的三角关系也许就是穆尔尼埃、波朗和多米尼克的三角关系在虚幻世界中的映射。但是在她那篇吐露心声的文章《一个坠入情网的女孩》中,她部分解释过小说的来源。在她犹抱琵琶半遮面的解释中,我们也许可以认为,影响小说构成的人物、情景和地点来自于她和穆尔尼埃的爱情以及他们所经历的危险。

地下情

地下情自然是《O的故事》的写作初衷。在一个相对平静繁荣的时代,如果想重新找回抵抗时期那些令人激动的情感,唯一的办法就是冒天下之大不韪。在一个政治和社会都不再成问题的社会中,道德的自由还被限制在一定程度之内。多米尼克参加过青年运动,各种思想的迸发令她陶醉,与此同时,她与穆尔尼埃之间还有一份秘而不宣的伟大爱情,因而她了解三十年代那种集体性的狂热和私人秘密所带来的快感。勾起情欲的回忆为她勾勒O的一系列奇遇提供了灵感的源泉。

这份直觉与多米尼克的个性,与她对于秘密的趣味,与她总是秘而不宣的身份——安娜·德克洛成了多米尼克·奥利,然后又成了波利娜·雷阿热——不无关系,我们能够在《一个坠入情网的女孩》中找到部分解释。一部分情节影射到那个时期她和梯也里·穆尔尼埃的关系。而这个她"一星期只见两三面，假期和周末从不相见"，并且为之写了这个奇怪故事的男人当然可能是让·波朗，战后的那段时期，一直到五十年代，他们的关系还是个秘密。但这个男人也很可能是梯也里·穆尔尼埃、雅克·塔拉格朗，因为他们之间的关系一向如此。真正的地下激情，因为多米尼克必须瞒住丈夫和父母，尤其不能让自己的母亲知道，因为母亲认为这样的行为是非常不道德的。

多米尼克和穆尔尼埃都在巴黎时，他们只能够在咖啡馆里或穆尔尼埃在贝尔夏斯街的工作室里见上一面，时间都很短暂。周末和假期，多米尼克回洛诺瓦，他们每个星期只能见上两三面，在莫雷或蒙特罗的火车站，再不就是周围的小村庄。情人们也会在巴黎或塞纳-马恩省的街头漫步，因为两人不能在家见面。在信中，多米尼克·奥利——安娜·德克洛——总是追忆两人一起漫步的美好纯洁的时光。而她在《一个坠入情网的女孩》中所描写到的地方大多是巴黎的地方，都是植物和动物很多的地方，万塞纳-马恩省的动物园，巴加泰尔，布劳涅森林。这点上倒是的确很容易让人想起波朗，波朗喜欢动物和异国情调的植物，喜欢带朋友去植物园。但是多米尼克会把洛诺瓦自家花园里的花儿夹在信中寄给雅克，她的卧室里摆满了瓷器小动物，她送给雅克小斑马，雅克随身带到了利摩日和里昂，这一切也同样经常出现在她的小说中。在洛诺瓦，安娜的家中摆满了各种瓷器，后来在布瓦西斯也是一样，就像雅克和玛塞尔·塔桑古尔在马恩-拉克盖特的家里到处都是猫一样。爱情之夜的场景都发生在旅馆的房间里，"好几次都是同一间房"，通常是在白马旅店，"或者别的什么旅店，碰到哪间就是哪间"。而"火车站附近的旅店"则一定是安娜和雅克经常约会的塞纳-马恩省那些小火车站附近的旅店。

波朗和穆尔尼埃一样，他们和多米尼克能够一起分享书和文学。尤其是前古典时代的诗人，十六或十七世纪的诗人。他们通过"这些诗人为他们所写的诗歌交流，古代情人们之间的情书"，"透过古代晦涩的语言，透过一去不再复返的道德与生活方式"来到他们面前的情书。还有一件事情也让两个男人在与多米尼克的关系上颇为相似："他们从来不曾共度良宵。突然，事先约定好的时刻到来了——手表从来不曾离开过手腕——必须走"，因为"必须回到用另一种不能补偿的方式爱着你，和你息息相关的人的身边，也许是出于偶然，也许是因为年轻，也许是因为自己的缘故，你对这些人一旦付出便必须倾其所有，不能离开他们，不能伤害他们，只要你还处在生活的中心"。

雅克描写过只能与情人在一起几个小时的焦虑与失望。当时他们的关系才开始，安娜与雷蒙·达尔吉拉的婚姻关系还在："今天我想了很多我们的事情，现在我唯一的财富就是想你，等你，我想要抓住这一天，再一次地留住，但是这一天已经不见了踪影，越来越遥远。我还能感觉到你的膝盖，我的爱，你的手臂，你在黑黢黢的车厢里有些湿润的脸庞，还有森林，那个小包厢，小小的窗，我们能看见外面的火车经过，时光如此短暂，如此珍贵，我觉得自己实在没有太好地珍惜，就这样把一分钟一分钟的时间白白浪费了。"

同一天，安娜也向雅克描述了这段旅程，他们一起从蒙特罗火车站坐火车的场景，还有这份对即将到来的分离的恐惧，对他们不能够留住的时光的恐惧："我亲爱的爱人，昨天你离开得很快，蒙特罗火车站是那么惨然。我在等把我带回来的小火车，心里充满了遗憾，因为你不能和我一起乘火车度过回家的这段漫长时光。雅克，我希望你就在我身边，在这里或在别的什么地方，但是在我身边，而且不再是只有几个小时的时间。分离如此之近，总是需要看表，我们无法躲开分离的威胁，它比一切危险都要糟糕，甚至是最严重的，从来没有断过的危险。我的爱，这天晚上的旅行，你就在我身边，我真希望我们还能够再一起这样旅行，旅程再长一点。我们才看到一点乡间的夜景，才看到第二天美丽的水，才看到树林。您能再来吗，雅克，我们一起再待几个小时，虽然短暂却如此珍贵的几个小时？……一切对于我们来说都是如此珍贵，我们能够确实拥有的时间，我们害怕不能拥有的时间，我们需要赢得的时间。我们需要争取时间，因为我爱你。"

在乡间的火车上偷来的爱情之夜带着所有被禁的事物所特有的微妙与绝望。一旦下火车，她将踏上孤独的旅程回家，安娜觉得"非常忧伤，浑身冰冷"。彼此拥抱，微微的汗水，正好与他们看到的清晨的薄雾相吻合，但是分离的时刻已经来临。在地下情中，情人私下约会的地点都是非同寻常的：火车、火车站小旅馆的房间。雅克也对这类其实很脏的爱情之地充满了怀念之情："我在蒙特罗告别你的时候，安奈特，在车门边停留了很长时间，因为我想虽然你已经消失，但我仍然能在想像中见到你。我到了——我已经写信告诉过你——拉罗什，和去年我们一起来这个地方正好是同一个时刻，夜晚来临之前的黄昏，树叶倒映在一动不动的运河里，一望无际。我没有勇气去我们共进晚餐的那家饭店,于是便留在了快餐店。很快,就在那个黑暗忧伤,几乎空无一人的火车站——你知道的火车站——我再次上了火车,来到这里,夜晚的旅行似乎没有尽头。"《一个坠入情网的女孩》的所有要素都与雅克有关,与他们共同度过的密不可宣的这些年相吻合。但是紧接着,多米尼克就又影射到了波朗。"他不是独自一人在自己的房间里,而她是。"与雅克的爱之所以不可能是因为安娜,安娜不是自由之人。雅克单身,梦想着有朝一日能够让他们的爱昭示于天下,甚至他有可能希望能和安娜结婚,有孩子。是安娜出于对家庭、对儿子的负罪感拒绝了雅克。男人不自由的情况毫无疑问指的是和波朗的关系,波朗和日尔曼娜有婚约在先,并且鉴于日尔曼娜的身体和精神状况,他们不可能离婚。小说是多米尼克向波朗发起的挑战,写一个波朗喜欢的故事。但是多年以来,多米尼克的心里和脑子里早就有了O的故事。波朗推动她写了一部她存在内心深处的小说,并且他很清楚这部小说的灵感来自何处。多米尼克肯定向他叙述了和穆尔尼埃的关系,波朗也深深为自己情人这段暧昧的过去所吸引。

小说的协作方式也具有双重含义。多米尼克很喜欢在床上阅读和写作,《O的故事》也是在床上完成的。在床上,在寂静的夜晚写一部不为道德所容的小说,正如同她给雅克写信的那些夜晚,也是如此寂静。"今天晚上,我亲爱的爱人,像过去一样,我在床上给你写信,只有枕边,挂在床栏上,有一盏粉红色灯罩的小灯。卧室里的一切都是粉色和灰色的,我也不知道这一切为什么一点也不枯燥,而是笑吟吟的。没有一点噪音,别的房间也没有,整个村子都没有。你还记得吗,我亲爱的爱人,我们从麦田回来的时候,洛雷-勒波加日小街在晚上的那份寂静?这里也是一样。"

不能在一起是地下情人最大的痛苦,尤其是这份感情正炽热,或是情人间觉得彼此需要的时候。"每天、每个星期所遇的困难——可怕的星期天,没有信,没有电话,没有一句话,甚至看不上一眼,可怕的想法,心中有八千个魔鬼一般,而且总是有个人在问:你在想什么?——足以让他们饱受折磨,害怕对方有所变化。"多米尼克与雅克所经历的是炽热的青春激情,与波朗在一起所经历的则是"毫无希望的友爱之情,比欲望更罕见,比爱情更珍贵",但是在这两种情感中,无奈始终存在。不停重复的梦幻滋养了故事的分量,尽管《O的故事》笔触细腻温柔,却因此不失激烈。对于多米尼克而言,牺牲、锁链和被弃才是爱的本质。雅克的嫉妒会让他变得暴烈，他因此请求多米尼克的原谅："我和你说过，在你身边我就别无所求。你问我为什么有时会产生伤害你的欲望，我对你说过，这不是挑战，也不是仇恨，而是一种更加接近你的方式，一种推翻最后的屏障，寻求与你之间的联系的一种方式，这种联系正是在暴力和痛苦的层面上能够得以维系，得以巩固。我和你说过我嫉妒了，而且这种嫉妒不仅限于现在。"他向多米尼克保证，这是一种全心融入的爱，那种他者的陌生感不会存在。

曾几何时，安娜愿意相信绝对之爱是可能的，于是当雅克为了另一个女人离开她时，她觉得自己受到了莫大的伤害。小说允许她将自己感受到的一切表达出来，并且将回忆转化为文学。小说中的有些细节也不是在说谎。《O的故事》中，出租车里的一幕具有奠定这个叙事的作用。我们知道，在和波朗交往的时候，多米尼克已经开始自己驾车，他们很少一起乘坐出租车。但是她是在拿驾照之前认识的穆尔尼埃，有时，分离太久，她迫不及待地要见到情人时，她会乘出租车去："分离如此容易，雅克，然而只要几分钟的时间，坐上出租车，一个美好的偶然，这一切便足以让我见到你，只要你愿意。"另一个出租车场景里的细节："她的情人有一天带O去了一个他们从来没有去过的地方，蒙苏里公园——蒙索公园。"在一封信里，雅克也谈到过有天晚上，他们一起去了蒙苏里公园大道，谈到了那里的静谧，一种非常特别的孤独。

除了场景的暧昧，还有所用的名词的暧昧。词语有时具有双重意义，本义和引申义。O的故事在某种程度上很可能是剧烈情感的转化。安娜用萨德的语汇来表达不得不接受的分离所带来的折磨以及竖在她和情人之间的障碍："日复一日，我觉得重重困难将我捆绑住了。我感觉到时间在伤害我，我没有感觉到它的流逝。"在记载啃噬她的罪恶感时，她谈到了"牺牲"："没有刻意让人得到安慰的牺牲，而我坚持要求的牺牲比起别的牺牲来说更加不能让人得到安慰，我是因为害怕做出更坏的事情才能够继续留在这里的，非常害怕。如果我放弃了最重要的，我说的和做的一切都不会有意义，我又如何还能放弃呢？"

多米尼克承认小说与她认识的人和她去过的地方之间存在一定的联系，她还说过："让他感到特别兴奋的——我就是为他写的这个故事，是这个故事和我自己的生活之间存在的某种联系。"尤其是勒内和雅克琳娜，他们的确存在。

雅克琳娜是多米尼克的初恋。雅克琳娜从她那里抢走了勒内，而勒内也是多米尼克偷偷爱着的人。雅克琳娜和勒内出现在安娜和雅克最初的通信中。在他们刚刚开始相爱的时候，雅克曾经提到过这个钟情于安娜的女朋友："也许现在谈您回来的事情还为时过早：谁知道呢，不管怎么说，如果您的朋友雅克琳娜在您这方面的希望不能够实现，那我岂不是要害怕您回来的时候已经'变得聪明'了？"几天后，雅克给安娜寄去了一张简明谨慎的明信片，只写着："为了我们美好的回忆"，落款是他和某位勒内先生。

这个男人是雅克和他情人之间的纽带。雅克很可能是同时认识了安娜和他，或者他们彼此是通过对方认识的安娜。"剩下的时间里，勒内要回来了，我想，尽管他回来后一直没给我写信，我会很高兴见到他，也许在某种程度上是因为我很少不想起你而单独想起他的。"一个无法参透的人物，"猜测也无从下手"，他"说了很多关于自己的事情，这是不让别人抓住把柄的最好方式"。安娜请雅克多给自己写信，这样才能让她在这种似乎"总在栅栏"后的处境中得到些许安慰，她让雅克多谈谈自己，谈谈勒内。

勒内是个很有魅力的男人，享受着单身生活，征服了不少女人。"我还没有见到勒内。那天我告诉过你，他非常神秘，即便是他很喜欢说的一些话题也是如此，我也只能从他所说的东西中有所猜测。他的意思似乎是说，在假期里，他主要是靠网球的额外收入，网球是如此重要，重要到最后他也不玩了。其他的额外收入似乎还能维持，还有，勒内的新家似乎是他在巴黎和郊区唯一不留宿的地方。"接着雅克琳娜爱上了满不在乎的勒内。

安娜觉得雅克琳娜抢走了这个男人，而事实上，安娜那时已经和雅克在一起了。"我又见到了勒内，还是那么健谈，那么神秘。我向他打听雅克琳娜的消息。好像在勒内去巴黎之前，她到维也纳去过，只有两三天的时间。但是他们没怎么互相写信，只是寄几张明信片而已。回到巴黎的时候，勒内在他的工作室发现有人送了花。但是对此他没有做任何评论，他只是说花已经凋谢了，必须再找些花，也就是说，当然，必须再找到新的送花人。"雅克琳娜再次向这个冷冰冰的神秘男人发起进攻，还和安娜交换意见。"勒内仍然非常神秘，正忙着为工作室添家具。他又一次和我说了这句话，非常无奈，并且像往常一样意思非常清楚。他对我说他收到了雅克琳娜的一封信，她第三次将自己的地址给了他。"

勒内和雅克琳娜都是安娜的情人，安娜和雅克一起分享与他们的友情。安娜尤其喜欢四人恋曲，朋友和情人能够自由转换。《O的故事》叙述了勒内、斯蒂芬爵士、O和雅克琳娜四人之间的爱情故事。同性恋和异性恋占有同样重要的位置。当然，小说的人物身上往往有好几个人的影子，有些甚至是我们无法考证的，多米尼克笔下的每个人物都是集贯穿她一生的男男女女于一身。一个想要将这四个人物当中的一个据为己有的第五者有时会打乱四重奏的和谐。"司令"，这个令人焦灼的（斯蒂芬爵士把O献给了他）男人代表了某种极右翼青年非常熟悉的军人形象，同时也代表着一种更为宽泛的交换性伴侣的形式。另一个和《O的故事》的主题有关的人是米勒雷。安娜在一封信中谈起过某位雕塑家。这位雕塑家很可能是勒内，因为勒内是在工作室里生活的人，但也有可能是贝尔纳·米勒雷，因为那时他们已经开始频繁交往。

地下文学

多米尼克并不为她曾经隶属极右翼阵营的过去感到羞愧，因为她既不是一个军人，也不是一个思想家。她出于个人原因将自己生命中的这一部分保留在记忆中，只是因为不愿意泄露这一段纯私人的关系。战争使她彻底告别青年右翼联盟，但这并不妨碍她与最亲近的朋友，例如布朗肖，继续交往下去，但是彻底中断让她得以开始与波朗的新生活。然而，与穆尔尼埃之间的情感生活的中断却始终是一个痛苦的话题，一道真正的伤口。

通过这样一个惊世骇俗的O，通过这样一种神秘的方式来讲述这个故事，为自己的生活再增添一个面具，这正是多米尼克的本性所在。秘密是多米尼克的选择，但同时也是因为她不得已而为之，或者说，是她将不得已而为之转化成了自己的选择。在她作为一个成熟女性的生活行将开始之际，她就不得不选择了地下情，因为要满足自己的丈夫，但自此之后，这种地下性质的生活伴随了她一生。在她离婚之前，她和穆尔尼埃的关系对于她和她的发展而言是危险的。在她离婚之后，她依然保留着这个秘密，一是为了保全面子，另外则是为了保住儿子。她开始为极右翼报刊写文章的时候，因为不希望自己的观念和自己所接触的人给家人带来伤害，她没有用自己的真名。

多米尼克从来没有因为自己的性别而承受痛苦,她觉得,女性若要享有自由,只要表面上温文尔雅便已足够。假装循规蹈矩,为了更好地享受触犯禁忌所带来的危险。如果她不再为外界的、客观的事情所圈囿,她便会想像新的障碍。这种对于秘密的喜好让她在与穆尔尼埃的感情生活中有所迷失,穆尔尼埃最终离开了她。但是她仍然没有任何改变,继续在生活中创造种种不符合社会规范的处境。安宁是爱情的最大敌人,多米尼克是个无与伦比的情人。

区分不得不承受的限制与自己选择的限制,这一点在O的爱情观与性观念中至为重要。O究竟是斯蒂芬爵士的暴力的牺牲品呢——除了被他爱之外,O别无选择——抑或是她一定要建立这样一种关系,如此一来斯蒂芬爵士永远也不能抛弃她?虐恋的事实在这个问题上转向了反面,奴隶成了主人的主人,因为是奴隶自己一手建立了这样一种统治关系。同时,统治者与被统治者之间角色的不断变化也说明了这个问题,奴隶在不知不觉中会成为主人。安娜与穆尔尼埃的秘密超越了单纯的通奸。在情人罪恶的爱的背后,某些不能昭示天下的关系同样得到了保护。与勒内的关系是令人困惑的。我们不能肯定勒内仅仅是这对不合法的恋人的朋友,或者说证人。也许他参与了安娜和雅克导演的某些淫乱场面。

一九三四年在卢浮宫上演了一幕奇怪的仪式,而且雷蒙·达尔吉拉也有所风闻,这让我们浮想联翩。安娜知道她丈夫可能知道了这件事时,显得尤为焦急:"现在是另一件事。负责为雷蒙立案——而不是负责诉讼——的律师是诺埃丽·瓦坦。这会儿她正在收集不利于我的证据,尤其是关于你的。她已经找到有关勒内的一条证据,通过他的一封信,事关在卢浮宫与克洛迪娜、米勒雷以及勒内本人见面一事,或者她已经知道了整个事情的经过。她想(雷蒙也是一样)等勒内回来后询问他,和询问米勒雷一样,或者通过米勒雷询问勒内。她觉得找不到你的地址是非常可疑的事情。唯一对我有利的假设是米勒雷太饶舌了,没有说出他知道的事情,如果他真的知道点什么的话。因为如果他什么都不说,我就会失去一分。但是她如果想让勒内'开口',那她就错了。"

对于卢浮宫的故事竟然传播出去,雅克感到很惊讶。勒内和米勒雷也被卷进事件中,而这件事如果大家都知道了,对他们没什么好处:"至于勒内和米勒雷,我今天就给他们写信,说我要见他们,不过我不会把自己卷进去的。就我所知道的,他们的态度,他们做出对你不利的证明,不管是什么,似乎都是不可能的事情。诺埃丽·瓦坦必须有足够的能力以私人的名义从他们那里获取信息，然后再用到这件案子上——这正是我必须防备的。你是不是从雷蒙那里得知勒内的信已经被发现了？如果是这样，是诺埃丽告诉他的？不过，诺埃丽会做这样的事情，我还是觉得有点惊讶。我希望你把你所知道的告诉我。无论如何，即便诺埃丽的态度果真如此矛盾，我觉得你六日去巴黎的时候最好还是直接去找她，弄清楚她的态度究竟是怎样的。当然，不要让别人知道。直接问她，我想，你必须弄清楚她是否如同曾经告诉你的那样支持你，还是真的打算帮助雷蒙了。但是卢浮宫的事情究竟到哪一步了？"勒内和米勒雷是安娜对雅克的爱恋的证人，他们之间不道德的、放荡的爱恋。"如果她真的在无意间从勒内和米勒雷那里得知你参与了这件事，这将是一个灾难。同样，如果她意识到他们俩已经知道我正准备离婚，这也不是好事，因为她之前不一定会怀疑是你和他们说的。或许，还有一点可以肯定的是，她会试着（她知道的一切和她对R所说的一切证明她已经这么做了）得到更多的信息，并且表面上装出一副不知道的样子。这样，我很难对如此不在明处的袭击有所防范，我非常非常害怕——至少在关系到勒内的事情上——你比起我更加没有防范。但是害怕和失去勇气，你很明白这是两码事。"其实雷蒙在这会儿还不知道什么，但是一直到一九三五年春天，他们离婚前几个星期，危险仍然存在。安娜给雅克写了一封简短的信，将新的传言告诉他："我相信雕塑家先生到处吹嘘。如果我不能来，你必须核实一下。"雕塑家先生不是勒内就是米勒雷。他可能单纯出于疏忽背叛他们。

这些纷繁复杂的关系本质很难理解。在和雷吉娜·德芙日做的系列对谈中，多米尼克说自己从来没有真正实践过交换性伴侣的游戏，但是私下里她却承认自己做过。她将那种彼此间互不相识，看了小广告才来的放荡聚会与朋友间不确定友情与性爱之间距离的聚会区分开来。《O的故事》中，梦幻的世界在某种程度上覆盖了部分多米尼克与穆尔尼埃的爱情记忆。正如她多次解释过的那样，小说的真实性只在于对真实细节的运用。风俗文学特有的叙事技术，也是极右翼知识青年极为推崇的叙事技术。惊险小说和侦探小说在这点上与色情文学是一致的。

多米尼克是否有过放荡聚会的经历，这已经无从考证，但是背景因素却必须求助于经历过的事情。举个例子说：选择城堡所在的地点。鲁瓦西-安弗朗斯是塞纳-马恩省的一个村子,很像多米尼克生活的洛诺瓦,也很像她和穆尔尼埃一起参观过的那些村庄。在一封信里,穆尔尼埃让多米尼克在一个村庄等他,那个村庄的名字与鲁瓦西便很接近:"我的爱人,你愿不愿意我们现在就说定下个星期一?写信告诉我你什么时候能到布瓦-勒鲁瓦,或者,如果你愿意,找个离洛诺瓦更近的地方。"这个名字如同那些在法兰西岛火车站旅馆共度的爱情之夜一般掷地有声。"今天早晨,我看到晨曦出现在你喜欢的法兰西岛的乡间,就像你两个星期前看到的那样,由于我睡着了,路上我醒来看见(或者说瞥见,甚至猜测到)的第一个火车站就是那个快车经过时总是发出很大噪声的火车站:布瓦-勒鲁瓦。"在《一个坠入情网的女孩》中,多米尼克说她在"一次春天的短期郊游时,在地图上所看见的一个简单的名字"。也许是她和穆尔尼埃一起分享的爱情郊游。

至于雷阿热这个她用来做笔名的名字,多米尼克说是她在洛诺瓦生活时发现的。"我去地籍编制处查地名,目光落在雷阿热上,我喜欢这个名字。"安娜去地籍编制处看地名的时候,她站在市政府的小厅里给情人写信。姓和名是叙事中最富有寓意的因素。每个人物都梦想着用面具来遮掩自己的真实身份,就像多米尼克和她年轻时候的那些朋友喜欢用笔名一样。雅克琳娜代表多米尼克生活里的另一个女人。她年轻时爱过的一个女人,她的初恋——或者说她的情敌,那个抢走她情人的女人。雅克琳娜这个人物从无意识之中冒出来,《一个坠入情网的女孩》作过这样的解释:"然而,我需要很长时间才明白过来,在另一种生活中,一个像她这样的女孩——我不无绝望地喜欢着的这个女孩——抢走了我的情人。于是我把她送到鲁瓦西,借此对她进行报复,而我还说自己看不上任何报复行为,我报复了,甚至没有能力意识到这一点。编造故事是一个奇怪的陷阱。"

最后阶段,安娜给雅克的信中,对于玛塞尔·塔桑古尔的那段描写也颇为相似:"我的爱,前天,在玛德莱娜大教堂附近,我遇见了玛·塔,她穿着黑白色的裙子,远远的,几乎是在看见她之前,我就已经感觉到了,您那么喜欢的那份光彩。"这个插曲折磨了多米尼克一生(分手发生在其女性的生活正灿烂的时刻,她三十四岁)并且在《O对我说》中有所提及:"一个女孩替代我,进入我爱的男人的生活和灵魂,有一次我和她相遇,她非常美,在那样的时代,美得非同寻常,我惊呆了,说不出话来,这个场景在《O的故事》中有所体现。无法抵抗她的这份美,那个男人当然是有道理的。她很美,打扮得非常好。我不美,可能有某种魅力,但是仅止于此,我像可怜的乔布一样,能穿成什么样就穿成什么样,一点也不时髦,我知道这点,我看得很清楚,我无能为力:我没有钱打扮,为此我感到很痛苦,当然。"多米尼克接下去又自娱自乐地想,或许玛塞尔·塔桑古尔,尽管她那么美,也为她的存在而感到焦虑。

甚至多米尼克自己也未曾察觉《O的故事》与她和穆尔尼埃的爱情之间的关系。她不知道这段过去在她深藏于内心的故事中究竟占有怎样的位置。《O的故事》中所充斥的梦幻非常古老,属于她的少女时代,属于她作为年轻女性最初的时光。"很早我就知道,夜晚的时间不能够用来去想那些理想的东西,尚不存在但可能实现的东西,并且父母和朋友会共同为之深感幸福(噢!空想啊!)——但是,我们可以无所畏惧地把地下城堡搬来,让里面住满了坠入情网的女孩,为爱献身的妓女,她们身负锁链,但是高高在上。还有萨德的城堡,远在我的城堡秘密建成了之后,他的城堡从来没有让我感到惊讶过,包括罪恶朋友会:我已经有了我的秘密团体,虽然小,但也凛然不可侵犯。"雅克经常提起安娜说给自己听的故事,他自己也喜欢听:"给我写信,我的安奈特,说说你那些故事。你告诉过我,通常你都是独自一人时说给自己听的。既然这样,你也可以说给我听。"

她也许曾经写过她的这些故事:"我的爱,你有没有把故事继续写下去,很久以前开始的,你给我念了几段,真的非常好。"在两个人的爱情行将到头的时候,似乎为了留住雅克,安娜又回到了这些夜半在床上她讲述给自己听,却从来不敢揭示内容的故事:"我亲爱的爱人,所有的小动物都非常乖,也很漂亮,排列在床边的桌子上。它们虽然不能够代替您给我安慰,我却可以向它们讲述不能讲给您听的故事。当我告诉它们,我爱您的时候,它们不能给出任何回答。您也一样,再说大多数时候,您都不在我身边。"这种魅惑的方法与她对波朗的一样,她写《O的故事》就是为了让他感到惊讶,震住他。

安娜描写这座想像之屋,在这个屋子里,她能够和雅克共同生活,与家庭的冲突不复存在。她还没有让这屋子里住满被囚禁、被锁住的女人,但是这座屋子是她的避处。"雅克,晚上我的房间很热。夜色从我大开的窗户里涌进来,渐渐地,房间变得凉快些了。这两天我很懒,甚至下午都在睡觉,这是我以前从来不会做的事情。为了您,我又为我的想像之屋添了一座塔,一座面朝东面和南面的塔,位于河边。但我还不知道您会不会喜欢这座塔。它的位置不是我最喜欢的位置。等您来了,我再和您解释吧。而且与其我在这里和您解释,也许您来之前我能找到更好的解决办法。就这样,我在树林里建了一间很长的仓房,就在河边。在河边,您就不会对置身树林之中感到厌烦了。"这座想像之屋在安娜给雅克最后的几封信中占有越来越重要的位置,似乎是为了补偿雅克从来没有到过安娜洛诺瓦的家的遗憾。

而多米尼克和波朗的爱情故事又重现了安娜和穆尔尼埃的这一幕,情形完全相同,带着同样的欢娱与挫折感。鲁瓦西是个封闭的场所,情人们无法逃离。多米尼克很清楚,如果你与一个男人没有共同的生活,和他之间没有任何约定,他随时都有可能从你身边逃离。唯一留住情人的办法是与他共享某个秘密。小说和与小说有关的秘密一直将多米尼克和波朗紧密相连。穆尔尼埃想要走出阴影,与另一个女人共享阳光下的爱情时,他和多米尼克之间的联系便消失了。于是,当多米尼克与波朗的感情成为众人皆知的秘密,她便想出了这么一条计策,写一部色情小说,重新用秘密将她和波朗紧密相连。在她心里占有一席之地的只有她秘密爱着的人,不论男女。与她情意甚笃的人中,有一个男人,阴影中的男人,夜晚的男人,孤独的男人,他就是莫里斯·布朗肖。两个人——除了他们共同的过去——都热爱文学,都享有同样秘密的命运。

莫里斯·布朗肖
成长

莫里斯·布朗肖是多米尼克·奥利年轻时代的朋友。早在她还是安娜·德克洛的时候，他就认识她，并且，他亲眼见到多米尼克·奥利如何成长。他们最早接触的知识分子圈都是梯也里·穆尔尼埃的青年右翼联盟，还有《起义者》和《战斗》。他们是同时代的人，走过相同的道路。他们仿佛一对孪生兄妹，因为他们几乎同时出生，只差一天的时间：布朗肖是一九〇七年九月二十二日，多米尼克是一九〇七年九月二十三日。两人的家庭也尤其相近：天主教教师家庭，父母都是受过教育的人，并且相对比较开明。

学生时代的布朗肖一直拥有骄人的成绩：十五岁时高中毕业，接受过传统教育，学习刻苦。他小时候身体不好，后来也一直为感冒、眩晕和哮喘所折磨。他还感染过肺结核和胸膜炎。而多米尼克也是一直感冒不断，还患有偏头痛。两个人胃口都很小，动不动就感到疲倦。不过，尽管如此，两个人都还算长寿，活到九十岁以上。布朗肖的消瘦使他具备一种纤细的美，这与他温和与霸道兼备的个性十分吻合。懂得消失的能量，这也是布朗肖和多米尼克共同具备的优点之一。牛奶一般的面色让两人都呈现出一种奇特的优雅。在《起义者》的办公室遇见布朗肖时，多米尼克曾经这样描述过他："那里还有一个高个子男孩，很瘦，步态缓慢，开始时坐在办公室里，膝盖上盖着毯子：这就是莫里斯·布朗肖。"布朗肖和多米尼克都穿深色的衣服，和他们白皙的肌肤正好形成鲜明的对照，服饰的简朴更显示出他们的谨慎以及与众不同。

对于他们俩来说，简朴与严格既是外在的，也是内在个性的反映。布朗肖在斯特拉斯堡大学学习德语和哲学。因为毗邻德国，再加上阿尔萨斯地区近些年的兴起，这个原本就极富盛誉的大学成为民族主义的摇篮之一。布朗肖开始对法兰西行动的价值观抱有好感——文化与荣誉。这种精神的内核没有什么学院色彩，布朗肖于是很快对学业失去了兴趣，计划成为一名记者。但是大学让他发现了德国的现象学，胡塞尔和海德格尔，几年后，现象学的思想已经深深植根于他的文学著作里。他还在斯特拉斯堡大学遇见了埃马纽埃尔·列维纳斯，这也是他日后最为亲密的朋友之一。克利斯朵夫·比当认为，"埃马纽埃尔·列维纳斯从来没有把一个反犹主义者认作朋友。而布朗肖的保王主义却激起了他的好奇心，这与他个性当中的其他部分是不兼容的，虽不兼容，却可以想像。"两个思想家并不必然彼此排斥，而且布朗肖在那会儿也许不仅仅是个保王主义者。他还没有成为政治记者。

一九二九年，布朗肖在巴黎安顿下来，在"时代的转折点"边缘，他注册上了索邦大学哲学系。也许他是在这前后遇到多米尼克的，在学校附近。同时，他还在圣安娜学院开始了医科学业、神经学和心理学，只是到了住院实习医师阶段就再也没有继续下去。他最初开始为极右翼报纸写专栏是在一九三一年。他成了《论战报》的社论作者，领一份薪水。他究竟怎样开始为这些报刊写作的呢？是他自发地将稿件寄给编辑部，还是事先遇到了让他投身新闻的人？对于那个时代的人来说，法西斯主义观念是极为自然的，布朗肖自然也不例外，尤其是他这样的家庭出身。克利斯朵夫·比当引述了布朗肖在《起义者》①上一篇文章的节选，用以说明布朗肖最初的志向，他评论道："出色的文化素养，右派的优雅风范，来自乡间的家庭出身，这一切使得他在最初的几年里仍然更青睐'法国骨子里的那种真正的传统'。"

年轻的外省人，布朗肖自他初到巴黎的三十年代起，就开始与极右翼知识分子接触。因为从属于法兰西行动的《法国大学生》的缘故，梯也里·穆尔尼埃、罗贝尔·布拉齐亚克、克洛德·罗伊（曾经用过克洛德·尼赞这个名字，不过为时不长）和皮埃尔·布当相聚在一起。莫拉斯是这群年轻作家和记者的导师，年轻人则认为新闻是他们实现自己追求的有效工具。其他"老一代"的

---

① 莫里斯·布朗肖，《法国人和王冠》，《起义者》，第十九期，一九三七年九月十九日。——原注

精神导师还有莫里斯·巴雷斯、爱德华·德吕蒙和夏尔·佩吉。爱德华·德吕蒙是《犹太法国》一书的作者，这本书于一八八六年在弗拉芒里翁出版社出版，一千二百页，分上、下两卷。如今书在法国已经找不到了，但是当时它可是右翼青年联盟的作家们放置在床头的一本必读书，对于他们文化倾向的形成至关重要。另一本将这些为法兰西行动注入新鲜空气的新一代知识分子团结在一起的刊物是亨利·马西斯的《世界》杂志。

莫里斯·布朗肖很快和梯也里·穆尔尼埃、让-皮埃尔·马克桑斯走得很近。穆尔尼埃是这些持不同政见的年轻人的领袖。他对于马克思主义和希特勒主义的暧昧态度使得他没有加入布拉齐亚克和德里厄的法西斯主义那一边。但是他和他们之间的友谊是无可争辩的事实。杂志在这群年轻人的友谊中扮演着核心角色。一九三一年，布朗肖为《世界》杂志写稿，紧随穆尔尼埃和布拉齐亚克之后。也正是此时他们认识了让-皮埃尔·马克桑斯，《法兰西》杂志的主编。又一次，还是同样的一群人，聚集在这本老刊物的周围，接着约瑟·吕班和乔治·布隆又加入了他们的队伍。乔治·布隆是约瑟·吕班的发小，也是路易-勒格朗中学的校友。《法兰西》杂志是一本有点过时的杂志，但是它教会了他们做记者，甚至印刷。新的专栏作者们占领了新闻的领地，新闻原先种种小资倾向和他们的革命愿望相差甚远。

在一九四一年出版的一本回忆性的作品《我们的战前岁月》中，布拉齐亚克——那时他还不到三十岁，却已经开始写回忆录，似乎已经预见到自己的死亡——解释了与杂志的差距："我不认为后人会对《法兰西》杂志保有特别鲜明的记忆。但是我们每每想起它，仍然怀有莫大的愉悦，因为我们在那里玩得很开心。这本杂志已经存在了四分之一个世纪多一点，一九一四年之前甚为安静，只是作为《年鉴》友好的竞争对手而存在。一本外省的、思想正统的杂志，它属于另一个时代，另一群读者，然而，这群读者如果不在了，也许没有人会接着读……总之，这不仅仅是一本不够革命、远离年轻人趣味和思想的杂志的问题。然而正是通过这本杂志我们迈出了新闻记者的第一步，开始喜欢印刷，喜欢上写作的具体工作，喜欢上编辑一本刊物，还有其他种种有趣的游戏。"[①]

年轻人注入的活力并没能给杂志带来好运，一九三二年，杂志停刊。因而

[①] 罗贝尔·布拉齐亚克，《我们的战前岁月》，布隆出版社，一九四一年，格德弗洛瓦·德·布永出版社再版，一九九八年，第一二四页。——原注

布朗肖在这本杂志的工作只是昙花一现的时间，他的精力更多地投给了另外生命力较强的杂志。这可以保证他在相当时间内有稳定收入。他写作的出版物主要是《论战报》和《城墙》，稍晚还有《倾听》。

《论战报》是一份失去时效性的晚报，法国冶金工业委员会以及两次世界大战间"法兰西银行二百强家族"的代言人，也是"极右翼知识分子和产业精英"的代言人，起初，布朗肖是社论作者，一九三三年他成为主编，直至战争爆发。战争期间，他还为报纸撰写外国政治专栏和文学专栏的文章。巴黎解放之后，杂志彻底消失。十年的日报编辑经验，布朗肖监督排版、删节和校对。在这份属于"反因循守旧的青年右翼联盟"的刊物上，布朗肖的某些政论文章是匿名写的。

报纸的头版上，激进的社论文章署的都是布朗肖的名字。他的政论文章反共产主义，但同时也反德意志民族。他拒绝强国和民族神话的概念。而他对于集体主义神话的批判既针对苏联，同时也针对纳粹德国。他对欧洲民主国家以及这些国家对国际联盟的顺从进行了强烈抨击。在他看来，不抵抗主义或是缴械投降的种种措施都是纯粹的异端邪说。纳粹德国站起来反对法国，布朗肖知道必须在战争中取得胜利。针对基于协议基础上的国际主义——这是民主政治所特有的抽象化倾向——布朗肖为必要时的武力平反昭雪。

知识分子必须介入"公共事务"。政治是思考的第一主题，新闻则是具体的战斗行为。为了号召法国人民团结起来与议会体制和资本主义作战，他鼓吹民族主义，将之视为最高价值。究竟是布拉齐亚克说的"社会民族主义"呢，还是穆尔尼埃和多米尼克说的"文化民族主义"呢？在极右翼内部，鼓吹民族法西斯主义与宣扬强大与权力的价值之间的差异非常微妙。有两个指示性的差异。一是这些极右翼"团体"的成员虽然会出现在大部分杂志上，但是并非所有人出现在所有杂志上。布朗肖不为《法国大学生》和《法兰西行动》写稿。穆尔尼埃不为《论战报》写稿，而且为《倾听》写稿的频率也很低。这种区别更因为对于政治工作和文学志向的不同兴趣而扩大。一九三二年，布朗肖已经开始了他第一部小说，十年后方才完工的《暧昧之神托马斯》的写作。穆尔尼埃也开始了他的第一部小说，只是小说永远也没能完工。他只发表文论和剧本。

青年右翼联盟的作家们从整体上而言形成了一个朋友圈，但是他们彼此之间的亲近程度是不一样的。穆尔尼埃和克莱贝尔·阿登斯走得尤其近，布拉齐亚克和莫里斯·巴雷斯代什走得尤其近，而布朗肖和保罗·莱维走得最近。布朗肖也为《城墙》写稿，这是莱维创办的一份日报，莱维宣称"不依附于权力，独立于任何政权，这就是这份自由的报纸"。布朗肖又一次撰写外国政治和法国政治的专栏文章。保罗·莱维是个富有的人，在新闻界很具影响力，与支持反议会主义、反资本主义和反共产主义的保守派议员乔治·芒戴尔私交甚笃。然而报纸所属的保守派阵营却并不妨碍报纸反对"希特勒反犹主义"及其最初对犹太人的迫害。如果说德国和意大利的独裁者因为他们所制造的革命能量而成为某种可供追随的典范的话，他们的制度在法国却并不可行。革命必须是民族的，一定要和外国强权的统治地位作斗争。

一九三三年，《城墙》停刊，布朗肖又和他的朋友转到了新的周刊。他成为《倾听》的主编。这是一份讽刺性的刊物，让人难以接受——头版是一幅漫画——报纸的文章大多匿名，插满了广告和图画。直至战争爆发之前，穆尔尼埃和多米尼克定时地为这份刊物写些文章和书评。除了严格意义的新闻工作之外，社会实践也让他们在思想和情感上团结在一起。布朗肖终生都没有忘记一九三四年二月六日的暴动，在他眼里，这是民族激情的第一次爆发。和穆尔尼埃、马克桑斯以及布拉齐亚克一样，他相信人民起义。民族革命正步入轨道。国民阵线在他们看来是真正的幻灭，但是为他们注入了新的斗争激情。他们的语调更加激烈了。

一九三四年末，布朗肖和穆尔尼埃、马克桑斯一起为《二十世纪》杂志撰写专栏。《二十世纪》杂志是《世纪》杂志的延续，主编一直由让·德·法布雷格担任。这是他们的又一个约会地点，另一份共同的刊物。布朗肖在学业上和他的同志们有所区别的是，他不是路易-勒格朗高中的学生。穆尔尼埃和布拉齐亚克之所以认识，并且从《法国大学生》开始他们的记者职业生涯，就是在这所中学，在他们上预备班的时候。布拉齐亚克描述过他发现《法兰西行动》的过程："我最初的政治思考正好与那时读到的《法兰西行动》和莫拉斯接轨，自此以后，我一生基本上就再也没有离开过。突然间一个世界向我敞开了大门，理性、准确、真理的世界。在来之前，在外省时，我就不曾怀疑过它的存在，我认出了这个世界。……是在路易-勒格朗高中的院子里，我开始了与《法兰西行动》的友谊。"在他自二十年代开始到三十年代结束的回忆录中，布拉齐亚克却既没有提到布朗肖，也没有提到多米尼克。一九四一年布拉齐亚克出版这本书的时候,他们已经不是朋友了。他在《我无处不在》中显示的激进的法西斯主义立场可以解释后来的这份遗漏。多米尼克从来没有欣赏过布拉齐亚克,她对他的极端反犹立场提出了批判。

但是如果说布朗肖和多米尼克是谨慎的,在政治上没有站到幕前,他们对于政治参与却也充满了激情。他们也是处在狂热中的年轻一代的一员,布拉齐亚克描写过这种狂热状态:"回顾我们的过去,我明白,用来形容青春的最平庸可同时也是最真实的词就是'狂热'。是的,青春的狂热,我们曾经经历过。精神上的狂热,通过最为偶然的或是最为坚实的构建,通过发现,通过企图。巴黎的狂热。也是心灵的狂热。看和触摸的狂热。人间三欲,精神之欲,感官之欲,以及最为强烈的欲望、生命之欲。"反犹主义成了青年右翼联盟内部的绊脚石。布朗肖忍受不了布拉齐亚克关于犹太人的那些话,粗俗而愚蠢。如果布拉齐亚克的文学作品不是在为浅薄的法西斯主义服务,那的确是非常令人激动的。布朗肖开始创作他的文学作品时,他注意尽量让作品摆脱政治的影响。在自己的文章中,他非常善于区分这两类事物。暴力只属于政治,而文学批评——即便布朗肖的评论通常会捍卫极右翼作家——则在宣扬某种文化。

因而他并不处在布拉齐亚克所谓的"战前一代",在布拉齐亚克的书里,"战前一代"是与"先锋一代"相对的一个概念。和多米尼克一样,布朗肖是一个神秘、独来独往的人,他喜欢法西斯主义特有的共同体的概念,但是他不喜欢"匪帮"的概念,不喜欢有组织的行动小组的概念。他的政论文章捍卫的是一种欧洲的秩序,在这样的秩序中,法国担负的是首要的作用。如果说布拉齐亚克将"战前一代在思想领域的奇遇"视作"法国法西斯主义"的准备阶段,布朗肖则在"法国法西斯主义"真正进入实效阶段时远离了它。法西斯主义是随着德国人的占领才突然来到法国的,法国的民主在溃败后遭到了颠覆。青年右翼联盟的领导人们面临一个难以解决的矛盾:选择与法国为敌的法西斯体制,或是出于民族主义保留民主。但是真正的决裂是在一九三七年。这个小组从物质的层面上分裂为两本刊物。尽管两本刊物都极尽恶毒之能事,《起义者》与《我无处不在》在和德国纳粹的关系上截然不同。这也是纽伦堡之行的一年。一部分人拒绝参加,而后来在战争期间成为附敌分子的一部分人从纽伦堡回来时,则深深为纳粹审美所魅惑。

《战斗》与《起义者》

布朗肖为两份由穆尔尼埃发起创办的杂志撰写专栏,一份是一九三六年的《战斗》,他与让·德·法布雷格一起为之撰文;另一份是一九三七年的《起义者》,他与让-皮埃尔·马克桑斯一起为之撰文。于是他遇到了克莱贝尔·阿登斯和多米尼克·奥利,后者说自己是因为《起义者》才认识布朗肖的。多米尼克直到一九三八年才开始为《战斗》写文章,比为《起义者》写文章晚一年,但是穆尔尼埃肯定介绍他们俩认识过。布朗肖部分负责《战斗》的工作,同时负责杂志的还有另外两位负责人和主编勒内·文森,但是布朗肖只在编辑会上出现。一九三六年到一九三七年间,他也只在杂志发表了八篇文章。在一九三七年,这种断断续续或许可以有所解释,因为同年《起义者》创刊,但是在一九三八年和一九三九年,《战斗》上也几乎见不到他的名字,而杂志在一九三九年就停刊了。也许每月一期这样的频率不太适合布朗肖,在周期更短的(例如日报或周刊)报纸杂志上他发挥得更好。

布拉齐亚克也参与过《战斗》:"那时梯也里·穆尔尼埃和让·德·法布雷格创办了一本小杂志,《战斗》,乔治·布隆和我都为杂志撰写过专栏,杂志旨在将反民主主义与反保守主义精神结合起来:那上面会同时刊登莫拉斯和普鲁东的文章,的确很有那个时代的特色。然而,《战斗》有一些自由主义的知识分子,在我看来,他们把杂志弄得很糟,如果一本杂志毫不顾忌地批判我们所采取的立场,我觉得我必须停止为它撰文……但是《战斗》在我们的友谊之中占有一定的位置,不论是我们召开的会议,还是那种很有时代法西斯色彩的氛围,无论如何,这是反自由主义的,是民族和社会的。"一九三七年,布拉齐亚克离开《战斗》,转向《我无处不在》,而同一时期,布朗肖也离开了杂志。不过,他肯定属于布拉齐亚克所说的"自由主义的知识分子"。

然而布朗肖在那个时期所撰写的文章却是最激烈的,只是在布拉齐亚克看来还过于自由主义。布拉齐亚克还局限在文学批评和戏剧批评领域时,布朗肖已经是一位政治记者了。在《战斗》第二期,布拉齐亚克宣扬所谓的"业已消失的文学体裁":史诗、悲剧、自由文论,他认为现在取而代之的都是次等的文学体裁:批评和小说。而布朗肖却对纪念一九三四年二月六日暴动的活动发起了抨击:"毫无疑问,对于二月六日事件,人们曾经有过的幻想如今仍然存在。对于某些人来说,对于这个意义非凡的日子,只要记得就已足够,他们认为,这个事件仍然左右着整个政坛。他们错了。这个日子,这个既痛苦又伟大的日子不仅仅只是一个象征。我们应该在反抗的范围内,想想其他的事情,而不只是虔诚地纪念。"

在一九三六年三月号上,布朗肖对一九三五年五月签订的《法苏互助条约》进行抨击,他认为,这个条约根本不能保证法国避免与德国的战争——签署条约的各国之间没有什么共同利益可言。就在那个时候,德国已经入侵莱茵兰,就此打破《凡尔赛条约》的规定。又一篇揭露第一次世界大战后法国外交政治无能的文章。战争或是民族革命是仅剩的两个解决方案。法国政府——布鲁姆政府——寻求与德国的妥协,但是这根本无法阻止战争的到来。布朗肖重拾穆尔尼埃关于"理性的反犹主义"的主题,将"苏联的、犹太人的、资本家的利益"放在一起。其他的表达方式却很有法西斯主义的色彩,甚至确切地说就是种族主义性质的,尤其是他宣扬"美丽的法国血液"的纯洁性的时候。他甚至号召恐怖主义的精英来推翻、消除现在的议会制度。

布朗肖一直是暴力、民族反抗的卫道士,他对"温和派"提出严厉批评,那些观望西班牙内战却不亲身或实际参与的人:"如果他们坚持要战斗,开始斗争的时候,他们在这个国家会有很多敌人,会有足够的使用暴力的理由,好让别人欣赏到他们个人所表现出来的勇气。然而他们只是表态而已,没有一丁点儿风险,处在绝对懦弱之中,对于那些忙于西班牙秩序的人,他们所做的只是报之以法国秩序。他们怡然自得地欣赏佛朗哥的表演,而就在此时,一群变质变节分子正在玷污那个在新秩序建立之前毫无反抗能力的国家,在我们看来,他们这样做非常令人厌烦,甚至令人揪心。"在同一期《战斗》上,布拉齐亚克则严厉批评了法国政府,在他看来,政府只是在靠"踢屁股机器"运转。在这点上,布朗肖和布拉齐亚克的立场有着明显分歧:布朗肖指责法国人在操心西班牙的命运——法西斯在欧洲的命运——而布拉齐亚克指责法国人懦弱、可笑,背光竖起希特勒和墨索里尼的影子。布朗肖一直以来都在控诉温和派的政治,觉得这是将民族地位置于危险之地。

一九三七年初,已经是布拉齐亚克离开《战斗》前不久,在三月的一篇文章中,布拉齐亚克认为法国将一九一八年的胜利铸造成道德上的胜利着实荒诞:"《凡尔赛条约》不是建立在武装力量之上,建立在战争游戏之上,就像以前的条约那样，在战争游戏中，自然有胜利者和失利者；但《凡尔赛条约》是建立在道德之上，最坏的道德之上，这也是条约失效的原因。……接受、宣扬建立在道德之上的条约是非常愚蠢的。因为我们不能认为一个民族会在长达几个世纪的时间里置身于道德之外。胜利是力量的杰作，我们不能说我们能够保有喀麦隆，因为我们比德国人更值得保有它。我们之所以拥有喀麦隆，因为我们占领了它。"

布朗肖从不曾是法西斯独裁者的卫道士，他的政治思考不带有偶然性的色彩，其思考针对的更是政治中的基本问题。他试图为反抗重新定义，认为这是一种纯粹而完整的政治态度，几乎是不可能的。一九三七年十二月，在他最后为《战斗》撰写的文章中，他解释了在绝对状态下分裂的概念，并且自己对此加以运用。在后来的日子里，他的确离开了青年右翼联盟，并且在同一时期离开《战斗》和《起义者》。然而他的态度始终很暧昧，因为他捍卫某些战前极右翼特有的主体，同时也对某些战前极右翼的核心价值提出批判。他对于政党的批判"政党的形成，其最好的特点莫过于有一个所谓的纲领，也就是说某种毫无原则可言的教义"，这种腔调应该说是极右翼所特有的，但是他也反对将自己视为超越于一切政党之上的态度："实际上，重要的不在于超越于政党之上，而是与之抗争。不是要重新拾起粗俗的'阵营'一词：既不左，也不右，而是要真真实实地反右反左。在这种情况下，我们会看到，真正分裂的形式就在于要抛弃原来的那种态度，对于与自己相反的立场永远持敌对态度，或者，更确切地说，要抛弃原来的那种态度，是为了加剧这种敌对。"

从共产党队伍中分裂出来的人是离开共产党，却并不是为了接近资本主义的人，离开是为了"定义与资本主义斗争的真实状况"。同理，从民族主义队伍中分裂出来的人脱离了民族主义传统形式，但并不是为了向国际主义靠拢，而是为了"以各种形式与国际主义作斗争，并且经济和民族就存在于这些形式之中"。布朗肖的政治思想越来越激进，斗争也越来越个人化，因为这种思想无法建立于小组成员彼此妥协的基础之上。甚至是布朗肖本人最看重的民族主义也无法效仿。这篇文章标志着与布拉齐亚克以及《我无处不在》的新小组的决裂，后者因为法西斯主义在德国和意大利的胜利要将法兰西民族置于危险之中。

布朗肖在政治上的过渡也许是他在《起义者》上所采取的极端态度所致。恶毒过后，他回归了某种谨慎。他定期为《起义者》写稿，其频率远远高于《战斗》。他甚至和穆尔尼埃、马克桑斯一起成了《起义者》的股东。一九三七年一月十三日的第一期上有一篇穆尔尼埃的社论,题为《必须重新征服法国》。这篇刊首语明确指明了编辑们对于布鲁姆政府的态度。布鲁姆政府成了杂志政论文章以及漫画插图的首选攻击目标。在一篇政论文章中,布朗肖又重拾这个主题,题为《起诉法国》。除了政治专栏以外,布朗肖还负责《起义者》的小说专栏,《"起义者"阅读》,第一篇专栏文章题为《从革命到文学》。《起义者》团队与《战斗》团队的区别就在于语调的激烈程度,以及各自所批评的法国——《起义者》批评的是国民阵线的法国。

然而他们反爱国主义态度却遭到了当时被投入监狱的莫拉斯的反对。布拉齐亚克叙述过他去桑代监狱探视莫拉斯的过程:"这个无与伦比的男人,这个生命的王子,我也应该在最令人惊异的地方看到他。那些议会主义分子们想要达成目的,就要杀了他,仅仅为了他所写的那些东西,罪恶的议会主义分子,想要与意大利打上一仗的议会主义分子,布鲁姆部长将夏尔·莫拉斯投入桑代监狱。莫拉斯在监狱里待了八个月的时间,每天都在用佩里森的笔名给《法兰西行动》写文章,他借此继续其对世界和法国的分析。一九三七年七月的一个夏天,我去看他。……我没有问他问题,我只是在听他说,在这可怕的高墙之下,政府将时代最伟大的思想家关在里面,我和他用粗糙的玻璃杯喝酒,他谈论艺术、国家和未来。在今后很长的时间里,我都会想起一九三七年的这个下午,就像苏格拉底的年轻听众能够想起那个深邃的早晨一般。"

布朗肖不是严格意义上的莫拉斯的信徒,在政治问题上,他毫不犹豫地采取独立、个人的立场。然而,尽管莫拉斯反对,《起义者》还是遵循着原来的方向。反民主主义与反犹主义在这份杂志上得到了自由的表达。杂志在民间影响很大,再加上又是周刊,这就使得杂志成为一个热点事件,充满了激情,文章不像《战斗》那样深思熟虑。政治上的极端到了顶点,杂志的编辑们接触的也是右派最为活跃,最为激进的团体。由于周刊编辑部用的是原来革命行动秘密委员会的办公地点,并且是由那个组织某位成员的亲戚资助的,杂志的编辑们在那时和革命行动秘密委员会的人有过一些接触。《起义者》与这个恐怖组织的关系一直都在,尽管不是那么近。

青年右翼联盟的作家们更喜欢文字、新闻、编辑部的工作。作为思想家和思辨家,他们很少亲身参与——除非是写文章,比如说为街头暴动做一篇报道——政治。应该说他们不是真正意义上的战士。他们没有加入极右翼、保王党或者民族主义的行动团体，那种组织游行、暴动和街头行动的团体。相对于大多数团体来说，法兰西行动给人的感觉是非常不同的，因为它主要是通过自己的报纸行动。它无法与那些爱国主义团体、大学生小组或是以前那些真正的战士相提并论，在一九三四年二月六日的暴动中，很多那些团体的成员都死于非命；它无法和"组织过几次真诚的群殴"的法兰西联盟相提并论；也无法和支持希特勒的法兰西民粹组织或是和火十字组织相提并论。火十字是这些团体中最为著名的，以拉罗克上校为中心，成为三十年代极右组织的象征。布拉齐亚克认为火十字的失败就在于没有建立起真正的法国法西斯主义组织，因为它的资金来源于谨小慎微的资产阶级，并且在围绕着所谓的"纯粹行动"的抽象思考中迷失了自己。继他们之后的法国社会党也是出于同样原因遭遇失败，党的领导人要求自己的战士"虔诚地保持警觉状态"。

同样，青年右翼联盟与欧热勒·德隆克勒的革命行动秘密委员会也保持着友好和互相尊重的关系，但是两个组织从来没有共同行动过。布拉齐亚克说自己和革命行动秘密委员会的任何成员都没有往来。的确，他没有为《起义者》写过文章，而正是因为在办公地点的问题上，青年右翼联盟与革命行动秘密委员会才有了一些往来。但是他对于这个组织的描写也颇为有趣，同时也说明青年右翼联盟与这些行动小组之间的某种亲缘关系："那时正好才发生拉罗克诉讼案，法国社会党的领导人被控接受了来自塔尔蒂厄政府的基金。因为厌烦了所有政党，喜欢冒险的年轻人希冀的是别的东西。他们依照烧炭党人的方式组成秘密团体。首当其冲的是一批从法兰西行动组织分裂出去的人，可惜被警察渗透到了组织内部，仿佛是注定的，我们给这个团体一个不无讽刺意味的名字，叫做'卡古尔党'——革命行动秘密委员会。同时，特别是在外省，出现了抵抗共产党的团体……我们这一方面不认识一个卡古尔党人，不管是什么性质的。但是我们知道，在这些界定通常很是模糊，而且彼此之间有很大不同的组织里，有的是警察局的眼线、无赖、魔鬼、笨蛋——当然，大部分是受到行动美德诱惑的勇敢的小伙子。"布拉齐亚克也用了分裂的概念，用来描写极右翼内部的分化。

一九三七年，在思想观念上越来越自说自话的青年右翼联盟成员也和大家一样不知何去何从。选择德国法西斯主义，成为共和制法国的敌人，这在组织内部引起了极大的颠覆。布拉齐亚克和布朗肖正好代表冲突的两端。年初，对于国民阵线的攻击还让大家在几个月的时间里保持了某种政治上的同一性。反犹主义却直接在对莱昂·布鲁姆的抨击中安顿下来。由于言论过于激烈，《起义者》的编辑们招惹了几场官司，和当时的莫拉斯一样。杂志文章对"老犹太人出身"的布鲁姆和"苏维埃"的多列士予以控诉，说他们是杀害法国人民党[①]党员马纽埃尔·马雄和法国社会党党员莫里斯·克雷顿的凶手；杂志号召法国人民自己讨回公道。于是杂志遭到起诉，起诉对象是杂志的管理者吉·里什莱和所有宣称"面对谋杀和暴力的挑衅"团结一致的编辑们。他们对于受到政府打击一事感到非常满意，变得越来越嚣张，常常集体署名一篇文章，以利于再次遭到集体起诉。

  布朗肖继续撰写外国政治的文章，专栏名为"解放法国"，除此之外他还负责文学专栏。他呼唤民族革命，并且与穆尔尼埃和马克桑斯在头版上的文章遥相呼应。布朗肖文章所依据的论据与其他两人的基本如出一辙，文章也勾勒了其思想体系的重大脉络。克利斯朵夫·比当对此有所列举：民主体制造成了真正的同一性的危机。十五年来，法国不断被日内瓦条约削弱，它不再是第一次世界大战的那个"胜利强国"。民主使得国家与它的人民产生分离。代表制度强迫法国人都成了共和党人。选举制造了一种绝对形象，凌驾于民族之上，而民族却就此被剥夺了这种绝对形象。于是民族主义要颠覆这一切。"民族解体之时，会迎来这样的时刻，通常用来保留它的民族直觉被用来摧毁它。"人民开始相信他人，相信外来者：犹太资本家或将革命原则据为己有的共产党人。布鲁姆代表了这两种形象，并且，与此同时，想要代表法国。"法国就是布鲁姆。布鲁姆所说的和所做的由我们来承担责任，我们要替他承担耻辱。"因而，为了重新夺回法国，为了净化法国，必须打倒布鲁姆。

  克利斯朵夫·比当缩小了布朗肖思想中的反犹主义成分，认为这只是为了达到他所谓净化逻辑的、简单的修辞手段。如果说布朗肖称布鲁姆为"外国佬"，说他来自"其他种族"，出身的问题却并非其思考的目标所在。布朗肖的确是反共甚于反犹，但是，与此同时，我们也能够发现，相比较于纳粹德国，他更多攻击的是苏联。在他看来，希特勒的种种计划都事出有因，只是都

[①] Parti populaire français，法国最主要的法西斯政党之一。——译注

建立在站不住脚的理由之上而已,是出于"统治的野心"。法国在接近自己的过程中能够得到拯救。布朗肖自相矛盾的爱国主义的要义就在于宣扬反爱国主义,直至法国回到曾经的法国。他是个分裂的民族主义者,也正是由于这是个无效的概念,他慢慢淡出了政治,自此之后与罗贝尔·布拉齐亚克走的是完全不同的道路。

分裂

布朗肖在他给《起义者》的文章中,正是处于这样一种矛盾的态度中,一方面是想要保留法国,另一方面则是要推翻共和体制。也许,在民主、共产主义和法西斯主义之外仍有行动的空间,在一个伟大光荣的法国和一个毫无意义的政体之间。这就是他所谓的"革命外交"。由于这种提法不提供任何政治上的具体解决办法,布朗肖的政治思想没有什么实际效用,于是渐渐缩减为对于已经不复存在的法国的怨诉。

《起义者》的停刊,以及一九三七年末布朗肖不再为《战斗》撰文的事实使得他部分抽离了政治行动。在政治上失去动力是更为普遍的现象:穆尔尼埃和法布雷格想结束《起义者》,极右翼也对各种行动小组和政党感到失望。布拉齐亚克提到的拉罗克事件标志着人们已经开始对行动小组以及各类政党的许诺有所幻灭。《起义者》和《战斗》本身表明了有些人已经从纯思想性的莫拉斯主义中分离出去。穆尔尼埃和布朗肖自由表达他们的观点,认为思想高于行动。正是在具体行动上的不足让一部分极端的成员——例如布拉齐亚克和德里厄离开了他们的杂志,转而投向《我无处不在》。就在极端分子变得越来越激进的时候,穆尔尼埃和布朗肖似乎显得对政治局势感到失望和厌倦。布朗肖继续为《论战报》和《倾听》写稿,但是他的文章已经不再像《起义者》上的那么恶毒。并且,在一九三八年到一九四〇年间的这些文章都是文学性的。布朗肖还全身心地投入了《暧昧之神托马斯》的写作。

"分裂"是布朗肖在《战斗》上最后一篇文章的主题,这意味着一种拒绝的要求。支持君主立宪、民族主义和法西斯主义,这些都是和现存的政府作对。反抗只有在这层意义上才成为可能,三十年代的年轻人需要表达他们的反抗，因此滑向了极右翼一端。从今以后，对于布朗肖来说，在这种主要的姿态之外，更增添了民族革命失败所引起的幻灭。他开始拒弃民族主义，但仍然是反民主和反共的，因为他觉得那是底线。青年右翼联盟的斗士无法恢复法国以及法国文化的伟大骄傲，这一切都已经遭到资本主义和共产主义的腐蚀。

布朗肖退出政治生活，或许是出于失败的感觉，但也因为他在这方面的思想缺乏一定的权威性，关于这一点，他自己也承认。克利斯朵夫·比当注意到，布朗肖退出政治生活与放弃新闻写作是同步的。布朗肖从未将他在极右翼刊物上发表的文章集结出版，这和他曾经的同志穆尔尼埃与马克桑斯正相反。然而，战后的出版活动还是很重要的，布朗肖的大部分书都是将他发表在杂志上的文章收集整理而成。克利斯朵夫·比当提到了德尼斯·奥利埃的一篇文章，作者对于通过新闻这个介质所产生的法西斯偏移有所解释："如果布朗肖离开极右翼与离开新闻写作几乎是同时的，这难道仅仅是个巧合吗？我们难道不应当思考一下，是不是载体在某种程度上决定了信息的内容？我们是否可以说法国文学生产同时成了法西斯式的和新闻写作式的？法西斯的企图或许是尘嚣日上的新闻写作的原因？"

实际上，在布朗肖这里，他放弃新闻写作选择文学的论据以及新闻写作对于思想的复因决定的论据是彼此矛盾的。直到战争爆发，包括在战争期间和战后，布朗肖都在为报纸和杂志写文章，而且他的思想绝对是政治性的，因为他从极"右"变成了极"左"。布朗肖是一个一定要有所反对的革命者——开始是布鲁姆，接着是戴高乐，并且要激烈反对。如果说他的激烈与其说是事实，毋宁说是姿态——战后，布朗肖在他以前的右翼朋友的若干杂志上发表文章，他在反犹和附敌问题上坚定地与极右翼作斗争倒是真的。青年右翼联盟的不少知识分子都是以这种方式行动的，其中包括穆尔尼埃和多米尼克。

和多米尼克一样，造就布朗肖文学评论写作的——文学评论成为他首选的写作方式——与造就穆尔尼埃、布拉齐亚克、罗伊、阿登斯、文森的阵地是一个。在布朗肖当时撰文的不同杂志上，他基本上都是从政治专栏，而不是文学专栏开始的。穆尔尼埃是第一个（出于对布朗肖的尊重）将文学专栏的重任交给布朗肖的人。布朗肖在《起义者》上初次加入文学工作，和多米尼克一样，也正是在写这些文章的过程中，逐渐形成了他理论上和艺术上的选择。文学于是成了布朗肖的主要目标，他开始形成自己的批评思想。而对于那些仍然和布朗肖保持朋友关系的人竟然也是一样，穆尔尼埃、阿尔朗、阿登斯、布朗肖还建议他们为《倾听》杂志写文学评论文章。一九三八年到一九四一年间，多亏了布朗肖，多米尼克在那里发表了几篇书评。

布朗肖开始写评论时分析的都是他那个圈子的作家，莫拉斯、鲁热蒙、马克桑斯、德里厄、马西斯。他关注的是当代文学，哪怕平庸也在所不惜，而不是像莫拉斯一样关注伟大的经典作品。然后他才慢慢地对极右翼不太欣赏的作家感起兴趣来，陀思妥耶夫斯基、爱伦·坡、乔伊斯、奈瓦尔和马拉美。布朗肖关于文学的主要思路也随之渐渐明朗：作家的文化性与革命性介入——文学就是政治，因为它意味这一种"反对力量"，作家的抵抗。他不赞同心理小说，觉得这类小说无法表达我们内心深处的"黑暗"、"深邃"。"黑暗"的主题在布朗肖为《起义者》撰文时就已经出现，这是布朗肖的个人主题，他将这个主题运用到自己研究的作品中。尤其是在他研究弗吉尼亚·伍尔芙和托马斯·曼的作品时。而这两位作家都与他所处的圈子相距甚远。这也是一九三八年，他盛赞萨特的《恶心》时所涉及的主题，那是他发表在《倾听》上的唯一一篇文学评论。与自己所处的圈子决裂不仅仅是在政治的范围，文学上同样如此——文学上的选择通常会决定政治上的方向。他仍然和一部分朋友在一起工作，但表现出极强的自治性。布朗肖的分裂是分阶段进行的。他离开了作为他思想出生地的莫拉斯圈子，但是他与圈子当中一部分人的友谊一直维持着，直到战争爆发，尤其是穆尔尼埃，甚至，他与多米尼克的关系一直维持到战争结束之后。一九四一年遇见巴塔耶并转向极左营之前，布朗肖在自己所处的圈子里已经越来越独立了。意识到自己与某些极右翼观念有着根本分歧是从和布拉齐亚克的冲突开始的。与之决裂之后，布朗肖重新审视自己的政治归属，直至彻底转变。

布拉齐亚克阵营的显著特征就在于，从开始为《老实人》和《我无处不在》撰写专栏之日起，他就在寻求真正的法国法西斯。在他的回忆性作品中，他叙述了自己这段撰写专栏和其他报纸文章的经验以及与皮埃尔·加科索特具有决定性意义的相遇："那个时候，乔治·布隆让我为阿尔泰姆·法亚尔的周刊《老实人》和《我无处不在》写点文章。我还在高师图书馆里碰到了一位老同学，看上去只有十八岁，但实际上已经三十五岁了，幽默，调皮，总是笑吟吟的，他就是皮埃尔·加科索特。"于是，布拉齐亚克开始只是偶然为战前极右翼的这份灯塔意义的杂志撰文，到了占领期间，他已经成了杂志的主要写手，直至最后担任杂志的主编。"关于《我无处不在》，我很难说点什么，即便在今天，我仍然能够感受到距离已经四散的同志们是如此之近，我们共同的快乐，希望和记忆。……这份周刊于一九三〇年由阿尔泰姆·法亚尔创建，开始时这是一份关于外国政治的周刊，主要是对于外国的研究。杂志的主持人是皮埃尔·加科索特，从第一期开始就是。但是渐渐地，《我无处不在》给予法国政治以越来越大的位置，因为法国已经被卷入了国外政治的漩涡之中。我记得杂志第一期关于苏维埃的特刊早在一九三二年。之后别的杂志才纷纷效仿。一九三六年，杂志发起了对国民阵线的猛烈攻击，持续了好几个月。有关选举是我们都知道的。……我曾经为《我无处不在》的头几期写过文章。一九三六年，皮埃尔·加科索特给了我一个定期专栏，到了一九三七年四月，由于周刊占去他太多精力，而他又一心想要完成自己关于弗雷德里克二世的专著，于是他请我帮他主编这份杂志。事件不断发生，我们周刊每个星期都在增加的激烈程度使得它在一部分人群中取得了成功，但大多数人对它的敌意也日趋增长。我们在诽谤与辱骂中往前走……在我们对手的眼里，我们成了国际法西斯主义的官方机构。但是我们自己很清楚，我们只是一份见证友谊与对生活的热爱的刊物。"

在内部的纷争中，友谊仍然处于核心位置。一九三七年布拉齐亚克与布朗肖决裂，一九四一年与穆尔尼埃决裂，随后，在一九四三年，他与《我无处不在》编辑部中的大部分朋友决裂。不过他也在结识一些新朋友，一些能够与当时尘嚣日上的法西斯、反犹仇恨取得一致的人。在他的眼里，吕西安·勒巴泰是最为极端的："最后，我们当中一直处于愤怒状态，最为顽固、最为激烈的是吕西安·勒巴泰。多么让人感到惊讶的男孩！他对绘画有深入的了解，欧洲的所有博物馆都留下了他的足迹，这是个反犹主义者，他和帕辛、莫迪格里亚尼干杯，热爱音乐，推崇莫西安，能背诵兰波的诗，他是当今最优秀（即便不是唯一的）的电影评论家（笔名是弗朗索瓦·维诺耶），他是我所认识的最为杰出的论战家：因为他什么都有，热情，风格，活力，看的天赋，夸张的才能，甚至有时也颇有正义感……毫无疑问，正是有了他这样的人，《我无处不在》才会成为那样子。"

《我无处不在》仍然保持着友谊青年联盟杂志的传统，杂志上有时会刊登穆尔尼埃、罗伊、贝勒索尔的文章，并且在《法兰西行动》的印刷厂里印刷。另一方面，对于布拉齐亚克（他非常欣赏导演勒内·克莱尔）来说，电影批评与文学批评、艺术批评和戏剧批评同样重要。他甚至和朋友兼连襟莫里斯·巴雷斯代什一起合著了《电影史》，成为战争时期电影的很好注解。布拉齐亚克有很多兴趣点，具备很高的文化素养。但是他激烈的反犹立场，愚蠢的法西斯主义造成了思想上的许多漏洞，因此文章无法与布朗肖或穆尔尼埃相提并论。他对犹太人的攻击以及对迎接纳粹德国胜利的准备在其一九三八年的某些杂志栏目中就已经出现了："《我无处不在》在一九三八年四月出版了'犹太人与当今世界'的特刊，一九三九年二月又出了一期法国犹太人的特刊，资料主要是吕西安·勒巴泰收集的，我们试图揭示什么是犹太人应有的地位。特刊取得了极大成功，但同时也引起了不少抗议。与此同时，出于本能形成的反犹主义将《茫茫黑夜漫游》的作者路易-费尔迪南·塞利纳视作预言家，他写了一本《对于屠杀而言无足轻重的事》，这是一部激情洋溢的作品，带着某种欢快的残忍，当然是有些过度，但有一种肆意的活力。这里面没有推理，只有'土著人的反抗'。书的成功是个传奇。"

一九三七年，从纽伦堡回来，布拉齐亚克从一个"社会民族主义者"，从"民族革命"的愿望过渡到了一个"前附敌分子"。"一九三七年，我们想着要去纽伦堡大会。……安妮·雅梅正好与一个要参加纽伦堡大会的里昂商务代表团在一起，其中有博玛莱先生，现在的劳工部长。团里还有个汽车制造商皮埃尔·古斯多，很喜欢《我无处不在》，他带来了自己的妻子，除此之外还有布隆夫妇乔治和日尔曼娜。……我只在最后几天才和他们会合。……我们和几个德国人交谈过，负责《法德丛刊》的，还有才认识的弗里茨·布朗和奥托·阿贝茨。我们亲眼见到了一个新德国。"在书中，布拉齐亚克还描述了"城里的游行"，"明亮的阳光下，万字旗闪闪发光，随风飘荡"，这种"前所未有的庆典有一个非常平庸的名字，叫做政治领袖召集会"，而希特勒演讲时，一片寂静，映衬着天际的蓝色光芒。"但是很快夜幕降临，我们必须离开，去纽伦堡城门参加秘密警察的露天晚宴。我们受到了秘密警察、盖世太保首领希姆莱的接见，戈培尔先生以个人名义主持晚宴。"法国占领区的黑色人物已经悉数露面。奥托·阿贝茨经常去巴黎，与穆尔尼埃也有交往。布拉齐亚克背朝法国，不再相信法国法西斯有掌握政权的那一天。唯一的尝试是贝当政府,但这只是德国人的奴仆,是民族主义事业的叛徒。

布拉齐亚克和勒巴泰表现出来的反犹主义令人难以置信,多米尼克·奥利从此之后拒绝和他们打招呼。如果说战后,当波朗替这些附敌作家说话时,她也站在了波朗一边,从心底里而言,多米尼克认为他们罪不可赦。穆尔尼埃却一直保持着和布拉齐亚克的友谊,尽管在一九四一年,为了在一九四〇年穆尔尼埃单独主编的一期《我无处不在》,两个人之间发生过激烈争吵。一九四一年二月杂志复刊时,穆尔尼埃成了被谩骂的对象。他们之间没有正式的决裂,这个插曲正好发生在穆尔尼埃出发去自由法国之前,而穆尔尼埃此时已有好几个月没有见到布拉齐亚克了。

在巴黎被占领之后,布朗肖意识到了自己错误的严重性,尽管他仍然和他最初接触的圈子有所往来。在战争初期,一直到一九四二年,他的态度仍然非常犹豫,他仍然为法国青年会工作,并且险些成为德里厄的秘书,共同主持复刊的《新法兰西》杂志。第一次转变发生在一九四一年,那一年他遇见了巴塔耶,然后是他的第一部作品《暧昧之神托马斯》在伽利玛出版社出版。小说受到了穆尔尼埃和阿登斯的热烈追捧,但遭到了布拉齐亚克的批评。布朗肖继续在为支持维希政府的《论战报》撰写专栏,但是此时,他已经发生了转向,以至于巴黎解放之时,他成了极左阵营的知识分子伟大代表之一。

政治暧昧

一九四〇年五月,莫里斯·布朗肖把《暧昧之神托马斯》的第一稿交给波朗,他已经写了八年,只是有选择地给包括克莱贝尔·阿登斯在内的朋友念过几段。多米尼克·奥利没能读到,这也证明布朗肖在征求朋友意见方面非常谨慎。小说是三十年代初开始创作的,而且最初的阅读由极右翼作家们来完成,《暧昧之神托马斯》应该说属于布朗肖的前期生活。然而他出版这本书的时候是在自己从新闻写作转入文学写作,从右翼民族主义转入左翼革命之时。

在战争初期,布朗肖一直还停留在他原来的政治阵营里。他为法国青年会工作,并且参与了《法国思想与作品》杂志的工作。布朗肖反对与德国签订停战协定,他认为这是一种背叛法国的行为。而他为《论战报》写稿的事情,尽管遭到过维希政府的查禁，但几天之后也就安然无事了。但是当刊物的调子整个地倒向了贝当元帅，布朗肖便不再写社论和政论文章，直到战争结束，他的文章都限制在文学评论的范围内。他最初的作品都是在德国占领期间出版的，而且这当中没有任何秘密出版物。他与右翼阵营的决裂没有通过任何具体的抵抗行动来表现，而是通过他与左派人物或共产党员的接触显示出来的。

决定性的相遇发生在一九四一年末，皮埃尔·普雷沃把莫里斯·布朗肖介绍给了乔治·巴塔耶。皮埃尔·普雷沃来自于新秩序行动小组，在那里，他认识了罗贝尔·阿隆和阿莱克桑德勒·马克，与他们友情甚笃。一九三七年，皮埃尔·普雷沃在国家图书馆结识巴塔耶，正好巴塔耶当时才参与了小组宣言性作品《必需的革命》的创作，他的文章题名为《交换与信用》。接着，普雷沃参加了乔治·巴塔耶与罗歇·凯卢瓦、米歇尔·雷利斯共同组建的社会学院。一九四〇年，普雷沃成为法国青年会的成员，好几个新秩序行动小组的成员又在青年会里聚首，他遇到了负责文学部分的乔治·佩洛森。佩洛森受到贝当元帅的邀请，同时负有政府的好几项使命，主要是在青年委员会的范围内，他把法国青年会的文学领导权交给了莫里斯·布朗肖。就这样，普雷沃遇见了布朗肖，并把他介绍给巴塔耶。两个男人在这之前不可能相遇，因为彼此的政治所属根本是相对的。

米歇尔·苏亚在关于乔治·巴塔耶的传记中，解释了这两个男人的相似之处，尽管他们在政治和文化立场上都处在对抗的位置。"布朗肖加入了巴塔耶的阵营，至少可以说，从此以后，布朗肖的立场都在向巴塔耶那边倾斜。如果说两个男人之间彼此互相影响（这也是不可否认的），包括在政治方面，然而，似乎巴塔耶在布朗肖思想方面的转变中起到了关键的作用。因为莫里斯·布朗肖来自于马拉斯右派阵营，甚至具有明显的极右翼倾向。……不过，在另一个层面上来看待巴塔耶和布朗肖的相遇会更有意思。无可争辩的事实是，一九四一年的巴塔耶很是孤独，同样无可争辩的事实是，他还在怀念共同体的时代。……也正是因为这种曾经显示为人类唯一可能的共同体快走到了尽头，这份缺失开启了布朗肖和巴塔耶之间对话的可能（对话只可能建立在任何一种共同体都无法实现的前提之上）。因此如果对话得以在两个人之间达成，最好就是在巴塔耶和布朗肖之间；生命给巴塔耶留下了多少年，这对话就持续了多少年，也就是说，二十年。"

如果说两个男人在政治上是对立的,将两份孤独连接在一起的事实揭示出某种暧昧。巴塔耶曾经经历过对法西斯主义着迷的阶段,就在一九三四年二月六日一系列的混乱事件中:"巴塔耶在这一系列时间中所表现出来的立场与极左分子相差不多。他并不掩饰自己对资产阶级自由主义有多么仇恨。他也不掩饰(我们能够想起,在他说到'大混乱'和'骚乱的垂死叫声'时,他怀着怎样阴暗的快乐)恶化为灾难的暴力多么令他感到着迷。"他在记日记,后来将这本日记用到了书中,一本在他死后才出版的书:《法国的法西斯主义》。

一九三四年,巴塔耶在罗马曾经参观过庆贺法西斯夺取政权的展览,这或许可以证明他在审美上的暧昧:"在罗马,他没忘了去看纪念法西斯上台的展览。他没有掩饰(在给格诺的信中他写道):他所看到的东西令他'震惊'。法西斯主义以这样一种没有部队,没有血腥,没有大逮捕也没有喊叫的方式呈现出来,很好地赋予权力与死亡的象征以戏剧化效果。他有所预感,没有什么本性中的东西改变他:然而我们能够感觉到一直到那时为止他自己有可能都不知晓的某种暧昧的可能。"为法西斯力量所吸引也许更是审美上的,而非政治上的,而且与他在诸如"无首领行动小组"这类知识分子团体的经历有关。

在与克莱特·佩尼奥——萝尔——的关系上,巴塔耶同样表现出了这种双重性。在某些方面,他们在"无首领行动小组"内部所发生的爱情故事与O和斯蒂芬爵士在鲁瓦西封闭的城堡的关系不无相似之处。三十年代中期,克莱特·佩尼奥坠入了巴塔耶的情网,死亡令她深深着迷,而且她准备好,只要需要,便服从于一切放荡的淫乐。米歇尔·苏亚试图理解这次爱情的相遇中所包含的必然:"她是不是在巴塔耶的身上看到了波里斯·苏瓦利纳(他也是个政治斗士,同时为《社会批评》和《反抨击》杂志写稿)和爱德华·特罗奈尔的双重影子?爱德华是个医生兼作家,在柏林时,他们生活在一起,过着一种混乱却炽热的生活,爱德华·特罗奈尔对她非常残忍,给她拴上狗链,打她(在巴塔耶看来,特罗奈尔也是一个淫秽文学的作家)。"作为萝尔的克莱特·佩尼奥是一个很接近O的形象,而就巴塔耶对她真正的占有这一点上,他和斯蒂芬爵士也不无相似之处。

两个人之间之所以会形成这样一种关系,主要原因在于克莱特,她全心投入牺牲之中,接受这个男人所有伤风败俗的行为:"她很脆弱(身体上和精神上都是如此),却接受了所有这些放荡的事情……以这样一种牺牲的方式(是不是像在俄罗斯一样，像西蒙娜·维尔一样，因为她内心深处真正的'基督精神'？他把这些放荡的行为发挥到了极致；虽然没有具体的证据，但是有人不无理由地影射过，他经常粗暴地伤害她。她也想要避开，不再酗酒……她经常想逃跑……但是她病了，而且她感到心醉神迷，于是她留了下来。"有时她称呼她的情人为"上帝巴塔耶"。萝尔的死亡也是个谜，因为在几个月的时间里，她一直参加"无首领行动小组"庆典的祭祀礼。她最终感染的是肺结核，但是她的身体和精神早就做好了夭折的准备。

布朗肖与巴塔耶相遇时，他们原则上还离得很远，然而另一个人都作为对方的另一面而存在。布朗肖是巴塔耶谨慎、保守的一面，而巴塔耶则代表了布朗肖热烈、炽热的那一面。如果说色情并不是布朗肖所关注的首要主题，他却也在梦幻中——与多米尼克参与《O的故事》的方式是一样的——参与了巴塔耶的种种尝试。他们一起建立起了一个思考的世界，并且打下了各自作品的基础。相遇之时布朗肖还没有出版任何作品，巴塔耶也只写了很少的两部书。对于基督教、神话和现象学的批判阅读，力求对虚无和死亡有所定义。这是两个在家庭、政治生涯和文学选择上完全相反的男人的结合。最为让人困扰的是布朗肖也参与到布朗肖作品中的色情里——他的其他作品完全没有涉及。布朗肖是第一批阅读《爱德华达夫人》的人之一，这是巴塔耶在一九四一年九月至十月间写的一个故事，布朗肖在《事后》中说，他"完全被故事击中了，到了说不出话来的地步"。

两人成了朋友之后，开始定期地发表和出版。由于巴塔耶比布朗肖大十岁，这加深了巴塔耶对布朗肖的影响，也突出了巴塔耶在两人关系中的权威性，虽然两人都感觉自己属于同一个共同体。自他们在法国青年会小组中相遇之后，两个人将友谊延续到了组建新共同体的活动中。战争时期，他们和别人（格诺、雷利斯、兰布尔）一起在里尔街三号德尼丝·洛林的房子里一个月开一到两次会议，德尼丝·洛林那时是巴塔耶的情侣。巴塔耶那会儿正在写《内心经验》。在会上，他常常把手稿的一些段落念给大家听，十分期待听到他人的意见，尤其是布朗肖的。差不多同时期，布朗肖结束了《暧昧之神托马斯》的写作。小说于一九四一年在伽利玛出版社出版，而《内心体验》直到一九四三年才出版。

在战争期间，布朗肖的事业似乎在分头进行。他踏入了巴塔耶的生活，认识了新的朋友，但并没有因此放弃原来的阵营。两个时期之间的联系是小说，因为它既属于三十年代的布朗肖，也属于即将重新出炉的布朗肖。他没有完全斩断和贝当政府以及亲希特勒分子控制的刊物的关系。直至一九四四年八月，他仍然是《论战报》的文学专栏撰稿人。《论战报》的专栏叫做"知识生活"，因此，他一面写专栏一面为未来的文学评论作品作准备。一九四三年，他在这个刊物上发表的文章集结成册出版，取名为《失足》。由于与巴塔耶越走越近，布朗肖渐渐离开了右翼青年联盟的朋友，除了在一段时间内，他还保持着和穆尔尼埃的联系。如果说佩吉、克洛代尔和季洛杜仍然是布朗肖在审美与文学上的钟爱，在《失足》中，布朗肖却尽量淡化对他们几个的赞美之意。新的阅读出现了，比如马拉美、瓦莱里或者洛特雷阿蒙。

在逐渐发展形成的批评思想中，布朗肖将艺术家带回其本身，认为艺术家应当回应自己内在的需求，独立于公众和时代之外。他就这样奠定了现代小说创作的理论基础。一九四一年十月至十二月，布朗肖为波朗的《塔布之花》写了三篇文章，这也是他批评工作发生转向的证明。布朗肖对自己的作品感兴趣，这令波朗相当感动。两个人已经是朋友，是波朗把布朗肖引入了伽利玛出版社的作者群。波朗读到布朗肖的文章时，他承认这些文章的确揭示出了作品之后真实的他。于是，一九四一年十二月，他产生了让他为德里厄的《新法兰西》杂志做秘书的念头。

然而，自从出版了《暧昧之神托马斯》之后，布朗肖已经遭到附敌刊物的摒弃。波朗对克洛德·罗伊提起过布朗肖，而当时克洛德·罗伊也处在离开民族主义右翼阵营转入极左阵营的关键时刻："您对布朗肖的这部书有什么看法？在我看来，首先，它很真实。我想，正因为这点，在精神中，如同在眼睛里一样有一个盲点。我没有找到任何拒斥它的理由。但是这里的刊物都给了很恶毒的评论。布拉齐亚克甚至说布朗肖除了为犹太人工作之外，根本什么也没做过。上帝啊，这可能吗？出门的人都回来了，非常感动，夏尔·什甚至说，如果需要，我们的邻居会省下自己的一口面包给我们吃。看他真诚的样子，没什么好怀疑的。"信中所谈及的"出门的人"就是那些受邀去魏玛参加所谓"德国战争读书周"举办的"欧洲作家大会"。接受邀请的人是皮埃尔·德里厄·拉罗歇尔、拉蒙·费尔南德兹、安德烈·弗雷尼奥、罗贝尔·布拉齐亚克、雅克·夏尔多纳和阿贝尔·波纳。与会代表受到了戈培尔的接见。马塞尔·茹昂多从中找到了《证据》一文的材料，一九四一年十二月成文后登载于《新法兰西》杂志上，并且在这之后完成了《秘密旅行》一书（秘密出版社，1949）。

这次旅行的意义与布朗肖在战争期间的态度当然无法相提并论，布朗肖并没有参加抵抗组织，但没有人指责他是附敌作家或亲希特勒作家。波朗却毫不犹豫地向德里厄建议由布朗肖负责杂志的书评部分。他把宝押在布朗肖过去的朋友身上，认为他不会对杂志驱逐犹太作家的做法说些什么。就在他推荐布朗肖的时候，他还提到了让一个来自同样阵营的年轻女人也参与工作，多米尼克·奥利："也许我们可以请布朗肖组织杂志的书评部分。（但他是否愿意呢？从他的书来看，我觉得他比较具有洞察力。）多米尼克·奥利很热情，此时她发现了一些非常不错的神秘主义和宗教诗歌（十五至十七世纪）。当然，这是个女人：乖巧，很懂得方法。海勒让我明天和他一起吃午饭。"德里厄需要布朗肖来支持他，因为他希望自己可以慢慢从杂志抽身，以防葬送自己的将来。据布朗肖说，他参与《新法兰西》杂志一事只停留在协商阶段。而他真的协助德里厄编辑杂志——这是帕斯卡·福什在《德占期间的法国出版》一书中所提出的假设——或许只有几个星期的时间。

尽管布朗肖拒绝与德里厄一起编杂志，他倒是在一九四二年一月的《论战报》上为德里厄的一本新书《理解新世纪》写了一篇吹捧性的书评。在《理解新世纪》这本亲德的作品中，德里厄成了现代专制政体的卫道士，认为现代专制政体具有"重建中世纪理想的能力"。布朗肖似乎不太在乎德里厄在政治上以及文学上的归属——他承认书中有些观点"可以引起无休止的反对和顽固的拒斥"，但也没有明确是哪些，只是分析了作者本人的变化。他重新启用了某些青年右翼联盟非常熟悉的主题，诸如"政治田径运动"，但已经切断了与先前所撰写的那些批评理论文章的关联。在为《论战报》撰写文学专栏的过程中，布朗肖渐渐将他批评著作的框架勾勒出来："布朗肖其实并不是在评论作品，而是评论引导和陪伴作品的经历。正是因为处于生活与创作的交汇点上，他才对传记感兴趣。传记？是的，如果作品的确是关于'天才'的传记（所谓天才，尤其指的是作品中生成和创造的部分）。" 最后一篇出现布朗肖民族主义思想的文章是他为季洛杜一部法国文学研究文集写的，也于一九四二年一月发表。克利斯朵夫·比当却注意到，布朗肖的民族主义在一年后出版《失足》时已经不见了踪影："法国命运的荣誉所在"成为简简单单的"我们命运的荣誉所在",并且,季洛杜在《失足》里也不再是个"伟大作家",而仅仅是个"作家"。

一九四三年,布朗肖斩断了和极右过去的联系。他受到在法国复兴的自由愿望的影响。德国二月份在斯大林格勒保卫战中败北,看到希特勒垮台的可能性,法国抵抗组织的活动的规模也越来越大。布朗肖在伽利玛出版社遇到迪奥尼斯·马斯科洛后,与抵抗组织成员和共产党员走得很近。马斯科洛读了《暧昧之神托马斯》,作为审读委员会的成员,他建议加斯东·伽利玛将布朗肖在《论战报》上所撰写的文学专栏文章集结出版。这就是后来的《失足》。

战后,布朗肖成了一名极左阵营的作家。从一九五八年介入阿尔及利亚战争,支持阿尔及利亚独立开始,他写了很多政论文章,通常用的是笔名,或者集体署名的方式,因为考虑到要用一种普遍意义的话语。他另一次无与伦比的政治介入是一九六八年"五月风暴"的时候,他觉得又重新找回了三十年代曾经经历的那种革命气息。或者从战前到战后的历程来说,林林总总的这些事件与其说是断裂,毋宁说反映了一种承继的关系。

杰弗里·梅尔曼,《〈战斗〉上的布朗肖》

布朗肖在政治上的转向与其开始全心投入文学几乎是同步的,这也是很多研究者致力于弄明白的一个神秘主题。如果说克洛德·罗伊在自传作品中的解释在个人层面是可以接受的,他认为在三十年代的革命精神与共产主义及左派的介入之间有一种思想上的承继性,这种解释却并不能从思想的角度出发,为我们揭示布朗肖转变的根本原因所在。莫里斯·布朗肖和多米尼克一样,围绕着秘密构建自己的生活,尤其是在巴黎解放,也就是他意识到自己的政治错误之后。莫里斯·布朗肖的档案和通信都已经找寻不到,或者在大部分的时间里都禁止查询,直到一九九八年,克利斯朵夫·比当的传记出版,秘密才被部分揭开。甚至在他死后,获取布朗肖个人资料也是非常困难的事情。

我们能够大致划分布朗肖的三个时期:第一个时期是三十年代,布朗肖的思想在其政论文章和文学批评文章中都有体现;第二个时期以一九四三年为标志,他突然转入文学领域;第三个时期是在戴高乐一九五八年上台至一九六八年"五月风暴"之间,他又回归到政治领域。转变的原因应该存在于第二个时期,亦即他的文学时期之中,布朗肖正是在此时离开了极右翼的老朋友,结识了左派知识分子。然而,在思想方面也许的确存在着某种承继性,甚至布朗肖的写作也表现了这种承继性,并且勾勒了从德吕蒙,经过贝尔纳诺斯直至巴塔耶甚至福柯的这条主线。

这个假设是杰弗里·梅尔曼提出来的,他是最早致力于分析布朗肖思想轨迹的人之一,挖掘出布朗肖从极右翼的过去,直至成为左派战斗的作家、哲学家的典范的历程,并且从中找出某种承继性。在杰弗里之前,七十年代中期,有不少文章提到布朗肖参加过极右翼运动,尤其是让-路易·吕贝·戴尔·拜尔出版了《三十年代的反保守主义》之后。在*Gramma*杂志上,麦克·奥朗和帕特里克·卢梭勾勒了布朗肖参与战前民族主义思想革命的过程,并指出布朗肖"转向文学作品"时,在意识形态领域有所退却。在意识形态领域的退却为其文学评论打开一个新天地:"在沉默之中,文学的、叙事的语言形成了,这是另一个政治空间。"*Gramma*第三期、第四期、第五期上所刊登的关于布朗肖的文章着重于对布朗肖发表在极右翼刊物上的文章做一个整理。

几年后,杰弗里·梅尔曼做了新的尝试,想要说明究竟基于哪一点,可以说布朗肖的政治介入和文学作品之间并不存在所谓的断裂。杰弗里自一九八一年开始在波士顿大学执教,他是法国文学的教授,二十世纪法国文学与思想运动问题专家。一九八二年,《原样》杂志发表了他题为《〈战斗〉上的布朗肖:文学与恐怖》的文章,对十九世纪兴起的反犹主义思潮对布朗肖的影响作了一定研究。之后,作者在此基础之上加以扩充,形成专著《法国反犹主义的遗赠》。在《原样》杂志上的文章以贝尔纳诺斯一九二九年间与法兰西行动的年轻人所做的系列对谈为起点。而贝尔纳诺斯的主要政治著作也将这一系列座谈收录在内。

贝尔纳诺斯希望传递给年轻一代——他们有个共同的名字:青年右翼联盟——的,是"向爱德华·德吕蒙致敬,以传记的形式所呈现出来的,已经失去的激进反犹主义遗产"。德吕蒙的著名作品《犹太法国》在十九世纪末非常畅销,使得反犹主义成为"二十世纪绽放的最伟大的神话"。贝尔纳诺斯在《反应》杂志所聚集的这批年轻人身上看到了希望,觉得他们能够继续德吕蒙的主题。在法国,此时形成了"某种法西斯主义的云团"(这是德里厄·拉罗歇尔在一篇文章中的用语），融合了反犹主义、民族主义、反议会主义和社会主义。杰弗里在书中首先坚持认为，布朗肖在三十年代的法西斯主义倾向是无可争辩的事实，尤其表现在他参与穆尔尼埃的两本杂志这一点上。《起义者》宣称建立在"瓦尔和德吕蒙的双重保护之下"，《战斗》则定期发表德吕蒙、莫拉斯和索莱尔的作品节选。布朗肖出现在这两个刊物上，不仅仅作为"具有右派倾向的文学爱好者"，而是作为"深处时代中心的政治思想家"。

杰弗里的分析得到了齐夫·斯特奈尔的肯定，几乎同时，斯特奈尔出版了一本书，对法国法西斯主义思潮进行分析。在他看来，布朗肖"实际上提供了关于法西斯精神的完美定义，指出这是介于左派与右派之间的一种综合精神，离开传统的信仰，却不是为了接近资本主义信仰的左派，忽视民族主义传统形式却不是为了接近国际主义，而是为了以各种形式达到国际主义的右派。" 齐夫·斯特奈尔的出发点是布朗肖发表在《战斗》上的文章《我们要求分裂》。布朗肖的政论文章之所以采用这样一种激烈的文风，是出于他所宣扬的用暴力推翻现存政体的需要。在另一篇《战斗》的文章《恐怖主义，向公众致敬的方式》中，布朗肖宣称我们不能改变一种"根遍布世界各地"的体制，我们所能做的只是通过暴力的革命彻底地消灭它："这就是为什么，我们现在觉得恐怖主义是一种向公众致敬的方式。"

杰弗里·梅尔曼则直接从布朗肖战前发表的政论文章过渡到其在一九四二年出版的第一部文学批评集《文学是可能的吗》。这本小册子主要收集了布朗肖在《论战报》上的文章，关注的是"另一种恐怖主义"，文学上的恐怖主义，在波朗著名的作品《塔布之花或文字的恐怖》中得到了充分阐释。于是布朗肖将自己定位于"文学的某种现代性"之上，他抛弃了政治生涯，在政治领域突然沉寂下来。梅尔曼认为我们必须看到，"在布朗肖的沉默中，在其对文学概念的确立之初，有一种想要掩饰部分生命经历的愿望，即他在三十年代所写的那些政论文章。"他最初的文学批评作品《文学是可能的吗》可以被当成"法国文学现代性相当谨慎的开端"来看待，也可以被当成"向三十年代法国法西斯主义告别的象征"来看待。紧接着政治暴力之后的，是《文学空间》的"彻底被动"。而在《文学空间》之后的《失足》则以呼唤忘却和沉默而告终。

三个原因使得布朗肖得以清算贝尔纳诺斯带给他的遗产："法国法西斯主义的衰落"、"附敌的事实"和"掩盖生命中的政治部分"。但是，由于贝尔纳诺斯和穆尔尼埃也有相同的态度，布朗肖拒斥反犹主义的事实被低估了。一九四九年，贝尔纳诺斯为"华沙犹太人聚居区起义者所表现出的英雄主义"而欢呼，而一九七一年，穆尔尼埃则写了一篇题为《犹太人的光荣》的颂歌。之前，穆尔尼埃还写过一篇文章，对福柯就"国家革命"所做的分析作出回应，而《犹太人的光荣》在某种程度上是该文的续篇。从对安德烈·格鲁克斯曼的《思想大师》的分析入手，福柯问道："究竟是通过怎样的技巧，德国哲学能够把革命演变成对真理的许诺，许诺可以建立一个美好的国家，而另一方面，它又将国家演变成了革命安宁而完美的形式？"贝尔纳诺斯沿用了德吕蒙关于巴黎公社失败的思考，也对"国家革命"提出了批评。梅尔曼注意到"格鲁克斯曼的理论构型"（福柯所揭示的）与贝尔纳诺斯一九三一年的那些文章所显示出的构型之间存在同时性："国家革命作为一种普遍化的监督体制的载体，在多少有点令人兴奋，本身用一种阴暗的方式完成启蒙时代理想的集中营中达到高潮。"

这可能有点夸张，但作者是为了将布朗肖的政治转变限定在一定范围内："布朗肖从政治向文学的过渡就处在这些文章之间，表面上有所区分，实际上却十分相似。与这种过渡同在现代发生的，是语用学上交叉配列法的骤变，这种骤变可以让犹太人和反犹主义者之间保有一定的关系。"一篇大胆的文章，然而梅尔曼在发表之前将文章寄给布朗肖时，布朗肖坚决否定了作者的论据。在一九七九年十一月二十六日的一封信中，他充分表达了自己从根本上不同意作者的看法，但是在关于为德里厄的《新法兰西》杂志工作一事上没有进行任何更正。事实上，梅尔曼提到了雷奥多日记中的一段，那是一九四二年五月的时候，雷奥多在日记中介绍布朗肖是《新法兰西》杂志德里厄的秘书。布朗肖说自己在法国青年会待了几个星期后——"我和不少朋友都注意到，想要用打入维希政府内部的方式反对维希政府，是多么幼稚和危险的举动"，接受了波朗的请求，与并不是很熟悉的德里厄见了一面。在和波朗讨论之后，并且听了德里厄提出的要求，最终他拒绝了，借口说他不能请作家为一份他自己也不撰稿的杂志写文章——这就是所谓的"等待策略"，直至《新法兰西》杂志于一九四三年八月停刊。

这段插曲不仅仅是个故事，我们还能够从中理解到布朗肖缄口不言过去的苦衷。他将自己设计为一个脱离时局，彻底进入文学领域的作家。杰弗里却回到布朗肖极右的过去,解开了这个神话,给予我们解读布朗肖作品的关键所在。沉默、黑暗、中立,这些都是用来掩饰可耻的过去的面具。而他关于作者消失、关注文本、关于主体消失的写作理论或许也可以用这一点来加以诠释,那就是要遮掩部分生活。在文章中,梅尔曼强调了转变之中的承继性,他引述布朗肖评论波朗时的话,所谓"精神的本质,深刻的分裂,同一与同一的战争"。

所有针对布朗肖的指控却都只是针对其文章的,并没有涉及行动。然而他接着也发表了很多揭露反犹主义的文章,并且谈到"人们有理由指责我写的这些文章"时,在给罗杰·拉波特的信中表达了他的后悔之情。他在战争期间的活动具有双重色彩,像那时的很多人一样,因为他一方面与巴塔耶以及抵抗组织有所往来(昂泰尔姆、杜拉斯、马斯科洛小组),另一方面仍然为《论战报》写稿。战后,他一度只写小说和文学批评,直到一九五八年才重新开始政论文章的写作。

米歇尔·苏亚出版的《莫里斯·布朗肖政论集》收集了布朗肖政治生涯第二阶段的主要文章,具有明显的左派介入的色彩。布朗肖为迪奥尼斯·马斯科洛和让·舒斯特创办的杂志《七月十四日》撰写专栏,反对戴高乐获取政权的方式。他在那里发表了两篇文章,《拒绝》和《重要的倒错》,这是布朗肖自战争结束以来首次发表带有政治色彩的文章。他也是《我们拥有不服从阿尔及利亚战争的权利宣言》,或称《一二一宣言》的发起者之一,其余倡导者多为马斯科洛杂志的成员,《宣言》就发表在让森因为帮助阿尔及利亚民族解放阵线遭到起诉之际。

尽管《一二一宣言》是集体性质的,并且匿名,布朗肖的参与起草,参与定义"拒绝"的基本权利却是非常重要的。他自然用"权利"一词来反对"责任"。"责任"仅仅是一种强迫,人们可以"盲目地完成",闭着眼睛,而权利是一种"自由意志","每个人为了自己,面对自己,他总负起责,可以完全地、自由地介入"。他写了包括《柏林》在内的好几篇文章,准备给未来的《国际》杂志,这是《一二一宣言》的签名作家想要给他主持却始终未见天日的杂志。于是文章一直没能发表,最后才在《路线》上刊登了出来。

在表示支持阿尔及利亚独立之后,一九六八年"五月风暴"时,布朗肖又重新写起了政论文章。索邦大学被占领后的第三天,他和马斯科洛、昂泰尔姆、杜拉斯、雷里斯一起成立了大学生-作家联合行动委员会。小组在被大学生占领的索邦大学内定期开会，集体起草宣传单、檄文和宣言。而布朗肖再次启用了"拒绝"的主题，在当时的《世界报》上发表了系列文章，一百来位作家和艺术家都在上面签上了自己的名字。新的杂志《委员会》在酝酿之中，不过后来只出了一期，都是个人名义的文章，但都没有用真名。布朗肖一直坚持写文章不用真名，他将之定义为"写作共产主义"。

他毫不犹豫地将德占期间知识分子抵抗组织与面对"戴高乐政权的文化机构"所必须进行的抵抗相提并论。在《没有遗产的共产主义》一文中，布朗肖甚至否定了唯一为其附属于右派阵营可以有所辩护的民族主义："一切通过价值、情感而使人类在某一个时代、某一段历史、某一种语言中产生根的感觉的，都是一种谵妄，它让人认为自己生来便是优越的（法国人，珍贵的法国血统），将人关在对于现实的满足之中，并将自己的现实作为范例推广，使之成为政府的理由。马克思曾经说过——这话语充满了平静的力量，人只有同意走出自身（走出已经内化的构成），这种谵妄才会结束：走出宗教、家庭、国家。"布朗肖在一九六八年"五月风暴"中所看到的革命精神与他在一九三四年二月六日所希冀的是一样的。他主张恐怖行动。但是两次革命的失败带给他的失望也都是一样的，一九三四年和一九六八年，尽管两次革命的背景有很大不同。前一次是法西斯主义精英的失败，后一次则是从人类普遍性入手的共产主义的失败。

从八十年代开始，布朗肖写了一系列关于犹太教、列维纳斯和海德格尔的文章。在《不要忘记》一文中，布朗肖描述了奥斯威辛集中营，描述了"纳粹的迫害"，认为正是纳粹"让我们感到犹太人是我们的兄弟，而犹太教，远远不只是一种文化和宗教，而是我们与他人关系的根基"。随着新的思想和政治领域的斗争的到来，布朗肖越来越激进。

布朗肖在战争期间就已经放弃了法西斯主义教义，但是他并没有立即并且全身心地转入左派。巴黎解放时，布朗肖参与了法国作家协会的前几次会议，议题是肃清法国知识界的附敌分子。但是他和旧时的朋友仍然继续在右翼杂志上发表文章——极右翼在当时是不可想像的。在《十字路口》上，他署名发表了一篇文章（一九四六年一月二十四日第七十五期），这是"巴黎解放时创办的一份右翼周刊"，同时，他还为梯也里·穆尔尼埃创办的《座谈会丛刊》撰写专栏。但是一九四八年，莫里亚克将杂志更名为《座谈会》，在布隆出版社出版之后，他就再也没有参与撰文，因为那时的布朗肖已越来越左。不过，虽然与共产党走得很近，布朗肖并不赞成法国作家协会采取的清算措施。战争期间，布朗肖已经是加斯东·伽利玛创立的七星奖评委会成员，接着他进入批评大奖评委会，在评委会里重新与阿尔朗、波朗有所接触。后来，巴塔耶和穆尔尼埃也进入了评委会。

一九四五年八月，在《方舟》编辑部，他与多米尼克·奥利再次相逢。他们已经在一起做过杂志，《战斗》和《起义者》，当然，那时候和他们在一起的还有穆尔尼埃，然而这一次，多米尼克已经进入出版领域。《方舟》的第一期杂志要目上有莫利斯·布朗肖的名字，他主持"关于小说"的专栏，同样，多米尼克·奥利的名字也位于要目下端，负责的是书评部分。在一九四七年一月那期杂志上，布朗肖发表了一组《纪德和体验小说》的专栏文章，而穆尔尼埃在同期上刊登了自己的剧本片断，《国王的行程》。布朗肖一直为《方舟》撰写专栏文章，直至四十年代末期杂志停刊。在此期间，他与多米尼克又一次走得很近，这是一位亲密的朋友，是他人生历程的最好见证，是他的同谋。

战后的杂志

莫利斯·布朗肖和周围人的关系是很矛盾的。他需要友谊，并且总是加入某个团体。布朗肖战后的朋友有乔治·巴塔耶、德尼丝·洛林、让·波朗、埃马纽埃尔·列维纳斯、勒内·夏尔、皮埃尔·普雷沃，他们之间尽管相距遥遥，却有一定往来。布朗肖在自己身边建立了一个亲近的朋友与知识分子圈，但是从表面上看来，他仍然身处孤独之中。五十年代和六十年代是他对左派作家产生巨大影响的年代，然而在此之前他已经完全从巴黎社交生活中引退了一段时间。虽然他在《方舟》、《批评》、《四季》、《七星丛刊》、《现代》等杂志上频频撰文，但他住在地中海边的埃泽，住了将近十年。

他的出版频率很高——差不多每两年一部作品，并且，从一九五三年开始，他每个月都要给《新法兰西》杂志交稿。而他给别的杂志写稿时却觉得非常困难，包括巴塔耶的杂志《批评》。他身体很虚弱，这也部分给出了他不太露面的原因。布朗肖与不常见面的朋友开始大量通信，自此形成他所谓的"无形的圈子"。五十年代末期，他回到巴黎，住在马达姆街的一套公寓里，直至七十年代初期，他决定和兄嫂住在一起，这才搬去了哥哥勒内在郊区的小别墅里。他只偶然见见朋友，与朋友的交往显得尤为神秘。

因此，没有人怀疑他和多米尼克之间保持的亲密关系，多米尼克也和他一样，斩断了和极右阵营的关系。但是他们之间仍然存在着重大的分别，因为多米尼克和波朗一样，是支持戴高乐的，支持带有一定保守主义和自由主义色彩的右派。在戴高乐一九五八年上台的问题上，他们的立场有所冲突，但是最主要的冲突在布朗肖和波朗之间。多米尼克不为政治所左右，她更看重的是个人关系，而不是意识形态的介入。布朗肖非常看重和多米尼克的关系，因为在某种程度上多米尼克是他的女性版本。他们在个性上和所走过的道路上都非常接近。两个人都是神秘而谨慎的人，善于思考，有些犹豫，相似到了令人奇怪的地步。他们彼此互为证人——两个人都承载着一个不愿意为外人道的秘密，那就是曾经从属于极右翼阵营。在杰弗里·梅尔曼所暗示的所谓思想承继性中，布朗肖和多米尼克的关系也尤为引人注目。他们相同的出身是以家庭原则为前提的，而他们与极右翼的永别则代表着相同的解放意识。

布朗肖与多米尼克相处非常融洽，仿佛一对兄妹，因为他们是同谋。对于能够再次在一起工作，为同样的杂志，在同样的出版社，他们感到非常高兴。这样布朗肖就能够承担起某种政治上的暧昧，和以前的老朋友一起为杂志工作，并且不引起任何怀疑。与"无形的圈子"原则相吻合，布朗肖与多米尼克的友谊也主要通过通信，而且通信内容限定在工作范围内。他们的通信从未公开，也不完整，因为一直到布朗肖去世后，一部分通信才被找到。这部分通信没有什么连贯性，也颇为微妙，很短，很神秘，但是可以证明他们之间由来已久、经久不衰的友谊。尽管他们在不同的时期经常见面，然而找到的这部分通信却是从一九五三年才开始的，正值《新法兰西》杂志复刊之际。

对于要在《新法兰西》杂志上表明自己所属阵营的布朗肖来说，出版发表的游戏是非常微妙的。尽管他早先已经介入过阿尔及利亚问题，但却一直等到一九六八年才再次决定要撰文表达自己的思想。十五年以来，为《新法兰西》杂志撰写专栏一直非常适合他。他的专栏文章得到了很好的报酬，而且这样可以维持与伽利玛出版社的长期关系。但是他与加斯东·伽利玛之间发生过好几次冲突，每次他都在犹豫是不是要在子夜出版社出版。一九四七年到一九四八年间，他想过要加入巴塔耶，他才在子夜出版社创办了一个"财富的运用"系列。但是加斯东·伽利玛拒绝转让布朗肖作品的版权，只有一本例外，《洛特里阿蒙与萨德》，后来这部作品于一九四九年在子夜出版社出版。一九五一年，他又再一次企图离开伽利玛出版社，但是在加斯东·伽利玛的坚持之下只能放弃。自此之后他与加斯东·伽利玛一直保持着距离，选择波朗和多米尼克作为他的全权中介。他在《新法兰西》杂志的活动非常广泛，并且一直坚持到一九六八年，他在意识形态领域"复辟"为止。

布朗肖与波朗和多米尼克一起第一次尝试社论是在《新法兰西》杂志复刊之前的《七星丛刊》上。布朗肖愿意为一本《新法兰西》杂志的替代刊物（对于波朗来说就是如此）撰写专栏，足见他与这本杂志的不解之缘。他又一次容忍自己与亲德作家们一同出现在杂志要目上——波朗已经在为这些作家恢复名誉而斗争。一九四六年四月的第一期杂志上，有布朗肖的一篇小说作品，《走正道》。一九四八年春季那一期上，又有他一篇关于雷斯蒂夫[①]以及雷斯蒂夫与萨德的关系的研究，《美德的欢愉》，同期上还有夏尔多纳和贝尔纳诺斯的作品。那个时期，萨德是布朗肖研究的重点所在，和波朗一样，也和不久之后的多米尼克一样。色情是自由最后的避处。一年后，一九四九年春天——那时杂志一年只出两期，他发表了一篇题为《卡夫卡和文学》的文章。

尽管当代的一些人对文学不屑一顾，布朗肖坚持认为，卡夫卡所寻求的并非是超越文学之上的什么东西，他首先还是一个文学者自居。"卡夫卡想尽一切办法成为作家。他曾经失望过，每一次他认为自己无法成为作家的时候。"以卡夫卡的《日记》为出发点，布朗肖瞥见了卡夫卡与写作之间的关系："首先，他具有这样一种诚意，愿意以任何一种方式接受它，愿意成为它的奴仆，不论是作为一种职业也好，还是作为一种艺术也好，不论是作为一种任务也好，还是作为一种爱好。"进入文学之后，卡夫卡便无法再终止写作，因为他觉得中断会导致他的死亡，即使要死也要在写作中死去。写作就是"肩负起写作的不可能"，"是为沉默命名"。这是一篇非常特殊的文章，向大家宣告了他在那时所做的所有批评工作，洛特雷阿蒙、萨德、卡夫卡和尼采。

[①] Restif de la Bretonne（1734-1806），法国十八世纪世态小说家。

在一九四八年第二期和一九四八年底至一九四九年初的冬季刊上，布朗肖什么也没写，但是杂志的要目上出现了梯也里·穆尔尼埃的文章，题名为《普绪喀和丘比特的爱》，还有一篇马塞尔·茹昂多的文章《小伙子》，这两个作家仍然属于右派阵营。他给杂志的最后一篇文章与多米尼克的《迈尔特伊夫人的反抗》登在同一期上，一九五一年春夏合刊，文章题为《想像物的两种说法》①，后来作为附录收录在《文学空间》里。这篇文论讨论的是形象的问题，形象"要求中性和外界的消隐"，"要求一切全回到任何东西在其中都得不到肯定的无动于衷的深处"，它"走向依然在空无中的那种东西的内在深处：它的真实性就在此"。这是对在客体问题之后的方法的现象学讨论："首先事物必须远离才能让自身被重新把握"，而且，"在此，远离处在事物的核心"。相似性是形象的另一面，因为它使得主体和客体处于无人称的状态。形象和想像物有两种说法，两种"最初的双重意义"，产生于"否定的力量"，死亡的力量。就在被认定为完成，悬置或中断之处，死亡"以一种虚无"的方式被加以延长；"作为死亡不可能性而存在的死亡"。这篇布朗肖发表在《七星丛刊》上的文章绝对属于其自五十年代开始的批评作品和理论作品的范畴。

一九五三年末开始，布朗肖不再在其他杂七杂八的刊物上发表文章，他成了——每个月一篇专栏——《新新法兰西》杂志的定期作者。布朗肖真正声名显赫的时代开始了。他影响了一代作家、哲学家和艺术家。他是完全意义上的伽利玛出版社的作家，也是伽利玛出版社审读委员会的成员。两份报酬：杂志和委员会。他放弃《批评》和《现代》，一方面是因为稿酬的问题，但出版阵营也是一个重要因素。在那会儿，布朗肖也许不太在乎与另一个政治阵营的作家一起发表文章，因为《新新法兰西》杂志从某种意义上来说是延续了波朗为右翼作家恢复名誉的计划。

布朗肖的四部主要批评作品，《文学空间》、《未来之书》、《无限的谈话》和《友谊》都是以《新法兰西》杂志上的文章为基础形成的。其中的动机因素（外在、中性、黑夜）以及主要的写作原则（隐匿、碎片）也都是在写文章的过程中慢慢确定下来。最重要的主题都已经出现：作品的来源，否定，与海德格尔的对话，巴塔耶，列维纳斯，卡夫卡，与马尔罗、萨特、加缪的论战，文学上

---

① 此处译文参考顾嘉琛译文，《文学空间》，莫里斯·布朗肖著，顾嘉琛译，商务印书馆，二〇〇三年。
——译注

的信仰。这一切与后来巴特、德勒兹、德里达、福柯和拉康的理论构建也密不可分。但是在那个时代的出版者眼里，围绕布朗肖所形成的这个知识分子圈子还是边缘化的。有时，面对加斯东·伽利玛的指责，波朗不得不捍卫布朗肖，伽利玛向阿尔朗抱怨说"杂志过于文学化，有时甚至难以理解，不再是一本面向大众的杂志"。而布朗肖的专栏文章在伽利玛看来也是"不可理解"的。

伽利玛的判断也解释了为什么布朗肖好几次意欲离开伽利玛出版社，投入子夜出版社的怀抱。《新法兰西》杂志的新走向扩大了波朗与伽利玛之间的分歧，因而也加剧了与子夜出版社之间的斗争。五十年代初，波朗是子夜非正式的文学出版负责人之一。伽利玛出版社审读委员会拒绝（他们认为过于恶毒或过于艰深）的手稿他都转给了子夜，这样伽利玛出版社的作者，例如布朗肖、巴塔耶和克罗索斯基便得以在其他出版社出版自己的作品。《新法兰西》杂志是个实验室，而不仅仅是一本经典意义的杂志，尽管它也会刊登纯学术作者的作品。

波朗当然很欣赏布朗肖的作品，尽管有时他也会作出严厉批评："布朗肖的哲学中有一种让我很反感的东西，我也说不清楚是什么。"如果说波朗承认布朗肖的天赋，也认为绝对有必要出版他的作品，他却可能更喜欢更为平实的作家，例如右派的茹昂多或是右派无政府主义的辛格利亚。然而这种在文学上的小小分歧与一九五八年开始的政治斗争无涉。波朗和多米尼克一样，站在戴高乐将军的一边，并且公开支持他执政。一九五八年四月，他就在弗朗索瓦·莫里亚克发起的所谓的"左派戴高乐主义者"请愿书上签名，要求戴高乐将军重新执政。

在一九五九年六月波朗给布朗肖的一封信中——这封信与《致年轻的游击队员》的口吻颇为相似，我们可以看到当时的情景："当然，最为理想的也许是由国家的所有公民（包括女公民）抽签选出谁才是最为杰出的公民：领袖。然而抽签实际操作起来会有困难。过程很长，而且有人会作弊。为什么我们就不能同意随便找个先生或夫人——不管是谁，反正是我们手边的人——即将出生的孩子。一个国王毫无疑问就是第一个来到的傻瓜，一个我们还一无所知的人，我们只知道他是个人（假如运气好，最好是一个没有天赋的人）。您会告诉我夏尔·戴高乐在某些方面显示了一定的天赋。是的，这当然是他的弱点。但是从另一方面看：他似乎已经打了抵抗天赋的防疫针……总的说来，他不太理论;他几乎没有普遍意义上的哲学思想。……为什么就不能在'偶然遇到的任何人'边上给他一个位置呢?他毕竟意识到自己应该像一个'偶然遇到的任何人'那样,如果您更喜欢另一种表达方式,我们可以说,他毕竟意识到自己应该像'任何人'一样去做。"这封信是波朗对《七月十四日》杂志所做的一项关于"一九五八年五月十三日事件"之后应对措施的调查的回应。如果说开始时,波朗因为害怕"穆斯林民族主义力量日益壮大"而更倾向于反对阿尔及利亚独立,在一九六一年一月八日关于阿尔及利亚实现公共政权的自治与自主问题的全民公选中,他却投了赞成票。要不是一九六八年,波朗已经奄奄一息,波朗和布朗肖的政治分歧或许更可能产生在十年之后,在"五月风暴"的问题上。

所有这些小事情都没有损害两个男人之间的友谊,自布朗肖撰文评论《塔布之花》开始,他们之间就已经缔结了深刻的友谊。在《友谊》(伽利玛出版社,1971)一书中,布朗肖提到过他和波朗的友谊,这本书也是他向朋友们——乔治·巴塔耶、埃利奥·维托里尼、路易-勒内·德福雷、阿尔贝·加缪、安德烈·布勒东和让·波朗——所表达的敬意。书中介绍了他这些光彩照人的同路人,但是没有提到不太引人瞩目的友情,比如他与多米尼克之间的友谊。从六十年代开始,布朗肖的写作有所转变,选择了新的形式,这在他《新法兰西》杂志的文章中也有所体现。对谈的形式开创了双重声音的批评,并且开创了片断式的写作方式——"灾异的写作"。《国际革命》遭遇失败之后,布朗肖渐渐厌倦了给杂志写文章,他觉得这是一种已经死亡的"文体"。六十年代,他给《新法兰西》杂志的文章越来越少。从开始的一年十来篇,到一九六八年至一九六九年间,他一共只写了一篇。自此之后他决定投身于政治运动的写作,以一种集体创作的方式——例如为大学生-作家委员会。他的专栏文章不再仅限于文学的范围内,而他的马克思主义政治倾向也已经非常明显。

六十年代中期,布朗肖反海德格尔的思想倾向也日趋彰显:"这些批评倒不见得针对这位三十年代大学校长的政治态度,而是针对他作为一个哲学家的态度,认为'他应该为妥协性的写作负责',针对他这样一种带有妥协意味的哲学,针对这种哲学所带来的虚无主义的权利。"[1]海德格尔从来没有公开承

---

[1] Christophe Bident,《莫里斯·布朗肖:无形的同伴》,传记,尚瓦隆出版社,1998。第四四一页。
——原注

认过自己的错误，不像布朗肖，在生命后期几乎成了犹太复国主义的斗士。但是布朗肖站在巴勒斯坦一边反对以色列的时候，又渐渐拉开了和左派的距离。接着，七十年代中期，布朗肖从政治领域引退。其间只有很少见的几次介入，例如在布唐事件中，他对德里达施以谨慎的援手。皮埃尔·布唐是一个莫拉斯主义的思想家，法兰西行动的理论家，巴黎解放时被取消了大学教席，但是在加入了戴高乐派之后又得到重新聘用。他被聘为斯特拉斯堡大学的讲师。德里达发起了一场情愿运动，揭露这个政府行为，请愿书在一九七六年六月十五日的《世界报》上发表。布朗肖给德里达写了信，表示自己"无条件同意"他的观点。

八十年代，布朗肖极右翼的过去在 Gramma 和《原样》杂志上被揭露出来。于是接着出现了对布朗肖作品的大量非议，认为这是最为深层的法西斯主义思想的展现。他曾经对海德格尔提出的控诉如今返回到自己的身上，尽管他一直想通过种种办法加以回避。可以让人们原谅的最好办法或许是从这个世界消失，在极度的孤寂中生活，引退。布朗肖在《无法承认的团体》（子夜出版社，1983）中，对一生的阅读、友情，对自己的文学和政治历程作了总结。与年轻时代的决裂是显而易见的，但是并不完全，例如，他长期保持着和多米尼克·奥利的朋友关系。原谅不能抹去已经发生的事情，只要证人和印迹还在，所发生的一切就仍然还在。

友谊

莫里斯·布朗肖给多米尼克·奥利的信都不是很长的对话，它们更像是小便条，但意味深长。一些小的思想火花，可以说明将他们连在一起的亲密关系始终存在，温柔而有力。影射到他们各自的秘密，和任何人都不能道的秘密，可以证明他们之间由来已久且无比忠实的友谊。通信始于一九五三年。两人一起为《新法兰西》杂志工作，重新开始频繁接触，就像一起做《方舟》杂志时一样。然而布朗肖不仅仅限于工作上的思考，他还不断向她证明自己的情感："亲爱的多米尼克，我想念您，一直都想。告诉我您的消息。"他称她多米尼克，但是会经常谈起当年的那个安奈特。

在多米尼克还是安娜·德克洛的时候，布朗肖就已经认识她了，他很喜欢让她回想起从前的样子。秘密关系的证明。也许他谈论安奈特是为了加深彼此间心有戚戚焉的感情，因为只有亲近的朋友才可以称呼昵称。两个这样称呼多尼米克的人是她一生当中的重要男人：梯也里·穆尔尼埃和让·波朗。他们之间有可能是爱情关系吗？最可能的是他们像孪生兄妹、像青梅竹马一般彼此相爱。在圣-安娜日，布朗肖又想到了多米尼克："感谢您，亲爱的多米尼克，相信我温柔而忠诚的情谊。我会一直在您身边。您呢？还有，叫醒安奈特，祝她节日快乐。"

布朗肖隐居在埃泽时，也继续给她写信，非常忠诚。他请她原谅，因为在《文学空间》里，没有一章是献给她的。布朗肖在《新法兰西》杂志上发表的文章通常关系到他的作家和哲学家朋友。他没有能够就多米尼克写点什么，因为她除了序言和批评之外，没有写过纯粹意义上的著作，而况他们之间又是一种秘密的友情。她属于亲人的范畴，而不是思想上的同志。但是多米尼克对于他在《新法兰西》杂志上发表文章肯定非常重要，同时，在伽利玛出版社出版一事上也起着非同小可的作用。这就是为什么，在作品出版之际，布朗肖觉得必须因为这点遗漏请她原谅："您会原谅我的，我没能在《文学空间》中的某一页谈论到您：这只是一本书，而我觉得没有书，我们仍然是朋友。您是在度假吗？我希望如此。如果您一直想要做点什么，我推荐您看看这些克洛代尔的校样，有很多错。在这人群嘈杂的荒漠中，我很想念您。"

他们之间的感情既有工作的成分，也有私人的成分，多米尼克是布朗肖在《新法兰西》杂志最喜欢的对话者。"亲爱的朋友，离开之前见不到您了，对此我感到很难过：不幸的处境使我必须远离巴黎。您能不能告诉杂志编辑部，说我的地址又将是埃泽镇，也许您也要记住这个地址，有时或许可以告诉我您的消息。"他请求她原谅他的疏忽时措辞特别微妙："我们一个追一个跑，像小猫一样。也许最终我们能够到达现实之中。"多米尼克写了智慧而公正的评论时，布朗肖也没忘了祝贺她："我很喜欢您对西蒙娜·德·波伏瓦所作的评论：在她其他的作品中，她的确很敏感，有时甚至很脆弱，不是吗？的确是美国恋情的良好效果。"即便不能在一起也不能有损于彼此间的友情："星期一，我觉得您忧心忡忡，也许说得上悲伤。我希望您能够想起我的友情，即便在您来说有多么遥远，又多么无济于事。"

布朗肖和多米尼克彼此关心，并不仅限于与自己有关的工作，因为布朗肖也很关心杂志的工作，多米尼克的工作，有时和自己没有什么关系。他向多米尼克打听瓦雷里·拉尔博的特刊，虽然他自己并没有贡献什么文章："在炎热的夏天，愿我的友谊可以给多米尼克送去清凉的空气。您知道瓦雷里·拉尔博那期特刊什么时候能出吗？"特刊最终于一九五七年九月出版。同一年，布朗肖回到巴黎生活。对于能够和朋友在一起，布朗肖很高兴，尽管他害怕对方又一次去度假，已经远离巴黎："您度假吗？'度假'是否意味着出发和远离呢？"布朗肖安顿在巴黎第十五区的维奥莱街十八号，他在等校样："我还没拿到这个月专栏文章的校样。不过这至少又给我一次机会，能够向你表达我的友情，并且告诉您，见到您，我有多么幸福，因为这么多年来，对我来说，您始终非常重要。"

　　最为令人困惑的是布朗肖提到的"报纸上的形象"。也许事关《先睹为快》出版时多米尼克登出来的照片。但是布朗肖似乎为了影射那个时期发生的《O的故事》的诉讼案。"亲爱的多米尼克，我看到了您报纸上的形象。这就让我感到放心了，我不知道为什么，因为这还不能完全证明什么。"布朗肖有可能对《O的故事》的写作秘密有所耳闻，或者凭直觉猜到点什么，这样才能解释得通所谓的证明。但是也许他所说的证明只是多米尼克离他并不很远的证明。沉默和秘密是他们友谊的核心，也是他们友谊的价值所在。"看到您向我表达了您的友情，我感到多么幸福。也许今年还会给我带来些别的，虽然所有的一切已经让这一年非常幸福了。但是我希望我们的友情能给您在所有的事情上带来快乐，小事情，大事情，虽然我对您的所有事情并不一定那么了解。……我不知道自己是否有权利说了解您，但是我觉得，我们的友情使得彼此已经成了一家人，即使有不了解对方的地方也无大碍。拥抱您，亲爱的安奈特"。

　　带有极大信任感的友谊，同时，多米尼克对布朗肖还负有一定责任，因为布朗肖把发表文章的计划交给她来处理。多米尼克对布朗肖的文章负有责任，这些组成其日后批评文集的文章每个月都在《新法兰西》杂志上发表，而且在文集的事情上，多米尼克一向是布朗肖和出版商的中间人。"这段时间，有好几次，我都听见了您的声音：这让我感到很高兴，尽管我要努力说服自己，尽量不认为这是'假的在场'（事先很久就录好的音），不认为我因此还是对您的现状一无所知，但现在，在与马塞尔·阿尔朗的友情对话中，我连您的声音都听不到了。如果您愿意接受我附的这篇文章，我会非常高兴。文章的题目不太可能会成为我下一部作品的名字，《书的不在》，《新法兰西》杂志出于永不厌倦的诚意敦促我产出——当然，我经常拖延——的那些片断将在这本书中占有重要位置。因而这本书非常不幸，很可能是我最后的作品之一，既然它是在那些'片断'的基础上形成的。不知道有一天我是否能把书给您寄来，至少我是不是会下定决心，自私地把责任转嫁到您的肩上呢？温柔地拥抱您，多米尼克。我希望能够直接听到您和让的消息。"

然而布朗肖并不完全是一个在等多米尼克承担起所有责任的作者。他也很为她感到担心："希望您一定告诉我您的近况，让我放心。而我想对您说的话很简单，我只是害怕您工作太多，您总是有这样一种平静的勇气，而不太考虑到您的身体是否能够承受。为此我感到很心疼，当然是暗暗的，也没什么用；请原谅我对您说这些，我也不知道该怎样做才能对您有所帮助。可能是搞错了，除了校样，信封里还有波诺夫人的文稿，我想，波诺夫人的作品可能是欧坦文学中最为大胆的（算起来，欧坦也属于我家乡所在的省份）。"对于文学界的人物来说，工作与情感生活是分不开的。

作为杂志的编委会秘书，多米尼克负责布朗肖专栏的校样，主要是校对和版面设计。因而这类事情，布朗肖总是和她联系，有时叫她安奈特，有时叫她多米尼克："亲爱的安奈特，这是关于卡夫卡的那篇文章，文章中最重要的就是那些不为人所知的注释。您会发现，排版有些困难，因为里面有两个注释很长：第一个是在第一页，我想它还是必要的，因为在此卡夫卡被假设为一个孩子，注释力求说出我们知道的和我们不知道的；第二个注释（第十四页）的重要性要少一些，只是在试图揭开分裂、和解等一系列错综复杂的谜团。但是，当然，我并不坚持这两个当中的任何一个（也许可以把它们放在文后，作为附录）。由您全权决定吧。是的，挑一个下午，我很愿意陪您一起去让家里一趟，他什么时候愿意都行，看您合适，或许等春天，我们的身体更好一点的时候。温柔地拥抱您。"

尽管布朗肖对波朗和阿尔朗也很有感情——每次他都不忘了问多米尼克他们的消息——他还是更频繁地与多米尼克通信："亲爱的多米尼克，我想，和往常一样，我或许不该这么为校样的事情着急：二月中旬前后，我给了让一篇关于贝克特的文章——他收到了没有？不过，不管怎么说，您总是有让我感到担心的事情。我知道您患了严重的感冒；您能不能告诉我您最近怎么样了？我也很想念马塞尔·阿（尔朗）。过一阵子我就会给他寄一篇关于梦的文章，是对米歇尔·雷利斯的作品《梦》（瑟伊出版社'东方文化丛书'）和凯卢瓦等人的评论。"

同时，布朗肖也会毫不犹豫地在信中问多米尼克讨要《新法兰西》杂志的稿酬，不过措辞很是小心。而且他总是没有忘记问她近况如何，身体如何："见到您总是令我感到很幸福，不论时间有多么短暂。但是您对我说很疲倦，是的，我一直为之忧虑。我不喜欢您善于应对这样一种疲惫，凭借您本身，或者凭借您自身的一种灵巧。我当然愿意相信，在无形之中，你是牢不可破的，但是正因为如此才会更容易受到伤害。不管怎么说，您告诉我的让我感到难过。请原谅我对您说这些，还有，既然我今天已经说了，我还要再补充说一下，上期的《新法兰西》杂志，我应该还会想起我写的页数。"他知道多米尼克经常受到这类疲惫的困扰，布朗肖自己也很了解这种疲倦，因为他自己有同样的问题。"您的疲倦让我感到担心，因为我知道这种感觉有多么要命；而一个如此亲近的朋友的疲倦，就好像是我造成的一般，而我又不能做点什么帮您减轻痛苦。过两天，告诉我让最近怎么样。"

布朗肖与多米尼克实在是心心相印，甚至他建议多米尼克单独完成校对，不再把文章交还给他——肯定是因为他清楚多米尼克从来不会冒险歪曲他的文章："原谅我，亲爱的多米尼克，把这篇文章交给您来决定。您改的时候不要有所顾忌（我在注释中引入了对杜维尼奥的影射，不过很笨拙，我是担心他会因为沉默而感到愤怒，担心他有可能认为沉默是很讨厌的，但是您也可以去掉这段或者换种形式）。在此请您原谅。让怎么样？他有时会谈起他的身体，但是总是很谨慎，我不知道是否应该往深里想。"友谊与工作总是在他们的通信中彼此交替。"谢谢您的来信。知道您很好，我感到很幸福，当然，如果能从您这里知道您很好，幸福感尤甚。同样还要为了杂志感谢您（我想说的是H.勒菲弗尔的书《日常生活批评》；您能否替我把评论保留下来？）。也许不久后能见面。"

衰老已经开始征服这两个脆弱、忧伤、孤独和谨慎的人。渐渐从公众生活中引退后（一九六八年"五月风暴"之前）的布朗肖越来越多地在信中谈起疲倦。他能够向忠实的朋友倾诉他的疲倦。而对于已经离开人世的朋友的追念更加深了这份淡淡的忧伤。"我爱您，温柔地拥抱您，亲爱的多米尼克。在这新年之际。我来到埃泽，被一种无法控制的诱惑所吸引，或许也是希望从前的埃泽能够在安静中得到重建。但是我病了，非常严重，感冒，兴许肺部有问题；于是我只好回到巴黎，我希望您能给我写信。我已经听说莫尼克·格拉尔去世的消息，感到非常难过。我知道她的情况不容乐观，但是就在几个星期前，她一些亲近的朋友还不知道她再一次病危。我想您，一直都很想。"忧伤，回顾往昔，这一切都浸淫着一种温情。布朗肖一直强调自己对于多米尼克的忠实友情，因为相同的历史而缔结下的友情。每年年末，一种怀旧的情绪总是占据了他的心："希望我们的心愿都能达成，希望我们共通的一切都好（我们的共通之处很多）"，也正是这共通的一切加固了他们之间的友谊。

"我觉得这是唯一的时刻，我有权叫您真实的名字，这个名字唤起了我内心深处如此纷繁的记忆，我该说什么呢，是一种比历史更确定、比记忆更深刻的友谊。新年好，亲爱的安奈特，我温柔地拥抱您。"而布朗肖也是向多米尼克提出，想要降低专栏写作的频率，因为他感到太疲倦了。布朗肖从德国回来后，借改校样之际在信中表达了他想减少（即便不是彻底停止）专栏的愿望："很抱歉，产生这样一些误解。我在达姆施塔特收到您的来信时，真是非常高兴，因为有了您的消息，我还没有意识到其中的困难：您认为我的邮件会被转寄过来，校样也是，而我以为印刷厂会把新的校样寄给我在德国的地址。直到时间过了之后我才意识到自己的错误，但已经太迟了，我也不想再麻烦您。另外，除了两三处错误之外，文章排得非常好。我只和您说一下错排的地方，很容易修正的，而且必须修正，因为关系到题目，是 *L'Athenaeum*，而不是 *L'Athenaeun*。再一次请求您原谅，并表示感谢。我会很快给您回信。实际上，亲爱的多米尼克，我希望您能够帮助我改变——更确切地说，是降低——专栏的写作频率；疲倦，透支，我不得不做此打算。您能不能站在友情的角度考虑一下这个问题，而友情是我们这么长以来共同的精神？"

愿望在一九六四年就已经产生了，远在一九六八年"五月风暴"的政治介入和布朗肖政治观点趋于激进之前。十多年来，他一直每个月都给《新法兰西》杂志写专栏，已经开始有点厌倦。然而，直至一九六八年以前，他仍然继续他的专栏工作，差不多每个月都还有他的文章。一九六五年春天，他还在关心好几篇校样的事情："我是多么担心您啊，我只在今天说，并且用一种无人称的方式。一直如此，我们生活在一种情绪波动之中，正是感情使这种情绪波动毫无安全感可言。让我放心。请将我的诚挚忠实的问候转达给让和马塞尔。附上的这篇文章由两部分组成，随便您怎么安排，在什么时候安排。拥抱您，我亲爱的安奈特。"接着是夏天之前的一封信："没有您的消息。不过，我知道您去参加福尔蒙托文学奖的评审，所以您只好不得不出门了。告诉我您一切好。不久以前，我给您寄了一篇文章，我可能还要改一下，要增加一些注释。我能否在不久之后就收到校样？在'假期'使我们彼此分离之前？您会休息一下吗？让怎么样了？衷心祝福您。"布朗肖参与《新法兰西》杂志似乎没有什么改变，因为他可以相信多米尼克。如果没有她，或许布朗肖很早以前就终止了在杂志的专栏。

政治介入

从一九六五年开始，让·波朗就渐渐退出杂志和出版社，全心全意投入个人工作，作为一个作家的写作工作。这个用一生来捍卫文学的男人觉出了疲倦，也生出了一点厌烦情绪。波朗不在，多米尼克就成了布朗肖在杂志专栏的主要合作伙伴。布朗肖非常信赖她的眼光，经常和她交流自己的写作计划。"我想杂志所有文章的位置都是最好的（只要是出现在那里的文章）。但是，因为既然您如此好心地提议，如果不会造成太大困难的话，我给您寄来的那篇改好的文章，就是关于已经刊登出来的尼采的续篇，能不能立刻登出来，这样读者可以更看得清两篇文章之间的联系。但是您决定吧，我这里没有任何要求（更没有任何想法）。请告诉我您的近况。在我的内心深处，友谊一直都在，一直都想多知道一点您的消息。"

布朗肖把自己希望发表的文章寄给多米尼克："我很悲伤，没有您的任何消息。我很希望《新法兰西》杂志愿意发表我这篇稍微有点长的文章，主要谈论的是萨德的政治观点。这篇文章我打算用作那本称为《法国人，成为共和党人还须努力》的小册子的序，小册子很快就能出版，十月末吧，在博韦尔出版社的'自由文丛'中。我保留有在杂志上提前刊登片断的权利。不幸的是，我几乎无法再给您其他文章。让现在如何？如果您能告诉我他的情况，我会非常高兴，当然，最好您也能和我谈谈马塞尔。"他还请多米尼克全权负责校对："我能请您帮忙校对萨德那篇文章的校样吗？我恐怕是没办法做了。原谅我的请求，因为您也非常忙。我要去黑林山住一段时间，上次去对我的身体很有好处，但是一回到巴黎后，我又感觉非常疲惫，所以只好再去。我感到浑身乏力，很难确诊，也很难承受（这话当然是我们之间说的：以我们的友情，我知道，我可以要求您任何事情，保守秘密自然更不在话下）。我经常满怀感情地想起您，拥抱您，亲爱的安奈特。我的地址仍然是玛达姆街四十八号，寄往那里的邮件都会转寄给我。告诉我您的消息。我请求您。"

布朗肖的信从来不乏友谊的证明，例如在这封年底照例都会寄给多米尼克的信中："亲爱的安奈特，我的思绪，我对您的友谊一直都在，只要我还在。您会给我您的消息吗？"友情一直都在，一直那么深，那么大胆："能再见到您，我真是觉得美妙极了，超乎寻常的幸福，感到我们的重逢是如此完美，又欢快地认出了昔日的您，那是我记忆中的形象，也是您将保留在记忆之中的形象，然而却是在一个我们很少相聚的空间范围内，或许是为了我的忠诚而感到美妙，也为您的忠诚。也许我向您表达这样的情绪过于大胆。那也只好如此了。像我们这样由来已久的友情，应该有些特权的。祝好，亲爱的多米尼克。"这是一封吐露爱情心声的信，埋藏很久，柏拉图式的、美好的爱情。对于布朗肖来说，友情与爱情就其神秘的，超脱一切利益之上的以及绝对的本质是接近的。"许久没有您的消息。现在，我只能寄希望于那样的日子，我们彼此之间似乎感觉还要遥远，我们喜欢分享的希望仿佛更是遥遥无期，然而我要对您说的是：一直鲜活的、永远不变的、超越记忆的思想，是别无所求的友情（但是这样也许它本身就是更为苛刻的？）。亲爱的安奈特——这个如此美丽的名字，我心中的名字，我温柔地拥抱您。"

布朗肖对于多米尼克的信任也是他们之间友情的表示。布朗肖和多米尼克是真正的合作伙伴。《新法兰西》杂志是他们最能够体会到彼此在一起的情感的地方，尽管他们其实机会很多，从杂志（《起义者》、《战斗》、《方舟》和《七星丛刊》）到文学奖项评审。他们都是五十年代和六十年代最重要的奖项之一批评大奖的评委。一九五九年，布朗肖为评委会的初选名单推荐了好几本作品，并且已经表示了他对皮埃尔·克罗索斯基的偏爱。他将他的想法告诉多米尼克，在很多文学活动上，他都愿意和多米尼克交换意见。由于他不会投入太多精力在作品的遴选和奖项的组织上——尽管一直到生命尽头他都是评委会的成员，他需要依靠多米尼克来支持克罗索斯基。"您不会因为我的缺席而怨恨我吧？不会的，是不是？为了说明我不是完全对这个奖漠不关心，我推荐几个人，克罗索斯基（《废除》）、莫兰（《自传》）、班热（《特里斯当》）、班古（《囚徒》）、杜阿索（《老傻瓜》）、卡泰·亚辛那（《报复的循环》）、布瓦卢弗雷（《他事》）、雅克·布罗斯（《十五的秩序》）、J.P.法耶（《马路间》）、费尔芒多·阿拉巴雷斯（《巴雷斯·巴比伦和他的戏剧》），甚至还有帕特里克·瓦尔伯格的《马克斯·恩斯特》，我觉得最后一本也能进初选目录。您瞧，我是知道的，至少是名字。但是您怎么想呢？"皮埃尔·克罗索斯基的《废除南特赦令》没能夺得那年的批评大奖。

在布朗肖不能够出席时，多米尼克便替他投票。批评家的身份有时会造成评奖的困难。对作家们予以评判，但站在出版社的立场。这解释了为什么布朗肖会多次缺席评奖会。然而一九六三年，为了纪念刚刚去世不久的朋友乔治·巴塔耶，他却重新回到了评委会里。与往常相反，他非常了解当年出版的作品，并且真正推荐了一批作者和作品。"我要离开几天，因而不能参加批评大奖的会议。为此我感到很遗憾，但是我想无论如何，六月十日我可能勉强能在，想到乔治·巴塔耶已经不在了，这也是为了向他表示敬意（这条理由只能对您说）。在我向我们朋友组成的委员会所提交的名单里，我推荐的是：埃德蒙·亚博的《问题之书》、罗杰·拉波特和甘特的《昨夜》、马尔特·罗贝尔的《旧与新》和罗兰·巴特的《论拉辛》。"

其中，布朗肖特别坚持的是罗杰·拉波特："我非常希望把我的投票权交给您。在前两轮，我会把票投给（如果您也这么看）《昨夜》。如果拉波特的机会不大，我的票要么投给亚博，要么投给班热（我觉得我们应该对这位总是与奖项失之交臂的作家有所补偿），看您怎么看，加上我这一票，两个人谁更有把握能胜出——如果您有所怀疑，想想我多么信任您的判断。想到我能够默默地、无声地站在您的身后，我觉得非常高兴。过一会儿我就要离开巴黎了。不久以后我就会给让写信，能有他的消息——而且是好消息——非常幸福。您认为《商业》杂志会接受我吗？我看让在上面发表了一篇文章。拥抱您，亲爱的安奈特。"最终是罗贝尔·班热凭借《讯问》一书夺得当年的大奖。

布朗肖最终对评审结果感到很满意，尤其是对与多米尼克联合起来出手一事："谢谢，亲爱的多米尼克，您很好地运用了我们的小小资源（我的一票，也许还包括您的一票，反正都混在一起了）。我非常爱您。"待到克罗索斯基有第二次得奖的机会时，布朗肖再也没有片刻的犹豫。他立即通知了多米尼克："即使星期一我不在，我也会想您的（这段时间我的身体很不好）。而且我希望能有您的消息。奖要给皮埃尔·克罗索斯基：必须这样选择，至少是我的选择。"他再次请多米尼克替他投票："批评大奖投票时请您替我，就像以往一样：P.克罗索斯基。"一九六五年的大奖最终的确给了皮埃尔·克罗索斯基的《巴夫麦》，这引起了某些评委的不满，并导致罗歇·凯卢瓦离开评委会。

凯卢瓦与克罗索斯基可能让人觉得有点反常，因为他们有不少共同的东西。克罗索斯基的天赋和边缘化也许对于凯卢瓦来说是难以忍受的，尽管在三十年代，他和巴塔耶一起建立了社会学院，但是他已经成为一名学院派作家。他和让·道尔麦森一起主编《第欧根尼》杂志，他的观点是正统的法兰西语文学院的观点，一九七一年，他取得了法兰西语文学院的院士席位，凯卢瓦已经不再是战前的那个革命知识分子。在这场论战中，布朗肖仍然坚持他对克罗索斯基的支持："您知道，我把票投给了皮埃尔·克罗索斯基。我不知道是出于怎样的疏忽，我这一票竟然没有白投。您能好心将这个消息转给他吗？尤其是现在有人反对他的书得奖，这真是荒唐。我现在的情况很不好——也许是暂时的，所以没法儿给他写信。我相信您。致以所有的情谊，通过这封信。"

一九六六年，布朗肖支持的是勒内·夏尔，后者也是他最亲近的朋友之一。"谢谢您说明情况。自然，在这种情况下，我会把票投给（通过您的调解）勒内·夏尔，我们很好，您是知道的：就像他说的那样，在生命的上游我们一直都在对方的身边。我记得在他写《许谱诺斯的纸》的时候，奖颁给了另外一个人，我担心这样不幸的错误永远也不能弥补。最好还是能够得到大家的一致同意。谢谢您告诉我您的近况，谢谢您的情谊。我不久后就会给您写信。拥抱您。"后来勒内·夏尔拒绝了这个奖项。

布朗肖在文学上的选择总是以友谊为前提的，彼此之间互相欣赏。他捍卫的作家是他在《新法兰西》杂志上撰文评论的作家。他的每一个朋友都是他与其他人之间友谊的见证，建立在共同体原则之上的友谊。因此，多米尼克是他旧时友谊的见证，他与那些战后不再接触的人之间的友谊。和多米尼克一样，他不再和穆尔尼埃往来。而他们共同拥有的那个时期为数不多的朋友之一是贝尔纳·米勒雷。在共同为《新法兰西》杂志工作的时候，布朗肖和多米尼克走得很近，就像战争初期两人和贝尔纳·米勒雷一起为法国青年会工作的时候，那时穆尔尼埃正准备离开，换一种生活。布朗肖对贝尔纳·米勒雷的追忆总是充满无尽的柔情。

贝尔纳·米勒雷一九〇四年出生于香槟地区圣萨维讷，父母是针织品商，在特鲁瓦工作，走出工厂门，贝尔纳·米勒雷就去上绘画课。由于他对色彩的掌握有些困难，最终他没能成为一个传统意义上的画家，而是成了漫画家和雕塑家。平民出身的他充满了激情，尽情享受生命的乐趣。战争期间他给多米尼克画的肖像一直挂在他家的客厅里，直至去世。战后，多米尼克与米勒雷仍然在日尔曼娜·里歇尔和勒内·德·索利埃家继续见面。让·波朗很欣赏里歇尔和她的丈夫，他们是波朗所喜欢的现代艺术的一部分。日尔曼娜·里歇尔在夏提永街的工作室也是和米勒雷共同拥有的。

自一九四六年以来，贝尔纳·米勒雷就和多米尼克·罗兰生活在一起。开始时他们的生活非常困难，靠给《新文学》画插图为生。直至一九五二年，多米尼克·罗兰的小说《气息》得了当年的费米娜文学奖，他们的生活才有所改变。于是他们在墨兰的维利耶买了大房子，和多米尼克·罗兰的女儿克里斯蒂娜一起住在那里。幸福和相爱的十年开始了。之后，他们结婚，多米尼克·罗兰在原来的比利时国籍之外，也取得了法国国籍。但是他们的幸福生活因为贝尔纳·米勒雷的死亡而突然中断，他患了癌症，经历半年痛苦不堪的生活之后，于一九五七年三月去世。疾病，以及这个令人欣赏的男人渐渐垂危的情形成了罗兰一部小说《床》的素材，非常美，却也残酷得可怕。多米尼克·罗兰描述了自己的丈夫在六个月的时间里，身体与精神慢慢崩溃的过程，以及在死亡不可逆转之时，她不得不着手准备的葬礼。小说的女主人公无法接受不公平的死神：两个注定相爱的人相遇了，可一个却突然死亡，过早地死亡。

死亡意味着摆脱的可能，意味着可以开始爱另一个人。在贝尔纳·米勒雷死后一年，多亏了保罗·弗拉芒，瑟伊出版社的主编，多米尼克·罗兰遇见了菲利普·索莱尔斯。索莱尔斯那时二十二岁，才出版了广受评论界好评的处女作《一种奇怪的孤独》。多米尼克·罗兰比他大二十岁。他成了自己小说里的吉姆，向詹姆斯·乔伊斯致敬的小说。索莱尔斯和罗兰之间的爱情极为自由，因为他们从来没有在一起生活过，只是夏天一起去威尼斯度假，平常一起在巴黎工作，并且自此之后永远没有真正分开。菲利普·索莱尔斯已经结婚，因而多米尼克·罗兰一直没有再嫁人，保持着贝尔纳·米勒雷的寡妇身份。贝尔纳死亡时所经历的一切令她再也不能够与其他男人一起生活。这是一个非常独立的女性，但是伤口从来不曾平复。她和女儿之间的关系也是问题重重，在《床》中有所体现，因而母女关系也不能够帮助到她。

所有贝尔纳·米勒雷亲近的朋友都被他的死亡所震惊。是多米尼克将这个可怕的消息告诉了布朗肖。这两个人虽然已经不再见面，但仍然继续写信，时时回忆起彼此之间深刻的友情。"谢谢您给我来信。为这样的结局，我感到很是悲伤，我们之间也是真正的、忠诚的友谊。我们没有再见过，但是贝尔纳还给我写信，而且用一种令我非常感动的方式。自从两年前他父亲突然去世后，我想，我似乎听到了点严重而可怕的事情。再说，他一直对这类无法言明的严重的事情非常敏感。如果您有时间，告诉我您的消息。我想念您，您知道的。"在今后的几年里，当布朗肖追忆他们共同的朋友时，也总是浸淫在同样的情感中："知道您感冒疲倦，我感到很难过。不过我希望您说不用担心，我真的能够相信您。不要徒劳地冒险。三月十三日，八年前，贝尔纳濒临死亡。啊，我经常想起他，如此忠诚、纯稚的朋友，然而却受到了这样大的折磨，我们的青春已经是昨天。"贝尔纳是布朗肖的青春、过去和秘密故事的另一个见证。

与《新法兰西》杂志的冲突

有好几次，布朗肖都想过要离开伽利玛出版社，因为他离伽利玛出版社的出版政策已经越来越远。他只能和《新法兰西》杂志的那些人一起工作，尤其是波朗和多米尼克。当布朗肖看到波朗渐渐淡出杂志和出版委员会，特别是一九六五年彻底抽身之后，布朗肖便想到离开伽利玛出版社的事情。另一方面，自阿尔及利亚独立战争之后，到一九六八年"五月风暴"之前，他与出版社之间在政治上的分歧也越来越大，布朗肖决定不再在《新法兰西》杂志上发表文章，原因有两个：一是他的出版人波朗已经离开，另一个则是出于政治的考虑。

由于布朗肖在政治上并没有具体的介入行动，所以尽管他与马克思主义很是接近，却并不在意右翼出版社出版他的作品。伽利玛出版社的审读委员会里，右翼作家和左翼作家都有，波朗和多米尼克的组合就可以说明问题。如果说布朗肖还能够接受他们的政治倾向，这是因为他们与他之间有着更深层次的默契。对文学的热情远比政治斗争要更为有力。但是同时，布朗肖在政治上也越来越激进，又重新发现了革命教义的魅力。一九六八年五月，他再也无法承担自己公共介入与对出版社的忍耐之间的矛盾。与反革命作者把文章发在一起不再可能。起初他给《新法兰西》杂志"研究"专栏的频率还基本维持在每两个月一篇，很少有例外。然而，这种不间断的专栏写作到一九六八年五月就终止了。这是真正的"结束篇"。在接下来的日子里，一直到一九九六年为止，布朗肖一共在《新法兰西》杂志发表了四篇文章，主要是在特刊上，为了向某位作家表示敬意。一九六八年，他主要为杂志《委员会》和报纸（《世界报》或《新观察家》）撰写专栏文章。

与《新法兰西》杂志决裂是布朗肖所采取的最激烈的原则性立场之一。在某种程度上，《新法兰西》杂志与布朗肖的关系有一部分是物质层面的，因为他的一部分收入来源于杂志。与过去斩断最后的联系，这在布朗肖而言也是一种极端态度。在一九六八年"五月风暴"的系列事件中，布朗肖成了革命斗士，而在此之后，他过着几乎完全与世隔绝的生活，直至生命终了。然而在个人方面，他并没有因此与多米尼克和波朗中断往来。再说他与杂志的决裂也是因为他们不在的关系。波朗不再为伽利玛工作后，尽管多米尼克仍然是杂志的秘书和审读委员会的成员，但已不再占有出版决策的位置。因为她也开始引退，出于羞涩与谦逊。另一方面，伽利玛开始限制她的影响，以求彻底抹去波朗旧时的绝对权威。

布朗肖几年前就已经想到过离开，早在伽利玛出版社出版委员会彻底改选之前。从一九五七年开始他就将此意图告诉了多米尼克："连我都听到了谣言，也不知道有没有这回事。据说杂志——过一段时间，半年或者一年——会彻底改版，说现在的主编阵容不复存在。对于我来说很清楚，如果真的有这样的改变，我就再也没有任何理由参与杂志了，因为现在的理由是友谊，能够达到所有要求，具有思想领域意义的'友谊'。但是自然，您是知道这一点的。为我们的感情。"杂志在布朗肖看来，应该属于文学这个简朴而超越一切利益的领域。如果要包装文学，使之更为现代，更为商业化，这是非常危险的事情，会伤及文学的声誉。杂志主要作者的意见至关重要。"对于《新法兰西》杂志的改变，我有些担心，如果杂志是从外表改起的，并且应外表改变的需要而改变内容。直到现在，朴素都是这本杂志的魅力所在；失去这个特点，难道不是在其日渐花哨的外表之下日渐贫瘠吗？我担心这种可见的改变会让杂志远离无形的改变，无形的改变，杂志只有出于注定的传统才应该得到实现。那篇我寄给您的关于'书的不在'的文章，因为种种原因，我希望能够暂缓发表，您是不是愿意我寄给您一些关于卡夫卡和他未婚妻（菲丽丝·巴恩）的通信的评论？德国最终出版的这些信件，大约有八百页厚的一本书。/告诉我，或许您希望我再给您寄另一篇别的什么我需要的文章？我也是，我希望能够见到让和您：在那里他能够很好地对付过冬天吗？拥抱你们俩。也向马塞尔转达我的友情。"

在布朗肖得知波朗的身体已经不能够支撑杂志正常运转的时候，决定离开伽利玛出版社的计划终于开始浮出水面。他的借口是自己的身体状况也很不好，但实际上真正的原因是工作和政治态度上的。布朗肖不信任伽利玛，不能放心地把自己的文章交给伽利玛出版社发表、出版。如果没有波朗在思想上和感情上的支持，他在杂志上就不会占有一席之地。"我觉得不向《新法兰西》杂志提出休假是不妥当的，我很怀疑自己是否还能够定期地提供专栏文章，尽管您一向很宽容，而且为我提供了一切便利。作出这样的决定我当然感到难过；实际上，不是我作出这样的决定，而是我内心深处的悲伤作出这样的决定，是我内心深处的悲伤不愿意考虑我所面临的重要问题。然而，我还是希望给您寄一篇文章——这是一篇小说的片断，您觉得合适，觉得什么时候合适再发表。但是要告诉我您的消息。我非常想知道波朗是不是已经好转了。告诉我，也告诉我一点您的消息。"在布朗肖别无选择之时，这些威胁便都开始成了实施。是历史的进程让他不得不选择与《新法兰西》杂志决裂。

一九六八年从两个层面而言具有象征意义：一方面，"五月风暴"的系列事件将布朗肖置于与伽利玛出版社出版政策水火不容的境地；另一方面，十月，波朗去世。在一九六八年十月给多米尼克的一封信中，布朗肖谈到了决裂的原因："我们已经很长时间没能说说话了。实际上是从五月开始。事件的沉默切断了所有的话语，包括最为亲近的话语。也许您知道，但您也可能不知道，我通过自己的方式（很微弱的方式），有时是公开的，但更多时候是匿名的，表示我与此次运动的方向一致，我参与了五月事件。我在其中倾注了我的责任，思考和我所剩的气力。不是它改变了许久以来必须思考的进程，而是它肯定了我必须有所决裂。于是我做出了一些决定。有些决定令我感到很难过。最轻松的决定就是在为《新法兰西》杂志写了十六年专栏之后，我必须终止，虽然在这十六年的专栏写作中，我一向很自由，得到了很友善的欢迎，甚至写了难以理解的文字你们也都出于感情全单照收,另外,在稿酬上也得到了很好的照顾。我的理由,您会加以分辨。我没有质疑杂志的公平性,相反,我要说的是,这份公平性在其可塑性方面与对我而言十分重要的这场运动是如此不和谐,所以我不再能够出现在杂志上。我再补充一点,自从一九五八年以来,我所表达的拒绝不仅仅是针对体制的问题,而是针对于体制有关的所有机构,拒绝既然已经如此具体,我便再也无法自由地、体面地在这里继续存在,这样,我再以匿名的方式和我的同志们一起斗争,无异于在其他地方自杀。我还要补充的是(但这几乎是一条附加理由),十月号上有些关于杂志的评论——虽然表面看是自由的——可以说明,在《新法兰西》杂志上发表文章对于我来说,只能是您所揭示的这份混乱而取悦的权利。亲爱的多米尼克,这封信当然是私人性的。我要静静地退出。告诉让和马塞尔,请他们不要忘记友情仍在,就像我知道,您对我的友情一直都会在一样,无论发生什么,时间尽管流逝,时代尽管断裂,我们之间的友情一直如此。我拥抱您。"一封无与伦比的信,与布朗肖的政治和思想进程都十分吻合。然而友情在信中也得到了很好的表达。是因为他拒绝服从某些机构,他不再能够为《新法兰西》杂志这样一种文学机构撰写专栏文章。

波朗的去世对布朗肖的触动非常大,他也非常理解多米尼克的痛苦。朋友去世之前的好几个月中,布朗肖一直都很担心,每次都打听他的状况:"昨天,我从J.瓦尔那里得知,可能让的心脏病又小小发作了一次。我想这次不舒服也可能是因为他要去哲学协会演讲造成的。但是我很着急。给我写几个字,告诉我他现在怎么样了。"波朗住院后,在其生命的最后一段日子里,布朗肖仍然继续给多米尼克寄专栏文章。但是波朗一旦去世,他则毫不犹豫地终止了专栏写作。但是有一个例外,那就是原来预计十一月出版的波朗特刊。在另一封给多米尼克的更加私密的信件里,他证实了自己与波朗的友情,那是在波朗去世一个月之后:

"我想去看您,某一天,您愿意并且能够的时候,也许您可以和我谈谈您勉强挺过来的这几个月,谈谈内心深处的记忆。正如我有时说的一样,这么多年以来,因为远离,形势的变化似乎使时光凝滞,然而对于我来说,让始终活着,凭借这种生命的微弱力量,他拒绝相信——即便生命变得模糊不清——生命应该放弃明澈,应该让那些能够坦然接受生命原貌的人失望。这是他给我的补偿,虽然我不配得到——当然也是通过您,我们的中介——对此我一直心存感激，我觉得这是他的慷慨，这份慷慨到现在也仍然确乎是生命的证明。有一点是肯定的，如果我能够，不管是多么简短，我也希望参与《新法兰西》杂志的纪念特刊计划。正是在战争期间——那时候我们走得很近——波朗问我，如果有朝一日和平得以实现，杂志得以恢复，我是不是愿意参与杂志。我还记得我的回答：'除非是秘密的。'他的答复是：'当然，它一直是秘密的。'"

《新法兰西》杂志的让·波朗特刊最终在一九六九年五月出版，上面有布朗肖的一篇文章，《死亡的便利》。他向多米尼克解释了这篇评论波朗作品的文章的意义。在同一封信里，他也对多米尼克谈起了自己的一项自一九六五年就开始的出版计划，希望伽利玛出版社能够出版。多米尼克能够在保守的伽利玛出版社替布朗肖力争，让他那些兜售不出去的书稿得以出版。这项出版计划就是《无限的谈话》。"我本来想写一篇关于让的文章。这不是一篇'文学性'的文章，也不是一篇表达敬意的文章（有什么用呢？），但是从文章的简朴形式来说，我想它应该很好地说明了一部经常容易被误解的作品的重要性：我经常读到的，正是作品的这份略显沉重的光芒，尽管出于谨慎，很长时间以来我一直克制住自己，尽量不要这样对这份光芒予以定义。告诉我您的看法。也告诉我您最近如何。冬天来了，对我来说略显艰难，我也只能闭门不出，但是我希望不久之后就能给您打电话。我还想补充一点：好几年以前——大概在一九六五年前后——我结束了一部作品，但我当时觉得作品的布局不是很紧凑，大部分是我在《新法兰西》杂志上发表的文章（但不是全部），还有一些是没有发表过的。因而书的篇幅就很长了（大约有四百五十页，单倍行距）。这三四年以来，因为一直不想发表，书稿被我搁置在一边。不过，这段时间，有好些出版商向我打听这些文章的下落（至少他们能够记起来的这部分），他们希望能够出版，但是由于我不希望——至少如果我们能够达成一致的话——把书稿交给伽利玛出版社以外的出版社，我想知道伽利玛出版社是否已经准备好了接收这本书（书名是《无限的谈话》）？也许我利用友情向您正式提出这个问题不太合适？如果您不乐意的话，就什么也不要做。您是知道的，这类出版的故事对于我来说有多么无聊。"

因此，布朗肖的决裂只是与《新法兰西》杂志的决裂，而不是与出版社决裂。专栏文集的出版目前为止仍然是伽利玛出版社的专利。尽管他摆脱了每月一期的专栏写作，到底还是没有拿出版的事情冒险。他的重要批评文集一直到一九八一年前仍然继续在伽利玛出版社出版，其中当然有多米尼克的帮助。波朗的去世对于布朗肖来说是非常痛苦的事情，因为这是他最亲近的朋友之一。他致信多米尼克，口吻完全把她当成了波朗的遗孀："我在想波朗的去世，应该是两年前吧。没有他，我们继续活下去真是困难。"基于向最亲近的朋友致敬的原则之上，布朗肖只为杂志纪念某一个作家的特刊撰写文章。一九七一年，他计划为布里塞·帕兰写点什么。"如果我能够，我会给您寄一篇小文章。如果不能，这既不是因为我的友情不够深厚，既非对您的友情不够，亦非对布里塞·帕兰的友情不够，因为我曾经的一切，我觉得和他还是紧密相连的，尽管我们的交往并不很多（但是最近他给我写了不少信）。我和您在一起，和您的悲伤，和您的柔情在一起。"

布朗肖向多米尼克所表达的情谊一直是美丽而温柔的。对于这个他称之为"终其一生的朋友"，他的友情始终如初。如果说从一九七〇年开始两个人的通信便开始减少，这是因为两个人基本上都退出了公众视野。除了和雷吉娜·德芙日一起完成的对谈录——这倒是给多米尼克又带来了一个思想领域与文学领域的新时期——外，多米尼克的职业生活仅限于费米娜文学奖和杂志的一些琐碎工作。布朗肖则在哥哥家过着隐居生活，只以片断的方式介入知识分子圈。但多米尼克仍然是布朗肖生命中和创作中最重要的女性之一。当他叫她"安娜"、"安奈特"的时候，他们青春时代的力量还在。这份绝对的友谊也是建立在布朗肖对多米尼克真正身份的了解之上："通过这个名字，我冒昧地将您保留在我的记忆之中。"除了布朗肖，再也没有人在多米尼克生命的后半程这样叫过她。

布朗肖将他第一部小说《暧昧之神托马斯》中的女主人公起名为安娜，这部作品正是在他与多米尼克非常亲近的时刻完成出版的。多米尼克或许为布朗肖作品的女性形象提供了灵感：她是令人激动的小说人物，和布朗肖一样，是个属于地下世界的人物。小说家的灵感都是基于存在的阴影部分和神秘部分之上。多米尼克恰恰是介于私人生活极大自由和公共生活真正权威之间的女主人公。这种反差可以与她对男人和女人的不同态度两相对照来看。在与能够保护她的强势男人的关系中，多米尼克显得顺从而保守，而和女人在一起，她则显得骄傲而充满魅力。正如她自己笔下的O，在和其他女人的关系中，"是她在主导这个游戏（和男人她从来不这样，除非通过间接的方法），她，只有她"。O在骨子里对女人也充满了兴趣，一方面当然是因为她们的美丽，但另一方面也是因为她们可以属于她。

第三部分
多米尼克
Dominique

埃迪特·托马斯
小传

关于埃迪特·托马斯生平的主要工作大部分是由马萨诸塞州克拉克大学名誉教授多罗泰·考夫曼完成的。她出版了三本著作,基本厘清了这个已经遭到遗忘的人物的点点滴滴:《日记,1939-1944》、《同谋的证人》(维维安·哈米出版社,1995)以及重点叙述战争期间的托马斯的传记《抵抗的激情》(康奈尔大学出版社,2004,法国别样出版社待出)。

在《抵抗的激情》的序言中,多罗泰·考夫曼解释道,多亏了多米尼克·奥利的帮助,其关于埃迪特·托马斯的研究工作才得以完成。作者最初几次去法国查阅可以获取的资料时就和多米尼克·奥利见过面,因为作者知道这两个人之间的情谊非同寻常。在第一次见面行将结束之际,多米尼克打开一个大包,里面装有埃迪特·托马斯未曾出版的手稿,其中也包括八本私人日记。埃迪特去世时,多米尼克是第一个对其遗留文字进行整理的人,她保留了很多埃迪特家完全不知道的资料。看到有人对埃迪特感兴趣,多米尼克觉得很幸福,她决定将自己拥有的资料交给作者。然而,多罗泰·考夫曼问及她们之间是否有通信,多米尼克却回答说只有一些毫无意义的明信片。多米尼克去世后,多罗泰·考夫曼却在她的档案室——得到多米尼克儿子菲利普·达尔吉拉的同意之后——看到了一包多米尼克与埃迪特以及波朗与埃迪特之间的通信。如今,这些资料都存在国家档案馆,只要得到埃迪特遗产权利所有者、她的侄子达尼埃尔·托马斯的同意,就可以查询翻阅。

埃迪特·托马斯和多米尼克·奥利属于同一代人，孩提时代经历第一次世界大战的一代。她出生于一九〇九年，成长环境颇为宽松，在那个时代也算是不太保守的。她的父母是教师，主张宽容和个人自由。他们属于自由主义、共和党派和民族主义的右翼阵营，但是精神非常开放。虽然都是天主教徒，但是他们举行的是世俗婚礼，并且没有让孩子们受洗。埃迪特和哥哥热拉尔如果希望加入某个宗教，需要自己进行选择。父亲乔治·托马斯参加了第一次世界大战，对军界所崇尚的价值颇为赞同。埃迪特在很长时间里和父亲不和，不过是基于政治立场之上的，而不是因为父亲的为人。父亲是一个慷慨的人，后来埃迪特很后悔自己在父亲活着的时候没能多爱他一点。埃迪特和母亲费尔南德更为亲近，她认为母亲年轻的时候是个左派知识分子。

埃迪特和热拉尔在红山和圣-奥尔德的家中长大，假期都在圣-奥尔德度过。基础教育过后，埃迪特进了维克多-杜鲁伊女子中学，战争结束后，这所中学也成为巴黎最好的中学之一。那个时候，女子受教育到中学阶段便告结束，她们没有资格参加业士会考。然而世界大战爆发后，很多男人死于战场，家庭开始要求女儿也能够受到高等教育，以便她们找工作挣工资补贴家用。教育开始对男女一视同仁，女孩子也能够参加业士会考，通过后可以注册大学。埃迪特于是通过了业士会考，选考的科目是拉丁文、语言和哲学。同一时期，她决定做一个新教教徒，以彰显她独立于家庭、站在被压迫的少数人一边的决心。

一九二七年，她进入索邦大学的国立文献学校。博士论文准备的是《路易十一与萨瓦地区的关系》。充满激情和相对独立的性格让她看起来不太像是国立文献学校的学生，因为她的同学们大多数是天主教徒和保王党人，在学校她只有一个朋友，玛德莱娜·吉永。紧接着她腿部持续感到疼痛，简直到了怀疑自己要残废的地步，于是更加剧了她的孤独感。经诊断她患了骨结核——埃迪特一生都跛着一条腿，无论在精神上还是身体上，她都觉得自己是残缺的。一九三一年，她拿到了国立文献学校的文凭，却在一年的时间里卧病在床。于是她开始记日记，日记中充满了绝望和孤独。作为女性，失去体态上的优雅之后，写作成了她唯一能够指望的东西。即便有父母和兄长的关爱，也不足以弥补她孤寂一生的痛苦。

与日记同时，她还创作了自己的第一部小说，《玛丽之死》（伽利玛出版社），夺得一九三四年处女作奖。小说的主人公玛丽患有肺结核，为自己失去年轻女性的幸福而哭泣。玛丽最终死于绝望,而埃迪特则投身于写作。在一九三四年一月三日的日记里,埃迪特影射到了她得到的这个奖,这是一个由右翼知识分子,法兰西行动的文学批评家们颁出的奖项,而她当时正打算加入极左翼阵营。但是在日记里她也流露出对自己写作天赋的怀疑——这是她终其一生都未能摆脱的:"处女作奖由雷蒙·欧希拉纳、院士弗朗索瓦·莫里亚克的弟弟和埃迪特·托马斯两人同时获得。埃迪特·托马斯没有院士哥哥。没有人相信她,甚至包括她自己。……莫里亚克和格拉塞出版社阴谋针对她——缄默协议:每个人各扔一把土。小说太单薄,结构不是很好,又一个儒勒·列纳尔,或者说斯蒂尔,德诺埃尔。埃迪特·托马斯也相信这一点。到哪里去找自信呢?在哪里?"

而当她最喜欢的哥哥热拉尔爱上了她的好朋友玛德莱娜时,她的个人生活也完全改变了。热拉尔和玛德莱娜于一九三四年七月结婚。开始时埃迪特感到非常幸福,因为她觉得自己可以与他们一起享受生活。但是夫妻俩结婚后完全过上了自己的小日子,并且,玛德莱娜对他们之间的兄妹之情十分嫉妒。有一天玛德莱娜下班回家,看见埃迪特和往常一样在他们家。于是两个女人争执起来,都说自己才是热拉尔最亲近的人,最后玛德莱娜说,她给热拉尔的,埃迪特永远给不了。埃迪特一向非常骄傲,她一生也没能原谅玛德莱娜这句让她感到不幸的话。

在对待男人的态度上,埃迪特非常苛刻,很大一部分原因是由于缺乏自信,她与男人无法相处。无法得到爱情是埃迪特日记的第一要素,当然,渐渐地,日记中也出现了同情被压迫人群的政治立场。她所表达出的在政治和思想上的自信与她对自己身体的厌恶正好形成鲜明的对照。在讽刺那些取悦男人的女人时,埃迪特得到了自信。例如在一九三四年五月二十五日的日记中,她还嘲笑了男人:"好几天以来,我把所有时间都花在了化妆、发型和美容院上。男人都是雄性动物,都是蠢货:很显然,对于他们来说,唯一重要的——或者说基本上是唯一重要的(在开始时还有所掩饰,小心翼翼)——不过是春情荡漾的体态。要想充分地玩好这场游戏必须如此。必须把自己当成最……愚蠢和毫无意义的东西。闪亮的大眼睛嵌在空洞的脑袋上,时刻准备微笑的双唇却吐露不出任何思想,但是这能让男人感到自己是高高在上的。美丽的牙齿我有。必须忘记自己跛着一条腿或者想办法把这个弱点转化为又一件武器。"

然而她最为恐慌的还是她的处女之身。埃迪特二十五岁的时候还未曾与男人做过爱，这更让她觉得自己是个异物。一九三六年一月一日，她用诗歌的方式抒发了自己的痛苦："我的发，我的腋窝，我的阴阜，我自己尚不了解，神秘的阴阜。／你知道吗，我像个孩子一般纯洁？／我的乳房我的肚腹，我的臀。／你知道吗，我仍然是处子之身，至今尚未有人用他的唇触碰过我的唇？"对于女性特征的这种描绘与她在三十年代开始的女权立场倒是形成了鲜明对照。埃迪特是一个在厌恶女人的世界中得到解放的女人。"一个女人若是聪明便没有人娶，男人宁可喜欢一个漂亮的婊子。"对于她来说，最为关键的是，想要实践自己自由的思想与行动，她缺乏男人的保护。

三十年代，埃迪特·托马斯已经成长为年轻女性。一九三四年，她出版最初的两部小说《玛丽之死》和《罪恶的人》（伽利玛出版社）时，二月六日的暴动也正好开始了。法兰西行动组织、极右翼团体、保王党报贩以及爱国青年会冲上了巴黎街头，准备革命。梯也里·穆尔尼埃、罗贝尔·布拉齐亚克、皮埃尔·德里厄·拉罗歇尔、莫里斯·布朗肖一干人等在多米尼克·奥利的陪伴下等待法国的法西斯主义革命。希特勒已经登上了德国政坛，墨索里尼控制了意大利，于是佛朗哥企图颠覆当时执政西班牙的左派政权。西班牙内战中，欧洲左派空前团结，与法西斯主义作斗争。在法国，人民阵线当选，政府由莱昂·布鲁姆掌权，这激起了青年右翼联盟作家的愤怒，他们纷纷创办报纸杂志表达自己的愤怒之情。埃迪特·托马斯是个人道主义者，从青少年时代开始，她就信奉左派的价值观。她一向捍卫穷人的利益，而她那颗伟大的心也总是让她站在承受痛苦的人一边。她相信人的正义，相信我们有可能建立公平的社会。她不是信徒——尽管她加入了新教，但这与其说是宗教上的举动，毋宁说是一种象征性的举动，于是她投身政治，与法西斯主义、统治和压迫作斗争。

很快，埃迪特便和哥哥热拉尔以及哥哥在巴黎高师的朋友一起发现了共产主义。由于身体原因，热拉尔没能进巴黎高师——一九二七年，他感染了结核病，随后又传染给了他的妹妹，因此他决定学法律，想成为一名律师。他在高师的朋友，最为杰出的一位，雅克·古斯代尔是马克思主义者，那时已经和共产党走得很近。埃迪特非常欣赏雅克，雅克给埃迪特的影响也非常之深。渐渐地，埃迪特走近了共产主义，与"革命作家、艺术家协会"的成员成了朋友，这个协会成立于一九三二年，创始人是时任《人道报》主编的保尔·瓦扬-古图利埃和阿拉贡。协会有份题为《公社》的月刊，也由这两个男人主编。正是在这个时期，埃迪特在丁香园咖啡馆结识了阿拉贡。

她于是写了一封信，问她能否参与《公社》，这封信在一九三四年五月号上登了出来，并且，她的问题也得到了保尔·瓦扬-古图利埃的肯定回答。信的初衷在于解释像她这样出生于资产阶级家庭的人为什么要站在挨饿的人一边。她提到了"感情"上的原因：她希望自己能够凭借实力得到接受。然而，在日记中，她不无幽默地承认自己并没有完全被马克思主义说服。的确，这份精神上的独立让她在以后的日子里一直饱受指责。"空寂的街道。灰色的街道。我的三个同伴在玩游戏，非常真诚，非常忠实。但是我，我的角色又是什么呢？我还没有参与到希望之乡的宣传中，我能够感觉到，这会毁了我的。但是，我不能反对这所谓的希望之乡，我甚至想要站在它的一边。我很羞愧，没能再进一步。马克思……恩格斯……斯大林……党……生硬，缺乏批判精神，这些都是他们令我感到不自在的地方。很显然，上帝也不能对一个女马克思主义者说些什么！"

在"革命作家、艺术家协会"的一次会议上，埃迪特参与了阿拉贡和德里厄·拉罗歇尔的一次争执，当时拉罗歇尔才从柏林回来，宣称深为希特勒的"社会主义"所吸引。论战的激烈程度让埃迪特感到震惊。在某种程度上她对阿拉贡有所怀疑，几个月后辞去"革命作家、艺术家协会"成员的身份。在加入共产党的事情上她一直表现出犹豫的态度，即便党应该说是她能够为自己信仰找到寄托的唯一地方。她的确没有成为党员。只是在写文章时她才能充分表达她的介入。她定期地在《公社》、《目光》、《欧洲》和《星期五》上发表文章，《星期五》是将人民阵线的所有派别都糅合在一起的一份报纸。埃迪特的文章通常针对的是女工和低收入人群的生存条件问题。她正在慢慢形成多罗泰·考夫曼所谓的"女权主义批评"。

为了生活，埃迪特不得不接受国立图书馆的一份工作。但是她满脑子只想着去西班牙声援共和党人，与佛朗哥分子作斗争。不过她还是请到了假，于一九三六年十一月奔赴巴塞罗那。布鲁姆政府签订了由英国发起的不干涉西班牙内战和平条约，此后它便失去了对于左派知识分子的影响力。而埃迪特的介入行动变得更加激烈起来，她宣称自己只相信无产阶级专政。一九三七年，阿拉贡创办了《今晚》，建议埃迪特为报纸长期写报道。在一年半的时间里，埃迪特都在为这份报纸撰写政治及社会问题的文章,例如奥地利的悲惨,巴黎诸如勒马莱这样的穷街区或是蒙玛特的杂耍艺人等。她的文章得到了新闻和出版界的广泛承认,她也渐渐进入知识分子圈,结识了不少大人物、大作家。

"和马尔罗见了第二面之后,吉鲁对我说:'马尔罗觉得您非常不错。他和我谈您,谈了很长时间,还问我您在报纸是否开心。他补充说如果您需要他,他随时愿意为您提供帮助。在生活中,我们很少能遇到完全可以信任的人;然而您可以相信马尔罗。'马尔罗能进入我的这个日记本真是滑稽。的确,生活中充满了不可思议、无法预料的事情。五年前,如果有人对我说,有一天我会写下'马尔罗'、'阿拉贡'、'吉鲁'这些名字,因为这些就是我在平常生活中遇见的人,我就叫他们马尔罗、阿拉贡、吉鲁,我肯定会觉得很可笑;而且这样的事在那时看来实在太不可能了,以至于我连想都没有想过。马尔罗觉得我非常不错,这真是无法预料到的!也许,实际上,我还要飘飘然,比我要说的更要飘飘然。什么样的虚荣?虚荣总是免不了的,但无论如何,除了这个我还有什么呢?我只有骄傲。"

历史数次将这些令人惊奇的人物聚集在一起,于是埃迪特也得以数次与他们相遇。埃迪特显然坠入过负责《法国文学》印刷与秘密发行的乔治·亚当的情网,而日后,也正是乔治·亚当将多米尼克·奥利介绍进了抵抗组织。"我会不会爱上乔治·亚当呢?或者,更确切地说,是我想不想爱上乔治·亚当呢?啊!不:我太痛苦了。我只是想要玩一个游戏,如果他玩,并且允许我玩的话……"在情感上,埃迪特又一次因为男人而失望,她意识到自己或许只能在职业和思想上对他们有所期待。她与乔治·亚当的短暂爱情很快便到了尽头:"今天又见到亚当。一个喜欢调情的家伙,一个'漂亮的小伙子',或者说,自认为是个漂亮的小伙子,对我像是对别的女人一样,不过是想调调情而已。不能当真。无论从什么角度说都是如此……'混蛋'这个词太严重了,是情人嘴里才能够吐出来的词。他还不配。"

但即便在思想上,信任男人也是个错误。《今晚》内部的敌意以及报纸编辑们的犬儒主义不再适合埃迪特,而阿拉贡也婉言辞退了她:"《今晚》退稿:阿拉贡解释了一个小时,主要是这么几点:一,他的政治态度和我的政治态度(我太需要申辩,我前进了很多,但是我还需要战胜很多阻力)。二,报纸的运转:经济困难和其他困难等等。三,他害怕我不相信他的'诚意'。

他坚持表达他对我的尊敬，'比我所能想像到的还要尊敬'等等。"幸好，她很快受聘于西班牙通讯社，这是在法国的西班牙共和党人通讯社。几个月后，一九三八年九月三十日，张伯伦和达拉第与希特勒签订了慕尼黑和平协定，希望借此避免战争。正是在这个时期，埃迪特预见了一个在日后成为她想像之爱和象征之爱的对象，斯蒂芬，戏剧批评家和犹太共产党员。正当她有可能享受肉体之爱的时候，悲剧却突然发生。一九三九年春天，埃迪特被确诊患上了肺结核。整个夏天她不得不待在阿尔卑斯山的阿西疗养站。直到八月底，她才得知苏德之间已经签署互不侵犯条约。

战争

有些共产党员对条约签订表示沉默，例如《今晚》的主编保罗·尼赞和《人道报》的主编加布里埃尔·佩里。阿拉贡则试图为此辩解，说这是苏联和平的保证。埃迪特已经预感到条约会加剧战争的危险。对于应当采取的立场，她一直在犹豫，开始时她谴责苏联，接着又想要理解、原谅苏联，理解、原谅这个"世界革命的中心"。尽管她意识到这样一种懦弱的行为是多么可怕，但是她并没有因此简单而纯粹地认定苏联的罪恶。当然她也没有盲目地为斯大林的决定辩解，而是要求撤回在共产党刊物（《目光》或《公社》）上的文章，想要等到日后对这一事件有了更好的理解再说，这也表达了她的无限怀疑。"一九三九年九月，德国入侵波兰，英国和法国对德宣战。共产党员的所作所为令我感到厌恶。但还有更令我感到厌恶的。而这是一个我们走不出的困境（因为托洛茨基分子实际上也不再怀疑）。然而我还是像开始时一样：哪怕需要采取反对的立场，怎么想就怎么讲。但是这样做也很可怕。我真想去死。"

十月，埃迪特和哥哥在阿卡雄的一座房子里安顿下来，热拉尔也患上了脊椎结核，由于害怕传染，不得不与妻子孩子分开。因此，一九四〇年六月，法国正准备投降的时候，埃迪特不在巴黎。她在广播里听到德国军队抵达巴黎，贝当执政的消息。每一个事件都被她一丝不苟地记入了日记。"八点半。十点半，保罗·雷诺辞职。贝当接替政权。今天会作出重大决定。贝当的办公室由军人和'技术人员'组成，最高法院院长，索邦大学教授等等。（以前，里沃的书在我看来特别亲德。）"埃迪特的家人呈现出了不同的政治倾向,她的父亲是保守主义者,哥哥则是共产党员,自此之后,哥哥开始了反对停战协定和贝当政府的斗争。

一九四〇年十月,埃迪特开始撰写一个贝当分子的日记体小说《瑟莱斯坦·科斯特岱先生的私人日记》。小说从未出版,直到多罗泰·考夫曼出版埃迪特的《日记》之后,她又将这部小说手稿整理出版。一九四一年四月,看到德国人的军队入城,小说人物科斯特岱先生的反应和埃迪特的真实反应——在埃迪特自己的日记中有所记述——是欣赏和恐惧兼而有之。九月,她回到巴黎,决定重新开始一种正常的生活,尽管她很清楚在德占的形式下是不可能的。一到巴黎她就去见了在战前出版小说时认识的让·波朗,请他帮助找份工作。波朗建议她为德里厄的《新法兰西》或勒内·德朗日的《戏剧》杂志写稿。她坚定地予以拒绝,因为这是为法西斯杂志写稿。

一九四一年十月八日,埃迪特在反失业署登记,以国立文献学校的毕业生,"知识界失业者"的身份。她在国家档案馆得到了一个职业,以此交换"金钱的祭献"。平生第一次与男人做爱:"昨天晚上伊夫·M让我成为一个女人:痛苦多于快感。但至少'低人一等的情结'不复存在。也许了解了之后就会有快感了,甚至是快感来源于了解本身。"埃迪特从生理上就不能够接受一系列的反犹措施。在社会的雅利安化、禁止出版作家名单、犹太人佩戴黄星标志以及集中营等一系列问题上,埃迪特都不愿意保持沉默。一九四一年十二月二十五日,她记述了集中营的恐怖:"在德朗西集中营,犹太人死于饥饿:每人每天二百克面包,还有两汤勺被称作是汤的浑水;这样的饮食让有些人整整瘦了三十公斤……法国宪兵非常粗暴,一拳就能打倒这些可怜的人。集中营里有面包的地下交易:七百法郎一公斤:这是法国宪兵自己定的价。犹太资本主义不是完全能够付得起吗?"

埃迪特计划在《黑暗年代》中历数战争的恐怖和种种法西斯主义措施的荒诞。逮捕、简单的判决、送往集中营,这是天天都能见到的事情。和某些人在战后所说的不同,人人都知道大逮捕、火车运送和集中营。"我看到一辆货车,运送牲畜的车厢里有孩子。他们的小手伸在窗栅栏外。我平生第一次觉得脊背凉飕飕的。"在这幅惨绝人寰的场景前,埃迪特不能再保持沉默,她认为将这一切说出来写出来是作家的职责。于是她想加入抵抗组织,但是她的大部分朋友不是去了自由区就是遭到了逮捕。

一九四二年夏天,埃迪特在战前认识的朋友,共产党的斗士克洛德·摩根到国家档案馆来看她,并且带来了雅克·德古尔的死讯。埃迪特也认识德古尔,战争初期,她为《公社》写稿的时候,德古尔还是报纸的主编。德古尔和波朗一起创建了法国作家协会,同时在准备创办一份地下刊物。雅克·德古尔遭到逮捕并被处死之后,克洛德·摩根整理了第一期《法国文学》的稿件,想要联系法国作家协会的成员。由于他不认识这些成员,或者说只听说过他们的名字,他请埃迪特把波朗介绍给他认识。第一期秘密的《法国文学》于一九四二年九月出版。埃迪特·托马斯也自然成了杂志编委会的一员。她接着为第二期杂志写了稿,是一篇社论,重申了作家在传递信息方面的责任,"将真相大声叫出来"。她的文章捍卫的是一个作家的政治权利,与萨特在战后发展的"介入文学"的概念相似。

一九四二年七月三十一日,埃迪特·托马斯的父亲去世,给女儿留下了足够买一套房子的钱。九月,她搬入皮埃尔-尼古拉街十五号的新居,新居位于卢森堡公园和巴黎天文台之间,此后她一生都住在这里。一九四三年二月到巴黎解放前,法国作家协会的秘密会议都是在她家召开的。她家最大的好处是看门人不在底层,看门人住在十三层,看不到出入大楼的人。再加上作家协会的会议并不是那么小心翼翼:成员们通常三五成群地来,也不遵守最多五人的规定,每次房子里都挤了二十个人左右。十来辆自行车就乱七八糟地停在大楼门口。会议在波朗在伽利玛出版社办公室召开的时候,波朗承担的风险也是一样的,因为波朗的办公室就在德里厄办公室的旁边。埃迪特保证到她家来开会的所有成员的安全,于是成了抵抗组织的主要人物。除了给《法国文学》写稿,她还帮助安排抵抗组织领袖之间的会面。

一九四三年四月,埃迪特将奥克索瓦的《故事集》手稿交给波朗,让他转交给当时子夜出版社的负责人之一伊沃纳·帕拉芙-德维涅。《故事集》讲述了德占法国日常生活中发生的七个故事,故事的背景地点是在巴黎到圣-奥尔德之间。而知识分子抵抗组织的另一个象征是与法国每个地区有关的诗歌,诗歌的作者都与这个地区之间存在着某种关系——这是伊沃纳·帕拉芙-德维涅的主意。于是一九四三年七月,子夜出版社出版了《诗人的荣誉》一书,其中有四首埃迪特的诗,她用了安娜的笔名。她是诗集当中唯一的女性作者。一年后,她又入选了另一本诗歌著作《欧洲》。多罗泰·考夫曼还注意到,在一九四二年二月到巴黎解放之间的这几年,埃迪特将子夜出版社出版的三十多本书编入国家图书馆的书目,这件事情,法国作家协会的成员不知道,而受命于贝当政府,接替犹太馆长于连·甘的贝尔纳·费也不知道。然而,在纸张审核委员会,多米尼克·奥利还遇到过贝尔纳·费。

埃迪特·托马斯在战争期间的所作所为是非常伟大的,这一点,戴高乐将军在阿尔及尔法国学校演讲时也褒奖有加。她和绝大多数作家不同,从来没有接受过任何妥协,没有在当时获许出版的任何公开刊物上发表过文章。她的地下活动非常重要,无论从任何方面来说都身体力行地参与了知识分子抵抗组织的活动。法国作家协会在她家开会,她所承担的风险是显而易见的,特别是她的政治立场已经非常明确。一九四二年,她加入法国共产党,这不仅仅是简单的政治介入,而是意义更为深远的战斗的行为。一种象征性的行为,拒绝维希政府,与自己的兄弟姐妹共同承担危险。自一九四三年起,她对集中营暴行的揭露也是无与伦比的。

一九四四年春天,多亏阿拉贡和一位叫乔治·萨杜尔的电影评论家,埃迪特与塞文山脉的一支游击队接上头,对法国游击队的战斗进行报道。对于她来说,这是一次接近新教教徒活动范围的机会,重新发现胡格诺教徒的故事,她一直都觉得自己与胡格诺教派有种亲近感。第一篇关于游击队的文章发表于一九四四年的《法国文学》,题目叫做《唯一的民族,同一支民族》。另外两篇文章是战争结束后才发表的,发表在共产党创办的女性刊物《法国女性》上。埃迪特在战争期间一系列事件中所表现出来的勇气和独立——尤其是在苏联签订苏德互不侵犯条约时她所表达出来的那份怀疑,使得埃迪特·托马斯成为一个真正的女权主义代表人物。

她在文章与传记作品中选择的女性形象也证明了这一点。一九四三年,诗歌杂志《信息》(杂志有时会在瑞士印刷)的主编让·莱斯居尔选编了一些诗歌、散文和小说片段,汇集成册,题为《法国领域》。其中,埃迪特的散文就是一篇关于科里斯蒂娜·德·比桑的文章,埃迪特将其视作法国文学女性第一人。她提到了比桑关于贞德的诗歌,这是这位女诗人平生所写的唯一一首诗歌,而诗歌的对象恰恰是抵抗史上另一个重要的女性形象。战后,埃迪特恢复了自己作为一个史学家的工作。她写了一部贞德的传记。自从在国立文献学校做硕士论文开始，埃迪特就致力于中世纪的研究。

战后，埃迪特没有接受大家对她的溢美之辞，之所以对她所表现出的勇气称赞有加，只是因为她是个女性。而在与敌人所作的斗争中，唯一重要的是战士们要团结在一起，男人和女人。在她看来，巴黎解放并不意味着所有的战斗都已结束。除了她很难相信战争已经结束，德国人已经撤离之外，她还隐隐感觉到了另一种威胁的存在：美国资本主义政治，这与她所信奉的共产主义使命格格不入。一九四四年八月十八日，她因为巴黎街头的沉寂而忧心忡忡："他们真走了吗？昨天晚上我几乎彻夜未眠。今天早晨，他们在圣雅克街一座房子顶上搭建的阿尔卑斯之屋似乎关门了。现在，我们要与之斗争的是美国人，是腐朽的第三共和国的回归，在我看来，亨利奥特就是第三共和国的典型代表。"

对于巴黎解放之时过度的暴力，埃迪特没有表明态度。广场上被剪了头发的女子令她感到害怕，但是当时她没有作出任何评价，因为她知道受到侮辱的法国人需要宣泄。然而她不可能盲目地赞同法国共产党所采取的一切措施，尽管她已经成了其中的一员。看到阿拉贡在巴黎解放时专断独裁的态度，她原先对他曾经产生过的那份怀疑又出现了。"与阿拉贡谈了几分钟的话，就这几分钟让我成了一个'法西斯主义者'。幸好谈话没有持续下去，但是很清楚的是，我还是少见他为妙（我的确是这么做的）。他谈论事情的方式能够让我立刻对这些事情产生怀疑：只要是他经手的，我就不再相信它们的真实性。我害怕这种夸张以及随时都能让人觉得不快的哗众取宠的方式（'我，我会离开法国，我会告诉他们'，等等），我害怕这种法庭之上的律师的虚伪。我甚至在想，他是不是就是那个大家所说的大作家。也许我对他的反感让我有失公允。我知道自己应该从功利的角度看问题。然而，我讨厌他的正是这种功利性。在一系列风云事件上，共产主义信仰上的虚伪让不少知识分子都倒足了胃口——我知道这一点，但尤其是他的。"

战后，在共产党内部，埃迪特在思想上的正直一直是有目共睹的。但是尽管她具备对党的领导人的讲话予以质疑的能力，这却无法帮她摆脱对自己爱的能力有所怀疑。在精神上的自信与她在身体和情感上的自信匮缺程度是一样的。政治斗争反倒成了避风港，她可以不再去想身为女人的痛苦，或者说，不再去想她要做却又做不成的女人的痛苦。就在战争最为严峻的时刻，这样的疑问仍然贯穿其日记始终："今晚出发去圣-奥尔德：抛开生命的重量；重新找回童年时的无忧无虑；不再是一根绷得太紧，马上就要完蛋的绳子：这一切都是因为妈妈还活着。有一天，她不在了，我就不再有可以倾诉的对象。也许热拉尔可以，但是热拉尔也有自己的烦心事。有的时候，找不到人可以分担真是一件沉重的事情：两个人要承担的事压在了一个人的肩上：同时扮演生命中男人和女人的角色。"

她觉得自己既是男人又是女人，反正是不够女人，因而得不到男人的爱。她的怀疑还不仅限于针对自己爱的能力，作为女人的能力，同样，对自己作为作家所产生出的作品，她也有所怀疑。一九四五年，她在格贝尔出版社出版小说《女性研究》时，两种怀疑掺杂在了一起："我在改《女性研究》的校样。小说是一九三七年开始的，一九四〇年结束；经过不同阶段，最终又回到了写《三个雅克琳娜》时已经明确的方案上。但是作家就像是个赌徒：他总是觉得'下一次会好的'，直到有一天赌徒自杀，作家不再生产为止。但是，有时他会一直继续下去，终其一生在等待那片杰作的绿洲。我却感到非常害怕，害怕自己就是这类（在数个世纪之后）一钱不值的作家。"几天后，她用更为强烈的措辞来表达对自己身体的蔑视："在本性上，我实在是不够放荡，因而需要种种精神上的理由来和男人睡觉（我的年龄，直至目前为止无法遇到真爱，需要肉体上的体验，也许还有对性的发现，作为小说家在写作时的需要，等等）。或许，我根本就是太放荡，所有男人都一样，因为我一个也不爱。我仍然是那么清醒，要多清醒就有多清醒。"

埃迪特不允许自己爱上男人，因为她不接受性，不接受肉体关系。她认为自己不能讨任何男人的欢心，因而她沉醉在无尽的骄傲之中，放弃了一切可能的关系。一个知识分子女斗士，强硬的外表，性格内向，这的确吸引不了男人。因此她觉得自己不适合爱：只能在与她相似的女人身边求得安慰，并且更真诚地投入争取女性权益的斗争中去。一九四四年，法国女性获得选举权，这为埃迪特打开了新的政治道路。埃迪特发起了左派女性（亦即原来的抵抗组织女成员）的斗争，同意出任女性刊物《法国女性》的主编。这是女性的奇遇，因为所有的记者都是女性，文章的主题也全部关乎女性。不过待到埃迪特明白刊物完全附属于共产党时，这次奇遇便到了尽头。值得安慰的是，正是在编辑刊物时，她平生第一次遇到了真爱，对象是一个女人。

相遇

来自完全不同的思想与政治领域的埃迪特·托马斯与多米尼克·奥利在巴黎解放之前已经相遇。她们之间原本早就有相遇的可能，在埃迪特工作和多米尼克进行研究工作的国家图书馆，或者是在她们上课的索邦大学，再不就是在家附近，因为两人都住在十四区，当时与伽利玛出版社的乔治·亚当又都有往来。但是直到一九四四年，在让·波朗的介绍之下，她们才第一次见面。

抵抗运动将这两个政治立场截然相反的女人联系在一起：多米尼克来自极右翼，埃迪特则属于极左阵营。共产党把《法国女性》杂志交给埃迪特负责，这是法国女性联盟的周刊。一九四四年九月，她正在准备创刊，创刊号献给著名的共产党员，死于流放的抵抗组织女英雄达尼埃尔·卡萨诺娃。埃迪特正在寻找合适的女作家负责书评栏目，为此征询波朗的意见。波朗向她推荐了多米尼克·奥利。多米尼克立刻接受了这份工作，并且从十月开始便投身于杂志的工作中。多米尼克与克拉拉·马尔罗一起负责小说专栏，但是她也为杂志撰写历史和社会方面的文章。埃迪特也为杂志写文章，如果一期上有好几篇自己的文章，她就会用碧姬·谢沃的笔名，尽量降低自己对于杂志的影响。

埃迪特只在杂志待了一年，因为杂志必须服从于党，撰稿人的独立性得不到相应的保证，一九四五年一月，埃迪特决定辞职。但是她被传唤到党的"法庭"，共产党的领导人要求她不要说出辞职的真实原因，并且让她重新起草辞职信，称因为健康关系辞去职务。多米尼克一直未曾站在过共产党的一边。杂志的女记者们缺乏思考的能力，如果没有党的支撑，她们就完全没有办法做事，而共产党却觉得她们都很可怜，这种关系让多米尼克感到好笑，多米尼克的反应着实让埃迪特吓了一跳。多罗泰·考夫曼讲述了一个多米尼克说给她听的小故事。有一次，苏联大使在巴黎市政厅举行招待会，杂志的女记者们也都出席了，但是，尽管女记者们绞尽脑汁想要与那位大使攀谈，他却压根儿对她们不感兴趣。他倒是和多米尼克谈了很长时间。后来女记者们问多米尼克，她究竟是如何引起大使注意的，多米尼克回答说很简单，她们所有人都称呼他为同志，只有多米尼克一人尊称他为"阁下"。在多米尼克看来，没有人像苏联人那样喜欢听到别人称呼他们的头衔的。

多米尼克不无幽默地说她很不理解埃迪特为什么如此对共产党言听计从。

对于多米尼克而言，政治毫无意义，即便她有保守主义的倾向，其倾向本身也没有什么具体意义，而更多是审美层面的。如果说她也加入了抵抗组织，并且不惜用生命去冒险，这只是出于纯粹的爱国主义——以及对冒险的喜好，而不是为了捍卫某种理念。与埃迪特离开《法国女性》同时，多米尼克也离开了《法国女性》，在一九四六年初投入另一本杂志《方舟》的工作。除了担任编委会秘书之外，多米尼克还定期撰写小说书评。在一九四六年二月号上，她对埃迪特在一九四五年新出版的两部小说《女性研究》（科尔贝出版社）和《自由之域》（伽利玛出版社）进行了评论。这篇文章谈的正是当代女性小说的问题。"因为埃迪特笔下的所有女主人公都拒绝我们所谓的女性的平常状态，并为此承担相应的后果：她们拒绝为别人而活，拒绝成为别人的什么东西。她们首先要成为自己的什么东西。这种要求自治的宣言，无论是否得到了明确的表达，都与女权主义者的要求毫无关系。科里娜和乔治·桑已经遥远，在埃迪特·托马斯平静的追问前，她们的愤怒和大喊大叫显得有些可笑。不论是对于伊芙娜还是多米尼克，对于安娜还是克莱尔而言，她们要求的都不是所谓的自由，也不是要求'拥有自己的生活'，而是找到命运的意义，不论是幸福还是不幸，她们只接受与之相近的真相。这样一种绝对要求是合理的吗？"埃迪特为笔下人物起名为多米尼克和安娜，也许是为了向已经非常亲近的朋友表达敬意，尽管那时她们才见了没多久。通过这篇书评，多米尼克也在向大家宣告，从此之后，她会尽自己一切力量捍卫埃迪特。

多米尼克对埃迪特的欣赏是无可争议的。她说自己一直非常尊重埃迪特，甚至超过自己，她说埃迪特是她所认识的最高贵的人之一。埃迪特的性格正好与多米尼克的相反：她对真实和真相有一种最基本的需求，而多米尼克喜欢谎言、秘密和遮遮藏藏。原本埃迪特这种刚直不阿的脾性——特别是在政治上毫不通融——与多米尼克的拐弯抹角应该没什么兼容之处。埃迪特的严厉、骄傲与多米尼克的顺从、谨慎和礼貌自然完全不同。然而，也有相同点是可以将这两个人连在一起的：智慧、慷慨和幽默。这两个在个人经历和思想所属上完全相反的女人以一种惊人的方式相爱了。

自相遇之时起，她们俩就成了朋友和同谋。多米尼克很有吸引力，征服过不少男性。巴黎解放后她有个情人，与之共享了许多肉体欢娱。这人是在战争即将结束之际遇见的贝尔纳·米勒雷？是阿尔贝·加缪还是和多米尼克一起在《方舟》工作的让·阿姆鲁什？埃迪特仍然像以前一样孤单得绝望。多米尼克作为女人的魅力令她感到着迷，因为她觉得自己根本没有人要。多米尼克是唯一觉得她身上也有一种细腻、耀眼的美的人。多米尼克在《自由之域》的述评中，谈及安娜这个小说人物（实际上安娜就是埃迪特的写照）时对此有所描写："因为安娜也许失去了整个世界，失去了所有的希望，但是她没有失去自己。她的敏锐，她的勇气，她的正直足以让她经历的一切所体现出来的价值观失效。安娜身上自有一种连她本人都不知道的光华。当然，这也并不是很重要，因为这光华只能有一种不忠实的、短暂的反射。只有你关注她，这份光华才会持续，让绝望的夜晚变得热乎乎的，充满了生气。"

多米尼克是能够就近仔细注视埃迪特的人，这样的人应该说很少。她成功地驯服了这个因为孤独而孤傲野蛮的女人。由于多米尼克对女人也很有兴趣，她随即便爱上了埃迪特。埃迪特从来没有想过除了男人，自己还可能爱上别的性别的人。她缺乏经验，人又天真，因而觉得两个女人之间的爱情是不能想像的。但是她远比自己想像的更容易对爱敞开心扉，她非常信任多米尼克。而无论是和男人还是女人，多米尼克都可谓经验丰富。这是个很有魅力的女人，一个善于征服的人，懂得如何让自己喜欢的女人坠入她的情网。一九四六年十月二十七日，埃迪特在她的日记中写道："今天早晨，D对我说：'埃迪特，我把您诱入了圈套。'她面色苍白，局促不安，似乎病着：'我爱您，就像男人爱女人那样。'怎么办呢？我的上帝啊（上帝当然并不存在），怎么办呢？我对她有友情、尊重、很深很深的情谊。我们在根本问题上是一致的，我们用同样的方式感受事物、人与书。我喜欢她的细腻，她的智慧，她存在的特殊品质。如果她是个男人，她对我的这份爱会令我感到无限幸福。如果我是个男人，我也会爱她。但是她是个女人，而我也是个女人……怎么办呢？为什么因为这份简单的，正直的，真诚的爱，我的生活却要被置于危险的境地？生活所能提供给我的荒诞可能，就只是能够对我产生诱惑的这些。我要尽量看清这份奇怪的爱情的宣言究竟会将我带到怎样的处境中。我根本无法想像两个女人之间的肉体之爱会是怎样的。我觉得自己一点也没有这方面的倾向。但是我也不能说自己对此有道德价值方面的评判。基督教推开一切婚姻之外的肉欲、原罪的虔诚面纱。对于我来说，这里没有好与坏，没有罪与德。那还要以什么样的名义加以拒绝呢？我有一种希腊人的非道德性。"

同一天，多米尼克给埃迪特写了一封真正可谓是爱的宣言的信："埃迪特，我的爱，请原谅我。我和自己已经斗争了太久。请原谅我，我实在无能为力。我还是想要接近您，告诉您，我爱您，我想要拥抱您。我知道您觉得我很荒唐。而且我也知道自己很自私。但是在您面前我胆战心惊，因为我担心会吓到您，伤害您。我再也无法控制自己。您的柔情让我昏了头。您不知道，倘若吻着您如此柔软的手，或是您的黑发，再或您脸颊上，就在耳朵上方的茸毛，那会是怎样一种燃烧的状态。几个月来，我一直不让自己去想这些。我从来没有像爱您一样爱过一个女人，埃迪特。我从来不曾爱过一个女孩，但同时又对她怀有尊敬之情，还有欣赏、友情，那种尽管是爱情却似乎和爱情毫无关系更是充满柔思的友情，那种更像是战斗中结下的同志之情的友情。通常说来，我不是那种有所顾忌的人。直到今日，我还从来没有在想到一个女孩的时候这样想：放开她，你没有权利。而如果我在想到您的时候这样想了，这不是出于责任，而是出于柔情。但是在我的心里，您远比我自己要有分量得多。拥您在怀，就只有一秒钟的时间，我不得不缩到墙边，双腿无力，脸色苍白。而您看上去如此焦虑，如此悲伤，我真想对您说声抱歉，抱歉我爱上了您。然而我就是爱您。吻您的手，埃迪特。"

多米尼克承认爱过别的女人，只是从来没有以这样的方式爱过。她自然是爱上了埃迪特，提出希望与她发展爱情关系。但是她也清楚，除了爱情之外，会有更深、更持久的感情将她们拴在一起。友情、尊重和欣赏不应该因为肉体上的吸引而受到嘲弄。她试图让埃迪特放心，她不会因为有可能以悲剧收场的爱情关系而置她们之间的友情于危险的境地。这是承诺，但同时也是预防。多米尼克知道自己与女人的关系是不稳定的，她不能保证自己可以长久地爱着埃迪特。相反，她允诺埃迪特，她们之间的友情一定是忠诚的，她们会彼此信任。

对于这份爱的宣言，埃迪特一知半解。她想逃避，借口说自己不是同性恋，但是她已经被多米尼克征服了。她真正担心的唯一危险只在于有一天也许多米尼克会不再爱她。这是第二天她在日记中写的："我从来没有想到过男同性恋和女同性恋会爱上圈子之外的人。而现在，我遇到了这样的爱，她们当中的一个爱上了另一个生理正常的女人。这个女人美丽、聪明、细腻，我爱她（我对一个女人所能有的爱）。剩下的就是道德准则了：不要制造痛苦，因为我曾经痛苦。这会走得很远，我不想对自己掩饰这一点……"多米尼克扮演的是一个坏男孩的角色——在表达对另一个女人的欲望时，多米尼克的行为像一个男人，而埃迪特则像一个被吓坏的小女孩。多米尼克选择的字眼也表明了这份友情的阳性成分：战斗中结下的同志之情。

为了埃迪特，多米尼克离开了自巴黎解放后就在她身边的那个男人。在埃迪特的档案中，多罗泰·考夫曼找到了一首邦塞拉德的诗《乌拉尼亚和腓力斯之爱》，是多米尼克的笔迹，邦塞拉德是多米尼克最喜欢的十七世纪的一位诗人，这首诗是他写给自己的情人的，情人那时已经离开了他，而且是为了一个女人。多米尼克是想借这首诗告诉埃迪特，有一个男人曾经喜欢过自己。在卢森堡公园里散步时，埃迪特一直不接受多米尼克更进一步的举动："她对我说：'这与道德无关，只与身体有关。我求求您，埃迪特，如果您觉得这不可能，千万不要出于同情接受我。答应我。和一个不爱的男人在一起，和一个男人，哪怕一切都失败了，至少还有光华一现的时刻。然而我们呢？'我回答她说：'您真的能够保证自己不是像别人说的那样一时昏头吗？您确信自己不是出于编故事的需要吧？这几个月我一直不在巴黎。您是不是仅仅爱上了这份远离的思念？'"

但是第二天，埃迪特接受了多米尼克的吻。"我们俩单独在家。我没有和她一样达到高潮，不过我喜欢她的吻。实际上，为什么我就不能在她这里得到这份我从来未曾体验过的爱呢？罗伊斯·马松那天对我说，我是一个'圣女'。我想，我也可以做一个挣脱锁链的黑色天使。"埃迪特没有用太长的时间就折服于多米尼克的魅力之下，多米尼克给了她对于无尽的柔情和肉体激情的向往。非常不幸，纯洁的埃迪特全身心地投入了她们的关系，险些被激情吞噬。多米尼克的预感似乎已经得到了验证。埃迪特谈起自己对多米尼克的爱情时，充满了狂热与绝望："我在燃烧。我就像一束干柴，一束稻草。我渴，我就像在沙漠中的行者。我饿。您能做我的果园、我的清泉吗？或者，我就是这火焰，这吞噬的火焰，一旦远离，您就会遭遇致命的饥渴？"

她曾经最后一次试图保持冷静，但是她知道自己已经迷失："整个夜晚，我都在孤寂中对她说：您真的确定，您不是单纯地赶时髦。不是追逐某种时尚？因为您为安德烈·纪德①的杂志撰文？您确定这是真实的需要？您真的仔细看过我吗？您记不记得我是个跛子？周围有那么多女孩——还有男孩，都比我年轻漂亮。还有，我的朋友，我更看重我们之间的友情，比别的一切都要看重。两个女

---

① 安德烈·纪德也是同性恋，故埃迪特有此一说。——译注

人之间的友情是如此罕见。通常，女人都是模糊不清的，她们都在等男人给予确定的轮廓。而这借来的轮廓在不停地变化，依赖男人，依赖他们的忠实程度。但是我们，亲爱的，我们有这样的运气——或许也是我们运气不好，我们有存在的运气，有在存在的同时保持自己本质的运气（如果我们借用存在主义的术语）。我们的友情是两个独立的个体之间的友情。您能够确定我们的友情在我们的爱情故事中没有任何牺牲吗？这份友情能够一直完好无损吗？对于我来说，我想这应该是可能的，因为正是因为这份友情，星期天我才会待在您的身边，也正是因为这份友情，我没有站起身来，没有推开您，没有离开。但是您，我的爱，您什么时候会不再爱我？比较起爱情，我更相信友情的天长地久。"

矛盾的情感。埃迪特觉得没有人会一直爱她，但有时是她不能够爱。"与D.一起散步。无法形容的难受。似乎我根本没有办法忍受她那种'男性的'、'保护性'的行为方式，就像我无法忍受男人的行为方式一样。很可能下次我会离开，就像之前的很多次一样，出于同样的理由。我总觉得自己就是一个过客，别人不会在意我，我也不会爱上任何人，任何东西。"她试图说服自己，这样仅仅是因为她不喜欢男人的行为方式，即便这种行为方式来自于一个女人，一个完美扮演"激情四溢的青少年"角色的女人。但是多米尼克很好地构筑了激情的陷阱，以至于埃迪特无法抗拒。"我对D.说：'我们来研究一下心理学。您在扮演一个坠入初恋的小孩子，我就是您的第一个情人。一生中，我从来没能忍受过一个男人，我不希望这一次又像以前一样离开。'我看见她美丽的眼睛充满了泪水：'您的意思是说我会失去您，埃迪特？'我赶紧安慰她：'如果说我对您如此坦率，这正是因为我不愿意失去您，因为我非常在乎您，我从来没有这样在乎过一个人。'她回答我说：'告诉我应该怎么做，我听您的。'我越来越爱她了。"十一月底，两个人之间的依附和欲望开始逆转。从此之后，是埃迪特给多米尼克写充满激情和绝望的信。

爱情关系

多米尼克是个征服者，是个假小子，在诱惑他人的事情上总是毫不犹豫，尤其是她想占有的女人。不过她往往因为欣赏对方的勇气而产生欲望。雷吉娜·德芙日不仅有勇气写色情小说，而且敢用真名发表出版，因此也吸引了多米尼克的注意。而她欣赏埃迪特·托马斯的原因也是她的勇气。她能够战胜疾病、战胜消沉的能力，以及她在工作中投入这样一份能量，坚持不懈。她认为自己没有勇气，这很大程度是因为对于自己在爱情上的来去自由，她还是有一种罪恶感。她毫不犹豫地让自己所爱的人承受痛苦，因为在爱情的关系上，她主张的是真诚、忠实和激情。

尽管对自己要求很严，并且对事物总是有所怀疑，埃迪特·托马斯还是奋不顾身地投入了与多米尼克的爱情故事中。从来没有一个人令她感到如此亲近，令她产生如此的欲望，埃迪特想把自己的一切都献给她。浪漫和激情淹没了她日记中的词语："我太激动了，多米尼克，一切都拼尽了力气似的……我在燃烧。我渴，我饿。我再也控制不了自己……你能做我的清泉，做我赖以生存的食物，再或者，做这落在干涸的大地上的雨水？"两天后，埃迪特已经完全屈服于自己的欲望，但情绪已经归于平静，她对已经开始的故事充满了期待，非常单纯："今天晚上我没出门（斯彭德的钢笔俱乐部招待会），因为我想保住你留在我身上的吻。这次也许就是爱情了，我的爱？"

埃迪特在日记中的话语重新出现在她给多米尼克的信中。第二天，她又对多米尼克重新述说了这份绝无仅有的爱："我希望只有你，多米尼克，只有你一个人，在沙漠之中，在为你造就的沙漠和白骨之中。因此昨天晚上我又没有出去。也许我并没有为你牺牲什么：钢笔俱乐部的老男人，斯彭德先生和我没有念的诗。但是钢笔俱乐部的老男人和斯彭德先生没有听到我的诗，这对我来说又算得了什么呢？我甚至连这样的虚荣心也没有了。除了你，多米尼克，我什么也不想拥有。如果爱不是全部，我就不会爱，如果爱只是毫无分量的游戏，我也不会爱。如果说有时我和别人并无区别，我很清楚，那时的我不在自己真正的命途上。我的命途，就是像爱你一样去爱一个人，多米尼克；我是这样地爱着，以至于在我的身上就只有这份爱。"

情书中断了七个月，直到夏天前才又开始有所恢复。她们在一起分享的肉体欢娱将埃迪特带入一种颇为神秘的激情，接近O的谵妄，在被爱中追寻一种自我的绝对放弃。"昨天在D那里。她病了。脸色蜡黄，眼皮沉沉的。突然，我感觉到一种异样的柔情，在一瞬之间，仿佛透过她，穿透我，那是另一种真实。这种东西的最大特征是它的存在毋庸置疑，但我只能通过它的边缘，通过它一端的边缘触摸到它……一种没有办法定义的东西，无法描述，却波澜壮阔。一旦来临便立即消失。我于是又重新面对着确定的她，我如此深爱着的她。再有一两次这样的感觉，我会明白神秘的真实所在的：参与到自己也无法知晓的某种东西中。"发现肉体之爱对于埃迪特来说是一种无与伦比的经历，一个女人让她体验到了最高境界的欢娱。多米尼克也很喜欢，在埃迪特这样一个近乎野蛮的女人身上竟然有这样的感触性。埃迪特如此描绘这份全新的激情："我因为你病了，我的爱。因为这份无法平息的饥渴。"她的话语中充满了柔情："不管你是男人还是女人，这都无所谓。我喜欢你的抚摸，喜欢你美丽的身体，美丽的额头和眼睛。喜欢你我身上这种忘我的感觉：这份忠诚，你我之间的这份公平，我的爱。"

一九四七年六月，两个女人仍然一如既往地爱着，但是她们的伊甸园很快便将因为一个男人遭到颠覆。如果说在一九四七年夏初到八月，两个女人之间仍然说着"我爱你"之类的话，多米尼克的信中却已经出现了波朗的名字。多米尼克夏天躲到了洛诺瓦的家中，在此时一系列她写给埃迪特（埃迪特在圣-奥尔德）的信中，她说爱她，接着用若无其事的口吻谈起了波朗："我亲爱的，给我写信，哪怕只有两三行字，一个星期没有你的消息，我感觉简直是一种惩罚。假期过得很快，因为我天天都在睡觉。我爱你。我带你去丛林花园漫步，我把你关在我蓝色的、炽热的房间里。你半闭着眼睛，仿佛一只猫，能看到你生动、调侃和黑色的目光。如果你在，我会很高兴。我爱你。又及：波朗想做的杂志最终没能出来。也许一年后吧……当然，你要提醒我想起你家里的所有人，不要忘了说，对你家的一切我是多么满意。"信中提到的杂志指的是德朗日那个最终流产的计划，波朗曾经想让多米尼克参与其中。

一九四六年四月，自从《七星丛刊》第一期起，多米尼克就开始了真正与波朗在一起工作的日子。战争结束后，他们俩定期见面，波朗一直关注着多米尼克，并给她一定的建议。如果说他有时会让她阅读手稿并作出一定的评价，他却还没能立即给她一个真正的职位。《七星丛刊》创建之后，他终于能安排多米尼克做杂志编委会的秘书，从此保证他们之间紧密的合作。应该是自一九四二年两人因为《法国宗教诗歌选》，第一次在伽利玛出版社正式见面之日起，波朗就已经喜欢上了多米尼克，但是他还没有决定是否要爱她。何况当时他还爱着埃迪特·布瓦索纳。

一九四七年八月,埃迪特开始害怕自己会失去多米尼克。她很明白波朗对于多米尼克有一种无法抗拒的魅力,正如她与多米尼克相爱之初有所预感的那样,埃迪特觉得自己要失去她了。埃迪特不敢直接和多米尼克说,而是隐隐约约地提醒她注意,她经常爽约,并且也不再约她。然而在日记中,她却明确地提出了问题:"今天早晨醒来时,我想到了波朗对多米尼克的金色眼影作出的评价。我想波朗应该是爱上了多米尼克,因为多米尼克也很欣赏他,喜欢他,在爱的天平上,她对我的爱是没有分量的。为了这个,我哭了两小时。我给多米尼克写了一封想像中的断交信:如果要分享,我情愿失去她。我觉得自己像头母老虎一般嫉妒。像我爱她这般爱一个人实在是一件很可怕的事情。我的朋友,我的爱人,我的情人,我的情妇……"因为害怕马上就失去多米尼克,埃迪特没敢直接把自己的感觉说出来。她很了解,多米尼克害怕冲突,而且从来不有什么就说什么。

在信中,多米尼克以家庭问题和工作繁忙为托辞:夏尔洛出版社的倒闭,《方舟》所面临的威胁,与让·阿姆鲁什之间无休无止的争论,还有和儿子菲利普之间的种种问题。埃迪特尽量克制自己,避免粗暴地对待多米尼克,并且相信她所陈述的种种理由,但实际上她很清楚是怎么一回事。她知道多米尼克正打算离开她和波朗在一起。"我亲爱的,你会说我多管闲事(就像那会儿的B.一样)。但是我是那么希望你的生活能够变得简单起来。而且我确信你能够做到,只要你愿意,只要你愿意顺着大家的逻辑或是笛卡尔的所谓良知,只要你把自己的自私(你当然有权利)与他人的自私相对立。对于爱你的人来说,最可怕的事情莫过于他们意识到,他们拿你毫无办法可言。"埃迪特用原先B.说过的话来说事儿。B.有可能是多米尼克先前的那个情人,多米尼克为了埃迪特离开的他。B.很可能是贝尔纳·米勒雷。

由于实在担心会失去情人,埃迪特在八月初所表现出的克制终于消失殆尽。她很想安慰自己说,多米尼克之所以这段时间一直没有来找她,只是因为她遇到了很麻烦的事情。波朗的爱是在很复杂的环境下来到的。多米尼克正好丢了夏尔洛出版社的工作,而波朗可以聘用多米尼克来伽利玛出版社工作。多米尼克的前夫雷蒙·达尔吉拉又在讨要已经十七岁的菲利普的抚养权。他们之间的冲突直到两年后的一九四九年一月二十五日,凭借一纸法律判决才得以彻底解决。雷蒙·达尔吉拉和他的哥哥让认定多米尼克不具有"保证儿子菲利普接受教育的有利条件"，因为他尚未能通过"业士文凭第一阶段的考试"。他们出示了菲利普经常缺课的记录以及总体上不甚理想的成绩作为证明。真正意义上来说，他们想要的不仅仅是简单的看护权，而是"指导他学习，并且选择有利于他的学校的权利"。多米尼克为自己辩护，称儿子经常迟到是因为"身体原因"，她也出示了自一九三六年以来的医院证明。鉴于这些医生证明，再加上多米尼克同意让菲利普注册天主教商学院的预备班，法庭宣判不支持父亲和伯父的介入。多米尼克得以保全儿子的监护权。

但是在法庭尚未宣判之前，多米尼克整整担心了两年，害怕自己会失去菲利普的监护权。在信中，埃迪特一直试着安慰她，可同时也充分表达自己会遭到抛弃的担心。出于友善，埃迪特倒是对多米尼克说可以相信波朗："好好休息。睡觉，吃饭。不要想夏尔洛出版社的问题：波朗不会扔下你不管的。也不要去想你的前夫，最终他也做不了什么。但是要养精蓄锐。这是最重要的。我爱你，我的朋友，我的爱，我的爱人，我的情人。吻你。"多米尼克给她回了信，也说爱她，但是请她原谅。请她原谅什么呢？她说为自己的懒惰感到抱歉，请求埃迪特给她工作的勇气。然而埃迪特越来越焦虑。"喘不过气来。我几乎无法工作。然而工作应该是我唯一的安慰，唯一的逃避。在孤寂的沙漠中，在未来的沙漠和孤寂之中，我因为害怕而后退。"

埃迪特的哀怨对于多米尼克这样一个自由的人来说无济于事。"我的哥哥在这里，但是我们之间已经渐渐失去了亲密（我甚至没有对他说，你对我而言究竟意味着什么），我仿佛一个溺水的女子一般紧紧抓住了你。但是我不希望把你拖进我的不幸、我的失败中来。我曾经相信文学（的确，文学曾经拯救过我），相信革命，相信随便的什么。但是我之所以坚持，仅仅是出于习惯，仅仅是想要重视自我的某种形象，我选择的形象。这一切不会走得太远，尤其是不会陷得太深。原谅我和你说这些。我爱你（这是我的借口）。"多米尼克回复了她，言辞之间有一种不易察觉的粗暴，但是在信的结尾，她仍然说"我爱你"。"你的忧伤和焦虑令我感到难过。想到自己有可能成为救生圈，我感到很害怕。你不认为这样的比喻有些盲目吗？因为说到底，如果你不知道自己应该往哪里去，应该献身于谁，我也不知道。唯一的区别只在于我对此并不在乎——至少直到目前为止我是这样的。"埃迪特紧接着为这封"可笑的信"，为自己"情感的崩溃"向多米尼克表示歉意。不久以后，她们俩相继阑尾炎发作，这又让两个人作为很好的朋友聚在一起，仿佛是因为在一起的缘故，两个人在同样的时刻承受同样的痛苦。她们都觉得这个令人痛苦的巧合很有意思，在直到一九四八年一月前的一个多月里，她们无法见面。

但是两个人最终还是分手了，埃迪特给自己的情人写了一封信，不过是在日记里："我们相遇了，并且共走了一段旅程，就像两艘在海上航行的船，一同行进在同一条无形的道路上，然后我们分开了。我们在肮脏的沼泽里相遇，曾经一度我相信你就是那个能填补我爱的饥渴的人（是男是女都已经不再重要）。曾经一度，我相信，不管我们之间有多少可能立即导致我们分离（无可挽回的分离）的分歧，我们都能够白头到老，是的，衰老已经出现在你的发际和我的皱纹里。而现在，我们无形的道路就已经分开了。也许已经太迟，我们这样的两条船不可能真正相遇：两条并排前行的船，尽管他们一度彼此召唤，他们对于自己是谁，自己想要什么，他们在道路的尽头想要找寻什么却一无所知。你有自己的家庭，你把自己关在里面，你为自己规定了责任。哦！我很清楚这一切的确排在首要位置，我并没有因此指责你。相反，如果你抛弃了这一切，哪怕是为了我，我倒是有可能会指责你。我会因此不再那么爱你。你失去了你的过去，但这过去牢牢附着在你的身上，甚至比我更为依赖你。我很理解这一点，你的所想、所爱、所惧都让你比起我来，更为接近这过去：我们没有相同的希望（我们没有下相同的赌注）。你有你爱的，并且爱你，或者对你而言很有用的朋友。你也很善于挤出时间来和他们在一起。而我，我什么也没有。我什么也不曾有过，当然，这是我的错。也正是出于这样的要求，如今我已经离你很远了。有些事情，尽管我们希望尽量延续，但已经无可救药地彻底结束了，在这种情况下，尽管我们仍然在彼此召唤，这些事情却因此而显出其荒诞的一面来。"

多米尼克的借口与二十年前她给梯也里·穆尔尼埃的理由一样。她无法投入真正的爱情故事，因为她不能够抛弃她的亲人、她的父母、她的儿子。波朗因而与她"更近一些"，因为他自己也不想离开妻子和家庭。多米尼克再也不愿重组家庭的选择颇具神秘色彩。她究竟是因为家庭责任不得脱身呢？还是更喜欢自由和独立的生活？对于多米尼克来说，分手并不意味着决绝。埃迪特受到了如此大的伤害——彻底的伤害，她希望完全斩断一切联系。多米尼克却拒绝失去她，她天天都给埃迪特打电话，借以保留彼此之间的联系。埃迪特的绝对和嫉妒心与多米尼克对于性自由的兴味是格格不入的。但是多米尼克同时也还是一个非常忠诚的人，她不能抛弃自己爱过的人。她的忠诚更多是在情感的层面而非肉体的层面。虽然埃迪特非常伤感，她最终还是没有彻底离开多米尼克，并且保全了彼此之间的这份依恋。

两个女人之间通了二十五年的信，二十五年不曾中断的友谊，直至埃迪特去世为止，这也证明了她们之间关系的深度。她们在不停变换亲昵的称呼：我的小甜心，我亲爱的，我的小亲亲。在多米尼克的心中，埃迪特和波朗都是最重要的人。在生命的尽头，多米尼克丧失了记忆，记不起别人的名字，也记不起重要的日子。只有提到波朗和埃迪特的名字，她的脸上才掠过一丝光华。与埃迪特分手后，两个女人每天都打电话，尽可能频繁地写信，定期见面。基于彼此信任的基础之上，她们无所不谈：工作、政治、朋友、情人、家庭、钱。多米尼克尽一切可能帮助朋友出版，在伽利玛出版社或是洛桑书业行会出版社。她从来没有抛弃过埃迪特，一直对她关照有加。

忠诚

埃迪特深知彼此之间这份友情弥足珍贵，虽然多米尼克为了波朗离开自己，她却并没有因此记恨在心。她的信中倒是一直有点哀怨，并且总是用自己的孤独来映衬多米尼克的上流社会生活。不过埃迪特一直就政党的问题询问多米尼克的意见。由于多米尼克对法国共产党员一向没有好感，她很可能和埃迪特讲述的都是他们让她感到深恶痛绝的行为："知道你在阳光下得到了充分休息，我很高兴。但是我非常非常想念你。尽管我们一个星期也不过在一起几个小时，这几个小时对我来说却是非常珍贵……关于一九四八年女性的讲座还不是很糟糕，至少别人都是这么说的。但是在第一排，就在我眼皮底下，一个女人从开始睡到了结束。妈妈说这是艾尔莎·特里奥莱家的保姆，因为艾尔莎付了她钱才来的！只要真正地参与进来，妈妈比我还要恶毒。批评会开得很好，我们把所有翻来覆去无法解决的问题都说了出来。定期召开会议能够让'批评家们'聚在一起，自由讨论。我也能够和大致与我有着同样想法的人在一起坦诚一点。该知道自己和他们相比，究竟处于什么样的位置。我需要这样。又一次我似乎有了自信……至于阿拉贡，他总是冷冰冰的。这让我感觉很有趣。如果我处在他的位置，我可不会表现得如此恼火。我太骄傲了。"埃迪特对阿拉贡的憎恶一直如此强烈。而阿拉贡也是导致埃迪特被开除出共产党的罪魁祸首之一，就是因为埃迪特从来没有向他低过头。

多米尼克在更大程度上是埃迪特的文学顾问，因为就在这个时期，她已经成为伽利玛出版社的重要人物之一。埃迪特在出版上遇到了很大困难，对于加斯东·伽利玛这样一个保守派来说，埃迪特的东西太具共产主义倾向了，然而对于共产党掌权的出版社而言，埃迪特又过于独立。在这种情况下，多米尼克与波朗的帮助和安慰当然是不可或缺的。在谈到埃迪特新的写作计划《加利西亚》时——书中的人物直指第二次世界大战时期的文学界，多米尼克指出她反常的担心："我很高兴你写《加利西亚》，也很高兴你回来。……有天晚上，我和丽丝·德阿尔莫谈到你，她说了你不少好话，非常热情，也非常欣赏你。我很清楚，她是一个上流社会的女人（你知道吗，她是粮食大王路易-德雷菲斯的儿媳妇），但是她一点儿也不笨，也不反动。而且，她还会当众向蜈蚣堆里出现的完美夫妇吐口水。在这方面，她的故事可多了。她说了一两个警察的故事（内部的），大有教益。高兴起来，我们联姻吧，走入苦难！所谓的联姻，我想应该是共和的联姻，进入秩序，等等……（法语是多么美丽：进入秩序！）我亲爱的，倘若所有这些狭隘的事情没有令你感到痛苦，我倒是真的觉得很好笑。你可比这些人要有价值得多，所有人都知道这点，所有人都这么说（不止是我，因为我有可能是盲目的——但我并不认为自己盲目）。所以，我请求你，如果你要对他们说'见鬼'，那就说吧，但是自己不要感到痛苦，他们不值得你为之痛苦。"

埃迪特对于自己的写作天赋没有任何信心，加上在出版方面遇到的困难，这更加深了她的畏惧："我结束了《加利西亚》。或者说我结束了《加利西亚》的初稿。现在，我又重新来过。写得不好。最可怕的是明明知道自己是个不入流的作家，甚至是一个蹩脚的作家，却还是要写作，不得不写。而实际上，自己所写的东西根本没有人感兴趣。不是共产党员的会说'不能让她这样'。而另外一些人则会大叫伤风败俗，要向警察局起诉。如果你愿意，如果不是很麻烦你，如果你能辨认我那可怕的字迹，你能不能在我把稿子打出来之前帮我看看？也许我没有必要继续下去，如果这稿子真像我担心的这样不堪，干脆把稿子放进抽屉得了，或是干脆烧掉。"

她并没有向多米尼克隐瞒她的怀疑和绝望，不过仍然保留着一丝不易察觉的幽默："我在继续《加利西亚》的工作。牵涉到战争时期的我都用的是日记里的词。但是我担心行文过于分散，没有章法。再说意义究竟在哪里呢？是不是有必要写？对于我来说，也许只是不在场的证明。除此之外，没什么事。草莓，越橘，鸡油菌。我正在用一种完全实验性的方法准备《花和风格》，扎洋地黄、风铃草、虞美人、山金车、石竹的花束，还有那种呈白菜状的（风格非常古老）龙胆花束。说到底，我想到最后我必须承认我爱的或许并不是'人类'，而是花和石头。还有你。吻你。又及：信封上的不是眼泪，而是雨滴。再又及：我在《现代》的几期杂志上看到关于阿拉贡的描写，写得真是非常准！"

花和扎花是埃迪特最喜欢的事情之一。在日记中，她为《加利西亚》中的人物——对号入座。摩根、德里厄、莫里亚克、盖埃诺、德布-布里戴尔、马尔罗、布朗匝、吉鲁、萨特、加缪、波朗、萨都尔或德古尔都走入了这幅战后绘制的壁画中。尽管埃迪特已经写得差不多了，但是她最终还是放弃了《加利西亚》的写作，因为在这异常痛苦的时期，她感到非常沮丧。站到铁托一边之后，她决定退出共产党："热拉尔读了《加利西亚》，他觉得没写到点子上。我决定离开共产党，他哭了。"《加利西亚》没有出版。一九四九年，埃迪特退出了法国共产党。

生活中唯一幸福的事情是职业生涯还算稳定：埃迪特被任命为法国国家档案馆馆长，除此之外就是多米尼克的温情。埃迪特对于不幸似乎总是有些洋洋得意，因而对于生活中比较美好的一面便显示出一定的嘲讽："得到了国家档案馆的任命。我成了公务员。现在只等着退休和进家庭墓穴了。与D.A的感情走到了尽头。这就是对我所谓'解放'以来的四年生活的盘点。"然而，多米尼克一直在为出版埃迪特的作品而斗争，例如，她把《花和风格》推荐给了洛桑行业公会出版社。但是埃迪特的大部分手稿遭到了拒绝，尤其是在伽利玛出版社。两个女人同时展开的命运，一个成功，而另一个却是失败。多米尼克无论对职业上还是对感情生活上都是满足的，而埃迪特却只有妒嫉和不满。两个人在脾性上的差异是命运如此不同的主要原因。多米尼克很灵活，非常善于转圜，她知道如何得到他人的爱，如何被不同社会圈子所认可。而埃迪特不为瓦全的性格以及战斗性则让她拒人于千里之外，把自己打扮成了一头野兽的模样。自此之后,多米尼克成了埃迪特在这尘世上的唯一窗口。

她们之间的差异在两个人暑假期间的通信上一览无余。埃迪特毫不犹豫地指责多米尼克与波朗一起去弗洛朗丝·古尔德家度假的行为,说她过的是"亿万富翁"的生活。"我想,我亲爱的,每个人都有亿万富翁的情结。这就是为什么'普罗旺斯农舍'成了冶金大亨们的休憩之地。而我在这里,在资产阶级世界的尽头,周围都是需要(非常需要!)修缮的老房子,需要重新上漆的扶手椅。并且,整个地区都是老鼠。"多米尼克对奢华一直很有兴味,并且一点也不因此感觉到罪恶。只有感情范围的职责——抛弃、沉默——能够触动她。

多米尼克在信中用简单、轻松的口吻描述了和波朗的南部之行:"我觉得拉盖的教堂名字带有西藏的色彩,山上都是绿色的松树和橡树。稍远一点能看见海。你去了圣-奥尔德,而且那里还有长春花,我很高兴。但是直至今日,我梦中的村庄要比圣-奥尔德还要荒凉,已经沉寂了很长时间:渺无人烟。应该是在埃泽,据说两年前有个患了麻风病的瑞典王子住在那里。我们可能会去阿尔勒看斗牛。我还从来没有看过呢,都有点迫不及待了。吻你。让·波朗也问你好。"多米尼克深爱的埃泽就是莫里斯·布朗肖当时隐居的地方。

这段时间,埃迪特在巴黎,正埋首于波利娜·罗兰的传记。她很想写一篇让·普雷沃的纪念文章:"你能不能让布尔夫人立即给我寄几本让·普雷沃的小说和散文?我想给《平行》杂志写一篇文章,纪念他于韦尔科去世。让·普雷沃在一定范围内已经是个名人了,不过在格勒诺布尔,除了《菲利贝尔·德拉岊》以及《拉尼埃尔》、《性格》这两本散文之外,什么也找不到。这远远不够。如果布尔夫人不能通过特快专递把书寄给我,就请她把邮费记在我的账上:等我回去我一定会付给她,自然,还连同那篇迟迟未能完成的安德烈·纪德文集的书评。"为了忘却自己生命的荒漠,埃迪特工作愈加勤勉,而且从未忘记自己作为斗士所负有的行动使命。她担心第三次世界大战的来临——在冷战的背景之下,并因此越来越多地介入到政治行动中。

看到多米尼克像波朗一样总是对所有人关照有加,埃迪特感到非常嫉妒。如果多米尼克连着好几天没有给她写信,她便会丧失理智:"我亲爱的,你究竟在干什么?怎么回事?你还好吗?我不理解为什么你我之间只剩下了普通问候的电话,不理解为什么突然你就不在了。也许你只是出于友善保留些许和我的联系?就像我以前曾经说过的那样?"但是随后她立即因为自己在感情上的这份独占予以道歉。于是多米尼克向她致歉说，没能抽出时间来给她写信。埃迪特再一次哀怨地指责她："我很焦虑、忧伤。焦虑，因为我对自己说你也许病了，并且不想让我知道；忧伤，因为我对自己说你甚至不愿意花上五分钟的时间给我片言只语。我很明白，所谓没能抽出时间给一个人写信意味着什么：不再有这样的欲望，不再有需要……也许我不应该再继续拿我的这些破纸片来烦你，这些坠入沉寂，没有下文的破纸片。没有什么东西能够永远都在，我很清楚这一点。为此感到如此痛苦也许很愚蠢。吻你。"两个人之间的友谊仍然保留着某种爱情的色彩，排他而嫉妒。尤其对于埃迪特来说更是如此，因为她再也没能重新开始自己的感情生活。

但是多米尼克也利用了朋友的感情，借此将她完全据为己有。这是带有爱情色彩的友情。埃迪特的怨诉既针对两人的关系，也针对自己在文学上的失败。"我很烦。非常想你。我爱你。"档案馆的工作让她感到恐慌，想到要"日复一日，一千年不变"地去那里上班，她就觉得自己受不了。她在等待自己作为作家的作品得到大家的承认，但同时对此又不抱有任何幻想："我写的东西与任何东西，任何人都不甚相符。对于某些人来说，我是一个愤世嫉俗、狂热的共产党人（这的确是真的）；对于另一些人来说，我又是不冷不热的，上帝或马克思才弄得清楚的资产阶级腐朽分子（这也是真的）。"幽默是治疗骄傲的唯一解药，埃迪特在嘲笑自己的时候才变得有所缓和："我不明白为什么你会'欣赏我'，除非你是在嘲笑我。至于'独特'，每个人都是独特的：没有一个人会和另一个人完全相像。但是，想到自己是一个值得欣赏和独特的人，这还是很舒服的一件事！"

自从埃迪特放弃斯大林主义，走近铁托主义之后，她的话语变得轻松了，并且能够保持相当的距离。她觉得和自己的兄嫂——热拉尔和玛德莱娜——拌拌嘴是很有意思的事情，因为兄嫂都是坚定地站在斯大林一边。埃迪特和克拉拉·马尔罗创办了一本带有铁托思想的杂志《当代》，然而自她退党之后，杂志也很难继续下去。资金很难找到，作者们——马丁-夏飞埃、加苏、杜维诺或阿尔朗——渐渐地都不再为杂志撰文。尽管有多米尼克的支持，仅仅凭借历史方面的文章却远远不能满足杂志的需要。有时，埃迪特是那么沮丧，觉得档案馆的工作已是足够："你让我写《时代的黑暗》，但是我无法再做这类收集手稿的无谓工作：对于任何人来说都毫无益处，我自己也不再感觉到有此需要。波利娜·罗兰成了一个我自己都不相信的不在场证明。最终，档案馆的工作对我来说就已是足够。为了我的安宁，祝愿我吧。"埃迪特听从了多米尼克的劝告，给加斯东·伽利玛写了封"非常礼貌"的信，但并不指望得到肯定的回答。

退党对于埃迪特来说是一件极其痛苦的事情，但是与此同时，这又是一种安慰，因为事情从此之后变得明了起来。一九四九年她所作出的退党决定在她发表于《战斗》上的一篇气势磅礴的文章《批评与自我批评》中得到了充分的表达。到那时为止，埃迪特仍然一直保持沉默，但是既然铁托被控变节，受到牵连的埃迪特自然无法再保持沉默，她必须宣告自己站在铁托一边。尽管她在战争期间，在一个自己很有可能因此面临危境的时期加入共产党，埃迪特一直被看成弱者、胆小鬼。为了抢在她正式退党之前有所行动，法国共产党投票一致同意将她驱逐出党的队伍。

埃迪特深受打击，在当时也无法估计这项决定对自己职业生涯的影响："一直没有加斯东·伽利玛的消息。我真不明白，说声'不'也有那么难吗。我被'驱逐出党'。真是奇怪，一个已经离开的人也可以遭到驱逐，这就如同杀一个死人，或是谩骂一具尸体一般。的确，我仍然在别的地方讨生活，但是已经不多了；必须挣回点面子。最终，我想这一切都会结束。结果也不会很坏，既然我是个胆小鬼、说谎的女人、诽谤者和不名誉的人。我也很想为自己买一条极具时代色彩的裙子，仿佛'驴皮'一般。我一直在问自己，所谓的'时代色彩'究竟是怎么样的。也许是灰色，蓝色或是大海一样的绿色——真正的大海——那种一边出太阳一边下雨时风中的大海的颜色？但是我也没有办法为自己买一件这样的裙子。有成千上万的人和我一样。这可不是安慰。算了吧，我是活该。"

在此插曲之后，埃迪特完全被孤立了。她的朋友都冲她转过身去：党对他们具有极大的威慑力。她遭到了遗忘，被踢出左派知识分子和抵抗知识分子的队伍。而在将近十五年的时间里多米尼克所表现出来的忠实——尽管她们之间有着思想观念上的根本分歧——却超越了斤斤计较和嫉妒狭隘。埃迪特和多米尼克比她们在历史意义的政治介入上所表现出来的要融洽得多。突然间，埃迪特在知识分子抵抗组织中所扮演的角色被淡化了。然而她起的作用却是实质性的，和多米尼克所起的作用一样。

她们参加抵抗组织的最好证明就是《法国文学》的要目，这份期刊在战后获得了合法地位。在战争期间，带有自由色彩的杂志都是地下的，出于秘密和安全的要求，杂志的撰稿人都不能用真实姓名。巴黎解放之后，走出地下的《法国文学》仍然继续杂志的编辑出版。杂志致力于勾画法国知识分子和政界的新秩序，杂志的绝大部分编辑都是共产党员。一九四四年九月是杂志合法化的第一期，刊登了克洛德·摩根、克洛德·罗伊、马克斯-波尔·富歇、埃迪特·托马斯和多米尼克·奥利的文章。一直到一九四六年前的两年时间里，这份周刊的撰稿人主要是抵抗组织的成员，并且不太考虑他们的政治倾向。杂志上既有戴高乐派，也有共产党员，彼此之间相安无事。

《法国文学》

从一九四四年九月巴黎解放开始，一直到一九四六年末，多米尼克·奥利都在为《法国文学》撰稿。战争期间，她秘密散发杂志，因此在杂志刚刚获得合法地位之时她就得到了聘用。一九四七年，共产党全面占据杂志的编审权之后，她便不再给杂志写稿。波朗和法国共产党之间的冲突始于《致法国作家协会成员的公开信》的发表，在信中，波朗解释说权力已经从抵抗成员交到了共产党员手中。

在《法国文学》合法化的前两年，杂志倒是将所有知识分子抵抗成员团结在其麾下，并不考虑他们的政治立场是否完全一致。正是《法国文学》编辑部培养了统治战后思想的一代知识分子，我们可以看到，几乎新闻界和出版界的所有大人物都在杂志上出现过。开始时，杂志在文化上和政治上的活力的确是无与伦比的，一直到了法国共产党的控制之下，影响力才开始慢慢减小。多米尼克在杂志最具象征意义的时候为其撰稿。

从一九四四年九月到一九四五年十二月，杂志社的社长是克洛德·摩根，总编是乔治·亚当，杂志每个星期六出版。无论是克洛德·罗伊撰写的报道、雅克·德布-布里戴尔撰写的政治文章，还是丽兹·德阿尔姆负责的"女性生活"版，杂志很明显地带有抵抗组织的遗风。其他的专栏撰稿人还有负责《书与人》的马克斯-波尔·富歇以及后来的路易·帕罗，负责音乐专栏的乔治·奥利克以及后来的罗贝尔·加比,负责电影专栏的罗杰·林阿尔以及后来的乔治·萨都尔,负责艺术专栏的安德烈·洛特以及后来的莱昂·勒格朗,负责戏剧专栏的皮埃尔·洛韦尔以及后来的波尔·伽利玛。贝尔纳·米勒雷是杂志主要的插图作者。

在一九四四年十月二十一日那期杂志上,多米尼克发表了她那篇最著名的文章《一个村庄和它的游击队》。这是一篇长文,讲述了德军溃败时,约讷省一个小村庄的游击队中所发生的事情。巨幅的插图均出自贝尔纳·米勒雷之手,文章中也数次提到他的名字。也正是他向多米尼克讲述了抵抗运动的很多逸闻趣事。在约讷的游击队里待了几天后,米勒雷曾经在多米尼克法兰西岛洛诺瓦的家中暂避风声。多米尼克讲述了抵抗组织的成员在清晨开会,他们找到了邻村的抵抗成员,他们都是自己的亲人:"他们那个晚上究竟发生了什么,我不知道。但是当然,在很长的时间里,贝尔纳会讲述这件事情的,就像那时他讲给我听一样;他们是如何碰头的,周围所有村庄的抵抗成员,以及整个地区的小村庄的抵抗成员,他们如何在这如此温柔、如此温热却又如此清凉的夜晚抵达这个他们用来约会的旧采石场。他们每个人都认为应该有十来个人左右,都认为,除了小组组长,来开会的应该有不认识的,也有以前的同伴。"这是对普通人所参与的抵抗组织的礼赞,那些拿起武器冒着生命危险的普通人。

在多米尼克的讲述中,法国的"地下武装"由总是微笑、受到所有人爱戴的村民组成,大家从来没有怀疑过这些人的勇气和英雄气概。地下组织所完成的行动有:"为逃避去德国服劳役的法国人制造假证件"、"为犹太人制造假身份证"、"为逃出德国魔窟的人提供藏身之所"、"与邻近城市的抵抗组织建立联系以壮大队伍"、"与伦敦建立联系以得到武器装备"。他们注意每一个细微的姿势,每一声脚步,随时都有可能被揭发、被逮捕,无时无刻不在冒险,直至美国人到达的一天。抵抗成员的妻子和她们的男人一样冒着生命的危险,年轻的女孩一样骑车送信,年长的女人把逃出敌人魔爪的人藏在地窖里。抵抗运动不是知识分子和政治人物的行为,它是由这类小村庄的男男女女构成的,这些男男女女自此之后就是"传奇"的一部分。

接着多米尼克开始了与那个时代伟大作家的系列对谈,通常,她选择的都是和她一样具有某种矛盾之处的人。与罗曼·罗兰的对谈——这是共产党员的偶像——围绕他才完成的关于夏尔·佩吉的一本书展开，对谈揭示了一个左派作家同样有可能欣赏一位深受战前极右阵营宠爱的作家。多米尼克去罗曼·罗兰位于巴黎蒙帕纳斯街区的家去看他时，立刻被他奇特的谈话所吸引。例如罗曼·罗兰说夏尔·佩吉是"最高意义上的离经叛道者"，因为他是一个反对教会干预公共事务的人，拒绝所有圣化的行为。在这两个"天才男人"的智慧与独特前，思想领域的斗争土崩瓦解。

多米尼克负责书评专栏，她先是开创了"阅读笔记"栏目，接着又开始"书柜上"的专栏写作。进入其专栏视野的主要是诸如玛格丽特·杜拉斯这样的文学新人的作品，例如她的《平静的生活》（伽利玛出版社），或是杂志成员新近出版的作品，例如克洛德·阿弗利纳的回忆辑录《黑暗时期》之一《和你在一起》（爱弥尔·保罗出版社）。多米尼克的文章和埃迪特的文章排在一起，埃迪特则使用政治的方式来撰写历史题材的文章。在《中世纪的启示》一文中，埃迪特希望为自己钟爱的时代平反昭雪，维希政府曾经重新提起过这个时代，因为它具有某种"等级制度和共同体制度的淡淡色彩"。在"社会坠入谜团的时期"，中世纪总是得到一定程度的青睐，因为我们无法看清究竟发生了什么。中世纪并不是一个"愚蠢的"时代和"盲从的"时代，也不是"保守主义和顺从"的时代，这是一个自由的、以寓言作家为代表的不恭敬的时代。埃迪特对在战争期间取得极大成功的马塞尔·卡尔内的电影《晚上的来客》进行了攻击，她认为这部电影以庸俗和教化见长。她没能退后一步，因而不能够体会到电影中所包含的批评意味，她觉得电影里所给出的那些实际论据比审查制度走得更远，令人反感。

多米尼克回到了她最初的钟爱上：由阿兰·波阿斯重新发现的巴洛克诗歌。在多米尼克看来，法国人在挖掘过去的珍宝一事上总是要慢半拍，而英国人则有"重新评估的兴味"。阿兰·波阿斯是格拉斯哥大学的一位法国文学教授，在战前，甚至早在多米尼克和梯也里·穆尔尼埃编写诗选之前就已经重新发现了巴洛克诗歌的魅力。他比法国人还要了解塞夫、斯蓬德、拉塞佩德、圣-阿芒和戈多。在波朗得到法兰西语文学院的文学大奖时，多米尼克还做了一次与波朗的访谈。能够作为作家得到这个奖项，波朗深感荣幸，尤其是那会儿他正在写关于萨德的作品。法兰西语文学院所能接受的思想宽度令他觉得很是有趣。多米尼克在对谈中问到他最近出版的作品：《F.F或批评》、《塔布之花或书信的恐怖》、一本和杜布菲合作的关于地铁的书(《地铁癖或首都的地下》)以及安德烈·洛特画插图的《关于杂文的对谈》。波朗与多米尼克对于彼此的好感已经非常明显了,不过这时他们还不是情人。除非他们在真正相爱之前就已经有过一两次情爱的尝试。

在同一期上,还登了一篇多米尼克与艾尔莎·特里奥莱的访谈,当时艾尔莎的《第一个污点值两百法郎》获得了龚古尔文学奖。对于学院派的奖项能够颁给"造反派"作家,颁给第一时间参与《法国文学》的作家,多米尼克表示庆幸。这篇访谈让大家颇为惊异,因为两个女人彼此之间几乎没有一点好感,然而多米尼克这次却对她极尽赞美,也许是略带嘲讽。她认为奖项颁给艾尔莎是公正的,同时也没有忘了夸大艾尔莎在假装谦逊的背后是多么兴高采烈:"突然之间,艾尔莎·特里奥莱就像那些头戴桂冠的孩子一般,在学年结束的颁奖礼上得到了满怀的金边切口的书籍,能够在获奖名单上出现那么多次,脸上写满了激动。我说了很多次:应该算算账。因为艾尔莎·特里奥莱是第一个获得龚古尔文学奖的抵抗组织作家和女作家。"在这么多溢美之辞中,多米尼克却没有忘记问她,一九四三年在德诺埃尔出版社出版《白马》的事情。

多米尼克还参与了杂志关于保尔·瓦莱里的特刊,瓦莱里才去世,他的工作方法成了无人知晓的秘密。多米尼克对建立保尔·瓦莱里档案(手稿、珍本、图画、照片)的人表示敬意,这个保留了瓦莱里一切的人不希望公开自己的名字:回忆录的工作得以继续进行,但没有损害到作者本人的意愿,并且对于他修改的手稿,大家也一直保守秘密。

在政治方面,多米尼克继续为抵抗行动勾勒真实的历史,这是关于平常人的英雄的故事。在她为一九四二年开始任法国游击队全国军事委员会参谋长的马塞尔·普勒南所撰写的侧记中,多米尼克着重强调了马塞尔不同寻常的经历。从索邦大学理学院比较解剖学教授到军事抵抗的主要首领之一,马塞尔·普勒南是一个"传奇人物"。他向多米尼克解释了法国游击队在每个省以及国家层面的组织状况,就地维持游击队网络是很困难的,因为只要一个成员被捕就可能导致整个网络的瘫痪,因此第一个较为稳定的巴黎游击队组织直到一九四三年十二月才得以建成。他很惊讶自己能够得到如此广泛的欣赏,马塞尔·普勒南具有一种"平静而接近冷漠的力量",是个真正的英雄,和所有那些在自己的村庄被枪决,"为了他们的荣光和我们的自由付出高贵代价"的年轻游击队员一样。

然后是一篇更为文学化、更带乡愁色彩的专栏文章，评论的是两部关于战争和荒弃的城堡的小说，米歇尔·达维的《美丽的心》（罗歇出版社）和让·萨布朗的《卡纳戴尔的道路》（阿尔班·米歇尔出版社）。接下来的评论文章也是相同的色彩，对米歇尔·M·维尔塞布伊《人间天堂：花园日记》中的花园大加赞赏。多米尼克渐渐远离了历史和政治性的评论，只专注于纯文学的东西。她和埃迪特一样都非常喜欢花园，因而会非常迷恋米歇尔的这本美丽的小书。同时，多米尼克也利用这个机会非常谨慎地讽刺了一下阿拉贡，当然，仍然是很典雅的态度，因为她在暗示阿拉贡对花园表现出来的蔑视，所谓"幸福的愚蠢表象"。

从今以后，多米尼克的战斗更多针对的是非公众化的事情，例如她父亲奥古斯特·德克洛一直捍卫的大学生的自尊心问题。在一篇关于大学生悲惨的生活状况的长文里，她举她家居住的大学新村为例。战前，大学的新村是真正的天堂，然而自从德国人占领之后，这里渐渐变得荒凉悲惨。房间被劫掠一空，再加上初冬就能感觉到的煤炭短缺的气氛。巴黎房子不好找，美国人征用了大楼和饭店。大学食堂的饭菜倒还过得去，但是远远谈不上丰盛。学生们都说自己自开学以来瘦了很多。大学生不得不到黑市去找房子，或是向贪婪的资产阶级租借肮脏不堪的房子，他们在等政府在索镇公园建的解困房。多米尼克要求政府调集饭店和煤，哪怕饮食简单一些都不要紧，因为只有居有定所他们才不至于造反："让他们居有定所，为他们提供取暖。这才是明智的、公正的，同时也是谨慎的。"

与弗朗西斯·蓬日、西蒙娜·德·波伏瓦和加布里埃尔·马塞尔之间激动人心的新对谈，主题是《何谓存在主义》。弗朗西斯·蓬日害怕把存在主义运动限制在萨特和波伏瓦的范围内，而不考虑其他存在主义流派，同时他也害怕存在主义运动所包含的绝望与逆来顺受。西蒙娜·波伏瓦反对心理小说，捍卫哲理小说，因为她认为心理小说最终总是归为一种伦理，这与萨特哲理小说摆脱伦理束缚有着很大的不同。自然，在多米尼克看来，加布里埃尔·马塞尔应该是这当中最具吸引力的一个人。他的存在主义是一种肯定性的天主教存在主义，与萨特否定性的存在主义正相反。存在主义小说致力于"寻求表现人物以及人物之间关系的非客观的方式"，例如内心独白的技巧。在加布里埃尔看来，在"让人意识到人与人之间并非客观的联系"这方面，维吉尼亚·伍尔芙堪称楷模。

多米尼克一直在撰写文学奖项方面的专栏，这一年的文学奖颁给了两位初涉文坛的新人。一个是极为朴素的安娜-玛丽·莫奈，称自己为"萨瓦地区的女农民"，她凭借其处女作《太阳之路》（米尔特出版社）得到了当年的费米娜文学奖；另一个是才满二十五岁的让-路易·伯里，同样凭借其处女作《德占期间我的村子》（弗拉马里翁出版社）荣膺当年的龚古尔文学奖。接着，多米尼克又和才夺得专业记者文学奖的罗杰·瓦扬做了一次对谈。自一九四五年十二月开始，《法国文学》又增添了一个罗歇·凯卢瓦负责的专栏："审美词汇"。

一九四六年，多米尼克仍然继续为杂志写稿，但是频率越来越得不到保证了，直至一九四七年，她彻底退出了杂志。一九四六年一月，多米尼克和在外流浪了六年才回到法国的夏尔-阿尔贝·辛格利亚做了一次访谈，访谈是在一家中国餐馆就餐时进行的。两个人都喜欢中国餐馆、文学和猫。辛格利亚的友善和幽默令多米尼克非常着迷，他对多米尼克谈起了自己杂乱无章的出书计划，说自己很高兴回到巴黎，还说了很多关于自己的事情。

多米尼克还发表了一篇文学评论，评论对象是吕西安娜·埃斯古伯的《埃尔地区故事集》（新新出版社），对于爱尔兰传说故事，多米尼克有着由衷的喜欢。这篇文章被排在题为"世界之窗"的外国文学专栏里。多米尼克也翻译一些英美的文章，例如好莱坞电影导演贝尔纳·C·肖恩菲尔德的文章，文章中，这位导演勾勒出关于让·雷诺阿那部美国片《南方人》的论战始末，吹嘘说他的制片人非常有勇气。在后面一期中，多米尼克撰写了一篇书评，评论的对象是马塞尔·埃萨尔的《未完成的塔楼》，作品讲述的是夫妻之间的关系问题。之后又是一篇米尔顿·布罗论述美国盗贼集团的文章的翻译。让·阿姆鲁什在这前后加入了《法国文学》，重新与《方舟》的老朋友走到了一起，他发表的自然是卡比利亚的诗歌和故事。多米尼克开始为一个新专栏"艺术与文学交易"撰文，发表了一篇关于夏尔·德·弗雷敏维尔的文章。

自一九四六年夏天开始，多米尼克扔下了埃迪特和她的同志们，停止为《法国文学》撰文。此时波朗已经与抵抗组织的共产党员们发生了分歧，多米尼克当然站在他的一边。冲突在一九四七年真正爆发。但是早在一九四五年，波朗对亲德作家表示支持以及对德占时期——在这个时期，焦虑是不存在的,"大家有一切理由行恶"——表示遗憾的时候,不和的分子已经在空气中蔓延开来。即便准备好了要过绝对"诚实"的日子,这种日子或许也毫无意趣可言,再加上还需要操心钱,操心家庭,这一切最终占了上风。波朗明确表示反对正在形成之中的各清算小组。"抵抗成员的作家遭到来自四面八方的围攻",报纸和杂志整天吵个不休,而此时,那些所谓亲德的作家却"很安静,保持一定的距离在进行创作","他们有一天会携带着成熟的作品卷土重来"。在共产党员们看来,波朗的立场的确让人难以忍受,这也是波朗与法国作家协会以及埃迪特·托马斯之间形成冲突的根源。

让·波朗

让·波朗和埃迪特·托马斯之间一直是彼此尊重,但又不乏紧张、复杂的关系。他们相识很早,可以追溯到一九三四年,埃迪特在伽利玛出版社出版第一部小说《玛丽之死》的时候。波朗从来没能理解埃迪特为什么会如此盲目地介入到共产主义事业中,并且,对于她作为一个作家的工作,品评也甚为苛刻。在波朗看来,将文学和历史划归政治的范畴恰恰是埃迪特在写作时遇到如此大的困难的原因。波朗的苛刻引起了埃迪特的怀疑。

两个人的个性都很强,这在他们的通信中看得非常明显。他们似乎随时处在对峙的状态。战争期间,两个人曾经走得很近,共同创立了法国作家协会,投身于《法国文学》的编辑出版中。在战争的背景下,两个人还能友好相处,因为那时有着共同的目标:战斗。然而他们的个性完全相反:波朗是一个很矛盾的人,是一个赌徒,埃迪特则为人耿直,态度严谨。其实埃迪特与多米尼克之间也存在着这种性格上的不调和,多米尼克和波朗更为接近。但是多米尼克的友善、温柔和谨慎使得两人之间的友谊成为可能,然而波朗却不事通融。

埃迪特与波朗的冲突是政治和文学的。波朗希望教会埃迪特,告诉她什么是风格,然而说服埃迪特改变文风几乎是不可能的。在两个人战争期间往来的信件中,文学上的争论与确定作家协会会议等事务交织在一起,作家协会的会议常常在波朗办公室(就在德里厄隔壁)进行。"我不想说,要相信古尔蒙

（当然，这当中充满了'时代的天真'，一种位于辩证法之前的物质主义：风格来自于视野，等等）。我要说的是：'要相信阅读古尔蒙带给您的思考（哪怕是反对古尔蒙的）。'作为一个作家，有坚信自己的一刻是非常有用的——我甚至认为是必然的，哪怕仅仅是为了不无恐惧地将这份怀疑扔掉，风格，更确切地说，对风格的追求是文学中最为本质的东西。因为经过反面的确认（我们每个人都身陷其中），这对于一个作家来说非常有用。星期五晚您来《新法兰西》杂志吗？"

波朗一副为人师的口吻，这令埃迪特感到难以忍受，但同时，他也没忘了恭维她，因为他对她的作品颇感兴趣："亲爱的朋友，您不应该把我当成老师。这是一个可笑的角色，我们每个人都太有好为人师的倾向。当然也包括我在内。我们就不谈了吧。这里有很可怕的，雅克·D在一九三九年就写下了这样的句子：'法国大革命和拿破仑发动的战争告诉人民，政治自由和民族独立不可分割。'（这话写在你借给我的那本《巴马修道院》中）不过，我觉得他是想说'不可分离'。您应该承认，您冒的也是这类的危险（或者说差得不多）。或者还可以说，政治自由和民族独立构成一个不可分离的整体。也有很令人赞赏的。是吉普林，在谈到一艘即将沉没的船上的船员时，有一瞬，他看到'一道水痕，犹如小提琴琴弦一般，永远不会断裂'。为什么是令人赞赏的呢？因为这是真的（而且让人觉得这是真的）。必须切实有了这样的感受才能说出来。不像那句关于革命的话或者那类并非必然这样想才可以说出来的话。好吧，您必须接受，就您现在的状况，您首要的就是要避开可怕的东西，找到令人赞赏的东西，不是吗？否则，您就完全走上了错误的道路。如果您接受了，就屠杀游戏（这是一个非常好的题目），您的判断应该会和我一样精彩，甚至比我还要精彩。"接着，波朗又一句句地分析了埃迪特行文拙劣的地方。

即便波朗在试着鼓励她的时候，他仍然挺伤人的。他希望埃迪特摆脱羁绊，寻找到写作自由，能够更为自如，更为简单一些。"但是（看起来如此）没的选择。必须避免可怕的东西。在我看来，高尔基就很成功地避开了。总体来说，阿拉贡也是如此。在大部分情况下，您也如此。上帝也不同意我将您带入微妙与不着边际的讨论中！只是，在谈到上帝'在我们心中占据了太大的位置'时，您究竟要表达什么样的意思呢？请告诉我。并给我一些例子。我很喜欢第二期的《漫步》。一点也不喜欢第一期,我觉得太夸张了。请相信我的友谊。"

如果说波朗在谈及自己的观点时非常严格,并且,在把埃迪特·托马斯单纯当成伽利玛出版社的作者来看待的时候非常直率,他却从来没有从私人角度攻击过她。倒是埃迪特,在与克洛德·摩根和保尔·艾吕雅合作的一篇文章《〈新法兰西〉的末日》中,第一次显得很是咄咄逼人,文章刊登在一九四三年七月号的《法国文学》上。文章的作者们指责德里厄将杂志变成一份纯文学的杂志,并且要求杂志停刊。波朗不再正式为《新法兰西》杂志工作,但是他对杂志的感情非常之深,因此把对杂志的攻击都揽在自己的头上。在给埃迪特的一封信中,他提到了这个敏感的话题:"关于极度自恋的问题:您觉得在我和雅克·德古尔共同建立的杂志上指出我这么多的弱点,这好吗?公平吗?我觉得,也许,我们对自己说过(您一定是这么对自己说的),自从我负责这本杂志起,要么它完蛋,要么它从第一期开始就让所有人看出与众不同。对于《压榨机》,我感到很遗憾。但是它完蛋了,所以没什么问题。"

波朗不想与埃迪特继续争执下去,他承认自己之所以反应那么大,主要是出于骄傲。他继续为埃迪特指出文章中的一些不足,也试图理解她无比投入共产主义事业这件事情:"我多么希望共产主义的美好社会可以稳固建立,能让您最终发现自己的担忧与其说是社会性的,还不如说是神秘性的,或者,更确切地说,是形而上的。"让波朗感到反感的并不是共产主义理想,而是那些法国共产党领导们的所作所为。他指责他们"鼓吹自由和祖国"时是在撒谎。此时波朗与法国共产党员的斗争已经进入第一阶段,主要是围绕所谓爱国主义的问题,阿拉贡和波朗都就兰波和罗曼·罗兰的爱国主义写了文章。在这一点上,有些共产党员——例如弗朗西斯·蓬日——觉得他们必须撒谎。"但不用走得太远,为什么我们的共产党刊物(例如《法国文学》、《星星》、《行动》等)就不能承认他们的确在撒谎呢?……以我们的一位朋友,最纯洁的一位朋友为例,您很清楚,一九三○年,艾吕雅没有一首诗提到过什么自由啦、祖国啦,甚至一九四○年同样如此。我并不是要因此指责他。但也不需要否认这点。"

埃迪特不承认自相矛盾,她认为从社会的角度来说,真理是在自己这一边。她的这种不通融的态度惹怒了波朗,对于波朗来说,再也没有比复杂和弯弯绕更让他喜欢的了。多米尼克和波朗对矛盾都有着特别的趣味，但同时认为在思想和个人的关系上应当有一种坚持。自巴黎解放之后，波朗就开始为所谓的亲德作家辩护，这场战斗一直持续到五十年代。多米尼克一直很喜欢英国的神秘主义作家以及法国的巴洛克诗人，一生都致力于对他们的广为宣传上。正是这份思想上的坚持和热爱使得她与埃迪特这么一个正直和纯粹的人有可能成为好朋友。波朗想要说服埃迪特接受法国共产党的自相矛盾："我觉得，您的论争又等于是在说，共产主义表达了这个时代的真理。因此，每个重复命令的共产党员说的都是真理，哪怕出于懒惰、愚蠢或者别的什么，他根本没有察觉到这一点，还认为自己是在撒谎。当然，这论据十分有利。但是首先要接受前提。这的确是非常强有力的论据，但不太说得通。"

一九四七年，在波朗写《致法国作家协会成员的公开信》时，他和埃迪特之间的冲突再度爆发。波朗和《法国文学》的编辑们之间的关系非常紧张，但是他写给埃迪特的信仍然十分友善。他也许为了多米尼克作出一定的努力，不想与多米尼克最好的朋友动怒，而且他知道埃迪特·托马斯是非常真诚的。在波朗和埃迪特之间，争论主要是围绕纯文学的问题。对于埃迪特来说，文学仅仅是"历史潮流的表现"，不能成为"纯粹的、自治的小游戏"。但是在清算委员会的合法性问题上，埃迪特和波朗站在一起，都反对路易·阿拉贡和艾尔莎·特里奥莱的做法，这两个人当时在新闻和出版界的权力已经得到了极大的巩固。

在波朗辞去法国作家协会委员之后的一年，一九四七年，埃迪特也辞去协会职务。在多米尼克的帮助下，波朗继续支持埃迪特，说服加斯东·伽利玛接受埃迪特的作品。一九四八年，波朗想要出版埃迪特关于波利娜·罗兰的作品，但是这部作品直到一九五六年才得以出版，并且换了一家出版社。波朗一直在劝说伽利玛出版社出版埃迪特的散文和小说，但他的努力全都泡了汤。埃迪特最有意义的作品是她的历史文论——她更是一个历史学家，而不是一个小说家，只是这样的作品又没有销路。波朗的信件一直都很友好，充满感情，但是关于共产党员的争论从来没有停止过。波朗还是会时不时影射到"共产党员的谎言"。

一九五二年，波朗在子夜出版社出版了《致抵抗组织领导人的一封公开信》，从而导致了他与埃迪特的彻底决裂。左派杂志《法国文学》与右派杂志

《费加罗文学杂志》成了论战的可怕舞台。埃迪特并没有亲身加入论战,但是她允许路易·马丁-夏飞埃在给波朗的公开信中用自己的名字。在对波朗的指控中,有一条罪名就是他拉拢共产党员作家为德里厄的《新法兰西》杂志写稿,以期为德里厄赚取思想上的可信度。路易·马丁-夏飞埃就举了埃迪特·托马斯的例子。一九四一年埃迪特问波朗有没有适合她的工作时,波朗的确向埃迪特建议过为两本亲德的杂志写稿——《新法兰西》和《戏剧》。因此她认为没有办法拒绝马丁-夏飞埃用她的名字。

断绝关系不可避免。波朗从来没有因为政治原因和某个作家断交。他的愤怒恰恰是个人意义上的。他说很不理解埃迪特的背叛:"我不知道您哪里来对我如此大的仇恨。我也不想知道。"他将几年前因为多米尼克的缘故和埃迪特所产生的情感嫌隙撇在一边。事实上,他并没有真正地征服多米尼克。斗争不是平等的,因为波朗能够为情人提供庇护和承认。

埃迪特对波朗的怨恨则是渐渐形成的。因为她想保留这份社会和职业关系,这使她能够战胜自己的悲伤。但是伤口从来没有愈合过。埃迪特越来越不能接受多米尼克要她扮演的朋友角色:"我亲爱的,我很清楚,让·波朗从此是你生命中最重要的人,这完全可以理解,其实我从一开始就很清楚。但是对于你所限制的这种闺中密友以及可怜的亲人的角色,我感到很难过。你所能说的一切都无法改变我的悲伤。包括每天平淡的电话,这只是残存的关系,是你出于友善维系的一种关系。"一九五二年一月埃迪特与波朗的决裂也威胁到她和多米尼克的关系。埃迪特把波朗的信复印给了多米尼克。开始时多米尼克还试图安慰她:"稍微有点耐心,只要假以时日,一切都会过去的,你无需做任何姿态。"但是多米尼克错了,因为在十五年的时间里,波朗都拒绝再见埃迪特。

突然间,埃迪特意识到自己有可能失去朋友:"这几天我才发现,你对我来说是多么重要,多米尼克。因为我害怕失去你,我觉得周围只有空茫,倘若不能够为你而继续存在,我的存在便要终结了。这一切是多么的荒诞,我很清楚。但是你让我活在荒诞之中。在你之前,从来没有一个人能够做到这一点。我从来不曾像昨天这般痛苦,因为我想我们可能再也见不了面了。我求求你,不要完全抛下我。尽你的可能给我一点残存的温柔吧。"波朗要求多米尼克中断和埃迪特的一切联系,但是多米尼克拒绝了。但是在两年的时间里,为了避免冲突，她宁可偷偷摸摸地和埃迪特往来。

一九五四年十月，到了洛桑之后，多米尼克请求埃迪特，波朗在的时候不要给她写信："波朗后天到。我会继续给你写信，但你不要回信。我什么也不想申明，同样什么也不想隐藏，不想在藏你的信时被捉住。我的一生仿佛都是如此，所有这一切，这秘密的、要求沉默的一切，对我来说是很沉重的，因为这都是我的错，而且一直如此，有时我也会为之感到很沮丧。"一直到一九六七年，波朗去世前不久，他才和埃迪特和解。多米尼克通知埃迪特，说波朗想见她："你什么时候从圣-奥尔德回来，能不能来布瓦西斯过个周末？让·波朗是真的想和解。我告诉他这事已经有段时间了——但是罗塞尔为此做了很多，热拉尔的死也起到了很大的作用。"

路易-纳塔尼埃尔·罗塞尔是镇上的一个英雄，是一个新教教徒，出生于塞文山脉，这是波朗非常喜欢的一个地区，埃迪特为他写过传记。这个人与戴高乐有几分相似，尤其是就荣誉感和爱国精神而言。波朗给埃迪特写了一封非常动人的信："我原本早应该告诉你，我是多么喜欢序言，还有您的整部传记。我所知道的，在塞文山脉流传的罗塞尔的传奇是把他当成一个死去的圣女来看待的。这也许是离得太远了。克鲁瑟莱并不是第一个来的。他离开（美国）部队后，在《新民族》写了几页纸，谈到了'从公民变成战士的困难'，也许罗塞尔也可以写同样的文章。接着，在十分困难的环境中（蓝山），他成了一个胜利者。他的社会哲学没有什么独特之处，但是这里并不牵涉——或者说很少牵涉——'美元'的事情。总之，我觉得路易·纳塔尼埃尔在这里受到了不公正的待遇。请相信我的友情。"多米尼克等了很久，才等到了两个人的和解。但是幸福时光只持续了几个月的时间。波朗一年后就去世了。

安娜-玛丽

多米尼克开始写《O的故事》后，埃迪特很快就知道了这个秘密。在《一个坠入情网的女孩》中，多米尼克介绍说唯一与之分享《O的故事》的秘密的只有波朗。然而，一九五〇年间，在给埃迪特的一封信中，她提到了自己会把某部手稿分批分页地寄给埃迪特："不管别人怎么劝我，怎么鼓励我，我反正是尽我所能继续这件奇怪的事情,我会把手稿分批寄给你,每次寄二十页或十五页。我仿佛扑向火中,感觉非常害怕……回头再瞧吧。无论如何,这是出乎意料的风格练习。最让人无法意料的结果是,在写作之前,还有一篇关于伊西斯照片的文章要写,因为来不及找人写了,我写了四句诗,如果四句诗能够组成一首诗(哪怕是首糟糕的诗),这就是我平生第一首诗。很可能最好也是最后一首诗。"《O的故事》的手稿的确通过邮件寄了出去,分成好几章,正如多米尼克在《一个坠入情网的女孩》中提到的那样:"每次寄十页、五页、一章、两章或是一章的片段,她把手稿放入信封,寄至某个保留信箱里,纸张的尺寸和信笺簿差不多,有时是铅笔写的,有时用钢笔或细圆珠笔写。没有保留原稿,也没有草稿。她什么也没有保留。但是邮局总是兢兢业业。"

多米尼克写《O的故事》时,埃迪特正在写波利娜·罗兰的传记。波利娜·罗兰是十九世纪上半叶一个重要的女权主义者和社会主义人士,维克多·雨果曾经在《惩罚集》中对她表示过敬意。在一九五〇年十月五日的一封信里,多米尼克却向埃迪特问及波利娜·罗兰的有关信息。波利娜·雷阿热这个笔名在某种程度上也是向埃迪特表达的一种敬意:多米尼克选择的这个名字也影射到了埃迪特笔下的波利娜、波利娜·罗兰。"波利娜?这是因为波利娜·博尔埃丝和波利娜·罗兰的缘故,两个赫赫有名的放荡女人,应该说我用的是放荡女人的名字。"

但《O的故事》出版前,埃迪特也有可能没有读过手稿,尽管她曾经数度表达过愿望。肯定是出于嫉妒,因为这个秘密,多米尼克主要是和波朗在分享。"我是多么想读到你的手稿啊,我亲爱的!我是多么好奇,多么焦急!因为你经常说这类主题是不能和我一起谈论的。我很想和让·波朗谈谈你的手稿,那天我因为《贞德》一书去找过他(多么奇怪的巧合!),但是这几乎是不可能的,是吗?或许你会觉得,这是出于有些病态的、对矛盾的热爱?……如果说我有时候会令你感到不舒服,多米尼克,那只是在我觉得自己离不开你的时候,而我恰恰要和那么多的人一起分享你,他们也和我一样需要你。实际上我是在吃醋。你知道的,这让你感觉到非常有意思,是吗?"

埃迪特是个绝对的清教徒,也许多米尼克的写作计划让她感到有点震惊。但是她同时也是一个现代和智慧的女性,而且她对多米尼克的感情也让她不会对此作出道德的、谴责的判断。多米尼克在写作结尾与出版之间的那段时间基本绝口不提小说的事情。一九五四年七月，小说出版后一个月，还没有一个人注意到这部惊世骇俗的小说。到洛诺瓦的时候，多米尼克被一种疲惫的情绪所包围，她对自己产生了怀疑："这座房子是达纳伊得斯姐妹的木桶，西西弗斯的石头。我把它收拾得再干净，整理得再好，添置了那么多必要的搁架也没用，我知道妈妈进来的时候一定会觉得恐怖的，至少要花上两到三天的时间她才能习惯这份庸俗。而我却觉得非常舒适。唯一令我感到不合适的是我自己，我的疲惫，还有我根本没有能力写出一本真正像样的书。在这里的镜子里，我看自己已经看了三十年，那么长的时间，上帝知道，我已经提前进入了五十岁。很快一切就太迟了。幸亏人都会死的。"

她认为《O的故事》并不是一本真正像样的书，因为她低估了书所承担的命运。谣言开始流传，大家纷纷猜测藏在这本不名誉的书后面的作者。所有的假设都被人猜了个遍：波朗本人，波朗与多米尼克·奥利合作的，或者是对色情有着特殊喜好的女作家和女艺术家。"你和我说的这个波利娜最近在小圈子里引起了很多猜测，大部分人的意见倾向于我，我感到小小的荣幸，不过非常小，也有人猜是雷奥诺尔·菲尼和路易·德·维尔莫兰。很高兴你的波利娜得到资助，这也是意料之中的事情。至于我，我想，就让那些人去猜测好了，上帝知道。"对于这件事，多米尼克既不觉得高兴，也不觉得困窘，只是深深地疲倦和些微的恼怒。

待到书引起大家注意时，大家便更起劲地猜测起藏在波利娜·雷阿热身后的真实作者。《O的故事》的事件正在生成：越来越多的报纸杂志在谈论，销量猛增，书一次次重印。"《十字路口》上猜测这个故事（警察局不久前才查禁）的作者有可能是三个人当中的一个：让·波朗、芒迪亚戈、我。他们说最可能的应该是芒迪亚戈，因为他的东西最有激情。但是书在重印，又添了结尾。没有人能够确认是你，却又引起了这么大的争议是件很滑稽的事情。而这秘密的使命也是很滑稽的，二十年以来，我一直如此，只不过形式不同而已。"对秘密的喜好是多米尼克个性中的最大特征。在爱情上和在文学上一样，多米尼克将自己藏了起来，选择通过另一个女性人物出名。

她这份一直持续不变的秘密与埃迪特笨拙的诚实正好形成鲜明对照，对于自己所爱的人也不得不一起承受她对秘密的趣味，她感到很抱歉。因为担心波朗知道她和埃迪特一直还有亲密往来，她请求埃迪特不要给她写信，因此她请求埃迪特原谅她，原谅她如此小心。要将自己藏起来，似乎也必须藏起别人。
"我的一生仿佛都是如此，所有这一切，这秘密的、要求沉默的一切，对我来说是很沉重的，因为这都是我的错，而且一直如此，有时我也会为之感到很沮丧……我很在乎你，我在想，我究竟对你有什么用？我让你承受了如此大的痛苦。对我而言，你就是一张普遍存在的人类的面孔，在你面前无可隐藏……也许我浪费了你的一片真性情。"这是真正的爱的忏悔：让多米尼克无所隐藏的人很少，埃迪特是其中的一个。而另一个人就是波朗：这也是多米尼克的另一份真爱。

开始时，在多米尼克的信中，《O的故事》的出版一直没有被高估。直到她意识到《O的故事》的出版起到了缓和偏头痛的作用时，她才承认这个出版事件的重要性："但是如果我的偏头痛要不是马上（这很可能），或者明天、后天再发作，我很可能就闯过去了。我一直在思考这份改变的原因。勒内希望找到一个。你可能也是如此，因为你是个有逻辑的女孩。（我也是，尽管我没有逻辑。）那好吧，我发现，唯一介入的因素就是《O的故事》的出版。这就是能够给你（你说写的东西只有出版了才会对你有益处）和精神分析医师的理由。不幸的是出于保守秘密的需要，我不能把这个理由告诉勒内。但是你可以告诉我你的想法。"不幸的是，尽管有医生勒内的悉心照料，多米尼克的偏头痛还是再次发作了——而勒内也是埃迪特的医生。埃迪特同样认为"这个故事能够让多米尼克得到释放"，同时觉得它不能对慢性关节炎产生同样的效果是很遗憾的。

多罗泰·考夫曼记述道，埃迪特读了《O的故事》后被吓住了，对此多米尼克的回答是："可我知道，你喜欢费奈隆。"多米尼克在《先睹为快》中有专门评论费奈隆的文章，题为《纯粹的爱》。《O的故事》在某种意义上是一部神秘主义作品，因为O不顾一切地投身于对主人的爱之中并因此超越了自身的存在。埃迪特的政治介入也接近于神秘主义追索，唯一的不同只在于爱的对象。多米尼克投身于一个人，而埃迪特则投身于主义和事业。她们俩都活在绝对之爱的幻觉中。然而她们都充分地享受了自己的爱情故事。埃迪特唯一有过的真爱就是她和多米尼克之间的爱。而在多米尼克的所有男女情人中，埃迪特也是她最爱的一个。

多米尼克在《O的故事》中对埃迪特所表达出的敬意可以证明这份爱：小

说中有个叫做安娜-玛丽的人物,是她在O的阴唇上穿了刻有斯蒂芬爵士名字首字母的环,并且在O的腰间烫上烙印。"安娜-玛丽,我完全不知道。我的一位朋友(是我很尊敬的一位朋友,我不是很容易尊敬别人的)有可能就是安娜-玛丽的原型,如果安娜-玛丽就是纯粹和尊严的化身:我想说的是,安娜-玛丽有可能从她身上得到决心与严厉,还有她的傲慢,她在从事自己职业时干脆而直接的方式。"对于安娜-玛丽这种道德描述非常接近埃迪特——一个高高在上的形象,站得笔直的腿和贵族般的性格。

安娜-玛丽受到鲁瓦西城堡成员的委托,管理那里的性奴隶。她负责"培训"她们:在她们的身体上做好奴隶的标识。"这是一个苗条的女人,和斯蒂芬爵士的年龄相仿,黑色的头发间有一缕缕的灰发。她的眼睛很蓝,蓝得简直像是黑的。"从外表上她也与埃迪特极为相似,并且和埃迪特一样,都住在天文台附近。对于姑娘的培训要持续好几天时间,地点是在"枫丹白露森林边上的一座矮房子里,在一个大花园的尽头"——一个真正女人集会的场所。圣-奥尔德或是洛诺瓦,两个塞纳-马恩省的村镇,埃迪特和多米尼克在那里拥有自己的乡间小筑。

在被穿环和皮肤上被烙上数字前,姑娘们必须穿上很紧的胸衣,以便让自己看上去更显苗条,她们还要轮番抽打"屁股的内侧,张着双腿"。除了培训期,她们在稍后的一段时间里也服从于安娜-玛丽,安娜-玛丽可以拥有她们。"晚上,安娜-玛丽指定她们当中的一个和自己睡,有时,她会让一个姑娘连续陪自己几个晚上。安娜-玛丽抚摸她,也让她抚摸自己,通常,抚摸直至凌晨。然后她把姑娘打发回自己的房间,再重新入睡。深紫色的窗帘,只是半闭着,在晨曦中被染成了淡紫色,伊芙娜说,在安娜-玛丽自己的不断要求下,她表现出深深的快感,此时她尤显美丽与高贵。没有一个姑娘看见她完全赤裸的模样。她只是微微地打开自己的身体,或是只是将白色的针织紧身内衣掀开,但是她从来不曾脱掉。"

高贵而羞涩:安娜-玛丽在做爱时的这种形象与埃迪特在自己情人怀里的形象非常相像。安娜-玛丽与O做爱的时候,"她一头灰色的头发,夹杂着黑色的发绺,剪得短短的,在耳边翘起,有点卷,这让她看上去有一种遭到流放的大领主的神气,像一个勇气十足的放荡之人。"在多米尼克形容埃迪特的时候,她经常用到"遭到流放的大领主"这个形象。O不曾占有安娜-玛丽。没有人占有过安娜-玛丽。安娜-玛丽要求别人抚摸她,但是她并不在乎抚摸她的人感受如何,她带着一种傲慢的自由置身于其中。"埃迪特是在多米尼克的启发下才体会到肉欲为何物的。在长椅上,安娜-玛丽望着她每天晚上所拥有的三个姑娘:O、克莱尔和伊芙娜。埃迪特也有这么一张长椅,她总是坐在上面,伸直她那条僵硬的、可怕的腿。"在埃迪特所写的《女性研究》中(多米尼克曾经在《方舟》上为这本书写过专栏评论),三个女人的名字分别是:克莱尔、伊芙娜和多米尼克。

埃迪特没有拒绝这份敬意,在出版后的很长时间里,多米尼克随时将小说不可思议的命运告知埃迪特。她将波利娜·雷阿热的消息告诉她,仿佛那完全是个别的什么人,这与多米尼克多重身份的想法十分吻合。一九六九年,《O的故事》的续篇《回到鲁瓦西》出版,她非常谨慎地提到了《快报》报道的这桩挑战道德的出版事件:"然而九月初,波利娜·雷阿热出现在了《快报》上:对已经出版的小说作出解释。我很希望这样。我在那里坚决表态说希望大家能够让我安静些,既然这两个故事是匿名发表。我也不想阻止J.J.博韦尔做广告。我们回头再看吧。"

《O的故事》这封情书既是给让·波朗的,也是给埃迪特的,这是多米尼克最爱的两个人。斯蒂芬爵士、安娜-玛丽和O之间的三角关系能够让我们想起多米尼克所梦想的三角关系。多米尼克也曾希望自己的男情人和女情人像斯蒂芬爵士和安娜-玛丽一样,能够拥有同样的默契,同样的友情。自己的爱能够把这两个人联系在一起。这是多米尼克张贴在O这个人物身上的又一个梦幻。在去世前几个月,波朗的病第一次发作被送进美国医院的时候,多米尼克守候在他的身边。担心失去情人的忧伤令她想起自己没能得到满足的愿望,想起她没能将两个自己爱的人拉在一起的失败。"我一直靠在诊所这张沙发床,或者说折叠床上,将近中午的时间,让睡着了,窗户大开着,外面是讷伊的梧桐树。还不是那么糟糕……而我却还是感觉到一切是那么不确定——尽管我知道不确定是很正常的。真是奇怪,生活对我来说总像是在等待。等待菲利普长到二十岁,这样他的父亲就不再会对他、对我产生影响,等待能够找到合适的办法解决菲利普这种病态的,一直在折磨他的空虚,等待让·波朗能够多给我一点时间,等待对于这样一本书的起诉彻底爆发或停止,因为在等待一切,别人的死亡悄然来到,还有我自己的,我感觉自己什么也没做。一旦所有的梦幻都传达了出来,是的,但正因为是如此完美地传达了出来,它们就不再属于我自己,再说这些梦幻从来都是属于大家的,我不过进行了翻译而已。"多米尼克沉浸在自己的梦幻和矛盾中。

著名女性

多米尼克·奥利和埃迪特·托马斯曾一同为一项特殊的百科辞典计划撰写文章,《著名女性》,真正的关于著名女性的简论。吕西安娜·马泽诺担任这部皇皇巨著的总主编,著作分成上下两卷,每卷有五百页,大开本,一九六〇年在马泽诺出版社出版。多米尼克主要是为第一卷撰写文章,而埃迪特的文章则两卷都有。第一卷分为十章,分不同主题介绍了历史上著名的女性形象:多米尼克·奥利负责的《女文人》,埃迪特·托马斯负责的《情人们》、《女性与权力》、《女性人道主义》,还有《信仰的面孔》、《社会中的女性》、《女英雄》、《女伴侣》、《带来灵感与活力的女性》以及《美人与美》等其他六章。除了各自负责的部分,多米尼克和埃迪特还为第一卷的其他章节撰文。

每篇文章都只占一页纸,左侧的书页上是相关女性的肖像(照片、肖像画、雕塑或浮雕)。埃迪特的介入自然是因为她历来关心女性事业,而多米尼克则是出于对这类的思想领域也颇愿贡献自己的力量。作者主要是女性:埃迪特·托马斯、多米尼克·奥利、伊丽莎白·波克罗尔、多米尼克·洛林、西蒙娜·马丁-夏飞埃、爱迪特·布瓦索纳斯、日尔曼娜·博蒙以及克拉拉·马尔罗。多米尼克主要负责女文人的章节,除此之外,她只写了一篇玛利安娜·阿尔卡夫拉多的文章,收录于《带来灵感与活力的女性》一章中。玛利安娜·阿尔卡夫拉多是一位葡萄牙修女,她给抛弃自己的情人的情书也是多米尼克灵感来源的一部分。一九六九年出版的这本小册子令多米尼克很是着迷,而且作者的身份也同样不明。"令人欣赏的地方在于,看到这些信出版,没有人表现出惊讶,在一个如此严峻的世纪,最为赤裸裸的绝望,最不知羞耻的招供却得到了普遍的喝彩。"

事关《O的故事》,多米尼克也许希望自己的真实身份能够以同样的方式消散。在她看来,唯一能够确定的是,《葡萄牙女人的情书》一定出自一个女人之手。这份确认源自她自己的故事。很多人也认为《O的故事》只能出自一个女人之手。然而多米尼克认为,可以相提并论的是《O的故事》所呈现出来的炽热与这些情书所呈现出来的高烧:"这种不切实际的证明恰恰是在说身体与心、血和灵魂一并在燃烧……这当然是个不幸的牺牲者,然而又是一个幸运的牺牲者,她为所有不敢叫喊的牺牲者在叫喊。直至世界的尽头,我们都能听见她的叫喊。"历史上的研究却表明《葡萄牙女人的情书》出自一个男人之手,吉耶拉格,拉辛的朋友,据说是他发现了这些情书,并且将它们翻译成法语。

在《女文人》这一章,多米尼克为女性作家(或者,我们可以用科莱特敢用的作家这个名词的阴性形式)写了一篇长序。多米尼克讲那些为"女性人道主义"(这是向埃迪特借来的一个术语)事业而斗争的女作家以及出于需要而不得不写的女写手——因为爱情或是因为种种神秘主义原因——放在一边,只专注于真正的女性作家,"像所有人,像每一个个体,像所有女人,像所有作家,非常奇怪的一群生物,有时遭到诋毁,有时受到欣赏,被家庭和道德限定在各自所属的女性生活状况之中,但由于写作的需要又挣脱出了这种生活状况。"她注意到二十世纪上半叶行将结束之际,女性作家与男性作家的数量已经大致相等。这也许是因为女性与男性一样有权利接受教育,并且家务劳动减轻的缘故,但是"女性占满了书店的柜台"。"这份胜利实在辉煌,以至于我们很快就忘记了它,不再注意。无论如何,再也没有什么比荒诞的禁令更容易抹去的。"

因此编写到现代部分,困难的不再是处理古代部分时所面临的女性作家太少的问题,而是在这么多的女姓作家中如何选择的问题。今天最具代表性的人物不必然能够经得住历史检验,必须等待,要等到一定的时间重新编写这部百科全书。"我们才开始,我们今天开始。一百年后,或者三百年后,一千年后也许才是能够对此作出回答的时候,为什么不呢?等着吧。"入选的女文人当然包括萨福、昂古莱姆的玛格丽特、路易·拉贝、塞维涅夫人、孟塔古夫人、斯塔埃尔夫人、艾米莉·勃朗特、乔治·桑、艾米莉·狄金森、科莱特、格特鲁德·斯泰因、维吉尼亚·伍尔芙、法兰西的玛丽、简·奥斯汀、伊丽莎白·勃朗宁、玛格丽特·奥图、卡特琳娜·曼斯菲尔德和玛格丽特·米切尔。

在多米尼克的众多典范中有路易·拉贝,她所接受的教育与意大利文艺复兴时期的女性所受的教育大致相当,一五三〇年至一五四〇年间她生活在里昂，并在那里成为一个大诗人。因为追求男女平等，且"不仅仅是美貌上的，而是在科学与美德方面同样享有平等权利"，这让她声名狼藉，遭到了卡尔文教派的辱骂。她的诗歌与生活体现出极大的自由——诗集《疯狂与爱的论战》发表后她成了名噪一时的交际花，这让她遭受到激烈的斥责。"她一生均为坏名声所累，连葬礼都是偷偷摸摸举行的，夜晚，在灯笼的微弱光芒下，就像此后为蓬巴杜夫人举行的葬礼一样。"但是她的天赋得到了最大程度的发挥，在监狱里度过的十五年没有妨碍她成为"西方第一自由女性"。

另一个女性作家的典范是科莱特。"她代表最狭义却又是最自然的自由：一个纯粹属于女性所有的自由空间，社会和宗教都不得介入。自打最初的《克洛迪娜》系列出版之后，科莱特从来没有放弃过这份无视习俗的朴素，而大多数女性写作时却往往自动放弃了。"在科莱特篇幅不长的小说中，她所勾勒的与其说是爱的艺术，不如说是生活的艺术。在她看来，爱不是一种"值得尊敬的情感"，而是让故事之线得以发展的一个简单借口。科莱特的道德就是这种"哭喊的仇恨"，是"羞于启齿"，是"向习惯，向熟悉的东西和家务求援"。"正是这种道德给了科莱特笔下的人物特有的生活风格，给了她的作品以真实。狭隘的真实？但是自然在《第二个》中，范妮说：'我可怜的女人的领域本身什么也没有。'在这可怜的、狭窄的范围内，女人通常不无甜美地将自己关于其中，她们找到了尊严和幸福。"多米尼克更接近这种女性生活概念，既谈不上解放，也谈不上顺从，只是足够足智多谋，可以在这"狭窄的范围"里觅到自由。秘密与隐藏是在男人的世界里找到自由的一种方式——很简单，他们不知道就足够了。

接着多米尼克重新发现了法国第一位女诗人，法兰西的玛丽，她很有可能是生活在金雀花王朝亨利二世的宫廷里。"和特洛伊的基督徒一样，玛丽向布列塔尼的行吟诗人借来他们即将在整个地区唱响的，竖琴伴奏的'曲'[①]。她通过曲发明了八音节短篇叙事诗的形式，故事的主体是仙女和爱情。但是在她笔下最具魅力的是爱情故事：俏皮、温柔、忧伤而真实。"在多米尼克的眼里，爱情的主题一向非常亲切。

多米尼克为玛格丽特·米切尔也写了一篇简短的评注，评注中她为读者

[①] Lai，一种由竖琴伴奏的吟唱诗歌的形式，此处借用程增厚译《法国诗选》中的译法。法兰西的玛丽的诗集也名为《曲集》。——译注

勾勒了《飘》的美妙故事。"二十二岁开始，她为当地的报纸写文章，二十六岁，她开始致力于小说写作，这部小说用了她十年的时间。但是这是一部怎样的小说啊！小说一九三六年出版，为她带来了金钱和荣耀。《飘》被翻译成六十种文字，登上各种语言文学的销售排行榜。"多米尼克感兴趣的不是玛格丽特·米切尔的写作天赋，而是一部女性作者的小说能够取得如此成功的现象。和《O的故事》一样，"玛格丽特·米切尔的浪漫是女性日记式的浪漫，爱情、裙子和家居占据这份浪漫的首要位置。《飘》只是现代小姐商店里无与伦比的连载小说而已。但是它建立了一种新的小说类型，或者说，它创立了另类的小说女主人公。"在斯佳丽的基础上产生了一系列这样的小说人物。在同一章里，埃迪特·托马斯为乔治·桑和帕拉蒂娜公主、日尔曼娜·博蒙为维吉尼亚·伍尔芙、多米尼克·罗兰为塞弗里娜做了介绍。《女性人道主义》一章中的文章完全由埃迪特撰写，其中的人物包括罗萨·卢森堡、科里斯蒂娜·德·皮桑、波利娜·罗兰和路易·米歇尔。所有为她的社会和政治斗争提供灵感的女性。早在六十年代末的女权主义斗争之前，她就创造了"女性人道主义"一词，在分析女性的历史时，她注意到女性所处的边缘位置，其视角本来就是女权主义的。

埃迪特·托马斯的女权主义政治介入反映在她为之树传的人物（贞德、波利娜·罗兰或路易·米歇尔）身上，也反映在她的小说人物身上。她在一九四七年至一九四九年间的短篇小说合集《夏娃和其他短篇小说》是小说作品中最富女权主义精神的一部。其中一篇小说的灵感直接来源于她和多米尼克的故事《戈摩尔的结局》。小说中洛特的妻子的名字也叫埃迪特，这是一个《圣经》中没有出现的名字。洛特的妻子不愿意随丈夫一起离开她所在的城市，因为她不愿意离开自己的女性朋友德博拉。洛特知道上帝的意志，上帝要摧毁索多姆和戈摩尔，因为同性恋是他的原罪之一。写到洛特逼着妻子和他一起离开时，埃迪特再也不能抑制住自己的愤怒："今天我要说，为了我，为了德博拉，为了所有的女人。我恨你，洛特，因为你曾经想让我变成这样，变成那样。因为你只想把我变成你的影子。只有你让我存在，我才能够存在。"

在爱情的选择上，埃迪特始终把对真的追寻放在第一位。埃迪特喜欢德博拉，因为德博拉能够让她真实地存在，真实地展现自己的个性，没有虚伪也没有谎言。"只有在德博拉身边我才是真正的我，和她一样，她也只有在我身边才能是真正的她。其中的一个说话时，她很清楚，另一个人会专心倾听：我们之间没有谎言。这就是爱情，埃迪特说。"和男人的爱情使得埃迪特必须作出改变，符合某种女性的形象，虚假的、可笑的形象。望着城市，并且因此胆敢去做天使禁止做的事情，埃迪特于是变成了盐做的雕塑。因为一心想要再见到女朋友而消失在她丈夫的眼皮底下。埃迪特所设计的两个女人之间的友情掺杂着爱情、默契、幽默和理解。她对自己说了无数遍，她天生就是应该和女人相爱了，而这也成为她无法与男人发生些什么的原因。

在"女文人"这章的序言里，多米尼克强调指出了女性的这份矛盾："我们把她们当成女性来对待，这种侮辱，或者，更确切地说，是对这种侮辱所作出的反应使得我们对女性作家有所划分。那些激起侮辱的作家要求改变女性的生存条件，但是同时，出于一种奇怪的矛盾，她们却对此加以拒绝，因为实际上她们所要求的是人们对女性性别没有特别的意识。因而我们必须将她们单列，她们都是女性人道主义的斗士，正如埃迪特·托马斯所定义的那样。"多米尼克从本性上而言是一个女权主义者，甚至从她的个人生活来说也是如此：她所完成的学业，她的职业，她对夫妻生活、对传统意义上的家庭的拒绝；但是，从政治的角度而言她不是。她很喜欢伟大的女性，并且总是捍卫她们的作品，不过，她从来不认为自己是个女权主义斗士。

多米尼克对女性的爱很炽热，也乐于扮演男性的角色。她不推广她作为女性的生活状况，谋求所谓的男女平等，但是她颠覆了性别上的身份。和女人在一起生活不应该妨碍她同时也能和男性在一起。多米尼克拒绝种性上的不平等，也拒绝将男性女性截然分开。这样她就将男性之间的同性恋与女性之间的同性恋区分开来："科莱特曾经说过女性之间那种羞羞答答的同性恋和男性之间那种大张旗鼓的同性恋，她没有说'大张旗鼓'这个词，但应该是一个差不多的词，洋洋得意或是普遍可见的男性同性恋。她说得很有道理。"在多米尼克看来，男性同性恋更为多见，尤其是战友之间、同事之间，持有相同政治理想的同志之间，或是只有男人参加的某些会议团体的参与者之间。男人喜欢在一起，但是这对女人来说就比较少见了。"我还小的时候，在女子中学里，同性恋的故事很少发生，的确有，但不多。因为没有封闭的圈子，没有这种仅仅做一个女人就可以得到满足的圈子，不，相反，那时女孩子很看重身边有个小伙子。"

对于多米尼克而言，爱情和性的幸福只有在与同性和异性兼有的情况下才得以存在。她很喜欢雌雄同体的概念，既是一个男人，也是一个女人，就看她引诱的是男人还是女人。埃迪特则是以斗争的方式反对男人，强调自己的女性身份。她所树立的这堵将男人和女人截然分开的对立之墙也折射出她作为女性不受男人欢迎所造成的阴影。多米尼克对自己的魅力不存在任何怀疑，无论是在男性看来还是在女性看来，她都很有吸引力。多米尼克的双性恋特征让她置身于女权主义斗争之外，因为女权主义斗争在某种意义上可以被定义为与男人的战争。她对权利的概念是非常实用的。如果需要通过某个男人实施自己的影响力，多米尼克并不反对，只要这影响力是有效的、真实的。

尽管多米尼克接受妥协，并且没有一点反抗，她却一直以具体的方式捍卫女性的权益。例如，她是费米娜文学奖的评委，而且在文学界尽自己所能施加作为女性的影响力。一九六八年，她担任费米娜文学奖评委会副主席时，将埃迪特也纳入了评委会。评委会全票通过埃迪特的评委席位。一九六三年，埃迪特就已经因为《女石油工人》得到了费米娜-瓦卡莱索奖。在某种意义上，埃迪特又重新找回了先前因退党而失去的声誉。多米尼克向埃迪特证明的正是这点，理论上的或是思想观念上的斗争有时毫无用处，必须占据自古以来就对女性开放的位置，从内向外进行扩张。女性作家自古存在，只是开始时数量为之甚少，接着慢慢扩大，如今，男女作家基本上完全平分天下了。

失败的游戏

因为怀疑自己作为作家的天赋，巴黎解放之后埃迪特就再也没有写过小说。然而，她的倒数第二部作品还是一部小说——自传性的，可以称之为致自己初恋情人斯蒂芬的情书的一部小说。小说名为《失败的游戏》，叙述了女主人公所遭遇的林林总总的失败，然而同时，这又是一个由若干人物、若干故事构成的一部生命的展开。四个人物围绕着叙述者奥德展开了四个故事。每一章的题目都是其中一个人物的名字，斯蒂芬、克洛德、埃丝苔尔和安娜。埃迪特在这部小说中对自己的存在作了总结，一句话，她的一生就是一系列的失败。

奥德希望通过感情上的以及政治上的经历成为自己想要成为的人。有头无尾的一系列遭遇让她感到非常失望,她相信可以与斯蒂芬成就一段爱情佳话,但是斯蒂芬一直因为战争期间由于自己过错而死去的旧情人耿耿于怀。克洛德是个年轻的女人,她原本也可以寄托奥德对于爱情的追求,但是克洛德很快爱上了一个男人,奥德根本不可能与之竞争。接着奥德又将自己的希望寄托在女儿安娜身上,女儿安娜在继续她的追求,成了她的翻版。奥德独自造就这个没有父亲的孩子,把自己对于意义的追寻都传给了她。故事在战后的环境中展开,然而对集中营的恐惧之情仍然弥漫在字里行间。

故事的最高潮是克洛德这一章,因为这是埃迪特真正经历过的故事。克洛德就是多米尼克。和多米尼克一样,克洛德也是个男女通用的名字,并且克洛德对于叙事者的吸引与多米尼克对于埃迪特的吸引如出一辙。但是她们相遇的环境在故事中得到了一定的改变:时代是真实的,但是地点是虚构的。小说中,相遇发生在战后不久,叙事者再度从事政治性新闻写作。但是两个女人是在萨瓦地区的一个小村庄相遇的,在勃朗峰附近。奥德叙述了这几天,她在战争期间所经历的恐慌尽得释放的心情:"我想要忘记这种责任意识,在整个战争期间,它一直萦绕在我们的心头,仿佛它已经在我们每个人心中深深扎下了根,仿佛我们每个人都应该为种种历史事件承担责任,然而历史事件早就超出了我们所能控制的范围。我想要重新找回一身轻松的状态。"

在旅店一张张陌生的脸庞当中,奥德注意到有一个新到的客人,眼睛仿佛"留住了所有的光亮"。一双奥德甚至说不出究竟是"棕色、灰色还是蓝色"的眼睛。对克洛德出场时那种漫不经心的神态的描写更突出了她的男性化形象。在雪中漫步时,奥德看到有个男孩向自己走来:"一个穿着蓝色毛衣的男孩走了下来,双手插在袋中。走近了之后,我才认出那是昨天新来的客人。我忘了告诉你,斯蒂芬,以一般的情况估算,这应该是个和我年龄差不多的女人。她身上的特别之处在于她额头很高,眼睛很明亮。走过她身边的时候我觉得她的眼睛是灰色的,带点蓝,大概是因为羊毛衫的缘故。"奥德通过看待自己的方式来解释女性与男性之间的差别:"我从来不把自己看成个女人。"而男人也总把奥德看成是他们的同类:她接受教育,从事男人的工作,她蔑视女性那种弯弯绕的方式,反对男人所塑造出的女性形象——"永远的女性"。

在白雪皑皑的小路上相遇之后,奥德又在饭店的餐厅遇见了她。注视着她,奥德不禁为她的美所震惊。"这张脸流露出一种奇怪的和谐之美。奇怪,也许不是。应该说克制、分寸,就像克鲁埃的一些画。在如今这样的时代显得很奇怪,与周围格格不入,仿佛在地铁里遇见一张文艺复兴时期的脸:一张抽象的脸,或者说一张散发着思想的光辉的脸,带有一种非常吸引我的暧昧。"两个女人在饭店一直没敢互相打招呼,但是有一次散步时,她们相遇了。奥德立即感到她们之间会发生一点什么:"如果她走到我身边了,某种东西就会开始,我对自己说。是什么呢?我还一无所知。"是克洛德走了过来,问奥德能否在她身边坐下。她们谈论一些毫无意义的事情,但是在以"某种方式"谈话,奥德还递给克洛德一小束白玫瑰。

从这天开始,她们就一直在一起散步,晚饭后还一起在房间里读书。克洛德正在为《爱丽丝漫游仙境》画插图——这是多米尼克放在床头入睡前看的书之一,而且在《先睹为快》中,她还专门为这本书写了一篇文章。奥德本以为自己对于巴黎解放时期的研究会让克洛德感到厌烦,然而,令她感到惊讶的是,克洛德竟然也是抵抗组织的成员。当然她们加入抵抗组织的原因完全不同。"对于克洛德来说是对德国人的仇恨,而对于我来说则是对纳粹的仇恨。克洛德追求奇遇,而我则需要理性的推理,我需要在我相信的事情,我做的事情以及我的存在中找到某种平衡。"奥德"努力达到平衡"与克洛德的散漫很是不同,克洛德对"存在本身感到很满足"。克洛德结过婚,离过婚,她正在寻找未来的情侣。

奥德听说克洛德有一个情人,她很美,这当然是极其自然的事情,但是奥德不明白自己听说这件事时为什么会这样绝望。克洛德的情人个子很高,修长的身材,棕色的头发,他抽烟斗,是外省某大学的一位文学教授,做的是德国浪漫主义研究。奥德觉得他应该是一个很自得的人,说话总带有夸张的语调。克洛德是儿童图书和报纸的插图画家,而奥利弗,她的情人则是文人。多米尼克与贝尔纳·米勒雷的完美颠倒,真实生活里,多米尼克是位文学批评家,而米勒雷则是画家,为《法国文学》画插图。两个女人回到巴黎后还经常见面,但是奥利弗的出现令人感到尴尬而窘迫。奥利弗和奥德都感觉到了彼此之间的竞争关系。奥立弗去外省授课时,两个女人就一起逛商店,看展览,看话剧或看电影。奥德很明白,克洛德和奥利弗相处得不好,他们的爱不是对等的。奥利弗欣赏克洛德,但是克洛德更需要被爱、被宠的感觉。一方面她很真实,但另一方面,她"很克制,甚至有时有些拐弯抹角"。

有两个点很能说明克洛德在某种程度上就是多米尼克:克洛德的童年是在英国度过的——在真实生活中,是多米尼克的父亲;还有,克洛德和奥德之间差两岁。多米尼克也比埃迪特大两岁。小说中的两个女人走得很近,成了灵魂不能分离的姐妹,她们很快就明白过来彼此间能够无话不谈。克洛德向奥德倾吐了她的秘密:"中学的时候我被赶出去过,因为学校发现我写给班里一个女孩的情书,非常炽热。"这个女孩有可能就是雅克琳娜,也就是《O的故事》中,O的女性情人的原型之一。小说中有个很奇怪的情节:克洛德同意和前夫一起吃晚饭,她让奥利弗陪她一起去;而奥利弗却感到很嫉妒,发了很大的火。奥德很为克洛德毫不犹豫投入的这个复杂游戏感到着急。有一天,出乎奥德的意料之外,奥利弗到奥德家看她。他想和她谈谈克洛德的事情,最终,他承认了真正让自己感到焦虑的事情:他认为克洛德的生命中还有别人。他请求奥德帮助他,因为他相信奥德对克洛德的影响力。

奥德感到既惊讶,又高兴,因为她知道了自己对于克洛德的重要性。她拒绝帮助这个男人,不过现在她已经对他产生了一点怜悯之心。奥德向克洛德讲述了奥利弗的来访过程。克洛德漠然地听着,带一点恶毒地回答说:"很好啊!他终于明白我已经烦他了。凭良心说,他做爱的本事很不错。但是我实在受够了他的德国浪漫主义。"就这样,克洛德揭开了她个性中最神秘,同时也是最为重要的一面:"她不属于那类不敢承认自己欲望的女人,那类将色情羞羞答答地藏起来的女人。"克洛德不顾奥利弗的忧伤,抛弃了他,奥利弗为了不失去她,向她求婚。克洛德拒绝了他,回答说一次婚姻就够了。现在,奥德焦急地想要知道那个替代奥利弗的是谁。克洛德在她身边坐下,说要对她倾吐一个秘密,奥德等了好几天的时刻终于到来了,克洛德在她耳边喃喃道:"我爱您,奥德。"

奥德感到这个时刻如此幸福,她觉得"时间成了永恒"。但是她仍然保持着冷静,没有说话。克洛德害怕自己惊吓到了奥德。她原本想拥抱奥德,但奥德提出自己需要时间思考,能够在清醒中作出决定。"克洛德,我对她说,我从来没有想过自己会有这样的事情。给我一点时间,让我好好思考一下。"这句话让我们想起埃迪特对于所面临的同性恋的可能时,也产生过同样的疑问。她先是退了一大步,因为她已经尝到了心乱如麻的滋味。她所体会到的柔情原来是爱情,而"拒绝这个显而易见的事实"是很愚蠢的。在对真相的探寻中,奥德试着对自己所感受到的一切进行分析。这个让她感到既快乐又苦涩的东西是爱情吗?第二天,对自己的决定已有把握的奥德打电话给克洛德:"我想应该是的,克洛德,我对她说。"

她们之间的爱情非常纯粹,远远超越她们自身,"就像是太阳,或者大海"。爱情一直是秘密的,直到有一天,她们决定远离众人,一起生活。奥德位于法兰西岛乡村的小房子成了理想场所。埃迪特和多米尼克有可能也在圣-奥尔德的屋子里一起生活过几个星期的时间,远离巴黎和她们的熟人。这几个星期是奥德感觉到最幸福的几个星期,具有某种永恒的意味,也不再让她有所怀疑。然而却是奥德说出了无可挽回的话。克洛德有一天说如果她是个男人,一定要娶了奥德。奥德回答说,如果克洛德真是个男人,她自己却无法接受成为被她定义的女人。这些话终结了她们的"至乐",几乎是她们决裂的开始:她们都明白过来,这份爱情不能持续下去。

从此之后,她们之间的关系改变了,绝对变成了一种不稳定的感情。克洛德越来越沉浸在自己的工作之中,经常要去巴黎待几天。有一天晚上回来时,她告诉奥德自己又遇到了画家R.,在这之前,有次艺术展览的开幕式上,她们一起认识了他。由于为忌妒心所折磨,再加上自己已经没钱了,奥德决定回巴黎工作。对于这个决定,克洛德觉得很幸福,然而离开她们单独相处的屋子已经意味着分离。有一天早晨,克洛德提出她们一起去看看R.,因为R.也是奥德欣赏的画家。在R.家的"玻璃房子"的花园里,奥德挽住克洛德的胳膊时,克洛德却推开了她,这个举动让奥德感到非常惊讶。R.是一个非常有感染力的人。身边总是有朋友和崇拜者簇拥着,而且他说话的时候,没有人敢打断他,甚或没有人敢回应他。他不断使用的口头禅之一是"进一步说……",从来没有人敢接他的话。

奥德明白,克洛德是真的对R.感兴趣。她看R.的画作时,仿佛看到了他的面容,"线条生硬、粗犷"。克洛德承认自己希望能够更深入地了解R.。她去R.家工作,和他合作一幅油画,一个星期要去好几次。R.要求非常高,克洛德觉得这是让自己找寻到自己最好的那部分的方法。现在每次见到奥德,她谈论的就只有R.。奥德知道克洛德和她玩的这一套就是以前她和奥利弗玩的那一套。在R.的要求下,克洛德将自己的头发染成了威尼斯金,奥德相信这就是他们之间跨出实质性一步的证据："你瞧，我对她说，不仅仅是他爱你，你也爱他。"在奥德的眼里，克洛德变了。她穿透明丝袜和高跟鞋，而以前，她只穿羊毛衫和长裤。"R.不喜欢女人穿长裤，她回答说。"R.所要求的这种矫揉造作的装扮让我们想起斯蒂芬爵士强迫O穿上的行头。奥德注意到了所有细节，为情人开始逃避自己感到痛苦。听到克洛德说"进一步说"，她的愤怒不禁爆发了："你都用上他的口头禅了，我说。看来仅仅做他的学生你还不够，你所有的看法，所有的趣味和他一致也还不够，你竟然要在方方面面都模仿他，而你甚至对此毫无察觉。"

奥德觉得克洛德离自己很远了，她不知道这个仍然经常和她在一起的女人是谁。于是奥德决定去法国各地做报道。克洛德在普罗旺斯休息——也许是在尼姆或是在如安-勒朋。回来的时候，克洛德"比以往任何时候都漂亮，她变得年轻了"。正是和克洛德在一起，奥德懂得了如何自然地爱，而不是按照想像中的爱去爱。最终，克洛德承认自己已经是R.的情人，这也符合她们之间不能彼此隐瞒的原则。"我们之间的一切不会改变，她说。"克洛德希望仍然能够见到奥德。奥德要求给她时间考虑，克洛德说会打电话给她。"另外，克洛德和我之间，也许最好不要因为男人而嫉妒。我们的相遇是任何人任何事都不能真正改变的。但是我对克洛德的爱是我的全部，这份爱是独占性的。我不能忍受分享。也许我可以接受克洛德有肉体上的、短暂的艳遇。但是这是另外一回事。这几个月来我察觉到了R.对克洛德的影响，我很有把握。对于我来说，克洛德仍然是最重要的，而我在她的生活里却只能享有R.留给我的一角位置。"

为了不再承受痛苦，奥德决定和克洛德彻底分手。但是当克洛德给她打电话，问她能不能去看看她时，奥德却又无法拒绝她的请求。奥德的生活里不能没有克洛德。克洛德向她保证说她们之间什么也没有改变。然而，奥德却在克洛德的脸上，她的双手中看到了R.的影子。"进一步说……克洛德说。这是R.的话，他又来到了我们中间。"奥德承认自己被打败了，接受了克洛德许诺给她的未来："一个电话，一次匆匆的在我还没能有足够的时间就离开的会面，片言只语，还有我像一个饿极了的可怜人一般拾起的沉默的碎片。"R.是个非常重要和令人着迷的人物。克洛德根本无法抵挡他的魅力。他可以给她真正的事业上的支持。R.诱惑着克洛德，就像波朗诱惑多米尼克一样。

多米尼克只有和一个能够保护她，鼓励她的权力人物在一起才会感到幸福。如果说她也爱女人，而且总是有女性情人，她却只能属于一个男人。在情感上如同在职业上一样，男人的权势对她而言必不可少。她既忠诚，又多变。她既能够守着一生的誓言不变，也能够很快厌倦一段关系。她像个小伙子，能够区分依恋与性欲。但如果说女人对于她来说是欲望的对象，她还是喜欢她们的陪伴，喜欢与她们共同分享女性的秘密。她与埃迪特分手的时候，并不想就此永远失去她，她向埃迪特保证友情会一直延续下去。在小说中，埃迪特描写了自己在与多米尼克分手时所承受的痛苦，而不是她们作为朋友所分享的一切，她们一生不变的安慰和支持。这不是清算，而是在波朗死后的一种调整。埃迪特如果在波朗还活着的时候出版这本小说，那一定会加剧他们之间的敌对情绪。埃迪特是要向所有她爱过的人表达敬意，尤其是多米尼克，也许她是唯一也曾对她回报以相应的爱情的人。

然而伤口却一直火辣辣地疼。爱上多米尼克的埃迪特不再拥有自由，并且自此之后再也没能够重新得到自由。她十分迷恋多米尼克，一直到生命尽头都是如此，生怕再一次失去她。多米尼克明白她的感受，却又无法不爱波朗。在多米尼克的眼里，爱情是唯一重要的东西，她尽量把爱恋的可能性与性自由协调起来。多米尼克更换爱情伴侣的时候，从来不曾表现出一点冷漠，一点蔑视，她希望能把爱过的所有人都留在身边。但是她知道给别人留个位置毫无用处，倘若他不想，即便留住他的人也没什么意思。埃迪特同样也很清楚这个道理。如果说她没有停止过怨诉，她却从来不曾要求过多米尼克重新将她当作情人看待。她的小说应该说是她最后一次表达心意，是最后一次经历。书出版时，她寄给多米尼克那一册样书上的题词却很简短："给熟知这个故事的多米尼克，我的爱一直未曾改变。"

消失

看到自己的脸上出现衰老的征兆时，多米尼克表达过自己情感上的遗憾。别人不让她做的事情以及她自己没能坚持的事情。她幻想着在自己的生命尽头能够完成直到现在也没有能够完成的事情。例如与埃迪特一起生活："也就是说也许在不久的将来，我们应该隐居到英国去，你和我。倘若所有的锁链都不存在，倘若不是要挣钱生活，我立刻就会这样做，在屋脚，我会种下康乃馨和白色的雏菊。"她无法挣脱的所有联系仿佛羁绊住O的锁链一般，这一切都属于过去，她必须承担。她的这个愿望与埃迪特在《失败的游戏》中所描写的那段幸福的时光正相吻合，小说里，她和多米尼克生活在一起，远离一切。伴随着衰老到来的脆弱让两个女人再度走得很近，好似回到了最初的伊甸园。和埃迪特在一起时，多米尼克并不掩饰自己的感情，就像和波朗在一起一样，尤其是她感觉自己有可能要失去他们的时候。

并不是波朗阻碍多米尼克和埃迪特在一起生活，因为波朗也有自己的家庭。阻挡她们一起生活的是多米尼克的父母和儿子菲利普，多米尼克一直在尽照顾父母儿子的责任，他们成了这份愿望的绊脚石："我亲爱的小人，告诉我你怎么样，我每时每刻都在想你，我在洛诺瓦和巴黎之间转着圈子，脑子里有个古怪的想法：和你一起住在洛诺瓦。而这意味着我周围所有的人都不存在，于是我又觉得自己的想法非常罪恶。但是这念头是如此强烈，你瞧，我都无法忍住不说。我们不要再说了，请原谅我。你瞧，日尔曼娜·里歇尔死了。夏提翁街三十六号，我经常去的地方，想到以后不会再去，或者想到即便去那里再也见不到贝尔纳和她了，这是一种非常奇怪的感觉。在她的工作室养了一条翻车鲀，这么多年我在贝尔纳家也一直都能看到同样的一条翻车鲀。但是两条鱼死于同样的毛病。你会比任何人都明白这一点，我也经常对自己说：很快就轮到我们了。"亲近的人一个个离去——贝尔纳·米勒雷和日尔曼娜·里歇尔，这加剧了梦幻与恐惧。朋友亲人的魂魄开始在她的脑畔萦绕。怀念的情绪与无法实现的生活计划交织在一起：与埃迪特、波朗生活在同一座屋檐下，将两个她最爱的人聚在一起。

多米尼克一生所表现出来的耐心——等待这一切成为可能，等待可以和波朗和埃迪特亲密相处的时刻来临——在此时却有些迫不及待了："这个地方非常美丽，周围都是绿草、大树和白云，远处传来山谷里盘旋向上的火车的声音，就像我在阿弗朗什度过的童年一般……当然我还是要阅读，总是这样忙。我可以耐心等待。一生之中我所做的就只有这个，我想。而你，则是摔上道德之门，拂袖而去。"超过五十岁以后，多米尼克承认因为年纪的关系有些发作了："你觉得你或者我，我们能够摆脱目前的状态吗，也许我们只是把简单的五十岁危机看成了悲剧？我却觉得这是一种非常可怕的理智状态。"

但是多米尼克此刻也才失去父亲，而且父亲的死仿佛宣告了开始："我亲爱的，我父亲今天早晨去世了，八点钟不到。他在星期四夜里出现了肺水肿，星期六出现梗死，星期一午夜（这一切却都抢救过来了！）左半身不遂。很快就是昏迷，而且几乎是完全失去知觉，也许神智还有，但是已经不能说话，只能发出可怕的咕咕声，用咽喉呼吸，幸而似乎不太痛苦。我们星期五早晨在德尚圣母院做了追思弥撒——他经常和我说如果不唱《震怒之日》，他就无法安息，接着我们就把他带回了洛诺瓦。"埃迪特很快也被已故亲人的幽灵包围，母亲，接着就是哥哥，还有侄孙女，侄子达尼埃尔的女儿——对于埃迪特来说，侄孙女的逝去是真正的噩梦。"我仿佛不在这里，也不在任何地方。也许有一天我能够找到别的东西，而不再仅仅是死人？但是在我爱的人中，现在是地下的比地上的多。这就是衰老。在这里，我比在其他任何地方都要明白这一点。"在多米尼克和埃迪特的通信中甚至会用极大的篇幅谈到并非很近的朋友——布拉克或是奥蒂贝尔蒂。

尽管买下了布瓦西斯的房子，多米尼克还是不能够过她想过的生活。她继续和母亲、儿子一起生活，不能按照自己的愿望布置房子。"我现在像个松鼠一样转着圈儿，滑稽极了。巴黎、洛诺瓦、布瓦西斯、洛诺瓦、巴黎、布瓦西斯。所有可能的组合，非常分散。但是我还是应该安排得紧凑一点，可以写信给我爱的人。少写信，更多的是电话，这样做当然是不对的。最为让人生气的是虽然我想着要写信，但只在我担心别人以为我漫不经心时才拿起笔。我不是漫不经心：我害怕去邮局。我向你保证，如果你以为我从来不曾想像着你站在美丽的树与你那美丽的房子中间，一丝不苟地解决房子问题，那你就错了。我的房子问题还远远没能得到解决，但总算还有些进展，侧墙的网上只剩下些爬藤了。我去看了奥蒂贝尔蒂，他说他已经好了，看起来也是如此，他不知道自己得的是不治之症。我觉得不和患者说真话是非常可恶的事情。难道死亡也不属于我们吗？也许吧，不管怎么说，想要知道真相也许是太贪心，太骄傲了。我现在是在杂志社给你写信，只有我和马塞尔·阿尔朗在。他的哥哥才去世，他把这个消息告诉了他的母亲（已经八十九岁了），即便在现在，想起母亲刚才的哀号，他仍然还怕得发抖。他哥哥是他母亲最喜欢的孩子。他母亲处在半瘫状态，眼睛也基本看不见。我想，现在马塞尔·阿尔朗除了其他烦恼之外，又有了遗产问题。我和他就他的写作方式问题激烈争论过。他所谓的和谐在我看来无异于一块玻璃，将世界（和读者）与他身上陀思妥耶夫斯基的一面隔离开来，这是他身上最真实、最令人心碎的一面，而且渐渐成为他的全部，正是对这一面的追寻令他不得解脱，令他迷失。但是他坚持自己的方法。杂志社的大房子空了一半。印刷商都已经停业了。我来巴黎主要是不想让菲利普一个人在这里，如果我不来，他就会破坏房子（我妈妈说的）。不过说到底，我来巴黎最主要还是为了让我母亲放心。"

夜晚，多米尼克故去的父亲经常来到她的梦里。"我在这里做非常奇怪、非常令人感动的梦：有两次，父亲贴着我房间的墙壁站着，把我抱在怀里。门开了（在梦里），他便不见了。据说这是来告诉我，他喜欢这座房子。"度过童年的地区在多米尼克的信中经常出现。当然还有书。"我亲爱的，我想像着雨中圣-埃夫拉姆的样子，我童年的日子里，看到的就是同样的雨，同样的天，在圣-米歇尔山海湾。这里也经常下雨，雨落在邻居家的大树和我自己种的小树上……我当然想到了你，你能在布列塔尼，我很高兴。我在阿拉贡最近的一部小说中看到关于遗忘和记忆的几页内容，非常动人。他按照自己的意愿，做自己想做的事情，除了那些可笑的事情，他内心里是多么绝望啊。等你回来后，我把这部小说给你。"

埃迪特的哥哥热拉尔去世的这一年，波朗表达了想和埃迪特和解的愿望。不幸的是，等待的事情总是来得太晚，波朗此时已经距离死亡不远了。多米尼克从来不曾完全拥有过波朗，也没有能够和埃迪特、波朗生活在一起。死亡的概念越来越清晰，爱的表达也就越来越频繁："我一直无法遏制地想起你，我需要你好，需要知道你没有忘记我。我永远不会忘记你，你不知道，但这是真的。"从此之后，是多米尼克显得更为深情，仿佛是她在要求对方的爱。

多米尼克和埃迪特的联系越来越频繁，并且她成功地在伽利玛出版社出版了埃迪特的书。埃迪特等了这么多年，多米尼克终于帮助她完成了心愿。埃迪特三部最新的散文集《女石油工人》、《鲁塞尔》和《路易·米歇尔》在伽利玛出版社出版。只有小说《失败的游戏》是在格拉塞出版社出版的。在生命的尽头，埃迪特又重新找回了作为一个历史学家的声誉。她得到了好几个奖：一九六三年，《女石油工人》得到了费米娜-瓦卡莱索奖，一九六七年，《鲁塞尔》得到了吉贝尔文学奖，并且进入了费米娜文学奖评审委员会。法国共产党强加于她的匿名状态却让她在思想领域得到一席之地。小说写作在某种程度上是拯救性的,因为对于很多事情她终于能够给出自己的叙事版本。她一直害怕失去多米尼克,从来不敢指责她,不敢说是她的错。

尽管告诉多米尼克她正在写这么一部小说,但是埃迪特没有把手稿给她看。"我继续在写,继续这个克洛德和'我'的故事。在信中和你谈这些没什么意思:你可能连看都不看就还给我了。"多米尼克没有坚持要看手稿。相反,她一直在努力说服皮埃尔·诺拉出版埃迪特关于路易·米歇尔的传记。"对不起,我亲爱的,我给你打了电话,因为我迫不及待地想要知道你对于路易这部书的看法。可我答应过你,等你给我来电话。只是我太着急了,像以往一样,每次我写点东西或者考试的时候总是这样着急:永远都改不了这个毛病。我把这几页寄给你,这几页非常重要,要添进你现在手头的那册样书中。这样,节后你就能把完整的版本交给诺拉了。我很想做完这些事情:也许是酷暑,也许是路易,或者两者都成其为原因,我仿佛一点力气也没有了,很希望能够什么都不做。说句实话,今天下午我在档案馆什么也没做,现在我的办公室里有一块非常漂亮的毯子(这是我级别的标志:我还有权利有一个挂钟),睡在上面应该是很舒服的。"①

多米尼克仍然梦想着能和埃迪特单独生活在一起,沉浸在对波朗的回忆中:"我亲爱的,在灰色的布列塔尼,你是如此幸福,我也很怀念那里的风景,还有浪涛声。似乎听着这样的浪涛声我们能够安静地老去,什么也不做,而从荒原归来唯一的原因不过是为了看看焰火—— 一个一去不复返的时代的所有景象,也许我太愚蠢,竟然始终不能忘记。我回到了这里(在杂志社,我还是在杂志社给你写信),重了几公斤,但是脸色好了很多,并且不再那么疲倦了,也似乎耐心了很多。这很必要。我出席了莫里亚克的纪念活动,是在晚上举行的,简直像是军事演习,明晃晃的聚光灯。我觉得这一切真是无聊、虚假,也毫无用处。我没有去圣母院。讲座下个星期二重新开始,也就是说一个星期之后。我当然会把皮(埃尔)·诺(拉)那一讲的情况告诉你。但是你真让我觉得很好玩,你的所谓的考试情节。能够出版你的东西,我感到无比幸福。我把《夏娃》借给了玛德莱娜·拉古尔,她看得很是入迷。我试着找人谈

---

① 埃迪特·托马斯致多米尼克·奥利,星期三(五月或六月,一九六九年),埃迪特·托马斯基金会,国家档案馆。——原注

一谈这本书。真是难过,我的手不能伸得再长一些,够到电话,但是我很高兴你在那里。好好休息,多出去转转。我在想,等我们都很老很老了,也许我们能够一起看大海。"

一九七〇年十二月七日,埃迪特因为病毒性肝炎急性发作突然去世。她只有六十一岁,在这样的年龄辞世似乎有些早逝荒诞。多米尼克认为她不该这么早去世——因为她们年龄相仿,所以也应该一起去世,伤口一直难以愈合。在埃迪特去世之际,多米尼克写了一篇文章,细述她所了解的埃迪特的点点滴滴。她们之间的友情既体现在真实的交往中,也体现在书中。多米尼克和埃迪特互为小说人物。多米尼克出现在埃迪特的好几部长篇或短篇小说中,而埃迪特就是《O的故事》里的安娜·玛丽。正因为进入彼此的书中,她们之间的友情有了永恒的意味。多米尼克认为所有的东西都是容易变质的,因而,在此基础上,她一点也不欣赏具体的肉身。但在她的眼里,书完全不同,书呈现出持久、令人放心的特性:"因为所有的一切都有被摧毁的一天,都有被抛弃的一天,所有的一切都是不能够持续的。然而书(有时画作、石雕也是如此)却能够延续下去。至少比我们自身要持久。生个孩子,你在给予他生命的同时也给了他死亡。但如果写一本书,有时书却不会死亡。"《O的故事》也许在一定程度上正出自于这种对永恒的渴求。

埃迪特去世时,多米尼克表现出来的态度也证明了她们之间的爱情。就像波朗的家人让多米尼克来决定是否要中止呼吸机,中止人为维持的生命指征一样,埃迪特去世后,多米尼克去了她家,在埃迪特的亲人陪伴下整理她的档案,列出清单。她把一些与名人来往的信件交给埃迪特的亲人,留下了某些私人书信及文稿。她是唯一知道埃迪特私人日记和信件存在的人;从来没有人要求看过这些东西。她既是波朗的寡妇,也是埃迪特的寡妇。在这之后的二十多年时间里,她渐渐地消耗尽了生命的光华,失去记忆,终日卧床不起,瘦到惊人的地步。多米尼克觉得衰老是一件很让人倒胃口的事情,她一直生活在关于波朗和埃迪特的记忆中。也有些好心人来照顾她、看她,但是她已经失去了自己真正爱的人。她的老朋友也都不在身边,有些已经去世,但另一些也就是没有想起她。

多米尼克最好的朋友之一,雅尼娜·埃普雷,画家让·弗特里埃的妻子,在她失去记忆后就再也没来看过她。在生命的尽头,雅尼娜·埃普雷完全离世隐居，甚至抛下了多米尼克。然而在某种意义上，她可能是多米尼克除了埃迪特之外，另一个爱过的女人。但是她们之间的关系没有那么简单，因为这关系与波朗和弗特里埃之间的关系密不可分。雅尼娜·埃普雷也可能是给了多米尼克创作《O的故事》的灵感的人物之一，尽管她们之间的关系是在五十年代末小说出版以后尤为密切。但是，正如多米尼克对埃迪特所说的那样，有时小说先于现实。"这个画家有点疯，他用一种秘密的眼光来装饰、重修自己的家，这眼光能够让你从一间房看到另一间房，房子里还有话筒，等等。这一切都是某一部小说的变奏，但是早在小说之前就已经发明了出来，小说出版的十年前。以至于基于这一点，我们也可以说，在某种程度上，的确是小说创造真实。这是存在少有（尽管无用）的满足感之一。"她所提到的画家可能就是让·弗特里埃。

雅尼娜·埃普雷
让·弗特里埃

雅尼娜·埃普雷是画家让·弗特里埃的妻子和两个孩子多米尼克及曼努埃尔的母亲。她也是多米尼克·奥利生命中第二重要的女人,仅次于埃迪特·托马斯之后。这位先锋作家的小说应该流传得不是很广——然而在六十年代时她却为名噪一时的《原样》杂志撰文。由于她拒绝别人在文章中提到她,同时也拒绝来访,关于她的信息一向很少。这是一个被遗忘的人物,除了在她的作品出版之时有过几篇文章之外,没有人专门写过关于她的文章。

在将其确定为多米尼克内部关系网的一个人物之前——主要是通过她的小说和两个女人在一九五八至一九六一年间的通信,我们有必要为让·弗特里埃做个简述。让·弗特里埃是个著名的画家,然而这也是一个神秘和令人不安的人物,在他的性取向和暴力倾向方面有一些模模糊糊的传闻。我们可以依照时间的顺序来看看这个人作为艺术家的一生。有好几本关于弗特里埃的传记和研究作品都揭示了他一生的某些重要阶段。

让·弗特里埃于一八九八年五月十六日出生于巴黎。他的父亲开了一间手套厂,然而让·弗特里埃的母亲却不是他父亲的合法妻子。让·弗特里埃的母亲家(他的姓氏也随母亲)是贝亚恩省的产业主。让·弗特里埃是通奸所生的孩子,这种亲嗣关系自然干扰了他的教育。他由祖母抚养,祖母是个爱尔兰的天主教徒,家里充斥着宗教的气氛。尽管让·弗特里埃觉得宗教教育是一种约束,但是出于对祖母的爱,他也接受了这一切,因为祖母是他在这个家庭中唯一欣赏的人。他的父亲也经常来看他,但是父亲只对钱感兴趣。还是个小孩子的时候,让·弗特里埃就很蔑视资产阶级的生活环境,只喜欢大自然。

同一年,他失去了父亲和祖母,于是母亲去了英国。六个月后,他到母亲身边,进了伦敦的一所中学。这是个出色的学生——尤其在绘画上,不过他很快对学校教育产生了失望,以游戏的心情进了英国皇家美术学院。学院过于传统守旧,不合适他,于是他又转而注册听说不是那么传统的斯拉德学校。但是他感受到同样的失望,决定独自工作。他喜欢画裸体、头部和死亡的生物。青少年时代的他忧郁、内向、孤独、傲慢,朋友很少。

让·弗特里埃在审美上最重要的一次经验是在泰特展馆里发现了特纳。他青少年时期有很多画作,甚至卖了很多,于是现在几乎没有一幅留下来的。为了生活他一直在卖画,长大之后又总是被朋友包围,其中有著名的作曲家和评论家罗贝尔纳·冯·狄伦。音乐和文学在让·弗特里埃的生活中占有与绘画同样重要的位置:兰波、维庸、巴赫、德彪西、特纳和夏尔丹。那个时期所剩下的唯一作品是《一个俄国犹太人的肖像》,一幅粉彩的大草图。第一次世界大战期间,他应征入伍,但由于身体不好经常换部队——他体质虚弱,视力很糟糕,同时还患有心动过速。

一九二二年,弗特里埃在巴黎安顿下来,参加了秋季画展。画展上他展出了题为《穿着周日服饰的蒂罗尔人》的作品。在和朋友安德烈·皮尔森一起前往科西嘉岛的旅行途中,他参观了高低不平的山区尼奥罗,画了一些风景写生。一九二三年,他在法布尔画廊和现代雕刻大师之家展出自己的作品,角逐莱昂-科马尔木雕特别大奖。接着又是新一年的秋季画展。罗杰·阿拉尔在《世界》杂志上撰文,非常欣赏他的作品:血红的裸体女人、肖像画、死亡的生物、雕刻作品和根据波德莱尔诗作创作的铜版画片。同一年,他在法布尔画廊遇到了让娜·卡斯泰尔——这次相遇对于他的事业来说至关重要。让娜买了两幅让·弗特里埃的油画,使得这两幅画作免遭摧毁——因为弗特里埃后来烧掉了自己大部分油画。卡斯泰尔夫妇此后经常去看望他,买下了他的不少油画,放在一个车库里。弗特里埃是一个内敛而与众不同的人,不太随和,和自己的资助者之间一直保持相当的距离。

一九二四年,他在威斯康蒂尼画廊举办了第一次个人画展:展出的是封闭房屋的水彩画、血红的裸体男女以及他第一批石版画。紧接着,在法布尔画廊和威斯康蒂尼画廊，他又和其他艺术家一起举办了多次展览，其中自然有毕加索，德兰和夏加尔这样的人物。让娜·卡斯泰尔于一九二六年将弗特里埃的一幅作品《一束紫罗兰》捐给格勒诺布尔博物馆。这是弗特里埃的作品第一次为法国博物馆收藏，在很长的时间里也是唯一的一幅。让·弗特里埃还去了蓬阿旺著名的格洛阿奈克旅社，在那里画了好几幅肖像画。他的"黑色时期"的画作——现实主义风格的、粗犷的山间景色，死亡的、血淋淋的动物——与莫迪里阿尼、吉斯林和苏汀的画作一起在兹博罗夫斯基画廊展出。

随后，让·弗特里埃在的朗布勒街安顿下来，这里原来是格罗迈尔的工作室，此时，保罗·纪尧姆，著名的艺术品交易商，为毕加索和马蒂斯举办画展的画廊主人开始为弗特里埃提供月津贴。然而此时的他处于危机之中，于是纪尧姆取消了津贴，弗特里埃重新回到一无所有的状态。一九二八年，他在波朗已经置下房产的克罗斯港度夏，在那里遇到了安德烈·马尔罗。马尔罗让他自己挑一部作品画插图，他选择了兰波的《灵光集》。但是，因为与出版商协商版权未果，最终弗特里埃选择了但丁的《地狱集》。他为《地狱集》中每一首诗都配了一幅石版画，共三十四首，但是伽利玛认为画作过于抽象，于是放弃了出版计划。除了马尔罗和让娜·卡斯泰尔保留的之外，狂怒中的弗特里埃烧毁了所有的这些石版画和其他一些作品。

一九二九年，弗特里埃在夏莫尼克斯过了三个星期，在此期间，他开始使用一种新技术进行创作：他将纸浸在一种由石灰和胶水组成的特殊物质——他谓之为"涂层"的东西——之后用来创作。后来这种"物质性"的技术过程还渐渐得到了发展和改良。三十年代初，弗特里埃度过了特别困难的一段时期，作品很少。多亏了《新法兰西》杂志画廊，他得以重新展出自己的作品，幸存的《地狱集》插图也在此次画展上展出。一九三三年二月，在《新法兰西》杂志上刊登了马尔罗的一篇评论文章。

三十年代之后弗特里埃所历经的一切有点杂乱。在一九三四年到一九三九年间，穷困潦倒的他离开巴黎，前往阿尔卑斯山。他成了蒂涅的一名滑雪教练，开了一间俱乐部，在俱乐部里，他放的是当时还不怎么为人所知的爵士唱片：杜克·艾林顿、路易斯·阿姆斯特朗和亨利·艾伦。他几乎不再作画。之后他又在瓦莱迪塞尔开了第二间俱乐部"大熊俱乐部"，但是生意不是很好。雷蒙·埃斯肖里埃在小王宫举办"独立艺术大师展"时没有邀请他，这令他感到很受伤害。他不理解，为什么参加展览的画家与他可谓风格相似、年龄相仿，但是画展独独没有邀请他。战争爆发后，他离开山区前往马赛，埃克斯和波尔多。一九四〇年六月，他回到巴黎，住在让娜·卡斯泰尔家，有时也住旅馆。急于重新开始绘画的他在拉斯帕伊街二一六号的工作室安顿下来。

战争期间，他和波朗、勒内·夏尔、弗朗西斯·蓬日以及保罗·艾吕雅结下了深厚的友谊。一九四三年一月，他被德国警察局逮捕，因为他和不少抵抗组织成员往来密切，多亏让娜·卡斯泰尔通知了雕塑家阿尔诺·布莱克，后者帮忙周旋，弗特里埃最终被释放。另一个版本的故事说有人怀疑他是犹太人，是共产党员。还有传言说他因为色情照片交易而遭到逮捕。几个月后，在波朗的提议下，他在沙特奈-马拉布里安顿下来，在一家精神康复医院的附属建筑里，因为医院的院长勒萨乌勒和波朗很熟。这家精神康复医院坐落在夏多白里安名为"卢普河谷"的老宅。亨利·勒萨乌勒是个精神病医生，他在一九一四年购得这座房子，改建成精神病院以及用于安置艺术家及作家的康复中心——这也是为了满足他个人的趣味。安娜·德·诺阿依、保尔·瓦莱里、于连·班达、菲利克斯·费内隆和让·波朗定期地会在这里租一间房，工作，休息。萨勒乌勒医生去世之后，"卢普河谷"被罗思柴尔德基金会收购，接着又被上塞纳省的议会买下。

让·弗特里埃开始时的房间在精神病诊所里，到一九四五年六月，他租下了"卢普河谷"的一座附属建筑——"绿岛"。让·波朗曾经产生过引退到此的念头。弗特里埃只需付一小笔租金，作为交换，他负责房屋和花园的维修，他在这里一住就是二十年，直至一九六四年去世。在这间神秘的屋子安顿下来前不久，他遇到了雅尼娜·埃普雷，后者也是靠产业生活的。两人的第一个孩子多米尼克于一九四六年一月出生，女儿曼努埃尔于一九四七年九月出生。

让·弗特里埃在战争期间开始自己的事业以及相对稳定的生活，这多亏了波朗。是波朗帮他找到了这间屋子，对于绘画来说可谓是理想场所，因为房子很宽敞，再说又离大自然很近。自从认识菲利克斯·费内隆之后，波朗定期会去卢普河谷。他还帮助弗特里埃在巴黎画廊重新开画展，尤其值得一提的是勒内·德鲁安画廊。第一次在德鲁安画廊开画展是一九四三年，波朗在《戏剧》杂志上写了不少文章，评论弗特里埃的画作。他还为展览的小册子作序，请保罗·艾吕雅为弗特里埃作诗。很快，弗特里埃的作品和屋子便以一种奇怪的方式混在一块儿，既是风景，又是故事。

弗特里埃一直很喜欢花园和花园艺术：他整理了一个天然花园，一块开满鲜花的草地，长满三叶草的小路，一条栽着百年栗树的林阴道，池塘周围杜鹃花盛开，除此之外，还有一块石头，一角高卢-罗马风格的寺庙和五块十六世纪的白色大理石柱。一块仍然带有点荒野性质的自然之地，只是轮廓全在艺术家的掌握之下，与艺术家本人的气质极为相符。他在这里安置了两个工作室，装修的风格是维多利亚式和浪漫主义式的。这座花园洋房就是艺术家的作品，并且出现在他的好几幅画作中。正是这座屋子让艺术家得以远离尘世，找回自己最初的审美激情。在进入有着先锋艺术摇篮之称的斯拉德学校之前，还在画家美术学院学习的时候，当时仅有十四岁的弗特里埃受英国贵族的邀请，参观过最美的城堡和最美的公园。他还与威廉姆·罗宾逊流派——The Wild Garden（荒野花园）——的艺术家一起，参与过英国的花园改造工作。

花园的主题呈现在他的画作中，也呈现在周围的环境中，例如"人质系列"所表现的最为历史化、政治化的主题因素。弗特里埃最有名的画作就是一九四五年底在德鲁安画廊展出的"人质系列"。对于这幅极为痛苦和悲惨的作品，弗特里埃所给出的解释既是现实主义的，又充满了神秘色彩。他听见离家——即"卢普河谷"附近——不远的地方传来人质被德国人枪毙时所发出的哀号。然而，在诸多关于夏多白里安老宅的资料中，却从来没有提起过这次枪决。以语义上以及象征上的意义转换为基础，弗特里埃也许参考的是在同名的一座城市里被枪决的人质，或是在可怜的瓦雷里安山的人质枪决事件，因为瓦雷里安山离沙特奈-马拉布里不远，也在上塞纳省。他在夜里听到的，让他痛苦得发疯的叫声也可能是卢普河谷精神病人发出的叫声。"人质系列"的系谱十分混乱，更像是一种历史重建。但是这一系列画作却从问世之日起就成了画家最为有名的画作，弗特里埃也因此得到了承认与声名。一九四六年，弗朗西斯·蓬日在塞埃尔出版社出版了《"人质系列"评论，弗特里埃的画作》，让·波朗也在《变化》的第一期和第二期上登出了一篇非常漂亮的文章：《愤怒的弗特里埃》。可惜的是，画作没能得到公众和收藏家的欣赏，弗特里埃遇到了很大的资金困难。一九四九年，弗特里埃停止作画。他想靠自己所掌握的一种方法复制艺术作品挣钱。他和雅尼娜·埃普雷一起改进了被称之为"多重原作"或者"埃普雷程序"的复制方法，并在多个画廊展出，这种方法受到了让·波朗的大力支持,他认为这是"普及性艺术的开端"。他们在家里安顿了两个印刷厂,一个在房子底层,离弗特里埃的工作室很近,弗特里埃在这里完成丝网印刷的复制品,另一个则在花园尽头,主要是复制铜版画片、雕刻和书。尽管具有革命性的意义,从商业的角度来说,所谓的"多重原作"遭遇到了彻底的失败。因为收藏者想收藏的无非是独一无二的作品,"多重原作"的概念与他们的愿望正相反。而且"多重原作"还为弗特里埃和埃普雷带来了司法上的麻烦,尤其是布拉克,布拉克对他们提起了诉讼,要求销毁所有仿作。于是弗特里埃决定改变仿作的尺寸,使之和原作有所区别。一九五三年到一九五四年间,他放弃了复制,重新开始绘画。

"物系列"作品第一次是在右岸画廊展出的,波朗为他作了序,安德烈·伯恩-若弗洛在一九五五年五月号的《新法兰西》杂志上也写了批评文章。有人指责弗特里埃的绘画呈现的都是日常物品,技法极其简单,几乎只勾勒了大概形状,勉强可以辨认而已,但安德烈·伯恩-若弗洛却为"让·弗特里埃的物"给出了一个非形象绘画的定义:"他笔下的形象比实物更为简单和基础。在某种程度上,这是概念化之前的物的前现实主义形象……这就是说,对于艺术家而言,真实是抽象的。艺术家不断地感到东西也可以是别的样子的。如果说有时他会支持物品,那是出于禁欲的愿望,或者是为了让自己产生抵抗。但他自然赞成的是创造性的力量,这力量先于一切被创造出来的形状。"没有一幅画被卖出去。弗特里埃嘲笑了波朗一番,因为他说越是没有卖出的画才越有可能成为最好的。

一九五六年,苏联武装入侵匈牙利之后,右岸画廊展出了弗特里埃的《布达佩斯的支持者》。接着是回顾画展:"弗特里埃,非形象绘画三十年",小册子上是皮埃尔·莱斯塔尼写的一篇文章。之后弗特里埃和米歇尔·古度利埃画廊签订了专卖合同,在纽约、杜塞尔多夫、米兰、弗里堡、都灵和马德里巡回展出;关于他的研究作品相继问世。一九六〇年,他作为荣誉代表出席威尼斯的双年展,在展览中心的主楼里举行了他的回顾展。这一年,他获得国际大奖。一年后,他又获得东京国际大奖。然而得到国际承认却不能阻止他和雅尼娜之间危机的来临。多年的共同生活中,他们一直争吵打骂不断,雅尼娜·埃普雷最终离开了他。分离是痛苦而复杂的,尤其关系到作品的分配问题。一九六二年,弗特里埃开始和雅克琳娜·古森生活在一起。不论是和雅克琳娜还是和其他女人在一起，弗特里埃一直没有离开卢普河谷。

在米兰阿波利奈尔画廊的一次画展上，吉塞普·恩加莱蒂为弗特里埃的画展目录作序。一九六三年，皮埃尔·莱斯塔尼在阿赞出版社出版了《弗特里埃和非形象风格》。在作者看来，弗特里埃的画作是技术革命——放弃油画，而是改在浸有涂层的、厚度与石膏相仿的纸上作画——和"自由想像"的结合。同年，弗特里埃在罗马的拉蒂科画廊开画展，恩加莱蒂再次为他作序。一九六四年，在巴黎现代艺术博物馆举办了弗特里埃的回顾展，这是一次至关重要的展览，不过弗特里埃因为罹患癌症，才做过手术，没能亲自出席展览。但是他和安德烈·伯恩-若弗洛一起为画展准备了很长的时间。他还差点被赶出卢普河谷，不过还好，一九六四年七月二十一日，他最终死在这座房子里。他为房子所作的斗争远远比为绘画所作的斗争要多，在其生命的最后时刻，房子成了一座魔幻之屋。根据反射的原则，女人和画作最终都在，但是没有出现，画笔和其他绘画的工具也没有。

弗特里埃举行了宗教葬礼，葬在沙特奈-马拉布里的公墓里。他原本应该在几天后与雅克琳娜·古森结婚。在六十年代，米歇尔·古度利埃为弗特里埃定期举办画展，而波朗和蓬日仍然继续为他的画作写评论文章。一九七〇年，在索镇的法兰西岛博物馆建立了让·弗特里埃展厅。之后，弗特里埃的画作在世界各地展出，他也出现在不少大收藏家的目录上，一九八九年，巴黎现代艺术博物馆再次举办了弗特里埃回顾展，这一切都可以证明——如果说弗特里埃的商业价值还有待商榷的话——他至少已经得到了艺术思想界的广泛承认。

肖像

雅尼娜·埃普雷比让·弗特里埃年轻得多，一九四四年，他们相遇时，雅尼娜只有二十二岁。她出生于一九二一年十月二十一日，因而要比让·弗特里埃小二十三岁。这与多米尼克和波朗之间的年龄差异相仿。雅尼娜·埃普雷比多米尼克也小很多，仿佛她的一个小妹妹。

雅尼娜出生于斯特拉斯堡，主要是由母亲伊维特·埃普雷抚养长大的。由于父亲勒内·埃普雷工作的关系，雅尼娜的童年是在圣玛丽-雷米纳度过的，父亲在莱维特河谷的一家羊毛纺织厂里工作。很久以后，雅尼娜的母亲又和勒内·德朗日再婚，德朗日在战争期间担任《戏剧》的主编，是波朗的朋友。雅尼娜得到了文学学士之后在蒙贝利亚任教。她的第一任丈夫是吉·布利耶尔，两人育有一个儿子，伊夫，生于一九四二年。因为想要逃离阿尔萨斯解放时特别混乱的环境，到巴黎来生活，一九四四年，雅尼娜又找到了当时在卢普河谷医院工作的母亲。她把伊夫扔给孩子的父亲，直到十七年后才再次见到孩子。这个创伤造成了雅尼娜在十七年后的妄想症发作。她认为自己是偷偷将孩子抛弃的，分娩之后就拒绝见到他。实际上，如果说她从来没有操心过这个孩子，孩子出生时她还是在孩子身边的，而且把孩子交给了他的父亲。

一九四四年与弗特里埃的相遇颠覆了她整个人生。雅尼娜很年轻，也很脆弱，她在这个爱情故事中投入了整个生命，弗特里埃比她大许多，性格扭曲，有时甚至有暴力倾向。他们的孩子多米尼克和曼努埃尔在他们相识后不久就相继出生，一直处在这份摧毁性的激情的中心。小时候，多米尼克是由外祖父母抚养的，接着就进了如伊-昂若萨的寄宿学校。每隔两个星期，他回一次沙特奈的家。曼努埃尔则和父母一起生活在卢普河谷的房子里。父母一直在她眼前争吵，造成了她的精神创伤。她甚至说自己曾经遭到一个住在卢普河谷的男人强奸。因为独自承受这一切，很年轻的时候，她就和不断上演暴力场面的家庭斩断了联系。很长的时间里，她和母亲、哥哥都不说话。

雅尼娜在绘画工作上帮了弗特里埃不少忙，尤其是在丝网印刷技术和印刷厂的工作方面。她成了一个出色的印刷工人，制造出所谓的"多重原作"（或称"埃普雷程序"）。之所以用她的姓氏为这种技术命名，或许她不仅仅是一个单纯的执行者，而是一个发明者。雅尼娜在绘画上很有天赋，下午常常在网球场国家画廊临摹画。两个人分开的时候，自然就"埃普雷程序"的归属问题又发生了激烈争吵，尽管这技术在商业上是完全失败的。雅尼娜在沙特奈-马拉布里还有两台印刷机，这样她就能自己印书。她是一个先锋派小说家，在找到出版商之前，她就用实验性的方法自己印书。她创造了新的开本，用非常特殊的纸张和独创的字模，玩各种排版游戏。

书的生产主要是在五十年代，其中有一部叫做《脚步叙事曲》，分成好几册，第三册于一九五七年完成。书用的是大开本（25cm×22cm），书脊很窄，仿佛小册子的书脊一般，封面采用质地非常细腻的纸张，外覆一层描图纸。内页全部用描图纸印刷。封面上就是书的第一个排版游戏：两个词被交错排成个十字——"inédit（未出版的）"和"inéditable（不能出版的）"。雅尼娜·埃普雷在此表达的是不得不自己出版的事实，即所谓的"不能出版"。也许她曾经把自己的文章推荐给出版商过，只是遭到了拒绝，或者她知道自己会遭到拒绝。这个文本分成好几部分印刷，因为在这册的右上角注明是"第三册"。为了解决纸张的透明问题，每隔两页就有两页白纸衬着。

文本没有清晰的结构，主要是建立在文字的音乐性上。是发音给了这一系列表面上看起来一点也不连贯的小节以意义。从整体上来说是粗暴的，甚至是侵犯性的，因为作者选择的都是发音尖锐的词，而且还有不断重复的问题。在同一主题上出现多次音节重复，主题都是一样的：脚步，如同心脏节奏一般的脚步节奏。"谁说我缺一条腿？为什么不是两条腿？唯一的这条腿对我有什么用？一半的脚步。就像一只圆规，因为没有下一步，无法再张开新的角度，可以再一次进行新的测量，征服新的领地。走近或远离。逃……躲开我。"她的写作通常都是第一人称，作者（叙述者）渐渐成了魔鬼。

感觉因为快速累积的，乱七八糟的肉体或象征形象而得到强化。"腿？我有太多了！到处都是腿。它们就像树枝一般从树干上伸出来。所有的腿都来自于同一副骨骼。美丽的骨骼，坚硬，笔直，没因为旧伤口结下的痂。然后，每一根枝会再分权。直到细得不能再细，直到隐没，深入的腿，直到不能再生成一条腿为止。最为敏感的腿，在神经的末梢。没有道理中止。我的腿啊，它们究竟要去哪里呢？它们开始分支的尽头已经磨擦到墙。但是它们还没有触到天空。"

色情已经出现，就像她日后在法兰西墨丘利出版社出版的书一样。雅尼娜是个女性色情作家，多米尼克作为《O的故事》的作者也是如此。但是色情对于雅尼娜不是游戏，也不是某种体裁规范，而是艺术和政治上的追求。她的写作与七十年代先锋派色情写作风格非常接近，具有突出的自传风格，就像玛拉的《一个顺从的女人的日记》。雅尼娜的这部作品有两个主题：一是色彩，二是肉体上的痛苦——或许描写的是弗特里埃。在书的最后一页，印刷信息是这样写的："作品——所有的样书概不出售——用黄油纸印刷，印刷批次：一九五七年十二月。雅尼娜·埃普雷，塞纳省，沙特奈-马拉布里，阿纳道尔·法朗士街一二九号。"她有时在自己的书上署"Jeanine"，有时署

"Janine"——正好家族姓氏里也有"a"和"e",在某种程度上,名字的这两个版本也是形式的反映。

雅尼娜·埃普雷最初的两部小说于六十年代在瑟伊出版社出版。她已经写了好几年,但是一直没能出版——因为她被划归为先锋文学的范围。多亏了菲利普·索莱尔,她才能够在瑟伊出版社出版自己的小说,因为从《原样》创刊开始,她就加入了杂志的作者群。《原样》的第二期上有雅尼娜·埃普雷一篇名为《从昨天到今天》的文章。文本的结构是双重性的:在文本的另一侧是简介性的叙述,确定了事故的时间和地点,叙述以片段的方式进行。

左侧的文本是事故前的一个文学故事:马路被安排成了故事发生的场地,仿佛是事故的必备条件。"什么也没发生。人行道,马路,人行道。只需要穿过马路。每一次,我们都不会去想它。这是大家都知道的东西。"右侧,以《法兰西晚报》杂闻形式叙述了一桩事故,叙述方式是片段性的,每一段都从头开始,越来越长;读者就这样渐渐知道了发生的事情,直至最后,有一个行人死去。杂闻一定取自《法兰西晚报》的一桩简要新闻,也因此成了叙述和写作的缘起。作者仍然对脚步有所痴迷,走路的节奏在文中多次出现:"一步,又是一步……一步,接着一步,节奏无法掌握……行人迈着细碎的脚步,他们排成列不再动,在等着过马路。"

雅尼娜在《原样》上发表的第二篇文章是《阿姆斯特丹》,同期的杂志上还有一篇弗特里埃的文章,题为《今天的绘画》。雅尼娜·埃普雷的文章似乎不如上一篇那样玩排版游戏。文章只有一栏,只是句号换成了一条、两条或三条短横。主题仍然是一直萦绕不去的主题:"——男人在走路——一步,又一步——一步,同样的一步——一步,走,一步,去,一步,走去,一步,又一步,到了,一步,回来,一步,再回来,一步,去,一步,走,走一步,只是一步——从来不曾同时超过一步——"这个缓慢而压抑的姿势在永远不停地重复,表达了自由被剥夺的状态,被剥夺的行动的自由,囚徒被剥夺的自由。不是家,而是马路,马路成为雅尼娜笔下故事的主要背景,这也是秘密色情交易的场所。"——他在这条街和那条街之间犹豫,与他必须穿越的运河河岸相对的那条街——但是没有一个桥拱的倒影与墙面、街道、运河、街道、墙面是垂直的,也许除了那里,根本是不可能的,除了那里,平行线都在那里交会,从这一边到那一边不在他的窗户可见范围内,脸和胸正好对着那男人的脚。她抬起一只胳膊,似乎为了表达她对男人的理解已经上了一个层次,她的位置在那男人的腹部以下,没有到达他的脸部。我们不能对着脚说话——"

这种简略性的写法和让·弗特里埃描绘他绘画中某一具体物体的方式很像,例如他写到一只玻璃杯:"别人会说——您疯了——我,我是一个讲究实际的人——一只玻璃杯就是一只玻璃杯。我了解,非常了解一只玻璃杯的全部,甚至它的价格。对此我说些什么好呢?但是不,我说话是基于我对来由的了解之上。我是一个艺术家。"接着,弗特里埃为他的非形象绘画给出了定义:"今天,画家站了起来,拿起颜料,一字排开,搅拌,堆砌,画家在这样的工作中得到满足,工作一旦结束,他会告诉您:如果您不喜欢,我喜欢就行了。别人也一定会喜欢它。但是这铺排开来,盖上了印记,成为结晶的颜料——难道表现的不是这只杯子吗?这只画家在昨天晚上紧紧盯着看——而不是像今天这样漫不经心地看——的杯子?如果真的是这只杯子,人们会说:我们要走到哪一步?——但不是这样的,我们已经到了——这就是我们今天所谓的非形象绘画,就其最为美妙的意义而言。"同时期,安德烈·伯恩-若弗洛也在杂志上撰写类似的文学及绘画评论文章。

雅尼娜·埃普雷的第一部小说呈现的是同样的主题:街道,一个男人和一个女人之间的约会,其中的一个正在向另一个走去。在《约会》中,她分四章讲述了男人洛朗与女人玛德莱娜之间通过小广告完成的约会。洛朗到了玛德莱娜家,叙述便很有节制地戛然中止,叙事的重点更多地放在到达前的等待与焦虑上。小说的题铭——"献给我自己"——体现了雅尼娜·埃普雷以自我为中心的神经质以及她担心自己离开弗特里埃就无法存在的恐慌。她的第二部小说题为《音乐盒》,根据音乐盒的节奏重复同一章的内容。是丈夫的话,他在等待,他单独和孩子在一起,妻子则永远自顾自地出去,这一切都以一种音乐渐强的方式不断重复着。妻子又一次回来很晚。她应该给出的理由永远都在被拖延、哀叹或是粗暴的重复再度响起:"再也不能这样了,再也不能延续下去。今天,你必须听我说。今天我必须对你说。这一切已经持续了太长时间。毫无疑问我一定要对你说。一切都很清楚。听我说!我如同在对一堵墙说话,回答我。我再也忍受不了了。你让我变得很可笑。如果你愿意就走好了,我不会留住你。从哪里来滚回哪里去。又一次这样,昨天夜里你究竟在哪里?和谁在一起?事情总有个限度。"

作品是在雅尼娜·埃普雷离开弗特里埃的那一年出版的。小说再现了他们之间的争吵。弗特里埃不能忍受雅尼娜躲开他，不能忍受雅尼娜独立打理自己的事情，直至能够离开他。不过等待的男人的形象与他们之间的实际关系并不相符，弗特里埃除了雅尼娜也还有其他性伴侣。但是雅尼娜表达了他们分手的含义。弗特里埃留在沙特奈-马拉布里的房子里，是雅尼娜离开的。在第二章，争吵围绕孩子究竟是谁的展开，而雅尼娜的儿子在差不多二十年以后又重新回到她的身边。"这个孩子？他是谁的？是谁？和谁生的？这个孩子？"

作者展开一条"线"，我们只需要跟随便足够。最终，暴力的威胁来临："你会被关起来。"还有，承认自己无能为力："我知道。我知道。这个孩子是……我什么都知道。这个孩子不是我的。"男人向女人走去的过程在第三章中继续："他向前走去。她向后退去。"接着是反向的："她向前走去，他向后退去。"女人先是朝墙开了一枪，想要吓吓她丈夫，接着又向丈夫的腹部开了一枪。小说的结局就是开始的第一句话。小说的构成依据音乐盒的节奏，三个部分分别与三章的题目相吻合：钢琴，音乐渐强，断奏。独白不断循环，有时会被背景或时间的确定切断。关系中的单一性令人不安，似乎除了男人威胁性的话语之外，一切的罪过都在女人。

从一九六五年开始，雅尼娜·埃普雷开始在法兰西墨丘利出版社出版自己的小说，一九六六年至一九七〇年间她和西蒙娜·伽利玛一起还为出版社主编一套文学丛书。多亏了让·波朗，也可能是乔治·朗布里希，她离开《原样》杂志和瑟伊出版社。她在法兰西墨丘利出版社出版的第一本书叫做《关于夜莺》，这是她在一九六三年二月写成的，献给乔治·朗布里希，就在这个前后她成了乔治的情人：是因为乔治她才下定决心离开弗特里埃的吗？战争期间与吉罗贝尔特结婚的朗布里希从来没有缺过情人。但是他和雅尼娜·埃普雷的关系却成了真正充满激情的爱，以至于吉罗贝尔特无法承受。为了满足雅尼娜的独占欲，夫妻俩在四年的时间里都不生活在一起，乔治完全沉浸在与雅尼娜的故事之中。但是深为这份过度的、贪婪的激情所折磨的他最终还是回到了妻子身边。

和雅尼娜·埃普雷的故事开始之际，乔治·朗布里希已经在伽利玛出版社工作。在此之前，尽管波朗大力推荐——朗布里希在子夜出版社出版波朗推荐给他的书，加斯东·伽利玛一直拒绝聘用他，说他出版的是实验室文学。但是一九五八年，他出版了克里斯蒂安娜·罗什福尔的《战士小憩》，获得了不可思议的成功，加斯东·伽利玛便收回自己的决定。朗布里希先是主编"新散文丛书"，接着，在一九五九年推出了自己的"道路丛书"。他也是伽利玛出版社审读委员会的委员。在这套先锋文学丛书的基础之上，一九六七年，他创办了非同一般的《道路丛刊》杂志。一九七七年，杂志停刊时，他出任《新法兰西》杂志主编，和多米尼克·奥利一起负责杂志的事务。

《关于夜莺》分为两部分，分别对应的是两个时期。第一部分是一九六〇年在沙特奈-马拉布里写的，那时雅尼娜·埃普雷还和弗特里埃在一起。第一部分的结尾叙述了他们分手之际的暴力行为："男人抓住我，尽可能地抓住我，深入我，从下巴尖到膝盖，从戒指上的宝石到分开我双腿的膝盖，开始还能算得上是人，之后就不再是了，甚至连畜牲都不是，连那个把产卵管插入沙堆的动物都算不上，连沙堆都没有。"第二部分的故事仍然是同一个男人，在无意间撞见女人和另外一个男人后，他试图强迫女人和自己做爱："他让我站着：'就像和另一个一样！'他冲着我低吼。他卷起我的裙子，直至腹部；他一把抓住裙子的褶皱，被扫倒的裙子，枯萎的裙子；他的另一只手攀爬到裙子的前襟，从胸部打开。'就像和另一个一样！'……他让我站着，他发现我们时，我也是同样的姿势。但是他让我的头向后仰去的时候，我是不是也叫了呢？"

男人也可能就是弗特里埃，因为女人爱了另一个就要惩罚她。"一只手，同一只手放在我的咽喉上：'如果你叫……'不是这个手势，不是同样的手势。戒指上的宝石打在我的下巴下方。我的头向后仰去，双眼映满了天空。月亮被拴在一团轻雾之中。天空塞满了云。我叫了吗？"小说的题词是献给乔治·朗布里希，因而小说也是爱的宣言——以证据的方式进行证明。雅尼娜·埃普雷就这样暴露了因为爱乔治·朗布里希所承担的风险。

接下来的一部小说《纸张王国》与前面的作品非常不同，小说没有叙述通奸、色情或是不合规范的生活。这是一部关于失去的童年的小说，幸福的童年，因为孤独，愚蠢的童年，因为受人控制。然而童年还是要与成年接轨的：作者借助小说表达了自己因为时间流逝所感受到的恐慌。孩子看着她成人时的模样——那个长大了的她是一个篡位者，是一个要"取代她的人"。从此之后，她不再让自己继续做一个孩子，不再做真正的自己，她创造出了另一个自己。写作让另一个自我得到实现："就在这里，在白纸上，我可以选择自我，可以为自己选择另一种生活。"这部自传性小说比雅尼娜先前的小说都要传统，比在此之后的其他小说则更智慧：雅尼娜·埃普雷的最后两部小说都是色情小说。作为《待嫁的姑娘》和《零度厄洛斯》的作者，雅尼娜·埃普雷秉承了女性色情小说的传统，因此也最大程度地接近了当时她最好的朋友多米尼克·奥利。

相遇

在谈到布拉克和弗特里埃在绘画上的关系时，多米尼克揭示了自己与绘画、与弗特里埃的女人之间的亲密关系："比如弗特里埃，他就是另外一回事，我很熟悉弗特里埃，而他的妻子也是我最好的朋友。让·波朗曾经有一本书专门写他，弗特里埃，书名是《愤怒的弗特里埃》。也就是说，一面是布拉克，他代表的是确定和安静，一个了解一切，能够言说的人；而另一面是弗特里埃，他代表的是绘画、寻找的愤怒，他不能确定自己已经找到。弗特里埃的身上有一种愤怒，一种疯狂。"两个女人是很好的朋友，而两个男人也走得很近。

波朗和弗特里埃在战争时期相识，自此之后，波朗一直对他的这位朋友关照有加，无论是在物质上、情感上、心理上还是事业上。波朗为弗特里埃组织德鲁安画廊的大型画展，为他的画作写评论或者找人替他的画作写评论，为他找到沙特奈-马拉布里的房子。对于画家的疯狂、独特和道德自由，波朗是喜欢与欣赏兼而有之。弗特里埃过的是一种非常激进的艺术家生活，同时也非常个人化：所有的一切都献给了绘画，他的爱情生活和性生活非常混乱。据说在家里，他经常被好几个女人簇拥着。不少证据都描绘过画家所处的这幅场景：他独自一人在自己位于走廊尽头的房间里，而沿着走廊所分布的每一间卧室里都有一个女人。

多米尼克与这对夫妻频繁接触至少应该是从一九四七年（这一年，她和波朗有了亲密的关系）开始的。多米尼克经常去沙特奈-马拉布里看望雅尼娜，并且和她的关系非常亲密。除了友情之外，多米尼克还是雅尼娜的第一个读者，帮助她进行文学上的探索。多米尼克与埃迪特·托马斯或者莫里斯·布朗肖也差不多是同样的关系，她是他们的朋友、出版人，也是他们的情人。在给多米尼克的信中，雅尼娜·埃普雷表述过她们之间产生爱情和肉体关系的可能性。但是奇怪的是，她们之间的通信时间很短：信上没有时间，但应该是在一九五八年到一九六二年间——正是在这段时间，雅尼娜·埃普雷与弗特里埃分了手。雅尼娜处在极大的情感危机中，因而觉得非常有必要给朋友写信倾吐。这也是她完成自己第一批小说的时期——在这之前，她写的东西都还只是叙事试验，解构性叙事片段。但是这次危机也是她得到解放的时刻，因为她不再担心弗特里埃发现她决裂的打算，也不用再担心他发现自己的秘密关系。只要她没有下定决心离开，她就会害怕弗特里埃通过波朗知道这一切，因为波朗有可能通过多米尼克知道，每次想起弗特里埃，雅尼娜都会感到害怕。

雅尼娜·埃普雷的信很难读懂，因为信的笔调是文学性的，而不是信息性的，而且逻辑混乱。风格有时哀怨，有时悲愤，而且不太统一，语言隐晦。语言处在激情的边缘，从表面上来看，她在倾吐让她充分调动起自己的仇恨。由于信上几乎都没有注明日期，而且写法是断裂性的——文本在一张纸上展开，但接下去的部分往往在反面的一个小角上，这样就能够回到开始之前，信的顺序几乎无法作出判断。有意思的是写作本身的过程以及我们能够猜测到的某些形象和表达背后的东西。阅读让我们看到了一个脆弱人物的内心深处，这个人正处在极其痛苦的时期，无论在精神上还是肉体上都是如此。放纵与暴力是她与弗特里埃关系的关键因素，唯一的防护只有酒精。雅尼娜·埃普雷想同时甩开男人和酒精，这样的痛苦是无法承受的。有时绝望，有时又准备好获得自由，她把多米尼克看成自己最后的救命稻草。只有多米尼克能够理解她的痛苦以及她离开的痛苦——尽管她经历了这样的一切。多米尼克是她的闺中密友，也是她的公众生活和秘密的、无法为外人道的生活的直接证人。在风格练习之外，信的主题基本上离不开两个内容：和男人的短暂艳遇以及和多米尼克的关系。雅尼娜的言下之意是两个女人也是情人关系，她们之间不仅仅是友情。她们可能有肉体上的关系：也许已经有过，也许正待开始，是雅尼娜的建议呢？还是对多米尼克的等待的回应？两个女人之间的关系很难确定，再加上她们都喜欢暧昧。

"我在普利斯尼克商店买了个记事本。记事本是绿色的。牌子叫做信使。一只介于燕子和鸽子之间的小鸟衔着一封信。我觉得这就是开始。记事本的尺寸足够小，可以一直装在我的任何一个包里。这是……第一个找寻秘密的地方。好吧。但是加油，加油，为我的洞察力加油。我希望我的天真不传染。错误，整个一路都错了。首先有两个地铁出口，两个出口之间有固定的通道，每个出口附近都有一个相仿的报亭。接着，如果说我们的手表慢了十分钟，我的手表却快了十分钟。开始的时候还没有，但突然，就是这么一片一点也不可疑的蓝色，如此温柔，如此熨帖，根本没有任何阴影能够动摇这片色彩。当然是在另一个出口。我们在固定通道中间相遇。这样一切就又恢复了原状。但是他对我说，'到了乡下你就明白了（我很遗憾）没戴领带。因为我穿着运动装。我不喜欢艳遇，除非是在电影里。每天晚上我都去看电影，都是一个人，一直一个人等等……''您会收到答复，至少四十条。但是您能想得起我来吗？您会给我写信吗？等您见了您的笔友之后。'我对他说，无论如何我都记得起他的名字。'但是我的脸呢？''也许，因为您是第一个。'凝视，然后是笑声。我羡慕您，多米尼克。我答应过您要消遣一下。您没有借给我别的书！——进步在于我没有想您，除了在给您写信的时候。我的收获有点贫瘠，不足以支撑整个星期。我应该发明些什么呢，才不致于过于憎恨您。"雅尼娜在此确认了她与男人的相遇是她第一次进行的实验体系的一部分。她同时还说自己不应该太想念多米尼克，因为这样会痛苦。

　　信中的另一个主题是与弗特里埃渐渐断绝关系的事情，弗特里埃不接受分手。他强迫雅尼娜留在他的身边，他监视她的日程安排，不给她一点自己的时间，也不给她离开的机会。在这个故事就要走到尽头的时刻，雅尼娜不理解自己怎么能一直忍受到现在。"是我疯了，但是尽管疯，现在我还是能够非常冷静地分析自己如何'卷入'了这样的生活。钳子渐渐夹紧有一个渐进的过程。我经常觉得您认为我不太正常，但是多米尼克，在这点上，在这点上，您是不是认为有时我有些夸张呢？我很想知道。是不是有时候，我依靠您的时候，您觉得我的忧伤有些无聊？几天以后，我又将独自一人和他相处。又一次。我的母亲整个九月都不在。我答应过我的祖母，让两个孩子上她那里去待一阵。我不能改变主意。她已经这么大年纪了，盼望着两个孩子陪她一阵，而且我能为她做的只有这个。这里又将是荒荒的岛屿。也许两个人当中谁能占上风就是谁的天下。但是怎么办呢？怎么办呢？我找不到一点解决办法。从来找不到。我能感觉到，噢，我很清楚地感觉到这一点，以后大概去巴黎也会被禁止。这一点他已经酝酿了很久。再加一条禁令。今天本身也是个事件，我一点半走,我必须把自己的表调得和他的一样。因为他也要走,但是比我离开得晚一些。"

母亲和两个孩子陪着雅尼娜,她害怕和弗特里埃在家里单独相处的时刻。独自一人去巴黎——当然也是为了来找多米尼克——的计划总是发生问题。信中还影射到她们之间有可能已经发生的爱情游戏。又一次,多米尼克比她的同伴更具实验精神。雅尼娜也很放荡,但仅仅是和男人。多米尼克应该是她爱过的第一个女人。"多米尼克,还从来没有别的人的长筒袜摩挲过我的皮肤。对我来说这是全新的。"

两个人之间的暧昧关系在雅尼娜的字里行间就有所体现:有时她会非常明确地谈到某些色情场面,接着指责多米尼克出于忠诚没有回应她的爱。是对波朗的忠诚吗?多米尼克自此之后只属于他一个人?还是对弗特里埃的忠诚?因为多米尼克和波朗都是他的朋友。不过雅尼娜与多米尼克之间的友谊是毋庸置疑的,因为她们无话不谈,毫无节制,但是这份友情总是带有过多的爱情色彩。"不要背叛我,多米尼克。有思想和词语,就有屈从于思想和词语的奴性。但是也有单纯的生活。灵活、多变,有时快,有时慢,总会逃避我们的准则。我的怀疑,或者,如果您愿意的话,可以说是阻碍我信心的就在于,在您身边时,我觉得您从来不是一个人。您是否存在,仅仅作为您而存在,我一直在想。(然而和您说这些,我是不是疯了?为什么我要冒险呢?)从忠诚到忠诚,您是怎么做到这一点的?但是这一次,我求求您,这一次远比一个词要严重得多,不管这个词对您来说意义有多么丰富。……因为您在沉思,我离开您的时候思考了很久。(在蒂纳尔也是。)回来后我瘦了四公斤。我又能喝啤酒了。让您的眼睛休息一会儿,多米尼克,它们太紧张了,以至于都是黑的。吻您的眼睛。您能感觉到它们和我的嘴唇一样柔软,里面湿漉漉的,几乎没有皮肤,完全赤裸。"

雅尼娜在这个时期的最大问题是酒精,弗特里埃让她养成了酗酒的毛病。多米尼克几乎从不喝酒,并且她答应帮助自己的朋友戒酒。尽管自己非常健康,多米尼克还是很理解一个人上瘾的痛苦。只是非常不幸,她的善意和慷慨还不足以帮助雅尼娜,因为雅尼娜显然要得更多。她希望什么都能和她说,能够被她拥在怀里,不加区别地交换彼此之间的友谊与柔情。她的坦率却与多米尼克的多变和秘密相违背。雅尼娜非常干脆地表达了自己的需求和欲望,也许希望多米尼克也能如此明确，如此外露。但是这与多米尼克的个性完全不相符。

"现在，这一切对您来说已经是不可能的了。干净利落与您所追求的气氛完全相反。您希望保留您的中间色调，您和我的沉默等等。在这种情况下，我不希求您的改变。告诉我，一劳永逸地告诉我：我不能。我再也不会向您求助。我将保留自己的生活方式，再说自己应对这一切本也是正常的事情。我会像以前一样来看您，和您一起构建这些或幸福或焦虑的时刻，不论您在世人面前展现的是怎样的色调，这都不重要，但是与剩下的东西无关，只是为了不影响到事实。不是某种感觉的事实，而是行动的事实：我所经历的生活。不能够把所有的希望都寄托在别人身上，接着再发现这一切都是空的。而所谓的道德支持只是美丽的抽象之物。只能依靠自己。我很清楚一个小时太短，说话，在您的怀里，一个小时都太短。我需要两个小时。因此需要您努力争取，我也要争取。或者您干脆对我说：'我没有办法。'我就不再坚持了。我会和您讲一些事，也可能不讲。到时候再看吧。但是至少我可以知道我能够期待于您的是什么。至少我不是很坏。我也不想。事情是怎样的，我就怎样说。因为我很平静，但是仅仅是平静，因为无法理智。前天夜里，我睡了九个小时，没有做梦，也没有吃药。这真好。"

多米尼克无法表明自己的立场，这让雅尼娜感到非常愤怒。她指责她一直以来都是如此暧昧，也指责她随之而来的冷淡。不明确表达自己的感受是多米尼克的性格特征之一，在这一点上多米尼克不会改变。这是她所接受的教育所致，也是她性格中的阳刚一面的表现。"哦，多米尼克，我的精神状况没有太影响你吧。也不知道我是不是让你放心。希望对您来说，我不是一个太害人的人。但我还是希望能够对您有一点点伤害，否则这就证明您对于我的兴趣维持的时间太短了，您对我太不在乎了。还有，如果您'在乎我'，多说几次。上个星期二，如果说这一切差点回到起点，我还是告别了您，平静而幸福。是的。幸福，因为这是失落的天使的失望。……但我又重新燃起了希望……我希望能够相信您。张开，闭上眼睛，我的睫毛蹭着您的面颊。"在满怀哀怨的时候，雅尼娜还是非常女性化的，她需要确认自己有人爱。少一分欲望，多一份情感。她们的关系更多是在思想和文学层面展开的。但是雅尼娜需要和多米尼克发发脾气，或者在信中悄悄塞进对于色情场面的影射。

通信的激情。雅尼娜答应要乖，沉默，但是听凭自己被爱与愤怒淹没。

多米尼克就是她倾泻感情的对象，承受她直接或间接的指责。毫无约束，毫无保护。"对不起，对不起，对不起。我采取了很好的解决办法。至少可以沉默。我没能坚守住任何东西。今天我也不能向你保证，今天这样的场面不再重演，或者不再给你写似乎有些下流的信。但是总有一天我能够做到。我会尽可能地努力，保持沉默。自然，我还是会告诉你一些事情，但不会是以这样一种方式……我没有搞错。您变了。我所谓的变是说：您又与我保持一定的距离了吗？不要给这个词以更绝对的意义，我给出的意义本身就已经够绝对的了。由于我的'夸张'，最好的时刻已经不复再来。我是多么怀念那些时刻啊，我觉得那会儿您离我更近。至少我能够定期地创造幸福的时刻。我总是在抱怨你给我带来的伤害，退一步，已经太迟了，我看到的只有好……面具，多米尼克，面具既不意味着欺骗也不意味着做戏。很遗憾，面具不能稍微有些笑容。我希望面具是反戏剧的。应该闭上嘴巴，眼睛半睁着。应该是日常生活表情的面具。那天我按响门铃的时候，您正好处于适合迎取它的状态。微微笑的表情，但不是很想要；带着这样一种令人赞赏的心思，要'自然'，要超越我所有的复杂。然而您以前还是喜欢我的，在我还没有那么直白的时候，在我还需要让人猜度的时候。多米尼克，我还是有想为您做点什么的愿望，但是我很清楚，除了我自己，我什么也不能够带给你，现在我也只有我自己可以给你。我是多么无能啊……有好几次，您的语气都非常生硬，我还从来没有听到您用这样的语气和我说话。我当然不会因此打您的脑袋，但我应该是多么令人厌倦啊！靠着一面墙（但是您知道的）。没有任何举动。无论如何，今天晚上我决定了，放弃所有的斗争，不再期待得到一些什么，不管是什么。我再允许自己对您说一声，我爱您。而现在我将更正常，更简单。在上面是这样，在任何意义上都是如此。这是守纪律的开始。为了不再写一张纸。但是您必须吻我，这样我才能停下不说。吻我的嘴。"

不讲道理，蛮横骄傲的雅尼娜说自己不是在要求爱情，而只是要求对方的关注。多米尼克牺牲了自己的安宁，尽量不让雅尼娜坠入疯狂和绝对的孤独之中。"如今我需要的只是一点点无关紧要的东西，我最缺少的，永远都是这样，与让在一起就是这样，不过是日常生活中剩下的一点点（还不是每天），一点点爱的证明。我，我爱您，但这完全是另外一回事。如果我表现出来，我只能成为让人无法忍受的一个人。但是我想您不会相信的。您认为这是我创造的需求在作祟。但是多米尼克，创造生活，是更为强烈的生活，是永不停息的生活，是生活唯一真实的方式。您拿我和埃迪特·托马斯相提并论，对此我感到非常惊讶。冷漠是一种我完全不了解的情感。我从未停止过感受。如果我说'这对我来说都一样'，这要么是出自怨恨，要么是一种挑战，或者别的什么东西。总是我掩藏起来的什么。"多米尼克认为她与雅尼娜所拥有的这种带有情爱色彩的友情和她与埃迪特·托马斯的友情是一样性质的。她诱惑了她们，并且允诺一生的友谊与忠诚，但是她不能保证这份感情能够一直如此强烈，不能保证自己能够一直维持爱情意义上的专一。冷漠是她用来保有自己自由的面具，这样才能将爱留给波朗。

与波朗的关系

两对情侣组成了思想与色情领域的四重奏。波朗经历过弗特里埃组织的色情晚会，而两个女人之间也有过肉体之爱。表面上看起来，两对情侣应该没有实践过互相交换性伴侣的游戏，弗特里埃非常嫉妒雅尼娜对多米尼克的感情，而波朗也总是和雅尼娜保持一定的距离。但是他们交换情人的方式比较特别：男人在一起，女人在一起。在相当长的时间里，波朗和弗特里埃的关系一直非常密切，波朗喜欢到卢普河谷休息。一九五八年十月，他在勒萨乌勒医生家住下，休息了一段时间，暂时地避开巴黎生活。趁着这个机会，他和弗特里埃一起度过了几个星期的时间，加入到他的艺术生活和个人生活中。雅尼娜指责多米尼克从来没有以同样的方式在卢普河谷居住过：她每次来都只是一天的时间，晚上一定会回父母家。

一个月后，波朗和弗特里埃一起去了德国（一九五八年十一月二十七日芒迪亚戈在给波朗的一封信中曾经提到过这次旅行）。这段时间，两个男人就没有分开过，同样，也正是在这段时间，波朗又和以前的一个情人爱迪特·布瓦索纳斯在一起了。一九五八年四月，他们一起在克洛斯港和诺埃尔度假，爱迪特·布瓦索纳斯还给波朗写了一组爱情诗《在你身边》。波朗需要更大的自由，可以随时去找爱迪特·布瓦索纳斯，而弗特里埃正好给他提供了这样的机会。多米尼克并不反对波朗有其他的情人，她也知道波朗时不时地会出轨，但波朗还是不想让她知道。这就是他们俩各自保持的独立吧，除此之外，波朗还经常出入弗特里埃组织的放荡狂欢。

多米尼克对此保持沉默，因为她与弗特里埃的情侣之间也有情爱关系，尽管她经常拿对波朗的忠诚做借口，说自己不能投入更多。在多米尼克看来，情感与肉体欢娱是两个概念：她对雅尼娜是动了情的，也喜欢和她有肉体的接触。但是她的爱更多带有友谊的成分，而不是激情。她唯一真爱的是波朗。波朗和弗特里埃之间则更为理智：两人的交往是思想领域与职业领域的，虽然有时他们会一起参加交换伴侣的晚会，但是波朗只是好奇而已，他对色情、放荡一向很有兴趣。如果说他曾经陪弗特里埃一同出席，欣赏这些放荡不羁的大胆行为，很可能他本人并没有亲身参与。

波朗和弗特里埃之间的通信主要是关乎艺术的：波朗为弗特里埃的展览提出自己的建议，还有卖画方面的，这样可以帮助弗特里埃挣点钱。波朗一直支持着弗特里埃，哪怕是他最为荒谬的计划，例如"多重原作"："弗特里埃有没有和你谈过他的计划？你知道的，自从他发明了如此完美的复制程序之后，真正的原作倒像是假的了（我曾经在博物馆委员会做过一次试验，他们完全分辨不出真假），弗特里埃想把这个复制程序用于自己的作品，但是从此之后不再作画，于是突然之间就有了五百到一千幅画（这样每幅画就可以卖一千二百法郎，而不是五万到六万法郎——他说，这样做可以拯救绘画，同时也拯救画家）。不过，他现在还在准备阶段。接下去，他说会去看看电影方面还有什么可做的。一个奇怪的疯子。你怎么想？弗特里埃毫不怀疑'多重原作'有朝一日必将取代油画，就像小幅画最终取代了壁画一样。/杜布菲很反对。他说，'听到这个我的肠子都要绞到一块儿了……'"

一九四五年九月，在国家博物馆年会上，波朗当选为艺术委员会委员，因此，在一九五三年，波朗能够重提"多重原作"的事情，为其所表现出来的原则进行辩护。他还帮助弗特里埃一起准备所有的展览，不论是巴黎的，还是国外的。他们一起外出度假的时候，都是波朗想把弗特里埃介绍给可能对他有所帮助的作家和画廊主人。一九五九年夏初，波朗和多米尼克陪弗特里埃一起到了意大利，弗特里埃希望能和恩加莱蒂见个面，让他为自己的作品写点什么。同一年，在十一月到十二月间，波朗和弗特里埃决定从日本京都的一个画展开始，去国外兜一圈。陪同他们一起的还有恩加莱蒂和两个女人：雅尼娜·埃普雷以及爱迪特·布瓦索纳斯。所有人都是弗特里埃邀请的,除了爱迪特·布瓦索纳斯有可能是不请自到。多米尼克没能参加,因为当时她父亲正好病危,她不愿意冒这个险,在父亲病患发作的时候远离他——父亲已经病了好几个月,不过一直拖到一九六二年才去世。又一次,因为不能远离家庭,多米尼克暂时放弃了自己作为女人的生活。

在旅行前夕,雅尼娜已经在遗憾朋友不能一同前往:"我写这封信是为了有所改变。首先,再提醒一下,围绕世界的这一圈,我们无论如何总是要定下来的,现在取消机票已经太迟了,恩加莱蒂(我们这样认为)在纽约的讲座已经定下来了。因为我们会绕道去旧金山,所以也会在我们为他定下的时间去做讲座……这次巡回展会在相当长的一段时间里为你提供足够的话题。(我还存在着一角小小的希望,那就是我还没能痊愈,谁都不走,只是前一次在汽车里,这个希望已经不存在了。'那最好了!'您说。)您是不是意识到,您让所有身边的人感觉到难过。正是因为您如此平静地为每一个人做出牺牲。但是不管怎么说,您很清楚,有很多您能够做到的事情,而到头来什么也没发生。如果您担心的某件事情真成了事实,这自然是难以预料的,根本不取决于您的行动。人们被迫不再注意您说了什么。您当然绝对不能受邀去英国或意大利待两天,然而您却去了瑞士……如果您不接到乡下的电话,您就不能在巴黎过夜,然而您还是这样做了。您累的时候不能到卢普河谷来歇两天,然而您在必要的时候可以待在家里,打半个小时的电话。您像变戏法似的,挤出一个小时的时间和我在一起(谈到这个很满足,就不感谢您了,不管怎么样我更希望您也感觉到很愉快),但是为了让这一个小时有所变化,能够拖得更长,我必须极度兴奋……如果这封信让您感觉到痛苦或者恼火,您可以不来,以此惩罚我,当然,如果这样也是对您自己的一种惩罚,我觉得那真是非常理想。我错了吗?不,当然没有。您有没有意识到自己说话的方式?比如,您会说:'让希望我星期一下午和他在一起。'声调颇为委屈。但是我猜想您觉得很幸福。那么您为什么不干脆换种口气直接说:'星期一下午我要……'噢,讲这些有什么用呢。为什么要把我想的告诉您。为什么要让您痛苦。这不是为了让您对我的态度有所改变,而是这些毫无意义可言的细节总是激起我的反抗。就是这样,说实话,我尤其是在反抗我自己,并且任由自己这样反抗(把自己拖进某种气氛中……)。我实在太在乎您了,有时候,我会想,如果原本这是更为简单,更为容易的事情,也许是我自己在制造障碍,这样想我就有点害怕……星期六见吧,不管怎么说我希望能见到。小心自控(是这样写吗?)。在这种情形之下,您会发出特别的笑声(也要控制笑声)。然而这是我唯一看见您笑的机会。要不您就是苦涩的笑。如果说在我们的一两次见面过程中,您有一些下意识的举动,接下来您却很快就会控制住。"

对于多米尼克不和他们一起旅行的事实,雅尼娜也只有认命了,她说这次旅行是她与多米尼克保持一定距离的机会:"关于我的问题,您就放心吧。我希望这次旅行能够改变一切。对于我,旅行有另外的目的。一切对您来说都会变得简单的。我应该从另一个角度来看您。这一切说到底非常愚蠢。但是由于我一点也不自恋,这对我没什么用。哦,放心吧。我终于明白,我不能给您带来痛苦,您也一样。这只是时间的问题,现在是时间还没有到。对于我们经常看到的人,我们也许不能给他带来什么好的东西。要不就是得走得远远的。时间是不能延伸的,必须限制感情。就目前而言,这对我来说是不可能的。"走之前,雅尼娜的信中充满了恐慌:她很想摆脱多米尼克,但是她的确对她有很深的依恋,她做不到。

尽管心存恐慌,尽管确定没有多米尼克的陪伴,一九五九年十一月,雅尼娜还是跟着弗特里埃和波朗出门了。旅途中,波朗给朋友和家人都写了信,例如在京都,他给儿媳雅克琳娜写的这一封——弗特里埃的画展就在京都:"我在旧金山(那是个多脏的地方啊)给弗莱德写过信。弗特里埃的画展很成功。晚安,我的小雅克琳娜。吻你。替我好好抱抱日尔曼娜。还有让·凯利和克莱尔。问你身边的朋友好。也许我们会从哥本哈根(北极)回来。飞机很舒适,我们可以得到很好的休息。"最终,这一行人从香港绕道加尔各答、黎巴嫩、土耳其回的法国。在黎巴嫩,波朗在边境被截下来,因为他看上去"像个犹太家伙"——用他写给一位朋友的信中的措辞来说。

在离开日本前,波朗写信给最亲密的朋友马塞尔·茹昂多:"展览非常成功。现在弗特里埃非常富有(不过都是日元,不能带出境的)。在日本非常富有。恩加莱蒂非常友善地对待摄影师,甚至对他的大使先生也显示出来极大的诚意。不过对弗特里埃的暴烈脾气他似乎还是少了点耐心。飞机非常舒适。日本乡村仿佛一面苍白的大镜子,种的都是水稻,间或有茶田(我们还以为是黄杨)。"到了香港之后,在给安德烈·多泰尔的一封信中,波朗列举过他这一路的同伴:"我们,也就是说恩加莱蒂,弗特里埃,布瓦索纳斯和我。"他忘了提雅尼娜·埃普雷,然而后者却不乏幽默地向多米尼克叙述了波朗的遭遇(旅途才开始时,在美国,好像有人怀疑他是共产党员,因为他是《法国文学》的创始人)。

"原本下决心只给你写描述性的信,然而这决心只坚持了一夜,多出一倍长度的一夜,真的。我原本可以和您谈谈我们一头塞进去的大空中客车。当然,我也许还可以告诉你,我和让的座位在一起,而前面三个人玩得很是开心,即便马达轰鸣,他们的笑声仍然清晰可辨。让肯定在我身边闷得要命,于是就睡着了。对包围着我的可怕的忧郁,我也许闭口不谈,因为我应该哭,但是我没有。我的脸色已经足以使让焦虑了,他有些神经质。我承认我有点问题,尤其是前面三个继续笑个不停,而我,尽管我尽了一切努力,我还是阻碍了他的快乐,而且他不明白我为什么会这样。而我还向自己保证过,这次旅行必须快乐。我希望自己情绪好。如果说我突然有了三个绝望的理由,这不是我的错。但是这些我也不想和您说。我不想。我们在阿索尔做短暂停留,让·波朗丢了。他从唯一的禁行通道出了飞机场——而这条通道正好对着我们进来的门,于是他便和不登机、也没有办任何手续的人待在了一起。关键是他自己根本没有意识到。而且一点也不知道关口的人等他过去之后就把禁行门给关上了,就这样,他被'关'在了自由里。我去找其他两个人。我们笑坏了,又找人为他重新把门打开。但是他自己还一无所知,不知道自己差点被海关、被警察、被这圈世界之旅剔除在外。别担心,我会看好他的。但是我们已经开始一连串地丢东西:一把雨伞(布瓦索纳斯),一个雨伞套(恩加莱蒂),一只手套(布瓦索纳斯),一条围巾(让·波朗),我就不说我捡到的了(不过更好的是,我才发现自己丢了个箱子)。旅行快结束的时候,也许再也没什么东西要当心的了。上帝知道,所有东西都会丢光的。接着抵达纽约,自己找行李。我们每个人拿了个小推车选择自己的行李,接着我们玩了会儿'碰碰车'的游戏,排了很长时间队,终于出了海关。机场明晃晃的,灯火通明,再加上地面石板之间是银色的焊接部分,我的头痛极了。在纽约的这个晚上,我没能比飞机上睡得更好。不过尽管有征兆,疼痛却还没有降临。我还不知道今天怎么办。我不能一直睁着眼睛,因为眼睛痛。颈子也是。我等着白天的到来。我饿(巴黎的中午),但是这里才七点钟。我不得不停止写作,我太不舒服了。我很想一个人走,看看您是否悲伤。但是也许我看不到,因为您不会陪着我的。在飞机上我给您写了一张明信片,但是明信片基本上到不了的。我的信也许永远不会'温情款款'。我就想这样(并且您也是这样想的)。我会多多和您谈让·波朗的事情。因为您感兴趣的只有这个。我很想自己能够'痊愈'。我试着找点吃的。我不会说英语。可饭店里又没人懂法语。让·波朗昨天晚上拒绝把我可能会要的东西写成英文。到时候再看吧。"

晚上,将近九点的时候,雅尼娜接着又把这封信写了下去:"您正在睡觉,因为您那边是凌晨两点。而我在等待。五点钟的时候我感觉很疲倦。他们让我一个人在饭店里待一小时,他们去了某个人那里。我大概是彻底被他们忘记了。一个小时后,我自己会去吃点东西,然后我试试看能否睡着。这样度过第一个夜晚会很不错。很遗憾,因为害怕痛苦,我不敢喝酒。凌晨两点。九点钟,他回来了,喝过酒。夜晚真是难熬。我们没有把他领回来。布瓦纳斯指责我没有和他待在一起。说说容易。他们是不是希望我两天后中断旅行回到巴黎呢?我也只有牺牲自己一直陪着他,挨到早晨他出去。这两天来我所做的一切已经是极限了!换种方式站在别人的位置上,把所有的一切理清当然是件容易的事情:说我如果留下了,就可以在半个小时以后把他带回来,等等。我太有经验了,知道事情是怎么回事。说我消极也很容易,说我永远不应该这样。无所谓。如果这一切要爆发,总归会爆发的。也总归是我的错。他们愿意怎么想就怎么想。多米尼克,您不用太担心波朗。无论如何我要试试看能不能睡一会儿。六点钟。很不合逻辑,我没有昨天那么难过了。而我只睡了两个小时。吻您。尽管有这么多分心的事,我还是很想您。"

旅途中,雅尼娜·埃普雷一直都不开心,因为她已经不再能够忍受弗特里埃,而波朗指责她自私。波朗不是很喜欢她,也许是嫉妒她和多米尼克的亲密关系。波朗可以和别的女人在一起,但如果是多米尼克出轨,他则非常嫉妒。她只能偷偷摸摸地和别人交往。再加上波朗非常支持自己的朋友弗特里埃,弗特里埃在给他的信中一直不停地攻击雅尼娜,就像雅尼娜在写给多米尼克的信中也不停地指责弗特里埃一样。只是多米尼克非常谨慎,她总是尽量安慰雅尼娜。因此雅尼娜不信任波朗,她害怕波朗对她有什么不好的评价。对于一个只为感受生活的女人而言,这种缺乏理解所导致的痛苦是难以忍受的。

单独和弗特里埃出门时,雅尼娜也很痛苦,例如一九六〇年去威尼斯参加双年展的那次。那个时候,多米尼克还让她尽量挽回和弗特里埃的感情——当然是在波朗的要求之下。"为什么您会那么关心我怎么和让相处?我对他一直很好,您知道的。目前,我在做饭店房间里的看护,很舒服。很遗憾自己离这个角色如此之远。但为他感到遗憾,因为他生病了。有个小小的变化。我们不再去都灵。让星期五去罗马。但是我不去。我干什么呢?我自己也不知道。也许去沙特奈等他,等他从罗马回来再做看护。也许不。我觉得没办法给你写别的东西。鉴于外面如此令人窒息的热和阴暗房间里有如地窖的凉,房间是折叠的百叶窗,因为外面太热,我们没有打开。一封什么内容都没有的信,除了小小的改变以外。我买了一只很有趣的戒指。这可以代替租来的丈夫。而且没那么烦人。"弗特里埃获得了威尼斯双年展的大奖。雅尼娜也忙着和陌生男人厮混,都是她在挤满人的广场或是丽都饭店的海滩上遇到的。

好几个人的生活

传说中弗特里埃是一个生活在卢普河谷,被好几个女人包围的男人。在遇到雅尼娜之前,他已经和一个名叫泰雷丝·马尔瓦蒂的女人生活在一起。尽管雅尼娜来到了沙特奈的房子里,他仍然维持着与两个女人在一起的生活,直至儿子多米尼克出生。分娩之后,雅尼娜病得很重,一直卧病不起。儿子先是得了乳突炎,后来又得了中耳炎,简直照顾不过来。泰雷丝非常嫉妒雅尼娜和孩子。在一次争吵中,她对弗特里埃说自己很高兴,因为她的诅咒终于应验了。弗特里埃感到很害怕,让人赶走了她。几天以后雅尼娜和孩子便痊愈了。在泰雷丝走后,弗特里埃与雅尼娜·埃普雷一起生活,接着又与雅克琳娜·古森在一起,但是别的女人也从来没有断过——助手、秘书或护士。这些女人也都是他的情人:弗特里埃的生活可谓妻妾成群。除此之外,他还有不少一夜情,他喜欢去夜总会,几乎三天两头会去。雅尼娜也有不少情人,公开的或是不公开的,要视弗特里埃的嫉妒程度而定。弗特里埃更喜欢夜总会里的性活动。但是他不能阻碍雅尼娜找情人,偶然在街头碰见的男人、上门维修的电工以及在花园里偶然撞见的穿背心的装卸工。

他唯一无法接受的是雅尼娜和多米尼克的关系,因为她们之间除了肉体关系,还有爱。他对待自己家的女人更宽容,因为她们完全听命于他,再说对于雅尼娜来说也不过是一点菲薄的安慰。在她的信中,雅尼娜经常谈到这些与她分享日常生活的女人,觉得她们比多米尼克差远了。"想到您。光阴的年轮努力变换着印记,圆形的、一圈一圈,呈螺旋形,一直到中心的位置,那里,阴影一动不动,对抗着沉默。贝壳展开扇形的条纹……哪怕是一次,也不敢肯定有深的伤口。所有的一切都说出来。细小的、不留下任何痕迹的焦虑,但是会耐心地重新来过。帮助我安静下来。这是今天的时代风尚。在伊丽莎白和让之间上演的午夜一幕,伊丽莎白不在了,我便不再离开。伊丽莎白重新现身,我再离开。一封悄无声息的信。再见。外面在下雨。因为有风,雨才会有声音。"

弗特里埃永远不能一个人待着,他身边的女人一定要前赴后继。专一在这样的多配偶环境下根本毫无意义,不过雅尼娜很高兴自己能够趁机享有一定的自由。但是她所感受到的永远的痛苦也与这种不得专一有关,因为她是一个付出自己全部的人,永远是充满了激情在爱,永不妥协。她唯一的安慰就是用这样或那样的艳遇来构筑一个色情世界。"什么也没发生。因此我没什么能告诉您的。不,我们总能讲点什么。伊丽莎白忘记到杂货店去下单。让打了电话,因为我不会,搞错了杂货店。两个杂货店都送货了。我穿着三点装去收货。在厨房,站在米和面粉中间,真是不够正派。在绿油油的草中,皮肤是种子的颜色。种子于是看不见了。那个杂货店的小伙子很快便不自禁地走到我身旁,环着我的肩膀,在我颈边吹气。我只是感觉到他冰凉的眼镜。冷的感觉超过了热的感觉。我没有反应。我往边上慢慢迈出了一步,像一只螃蟹。他仍然粘在我身上,也同样迈了一步,以同样的节奏。我话都不会说了。只是干巴巴地摆脱了他,就像人们钓鱼时猛地一提钓竿的动作。线断了。我跑开,去找让,让他付钱。让很恼火,因为什么也没发生,他把伊丽莎白拖到我身边。我光着身子躺在草上,应该说是稻草上。让拽倒伊丽莎白,她横躺在我身上。我把脸藏在双臂之中,我不要在那里,只有两肘之间留了一个洞,我能够瞥见外面。我不是故意这样做的。洞不是偶然形成的。让一松开,伊丽莎白就跑了。什么也没有发生。"

他们最大的敌人是无聊,为了避免无聊,他们不停地发明色情游戏。弗特里埃希望雅尼娜能够为他带来更多的惊喜,于是,当她显得漫不经心的时候,他就会挑起她的欲望。家里的女人对弗特里埃言听计从,但是她们并不一定随时能够投入这样激烈的游戏:欲望不是人为的,有时尴尬的感觉会很强烈。雅尼娜渴望能有更多独处空间,但是每次都会遇到别的女人的问题。"接着是流产的保姆。再接着是在阿纳道尔·法朗士街上拽头发的新秘书。那个骑车的?松开来,头发一直披到屁股上。您瞧这引力。到我家来必须付钱。这已经是第六个财会专家了。我还有不少补充细节。很遗憾,这一切我都不感兴趣。我做的就只是这些琐碎的事情。它们填满了我原本希望空着的地方。还有关于莉莉安娜,她每天都在打电话,席地而睡,虽然房间里已经有六个人了,但大家还是接纳了她;同时她也是在试着传播最古老的病菌。还有关于伊丽莎白未来的计划,倘若是在国外(每个月四十万法郎)。您也许对这个不感兴趣?黑人国家的酒吧女招待(是这样拼的吗)?这种气氛,每天都配上故事片里的声音,在我耳边回响着,我再也不能够忍受了。可是我没有办法捂住耳朵……这些强加给我的拍电影的水管工。别的事情,别的事情!这是因为不管怎么说这件事情还是渗透在我的生活中。有时我觉得我可以双脚并跳出来,只要做就行了。不再感到只是轻轻擦过,而是沉溺其中。我也是,很久以来一直有这样一个计划。让处在可怕的神经质的状态。这让我从里到外都厌烦透了,甩也甩不掉,就好像肉店用来包猪肝的'卫生纸'。"

这对怨偶身旁女人不断,直至精疲力竭、绝望透顶。弗特里埃最终对这一切感到了厌倦,要求女人都离开。雅尼娜是他唯一不能放走的。伊丽莎白和莉莉安娜。然后是一个更年轻的外国女人,卡琳。"多米尼克,我不够宽容。我也许是不懂如何弄虚作假,这只能算是弱点。但我们不要说了。今天夜里我想了很多。也许是我有必要的愿望。很快我就从让那里得知卡琳曾数度试图自杀。至少,她自己是这么说的。好吧,我明白了,一个极端病态的姑娘,斯拉夫人的方式。一个只需要一点点酒精就能产生投身窗外的欲望的姑娘。家里的气氛会比以往任何时候都要美好。伊丽莎白今天早晨来了。让害怕见她。我同意帮他'清算'伊丽莎白。但这需要很大的勇气。但是瞧,我今天早上真的是有很大勇气。尽管酗酒的场景无法避免地要重演,今年冬天,我还是会尝试着将生活稳定下来。希望和您之间有点什么好事。这里的男人和过去一样,但是我想维持一个比较慢的节奏。(今天早晨我会写信给第三个男人,如果没有回信,我就正式刊登一个广告。)抛开神秘的一面。女人,为什么不呢?这可以帮助我走出您的阴影。必须和这个卡琳试试,我想,从她的眼神来看……我要冲上去。而N.S.,这是现在唯一的麻烦。要平衡一份友谊,我需要通过另一份来实现。我感觉到了。您可千万不要认为我会当着她的面谈论您,就像昨天,我在您面前谈论别人一样(但是在您这里,我还会继续这样做)。只是平衡作用必不可少。我对她感兴趣的地方在于她夸张和激情的那一面,和我很相似。同样的焦虑、怀疑和随时可能被摧毁的热情。我不能忍受的是她专制与绝对的一面,如此极端,因此我不能冒险被她网住。即便是在友谊的层面上,对我来说,在这方面有一次经历便已足够。我和您说得太多了,太多,太多。一切都会好的。如果我早知道我这样做会真的给您带来痛苦,多米尼克,我一定会有所改变的。但是,我一直以为,这种复杂而折磨人的气氛也许能给您带来乐趣。于是我就听凭自己沉溺其中。这并不比我所希望的走得更远,只是沉溺而已。我希望能够相信您是真诚的。可不要欺骗我。如果我是个笨蛋,如果我过于天真,那只能算我活该倒霉了。"为了忘却多米尼克,尽管雅尼娜并不认为自己是个同性恋,她还是试图爱上别的女人。纯粹的爱情或友谊。她引诱卡琳,并且成了N.S.的朋友,N.S.很可能是娜塔莉·萨洛特。

绝望有时会让他们沉溺于三人性爱游戏:弗特里埃、雅尼娜和另一个女人。听凭冲动的驱使,在性倒错中迷失自己。弗特里埃撞见雅尼娜和别的女人在一起时似乎非常生气,然而到头来他总是把两个人都拽到床上。"您可能还有我要照顾。我希望到星期二的时候,一切都能结束。但是我整个脖子和左臂都不能动。只是勉强能咀嚼,勉强能吞口水。一会儿以后就有医生来给我打针。我承受痛苦,您因此也能对我抱有一定的同情之心。我不想对您使坏,多米尼克,但是三天以来我知道了太多的东西。我只能将所有东西并列在一起。一直以来我远离柔情,尤其是女性的柔情,这也说明我为什么在这方面如此物质。我不懂得把柔情看成是一种气氛,不懂得在这样的气氛里,无论谁,无论什么事情都能够完成。我想到那天,我第二次到您家,我们一起做吐司的那天。还有我将脑袋埋在您怀中时,您的眼神。还有上次吃午饭时,在开始谈论'塔利卡的肺部充血'时您变了调的声音。对于痛苦或不幸而言,这样的诱惑又意味着什么。卡琳有着完全相同的眼神,完全相同的手势(她完全迷上了我),她总是团着身子把脚垫在下面坐着。如果我把脸埋在她的掌中,她用的是和您完全一样的眼神,完全一样的词语,仿佛在安慰的时刻,这些词语早就被融化在了事先造就的话语之中，她抚摸着我的手，将它们拥在怀里，或是用她的面颊蹭着我的，不停地在说'我'的温柔和我的善良。（好像我真的多么温柔和善良似的！）她小心守候着我每一丝痛苦的表情。（每每我肌肉疼痛，她总是尽心尽责地服侍周到。）您能不能让我疼（身体上的）一下呢，好让我有所抱怨，有时我因为快感而叫喊，您却总是会睁大了眼睛，俯下身来看着我，让我平静下来，仿佛我非常痛苦似的。重复令我感到害怕。有什么应该躲开的东西，我不知道确切是在什么地方。但表面的身份竟然是这样的。现在我真的需要这样。对所有的东西打个问号。'置于问号之下'……让人承认，我只是为了这外在的形态而存在，为了吹出这口气。您不知道气是怎样的，因为刚才医生来打断了我，将长长的针尖戳入我的颈部，这就是他让我安静下来的办法，而且向我预告了下一轮的痛苦。如果我知道是这样，我不会让他来的。现在我看什么都是'黑色的蝴蝶'，我真是很怕它会植入我的脑中。现在我脑袋和面部所有的骨头都在疼。而不管怎么说，即便您只是在扮演自己喜欢的角色，您需要扮演的角色，什么都不确定的时候，又能做什么呢。我可以被任何人替代，只要他适合这个位置。我只能利用这一点尽量不那么苛刻，只管我自己，如果我'动感情'的话。还有一点是相似的，我谓之为'谎言'的一面，然而您的理解正相反。（这只是粉，是用来遮盖皮肤的粉。这只是女性的一个优点。哦，是的，我是个假小子。）够了。我很痛。我什么也不想解释了。但是想想这番场景，您就会明白的：第二天早晨，让走进卧室，叫喊着。（看上去很无辜，其实根本就是预谋好的。）卡琳非常愤怒，因为我们竟然会怀疑她有什么暧昧的事情，她的左手推开向她俯下身来的让，右手却在被子下抚摸着我。多米尼克，我疼，我觉得自己在生病。我就像个醉鬼。现在，马上，我需要您，您别别人。这是很纯的。确确实实只是需要您，而不是需要温柔。尽管，如果没有温柔，您就不是您了。"

有些女人在家中扮演的是女管家的角色，替夫妻俩照料孩子，多米尼克和曼努埃尔。表面上，她们的任务是保护孩子远离父母的色情游戏。例如，这当中有个叫阿尔莱特的女人，似乎照顾两个孩子最多一些。"谢谢您打电话来。我想说的是您还坚持打电话。这样一来一整天我都将非常平静。这是真的。我不需要更多。当然，是的，离开您我依然很好，我说离开您我很好。因而，每一次离开您并不必然是痛苦。一方面，这是因为我从你这儿偷走了时间。(偷窃和中奖比起中规中矩的获取和等待来说,总是更具价值。)而另一方面,您知道怎么使我平静下来。但是为了从你这里得到一种可见的,晶莹透明的激情——尽管我也许可以说并非故意,我不能养成折磨您的习惯,当然同时我也是在折磨自己(不过,我还是这么做了)。折磨您,为了让自己安下心来。必须找到别的办法,但是这取决于您的态度。我当然应当进一步走出来。真是愚蠢。画,生动却可以变动的画,在那间棕榈树的房间里,在水流之上,在布满了消逝的水泡的天空里(这是昨天晚上我平静下来的结果)。晚饭后,我(我从自己开始,因为我实在是一个缺乏习惯的人)坐在扶手椅中。让坐了另一只。两个孩子坐在我脚下。阿尔莱特(她总是缩在自己的房间里,但像只飞蛾一样,受到光的引诱)也坐在扶手椅中。我们在谈论游戏,我们以前玩的游戏,还有孩子,他们现在更喜欢玩的游戏。真正的交流,对于童年回忆的解释,还有就在我脚下的生动的童年。两个孩子快活得颤抖,因为能和大人交流童年的机会实在是少得可怜。我要是想听凭自己投入某件事情之中,或是快乐着别人简单的幸福,首先得放松下来。否则,就为了一点我喜欢纠缠不清的事情生气之后,周围的空气立即便凝固了似的,别人要想接近我就必须打破这层坚冰。而对于我来说,我也必须打破那么多层的坚冰才能走近他人,以至于我都不愿一试。我写这些的目的是为了把应该归于你的一切形象化。没有人知道这一点。您就是我的晴雨表,而我就是乖乖听从晴雨表的时间!所有人都知道,晴雨表是很少听天气的话的!因而,有时反过来也不错。再说,既然我让晴雨表下雨,天气晴朗就是很正常的事情了。在动荡的生活中,能够在四平八稳的车厢里待着是多么好啊。他们总是能够继续下去,所有那些贴着玻璃窗发出的声音,他们再也不能把我们拖进这条永远要流淌的河里。"

家庭生活与性生活中有多个同伴,这是弗特里埃和雅尼娜达成一致的原则。因为这可以避免夫妻生活与家庭生活的枯燥单调,丰盈他们的想像世界和创造力。雅尼娜的小说接近色情小说,很大程度上她的灵感就是来自与弗特里埃所经历的一切。在五十年代后半期,雅尼娜完成了她最初的小说。当时多米尼克的《O的故事》才出版。弗特里埃请波朗帮帮雅尼娜,让她的小说能够在伽利玛出版社出版,而雅尼娜则是请多米尼克阅读她的所有手稿。最终,她的小说几年后在瑟伊出版社出版,当然多亏了菲利普·索莱尔斯。雅尼娜接受被伽利玛出版社拒绝的事实,的确,她的作品相当艰涩,因为她根本没有任何商业上的考虑。多米尼克又一次成为一部尖锐、激进的作品的第一读者,将一个未出茅庐的艺术家的所有怀疑揽在肩上。她很严格。而且,也正是多亏了她,雅尼娜虽然没能在伽利玛出版社出版作品,但却能在墨丘利出版社完成心愿。

最初的小说创作

雅尼娜·埃普雷极力怂恿波朗,让他帮助自己在伽利玛出版社出版第一部小说《约会》,这是在《脚步叙事曲》的基础上写成的。遭到伽利玛出版社拒绝之后,她非常恼火,给波朗写了一封干巴巴的信:"给您写信,是为了感谢您对我所做的事情表现出来的关心,也是为了感谢您想方设法尽量避免让我感到痛苦。我一直在想,从'新法兰西杂志丛书'出的书来看,我应该是没有任何机会的。您这里有我《约会》的手稿吗?您能不能在星期一还给我。致敬。"

对于这封简短扼要的信,波朗的感觉非常不好,弗特里埃害怕自己的情侣与朋友之间发生冲突,便介入此事,希望波朗能够原谅雅尼娜。"我必须说,我不明白您为什么会这样说雅尼娜。她根本不知道您会为此感到痛苦。她知道《新法兰西》杂志不会做什么的,因为在上一封信里,您已经告诉她了,她只是想拿回手稿,交给别的什么人而已。我看了她的信,我不觉得信里有什么让您感到恼火的地方。她有自己的观点,就像我对于在出版社出版的大部分文章也会有我自己的看法一样,这是她的事情,但是我不明白,为什么您会认为这是您的事情呢,您只是一个读者而已,在这样一种您无能为力的境地,雅尼娜当然不会怨恨您。"

反正也没有找到出版社,雅尼娜接着决定再把手稿重新加工一遍。在这个过程中,她让多米尼克一遍又一遍地阅读她的修改稿。多米尼克的沉默让她感到不安。她不停地需要来自文学和情感上的安慰。"再也没有守护天使了。已经消失了很久。真让人难过。一生之中,每个人只能够遇见一位天使。我有不少魔鬼的地址,但是对于一个不知道的人来说,他也许总会寄希望于还能有更好的东西吧?我按下了第一个按钮。现在只须等待。实际上,对于即将到来的夜晚,我感觉非常害怕。又及:关于我给你的第三章。我不知道什么时候能够产出第四章。但是我有第三章的一个结尾，原先觉得可以做整部小说的结尾。您怎么想。我等着恢复精力，写出第四章，即便不是现在就写，因为我想过要写第四章。否则，能写出与第三章相吻合的最终结局也行。请您答复我。我无法给您写其他的东西。我的脑袋里结了钟乳石块和石笋（这两个词是这样拼的吗？），它们彼此交错。"

在雅尼娜将多米尼克看成一个读者和编辑，而不是朋友和情人时，她的措辞要挑衅得多。她失去理智的自私有时达到了惊人的程度。"是的，信很长。还有一点。您有没有读我的第三章？您不喜欢，这是一定的，因为您曾经和我说过，如果您不喜欢，您就会沉默。但是说到底也无所谓。（我说的是总体）但是我希望我的东西要么什么都不是，要么就有一定的意义。但它和别的东西有所区别，和别人的东西有所区别。因为太想做点什么，我宁可是完全的失败。只是我希望能够有您的意见（这是真的）。无论如何第四章快要结束了。因为这个星期我一个人，所以我几乎一直在工作。现在第四章写出来了。我在想它和其他三章之间有没有区别。瞧……清晨六点。难以置信。就像时钟一样准确。让回来了。他多么孤独啊。他自己知道吗。我不得不时时刻刻为自己的理智而斗争。不让自己再次卷入。让他看到，至少从表面上来说，我还在。这真可怕。可我的愿望一直如此。我很少利用这点，因为我知道这份愿望会让一切变得生硬起来。但是愿望一旦起来，它就无法战胜。我就是那条笔直往前去的公路，步履均匀，不再担心障碍的存在，哪怕不得不在一堵墙的面前原地踏步。"

这里涉及到的手稿当然是《约会》，小说分成四章，正好符合叙事的四个阶段。在雅尼娜的抱怨面前，多米尼克始终没有让步，仿佛对待一个普通的作者似的，并没有因为彼此之间的爱情影响到有可能缔结的编辑与作者的关系。几天的时间里，她保持着权威与沉默，听凭雅尼娜处于恐慌之中。于是雅尼娜态度稍稍有所缓和。同时宣告说没有多米尼克的意见她就没有办法再有一丁点儿进展。

"谢谢您，谢谢您的这封信，我才收到。但是您没有告诉我您怎么样了。骄傲或许能够让我有所释然，能够解释您的沉默。（总比自我折磨的需求要好。）好吧，这事说定了。我的骄傲，如果说和您在一起的时候，它可能还有所体现，每次给您写信的时候，我却根本不在乎。（要注意讽刺，一个词便足以让您跳起来，因为爱情本身也肯定是这样。）让我们冷静地推理一下，三天以来您没有跟我打任何招呼。星期五早晨我收到过您的信。星期五，星期六，星期天。星期天晚上又开始担心。现在是星期二的上午，我终于安静下来，充满自信，能够一直平静到星期四晚上或星期五上午。好吧。但是从昨天晚上开始到今天中午，我作了个决定，我决定下个星期离开，我和妈妈都安排好了。这是理智的离开，您瞧，并且我也有人陪。但是我母亲离开的日子已经确定下来。似乎是八月五日的那个星期三。星期一回来。我不能忍受在此之前见不到您。星期二见一面？哦，千万要告诉我。（这个星期不是才过了一半吗？）但是这一回上您那里去，多米尼克。如果是在《新法兰西》杂志我肯定会紧张得要命。如果您能答应，我向您保证，一定会非常平静。您可以扫一眼我的信：我肯定没有说过拿手稿的第三章来烦你的事情。我说过把小说的前二十页寄给您，然后再决定是否找人把手稿打完。再决定是否继续征询您的意见，拿这个来烦您。这完全不同。我不会去巴黎乱跑，虽然我有过这样的念头。既然您写信给我，我就乖乖地待在这里。又及：上次关于星期三的那件事情，我是说在星期二上午给我个电话不是很简单吗，然后星期二下午再来看我（因为星期二您肯定得空，既然您打算把时间花在路上），这样可以避免不必要的旅行。当时我要说的意思就是这个，我刚开了口说：'您本该早给我打个电话的。'可您的眼神切断了我的话。并且您缩回了你的手。于是这个开头制约了接下来的一切，那天。再加上您轻松的笑容。在距离您两尺半的地方，我能够感觉到您的坚定。您不能否认。我是复杂的，焦虑的，但是感觉也很准。"

由于小说一直没能出版，雅尼娜一直在继续修改手稿，并且同时在写好几部小说。她唯一的限制就来自多米尼克的阅读。在写《音乐盒》的时候，她不可遏止地感到绝望。"最后，说说我的工作吧。情况很不好。我必须再次重新开始一切。什么也结束不了，因为每一次结束都意味着重新开始。更具体地谈谈吧。第三部分得完全重新来过，要不然就得重写其他两部分。实际上，也没有理由设置界限。不管怎么样我还是在重新来过之前尽量结束它吧，这已经成形了。我手上同时有四件事情在做。但是我的工作是个圆，永远没有终点。我怎么能够同时做四件事情，这个问题我也没搞明白。这是一个奇迹。应该是有点什么东西在阻碍着我放弃这四件事，开始第五件。但究竟是什么呢？为什么现在我会停下来不再继续给您写信？对我来说，一直坚持到星期三可以是一件非常容易的事。感谢上帝，目前我的剧烈头痛又开始了。幸好只会持续一两个小时，然后就突然停止，和开始一样突然。但这和牙疼一样剧烈。以至于左眼睛几乎要爆掉。和您说了这些，星期三就没什么好说的了，我想我一定会很安静。但是对您来说，这封信也许会在很广的范围内有所取代吧。"两部小说分别在一九六一年和一九六二年出版，在瑟伊出版社，多亏了雅尼娜为《原样》杂志写稿的经历。尽管有波朗和多米尼克，小说没有在伽利玛出版社出版。

除了小说，雅尼娜还用一本大本子写日记。她讲述个人生活和幻想的私人日记，她一直将日记藏在身边。日记已经被毁掉了。在这段写作期，雅尼娜完全活在自己的世界里，迷失在仪式与象征中。她剪掉了自己的头发，给多米尼克寄去了一大绺——一直放在我找回的那个信封中，一绺栗色的头发。这正是她准备去周游世界的时刻，希望能给多米尼克留下生命的纪念物。

"一封信！正好刚到。但是谁知道呢，也许是最长的一封。我不想这样。我希望一切都能够静静地消失。突然老去。不再是一种需要，而是一种我们无须再操心的习惯。一种习惯，它意味着我们在其中毫无作用。我是个阴暗的人，又一次这样。不，我说的是您对我而言所具有的意义。您有好几个星期，可以找到一些打发时间的想法。我已经在周围收获了一些。当然是除了地毯之外的事情。之后我也许会有太多的选择，并且找到什么也不做的借口。我们总是能够找到粉饰懒惰的借口。哦，我已经开始为自己制定道德规范了！……我必须剪短头发。不找人剪，而是自己剪。在环球旅行之前或者之后，在尘世之外，在天空中（梦更适合于天空），我们环游了一圈的世界的天空。这会是最美的世界之旅，我会按日期记下这一切。记下来，能够让我度过飞机上死寂的时间。我已经听到头发在剪子下发出的声音，因为我又回到了头发的问题上。日记已经停了一个月。整整三大本。正是它们让我在想到死的时候能够微笑。总会有一个人可以读这类东西。是我自己非常喜欢这个想法。但是为什么我不再写了呢，因为某些东西的起始因素已经消失了。不管怎么说，是我自己的一大部分兴趣已经不在。我想要把自己的精力转到随便什么事情上去。这将会令人感到非常轻松。瞧，在活着的同时我也在老去，突然的。我的眼睛周围有了痕迹，仿佛光芒四射的太阳。只要我不再太专注于我自己，我就终于能够客观地对待自己，自己是什么样就是什么样，我是说将来。因为我不会再去想,也不会再想要改变什么。要发生的事情自然就会发生的。……我说的太没有条理了。我困了。可我也睡不着。瞧,已经剪下一绺头发了。我也许会时不时剪下一绺,直到把头发剪光。我将成为另一个人,这是肯定的。趁现在还剩下点什么就抓住吧……与您在一起我根本不可能学到什么,这会儿我说的是拼写。但是我还在说'我'。但是也许您很少看我的皮肤、眼睛和头发。瞧,这是些没有经过洗涤的词语,带着我寄给你的鲜活的肮脏。(您不会和它们一起玩巫术。)您必须把我的话读上两遍才能够跟上我的逻辑。星期四如果您来找我,我会按自己喜欢的方式穿衣服。您瞧,为自己穿着打扮,为自己穿一次。高高兴兴的。非常好。也许头发已经剪光了。然后别两个发卡,这一次完全变年轻了!!!尽管眼睛周围已经有了痕迹。正因为这双不再注视的眼睛。完全没有逻辑。至于羞涩,不再会有羞涩!说到底,结束某种我不再能够忍受的东西,这也许是一个好的系统。"

雅尼娜是个试验性的作者,写作能够让她表达某种本质的、与生命相关的东西,能够让她得以部分逃脱弗特里埃的控制:这是一个私人领地,没有人能够命令她,占有她,除了经过选择的一些人能够介入——比如多米尼克。接着,雅尼娜觉得写作已经变成一种需求,幻想意义与自传意义上的需求:在追述自己在道德上的痛苦、性关系上的放纵和与弗特里埃的怨隙时毫无限制。她的作品具有非常强烈的私密性,只是为某些愿意深入她内心世界对话的读者而存在,这是完全非现实意义的内心世界的对话(对于性别上的医学描写与对于天空色彩的叙述在同一句话内)。雅尼娜的作品完全没有进入公众视野,非常难以理解,没有任何妥协。雅尼娜·埃普雷是一个激进的作者,但同时又在犹豫着是否需要接受经典文学的传统。

她只有通过色情文学才证明了自己的天赋:她的色情作品结构清晰,语气平静,更易解,也更有效。节奏和风格都掌握得很好:尽管描写的是某种粗俗露骨的东西,但却非常淡然,并且带着一定的诗意。小说与其所处的真实世界——她生活中纵情声色的一面——有一定的吻合,这就使她的作品具有一种特别的力量。她的最后两部作品是色情小说:《待嫁的姑娘》和《零度厄洛斯》。也许只有在摆脱了弗特里埃的统治之后,她才能清晰地描写性的问题。在他们共同生活的时期,雅尼娜通过写作获得的自治也不能够绕过弗特里埃,这一点让她感到无法忍受。在性的问题上,雅尼娜是个顺从的女人,被动、淫荡到了极点,但是在日常生活中,她却具有强烈的个性,难以驯服。她成功地摆脱了自己对于弗特里埃在情感上和心理上的依赖,有时对于他只有一种怜悯。看到自己不再能够伤害雅尼娜——不论是侮辱她、打她、欺骗她或是让她投入别的男人的怀抱,弗特里埃愤怒地发狂。

  对于雅尼娜·埃普雷来说,写作是一个脱身之计,在弗特里埃的家中超越法则之外的领域。由于通常他们的工作时间有很大出入——弗特里埃夜里作画,雅尼娜早晨在床上写作,弗特里埃参与雅尼娜的工作受到了一定限制,这足以让他恼火透顶。他威胁要撕了她的手稿,就像威胁说要强暴一个总是在回避你的女人。雅尼娜对于拳脚和辱骂是无所谓的,真正能够伤害到她的只有这件事。"让今天早晨真是沮丧极了。夜里发生了一件让他极为伤心的事情。两天前新来的'保姆兼秘书'在隔壁房间叫他(而就在昨天,让才在两个房间的门上装了两边都能反锁的安全锁)。他服用了过多的溴剂和安眠药,正准备睡觉,而且满脑子正想着文稿的修改工作——因为这个新来的秘书字打得很好,却没能够抗拒她的召唤,便让她陪在身边,但仅限于此,以非常纯洁的方式,像我们一样。但是他真的很沮丧,就像一只头被浸在水里,却没有感到渴的狗,尤其是如果不是鱼,在水中我们会感到无法呼吸。于是我又扮演起了抚慰者的角色,气氛稍微轻松了一点。尤其是他的脑子里满满的,都想着别的东西。待会儿我就能安静地工作了。他会想办法利用他的眼线,阻挠别人工作。好吧,他在一种信任的状态下告诉我,这两天,趁我不在的时候他差点就把我放在房间里的稿子撕了烧了。我则非常平静地回答他,我已经感觉到危机的存在,我每样东西在妈妈那里都有安全备份。他张大了嘴巴待在那里。(我这样说错了吗?也许不。)"所谓纯洁的关系,雅尼娜影射的也许是弗特里埃,但也有可能是多米尼克。那时雅尼娜和弗特里埃之间很可能已经没有性关系,两个人各自孤零零地躺在床上,旁边要有人也是别的性伴侣。

  雅尼娜与多米尼克的关系在信中显得很混乱:转瞬即逝的抚摸、秘密约会、落在脖子上或手上的吻、肉体上的吸引很明显。但是没有任何关于做爱场面的描写。不过多米尼克是个非常性感的女人,并且和女人在一起时欲望尤其强烈,雅尼娜也谈到自己需要有别的情妇才能忘记她。雅尼娜数度宣称自己不是同性恋,但是她和男人的爱是多角的、饱和的、绝对的。她和多米尼克的关系更是一种带有爱情性质的友情,感情只是因为雅尼娜激情的个性而超出了正常范围。两个如此放纵的女人当然肯定在一起做过爱,但也许只是在很短的一个时期内——这与她们之间的通信也相吻合。就像和埃迪特·托马斯在一起时一样,超越爱情关系的友情得以延伸更长的时间。

与多米尼克的爱

雅尼娜对于多米尼克的指责与埃迪特·托马斯的相仿:多米尼克过于冷漠,过于迷恋波朗,在性方面很容易接近,但情感上很冷漠,与家庭的关系非常荒诞。就像当初引诱埃迪特一样,也是多米尼克引诱了雅尼娜,提出想和她发展爱情关系,然而对方一旦对她产生依恋,她便立刻保持一定距离。多米尼克不愿意改变自己的生活,只接受充满激情但却并不长久的关系。雅尼娜神经质的痛苦对她产生不了任何影响,她建议用忠实的友谊来补偿之前的爱情关系。为了引起她的注意,雅尼娜采取了各种手段:哀怨,可怜,傲慢,挑衅,甚至是所谓的超然。每次她指责多米尼克不回应她的要求时,根据当时的神经脆弱程度的不同,她装出一副自嘲或是为此痛苦的样子。

雅尼娜的信中有爱的宣言,也有指责:其中自然有对多米尼克不清楚表达欲望以及过于随和的指责。"我爱您。必须让您的一部分成为我的某种东西,但是那只是属于我一个人的某种东西。某种特别的东西。但是我停下了,因为我会将自己引以为骄傲的这点空白扼杀、截去。我留下这点空白,但是纸张却显得更大了!不过还是某种东西。多米尼克,如果我对您说,我不想再见您,我不会再见您。如果您回答我的意思是:不,雅尼娜。那我会觉得非常幸福,幸福。但是我很清楚您的回答是:随您的便,雅尼娜,您是自由的。而我并不想制造痛苦。必须让我振作起来,必须责骂我,多米尼克。必须看到事情的两面性。已知存在的悲剧性的一面,以及不幸孩子的这一面。您能够理解这一切。我不再提那么多问题。"

她们彼此之间存在着欲望,但在雅尼娜的信中,描述是有限的、谨慎的,但却强烈,一些纯洁的姿势:两个人躺在同一张床上,将另一个人的手放在乳房上。"在自己床上哭泣的权利,在身体的所有部分上自我折磨的权利,我无法重建您的一切,至少这对我来说是个障碍。即便是在身体上游弋着,您和我游弋的方式也是不同的，您部分取消了我的存在，只满足于用您的手指缠绕住我的手腕，将它放在您的胸口。（这是您最常见的动作，潜伏在我那缓慢的动作之下，带着一种匆忙把一切引到您的乳房上。）我的手于是不再动，想要更好地体会这种被固定的感觉。必须命令每个手指做应该做的事情。渐渐地，我完全被一种想要被奴役的感觉所征服，不想动，不想有任何变化，这成为了我身体的状态。而您合上的掌心不会被任何手势打断，只有用上我们对待物体的那些个粗暴的方法才行。一动不动就是这样形成的，还有您加以解释的沉默，上帝知道是怎么回事。我很快意识到自己是多么笨拙。我必须闭嘴，说的这些东西只能让人震惊，让人远离，有意识地将您重新放置在每一个针对我而做的手势之中。啊！如果我能够继续扮演陌生身体的角色，不会在您的眼神下有所反应，那该多好啊，当您以为躲起来了，在安安静静地塑造您个人形象的时候。当我的指甲划过纸质的桌布，划出变形角度的几何图形，留下所有反抗理解的笔直线条的时候。而通过一句有时（虽然很罕见）您企图将我引向您正在注视的事物的话，轮到我了，我冲您睁开眼睛，但是眼神是一个完全在另一个背景之中人半梦半醒的眼神，她不允许别人把她从自己的梦中摇醒。关于这一点，每天夜里，钟都要依据自己的体系走到三点钟。但是我没什么可醒的。仿佛是围着一点在转，没有抵抗，很快，某一幅伴着您话语的画面就围绕您出现了。现在说我爱您有点平庸。我难道不应该因为您如此对待我而恨您吗？因为我的气力，因为我的时间，因为我激怒了一切不能成为现实的想像。做我们所欲求的事情是多么安宁，也许一切也会更为简单，更为安全，更为平衡，更为诚实，更为可悲得人性化。欲望的葬礼，您放心吧。（正是这一点将我置于极端之中，这种想要撕毁的'需求'之中。但，不，这不会是解决办法，当这个尖锐的念头穿过我的肉体，我能实实在在感觉得到。就像过时的爱情小说里所形容的那样：锐痛。但是'锐痛'这个词已经不用了。）我想，我已经对您的信做出了回复，甚至大大超过了我应该回复的界限。您这么一个喜欢阅读的人，如果我继续下去，您也许会在我们的分离中找到某种有利之处吧，也许会因此延长这分离，哪怕已经超过了必要的范围。（您肯定从来不做任何让我抱怨的事情吗？）而我，除了词语，我没有任何抵御的能力。然而也正是……您不会冒险成为'花边新闻'，脑袋抵在墙上。对于我来说，一个手势永远都是一座岛屿。这么多的水，首先是用来超越的，然后才是用来涉入的。

但是等到我触地的那一天！但是告诉我您怎么样。想到您有可能发生点什么，或是在您身边有可能发生点什么，我就感到非常焦虑，简直要病了。"

因为觉得只有自己在承受痛苦，雅尼娜抱怨多米尼克的行为，说她保持距离，说她冷淡。她让多米尼克读手稿只是个借口，这样多米尼克就会给她回信，这是来自多米尼克的信息。雅尼娜说她自私当然是不公平的，因为在这一点上，人人都认为她用情很深，诚挚而忠实。可笑在雅尼娜对于爱情的概念中总是不可分割的一部分：这是被统治者和统治者之间的关系。

"倘若我旅行回来，我觉得您的状态和我今天见到的还是一样，或者相近，那么好吧，我会本能地想（我没法不这么感觉，即便您什么也没说），也许您并不是那么乐于见到我。哪怕我能够理智地理解您，最终这一切在我看来仍然是不能调和的。我和您说这些很蠢，但是应该对于所有人来说都有一定价值。当然，这会儿我不是为自己讲的这些话。我感觉自己成了祖母。现在我想和您说点别的东西，我的骄傲还不允许我什么都说。因为如果说我和您在一起已经开始自我控制，这会终结一切。最好还是让我可笑一点，即便是在别的情形下，让您痛苦，而不是在内心深深为您所折磨。因为我坚持这一点。在生命中，这个可不是可以按指令来的事情。一旦被摧毁，一旦失去，也许再也不会有所替代。自我控制，我当然能够做到，但是会损害所有的情感，因为这样我就会恨您，恨自己。而如果我和您在一起时真觉得无法忍受——以后一直将是如此，您只消一个词就能让我平静下来，但这不是控制。无论如何，我还真有可能是个让人无法忍受的人，因而我是真诚的。……因而，我不知道我会做出什么样的事情来。而既然您不管我，我也斗胆——应该是这个词——斗胆问问您的意见。沉默对我而言意味着拒绝。但是最美的事情是有第四部分，抽出第三部分的一段发展成第四部分。如果说昨天，在车里，我对您说也许我不再会给您写信了，那是因为我还在自我控制。而且我知道，如果我给您写信，等我见到您的时候，我必然要谈起让您看的这个东西。于是我觉得最好节制一下。再说我害怕自己的信会伤害您，因为我就是要说真话。荒诞在于真话对于不同的人来说，它的意义是不一样的。最终，您彻底击溃了我，多米尼克。我完全被您征服了，我很害怕。我不是一个很坚强的人。我的每个星期过得如何都取决于您。每一次都是如此。您瞧，我最好不要给您写信。但是您不强迫我上演关于信的喜剧，仿佛它原本如此。（假定一封并不笨拙的信确实存在。）

因为如果那样没有任何东西是必要的。不管怎么说,我一直对于坦率有如此的渴求真是一件荒诞的事情。和您的罪恶感一样危险,您的罪恶感,让您为了一件事情必须牺牲另一件,如此循环,每件事情似乎都有一点牺牲,而您则是为了每件事情做出牺牲。哦,多米尼克,爱您是多么令人绝望的事情啊,原本,在这样小的一个角落里,它本该是一种幸福。似乎就在手边,但是却不能做些什么。令人绝望,然后是令人愤怒,接着又是绝望。有短短一个小时的时间,然而这个小时总是满满的,不是您的泪水,就是我的抱怨。为什么我们就不能把这一小时变为真正的绿洲呢?难道我们就不能只留一小片专门保留忧虑的地方,其余的全部用来盛载欢乐?实际上,我究竟在想什么呢。就是这个。/我的信不好。我本来不应该写的。哦,对不起。我太自私了。也许对您来说,能够在某个人身边哭上一会儿对您有好处。我总是在要求太多不可能的事情。我让您不要控制自己,让您和我说话。但是看到您的第一滴眼泪,我已经在责备您了。不管怎么说也是在抱怨。所有一切都是那么难……而我,就我这方面来说,如果我真的能够有所进步,能够祝您幸福(那是多么大的进步啊!),我当然就成了一个很容易感动的人,但还不够有力量,不够平衡,也许还不能够帮助您,鼓励您,而不是完全地置之度外。我爱您。"

雅尼娜的爱情有时会发展到强迫症的程度。在与弗特里埃和勒萨乌勒夫妇一起去英国的旅途中,她说自己眼前全是多米尼克的影子:"但是我每次只能给一个人空出位置来,这是一定的。您错了,您不应该告诉我您是这个地方的人。昨天晚上,在所有似乎是这个地区特有的东西中,我都看到了您影子的碎片。这是一种强迫症。"这种被占据的感觉是如此强烈,以至于她不再害怕飞机。雅尼娜完全坠入了多米尼克的情网。

多米尼克只需一个小小的爱的表示便足以令她陶醉:她问雅尼娜要一张照片,就像彼时她也问埃迪特要过相片一样。雅尼娜于是感到无比幸福甜美,觉得自己有更多的机会待在她的身边:"多米尼克,不管怎么说,您真是美妙极了,对于我来说,真的是无与伦比,我简直不敢相信。哦,我当然相信,否则,我不会这样和自己的怀疑进行斗争。但是除此之外,我却又不得不承受所谓的'完美主义'带给我的痛苦。"在雅尼娜看来,她们彼此之间的情感差异来自与自由的关系。多米尼克把雅尼娜看成是朋友,只是诸多讨她喜欢的女人中的一个。在谈到她的时候,多米尼克经常用的是非常普通的词汇。对于雅尼娜来说,爱多米尼克是一件非常危险的事情,因为弗特里埃没有给她一丁点儿自由,一丁点儿安排自己事物的可能,因而这份爱才更显得弥足珍贵。

"瞧,我要回答您的问题了,答案非常愚蠢。不,我不能忍受您对我说,说我很漂亮,说我只有二十岁,说我很善良。因为美丽的女人在您眼睛里,年轻的女人在您的脑子里,而善良的女人在您的心里。不管是什么样的女人,您都可以这么说,而我不愿意和那些随便什么的女人一样。(您说这话的时候我还没想那么远。但是我的心头立刻弥漫着一种无法承受的孤独感。您就是通过这种大而化之的想法接近我的。您明白吗?)因而我感到您对我不理不睬。您话很少,但是您说话的时候,用一种非常特别的方式(然而您很注重细节),只用普通的、模糊的、无人称的词,仿佛害怕触及我。这是您精神上的慵懒吗?或是本能的距离?我不知道。但是我对您说的都是真的。我还是认为您的细节之眼只用于事物,不用于人。对于装饰、服装等等……但是您必须承认,美丽、年轻、善良,这些词您是召之即来。要想让您仔细看上一眼,看来只有期待自己成为一只精雕细琢的指环了。再说,也许只有到您真的将我从我自身中拔除出来,把我固定为准确的形象,已经在我的存在之前就被勾勒出来的形象,或者是塑造好的形象,我也不知道,总之是让我在历史之前就已经预存在的形象,只有从那时开始,也许我才能只为您活。还有一个您总问我,我却没有回答的问题。但是我忘了是什么。我只要求自己回答您的所有问题,除此之外再也无所要求。我喜欢回答问题。我要向您解释一点别的什么东西。所有让能够提供给我的东西,或者说我能够问他要的,他都会立刻强加于我。于是这就成了一种义务。然而我不能忍受别人强迫我。我的每一分欲望,只要他加以利用想让我屈服,对我来说都变得可恨了。只有您,您可以躲开这条锁链。我知道如何保护您不受他的控制。当然,除了您之外,不管是什么样的事情,只要是保护起来,就不再对我具有任何吸引力,即使我没有欲望的事情也是如此。能够保护某种欲望不受侵犯,这是非常难得的。"

在多米尼克这一面,她们的关系可能是混乱的,因为多米尼克做不到坦诚,然而雅尼娜却徒然将她们之间的感情弄得空前复杂。对于多米尼克来说,友情与爱情之间的界限毫无意义可言,只要忠实存在,只要恪守不离不弃的诺言。"您的话有两种解释。您的姿态总是那么平衡。这就是您,好吧。这也是我。但是此时此刻,我再也做不到这样了。多米尼克,您说,您只希望我好,而这话应该能让我平静下来。那您就干脆、明了地回答我一会要向您提出的问题吧。这一次，您不要再顾着您的谨慎。我求求您，不要再过多地伤害我，我的承受能力只是如此。即便是以细腻或美的名义。一扇门，一扇门，还要一扇门，即便它们全都打开，即便这一扇写满了虐待，玻璃门，最为沉重的一扇，表面上看起来最不起眼的一扇。我看见了您，我继续从另一边望着您。我不知道怎样才能打开门。我用拳头拼命地擂。您也许喜欢谋杀您的手指。但是我够了……通常，我是不是应该站在离您三尺远的地方？这似乎是那种接近与后退的小游戏所暗示的。但总是保持着猫之间的距离，因为猫不喜欢别人过分亲近。我很擅长玩这类游戏。但是我想要知道。我是否可以接近，如果我想要的话。我究竟能接近什么，爱情，肉体的欲望，友情？是只要接近其中的一个，别的就无踪无影了吗？或是同时能够拥有这一切？这并不意味着您的回答会改变我对您的态度。只是，我再也不能承受了。我需要知道。我说'暂停'。您稍候再重新开始游戏，如果您真的喜欢这个游戏。或者正相反，如果您需要弄清楚什么，不管是什么，我随时准备回答您提出的问题。因为我也是，我只希望您好。当然，是口头回答，等我们见面的时候。您可以看到，一直以来，您都让我感到恐慌。我什么时候能够单独见到您？多米尼克，您会坦诚的。您可以做到的，是吗？请为我做到这一点。真的，我再也承受不了了。这不是对于假货的担心。只是我如此看重您，我已经做好了被强迫的准备。但是不能再有怀疑。您究竟想怎么样呢？"

多米尼克就像一个滥用少女纯真的男人。她的态度也是花花公子式的，带着一种男性的无所谓，拒绝由自己跨出第一步。她对雅尼娜的引诱与对其他女人的引诱是一样的，只是和她秘密约会，见缝插针，从来不曾有充足的时间。"关于这些话，关于沉默，还有泪水。您不明白，一点也不明白，为什么星期四，我们在皇家门约着见那短暂一面时，开始我为什么会那样沉默，一动不动。您认为这是一种疏远，这倒是我料到的，您的一句话或一种姿态不再像往常一样，是对于我先做出的一种姿态或话语的回应，而是您所做出的进一步举动。但是您也像面镜子一样，同样沉默，同样一动不动。如果这时再多一滴眼泪，哪怕不是眼睛里流出来的，或者很不起眼的一滴眼泪，仅仅是用手指从眼皮下挤出来的一滴，即便我装作没有看见，它也能够冰释我的怀疑。我不会因为星期三感到满足的，多米尼克，'所有人'的多米尼克，因为我不喜欢看见出现在一堆人面前的你。星期一在我看来则更为遥远,难以触及。星期三当然能够替代您允许我在一个星期见您的第二面,只是这是一种负面的替代。比较起抱怨您,我更善于抱怨我自己。但是昨天,在电话里,谈到您'可恶的'一天时,如果说您想要承担这抱怨,您也瞧见了,您没能成功。"

雅尼娜竭力表现她对多米尼克的爱,甚至到了过分的程度,这让弗特里埃颇为嫉妒。他特别当心多米尼克,当心多米尼克对他的女人的影响。当弗特里埃对她说,与他的爱情相比,友情是不可靠的时,雅尼娜不知道应该如何进行辩护。她不能对弗特里埃说她和多米尼克之间已经不仅仅是友情了,而是爱情。出于怜悯,或许也是出于爱情,她不敢再给他带来更多的伤害。和雅尼娜在一起时,多米尼克非常节制,因为她知道雅尼娜对于弗特里埃的深深迷恋,而在这段危机时刻,多米尼克知道,决裂更多是出于他们之间的怨隙,而不是因为不爱。

"实际上,我也许不应该给您寄别的信。这会让您更加焦虑。但是这样我可以感到不再是孤零零的,仿佛您在我的身边给我一臂之力。仿佛对我来说,活着,至少还能给您讲述一些什么。哦,真是不够完美,我不再在给您写信的时候费力去想。再说究竟发生了些什么,发生过什么呢。什么也没有。不是吗,和过去一样。就只是消耗。日子一天天流逝,等待着恢复体力。无非是以这样或那样的方式流失而已。难道在某种程度上这不是必要的吗?替代我对冒险的趣味,维持安宁的需求?既然我的神经还能有所坚持,这就说明可怕的气氛对我来说还不是绝对有害的。如果永远见不到您,我宁愿再经受类似的任何场面。再说,您也许能够明白,我的仇恨如此之多,有时禁不住要溢出来一点,沾在您的身上,这也是很正常的。星期二,虽然服了镇定剂(因为如果他喝了酒,酒精的作用会因为药物而翻倍发作的),他还是威胁我说如果我去看您,他就自杀,我还是会去看您。否则,我还剩点什么呢?当然,还有他的推理。友情是什么,不去看您,一个星期一次,仅有的一次也不能(一直以来都是一次),用于交换他的爱情,因为他爱我,我也爱他,于是一切就都好了。我应该放心,除了他的健康之外,但是他的健康恰恰取决于我是否在他身边,等等。而我的健康则取决于他是否在我身边,因而……可我还是不能把真相告诉他。我的勇气并不是真正的勇气。多米尼克,噢,多米尼克,不要因为任何事情恨我,永远都不要。这很难。可生活以什么样的名义在继续?无论如何,我害怕生活。我知道这一点。怜悯也是非常粗俗的弱点。是缺陷。我永远不能忍受看到一头畜牲承受痛苦,甚至我不能忍受脱了水的花儿慢慢枯萎。他可能也属于我不能看着痛苦的畜牲吧。"

弗特里埃非常嫉妒多米尼克,一直试图阻止雅尼娜去看她。在这段时期,两个女人总是偷偷摸摸地见面。这样的形势将雅尼娜、多米尼克、弗特里埃和波朗组成的四重奏关系置于危险的境地,因而也加速了雅尼娜已经开始打算的与弗特里埃决裂的进程。在与多米尼克的关系中,雅尼娜找到足够的能量离开弗特里埃。弗特里埃跳出来反对两个女人之间的这种关系时,雅尼娜并没有将之视为一种爱的证明,而是看成离开他、寻找自由的理由。

多角恋爱

弗特里埃对于多米尼克的嫉妒还是很出乎人们意料的,因为弗特里埃和雅尼娜经常玩交换性伴侣的游戏。交换性伴侣是弗特里埃强加给雅尼娜的,不过在这件事上雅尼娜也很乐于服从:弗特里埃和好几个女人生活在一起,雅尼娜则喜欢献身给陌生人。弗特里埃与其他女人保持着长久的关系,而雅尼娜则满足于没有明天的关系。因而,她坠入多米尼克的情网对于弗特里埃来说是很危险的。多米尼克是他妻子最好的朋友,同时又是他最好朋友的情人。雅尼娜对弗特里埃的感情使得他们俩的伴侣关系坠入危险的境地:她离开他的愿望从此变得格外强烈。她再也不能接受他强加给她的这种伤风败俗的生活,以及他们之间在谈及彼此关系时永远停不下来的争吵。她的顺从只是一种伪装,是她为了讨他欢心所施的恩惠。

雅尼娜正处在异常清醒的时期,部分是因为多米尼克:"我能,是的,我能,而且我应该为自己安排一种可能的生活,也许在这里更加可能,因为我会有必要的开放。尽管表面如此,但服从绝对与我的本性相反。十七岁的时候,我就离家出走了三次,这可不是说着玩儿的。不应该去尽力适应一种生活。而是应该尽力让这种生活对于所有人和自己来说能够更为美好。这样,也许才度过的这个星期的噩梦就永远不会再重演。如果我能够和自己达成一致,不论是怎样的场景或事件,都不会再重演了。"雅尼娜喜欢想像弗特里埃指责她延长不在他身边的时间（像《音乐盒》中一样在外面留宿）以及她对女朋友的依恋。

"多米尼克，说到信心，如果说我对您没有信任，如果说我没有给您这样的印象，然而我却给了您怎样的证明啊！我向您吐露了多少重要的事情。我不想一一列举。哪怕是我最微不足道的一封信，我想，不管是哪一封，如果在这里读一定都会挑起轩然大波。这意味着多么沉甸甸的信任呢？但是您也许因此称之为冒失、饶舌、轻率，等等……这类东西有不少同义词。而您，当然，您不会在这个问题上犯罪的。我很少看见比您更谨慎，更理智的。我为此感到痛苦。但是来自您的种种细节，我宁可把它们归为谨慎与理智，而不是冷漠……瞧。怀疑。如今，我是这样定义我对于自己的极度信任所产生的恐惧的。有一些让人觉得可笑的东西。但是我不想笑。的确，我对您有一种绝对的信任，我恨这一点。您认为我就这样将那么多的事情驱出我这颗轻浮的心？仅仅是因为需要和别人诉说点什么？但是您，多么遗憾，您是那么多疑，以至于您从来都不会对我多说点什么。所有的一切都应该更为简单。我不想放入我的恶意，多米尼克。我也只能怪我自己，所有事情到头来我都只能这样。但是尽量简单一些，多米尼克。让很奇怪。我不知道他是否喝了酒。还是因为他没有料到我会在外面待这么长时间，正在动什么脑筋。我想他也是在吃您的醋，尽管他不承认。（接着前面：是的，他喝酒了，因而，瞧，多米尼克，这对我来说已经是一种疏忽。我们的休战应该会很快结束。无论在什么方面我都觉得非常泄气。但是多米尼克，我爱您。您却不爱我。不要玩文字游戏。）我想就此不再写信，但是我做不到。今天您说过我这样说不公平。不，是您对我不公平。但您却没有意识到，因为您想让我相信这一点。不要试图满怀柔情地用这些来自于您，在您看来非常性感的姿态覆盖我。我觉得，渐渐地，变得越来越放肆的动作。当然也是爱的表现，很多，没有穷尽，我并不否认这一点。我一点也不后悔今天比您走得更远一些，不后悔今天说了这些，因为我不能忍受欺骗。词语让我的嘴唇发烫，但是我不想更多地让您感到痛苦。只要做出承诺，我们就应该信守。但您并不因此被迫停留在房间的另一头。或者，因为您没有被卷入某种温柔的姿态里，您也不能做出什么温柔的姿态。但是您应该简简单单地承认这一点，而不是在我说您听凭我来到了禁地时指责我不公平。对于我来说，承诺就是承诺，如果说我不相信您的忠诚，这正是因为我太相信您了，因此我不能接受您的欺骗。我想，解释权宜之计可能还能找到别的借口。……不管您是怎样的,多米尼克,我都不愿意对您作出判断,因为我爱您,但是我求求您,不要指责我……现在,我必须下楼去,把让弄上来,他在楼下喝酒。他已经开始找新来的保姆兼秘书的茬儿了。明天,是和伊丽莎白在一起。很清楚,完全没有希望。很不幸,我是一个不能够从根源上加以改变的乐观主义者,否则我永远都不会失望。多米尼克我亲爱的,是的,读读这封信。别哭。我不是想摧毁什么。哦,不是的。但是我需要更为明了的回答。关于这一点,您不是很明白。因为我想在这一点上您与我的看法正好相反。不要对我说我只需要接受别人给我的,不要提问。不要以动摇根基的方式摧毁一样事情。我只能这样。我不想指责您,哦,不。但是您也不要指责我……我的信中断了好几次。很快就又要被让打断很长时间。他又下楼喝酒去了。只是喝啤酒。啤酒。但是量呢?和药物在一起,效果是一样的。但是对于这生活,我还能再期待点什么。请原谅我又和您说这些,原谅我又一次给您写这么长的信。对不起多米尼克,原谅我把您也拖进了我的生活,而您是一个一向只保留和自己有关的一切的人……让强迫我服用了好几片安眠药,我也为此斗争着。为了我的安宁,我的睡眠,我的安静,接着他上了床,差不多两个小时,和我说话,说话。总是同一件事情,说他需要我,说他只是希望我好,等等……接下来的一个小时又是关于色情方面的指责,很快,我又得重新把男人招到家里来。很快。他边说边哭。我该怎么做?具体来说我该怎么办。我没什么好怕他的,什么也没有。但是他如果想要自行消失的话,首先会杀了我,这一点我可以肯定,因为他忍受不了我能够在没有他的状态下继续生活下去。好吧,我现在已经放下心来了。神经再一次紧张到了极点。哦,但是,但是,丝毫不是作为观众而言。听着,有一天我必须放弃。我很高兴您那里有我的手稿,不是因为您拥有它,我知道,从实际的角度上来说,几个月前我将手稿给您是我犯的一个错误(因为我不想伤害您)。在这一点上我很确定。但是值得高兴的是,手稿不在家里。不要把手稿丢了。至少我应该紧紧抓住它。抓住点什么东西,必须这样。而如果说我依赖那么多别的东西,至少这个东西是依赖我的存在而存在的。但是为什么您对于我就只是沉默呢?您有什么好害怕的呢?究竟是什么让您这样?您觉得我如此不可理喻。我应该有点什么理智的东西,多米尼克,某种位于内心深处的平衡,用以抵抗我现在的生活。(卡琳,那个老天赠送给我的斯拉夫德国人,明天回来。她喜欢出门,晚上出门。)让有一些计划。所有的一切都是反安宁的。一切都是'酒精'这个缺陷的借口,我恨它,噢,这些借口是多么完美啊。"

雅尼娜和弗特里埃的危机很大一部分来自他们交换性伴侣的游戏:对于弗特里埃来说,交换性伴侣出于需要,是一种必须满足的冲动,而对于雅尼娜来说,这已经是让她日渐厌烦、很快就难以忍受的刺激。她希望停止这种性和酒精的放纵无度,在写作中找到一种安宁,退出夜夜笙歌的世界。多亏了多米尼克,她找到了一种不以毁灭为前提的性自由,一种不以情感孤独为前提的精神独立。

"虽然没服镇静药,让也还不错。或者是我找到了完整的方法,想看见什么,就只看见什么,按照命令玩乐。无论如何,这样的代价不过是一天的头痛而已。这总比神经紧张要好,至少,这是一种爆发性的神经紧张。我会笑了。昨天晚上又上演了'来喝一杯'的游戏。半小时后,我决定加入。我骑车去买了半瓶威士忌(是这样拼的吗?)。三个小时里全部喝光。我想我从来没有在这么短的时间里喝这么多,而且竟然是空前清醒。其他人的情况是:五个人喝掉了四瓶香槟和四瓶白葡萄酒。真是可敬。两个女人:卡琳和我。四个男人。音乐,跳舞。很快严肃的聚会就变了质。我真的是非常高兴,将杯子斟满的速度越来越快。我知道,某人今天应该会为了他对我做的那点事情感到很郁闷。一个电话的故事。'另一个电话在哪里?——在我的卧室里。'但是这就意味着她让我上楼。是在'她'的卧室里。'但是雅尼娜,不,这不可能。我已经喝了,喝了那么多。瞧,雅尼娜,不。'我什么也没有做,当然,但是卧室,'我的'卧室在散发着某种气息。床头的确有电话。这一点是最让人感到惊讶的。十点钟,我把所有人都赶了出去,不仅仅是用话语,还动了手,所有人都被赶了出去。其中有一个,就是那天我们——和您以及让·波朗一起吃过午饭的那个,着实让我吓了一跳,他恭维我,我也不知道说的什么,总之是让我感到不太舒服的话。我想他日后一定会想起这顿临时组织的晚餐(有人去厨房煎了鸡蛋),还有我强迫他们告辞的方式。人们还不习惯被别人'动手'赶出去。他不停地重复说:'因为您讨厌别人!'谁?他和其他人。我白白向他解释了一通,告诉他,要有恨,首先得有爱,他坚持说我讨厌别人。'因为明天你就会讨厌我,因为您会讨厌我。您又会从我身边走过,看也不看我一眼,也不和我说话。'这是过了一会儿后,卡琳说的。整个晚上她都在我的怀抱里。她很粗暴,抓伤了我。夜半时分,她病了。这个夜晚很自然的结果。让看到这一切兴高采烈,他情绪很好。对于自己看见的或是没看见的一点儿也不嫉妒……今天晚上,让要重新玩'来喝一杯'的游戏。但是这次我一点也没有兴趣,我要睡觉。有卡琳和阿尔莱特,这就够了。我会把门反锁上。至少,卡琳不会再在我背上或者肚子上了。我想要安宁。感谢上帝,下个星期五她要去英国。但是今天早上,她很美,在昏暗的光线里,睁大了眼睛,非常焦虑,她在等我先做点什么。她觉得自己必须扮演傻瓜的角色:'我为什么在这里?'所有的人都需要借口。"私人的夜晚,交换性伴侣的晚会,处于醉酒的状态,一种无意识的、不舒服的状态。

由于一直以来雅尼娜都屈服于他的欲望,通过酒精在情感上依赖于他,因而弗特里埃不明白她现在为什么会想要逃避他。她是他的作品,和他的画作一样,应该服从于他谵妄性的天赋。"他订了两升威士忌。为我。'你瞧,我多想着你,首先想的就是你,而且一直想着你。这是为了帮助你,为了你能够挺下来。喝吧。至于我,我不喝烈酒,从不喝烈酒,你知道的。'这样的烈酒,必须我给他倒上,必须由我把杯子递给他。这张唱片是我们开始时放的那张……'我必须喝,必须喝。我要把绘画换掉。换成别的东西。绘画让我恶心。'又是以前那些话。他又开始喝,又沉入疯狂之中。'我现在的情况和当初认识你时完全一样。你曾经帮过我,你曾经帮过我。'必须向他证明,我爱他。而这个证明是:'你不会重新开始当初那儿你为我做的一切吗?你不愿意帮助我?我觉得你再也不存在了。我必须重塑你。'过去场景的完美重现。疯狂是传染的。传染。极具诱惑力。我要去玩游戏吗?多米尼克,多米尼克。我没有喝酒,我不想喝。可我不能就这样走掉,看着他哭,看着他哀求我。我本该早走的,在他老是冲我发火的时候。哦,他真是够聪明的。他会拥有我的。曾经因为暴力和恐惧他失去过。现在他尝试更为细腻敏感的绳索。(我抵抗不了这样的绳索。)但是他究竟有没有意识到?他究竟有没有意识到我还是可能讨厌他?他有没有意识到可以用指责将我压垮?'你毁了我,你毁了我,等等,等等。'必须把他带走。没有别的办法。让·波朗很温和但同时又很坚决地推开了我。让感到很震惊:'你还有人陪在你身边。而我身边一个人也没有。'"

愤怒,激烈的争吵,抱怨,然后是哭泣,这一切都是为了让雅尼娜软下来,都是为了阻止她离开。对于雅尼娜有可能爱上的人,弗特里埃都感到嫉妒，尤其是倘若这爱超过了对他的爱，包括雅尼娜的朋友，包括雅尼娜重新找回的那个已经成长为少年的儿子。"让针对我，那种情绪回到了他最糟糕的时候。'你那些小情绪怎么样了？'（倒不关您的事，只是因为我前一个儿子。必须承认，昨天，我累积的感情爆发了。）我很清楚，我没有权利拥有超出让这个封闭圈子的激情。而他也试图夸大我昨天的感受。（这样的事情一生只有一次，而且不是所有人都能够经历的，抛弃了自己的孩子，十七年后再重新拥有，这当然值得我努力争取这样的'激情'。）说好了。今天早晨为了詹姆斯·乔伊斯发了大脾气。是我应该有所改变，变得像石头一样坚硬，心也在嗓子眼儿咚咚地跳。家里的所有门都在乒乓作响。就在我给你写信的这会儿，他不停地从浴室走向卧室，走廊，一扇一扇门地摔，但一扇也没有关上。B大调交响曲。我的神经如同小提琴弦，无法入睡，等等。这弦拉得如此之紧，在弹奏之前就已经唱响了音符。想想看吧，如果他带着琴弓来……关于名字，他拒绝从中选择一个。'我觉得成了另一个人。'整天整天，为了代替话语，他就用嘴巴来笑，大笑，因为他的牙齿很多。我想起来，他刚出生的时候，助产士在把他打扮出个人样之后（清洗，包上褴褛），把包好的某个东西递给我，让我拥抱，我猛然推开了，仍然忠实于我自己的想法。我不要，从怀孕到出生都没想要过，尽管身边的人都是终于松了一口气的样子。（啊，她肯定会改变的，等等……）我不会通过这经典的一吻腐蚀自己的行为。正直的女人愤怒了。您也是。的确，他们'带血的声音'是有道理的。站台上，年轻人列队走过，火车上，地上都有那么多年轻人，我并没有怀疑到他。（他走在最后面。）还有很多的小酒窝，有蓝色的眼睛，但是小酒窝裂成一个个小洞洞。不是这个，不是这个，这不仅仅是观察，而是期望。任何一个陌生人都不可能是我的儿子，接着，待到他出现在我的面前时，我一刻也没有怀疑过就是他。我很喜欢他，我的手指碰到了他拎箱子的手，他的眼睛在找寻着什么人（我母亲），最后落在我身上。（他事先不知道。）他看着我，不明白是怎么回事，不知道我是谁。我进行了自我介绍：我的名字，小名，家里面叫的名字。我看见他的眼睛不是蓝的，而是绿的。然而蓝色仍然在，以至于这颜色似乎有两倍深。作为脸部的补充，他还有两道黑色的浓眉，轮廓清晰，非常像我，除了酒窝、眼和眉，他对于我而言，就再也没有任何其他具体的东西可言了。仿佛以前对他的想像只限于此，只限于这样的形状。我等待的应该是个更年轻的孩子，是个婴儿。然而他就要十七岁了，十二月一日、二日还是三日？对于他我一直一无所知。只是一些片断。我的母亲问他将来想做什么。'噢，是的，但是这说来话长，还不如问我不想做什么。'他害怕汽车，永远都不会学驾驶（但说不定能接受敞篷汽车），因为他觉得自己被关在车子里是不能忍受的事情。我和他说过，今天，如果他愿意，可以来看我，否则他也可以不来。（要小心让。）哦，多米尼克，我不能忍受别人对我发火，尤其是因为同样的缘由冲我发火：因为我还活着。这样一来我会立刻失去控制，反叛，愤怒，仇恨，软弱，绝望。我的上帝啊，还不如真的是座石头砌就的，我可以尽情发泄的牢房好呢，而不是这样的虚无，我无计可施，或是这我不敢杀死的尸体。"

孩子出生时就遭到抛弃的场面由雅尼娜一手炮制出来：多米尼克·弗特里埃，雅尼娜的小儿子一直听母亲说起这个哥哥，尽管小的时候，他并不认识哥哥。但是可以肯定，雅尼娜是在孩子两岁时才将之抛给孩子父亲不管的。雅尼娜对于儿子的母性一直有些混乱。多米尼克出生时，雅尼娜不能承认他，因为她一直没有和前夫离婚。直到一九七四年，多米尼克才得到法律上的承认。合法的儿子她没有抚养，而她抚养的儿子又不是她法律意义上予以承认的。因而伊夫回到她身边时，她混乱了："我的儿子才回来。我早就和母亲说了，而不是早上。终于，我和他在花园里散了一会儿步，我穿着睡袍，风吹乱了我的头发。我意识到，我做的这一切，其实我不应该做。我惊醒了长期潜伏着的地狱。让是真的嫉妒。他们还从来没有碰过面。这孩子真是令人心碎，他的沉默，他的眼神，还有他羞涩的试探。他试图诱惑我今天下午陪他去巴黎。可我不能。我没有权利。如果我这么做了，天哪，又不知道什么样的一幕会等着我。我只好装傻。不去理会他的眼神，他的声音。而直到星期二，他走之前，我母亲会照顾他。而且，我是个'婊子'，就是这个词，因为我非常清楚，几乎是出于直觉，我很清楚能让他开心，让他茫然的话，我知道如何让他注意到，如何让他记住，我能感觉到他心底里的秘密趣味，知道如何让他迅速走近。因为实际上他非常封闭。但是我很懂他。而且我总是希望别人能够爱我，否则就什么也不要有。这是我最近所受的折磨，直到星期二之前，可以让我有所分心，暂时忘却您给我带来的痛苦。"

尽管雅尼娜将责任全部推在弗特里埃的身上，认为他是放荡生活的罪魁祸首,但实际上,雅尼娜也具有非常奇怪的乱伦倾向。才回到身边的儿子已经成长为一个英俊少年,她竟然试图勾引他:"我觉得别人会偷去我的儿子。不过我必须说这可能是另外一件要做的事。真好,我想就着我的神经小小地弹奏一曲,但是为了'孩子'。能够见到他的母亲,抛弃了他那么多年的抽象的母亲真是一件好事情吗?我这样想。我觉得自己也许不应该打搅他。而且,我还有一点非常可怕的私欲,我想讨他的喜欢。首先是身体上的,我不应该过多地去想一个十六岁的小伙子能够拿他的母亲怎么样。接着,换一个角度来说也是一样,我的行为完全是出乎意料之外的。我真的觉得他的成熟就是为了这个。您怎么看我?我很想知道。"

雅尼娜喜欢指责别人让她沾染上了种种的罪恶,并且说从此之后自己无法摆脱。就像她认为多米尼克让她发现了自己对女人的欲望,对弗特里埃周围的那些女人:"两个月以后我也许会走,去日本,待上一个月。我应该继续。伊丽莎白也许会留下来,但是她和弗特里埃说,现在她感兴趣的不是弗特里埃,而是我。只是她害怕我。然而,现在每次我在长椅上躺下来,似乎都是我有被拥抱的危险。作为支撑的威士忌。因为这样的过程在开始时需要自发的勇气。威士忌已经在了。这是您的错。念头来自于您的手。今天晚上,让在警察局和医院之间游荡,我和他说了话。当然所谓的说话,不过是一些词儿而已。剩下的时间,我不过把他当作一面玻璃来对待,我只是在另一面望着。玻璃有自己感到厌烦的一天。玻璃会为我编造出一个新的小故事。"生活在这对夫妻周围的人不再试图撮合他们,让他们互相容忍。尽管再三恳请哀求——颠覆了主人与奴隶的关系,弗特里埃还是没有能够阻止分手时刻的到来。

分手

雅尼娜和多米尼克开始通信前的几个月,夫妻俩之间就已经出现了危机。从一九五八年开始,雅尼娜就准备和弗特里埃分手,但是每次她自己觉得做好了准备的时候,弗特里埃最终都能够挽回局面,有时是加以威胁,有时则做可怜状。最后的努力:弗特里埃在一九六一年进行戒毒治疗。但是他很快又开始酗酒。经过几次暂时的分离之后,最终两个人于一九六二年一月正式分手。弗特里埃和新的同伴雅克琳娜·古辛留在家里。弗特里埃摧毁性的个性主要是体现在女人身上：他患有性格障碍，具有暴力和胁迫的倾向，喜欢嫉妒。但是对于陌生人，他也会莫名其妙地狂怒，尤其是冲那些来买他画作的收藏家。据说有个收藏家已经买了他十二幅画，让弗特里埃再卖一幅给他，弗特里埃却谩骂他，把他轰出门去，说他一幅都不再卖了。

雅尼娜是个过度的、充满激情和苛刻的女人，让人无法忍受，非常自私，但是她也无法忍受弗特里埃的消沉。绘画的痛苦，商业上的失败，消沉，酒精，镇静药，性伴侣的交换，内心的愤怒，对于雅尼娜来说这一切变得难以承受。在他们相遇之初，雅尼娜还很年轻，画家让她感到着迷，因而能在很长的时间内控制她。现在，她从心底里了解弗特里埃的怪癖和恐惧，她感到厌倦和腻烦，她想要摆脱。另一方面，她和乔治·朗布里希的关系也促成了她做出离开的决定。她给多米尼克的信主要针对的是这段危机时刻，渐渐地，她在信里透露出和弗特里埃分手的想法。

在最初的几封信中，雅尼娜说要为了多米尼克离开弗特里埃，她也说过要离开多米尼克的话，因为她不想再因为她们之间过于短暂的爱情故事而感到痛苦。但是在字里行间她也隐隐透露出与弗特里埃分手另有其他原因。主要是因为她最近这段时间已经开始拒绝牺牲："您还做了一件对我有益的事情，您告诉我，我有怀疑和摧毁的倾向。的确应该告诉我，必须提醒我的错误所在。我需要这样。这样会让我感到宽慰，而不是任凭我面对所有人的指控。我也对自己这样说，但是这还不够，因为怀疑一直在那里，可以用来平衡。要尽量化解分量。L.S（勒萨夫勒）夫人很擅长攻击我天性中的这一面。摧毁，因为我们想要更好的。不幸，是因为我们希望自己幸福，等等……在关于让的问题上，她是非常好的约束……而您，您是让这一切就这么过去的人（让，我的仇恨，等等……），让这一切退至幕后，由您来占据最重要的位置。对您来说这是怎样的飞来横祸啊！我所斗争的正是这一点，我为之受伤的也正是这一点。彻底分手是一个激进的解决办法。但这是怎样的一种冲击呢。我不确定自己是否能够重新振作起来。这真的是十分危险的一件事。（我的信很长，但是这是可以的，您必须理解，而且我觉得自己还是比较理智的。）一点小小的虚无，可能会同时造成一切后果。总是有一样东西清晰地打您面前经过。这是我的工作，因此最终是我，但我是如此不幸，如此紧密地取决于其余的一切。我觉得自己无法牺牲这一点,不论是为了什么,但是我知道(在迷失的这些年里,我对让的爱情告诉我),如果我牺牲了妨碍这项工作的什么东西,倘若同时还要拆毁,是不是过于危险呢?瞧,不能够解决的总是同一个问题。循环的问题。……现在,如果您觉得够了,那很好,我很快就可以不再自我牺牲,不再从这生活中抽身出来。可以肯定,这对于我而言将是一场灾难。我想先试着管理自己。但是我还不知道有没有这样的可能。但是我们应该试试,不是吗?您瞧,最终您的信对我来说还是有好处的。尽管有怀疑,尽管目前的一切是这样的。如果您对我还有一点爱,您必须要显示给我看。不要犹豫,我再一次向您保证,沉默,所有的沉默对我来说都是最糟糕的。我时刻准备着,完全出于自私的立场,通过您所说的一切来审视自己,并且试着有所改进。"

弗特里埃和多米尼克之间的竞争关系在这封信中得到了很好的解释:多亏遇见了多米尼克,雅尼娜跨出了摆脱弗特里埃控制的这一步。她的生活更为丰富,越来越经常地出门,将弗特里埃一个人留在恐惧之中(就像《音乐盒》中的那个男人)。她所证明的对多米尼克的过分关注是她们之间关系的信号:雅尼娜和多米尼克在一起非常可爱,但和弗特里埃在一起总是阴沉着脸,显得非常不幸。"我过一会儿就走了。把惊慌失措的让一个人留下。这是他第一次单独待在沙特奈,要连着待好几天。他向我列数了一天内的所有时刻,从太阳升起开始,除了移动几步之外,他什么也不能做,不能找到我,见到我,和我说话,或是,哪怕什么都不和我说也行。我不是一个魔鬼。但是我还是要走。也应该想到他,注意他,哪怕只是重新提起他的神经质状态对您周围人的影响。多米尼克,尤其不要因为我产生罪恶感,因为我在信里指责您把消沉的情绪传染给了我。不要试图对我隐瞒这一点,但是也不要因此产生罪恶感。如果您觉得任凭自己走到我身边是一种罪恶的话,那您就带些恶意好了,既然没有罪恶感对您对我来说都是一件好事。就算有了罪恶感又有什么用呢?疼痛,疼痛,还是疼痛。如果您从这个立场重新看待这个问题,您也不会在很大程度上删除您所有的罪恶感。您星期二来看我吗?但愿是的。因为要离开,我已经将这个星期缩减为四天的时间。尽管为了这个,我一直在这里转着圈,因为我太需要见您了。日复一日的期盼……与其数野草,与其绝望,还不如把好的东西好好数一遍,尽量地享用它。要强迫自己,但是要强迫自己想好的事情。为什么要让忧虑夺去幸福时光呢?就是因为我们听凭自己这样做,其实我们是同谋。我觉得没有什么迫在眉睫的事情，可以让您如此烦心的。呼吸一下新鲜空气。首先得让自己恢复体力，找寻一切机会。但是我不过是说说，说说而已。不要因为别人的好意而伤害自己周围的一切。好好的。也不要通过工作来麻痹自己。这是万不得已的选择，说到底，这只是将您的烦恼延后而已。想想吧。以后我不再说您对不幸有着某种趣味了。"

还有一个外在因素加强了雅尼娜离开的想法：弗特里埃和她随时有可能被逐出卢普河谷。自一九五四年以来，弗特里埃就一直受到这类的威胁，而他坚决不愿离开。在房子的周围，政府廉租住房开始兴建，这让他感到非常焦虑，对于环境来说也很为不利。在波朗的帮助下，他怂恿将卢普河谷列入美术馆的名胜名单，并且让大家意识到这里也是古迹之一（马恩战役的地方，《浮士德》的剧本发现地）。时任文化部长的安德烈·马尔罗介入了此事。尽管如此，雅尼娜还是会担心会被逐出卢普河谷，因为她讨厌在城市生活，倘若和弗特里埃一起被关在狭窄逼仄的地方简直难以想像。但是，矛盾的地方在于，就在卢普河谷被列为国家绿地的第二年，雅尼娜彻底离开了弗特里埃。"一幅小小的乡村画。我坐在屋顶上。为什么不呢？就像一只猫……身边有一台便携式半导体收音机，那是我在杜塞尔多夫买的，自买回来用过一阵之后，这还是我第一次用。还有一只玻璃杯。一片死寂的自然风光……我知道沙特奈完了。两个小时之后，夜幕就会降临……沙特奈完了，尽管让和我都不希望是这样。这是事情滑稽的一面。我离开吗？还是不离开？我当然能够一直寻找下去。这很简单，我们很快就要被迫离开了。哦，生活还不是对于烦恼的短暂想像。我永远不能在城市生活。但是'永远'有时能够持续很长时间。我也不能离巴黎太远。让和我想到完全的独处都觉得无法忍受。多米尼克，我是否属于人类，这并不重要。我是个傻瓜。既然我需要您，为什么不能闭上眼睛，塞上耳朵。听凭自己听从这需要呢。享受这一切。但是在您的身上——尽管您很温柔——有一种维系焦虑的本能。如果不说是一种抚平焦虑的本能的话。这一点，我感觉到了。您对于障碍有一种别样的趣味。和您接触之后，我觉得这些障碍越来越清晰了。我必须向您讲述'今晚'的故事……伊丽莎白非常有用，最终替代我守在他的身边。但是我仍然不能入睡。什么是最有害的呢：酒精还是毒品？我还无法有所选择。告诉我。我不问什么是最有害的。这说到底还不错。"在这段恐怖时期，对于雅尼娜来说，多米尼克更是一个密友，一个顾问，而不是纯粹意义上的情人。

雅尼娜和弗特里埃之间争吵、爆发、哭泣的场面越来越多,掺上了酒精和绝望,掺上了分离时道德上和肉体上的痛苦,也越来越尖锐。爆发往往是弗特里埃先挑起的,他先说他是多么痛苦,没有她就活不下去。雅尼娜从此时开始却非常解脱,如果说她不再能够忍受这样的暴力,暴力同样再也不能伤害到她。但是她却惊讶于自己可以这样冷静,尽管和弗特里埃面对面的场景如此可怕,但仍然可以这样理性,表现得像个大人。弗特里埃越发地疯狂,与他们相遇之时一样疯狂,那是他开始创作《人质》的时期。

"请原谅我给您写信。但是,我知道,我很清楚,这是我唯一的力量来源,是我唯一的帮助。这是我所依赖的另一样东西,能够帮助我在一定的范围内承受痛苦。但是我并不以此为骄傲,而且这使我的心肠变硬了。我在观察。我强迫自己看,强迫自己记住。当我的神经开始在我的周身颤抖,当我想要有所回答,我或是害怕,或是一无所知。但是这当然很严重。和我认识他的第一年时一样严重,远比这段时间要严重得多。除了离开还能怎么样呢?如果我离开,他会彻底迷失,因而完全处在危机之中。除非他能够有所反应。这是不是值得冒的一个险呢。(这话是替他说的。)我在脑子里翻了个遍,没找到答案。当心,可我又知道些什么呢?但他是不能忍受的。尽管今天他暗示说我们俩之间应该有个第三者,可以保护我。或者,如果您愿意,能够保护我们。但是无论如何,他不能忍受我离开,哪怕只是短暂地离开。星期三,我避开了他。他喝第一杯的时候我到了。我二话没说就喝了下去,喝光了杯中的(只是啤酒)的酒,然后把储藏室的门锁上,因为储藏室里什么都有。他求了我一个小时,接着就放弃了。一天就这样平静地过去了。今天,我本应该去火车站接孩子。但是我放弃了这个想法,让保姆兼秘书代我去接。去有什么用呢。他究竟在哪里找到的酒?(他在工作室里喝。)他又是如何找到的?不管怎么说结果就是这样了。正好是孩子们回来的时候。我在等。和衣而睡,想回头再换衣服。(等到他撞破两扇门的那一天?)为了随便一点事情大发雷霆的危险,今天晚上有过一次,因为我的脚踏到了椅子的横档上,他准备推开椅子的时候,觉得有反作用力量。事情的经过就是这样。每一个手势,每一个眼神,每一个词句,每一次沉默。无论什么样的偶然。但是第二天,他就什么都不记得了,否认一切。'在这家里我是最理智的,而且我不喝酒。'仅仅是为了这个,我就不得不吃安眠药，因为没有别的药可吃。否则，我就坚持不下去。但是我要走到哪一步呢？我不喝酒。什么都不喝。我想，吃安眠药也许比听任自己发疯要好。我不知道。我很安静，不是吗？由于绝望而安静。而不是因为爱情。（但是说到这个，他现在倒是很放心的样子。绘画的危机？昨天，是我的危机。可明天呢？）幸亏我及时抽身了。但是因为可怜他，可怜孩子，当然也可怜我自己。生活继续。一切有可能经历的事情。实际上，这就是我现在所处的位置。在艰难的时刻，尤其是这艰难来自于他时，我很少想到自己，我的紧张完全是因为各种各样具体的实际问题。并且小心翼翼地避免一切严重化的倾向。待到稍有放松的时刻，我便沉浸在属于自己的一种绝望中，完全属于自己，与他无关。想想吧，在这两种状况中各选其一！……星期三是伊丽莎白回来的日子。而我得再次打发她走。今天，他为我寄了一个广告，让我回复了两个广告。（昨天，整整一天，他都在校正自己的观点。）就这样吗？这意味着大灾难的到来。还不如说谎！但是我也不能忍受谎言。说到底，我已经没有任何欲望了，对任何事情都没有欲望。但是不能让每天就这么在空无中度过。如果什么东西有问题，就必须用别的什么东西去填满它。填满，填满，直至恶心。我不是在抱怨。我没有好角色。哦，不。当然，开始，在您才认识我的时候，您看待事情的角度不是这样的。也许我是个'摧毁性'的女人。上次在谈到您自己的问题时您曾经说过。可我能怎么办呢？如果不是自己远远地躲开，如果不是妨碍别人，我还能做什么。以前我曾经找到过好的解决办法。等我想要活下去的时候，想要加入生活，生活却拒绝了我。这真是可怕。够了。于是我只好再次离开，离开我自己……我难道不平静吗。"

在相当长的时间里，对于弗特里埃过度的占有欲，雅尼娜甚至觉得有点飘飘然，因为她从中看到的是爱的证明，与她本人对悲剧、对激情的爱好也甚为相符。然而这么多年过去，她已经厌倦了彼此之间的争吵，也害怕因此送掉自己的命。"现在我很好。治疗精神危机最好的就是毒品。让很擅长找这些东西。我是那么疲惫，连脖子也得到了放松，现在不那么痛了。他也许不知道我是否对他心存感激，但是他的治疗很有效果。但是这并不妨碍我已经厌烦了这种被爱的方式。在我出发去巴黎之前的第一幕，因为我的出租车没有来，而且我也没能订到车，于是我只好求他开车送我到奥尔良门。谢谢多米尼克，谢谢您又陪了我一阵。第二幕是回来的时候，因为我回来很晚。（很抱歉把您拖到那么迟,因为您的工作不会因此而少掉一点的。)而您不知道如何捍卫自己。到这里来学习一下吧,这只需要从奥尔良门打个来回的半小时。接着第三幕很快结束了第二幕,因为我回来的时候还没有痊愈。我实在没能选个好时候,让他的生活,让他的年关以及会计事务变得格外复杂。您知道的,我已经习惯了,也许我指责过您沉默,因为我更喜欢指责……但是的确,他可能会一直病着,这也无所谓。至于我,我喜欢这样。我只喜欢这样。无论如何,但愿勒萨夫勒夫人或者母亲不要掺和进来,不要来看我,他一个人将负责我的治疗,或是让我失去生病的兴趣,因为他可以让我真的生病。您会看到的,他很有道理。证据就是我已经觉得好很多了。几记耳光足以让颈椎复位。无论如何向他伸出手,请他闭嘴,这是最糟糕的办法。他会更为激烈地爆发……我曾经在这里独自待过六天,觉得简直无法忍受,因为让不在,可您也不在。但是现在,我可能又会怀念这段时光的,因为今天有一小段独处的时间,而且未来也会有。您知道什么是情感载体(这是心理治疗的术语)。说实话,我已经做好准备,可以投入随便什么人的怀抱,只要他摇晃着臂膀,只要他不把我推开,我可以吻随便什么人的唇,只要他不说话,只要他不想着要把我击垮。而我来也不是为了指责您的沉默。这真是对生活过于苛刻了。哭吧,如果我是幸福的,我肯定知道如何帮助您。但是今天,我已经写得太多了。请原谅。晚安。幸好您喜欢阅读,不管读什么都喜欢……您真的会给我打电话?我也许会是一个人,也许正泪流满面,也许不是一个人,也许正在发神经。您不要担心。"

切断这样一种强烈而长久的关系,切断生命中最重要的,这几乎是根本无法作出的决断。雅尼娜一直在犹豫,在走的欲望和留下来继续照顾他之间犹豫。出于摧毁性的本能,让自己却加快了事情的进程,尽管并非出自本意,却造成了两人之间的分离。雅尼娜对于情感敲诈一项不能忍受。"好吧,多米尼克,您瞧,我看起来很平静。我衣衫整齐地躺在床上,身边是已经养成习惯的睡前准备。您愿意处在我这样的位置上吗。两个小时,身边的男人不停地对您说,您彻底毁了他的生活,说他已经迷失了,说他成了个疯子,说现在他要自杀。说这对我来说意味着幸福时刻的到来。说只有我才是他生命中最重要的。说我们即将拥有美好的生活。接着又从头说起,说他要自杀。我的文章就在他面前,他读了一遍,又读一遍。说他读了之后不能再把我看成一个女人。说我需要孤独才能进行创作,等等等等。旁边是一杯威士忌。而我这一边则是一杯强效镇静剂。不知疲倦地,平静地尝试了一遍又一遍,用上了所有难以想像的理由让他吞下这三口。(他在叫,而我要睡觉。)如果您了解所有这些细节!还有一张唱片,唯一的一张老唱片,五分钟。每隔五分钟,他要我起来,重新放……现在,我给您写信,因为必须让这一切能够大致得到解脱——为了某个人。当他强迫我把威士忌递给他时,我先是斥责他,接着我滚到了地上。后来,在以服镇静剂为条件的前提下,我把威士忌给了他。这就是两个小时以来的工作(非常平静)。然而没有任何成绩。他还没喝威士忌——除非后来半夜喝过,就突然睡着了。我把手从他的手中抽出来,然后我起身,小心不发出任何声响,然后就把自己关到这间房里来给您写信。而现在,我正在等事情进一步发展。屋子里只有我一个人,一个人面对他。现在也许该离开,另找个地方睡觉,可我做不到。如果他为此而自杀呢。我永远也忘不了这一幕的。下午,我赢了一分(但是我已经不相信了)。明天早上精神分析医生会来,这位医生曾经为他治疗过一次。医生肯定会来,他打过电话。但是他会乖乖让别人为他治疗吗?……他会像今天下午一样,做好让别人把他带走的准备吗?我再也不能相信任何事情了。但是没有酒的场景,像今晚这样,实在很残酷。理性的明澈,但是疯狂,唯一的长篇,还有自杀的敲诈。我再也坚持不了了。到明天已经是极限……这一次我必须有所行动。我再也做不了这样的看护(而且没有酒),再也做不了这样的出气筒,即便是出于柔情。今天晚上又换了一种新的方式。或许是最糟糕的方式。我既不能打他,也不能防卫。他只是在抱怨。我再也承受不了了。而如果我在您面前显得有点神经不正常,多米尼克,您千万原谅我,您必须理解。应该带走的人是他。如果我还能坚持到那会儿,我不知道星期二怎么去见您。因为现在,他允许我做一切,一切,任何男人,甚至允许N.S.但是……他请求我等三个星期,三个月。不要让他一个人待着,哪怕是一会儿也不要!多米尼克,得有人帮帮我,帮帮我。谁能帮我呢?我不知道具体该做些什么。怎么做?这一切是否都是我的错?哦,到底应该怎么办?快!他给让·波朗打过电话,因为他也坚持不了了。他需要别人的帮助。"弗特里埃已经准备好接受一切,只要不失去雅尼娜就行:雅尼娜可以去会男情人女情人,甚至跳出他规定的圈子去找情人,他的圈子,也就是说性交换游戏的晚会以及夜总会。

让的色情之夜

文学界和艺术界里有很多人都知道或听说过弗特里埃导演的那些色情晚会。作为主持人，弗特里埃在家里组织的应该是色情聚会而不是性虐待晚会。他的虐恋倾向更多的是表现在他性格上专制，他与女人之间的关系以及言辞和行动的暴力上，倒不是通过性的仪式来表现。可惜的是，他家所举办的这些色情晚会没有留下任何痕迹。对于弗特里埃来说，性伴侣交换的游戏主要有两种途径：一是性伴侣夜总会的色情晚会，二是在卢普河谷与若干女人的生活。

一九九六年，《法国文化》上曾经登过一组题为《艺术与人：艺术家的生活》的主题文章，其中的一篇简述中勾勒了在家里掌管财务和女人的弗特里埃的形象。弗特里埃住的那幢卢普河谷的附属建筑原先是于勒·巴雷斯比埃的房子，弗特里埃一直保留着房子里的自动木偶，羽管钢琴和细木镶嵌家具。走廊的两边是卧室，女人们都躺在卧室的床上，每间卧室里一个，而弗特里埃就躺在自己铺着白缎被单的床上抽烟。雅尼娜接受其他女人，也和丈夫一起参与过其中的几场色情晚会，但是她不能按照自己的意愿享有身体的自由支配权。弗特里埃禁止她在自己规定的范围之外选择情人——不论男女。雅尼娜一直屈从于弗特里埃的欲望，因而她越来越难以忍受两人之间的不平等关系了。

"我现在要遵守某种善意和平等的制度了（不过是暂时的，在我的美好情感复苏之前）。我这就明确地陈述给您听，和他一样，他今天早晨也是这样干巴巴地陈述给我的。因为让今天早晨走进我的卧室，发现我手里拿着笔。于是他爆发了。哦，不是发火，甚至没有戏剧性的场面。不，仅仅是解释。这次，我知道。一，管理好我的工作。选择固定的日子（数量没有确定）和时间写作，并且在固定的地方。再也不许在外面撞到我拿着笔的样子。应该像他一样，他就不随时随地作画，一个星期只工作一到两次，早晨，两到三个钟头。（阅读除外。但是阅读难道不也是工作的一部分吗？）二，一个星期允许出去一个下午。应该在这个下午把所有自己要做的事情做完。（冬天剪头发。电影、购物、牙医诊所等等）三，在这个下午可以去看您。但是别人不行。（他认为我已经乖乖地放弃了N.S.。我向他解释说N.S.正在度假。另一方面，我否认自己在同一星期中见过您两次。）我欺骗了他。好吧。其他的事情根本不予考虑。以此为前提，他接受现在的生活，不做任何改变。也就是说：家里只有一个女孩（伊丽莎白或是别的），根据职业需要尽量少外出吃饭。不在外娱乐过夜。除非我的某种态度刺激了他。（如果我在外面贴一张广告，愿意与他人共同生活，肯定前来应征的人多到数不过来。限定，无所事事，钱。但是除此之外，我还需要什么呢？）如果我不接受，或者，更确切地说，我骗他，违背我们之间的协议（其实我根本没有接受，但是他根本没问我是接受还是拒绝），他会想方设法让生活变得不堪承受，最近这段时间他已经尝试过了。我们最终还是会被迫分开的。（除非这一切以闹剧收场，这点是我添上的。）实际上，如果我走了，开始自己工作赚钱，我就必须（这点我没和他说，我只是在和自己说）自我约束。我想，我可以有一天零一个下午的自由时间，而且每个夜晚都将属于我自己。要么在这里转圈子，什么也不做，要么在别的地方，做点什么让我厌烦的事情，哪一个更好呢？毫无疑问，他的解释让我得到了很多自由。我还从来没有得到过如此好的服务。他失去的方式非常奇怪。"

分离就在这种自由的交换中慢慢到来：雅尼娜的性自由被限制在弗特里埃的幻想世界里。如果她拒绝服从他的愿望，在他控制的范围之外有了言语，或是不参加那些个他用来迷失自己的色情晚会，她就必须离开。雅尼娜已经厌倦了"让的色情之夜"，对她来说，这样的性与酒精只是摧毁，却已经没有快感可言。既然他们的夫妻关系已经岌岌可危，献身弗特里埃便没有了意义。
"我们妥协所达成的'星期二'来临了。不是我不来，而是从昨晚开始，我就一直在准备着进入理想的精神状态。我不喜欢'您'对命运的迷信来干扰和阻碍我们的事情。但是我必须承认……星期一晚上在巴黎很快吃了顿晚饭，波旁河岸一号，在某个挑逗让喝酒的饭店。尤其是饭店的地下有好几层，直至冰冷的地窖，我们十一点左右在那里吃的饭，应该不会在十一点以前。（但是在这之前我们把车停在了上面。）让竟然想让我在那里待通宵！我简直不敢去想在这之后我会成什么样子，而且为了体力上能够支撑下来，我还不得不喝酒。我大概要在这里举行葬礼了。但是，渐渐地，我就会厌倦了自己的拒绝。他慢慢进入醉酒的状态，从早上一直到晚上。这是一种新的方法。他学会了定剂量。深深地，一直都在的怜悯，但是在愤怒的边缘睁着一只眼窥伺我，看我还在不在。我的神经也学会了长久忍耐，承受随时可以重新来过的压力。"

饭店的密室和地窖让人想起有好几层的性伴侣交换夜总会，房间一间连着一间，只用门帘隔开。弗特里埃的嫉妒心时不时发作，他会禁止雅尼娜自己出门,禁止她去见多米尼克,不过在他没有爆发的时候,他有时也会接受雅尼娜拥有自己的生活,按照自己的意愿安排时间。有时他对她说,没有她就不能活,并且以自杀相威胁,说完之后他就会和她一起出门,去自己喜欢去的夜总会。

"我再也不会快乐、幸福了,没有一丁点儿的希望,我再也不愿寄希望于任何事情,因为这只会更糟糕。寄希望于写作,寄希望于某个人。我必须成功地把自己打发掉,完全打发掉。首先得养成写东西的习惯,大量地写,什么都写,怎么写都行。这只是一种有待形成的习惯。接着,借助于两三个人,至少在表面上说服尽可能多的人,我和别人在一起也可以很正常,只是在玩乐的时候稍微有点不一样。哪怕把让拖入某种循环也在所不惜。比如说,晚上我会和妈妈一起出门,也和让一起(如果是去夜总会,他就不会有进一步要求)。为了挣第二天的自由,每次都是昏昏沉沉的,这会让我很是疲倦。在巴黎的每个下午我几乎都是去看病。我要修复这样或者那样的毛病。我会和所有人相处甚好,尤其是妈妈、妈妈的朋友(我一直拒绝她们的道德帮助或社会帮助,您愿意怎么叫就这么叫吧,尤其是其中的一两位),甚至和让。除此之外我还有一个哥哥,一个表妹,一个姨妈,如果我绞尽脑汁地找,还能找到别人。和所有这些人在一起,我不会犯浑的,最重要的是习惯成为这样的人,接受这一切。但重中之重是和让相处好。他和我说的所有东西,我都不要放在心上。唯一的问题也许是我不后悔。必须忙得没有一丁点儿时间。这一切,应该是个解决办法……当然,您对我是有所帮助的。您瞧,我的解决办法越来越让人接受了。我再也不说杀人或是进牢房之类的话。我只是说像所有人那样生活。"雅尼娜说自己只有在弗特里埃允许的范围内才享有性自由,即在夜总会或性伴侣交换俱乐部之类的地方。弗特里埃还不知道她和陌生人的色情艳遇,都是通过小广告招来的人。

雅尼娜在两封信中描述过她通过小广告实现的色情艳遇——模式与《约会》中相同,小旅馆房间里做爱的两个人在做爱之前并不相识。讲到这类事情时有时会提到弗特里埃,但是大部分情况下的隐台词是弗特里埃并不知情:"今天,他为我寄了一个广告,让我回复了两个广告。(昨天,整整一天,他都在校正自己的观点。)"自从她决定再也不对他隐瞒什么之后,弗特里埃可能还怂恿过她登小广告。"(今天早晨我会写信给第三个男人,如果没有回信,我就正式刊登一个广告。)抛开神秘的一面。女人,为什么不呢?这可以帮助我走出您的阴影。"

在《O对我说》中，多米尼克说参考过一位朋友所采用的这种聘用性伴侣的方法："我觉得让人有些发憷的，我要告诉您，是这种通过小广告的招聘方法，让人发憷，或者说尴尬。但是让人发憷的一面或许也正是这种方法得以成功所在。我有一位朋友就通过这种办法聘用过男孩子，同时她也通过小广告应聘，她把相关的通信给了我，因为她不能把这样的信藏在家里。"和一个完全不相识的人约会，而且这样的陌生人——就像她在书中稍后一点的部分中提到的那样——很可能表现出"半疯"的状态，这样的事情非常符合多米尼克的趣味："这样的事情没有保证，其中所隐含的危险因素，这种面对陌生人所表现出来的完美的以不变应万变，陌生人永远不会说自己的名字和职业，这种完全的、危险的匿名状态，对于安排约会的人来说，您不认为是非常令人着迷的吗？永远不知道遇到的是谁，要驯服的是谁，也从来不知道是否需要自我防卫……我们喜欢冒我们能冒的险，我知道，这就是其中的一种。"

多米尼克说从个人的角度，对这类"群交"不感兴趣，但是她捍卫"群交"的原则。她强调其中很奇怪、同时又很具实际意义的一点：尽管配偶在，却不能阻止坠入同伴的情网。"但是对于那些互相之间完全给与自由的夫妻来说，一次，两次，十次，甚至是五十次，也许一切都很好，但是这并不能保证在第五十次的时候，或是第四次的时候，你不会——不论男女——坠入某个人的情网。如果这样，一切都变了，再也不是事情原本的性质。一切发生了突然的变化。要离婚，要出走，如果仍然留下来，如果不能和哀伤的那个人生活在一起，不能见到他，你会觉得仿佛在牢笼里一般。如果丈夫不同意，如果他觉得自己被冒犯了，如果他感到嫉妒，如果他有所要求，我们各自过各自的，你想干什么就干什么，那就必须打碎一切重新来过……非常奇怪，没有人发现这一点。没有人说过。危险在于爱，而不是睡——但是睡也是冒险。我们永远不知道会发生什么事情。"多米尼克的色情世界更像是妓女的世界，而不是色情聚会。但是她喜欢欣赏雅尼娜大方的实践。因为不需要付钱，这当中自然隐含着快感的成分。对于她来说，钱是一种让人激动的因素。"因为钱能够赋予价值，就这么简单。如果一个女孩开价很高，这至少证明在自己眼里以及在别人眼里，她就是价值不菲。如果有人娶你，并且为你花了很多钱，这就说明他认为你非常值钱。这也是能力的一种形式，能力就是能够引诱他人的某种东西……身体交换金钱,我个人从来不认为这有什么令人震惊的,这就是不幸所在。"多米尼克和雅尼娜对于色情、身体的自由有着同样的喜好,她们都认为快感是这世界上罕有的圣事之一。在各自的生活中,她们都享有这份性自由,只是在精神生活与情感生活中,各自的独立程度不一样而已。

雅尼娜接受自己献身于别的男人,也接受自己和弗特里埃的关系中,在肉体与精神上处处受到他的胁迫。她的服从是真实的、有效的。多米尼克喜欢献身于自己爱的男人,生活在他的阴影中,但是她在物质上是独立的,并且在文学界享有权威。在色情方面,她和雅尼娜的共同之处在于她们都有多个伴侣——多米尼克也许参与或是旁观过色情聚会,并且前后和多人保持关系。但是除了真正意义的性幻想之外,她没有过虐恋的经历。雅尼娜和弗特里埃之间的关系不仅仅是色情意味的,它在某种程度上具有虐恋倾向,因为它是摧毁性的。

雅尼娜曾经给过多米尼克证明,证明弗特里埃想达成而她也默许的摧毁:"让才给我打过电话。好吧,今天夜里我别想睡了,但是我至少可以躺下。虽然我必须变得强硬起来。'你本来可以为我好好地服务一番。'我不是一个魔鬼,但我再也做不到了。我知道如果我听凭自己这样做,到时候他会更加残酷地对待我。真是太难了。我不想重新开始这种酒吧和夜总会酗酒的生活。'如果我把自己给毁了,你也必须加入进来,你也要和我一起,摧毁你自己。'不,不,不。尤其是在这个时刻,我一滴酒也不要沾。因为我知道我会说的。"

为了阻止雅尼娜离开自己,弗特里埃更借助各自的弱点进一步加强了对她的控制。雅尼娜威胁说要离开,他就说自己生病,如果她想喝酒,他就偏不给她:"医生来过了。很简单,非常简单!只要看成是最后的犬儒主义者,即便在您看来完全是可以理解的。厚颜无耻,生硬,没有人情味,所有您愿意用的词都可以用上。医生给了他治疗方案,不过和我二月的治疗方案差不多。在治疗期间不能喝葡萄酒和烈酒。哦,开在药方上多好啊。'我有话对你说,'他接着就对我说:'医生没有瞒我,他说治疗根本没有什么作用,一切还是取决于你。'好吧,取决于我。这正是十五年前我所做的。'从现在开始别再离开我。'……哦,美丽的小陷阱,陷阱周围都是尖利的锯齿。……我没有权利见到这位医生,也没有权利和他说话。一切都安排得很好。我还能怎么办呢?我想叫,叫,想笑……至于威士忌,威士忌还没有送到。这是一个折磨我的玩笑。这是我稍微动脑筋想了一会儿的事情。真正的虐待。他要限制一切的剂量，就是为了让我感到痛苦。因而一切都是我的错。我也不知道该如何捍卫自己。我才不在乎呢。至于我，我一切都好，当然，和一直以来一样。什么时候我叫，什么时候我哭呢。'他对我说，我很漂亮。'噢，爱情啊！我要好好地爆发一次。哦，为什么我又一次有了勇气，希望，还有要争取的时间！我不想这样。吃了半片镇静药，他已经好了很多。哦，一个金子做的病人。我明白了。他也许是个演员？这是我最近开始好好思考的问题。"

弗特里埃的虐恋主要是表现在心理和情感上，而不是肉体上："让——当他喝了一点酒的时候（就像昨天，我回来的时候那样，每次我暂时离开一下，他都是这样惩罚我的），我装出一副自然的样子，还有应该为他表现出来的愤怒。我还担心着不要点燃他的怒火，但我很清楚我已经这样做了。根本避免不了。在喝了一点酒的让和焦虑到病态程度的我之间没有任何区别。"雅尼娜用酒精摧毁自己，在和数十个男人做爱的地方迷失自己——她甚至没有仔细看过这些人的面容。在最后一部，同时也是最为色情的小说《零度厄洛斯》中，她曾经描写过这种和多个男人之间的肉体之爱，描写接近梦幻，因为女主人公放弃了自己。小说的内容和形式都让人——非常奇怪——联想到《O的故事》，内容是在爱中的自我放弃，而叙述形式则是梦幻的。

《零度厄洛斯》

雅尼娜跻身色情文学界之后，她的写作越来越有小说的味道，她的色情文学是一种特别的、自传性的和梦幻性的色情文学。她出版的倒数第二部作品题为《一个待嫁的姑娘》，讲述的是一个年轻姑娘想像着对面男人的目光自慰的故事。这个男人代表未来的伴侣——这让女主人公感到非常激动，因为她还从来没有见过他。小说题献给"逝去的伴侣"，也许是指让·弗特里埃，小说出版五年前他就已经去世。《一个待嫁的姑娘》出版的这一年，多米尼克出版了《O的故事》续集《回到卢瓦西》，序言的题目为《一个坠入情网的女孩》，两相呼应的题目，让人不禁联想也许两个女人在一起准备出版事宜。

在这个以第一人称叙述的故事中，雅尼娜·埃普雷将自己置于性的学习场景之中，用一种以自我为中心和不真实的方式。这是她对于最初的性经验的回忆：她趴在床上，露出屁股，一个蒙着眼睛的男孩抚摸她，抚摸她的屁股。如今，她已经到了"待嫁的年龄"，身上长满了黑色的毛发。对于性器官的描述加强了叙事，突出了与一心一意看着她的男人的距离。她为了对面的男人在手淫，那个英俊的陌生人，未来的配偶，在床边的那面镜子里，她和他做爱。观淫癖是这部小说的色情情结。在她想要结婚的欲望中，女人是一个人，孤身一人，最终并没有和一个男人在一起。或许那男人正通过锁孔在看她。雅尼娜·埃普雷的强迫症得到了描写：当着大家的面把衣服脱光，还有酒精。她害怕结婚后会失望，害怕会后悔，觉得还不如回到做情人的时光，害怕看到配偶的身体在衰退，害怕要分房睡。幻灭就像是婚姻的保护层。

作品浸淫着梦幻的气氛：叙事者幻想自己赤身裸体地在树林中漫步，身后跟着一个她看不见的男人，就像小的时候，在花园里她脱去衣服一样。她在找寻一种危险的形式，向往暴力，但是男人一和她接触就会立刻变得温和起来。她决定不结婚，只是沉湎于令人作呕的手淫，还用上各种器具：螺丝刀或是萝卜。她可以用一种完美的矛盾来定义：她幻想和男人做爱，用东西替代男人，但是在实际生活中却拒绝他们。雅尼娜·埃普雷的个人经验能够解决这种矛盾，在交换性伴侣的夜总会的仪式中，正是因为性伴侣数量众多，因而他们等同于无。

雅尼娜的最后一部、同时也是最为成功的一部小说《零度厄洛斯》则以具体的方式描绘了多人参与的性爱仪式。在拉穆萨迪纳出版社简短的再版序言中，让-雅克·博韦尔半遮半藏地谈到了这个文本的出处。色情上的过度因为"惩罚性"的语言得到平衡，暴露癖不存在于词语之中，而是存在于爱的表现中。和雅尼娜·埃普雷的所有小说一样，《零度厄洛斯》出版时也用的是作者的真名，但是博韦尔却说不知道作者的身份。他似乎想将她当作一个新的波利娜·雷阿热推至前台。看上去有些神秘的东西能够催生传奇，"据说作者本人是一个法国画家的伴侣，画家已经不在了，但他现在很有名，只是在相当长的一段时间内，他的名声只限于小圈子。然而某些大人物却很看重他，例如让·波朗或乔治·巴塔耶。"另外的谣言则涉及夫妻交换性伴侣的游戏。"曾经传言四起，说这个画家有着相当独特的性爱趣味，大胆一点说，他可能让很多人享用过他的妻子。只要——这样说可能更公平一点——他认为是自己在享用和她的性爱。据传言说,他可能只是一个组织者,而不是参与者,他只是一个特别的观众。"

读者能够猜到小说很大程度上是自传性的,描写的都是作者本人的经历。在墨丘利出版社出版的时候,博韦尔解释说波利娜·雷阿热强烈推荐他读一读这部小说,但是他一直有所保留和选择。在构成小说的八章中,最充满激情、最现实的是第一章,《爱丽丝的天堂》。爱丽丝在一对美国夫妇的陪同下来到了地处巴黎城外的一间夜总会,名为"天堂"。进入这家夜总会既不需要钥匙也不需要密码,只要事先在汽车里"脱掉短裤"和黑色的松紧袜带就行。然后穿上类似制服的东西:"只要脱掉短裤,这是爱丽丝喜欢在汽车里献上的仪式。她的动作很快,丝毫没有卖弄之意。……前面的那个女人有些困难。司机努力想要帮她,这就让事情变得复杂起来。一双指定的连裤袜可以言无不尽。她将赤裸的脚塞回高跟鞋里,穿着高跟鞋,她有点不平衡,就好像是在偷着穿母亲鞋子的小姑娘。爱丽丝必须掀起裙子,给她看黑色的松紧袜带,正是这袜带的存在阻止了她进一步脱下去。'很舒适。'那个女人评价制服时感叹道。"

这个开头与《O的故事》非常相像,勒内也要求O在前往卢瓦西的出租车里除去腰带、长筒袜、松紧袜带——作为交换给了她吊袜带,还有短裤。而所谓的制服让人想起O在城堡外面必须穿的裙子,她必须赤身裸体穿上这条从前面可以完全解开的裙子。雅尼娜·埃普雷精心地描写了"天堂"的入口处,在穿过一扇白色的栅栏门之后,是一扇玻璃门,一个脑袋出现在门上,里面是黑色和红色的,在一个普通吧台的旁边有一台投币的电唱机。爱丽丝坐在吧台的一个凳子上,凳子中间挖了个心形的洞,男人很快就围了上来,试图进入她。在整部小说中,雅尼娜都将女性的色情与花的陶醉相提并论,开始时就谈到爱丽丝的"花醉"。

雅尼娜·埃普雷的语言具有双重风格:在具体的描写上是古典的,就其所造成的封闭而言却是现代的。多人的性爱缠绵彼此交错,梦幻被赤裸裸的、几乎是医学性的词语切断。爱丽丝遭到好几个男人的围攻,她把自己呈现给他们,根本不加区分,完全投入陌生人的怀抱,任由他们操纵,自己没有一丁点儿控制。"他们引导她,抬起她,安置她。腰间塞一个垫子。脑袋下也有一个。他们拽她的屁股,把她拉到一张她后来才看清是桌子的边缘。她的两条腿被高高抬起,分开。她的两个手腕都被抓住了,每只手里塞了个响铃玩具。"

酒吧的老板将他们引入后面的一间房，在镜子的右边，被黑色门帘遮住。一个叫做雅克的电影导演在进行指挥，命令男人进去出来。所有不停吻她的这些男人都不存在，他们形成了某种"音乐"，某种"节奏"，直到第一个男人占有了她。

作家描写的这些场景犹如生动的绘画，一个女人在耶稣的身体面前将自己的身体祭献出来。神圣的感觉之后是集市和马戏团的那种气氛。爱丽丝接着躺在一条长凳上，等着男人相继来到她身上，就这样她建立起了一种"戏剧场面"。"第一个男人"还在那里，指挥性伴侣的交换，安排献身的爱丽丝的这场戏。在一种真正的"快感地狱"里，男人们轮换了第二次、第三次，"直至死神随之而来"。就在女人感到厌倦的时候，仪式的主人亲自上阵，再次推进。他要求口交，这让爱丽丝感到非常尴尬，因为她感觉到了他"未加任何装饰的脸以及最私密的那部分"。有那么多男人，以至于爱丽丝根本不区分他们的面容，每个男人都是单独的，并且在他们眼里，爱丽丝是唯一。"她迅速计算出应该有三十来个男人。他们没有群体的意识。每个人都是单独的。对于他们当中的每一个人来说，爱丽丝却是唯一的。谁能说过度？不。一个，一个，再一个……如果自己没结束，就没有一个人会想到要结束。"

在被定义为"抽象"时，爱丽丝这个人物与O便重合了。她没有脸，只有一个借用的名字，像所有人所期望的那样。爱丽丝是别人在这个性伴侣交换的地方给她的名字；通常参与这类游戏的人在他们出入的场所里都会有一个化名。"在任何时候她都不曾被描述过。每个人以自己所期许的方式看待她，人们看不见她。她是金发、棕发还是红发？苗条还是胖乎乎的？个子小小的还是身材高挑？她的裙子是黄的还是白的？就只要站在那里就行了！但是脸呢？她穿着长筒袜和松紧袜带。在长筒袜上面，是她的性器官。性器官上是肚子。再往上，乳房、脖子、嘴巴和头发。再往后就只能从上往下数了。爱丽丝。为了方便，我们给了她一个名字。"

在给多米尼克的一封信中，雅尼娜谈到过一个首字母缩写为P.R.的酒吧，有点像是"天堂"的缩写。"我对您说：'说吧，说吧，说点什么。'这样我才不觉得孤单。而您就谈论起了我的裙子，您对我说，我很美。当然我很想砸烂您的脑袋。在P.R.酒吧，想到要和让解释，我就感到害怕。您在做什么呢？我的指甲深深刺入您的皮肤，您望着我，目光直直的。……现在我甚至没有精力想您,像以前那样,因为以前我觉得您离我更近。没有您,我什么也不能做,因为这让我感觉很不舒服,身体上很不舒服。什么也不能帮助我度过您加诸我身的这种恼火的感觉。不要对我说'对不起',因为听了这话我会把拳头塞进您嘴巴里的。"

小说的其他章节是一个个独立的短篇,不是很现实,重点在于重新描述女主人公的感觉。作者又重新启用了街头偶遇陌生人的主题,女人去他家就只是为了做爱,在一种"新奇的"感觉中。男人属于那类"偶遇的性伙伴",对于女人来说,他反过来成了某种"抽象"。然而女人对自己的放弃与第一章多人性爱场面是一样的,她一动不动,一副祭献的姿态。色情的叙述中也有荒诞,在《一条美丽的腿》中,雅尼娜描写了男女之间什么也没有发生的某个场面,因为女人只想着自己的双腿要占据所有的位置。在《爱丽丝的天堂》中也有一段很像《O的故事》:《爱的奴仆》。女主人公名为伊莱娜,和阿拉贡的《伊莱娜的阴户》中的女主人公同名,伊莱娜要参加一场多人性爱的游戏,而她是其中唯一的女人。有个熟人建议她来自己家,说喊一些她不认识的男人来。而她的参谋一直对她说,一个女人和几个男人的性爱是很难组织的——双双对对的交换更容易一些,但是伊莱娜坚持自己更喜欢成为欲望的唯一对象。

她脱去衣服,躺下,遮住眼睛,这样就可以一无所见,也不至于日后在街头认出那些"一小时情人"来。伊莱娜和快感的关系是灵肉脱离的,超脱却又平庸,她的身体只是工具而已。"她的身体是一道屏风,在这道屏风之后,她能够非常平静地安顿下来。和他在一起她是个聪明人,但仅此而已。因为对于她也罢,对于那些享用她的人也罢,他都不过是对象而已;一张面具,在她决定投身于某种色情幻想的时候。接受男性的观点是有好处的:'作为欲望对象的女人',对此她并不感到恼怒,但是她还是反过来宣称'作为欲望对象的男人',伊莱娜怀疑这样的叫法会引来普遍抗议。"她是个离婚的女人,但对"性有要求",用陌生男人来体验快乐,这样就不会有痛苦,不会有对身份的质疑。在投身于这样的游戏之前,她总是先喝上一杯,这样能更为坚强:"酒精的水网沿着她的喉咙蜿蜒而下,这是生命悲剧性的浓缩,使得她浑身通红如烙铁一般。伊莱娜呛住了,咳了起来。"

伊莱娜像一座雕像般一动不动,双臂垂在身体两侧,很快她就把自己当成一个简单的性器官来看。尽管面前的男人有很多,她却只和一个人在做爱:

"但是无论他们有多少人,却都是不可拆分的。超越了生命本身所能控制的范围,他们因为欲望而聚集在这里,他们都在这里。就像一棵树上的叶子,或是一座树林里的树。或者,他们根本就是同一个人,只有一个人,伊莱娜一直将自己奉献出去的唯一的那个人。"这个人有可能是发起这场游戏的人,是她试图通过别人引诱的这个人,仪式的主人——她的参谋,一直陪着她的这个人,是弗特里埃。

《一生的女人》讲述的是卖淫嫖娼的经历,小说中,一个男人付钱给一个女人,为了拥有她、"抚摸她"、"虐待她":"她属于他,从头到脚都付了钱。难道她不是很顺从吗?只要他的手一用力,辛西娅就让步了,摇晃着,摊开来,任由他穿透她。"接着过分的顺从让他感到很乏味。"仅仅是被动还不够,必须置她于完全无力反抗的境地,让她喘不上气来。"虐恋与嫖妓,与侮辱欲求的女人之间有一种天然联系。

《保尔和维吉尼娅》是关于夫妻的一则寓言。小说中的男人和女人一周见两次面,星期二和星期五,每次见面时间为一个半小时("数着时间过")。男人住在工作室,工作室里有画、钢琴和自动木偶,与弗特里埃家很像。故事经历了肉体之爱、消退和突破,直至维吉尼娅提出分手。

最后一章《香榭丽舍》中又回到了第一个故事中的部分内容,尤其是在关于花的类比上。故事发生在法兰西岛的一个地方,作者回忆起曾在这里见过"一束奉献自己的女人",还有一个男人在和伴侣做爱之前侮辱她的场景。对于酒吧的描写——酒吧和别的酒吧并无分别——酒吧传来音乐声、呼吸声和女人的叫声。在这间酒吧里也是一样,好几个男人上一个女人:"盛大的传宗接代的活动。蜂箱就在不远的地方。雌蕊的玫瑰几乎全裸,身旁是颜色更为深暗的雄蕊玫瑰。一组有五个到六个。一个倦了,就向下一个做手势,而下一个则赶紧占据位置,唯恐女人趁这间隙交换什么意见,并且推开他们,从两个生殖器之间脱出身去。"

雅尼娜·埃普雷将赤裸的身体与多人的,直接的性爱场面与花或树的雄雌相比较,描写所谓的"纯粹的裸露癖"。她将这寓言推至极限处:丈夫强迫妻子和其他男人睡觉。她只用过一次第一人称,那是在小说的结尾。但是小说相当一部分具有自传性质。与《O的故事》的相似性也很明显,尽管两部小说的出版年份相差很远:《O的故事》几乎比《零度厄洛斯》早二十年,但是多米尼克的一部分灵感完全有可能来自雅尼娜——那时她们已经相识，同样，《零度厄洛斯》也很可能是雅尼娜对《O的故事》所作出的回应。

雅尼娜还是弗特里埃的妻子时，她不敢将自己与他所经历的色情场面写进小说，甚至在他活着的时候她也不敢。只有在葬礼工作开始之后她才敢有所尝试。雅尼娜的色情情结与O的极为相似：并不是弗特里埃或是斯蒂芬爵士要嘲笑她，折磨她，而是她自己要求受到嘲笑和折磨。在她的信中，她说自己是在承受弗特里埃的性倒错，但是弗特里埃很可能只是这类活动中一个"特别的观众"，而这类活动源自于她自己的意愿。作为作者，雅尼娜和多米尼克·奥利之间有一定的差别，她的小说都用了真名，她拒绝躲在笔名后面。另一点她不能用来冒险的事情是波朗、弗特里埃、多米尼克和她之间的四重奏。为了保证彼此之间的自由关系，保守秘密是一个重要前提。而《O的故事》中的四重奏——斯蒂芬爵士、勒内、雅克琳娜和O——与实际生活中的四重奏并不完全对应。也许弗特里埃和波朗共同组成了斯蒂芬爵士，雅尼娜和多米尼克则共同组成了O，小说人物具有现实的一面，但也保留着小说人物固有的虚构的一面。四重奏的结构勾勒出多米尼克爱情生活的结构。她有可能爱过两个男人：梯也里·穆尔尼埃和让·波朗，还有两个女人：埃迪特·托马斯和雅尼娜·埃普雷。

结　论
四重奏的尾声

多米尼克从雅尼娜和弗特里埃身上汲取灵感创造了O和斯蒂芬爵士这两个人物——这是两个人物真实存在的现实成分。多米尼克幻想中的这个顺从、奉献的女人，放弃自我直至自我消除的地步——价值为零，同时也是O这个不是名字的名字的由来——在雅尼娜与弗特里埃的关系中得到了具体的体现。这对夫妻周围还有其他人——弗特里埃的其他女人，雅尼娜的情人，包括其他伴侣，比如波朗和多米尼克。波朗是弗特里埃的知己和同路人，多米尼克是雅尼娜的朋友和情人。

雅尼娜离开弗特里埃之后，这曲四重奏便不复存在。波朗站在弗特里埃的立场上，与他一起为雅尼娜的离开而感到痛苦，这有他们在那个时期的通信为证，而多米尼克则支持雅尼娜离开。波朗不能忍受雅尼娜所采取的行动，弗特里埃则认为多米尼克是造成他们分手的罪魁祸首。多米尼克曾经就雅尼娜看望弗特里埃的事情和他讨价还价，前提是他不再喝酒。

雅尼娜写信给多米尼克说："我本想在电话里和你说，但是我做不到。电话里时间过得太快了，话都插不进去。我有很多缺点。但是有一个优点，我很直接，如果事先没有说出来，那么我既不会痛苦也不会怨恨。我感到很抱歉，其中有两个原因。第一个原因是星期一'早晨'的电话。当然，早晨有好几个小时。可能确实有好几个小时。如果我确定您是故意让我等的，也许我宁可不来看您，因为这摧毁了您在我心里的形象（尽管我有所怀疑）。如果您不是故意的，那您实在太冷漠，太缺乏想像了。您不知道等待是什么吗？反正我的神经遭到了严重的损害，我甚至不得不想，星期六您也许根本没有病。但是我不愿意这么去想。不，千万不能让自己这么想。第二个原因是晚上您那句客套得可怕的话：'如果不打搅您的话，如果您正好经过……'也许您希望我们之间变成这样，多米尼克。有太多的人之间是这么说话的。当然不是因为这个星期二我没有去巴黎。我可能会对自己采取更为严厉的惩罚。我实在很难过。我答应过让三点半去。这也就意味着我要在三点十分离开您。作为交换，他答应我不再喝酒。两个月前，我有可能跳过他直接去见您。当然，昨天晚上发生的这两件事让我变得像您一样理智，我想还是为了他留下来。善占据了我的心灵。他比平常醉得厉害，不过醉得刚好，因为几乎没怎么费劲就睡着了。醉死，让我能够大大地喘一口气。瞧……今天，是我的生日。我向让要的礼物是让我独自待一整天。替他看病的人来了之后，我们应该一起去巴黎。但是我不够好。因此推迟到明天。如果碰巧明天早晨在电话里您告诉我星期五不行……（而且星期五还有一顿午饭饭局。但是我拒绝了。）指责某人，这不是缺点，相反，这很可能是信任和关注的表示。本能，哪怕是恶意的本能，也比骄傲的节制要好。（也许从这个角度来说，让·波朗比您要好。）我不是嘲笑您，从来没有嘲笑过您。我也不是在耍心眼。也许我是在寻找并不存在的东西。但是我还在寻找。我没有放弃。我是需要花点时间来理解的人。因为我爱您，这非常愚蠢，非常愚蠢。但是这当中没有什么可笑的地方。"

雅尼娜的恐惧来自于她迷恋上多米尼克的节奏，她觉得和当初迷恋上弗特里埃差不多。然而，感情上的竞争，哪怕只是在想像中的感情竞争，对于弗特里埃来说都是不能忍受的。"昨天夜里，我做了关于您的噩梦。（不过这说明我睡着了。）您像一只跳蚤一样从一个家跳到另一个家。而您没有地址！即便我对自己说，我只是病了，这也没有用。甚至在清醒的时候，我仍然那么害怕。危机在加剧。今天我必须见到您或是听到您的声音，或是读到您的信。也许，我会像溢出来的牛奶一样流下来，只要碰到表面，就立即落下来。现在走，星期天之前回到沙特奈，这无济于事，因为我不能见到您，甚至不能听到您的声音。而且您没有给我写信，当然首先是因为我不在。星期一也不在，因为您不能够理解。不能理解为什么会有这样的危机。上两次我们见面时我还是很理智的。甚至昨天早晨给您写信时也还很理智。我计划着如何和您度过幸福的几个小时。

而现在，这一切都成了奢望，在不可触及的地方，高得我看都看不清了。为此我先向您表示歉意。但是我又能怎么做呢。哦，我的痛苦竟然没有载体，这真是一件可怕的事情。而不是安静地等待。我真是一分钟也清静不了。不过至少有一天，如果还要持续下去，持续若干年，如果我最终真的成了这样，我希望它足够强烈，无法忍受的程度足够让我产生勇气切断一切。我不知道在认识让之前是怎样的。我从来不会为了谁而感到焦虑。我只关注我自己。这是肯定的。后来我以为只有让能让我这样，而现在，我发现和您在一起也是一样。那又怎么解释呢。我是不是应当告诉自己，和您在一起是我的运气不好。应该告诉自己只有环境才会构成恐惧。说我对您的这种需要演变成强烈的焦虑非常正常。而且不仅仅是我会如此精神错乱？我当然有足够的理由焦虑。想到您一个人在床上翻来覆去地哭泣，我无法忍受。我想用抚摸覆盖您。"

弗特里埃对她们俩的关系表示反对之后，波朗介入了，禁止多米尼克去看雅尼娜。波朗这样做一方面是出于嫉妒，另一方面也是因为弗特里埃的哀求，弗特里埃因为雅尼娜要走感到非常痛苦，指责多米尼克是这件事情的罪魁祸首。雅尼娜当然在多米尼克这里寻求离开弗特里埃的力量，但是她并非为了多米尼克才走的。多米尼克担心波朗生气，同意与雅尼娜保持一定的距离，而雅尼娜却恳请她不要抛弃自己："请原谅我在夜间又给您写了这么一段。是的，我越来越不能控制自己了，但是我觉得，您即将置我于噩梦之中，再也走不出来的噩梦。哦，不，这就像'浴缸'酷刑一样。即便您不知道，您也可以想像。我是活生生的，多米尼克，从外到内都是如此。我想让您明白，我的这种状态并非是亢奋。夜里几乎不是。除了这会儿，这会儿真的是难以忍受。只是因为这黑夜的空茫。我不能够接近我不久之前所承受的东西，而我走出来的步履是如此沉重，多亏了您，我才能升到这表面来。哦，让我喘上一口气吧。瞧，我害怕。因为您说了让·波朗的事情，不要仅仅只是对我说，'我们不能见面了，因为……'您现在正在做什么呢？是不是您所谓'和我在一起没什么危险的事'。您必须说清楚。您真的是如此虚弱，因为虚弱而没有把握吗？或者是别的什么？说一说，现在就说。对于我来说，做一个过客一点也不好玩。但是也许我让您感到害怕。因为我总是把一切都看得很重。哦，我还能做什么呢，除了写信，和您说话，摇动您，想要从您这里得到及时的回答。一切都向这不好的方向去。啊，无论如何，您喜欢这种碰撞的感觉，我敢肯定，喜欢牵着您的小羊羔。您听好了。我需要安静。为什么我总是没有这样的权利？我做了什么坏事？您不能把我一个人扔下。我可以很理智。但必须在这一点上我对您有所确认。"雅尼娜与多米尼克中断情人关系与她和弗特里埃分手有很密切的关系。

在雅尼娜能够爱多米尼克的时候，非常奇怪，她能够忍受与弗特里埃之间的关系，然而与此同时，她也希望摆脱。但是如果她不再能见到多米尼克，而只是出于恼火待在弗特里埃身边，相反，她却不再能够忍受他，那就是真的要消失了。"哦，多米尼克，一切有待重新开始。而如果说我还能够给您写信，这只是因为您不在眼前的时候，仿佛是另外一个人，和我见到的不是同一个人。不在的时候您倒是恒定的。在的时候，您上上下下，所有的层面都要去。一切有待重新开始，因为平台又一次被动摇了。我上来了，但是太脆弱，抓了一把的石头，我又掉了下去。多么可怕的一顿饭，今天。您简直无法想像。您根本不能理解。我想，对于我来说，相比较之下，可能'让的夜晚'反而更加容易承受。因为我害怕，我在和自己，和我自己的理智作斗争。但是这一切并不比这顿饭更能够伤害我。星期二到星期三的夜晚让我在体力上和精神上都疲惫不堪，很长时间也没能恢复。但是今天，我什么也读不进去。我无法集中精力——在我的思绪之外集中精力。并且，关键是星期二晚上回来时，尽管疲惫，我却很幸福，即便不是因为所发生的事情，真的，我仍然还是感到幸福，第二天也是一样，仿佛我同时分裂为两个人。一个再也不能承受的人和一个感到幸福的人。但今天只剩下了一个。当然，您也无能为力。我永远不可能适应人们那种表象的层面。如此完美，能够适用于任何状态的层面。我做不到。（哪怕只是一个细节：您大概从来没有看到过自己的样子，和伊丽莎白打招呼的时候，您的笑容是多么的明媚。这和对我微笑有什么差别吗？不见得。）于是我看见这顿饭完全以让所预料到的方式在进行。就像他一直对我说的那样，不断地重复，但当时并没有伤害到我，因为那时我对您很有把握，而这顿饭就这样重演着原先的一幕，完全相同，甚至超出了我的想像。（我并不期待有什么完全出乎意料之外的气氛，噢，不是的。但是他竟然这么可爱！而我望着他，他感到很满意。）不过无论如何，我还是为自己对您说的那些话感到抱歉。我真的感到抱歉，对您所经受的一切。我原本可以解释一下，将这句话保留到合适的时候说。但是我没能做到。因为绝望。同时，我已经决定——

只要说出口,只要和您的一切都结束了——消失。这是非常没有逻辑的事情,只有您能够使我留在让的身边。我理解您的理由,而且很快就紧紧抓住了这些理由。但是无论如何,这一切还是抹去了自星期二以来我所体会到那种美妙的安全感。我想要重新找回那种安全感,我要,我要,这比其余的一切都要好。就像闭上眼,相信自己很快就能睡着的那种感觉。(当然对于您这样很容易睡着的人来说,您是不会明白这意味着什么的。)这是重新找到最初的童年时光的感觉,那样一种天真,一种无忧无虑的安全的状态。这种感觉可以抹去一切成为最糟糕的阻碍的细节,因为没有人会把这样的细节当真,只要您不是立刻赋予它普遍的意义。只有孩子可以拥有一堆细节,对于他们来说,一步就是一步。但对我们来说不是。您懂得我说的是什么。我的童年不见了,这一点毫无疑问。但和您在一起,某种我匮缺的,但却是必不可少的东西又突然出现了。如果您愿意,可以称之为柔情。然而应该是另外的东西,同样重要,是另一个层面的——今天我不想谈。但是有一天,我很清楚这其中的原因,我会告诉您的,我的内心深处发生了逆转。对于我要说的东西,您一定会感到惊讶。我想再一次闭上眼睛。在现实生活中合上眼皮,闭上眼睛。我不认为这应该如此重要,如此令人平静(哦,镇静药,多么荒谬啊),尽管欲望,神经质般地计划过了。尽管事情有两面,还是不能说'噢,不!'可以有,但是没有。有,却也没有。事情就是这样的。您知道我在说什么。"

尽管雅尼娜离开了弗特里埃,尽管四重奏渐渐消散,两个女人还是在想像和梦幻的层面保留了彼此之间的爱情关系。色情小说女作家喜欢编造和倾听绝对之爱的故事和极端的性体验。"因为您,您喜欢见我,'按照事情原本的模样抓住它们'(然而我不能理解这一点),这是因为您适合这样。那您又为什么要参与到我的一团乱麻中来呢?但是只在一点上,我会和您说的。我有非常强烈的感觉,只有我有'悲剧'可以对您讲述的时候,您才能容纳我。如果我很'平静',没有'故事',我只是静静地向您走来,很明显,您缺少点什么。难道我来的目的不是制造点'悲剧',感受到您还活着,让您震颤吗?最为强烈的振颤,因为我爱您,觉得需要感受到您完全的存在,而且也许我能够做到。您知道我要说什么。这可以将我推向很远,就是为了更好地感受到您。因为编造故事,这可能是一种解决的方法,但是我不能。这可能会失去一切权利。然而相反,我一直被自己的想像力推动着,我觉得想像力是生活之闸,仿佛一种无能，强迫我经历一大堆没有用的，或是完全避免不了的事情。而且我总是试图将它们置于危险之中。这也是为了更好地向自己证明的确经历过。仿佛生活真的需要这种空茫之绳上的晕眩感。而您，您还是一面理想之镜。我没有办法感觉很好：将自己打发回我的'不幸'或'行动'中，将之放大，重新经历。放心吧，不管怎么说我还是理智的，但是……我的脾气说到底是一种完全的惰性，喜欢在想像中找寻避处，然而，对于其他人所不能预见的危机，我会有所行动，并且想要真正地进入生活。在我的一生之中，这是第三次进入这样的时期，而这一次已经又将近一年半的时间。前面的两次，我颠覆了一切，但是每次都需要花上不少时间。而且说真的，有一次，我觉得这是能够感觉到您在身边的唯一办法。当然，还有一种不伤人的方法，但是您不喜欢。我非常好地将两种方法结合在一起。我必须通过这种或者那种方法来触动您。（这正是这些短暂时刻的危险所在，白白地关在时间中，必须尽可能地集中感觉。）不管怎么说，还是给我写写信吧。在这封信里我没有问问题。因而不需要回答。但是和我说说话，就说说我和您说的这些事。我会喜欢的。如果我十八岁，您就会瞧出差别来了！我曾经充满激情，或是干脆萎靡不振。而且，我想到这个觉得很有趣。写作不是一种发泄的方法。我的性格应该是'浪漫'的。但浪漫正是我避之不及的东西。我希望我的东西能够'不动声色'。因而我必须经历这一切，而不是'不动声色'。但是您放心，我永远不会把您加入人物中，加入我将来所做的事情中。您最多也不过是拥有一部分词语。我今晚九点钟走，一个人。而且也是一个人在火车站。我希望能在这会儿，八点到九点之间见你一面，希望您能陪陪我。这就是我为什么会在昨晚给您打电话的原因。但接着，我就突然感到了害怕，仿佛千钧一发随时弹出的栅栏，只要我揿下按钮便会出了轨道。因而，如果您拒绝，或者我感觉到了您的犹疑，我就会丧失理智，作用力完全向后，等等。而为了拥有您，我觉得自己已经做好准备，不仅做好独自一人乘坐这趟可笑的火车，还准备好迎接所有的一切，再严重也不怕。（例如去医院，或者进监狱，如何？）但是我不再是十八岁。并且，您知道的，我不会一个人乘火车。我肯定要出错的。不管怎么说，这还真是复杂的事情。"

多米尼克和雅尼娜都喜欢将现实与梦幻混淆在一起，但是各自的方式有着很大不同。多米尼克喜欢纯粹的梦幻，《O的故事》正是对于她的复杂性爱的一种影射。她和男人、女人之间都有故事，同时或者不同时，她是一个秘密的、谨慎的纵欲主义者。她不在乎撒谎或是掩饰，只要是为了保护自由。但雅尼娜正相反，她是一个直接、坦率的女人，在性行为上有些过度，遭受到了酒精和镇静药的摧残，还有弗特里埃在精神上和肉体上的暴力。在实际行为上，她比多米尼克走得要远，但是与她一样耽于幻想。从自己的实践出发，雅尼娜想像自己处于色情的中心，是快感最美丽的对象，并且与此同时，能够献身于自己所爱的男人。讨他的喜欢，向他证明自己的爱情，她接受所有的过度与折磨。如同O在斯蒂芬爵士的欲望前所表现出的那样。

与《O的故事》相对照

《O的故事》写于多米尼克·奥利与雅尼娜产生这种特殊的爱情关系之前，因而，说O这个人物受到雅尼娜·埃普雷的启发似乎有些自相矛盾。但是在和雅尼娜以这种方式交往前，多米尼克有可能早就从波朗那里听说过雅尼娜和弗特里埃的故事。故事很可能连接上了她自己的某种梦幻，就像她那一代的艺术家和作家都很热衷色情一样。弗特里埃与雅尼娜，斯蒂芬爵士与O之间是以两种不同的方式相吻合的：一个属于现实域，另一个则属于想像域。两对人都交换性伴侣，并且，一个女人属于若干个男人，完全放弃自己的身体，为了对一个男人的爱自觉地受到侮辱和鞭笞，从这些方面，雅尼娜·埃普雷都让我们想起《O的故事》。然而相反的是，弗特里埃和雅尼娜之间没有实际行为上的虐恋，也就是说，弗特里埃并没有以斯蒂芬爵士的方式，用锁链、马鞭、皮鞭、铁环和烙铁来虐待雅尼娜。他们之间的关系即便有虐恋的成分，更多也是心理和情感上的。弗特里埃对雅尼娜的统治不需要通过身体上的暴力来实现，不需要通过鞭子和身体上的伤痕来实现。它更是精神上的、侮辱、谩骂——多米尼克拒斥的一种顺从的形式，尽管她在小说中有所呈现。

但是雅尼娜有时会影射身上或脸上的淤青正来自于弗特里埃过度的暴力。有时，他的怒火如此难以控制，如此失去理智，以至于会动手打自己的妻子，但还不是真正意义上的虐恋。而酒精会加剧他摧毁、粗暴、造成伤害的欲望。"早晨我给你写信的时候还是平静的一天。当然。但是，让在早晨十一点开始喝酒。为什么？在那会儿，他出于可怕的激烈情绪之中。三个小时之后晚饭，我想。星期二晚上。又一次单独和他在家，还有两个孩子。如果不是旅行已经离得很近了，今天晚上我就会走的。永远的。我的神经再也无法忍受。别的生活，无论是怎样的，都比现在要好。要不然我就会疯掉。我疼，疼，疼得蜷在一起。我不知道怎样才能坚持下来，因为我是一个人，我不能把饭交给阿尔莱特做，她不在。您的那个裁缝非常好，而且风格也和您很配。看到您这样出现在楼梯上我感觉很难过。而您，您似乎看到我很高兴。您是怎么做到的呢？让正在壁炉里生火，一堆乱七八糟的木头，他自己也乱七八糟的。也许一切都将烧掉，房子，生活。在餐具桌上有一瓶新的威士忌。但是还没有任何事情发生。一次就足够了。如果我的母亲不在我身边，多米尼克，我要告诉您，一切就会变得很糟糕。而您至少有可能想过我。这会让我得到支持。您不能弄懂我眼睛究竟是怎么回事。八点钟。在阿尔莱特的帮助下，我终于弄到了威士忌。明天就不去管它了。我平静了些。……现在，阿尔莱特走了，只剩下我和他。其他人还没到。我疼得不那么厉害了，明天是那么遥远。如果我可以同时将自己毁掉，并且肉体上不那么疼痛的话，我也可以帮助他，噢，我可以喝酒，这是最好的解决办法。我喝了那么多，与他共同生活的头一年。只有酒让我能够有所忍耐，让我等待新生，接着我却病得如此之重。接着又是一年。那么多年失去了。今天晚上我要走。不是完全意义上的旅行，而是为了看看和别人在一起会怎么样。是很好呢，还是同样不会为我带来任何东西。我接下来的决定就取决于这次旅行。您是我的失败，因为您对我而言太多。我想知道，在平庸的事物和正常的关系中我是否还能活下去，是否还能感受些什么。我疼，噢，我疼。神经参与进来的时候真是不堪忍受。"

雅尼娜害怕弗特里埃，当她觉得自己不再能够忍受时经常会感到惶恐。但是她也喜欢体验这种危机或是因为没有酒精所带来的肉体上的疼痛："现在我能给您写信了。但是我刚刚所经历的一切真是可怕。我害怕，害怕极了。我还没有完全放下心来。但愿这一切不再重演。今天早晨我最后一次条件反射地拿起一本书，后来我真的明白过来自己根本读不了书，首先是因为我什么也看不进去，其次是我怎么也看不清楚了。因为什么都不能固定下来，我站起身，一直跑到卢普河谷。我必须坚持，努力去想，因为如果我听凭自己沉沦，我会再次昏昏沉沉的，脑袋像放了石头一样沉重，甚至下颌都不能合上。血不再流通，大脑处于瘫痪。这真是可怕极了。您根本不知道这是怎样的感觉。我找人来按摩过了，有所放松，但最关键的还是谈话。多米尼克，这两天以来真是可怕极了。我不再感到疼痛，甚至不再吃药，但是我坠入了虚无里。您能明白么。现在，我回到了家里。两个孩子在我身边，我尽量坚持住，因为我时不时还是会头晕。我再一次感到疼痛。一切都恢复了秩序。我必须告诉自己一切仍然存在，甚至痛苦，我要告诉自己，必须抓住这痛苦，说我并没有消除它，于是一切就正常起来，但是再也没有这紧得可怕的重量，比醉酒、醉死的感觉还要糟糕的这重量。不过我还是害怕，因为我是一个人，几个小时后就是深夜了。我掀起了卢普河谷的革命。我看上去应该很美。我不想留下来。因为在那里，我更害怕。"

然而弗特里埃的暴力并不是只存在于雅尼娜的想像之中，也并不是单纯涉及他们之间关系的本质，而是真正在身体上留下了痕迹："我只有一半脸被打坏了，这自然是符合逻辑的，因为他用的是右手。一只眼肿得像块黑色的，半融化的黄油，鼻子也肿着，仿佛拳击运动员那样。我唯一担心的是在星期六吃饭之前能不能好。否则一切都要延后了。我必须善于修饰。我的那场电影非常不凑巧，因为正好——而这一点是非常不公正的，显而易见是不公正的，他出于善意和伊丽莎白一起去了巴黎（我们自然也是有权利取悦于他人的吧？），完全没有想过要让我明白这是怎么回事。说起来我可能是他最后关心的那个人。由于他不在，回来的时候，我被推到了前台。我是多么笨拙啊！因为是出于好意，所以应该有所补偿。首先是为了他展览的事情要寄快件，而那个保姆及偶然的兼职秘书因为要打我的文章，自然就没有时间去替他寄信。接着，我们从邮局走到奥尔良门，再从城门到那个名为'夏娃'的美丽商店，在商店里，伊丽莎白试了所有的裙子，今天估计她会和她妹妹一起回来了，据说她手上的信用卡是最高的透支额度。'但是不会超过五十万法郎，这实在是很划算的，尤其是和电影的直接成本比起来，我已经丢了一百万，因为今天早晨我太神经质了，不能工作。'由于钱是这世界上最重要的事情，只要有钱什么都能买到，评论（绘画的）也包括在内，还有我。但是这个我是没有权利离开家的我，在给您的电话里我忘了应该使用的最后一个借口。'我是阿拉伯人，就这样。'/我还有写作的权利，左手只有手腕上有点轻微擦伤。他试图折断我的手指（还是左手，因为镜子的问题）。不过我的手指是很脆弱的，如果没断，说明他还没坏到那个程度，而且不管怎么说我总还活着。还能期待点什么呢。活着，平静得美妙绝伦。带有那种神秘的迷醉的风格。还有，出租车的一幕也很美。因为我是那么害怕，所以想办法留在院子里等出租。如果必要，可以随时走。我享有了一回被扔进出租车的权利，在门边象征性地待了一会儿，很快就被拽了出来，扔进厨房。这些想法倒是有逻辑的，可我不想写东西，这是多么遗憾的事情。这一切都是生活的巨大浪费……我想到了洛丽塔的谋杀，今天夜里重演了这场景，这样我才不至于拿起手枪，或者出现浸满了鲜血的布娃娃碎片。是的，坦率地说，对于小小的、坚硬的子弹来说，人的身体太柔软，而且充盈着太多这种红色的液体！"雅尼娜不服从弗特里埃的欲望时，或是不满足他的快感，他就打她。弗特利埃与斯蒂芬爵士一般威严、暴力，除此之外，他们还有一点非常相像：弗特里埃有一点英国腔，因为他在英国长大，而且是在英国受到绘画方面的训练。

《O的故事》中的确有雅尼娜·埃普雷的影子，从境遇以及从她与弗特里埃的关系而言都有类似的成分。而《一个坠入情网的女孩》中也同样可以找到和雅尼娜·埃普雷的纠葛，但这次却是雅尼娜和多米尼克的关系得到了一定体现。情人的时刻总是受到限制，"突然，事先约定好的时刻到来了——手表从来不曾离开过手腕——必须走"，多米尼克所有的感情纠葛中都有这样的场景。和波朗，和穆尔尼埃，和埃迪特，但和雅尼娜在一起也是一样。因为所有的这些感情都是秘密的。

"但是这是在一片空无中说话。难道不是针对您所有的自尊反应吗，我应该足够聪明，耸耸肩膀也就算了。但是我太难过了。您需要事实，最接近的事实。昨天，我也许不应该对您说：'我再也忍受不了您了'。过于残酷。但是没有在您第二次看表时，搅过您的肩膀（我原本应该这样做的），并且对您说赶快走省得迟到之类的话来得更残酷。您看表也不偷偷摸摸，只是在字里行间特别强调时间的急促。您真是太笨了，笨得可怕。难道您就不能更简单些吗，一到时间就坚决站起身走，不管我说什么。总比半个小时都在窥伺着时间要好得多。（因为正好是半个钟头。）而如果我自尊，我可以认为您是急于离开我。我同意，那句话我原本可以忍住不说。再说您的反应也对我做出了充分的惩罚。但您是不是意识到，您对我的回答是多么巨大的打击？我一直在考虑这个问题。'我很可笑，我不应该特意（但这不是真的）来这里看望一个无法忍受我的人。'我承认这话让我很是吃惊。从这点上来说是不是因为您的自尊心占了上风？不管怎么说，不管您是出于笨拙，还是出于天性，您就是您，当然。我也许可以尽最大的努力注意和您在一起时的方式。我可以对自己说，您没有对我横加指责，这样我就可以尽量不流露出自己完全让人无法忍受的那一面。是的，是的，是的。您发火好了，多米尼克。打发我走。哦，总之是以您的方式，也许是渐进的、缓慢的方式。对此我一点不在行。很久以前，您要我保证，如果生气了，千万要告诉您。我这么做了，虽然有些极端。难道说诺言不应该信守吗。我做到了，可我下次做不到了。多米尼克，这些东西我是不该写的，而是应该说出来，当您在我怀中的时候说出来。但是我没有时间把一切都说出来（或者写出来）。再说当您在我身边的时候，我是那么珍惜。但是为什么一切会变得这样糟糕呢？是不是我的神经状况因为身体上的痛苦而被颠覆了呢。原谅我。或者推开我。因为现在已经太多了。或者不，不要这样做。对不起，我对不起您的比您对不起我的要多。多米尼克，帮帮我，不要让我毁了您在我心里的形象。帮帮我。多米尼克。我们无法通过信来呐喊，来撕咬，来拥抱和窒息。我再也说不出什么来了。什么也说不出。我再也无法做到。我没有夸张。多米尼克，我求求您，找点什么和我说……但是您能感觉得到，我是多么在乎您。怎么办呢？是我应该离开的时候了。"

很多秘密的关系都是在多米尼克的车里发生的，因为她总是开车去找他们，或者把他们带到什么地方。在《一个坠入情网的女孩》中，多米尼克说曾经把情人带到车里，这是他们约会的主要场所之一，从性质上而言移动的场所："女孩开的老式汽车，把他们带到动物园去看长颈鹿，春天去巴加代尔城堡看鸢尾花、铁线莲，秋天看紫菀。"多米尼克一直都喜欢和波朗一起看动植物，但是她也会用同样的方式，用那辆老式汽车带着她的女情人，女情人随后在信中写道："汽车抛锚的那会儿，只有我们俩。我觉得就是这样。我还能感觉到刚刚够我紧紧贴着您的位置（信中的位置），您关了灯（车里的灯），因为黑夜和树林有可能看见我们。"

两个女人在一个复杂的时期相爱，对于各自的社会生活、家庭生活和职业生活而言都有可能构成威胁。多米尼克懂得如何保持适当的距离，尽管雅妮娜自私、不事通融的个性，多米尼克却并没有被两人之间的感情弄昏头。唯一为之痛苦的是雅尼娜，因为她希望多米尼克提议两人一起生活，这样她就能从与弗特里埃的关系中脱出身来，弗特里埃变得越来越难以承受了。好几个月以来，他们之间没有任何温情的表示，雅尼娜与其说是他的妻子，还不如说是他的护士："今晚我留下来了，在他身边睡了一个小时，他不停地呻吟，不愿意一个人待着。他似乎半睡着，醒来仅仅是为了呻吟，为了确认身边还有人。他醒了大约十次，或者十二次，以至于我都不觉得自己是在他身边了。对于我来说这一点好处也没有，太迟了。让起身的时候，我对他说，我现在可以不管你了。他也没有留我。他睁着眼睛，在分辨外面的脚步声。我这样说的时候一点也不觉得苦涩。我见您的时间太少，我需要在您的怀中，太需要，如果说我如此看重您的态度，这真是难以理解。如果我天天都见您，您是什么样我自然就怎么看待您。但是要这样的话，您必须尽可能多地和我在一起。"

弗特里埃对于妻子的魅惑已经到了头，妻子比他小很多，也曾经想与他一起分享作为艺术家的种种问题。"我对您说：如果我不是还在写作的话，我再也不想要目前的生活了。用别的任何一种生活都可以替代它。不管是什么，就是不能和这个男人在一起，不管是别的什么目标，总之不能是这样一种不幸、孤独和囚禁的极致。当然，我从中也得到了某种东西，一种本质的材料。即便不是，也是某种东西，而我的内心具备让自己幸福起来的一切措施。好吧，这很平庸。但是付出了极大代价。今天我不再能像那天一样对您说我很幸福。您太不自然了。太害怕自己有自然的流露，太克制自己。不管是多少的一点点东西，但是您没有捕捉到，我喜欢这样。"

弗特里埃对多米尼克所产生的怀疑在某种程度上是他不再自信的标志，对于雅尼娜而言他不再具有权威性，这种不自信将他排除出了与雅尼娜的关系之外。"多米尼克，您很清楚，我的愿望就是不失去您。但是对于我来说，不忠诚正是伴随着思想而产生的。从开始的那一天，我就决定所有一切和您有关的事情都不应该与让和我之间的事情有什么牵连。没有任何姿态可以使之变得严重。我没有向自己的意识妥协。而我的神经之所以仍然在震颤，这也不是毫无道理的。在太短的时间内发生了太多的事情。我还要对您这样说，尽管您不相信。不信就算了吧，不过我还是要说。从来，我都没有对一个女人产生过这样的感觉，甚至我不认为这样的事情会在自己身上发生。（有时我的态度具有某种欺骗性，但是这是一种挑战，对于我所处的女性地位的一种反抗。）以至于我开始假定，我对于您的也可能是爱情之外的某种东西（例如说我并不是很期待的友情,因为这不是一个适合我的词)时,我非常非常失望。就在不久以前,当我们也感染上了所谓的'传染病'时,我彻底地被颠覆了。我不是很明白究竟发生了什么。除了在开始时,我很确定自己需要向您献出一点什么的感觉。而我在找寻一点什么……您应该注意到昨天让和您打招呼的时候,他看您的时候所显示出的傲慢。就因为您向他要我的照片。但是这没什么结果。女人不算什么,绝对不算什么。我们不过是动物,动物都可能反刍。甚至想到这些都让人觉得好玩。只有我对您表现出的爱情会让他感到焦虑。"

雅尼娜与弗特里埃的决裂突然来临,给弗特里埃带来了很大的伤害。弗特里埃病了,一九六四年,也就是他们分手两年后,弗特里埃辞世。弗特里埃的辞世让波朗感到非常痛苦,很长时间才走出他去世的阴影。他的情绪很激动,写信给自己最亲密的朋友之一茹昂多说,他认为雅尼娜是造成弗特里埃过早辞世的罪魁祸首。"弗特里埃的死亡给了我很大打击,我到现在也还没能恢复。他知道自己快死了,首先想到的是要娶雅克琳娜·古辛为妻,她在两年的时间里没有离开他一步。你知道的,雅尼娜——在无数次争吵,甚至发展到动手之后——于前一年离开了他。尽管为病痛所折磨(前列腺癌),他也没有想过要报复雅尼娜,没有阻止两个孩子去看她。好吧。我们星期一相聚在他位于沙特奈的卧室中,市长助理、证人(我是其中之一)和神父。我们只是在等他的女儿,小曼努埃尔:所有的许可都具备了,弗特里埃躺在床上,比蝈蝈还瘦。警察局打电话来说,曼努埃尔宁可待在母亲家里,也不想来参加一场她并不同意的婚礼时,我们正进行到新人回答'是'的阶段。听到这个,弗特里埃进入了一种疯狂的愤怒之中,他在叫喊,如狂风暴雨一般。他的嘴边涌出了白沫,他努力想吞下去,但是他呛住了。这是一个伟大的画家(为了让你能够在日后仍能想起他,我给你寄一幅他早期的画作,《基督》),我对他有一种难以名状的友情。"多米尼克继续去看望雅尼娜,当然是瞒着波朗。几年后,雅尼娜和自己的医生勒内·罗杰结婚。两人在默东安顿下来,雅尼娜还经常去布瓦西斯看望多米尼克。八十年代初,多米尼克开始丧失记忆的时候,雅尼娜也不再去看望她。后来她和丈夫搬到科西嘉岛生活,在波提西奥附近。她至今仍然健在,用阅读打发时光。

神秘的通信

多米尼克·奥利是一个非常神秘的女人，变换身份，藏起爱情生活的种种痕迹，她的感情关系有时是同时存在的，有时彼此之间没有交错。但是她保留了大部分通信——相信自己把它们安放在相对安全的地方。埃迪特·托马斯去世后，多米尼克去她那里取回了两人的通信，这样就可以放在自己这里，而不是给一个她们都不认识的女人来保管。精心地收藏通信，并且藏起来，拒绝暴露于公众视野之中，听任别人来讲述你的故事：多米尼克是个喜欢矛盾的人。她一直让爱情处于地下的状态，一方面是为了不让自己的亲人感到尴尬，另一方面也是为了保证自己最大限度的自由："我很愿意成为自己生活的证人，但是前提是我不能为此冒险成为亲人的生活的证人。如果说我的一部分具有惊世骇俗的一位，我却不想强迫我爱的人知道这一点，并且，即便他们知道了，只要他们愿意，也能够装作不知道。很长时间以来，我的生活彼此交错，家庭和工作是一个方面，爱情和情人是另一个方面，彼此之间泾渭分明，在我看来，这堵看不见的墙非常有必要，而且也是非常自然的。"

但是对于死后保守秘密的事情，她似乎不觉得那么重要了，这是因为在她看来，保守秘密主要是因为实际的需要。如果说她希望自己的爱情生活在死后仍然完全处于秘密状态，那她可能早就烧毁了通信，就像雅尼娜·埃普雷曾经要求她的那样："又一封信。但是我之所以给您写信，是因为我不能说话。不论从什么角度来看，也许我都应该和您一样做。如果您没有销毁您的信件，如果您去世了，这些信会落在谁的手里呢？……我很喜欢别人向我提问题。问题能够帮我开辟一条道路，让我对自己要说的话有所掌握。而即便我拒绝回答，也没什么要紧。我是在非常平静的状态下说这番话的。我如今已经变得非常愚蠢。这样最好。……昨天我很幸运，可以悄悄地回，和我走时一样。除了孩子们机械地问我是从哪里来以外，不过他们也没有听我的回答。是地铁开出的信号让我惊醒过来，让我意识到当时脑子里在想些什么。但是明天，一切都将重新开始。此刻，晚上不太好过。我想我已经到了任何事情都不能让我平静下来的程度（在色情的领域中），除了药片。一切都太迟了，不再能够有理性的解决方案。我期待了太久。强迫的风格具有直接制动的能力……为什么要对您说这些呢。因为您是这一切的源头。而您的'忠诚'——如果这里面有忠诚可言——对我来说太过昂贵了。现在……即便我能够一劳永逸地摧毁您,我也不会选择摧毁您,而是让自己挣脱出您的怀抱,平静而温和。但是这会儿不太好。和我说说话,帮帮我。我知道您的'理性'不会让您首先想到远离我,以期重新理顺这些事情。这封信请您销毁。我还是非常在意友谊的,某种能够接近,能够让我们接近的东西。但是怎么办呢?您知道吗?"

雅尼娜·埃普雷的信曾经留在布瓦西埃多米尼克的家中,外面套着一个小小的淡蓝色的信封,和梯也里·穆尔尼埃、埃迪特·托马斯、莫里斯·布朗肖以及让·波朗的信在一起。多米尼克却很善于保守自己的秘密,她不会在信中盲目地投入,而是更喜欢用电话。冷漠,保持着一定的距离,分寸、谨慎,她很少会将自己感受到的东西表现出来,除了在给埃迪特的信中,或是在波朗最后几年的生命里,她也曾在信中表达过自己的爱情。多米尼克的通信对于我们了解她的同伴——尤其是女性同伴——而言更具意义:在她面前毫无掩饰的埃迪特和雅尼娜。和男人在一起时,她比和女人在一起要保守得多。给穆尔尼埃和波朗的信中很少谈及性,而与埃迪特和雅尼娜的通信则要性感、现实得多。

多米尼克从不抱怨,也不征询他人的意见:她是周围人可以信赖的朋友,并且她对他们非常忠诚。对于周围人而言,她具有一种宁静然而深刻的权威力量。她的父母教会她,永远不要讲有可能让别人尴尬或冒犯别人的话,这就是为什么,在相当长的时间里,她从来没有承认过自己是《O的故事》的作者。有个小伙子是她家的朋友,当着多米尼克母亲的面问:"是您写了《O的故事》吗?"多米尼克的母亲只是回答说:"她从来没有对我们说过。"多米尼克接着说:"小伙子走了之后,母亲问我是不是还要添点茶。就这样,就这样干脆解决了问题。但是我明白。我的自由是通过沉默实现的,她的也同样:她的自由是对知情的拒绝,我的自由是对诉说的拒绝。"

因此,一直到一九九四年,她去世四年前,尽管有种种怀疑和推理,多米尼克一直否认自己就是波利娜·雷阿热。用另一种身份出名,这样的做法让她觉得着实有趣极了,然而她也许并不想留下个人的痕迹。她是一个聪明,富有天赋的女性,二十世纪文学和学术界最重要的主持人,与众多性格各异却令人痴迷的重要人物走得很近,像她这样的人也许也希望自己能够留在历史中。但以一种微妙的、谦卑的和极端个人的方式。多米尼克不是那种著作等身的作家,需要通过深入分析作品才能够更好地了解。她的天赋隐藏于她的私人生活之中，与她的爱情和友情、她的矛盾与秘密、她的严谨与自由不可分割。我们可以通过她的文章和访谈捕捉到她的这种天赋，但更重要的是她与自己所爱之人的通信。秘密是她的使命，但同时也是一种游戏：组织寻宝之旅意味着将宝藏保留下来，小心翼翼地藏起来，制造迷惑他人的线索，废除逻辑，听凭偶然决定究竟由谁来发现它们。

多米尼克把所有通信留在家中，并且让别人以为她已经将信件交给了雅克·杜塞图书馆。一九七七年或一九七八年的某一个下午，她回了一趟自己在《新法兰西》杂志的办公室，告诉和她一起工作的朋友尼古拉·阿布凯尔，说她才将自己的档案交给弗朗索瓦·夏蓬，图书馆的馆长，当时让·夏隆也在场，离他们很近。当时她似乎对自己的决定感到很满意，还说在这之前犹豫过要不要销毁。这个姿态似乎有违其神秘的个性，为了不引起怀疑，她还说增加了条款，直到儿子去世之前，所有这些档案都不得查阅。因此，周围人都相信她的确把通信交给了图书馆，也尊重她保守秘密的愿望。

于是，围绕着这条秘密条款又生出了新的传言：说多米尼克之所以不希望自己的儿子读到这些信，是因为通信中透露了《O的故事》写作前后的故事。说她也许不希望自己儿子知道小说中的某些因素具有自传性质，就此懂得母亲有着相当惊人的生活经历。如果对于《O的故事》中神秘的一部分（或者说真实的一部分）的解释真的存在，那肯定存在于多米尼克与波朗的通信中。波朗是《O的故事》的第一个读者，也是唯一的一个修订者。让-雅克·博韦尔在其回忆录的第一卷中提到过，在小说写作之时，波朗和多米尼克之间有大量的便条往来。与这些便条一起的，自然是多米尼克将写好的手稿一章章地送给波朗，同时还有往返于他们之间的技术性的修改。因而似乎确实有这样的一些信存在，揭示了有关小说创作的前前后后，只是这些信被多米尼克藏了起来。波朗和多米尼克的熟人经常会提到这些信的存在，认为她将信和其他档案一起交给了雅克·杜塞图书馆。但是雅克·杜塞图书馆馆长说从来没有保存过多米尼克的任何信件，除了在弗洛朗丝·古尔德基金会或马塞尔·茹昂多基金会的一小部分信件之外，他什么也没有。其余的档案中心，例如法国国家图书馆或档案馆也没有任何多米尼克·奥利的东西。而现代出版档案学院的让·波朗档案中，也只有几封零零散散的多米尼克·奥利写给波朗的信，没有一封与《O的故事》有关。

多米尼克的儿子菲利普·达尔吉拉表现得相当慷慨，也很信任我。他提到过一部分信的存在，但是发誓说没有一封与《O的故事》有关。等我遇到让-雅克·博韦尔的时候，我向他询问他在回忆录中谈到的便条。他对我说波朗和多米尼克之间关于《O的故事》的通信一定存在，但信已经随小说手稿一起被卖给热拉尔·诺尔德曼先生，这是世界最大的珍本孤本收藏家之一。是博韦尔本人说服多米尼克把通信随手稿一起卖掉，并且为这桩交易穿针引线。热拉尔·诺尔德曼如今已经辞世，他的夫人负责这一系列珍本的保存与拍卖。在二〇〇四年底至二〇〇五年初的冬天，"热拉尔·诺尔德曼图书馆"在马丁·伯德迈尔（日内瓦）基金会办了一个展览，出了一本令人着迷的目录，叫做"不败的色情"。在目录上，《O的故事》的手稿赫然在目，也是该系列非常重要的展品之一，但是通信却完全没有被提及。

展览结束时，我通过信件与莫尼克·诺尔德曼取得了联系，问她是否能到瑞士去看望她，查阅传说中的通信。她彬彬有礼地回答我说没有问题，但是一直到二〇〇五年九月，她都不在瑞士，必须到那时再与她重新联系。二〇〇五年秋初，我再次写信给她，但是这一次却没有收到她的回信。于是我决定打给她的私人电话号码，直接在电话里和她说。她和我说她不知道我所说的什么通信，并且说随手稿一起的只有一封署名多米尼克的信。她的回答让我感到很吃惊，我明白过来，一定是博韦尔对我撒了谎：要么通信并不存在，要么放在另外的地方。一个星期以后，我的出版商雷奥·希尔收到了博韦尔的一封信，在信中，博韦尔说没有必要再去寻找什么通信。他是唯一能够建立《O的故事》的评注版的人，任何关于小说秘密的找寻都是徒劳的。通信即使真的存在，也一定是在他那里。他可能会让多米尼克相信自己已经把信随手稿一起卖掉了，而实际上却是自己保存下了这些信。

也许有一天，可能存在的这些信见了天日之后，多米尼克最后的秘密也随之涌现出来。在通信缺失的情况下，对于她私人生活与小说内容之间联系的分析只能建立在对其亲人、她爱过以及爱过她的人的探询和分析之上。重建这份私人的真相，无论是真实的还是梦幻的，或许没有任何调查可以说是必不可少的。多米尼克·奥利当然与波利娜·雷阿热有相似之处，无论是从精神上和道德上的极大自由，从对魅力女人以及权力男人的趣味，还是从秘密、充满激情、忠诚和特别的个性上来说都是如此。神秘与矛盾是她的两大特别之处：藏起来生活，但同时让大家都在谈论她。波朗经常不无恼怒地对她说："说到底真是难以忍受，您能找到办法让别人注意到您已经消失了。"在色情的实质领域，梦幻和实践一样强大。经历过的部分与梦想的部分是不可分离的：多米尼克幻想自己成为O，一个可以为爱而放弃自我的女人，能够与同性共享恋情，但也能够欣赏男人，能够牺牲自己，但同时保有自己的独特性。然而O的身上也能见到多米尼克爱过的女人的影子。雅尼娜·埃普雷也许是O这个人物最为具体的原型，正是以她为出发点，多米尼克能够将现实与梦幻重合在一起，写下了这个奇怪的故事。和所有的文学作品一样，想像总是来源于作者所经历过的，来源于作者周围的人，而周围的人也会指责作者用他（她）来做素材。

"我不想在信里用过于严重的词。我写信的时候也不是那么谨慎。我不会用大量的'如果'，藏在每个词的后面。通常来说，弄破一个脓肿，就必须把里面挖干净。一号多米尼克。您摆脱不了我，哪怕用尽种种高贵的理由，您无法让我相信，在整整一个星期的时间里，您只有半个小时给我。理由不存在。凭直觉我就能够感觉到这不过是个托辞。我的信让您感到害怕，您在试图寻求如何能尽善尽美地解脱。在这种情况下，别太费心思。粗鲁是最好的解决办法。但是如果您把我看成是一个不正常的、狂热的人，那好吧，我就疯给您看了，这样您也好找到理由，您，以及周围的所有人。为什么我会给您在杂志社的办公室打电话呢，而不是九点给您家里打？又是我们略却的一道无意义的屏障。但是如果您有别的理由不见我，例如说，您只是觉得这会儿不要见我的好，那您就直接对我说好了，我的态度会完全不同。您太操心我（只要是与我有关的事）在外面的行为了，就因为别人。……在提到让·弗特里埃时，您说'您可以拿我的信去，让他放心'。您究竟要说什么？难道您的信除了为我写之外，还有什么别的目的吗？我最不能忍受的就是我们之间这堵由所有约定以及高贵理由构成的墙，这份圆滑、平整的谨慎，还有这类没有人称差别的理由。您触到了我脆弱的堤防。这么些年，我和别人保持距离并不是毫无道理的。现在，二号多米尼克。如果您存在的话。对不起，为第一页纸道一千一万次对不起。我疯了，或许还没有，我还完好无损，不像您一样，感染上喜欢找借口的坏毛病。我会和所有人都不一样，会一直如此。我早就注定要输，要被打垮，好吧，但是在内心深处我是个赢家。尽可能地拿出一点信任、坦率以及自发的情感来对待我。我再强调一遍，在我爱上一个人的时候我是很理智的。

和让在一起我已经证明了这一点，相信我，在最可怕的时候，我比现在要不正常得多。只有在他试图向我隐藏什么的时候，我才感觉到他在'欺骗我'，我就会跳起来。这是我最后的行动方式。多米尼克，我知道您父亲的情况让您感到很焦急，我一点也不想增加您的忧虑。这可以算是我对您的友情的最好的证明（我是说的我对您的友情）。而您爱让，当然。您不需要再次告诉我。我对他也很有好感，尽管看上去——或许事实上真的也是如此——他不同意您和我有接触。而我也是一样，说到底我也很爱我的让（用您的话来说）。这一点不能让您感到放心吗。我们之间对彼此的信任又回来了，除了有时还会小小发作一下之外，实际上一切都很好。我们可以尝试着建立一种友情，真正的友情（我在对二号多米尼克说话），因为此时，您对我已经没有任何情感可言了。您没有一次是以朋友的态度对待我的（我并没有否定我们之间的爱情）。您总是听任我为您担心焦虑，从来不回我的信，口头上的回复也没有，也不对某些可能的东西加以修正。（对于这一点，谨慎只是一个非常蹩脚的借口。）您听凭我来了，用我最真实的方式，最血淋淋的方式，也许我可以说。哪怕您对我有一点点的友情，在某些情况下您都会安慰我的，而如果是在另外的情况下，则只是将我轻轻地推开。在某些时刻正好。您，只有您知道自己能够做什么，不能够做什么。但是您还是很好地利用了我，用来满足您单纯的好奇心和浪漫的趣味，可以带回家，为您提供色情的形象、激情，仅仅是为了您自己，或者为了和某人分享。我不恨您。在这方面，如果这能够让您感到安心的话，您对让·弗特里埃没有什么好害怕的。他对任何一个女人都不会嫉妒。只有男人对他而言才有分量，除非是他不能接受的男人，或者是他不接受的情况下。我完全染上了毒瘾，就像在青春时代一样。吸毒与酗酒交替，只要我不能够确定您扮演的角色，这就无法停止（再说现在已经太迟了）。无论如何，我知道，我不会忘记这一点，我对您的感觉与您能给予我的完全不成比例。我知道这里面有误会。（您不是一个人。您的运气多好啊。而我呢，正相反，谁也不能帮助我。）在这件事上不会有什么严重的后果。我有付出的需要，就是这样。这是我的性格注定的（或者什么也不付出，甚至包括友善）。也许对于别人来说都是很有压力的，不管是付出还是不付出。多米尼克，如果您还在，我请您原谅，原谅我，因为我想要澄清一点什么，因为信任，所以才会给您带来这份混乱。我可以按照您的要求去做。但是必须真诚地向我解释清楚您的理由。无论如何，一点友情对我来说也是足够，但前提是真正的友情，不是装出来的，不能有一点伪装的成分。对待我不能用别的态度。不要试图去找其他的解决方案。您听好了。您，或者两个您，除非您不是唯一能够决定您行为的人。"

多米尼克·奥利和雅尼娜·埃普雷写了同一个故事：O的故事代表的是放弃，而《零度厄洛斯》代表的则是消减。O代表的空茫和没有穷尽，不管是字母还是数字，都意味着绝对的爱，意味着没有任何外在的边界。爱可以是同性之爱或异性之爱，合法的爱或不合法的爱，唯一的爱或多重的爱，女性的爱或男性的爱，自由的爱或忠诚的爱，谨慎的爱或置于大庭广众的爱，唯一重要的只是自我的付出。多米尼克爱过好几个人，男人和女人，但她是以不同的身份爱的。安娜·德克洛爱的是梯也里·穆尔尼埃，多米尼克·奥利爱的是埃迪特·托马斯，波利娜·雷阿热爱的是让·波朗，O爱的是雅尼娜·埃普雷。塞利纳在一九五七年三月十三日给罗杰·尼米埃的一封信中提到过所谓的"被鞭笞的多米尼克"，这既是一个现代的、解放的女性形象，同时又是一个献出自己生命的情人的形象。波利娜·雷阿热是多米尼克·奥利不为人所知的一面，但奇怪的是，她同时又是多米尼克出现在公众目光下的那一面。谨慎的个性，对于隐藏的趣味使得多米尼克不可能用自己的真名或者以其公开的身份成为众所周知的人物，让尽可能多的人了解自己最为隐秘的欲望是通过另一个自己来实现的。波利娜·雷阿热的声名在全世界范围内得到传播，而莫尼克·诺尔德曼于二〇〇六年对《O的故事》的手稿进行拍卖——没有相关的通信，这更进一步确认了雷阿热的知名度。《O的故事》已经出版了五十余年，然而它的秘密还从来没有完全解开过，它仍然不断地让我们感到困惑，感到着迷。

译后记
Avis du Traducteur

和多米尼克的初见，其实早在十几年前，还在攻读翻译理论的硕士。法国翻译理论家乔治·穆南那本几乎被奉为圣经的《翻译的理论问题》就是由她作的序。但是，那时对她的印象不过是几个字母组成的姓名，连能够让人惊鸿一瞥的能量都没有。她为一本理论书（而且是语言学途径的翻译理论书）写序，严肃、平淡而老到的语调，以至于我除了以为她——说到底，我连是"他"还是"她"都没有弄清楚，大约总认为学术上是没有性别的吧——是"前辈"的"前辈"之外，不可能再生出敬畏之外的情感。

是她隐藏得太好吗？还是过去了很多年，这个男权社会并没有丝毫的改变？对于大部分读者——包括法国读者——而言，她从来都不是一个公众人物。尽管她身后的那个时代曾经是法国所谓"知识分子"最耀眼的一个时代；尽管她身后的波朗、布朗肖、伽利玛、巴塔耶，甚至比他们早一辈的纪德——再或是微妙地站得离她有一定距离的阿拉贡、萨特、莫里亚克——早就跨越了国界和时间，在一个世纪里成为大家耳熟能详的谈资，而且还有延续辉煌的态势；尽管，她笔下的O或许激起了每一个读过这部所谓"色情小说"的人的最强烈的情感：厌恶、激情、痴迷……

不管怎么说，我们可以相信，隐身是她要的结果。因为当事人的故意，这成了一个"躲猫猫"的游戏，充满了趣味。当事人是一个聪明而立体的女人，在生命的不同阶段和不同空间里以不同的一面示人：安娜·德克洛、多米尼克·奥利、波利娜·雷阿热。每一个名字呈现出来的每一个面都是真的，都做到了极致。名字当然并不重要，重要的是这几个面有交集，却互不干扰，彼此之间没有要求牺牲，没有未完成的不甘。如果愿意拿出一点点耐心和好奇走近她，人们应该既喜欢那个"套上一丝不苟的行头"，带着"每天的微笑，习惯性的温和与沉默"出现在伽利玛出版社和《新法兰西》杂志的多米尼克·奥利，也喜欢那个"为偏头痛所折磨"，在入睡前"像中枪的狗一样侧卧着，右手拿着一支很黑的铅笔，开始写一个她曾经说过要写的故事"的波利娜·雷阿热；既喜欢那个在波朗离世后黯淡下去，"任由自己失却记忆，任由自己的记忆日渐贫瘠"的深情女子，也喜欢带着宽容和同情，和纪德前辈探讨翻译问题，耐心地为他摆脱女秘书纠缠——因为纪德前辈更喜欢男人——的理性女子。

当然，我们的捷径是谈论O，这是走近多米尼克·奥利惟一的，同时也是最有效的角度。作为评论家和翻译家，多米尼克·奥利的一生更多地是在谈论别人。制造一个话题，挑战时代的道德，突破文学的界限，乃至被别人谈论，用的却是虚拟的身份和名字，如同她自己一手炮制的这个O，"没有姓氏，没有脸，没有历史"的O，"代表空茫和没有穷尽"的O，惟一作为人物从多米尼克笔下获得完整存在的O。

在多米尼克的时代，色情绝对不是女性的领域，它更多的像是男人在对政治失望后所表现出的移情。色情包含的是对于至高无上的权力的想象，这也成了战后包括波朗在内的非左翼知识分子要求重新衡量色情文学（我们必须严格区分色情文学与淫秽文学）价值的重要原因。在男人的色情文学里，爱没有位置，女人也没有位置，它远比一般的文学形式更能够容纳与反射男人的自恋，色情于是成了一场自我的游戏和狂欢。但是多米尼克的O却是因为爱才进入色情领地的，她心甘情愿地成为城堡里的性奴隶，心甘情愿地将自己"祭献"出去，心甘情愿地"将酷刑看作是爱的证明"，这一切是爱的过程。为此，她骄傲、欢愉地迎接疼痛，同时，在被斯蒂芬爵士剔除出色情的领地后，也必然遭遇沉沦的命运——无论这沉沦是用多米尼克钟爱的死亡还是其他形式来体现。

仅凭这一点，作者的女性身份就暴露无遗。虽然在出版的过程中，波朗不知出于怎样的原因删去了"祭献"一词，同时也删去了死亡的结局，刻意或是无意地削弱了女性作者在她的文本中所能够留下的痕迹。虽然真正意义上的文字高手加缪在为该书出版投赞成票的同时，竟然也高呼"不可能！这绝不可能是女人写的"！

无所谓，夜晚过去，作业交到情人手里之后，恢复多米尼克身份的作者已经不在意这个故事了。我喜欢这个解释，一面骄傲地印证爱的能力，一面——和所有自以为是的男性作者正相反——在瞬间就可以淡然而从容地把自己的交付抛诸脑后。这不就是色情能够演绎爱的最高境界的原因吗？在向对方完全交付自己的过程中消减对象的存在？慢慢的，具体的人就模糊了，等同于宗教中的上帝，惟一值得骄傲的只是爱与献身的能力，因为那是自己身为人的证明。紧紧守住自己倒影的那喀索斯又何曾真正地懂得过爱？

我们可以永远追问藏在《O的故事》中的多米尼克·奥利。在多米尼克·奥利去世，并且带走了属于她、在她的亲身体验中变得尤为纷繁、绚烂和神秘的一个时代之后，安吉·大卫所做的也不过是追问，围绕着O。因为如果我们相信多米尼克的人生随着波朗的逝去而终止，我们可以说她在六十年的时间里把悖论人生呈现得近乎完美。青年时代的爱人穆尔尼埃是有过极右翼倾向的精英知识分子，深爱的女人埃迪特·托马斯却是坚定的女共产党人和女权主义斗士；默不作声地站在那个时代里出版界、文学界的大人物波朗身后，不离不弃，在他的指导下完成每一个文学的姿态——进入伽利玛、进入在战后堪与萨特《现代》比肩和对抗的《新法兰西杂志》、完成诗集编选、完成文学评论、进入重要的文学奖项、完成《O的故事》等等，却从来都对"忠实"的爱情有着别样的解释：需要波朗长她将近二十年的经验，让她有机会因为爱而低头，却向来在同性情感中扮演呵护、哄骗他人，自始至终掌握主动权的角色——对埃迪特·托马斯，对雅尼娜·埃普雷都是如此。从这个意义上来说，这个似乎躲在男人的身后，需要他们照顾、庇护的小女人却是一个真正的女性主义者，用一种完全有别于口号的温柔方式，伸张女性爱的权利和性的权利，伸张选择的自由。

重重悖论之中，惟一能够肯定的是她在每一场有悖常理却低调的爱情里使得O一层层完善、丰满起来，承担我们在一步步实现自己的社会人生与价值的同时，却永远向往背离与越界的梦想。O是奴隶，但她没有委屈。即便是最终的被弃——被弃以及被弃所牵连和完成的结束只是多米尼克对于爱的根本认识——里也没有丝毫委屈。

或许译者也是，我相信同为译者的多米尼克在她的翻译中也没有委屈。如果能做一个欢愉的奴隶，为什么不呢？这是我接受翻译这部长达五十万字的传记的原因。而当这样一个真正能够掌握爱的过程，却不是爱着爱情的固定概念的女人来到身边时，作为一个译者，我是拒绝不了的。

同样拒绝不了的还有波朗在《O的故事》的序言中的这一段话：女人沉默

了几千年，因为谨慎，因为利益，可她们在自己的脑中都有一个爱的世界，这个世界不一定是O的世界，肯定不是——甚至O的世界会让她们感到害怕，但是她们都有一个爱的世界。

是为了这个"肯定不是O的世界"的"爱的世界"吧。当"终于有一个女人开口承认了"的时候，我觉得，我有理由让这个声音继续悦耳地诉说，震醒所有女人心中那个"不同的世界"。

我要感谢在接近于自我荒废的琐碎生活中，多米尼克为我带来的，远远胜过一切现实之爱的华丽。也要感谢促成这次重逢的出版者，是他的耐心等待和信任以及编者的不厌其烦和细致使得我的惊喜最终有了近乎完美的着落。

袁筱一

二〇〇九年四月于上海

图书在版编目（CIP）数据

多米尼克·奥利：藏在《O的故事》中的女人／（法）大卫著；袁筱一译.
—北京：新星出版社，2009.5
ISBN 978-7-80225-700-9

I. 多… II. ①大…②袁… III. 传记文学–法国–现代 IV. I565.55

中国版本图书馆CIP数据核字（2009）第090857号

Dominique Aury
By Angie David
© Éditions Léo Scheer, 2006
Simplified Chinese edition copyright © NEW STAR PRESS
All rights reserved.
Dirigée par Chasse-Litté
著作权登记图字：01-2009-9723

多米尼克·奥利 藏在《O的故事》中的女人
法 安吉·大卫 著 袁筱一 译

策　　划：胡小跃
责任编辑：高　瓦
责任印制：韦　舰
装帧设计：视觉共振设计工作室

出版发行：新星出版社有限责任公司
出 版 人：谢　刚
社　　址：北京市东城区金宝街67号隆基大厦 100005
网　　址：www.newstarpress.com
电　　话：010-65270477
传　　真：010-65270449
法律顾问：北京建元律师事务所

读者服务：010-65267400　service@newstarpress.com
邮购地址：北京市东城区金宝街67号隆基大厦 100005

印　　刷：河北大厂回族自治县彩虹印刷有限公司
开　　本：890×1230　1/16
印　　张：32.5
字　　数：500千字
版　　次：2009年5月第一版　2009年5月第一次印刷
书　　号：ISBN 978-7-80225-700-9
定　　价：45.00元

版权专有，侵权必究。如有质量问题，请与出版社联系更换。